마법사

마법사 상
The Magus

존 파울즈 장편소설 정영문 옮김

THE MAGUS
by JOHN FOWLES

Copyright (C) J. R. Fowles 1966, 1977
All rights reserved.
Korean Translation Copyright (C) 2010 by The Open Books Co.
Korean translation rights arranged with John Fowles c/o
Aitken Alexander Associates Limited, London
through KCC(Korea Copyright Center Inc.), Seoul.

이 책은 실로 꿰매어 제본하는 정통적인 사철 방식으로 만들어졌습니다.
사철 방식으로 제본된 책은 오랫동안 보관해도 손상되지 않습니다.

머리말

 주제나 이야기에서 주요한 변화가 있었느냐 하는 점을 기준으로 하자면 이 책은 『마법사』의 새로운 판본이라 하기 어렵지만 나는 여러 장면을 폭넓게 다시 썼으며, 한두 장면은 새로 만들었다. 내가 다소 이례적인 이러한 방식을 택한 데는 — 만약 문학이 어떤 시험이라면 —『마법사』가 내가 쓴 다른 어떤 작품보다 많은 관심을 불러일으켰던 것이 적지 않은 이유가 되었다. 나는 전문적 관점에서는 조금도 만족스럽지 않았던 이 소설(처음에 평을 한 많은 사람들이 강한 불만을 표시했다)을 대부분의 독자가 늘 가장 마음에 들어 한다는 사실을 오래전에 받아들이게 되었다.

 『마법사』는 다른 두 책이 나온 후인 1965년에 출간되었지만 단순한 출판 날짜를 제외하면 모든 점에서 나의 첫 번째 소설이다. 나는 이 책을 1950년대 초에 쓰기 시작했으며, 이야기와 분위기 모두가 수많은 변형을 겪었다. 원래의 구상 속에는 분명한 초자연적 요소 — 헨리 제임스의 걸작『나사의 회전 *The Turn of the Screw*』과 유사한 어떤 것을 쓰고자 하는 시도 — 가 있었다. 하지만 나는 책에서는 물론 내 인생에서도 앞으로 어디로 가야 할지에 대한 일관된 생각이 전혀 없었다. 당시 내 안의 보다 객관적인 나는 내가 책을 낼 수 있는 작가가 될 수 있다고 믿지 않았지만, 주관적인 나는 서투르고 힘겹게나마 작가로서 세상에 태어나려 하고 있다는 신화를 포기할 수 없었다. 그리고 가장 강하게 기억에 남는 것은 원하는 것을 묘사할 수 있는 능력의 부족으로 인해 계속해서 원고들을 파기해야 했던 일이다. 기법과, 현실적인 것의 제약을 받는 것처럼 보이는 상상력의 이상한 면이 계속해서 나를 비참하게 좌초하게 했다. 그럼에도 1963년 『컬렉터 *The Collector*』의 성공으로 내가 문학적으로 얼마간의 자신감을 갖게 되었을 때, 1950년대에 내가 시도한 다양한 다른 소설들에 대해 우선권을 요구한 것은 끝없이 고문당하고 다시 고쳐 만신창이가 된 이 소설이었다⋯⋯. 그리고 그 다른 소설들 중 최소한 두 권은 그나마 사람들에게 내보일 수 있는 것이었고, 최소한 내 나라에서만큼은 내 이름이 알려지게 하고, 내게 이익을 준 것 같다.

    1964년 나는 작업에 착수해 부분 부분들을 짜 맞추고, 이전에 쓴 것을 전부 다시 썼다. 하지만 『마법사』는 기본적으로 초보자의 습작으로 남았다. 즉 이야기라는 표면 아래에는, 알려지지 않은 땅에 대한 종종 틀리고 잘못 생각한 탐구가 기록되어 있는 공책으로. 최종적으로 출간된 형태에서조차 보다 지적인 독자가 쉽게 상상할 수 있는 것보다 훨씬 더 우연적이고 순진할 정도로 본능적인 작품이었다. 내가 감수해야 했던 비평가들의 혹평 중 가장 심한 것은 이 책을 환상에 대한 차갑게 계산된 연습, 두뇌 게임으로 비난한 것이었다. 하지만 그렇다면 이 책이 끝없는 유동의 과정을 거쳐 쓰였다는 실상을 감추려 했던 것이야말로 이 책의 (돌이킬 수 없는) 잘못 중 하나라는 말이 된다.

당시 내가 흥미를 느꼈던 융의 명백한 영향 외에도, 세 권의 소설이 나의 글쓰기에서 중요한 역할을 했다. 내가 가장 많이 의식한 모델은 알랭 푸르니에의 『대장 몬*Le Grand Meaulnes*』이었다. 실제로 나는 그 책을 너무도 의식한 나머지 수정하는 과정에서 지나치게 명백한 여러 가지 참조는 자제해야 했다. 엄밀한 분석가에게는 그 유사성이 그다지 놀랍지 않을 수도 있지만 『마법사』는 프랑스에서 먼저 나온 그 책이 없었다면 아주 다른 책이 되었을 것이다. 문학을 넘어서는 경험을 제공하는 『대장 몬』의 역량이야말로 바로 내가 나 자신의 이야기에 담고 싶었던 것이다. 이제 나로서는 어쩔 수 없는 『마법사』의 또 다른 실패는 그것이 청춘기의 전형적인 갈망에 대한 것이라는 것을 내가 보지 못한 데 있다. 최소한 알랭 푸르니에의 주인공의 청춘기는 열려 있으며 구체적이다.

두 번째로 영향을 준 것은 좀 놀라울 수도 있지만 어린 시절 내 상상력을 사로잡은 리처드 제프리스의 『베비스*Bevis*』라는 책이다. 나는 소설가는 스스로 알건 모르건 아주 어려서 형성된다고 믿는다. 『베비스』는 — 어쨌든 외형적으로는 교외에 사는 중산층 출신의 아이였던 내게 — 지금 존재하는 세상과 아주 다른 세상을 투사한다는 점에서 『대장 몬』과 비슷하다. 그러한 책들의 심층적인 형태와 분위기는 보다 명백한 점에서 그것들을 졸업한 지 오랜 뒤에도 좀 더 뚜렷한 방식으로 남는다는 것을 상기시키기 위해 그 책을 꼽는 바이다.

『마법사』의 배후에 있는 세 번째 책은, 당시 내가 인식하지 못했지만 리딩 대학의 한 학생의 통찰력 덕분에 이제 꼽을 수 있게 된 것이다. 책이 출간된 지 몇 년이 지난 어느 날 그녀는 내게 편지를 써 『위대한 유산*Great Expectations*』과의 다양한 유사성을 지적했다. 그녀가 몰랐던 것은 그것이 내가 늘 예찬하고 사랑한(그리고 그것 때문에 내가 싫어하는 그의 다른 많은 작품들을 용서할 수 있었던) 디킨스의 소설 중 하나이며, 소설을 쓰던 초기에 이 작품을 교본으로 하여 아주 즐거운 마음으로 강의를 한 적도 있으며, 내가 오랫동안 콘키스를 여자로 설정하는 — 해비섬 양의 희미한 유령이 드 세이타스 부인이라는 인물 속에 남아 있다 — 문제를 고민했다는 사실이다. 이 개정판에 새로 추가한 짧은 한 구절은 그 보이지 않는 영향에 대한 헌사이다.

다른 두 가지 중요한 변화는 짤막하게 언급하려 한다. 두 장면에서 에로틱한 요소가 더 강해졌다. 나는 그것을 그저 과거 용기가 부족했던 것을 바로잡은 것으로 볼 뿐이다. 다른 변화는 끝에 있다. 전체적인 의도는 내가 보기에는 어떤 독자들이 생각하는 것만큼 그렇게 모호하진 않았지만 — 어쩌면 그들에게 모호하게 보였던 것은 그들이 이 책을 마무리 짓는, 「베누스의 철야제」[1]에서 인용한 두 행에 충분히 주의를 기울이지 않았기 때문일 것이다 — 내가 더 나은 수정판을 갖게 되었다고 자신 있게 선언할 수 없었다는 것을 인정하는 바이다······. 그리고 이제는 그렇게 선언하게 되었다.

어떤 작가도 작품의 모델로 삼은 실제 인물들과 관련된 보다 심층적인 요소들 — 외적인 날짜와 직업 등이 아니라 — 을 노출하기를 꺼릴 것이다. 그것은 나 또한 마찬가지이다. 하지만 이 소설에 나오는 프락소스 섬(〈울타리가 쳐진〉 섬)은 스페차이라는 그리스의 진짜 섬을 모델로 한 것이다. 나는 그곳에서 1951년과 1952년 — 당시는 이 책 속의 학교와는 별로 비슷하지 않았다 — 사립 기숙 학교에서 아이들을

---

[1] 중세 초기의 작자 미상의 라틴 시.

가르쳤다. 내가 그것을 사실적으로 그리려 했다면 코믹 소설을 쓰게 되었을 것이다.[2]

스페차이의 일부를 인수한 그리스의 유명한 백만장자는 내 소설 속 인물과는 아무런 관련이 없다. 니아르코스 씨는 훨씬 후에 그곳에 왔다. 내가 그곳의 외양과 훌륭한 위치를 소설에서 얼마간 묘사한 〈부라니 곶〉 별장의 당시 주인 역시 결코 내 인물의 모델이 아니다. 물론 나는 그것이 이제 그 지역의 또 다른 전설이 되었다는 것을 알고 있긴 하지만 말이다. 나는 그 신사 — 베니젤로스 형제 중 형의 친구 — 를 단 두 번, 그것도 아주 잠깐 만났다. 내가 기억하는 것은 그의 집이었다.

오늘날의 스페차이에서 — 나는 그곳에 다시 간 적이 없으니 소문을 듣고 하는 말이지만 — 전쟁 직후에 내가 그려냈던 모습들을 상상하는 것은 아마 불가능할 것이다. 책에서 한 명이라고 한 것과는 달리 그 학교에는 늘 두 명의 영어 교사가 있었지만 그곳에서의 삶은 극도로 외로웠다. 나는 운이 좋아 동료를 잘 만났는데, 데니스 샤록스라는 그 동료는 이제 내 오랜 친구가 되었다. 그는 놀라울 정도로 독서 경험이 풍부했으며, 그리스인들의 삶의 방식에 대해 나보다 훨씬 더 많이 알았다. 나를 처음으로 그 별장에 데려간 것도 그였다. 당시 그는 자신의 문학적 야심을 포기하기로 결정한 지 얼마 안 된 상태였다. 〈부라니〉는, 예전에 한 번 찾아와서 자기 인생 최후의 시를 쓴 곳이라고 말하며 그는 쓴웃음을 지었다. 어떤 묘한 방식으로 그것은 나의 상상력에 불꽃을 일으켰다. 이상하게 고립된 별장과 멋진 위치, 한 친구가 품고 있던 환상의 종

---

[2] 그 학교에 대한 또 다른 흥미로운 소설이 존재하는데 그것은 케네스 매슈스의 『알레코*Aleko*』(피터 데이비스, 1934)이다. 프랑스 작가 미셸 데옹 역시 자전적인 『스페차이의 발코니*La Balcon de Spetsaï*』(갈리마르, 1961)를 출간했다 — 원주.

식. 그리고 처음으로 우리가 곶에 있는 별장에 다가갔을 때 고전적인 풍경에 정말로 잘 어울리는 아주 이상한 소리가 들렸다……. 그것은 내 책에 등장하는 장엄한 플레엘 하프시코드 소리는 아니었지만 터무니없게도 웨일스의 예배당을 떠오르게 하는 어떤 소리였다. 하모늄이 아직도 그곳에 있기를 바란다. 그것 또한 다른 뭔가를 낳았다.

당시 그 섬에서 외국인의 얼굴 — 심지어는 그리스인의 얼굴도 — 을 보기란 무척 어려웠다. 나는 어느 날 한 소년이 데니스와 내게 달려와 영국인 한 사람이 아테네에서 오는 배에서 내렸다고 알린 것을 기억한다. 우리는 두 명의 리빙스턴 박사처럼, 우리의 황량한 섬에 드물게 찾아오는 사람을 맞으러 달려갔다. 한번은 헨리 밀러의 『마루시의 거상Colossus of Maroussi』에 등장하는 그리스의 철학자 카침발리스가 왔는데, 우리는 서둘러 그에게 가 존경을 표했다. 당시 그리스에는 온 나라가 한 마을 같은, 여전히 감동적인 분위기가 있었다.

스페차이의 사람이 살지 않는 곳들에는 진정으로 내가 만들어 낸 것보다 더 미묘한 — 그리고 더 아름다운 — 유령들이 있었다. 그곳의 소나무 숲의 고요함은 내가 다른 곳에서 경험한 어떤 고요와도 달리 기이했으며, 어떤 메모나 한 단어를 기다리는 영원히 텅 빈 페이지 같았다. 그 고요는 영원과 태고의 신화를 접하는 듯한 아주 이상한 느낌을 주었다. 뭔가가 곧 일어날 것 같았지만 어쩐지 그 일은 늘 잠재적인 것으로 존재하는 것 같았다. 그곳의 지기(地氣, genuis loci)는 보이지 않는 비행과, 표현할 수 없는 것 앞에서 좌절하고만 언어에 대한 말라르메의 가장 뛰어난 시들이 풍기는 분위기와 실제로 아주 비슷했다. 나는 작가로서 이 경험의 중요성을 전달해야 하지만 그것은 어려운 일이다. 그것은 그곳에 대한 보다 사회적이며 물리적인 나의 기억보다 훨씬 더 심오하게 내게 스며들고 흔적을 남겼다. 나는 내가 영국 사회의 여러 측면들로부터 영원히 추방되었다는 것을 알고 있지만 소설가는 더욱더 깊은 유형지로 들어가야 한다.

가장 외형적인 측면에서 이 경험은, 영감을 찾아 그리스로 간 많은 작가 지망생과 화가 지망생들도 느끼게 되는 것이지만 우울했다. 우리는 무능과 나태로 인해 〈에게 해의 우울〉이라는 별명을 얻곤 했다. 지구에서 가장 순수하고 균형 잡힌 풍경 가운데서 훌륭한 작품을 만들기 위해서는 매우 완벽한 예술가가 되어야 한다. 그리고 그것은 자신이 생각해 낼 수 있는 유일한 짝을 재입장할 수 없는 시간 속에서 만났다는 것을 알 경우에는 더욱 그렇다. 그 섬의 그리스는 여전히 키르케이며, 자신의 영혼을 생각한다면 예술가인 여행자가 오랫동안 머물 수 있는 장소는 아니다.

내가 스페차이에 머무는 동안 위에서 언급한 것 말고는, 내 소설과 관련이 있는 어떤 일도 일어나지 않았다. 실제로 이 책에서 그려진 일의 토대가 된 것은 내가 영국으로 돌아온 후에 발생했다. 나는 키르케로부터 벗어났지만 금단 증상은 심각했다. 당시 나는 상실이 개인으로서는 제아무리 고통스러운 것이라 하더라도, 소설가에게 필수적인 것이며 자신의 책에 무한히 비옥한 것이라는 것을 깨닫지 못했다. 그 해소되지 않은 결핍감과 잃어버린 기회에 대한 느낌은 나로 하여금 영국에서 맞은 개인적 상황의 어떤 딜레마들을, 점차 내게는 잃어버린 에덴동산 또는 알랭 푸르니에의 〈이름 없는 영지 *domaine sans nom*〉 또는 심지어는 어쩌면 베비스의 농장이 되어 갔던 그 섬과 그곳의 고독에 대한 기억과 접목하게 했다. 점차 주인공 니컬러스는 현대의 일반인을 진정으로 대표하는 얼굴은 아니라 할지라도 최소한 나와 같은 계층과 배경을 가진 일부 사람들의 얼굴을 취하게 되었다. 내가 그에게 붙인 이름의 성에는 은밀한 말장난이 있다. 어렸을 때 나는 *th*를 *f*로밖에 발음하지 못했고, 따라서 어프Urfe는 실제로는 지구*Earth*를 의미한다 — 그것은 뒤르페d'Urfé 경 하면 자연스레 『라스트레*L' Astrée*』[3]가 나오게 되기 훨씬 전에 내 머릿속에서 이루어진 조합이다.

앞서 말한 나의 의도가 이 이야기가 무엇을 〈의미하는지〉 내가 따로 말하지 않아도 되게 해주기를 바란다. 이 소설보다 훨씬 더 명쾌하게 이해되고 통제된 소설들 역시 단서 뒤에 일련의 유일무이한 올바른 해답들이 있는 글자 맞추기 놀이와는 다르다. 요즘 학생들은 아무리 내가 뭐라고 해도 그 두 가지를 같은 것으로 받아들이는 듯해 낙담스러울 때가 있다(〈존경하는 파울즈 선생님, ……의 의미를 설명해 주시겠습니까?〉). 『마법사』에 어떤 〈진짜 의미〉가 있다면 그것은 심리학에서 로르샤흐 검사의 의미 이상은 아니다. 그것의 의미는 그것이 독자에게서 야기하는 반응이며, 적어도 내가 보기에는 주어진 〈옳은〉 반응이란 없다.

내용을 수정하면서, 이 책이 처음 출간되었을 때 보다 엄격한 성인 평자들로부터 받은 정당한 많은 비평들, 이를테면 과도함, 지나친 복잡성, 인위성, 그리고 기타 여러 가지에 대한 비판에 내가 대답하려 하지 않았다는 것을 덧붙여야 할 것 같다. 이제 나는 이 책에 마음이 가장 끌린 세대를 알며, 늘 대개는 어딘지 모자란 한 청춘에 의해 쓰인 청춘 소설로 받아들여지게 될 것이 틀림없다는 것을 알고 있다. 나의 유일한 간청은 모든 예술가들이 자신의 삶을 자유로이 한껏 펼쳐야 한다는 것이다. 나머지 세상 사람들은 자신들의 사적인

---

[3] 프랑스 작가 오노레 뒤르페가 쓴 전원풍 소설.

과거를 검열하거나 묻어 버릴 수 있다. 하지만 우리는 그럴 수 없으며, 따라서 죽는 날까지 부분적으로라도 푸르러야 한다. 언젠가 무성하게 푸르러지리라는 희망을 품고 갓 돋아난 새싹처럼 푸르러야 하는 것이다. 그 점에서 그것은 모든 근대 소설 중 소설가들에 대해 가장 많은 것을 드러내 주는 토머스 하디의 고뇌에 찬 마지막 소설 『가장 사랑하는 여인*The Well Beloved*』에서 지속적으로 등장하는 불평이다. 훨씬 더 젊은 자아가 어떻게 〈성숙한〉, 중년의 예술가를 계속해서 지배할 수 있는가라는. 하디 자신이 그런 것처럼 폭정을 거부할 수도 있을 것이다. 하지만 그 대가는 소설을 쓸 수 있는 능력이 사라지는 것이다. 『마법사』를 통해 (비록 거의 무의식적으로이기는 하지만) 나는 멍에를 뒤집어쓰는 바이며, 그 점을 어쩔 수 없이 자축한다.

 인간 존재 — 그리고 소설 — 의 본성에 대한 직관의 (그리스적이기보다는 아일랜드적인) 뒤범벅 아래 어떤 중심적인 계획이 있었다면, 아마도 그것은 이 책의 제목으로 물망에 올랐다가 탈락되어 아직도 가끔씩은 아쉬운 〈신의 유희 *The Godgame*〉 속에 담겨 있을 것이다. 나는 콘키스로 하여금 초자연적인 것에서부터 전문 용어로 넘쳐 나는 과학적인 것에 이르기까지, 하느님에 대한 인간의 개념을 상징하는 일련의 가면을 내보이게 할 생각이었다. 즉 절대 지식과 절대 권력이라는, 실제로 존재하지 않는 어떤 것에 대한 일련의 인간의 환영 말이다. 그러한 환영의 파괴는 여전히 내게 인문주의자의 목표처럼 보인다. 그리고 나는 아랍인과 이스라엘인을 또는 얼스터의 가톨릭교도와 프로테스탄트를 니컬러스처럼 스스로를 발견케 하는 제련소 속을 지나게 할 수 있는 어떤 초-콘키스 같은 인물들이 있었으면 한다.

 나는 처형이 있었을 때 콘키스가 내린 결정을 변호하지는 않지만 그 딜레마의 현실성은 변호하는 바이다. 하느님과 자유는 완전히 충돌하는 개념이다. 그리고 인간은 다른 것에 대해 믿기를 두려워하기 때문에 상상의 신을 가장 자주 믿는다. 이제 나는 인간이 때로는 훌륭한 이유로 그렇게 한다는 것을 깨달을 만큼 나이가 들었다. 하지만 나는 진정한 자유는 결코 혼자가 아니라 각각의 두 사람 사이에 있으며, 따라서 그것은 결코 절대적인 자유일 수 없다는 일반적인 원칙을 고수하고 있고, 그것이 내 이야기의 핵심에서 내가 의도한 것이다. 모든 자유는, 가장 상대적인 것조차 허구일 수 있다. 하지만 나의 자유는 오늘날에도 다른 가정(假定)을 선호한다.

1976년
존 파울즈

머리말

5

제1부

17

제2부

99

제1부

직업적인 방탕아가 가련한 경우는 드물다.
　_사드 『쥐스틴, 미덕의 불행』

1

 나는 1927년 양쪽 모두 영국인인 중산층 부모 밑에서 외아들로 태어났다. 양친은 그 괴물 같은 난쟁이 빅토리아 여왕의 기괴할 정도로 길게 이어졌던 그늘 속에서 태어났으며, 그 그늘을 벗어나기에 충분할 정도로 역사 위로 솟아오르지는 못했다. 나는 사립 학교에 보내졌으며, 병역 의무를 다하느라 2년을 낭비하고 나서 옥스퍼드로 갔다. 그리고 거기서 나는 나 자신이 내가 되고자 원했던 사람이 아니라는 사실을 깨닫기 시작했다.
 나는 내게 필요한 부모와 조상이 없다는 것을 이미 오래전에 알아차렸다. 아버지는 대단한 직업상의 재능이 있어서가 아니라 적당한 시기에 적당한 나이에 이르러서 육군 준장이 되어 있었다. 그리고 어머니는 장차 소장이 될 사람의 전형적인 아내였다. 다시 말해 어머니는 단 한 번도 아버지와 다툰 적이 없었고, 아버지가 수천 킬로미터 떨어진 곳에 있을 때도 마치 아버지가 옆방에서 귀를 기울이고 있는 것처럼 행동했다. 나는 전쟁 중에는 아버지를 거의 보지 못했으며, 아버지가 오랫동안 집을 비울 때면 그의 흠 없는 모습을 그려보곤 했는데 그는 그것을 휴가 나온 지 48시간도 안 되어 — 추잡하지만 그럴듯한 말장난으로 — 망가뜨려 버렸다.

자신이 하는 일에 대한 능력이 부족한 사람들이 다들 그렇듯이, 아버지도 외형적인 일들이나 사소하고 일상적인 것들에 대해 까다로웠고, 지성 대신 〈규율〉과 〈전통〉과 〈책임〉 같은 강조된 핵심어들을 무기고처럼 쌓아 놓고 있었다. 만일 내가 용기를 내어 — 그런 적은 드물었다 — 아버지와 논쟁이라도 했다면 그는 비슷한 상황에서 부관을 호통치듯 이런 토템 같은 단어들을 사용해 나를 가격했을 것이다. 만일 누군가가 죽은 듯 납작 엎드리기를 계속 거부할 경우 그는 평정을 잃거나 흥분했다. 그는 성격이 불같았고, 언제라도 폭발할 수 있었다.

집안에 괜찮은 전통이 있다면 그것은 우리 가문이 낭트 칙령이 폐지된 후 프랑스에서 건너왔다는 사실이다. 우리 가문은 원래 고상한 위그노파로 17세기의 베스트셀러였던 『라스트레』의 저자 오노레 뒤르페와 먼 친척 간이다. 물론 찰스 2세의 글쓰기 친구였던 토머스 더피와도 마찬가지로 먼 친척 간이었다는 사실을 제외한다면, 조상 중에 예술적인 성향을 보인 사람은 없었다. 집안 대대로 군인과 성직자, 선원과 소지주만 나왔는데, 싸잡아 얘기하자면 그들은 한결같이 분별력이 없었으며, 도박을 좋아하되 늘 잃기만 했다. 할아버지에게는 아들이 넷 있었는데, 위로 둘은 제1차 세계 대전 때 죽고, 셋째는 떳떳하지 않은 방식으로 격세유전의 대가(즉 도박 빚)를 치르고 미국으로 사라졌다. 막내아들로 형들의 특질을 모두 지니고 있어야 하는 내 아버지는 셋째 형을 살아 있는 사람으로 얘기한 적이 한 번도 없었다. 그래서 나는 그가 아직 살아 있는지 어떤지, 심지어는 대서양 저편에 내가 알지 못하는 사촌들이 있는지 없는지에 대해서도 전혀 아는 바가 없었다.

학창 시절 끝 무렵에 나는 내 부모의 정말로 잘못된 점은 그들이 내가 원하는 종류의 삶에 대해 맹목적인 경멸 외에는 아무것도 갖고 있지 않다는 것이라는 사실을 깨달았다. 나는 영어를 〈잘했고〉, 교지에 익명으로 시도 발표했으며, D. H. 로런스를 금세기 최고의 위인으로 생각했다. 내 부모는 로런스를 읽은 적이 없는 게 분명했고, 『채털리 부인의 사랑』과 관련이 있는 사람이라는 것 이외에는 그에 관해 들은 바도 없을 것이다. 어머니에게서 보이는 어떤 정서적 온화함과 이따금 아버지에게서 보이는 행복과 쾌활함 같은 것은 좀 더 참아 줄 수도 있었을 것이다. 하지만 늘 나는 그들 안에 있는, 그들로서는 남들이 좋아하리라고 생각지 못한 것들을 좋아했다. 내가 열여덟이 되고 히틀러가 죽자 그들은 단순히 내가 필요로 하는 것을 주는 사람들이 되었다. 나는 그들에게 감사의 표시를 해야 했지만 그 밖의 다른 것은 할 수 없었다.

나는 두 개의 삶을 살았다. 학창 시절 나는 전시의 탐미주의자이자 냉소주의자로 약간 명성을 얻었다. 하지만 나는 연대(聯隊)에 입대해야 했다. 전통과 희생이라는 것이 나를 그곳으로 몰아넣었다. 나는 그 후 대학교에 가고 싶다고 고집을 부렸고 다행히도 교장 선생님이 내 편을 들어 주었다. 군대에서도 이중생활은 계속되었다. 공적으로는 육군 준장 〈블레이저〉 어프의 아들로 역겨운 역할을 해내면서 개인적으로는 초조하게 펭귄 출판사의 〈신문학 총서〉와 시 잡지들을 읽었다. 그럴 수 있게 되자마자 나는 제대를 했다.

나는 1948년 옥스퍼드에 들어갔다. 모들린 칼리지 2학년 때, 부모님 얼굴은 거의 보지도 못하고 방학이 끝난 후 아버지는 곧 인도로 날아가야 했다. 그는 어머니를 데리고 갔다.

두 사람이 탄 비행기는 카라치 동쪽 약 60킬로미터 지점에서 뇌우를 만나 추락했는데 고옥탄가의 연료를 실은 비행기는 잿더미로 변해 버렸다. 최초의 충격이 가시자마자 나는 거의 즉시 안도감과 해방감을 느꼈다. 가까운 친척이라고 해야 로디지아에서 농사를 짓는 외삼촌뿐이었기에 이제 내가 진정한 나의 자아라고 생각하는 것에 간섭을 할 가족은 아무도 없었다. 나는 효심은 약한 편이었을지 모르지만, 당시의 유행에 대해서는 무척 철저했다.

적어도 모들린에서 기벽이 있는 한 무리의 친구들과 함께할 때는 나는 내가 그렇다고 생각했다. 우리는 〈반항아들〉이라는 작은 클럽을 조직해 아주 드라이한 셰리 주를 마셨고, (1940년대 말에 유행한 남루한 방한 코트에 대한 반항으로) 우리의 모임에서는 짙은 회색 양복에 검은 넥타이를 했다. 모임에서 우리는 존재와 무에 대해 토론했으며, 일종의 이치에 맞지 않는 행위를 〈실존주의적인〉 것이라고 불렀다. 교양이 부족한 사람들은 그것을 변덕스럽다거나 그냥 이기적이라고 말했을 것이다. 하지만 우리는 우리가 읽은 프랑스 실존주의 소설에 나오는 주인공이나 반(反)주인공이 반드시 현실적이지는 않다는 사실을 모르고 있었다. 우리는 그들을 흉내 내려고 애쓰면서 복잡한 감정 상태에 대한 은유적인 묘사를 행동에 대한 직접적인 규정으로 받아들이는 잘못을 범했다. 우리는 당연히 번민을 느꼈다. 우리 대부분은 옥스퍼드의 영원한 댄디즘에 충실하게 단지 다르게 보이기를 원했다. 클럽 안에서 우리는 실제로 달라 보였다.

나는 돈이 많이 드는 습관과 가식적인 태도를 지니게 되었다. 성적은 밑바닥이었지만, 환상만큼은 일류였다. 나는 자신이 시인이라는 환상에 빠졌다. 하지만 인생 전반에 대해, 특히 벌이에 대해 알 건 이미 다 알아 버린 것처럼 권태를 느낀 것이야말로 시적인 것과는 가장 거리가 먼 것이었다. 나는 모든 냉소주의는 뭔가에 대처하는 데 있어서의 실패 — 한마디로 무능력 — 를 감추고 있다는 사실을, 그리고 모든 노력을 경멸하는 것이야말로 가장 커다란 노력이라는 사실을 알기에는 너무 경험이 부족했다. 하지만 시대가 바뀌어도 변함없이 유용한 한 가지 사항은 터득할 수 있었다. 그것은 문명 생활에 대한 옥스퍼드의 최대의 선물, 즉 소크라테스적 정직성이라는 것이었다. 그것은 내게 과거에 저항하는 것만으로는 충분치 않다는 것을 시도 때도 없이 가르쳐 주었다. 어느 날 나는 친구들 앞에서 군대에 대해 터무니없이 나쁘게 얘기했다. 나중에 내 방으로 돌아왔을 때 갑자기 어떤 생각이 스치고 지나갔다. 돌아가신 아버지가 들었다면 졸도라도 했을 말을 하고도 괜찮다는 사실 자체가 내가 아직도 그의 영향 아래 있다는 것을 말해 준다는 깨달음이었다. 사실 나는 천성적으로 냉소주의자가 아니라 단지 반항심에서 그랬던 것뿐이다. 나는 증오했던 것에서 멀어지기는 했지만, 내가 사랑할 수 있는 곳을 발견하지 못했고, 그래서 사랑할 수 있는 곳은 어디에도 없는 척을 했던 것이다.

이렇듯 패배할 준비를 멋지게 갖추고 나는 세상 속으로 나왔다. 아버지가 즐겨 쓰던 단어 목록에 경제적 분별력이라는 말은 없었다. 아버지는 래드브로크[1]에서 우스울 정도로 많은 돈을 걸었으며, 지출에서 식사 비용이 차지하는 비율은 늘 어처구니없을 정도로 높았는데, 그것은 그가 다른 사람들의 호감을 사고 싶어 했고, 매력 대신에 술로 그것을 얻어야 했기 때문이다. 변호사들과 세무서 직원들이 자신들의 몫을 챙기고 나자 아버지가 남긴 돈은 내가 살아가기에 그리 충분치

---

1 마권 판매소.

않았다. 하지만 내가 알아본 모든 일 — 외무성, 내무성, 식민성, 은행, 상사, 광고 — 은 한눈에 봐도 속이 빤한 것들이었다. 나는 몇 차례 면접을 치르기는 했지만, 세상이 젊은 간부 사원에게 기대하는 커다란 열의를 보여 주어야 할 의무감을 느끼지 못했기 때문에 한 군데도 붙지 못했다.

결국 나를 앞서 간 무수한 옥스퍼드 출신들처럼 나는 「더 타임스 교육 특집판」에 난 한 광고에 응모했다. 나는 이스트 앵글리아에 있는 이류 사립 학교에 가 수박 겉핥기식 질문을 받은 뒤 자리를 얻게 되었다. 나중에 안 사실이지만, 지원자는 나 말고 두 명밖에 없었는데, 둘 다 신설 대학 출신이었으며, 신학기는 불과 3주를 남겨 놓고 있었다.

내가 가르쳐야 했던 아이들은 대량 생산된 중산층 소년들로 질이 아주 좋지 않았다. 밀실 공포증이 느껴질 만큼 작은 그 도시는 악몽 그 자체였다. 하지만 정작 견딜 수 없는 것은 교무실이었다. 차라리 교실에 들어가는 게 안도감이 느껴질 정도였다. 권태가, 그리고 매년 똑같이 반복되는 삶에 대한 무감각이 직원들 위로 구름처럼 드리워져 있었다. 그것이야말로 당시 유행하던 실존주의적 권태가 아니라 진짜 권태였다. 그 권태로부터 위선적인 말과 태도가, 그리고 자신들이 실패했다는 것을 아는 노인들과 자신들도 실패하리라는 생각을 하는 젊은이들의 무력한 분노가 흘러나왔다. 선배 교사들은 교수대 앞에서 최후의 설교를 듣고 있는 사형수 같았다. 그중 어떤 이들과 함께 있으면 일종의 현기증이 일고, 인간 존재의 부질없음의 끝 모를 심연을 보는 것 같았다……. 두 번째 학기가 진행되는 동안 나는 대충 그렇게 느끼기 시작했다.

사하라 사막 같은 곳을 건너며 내 인생을 보낼 수는 없었다. 그리고 그렇게 느낄수록, 화석처럼 굳어 점잔만 빼는 학교가 나라 전체의 축소판 같으며, 하나를 포기하고 나머지 다른 것을 포기하지 않는다는 것은 우스꽝스러운 일이라는 느낌이 더욱더 강해졌다. 게다가 거기엔 나를 피곤하게 하는 여자까지 있었다.

나는 학기가 끝나기를 기다렸다. 나의 사직을 교장은 체념하며 받아들였다. 교장은 개인적으로 초조감을 느낀다는 나의 막연한 얘기를 듣고, 미국이나 영연방의 자치령 어딘가로 가고 싶어 하는 걸로 기분 좋게 생각했다.

「아직 결정을 못 내렸습니다, 교장 선생님.」

「어프 씨, 우리가 당신을 훌륭한 선생으로 만들었을 수도 있다고 생각하오. 당신도 우리를 더 나은 사람들로 만들었을지 모르고 말이오. 하지만 이젠 너무 늦었군요.」

「그런 것 같습니다.」

「그렇게 해외로 떠돌아다니는 것이 괜찮은 일인지 모르겠소. 나는 가지 말라고 충고하고 싶소. 하지만……〈그대가 그것을 원했다면, 조르주 당통. 그대가 그것을 원했다면〉.[2]」

그의 그 말은 인용문을 잘못 사용한 전형적인 경우였.

떠나던 날에는 비가 몹시 퍼부었다. 하지만 나는 흥분했고, 날개를 단 듯한, 이상한 열의에 사로잡혔다. 내가 어디로 가게 될지는 알 수 없었으나 무엇을 필요로 하는지는 알고 있었다. 내게는 새로운 땅, 새로운 인종, 그리고 새로운 언어가 필요했다. 그때는 뭐라고 딱 집어 말할 수 없었지만 새로운 신비를 필요로 하고 있었던 것이다.

---

2 몰리에르의 희극 「조르주 당댕」 제1막에 나오는 말. 당댕을 당통으로 혼동한 것이다.

2

 나는 영국 문화원에서 직원을 모집한다는 소식을 듣고 8월 초에 데이비스 가로 갔고, 거기서 문화에 지나치게 집착하고, 로딘 스쿨[3] 출신 같은 목소리에 그들 특유의 어휘를 사용하는 열성적인 여자의 면접을 받았다. 그녀가 극비 사항이라도 되는 듯 털어놓은 이야기는, 해외에서 〈우리〉가 우리를 제대로 소개하는 일이 아주 중요하다는 것이었다. 그러면서 그녀는 모든 일자리를 광고하고 응모자들을 면접을 통해 선발하는 일은 끔찍이도 지겨우며, 어쨌거나 해외 파견 인력을 감축할 수밖에 없는 처지라는 얘기도 했다. 그녀는 본론을 꺼냈다. 지금 얻을 수 있는 유일한 일자리는 외국의 학교에서 영어를 가르치는 일이라는 것이었다. 그러면서 혹시 너무나 끔찍하게 들리느냐고 물었다.

 나는 그렇다고 대답했다.

 8월 마지막 주에 나는 장난삼아 광고를 냈다. 신문의 전통적인 삽입 광고였다. 어디든 가고, 무슨 일이든 하겠다는 짤막한 제안에 많은 응답이 있었다. 나도 하느님의 아들이라고 일깨워 주는 소책자들 말고도, 돈도 없는 약삭빠른 야바위꾼들의 편지가 세 통이나 있었다. 그리고 보수도 좋은 보기 드문 일자리가 탕헤르에 있다는 편지도 있었다. 편지에는 이탈리아어를 할 줄 아느냐는 질문이 들어 있었다. 나는 답장을 보내지 않았다.

 9월이 다가왔다. 나는 자포자기하는 심정이 되었다. 나는 구석으로 몰렸고, 절망적인 심정으로 다시 그 끔찍한 「교육 특집판」과 거기 실린 연한 회색의 끝없는 일자리 소개란 목록

---

[3] 1885년에 설립된 영국의 명문 여학교.

에 매달릴 수밖에 없었다. 그렇게 해서 어느 날 아침 나는 데이비스 가로 다시 갔다.

내가 혹시 지중해 지역에 교사 자리가 있느냐고 묻자, 소름 끼칠 정도로 진하게 화장을 한 그 여자는 파일을 찾으러 갔다. 암갈색과 토마토색의 매슈 스미스 그림이 걸려 있는 대기실에 앉아 나는 마드리드, 로마, 마르세유, 바르셀로나, 심지어는 리스본에 가 있는 내 모습을 상상해 보기 시작했다. 외국에서라면 뭔가 다를 것이다. 교무실도 없을 것이고, 나는 시를 쓸 것이다. 그녀가 돌아왔다. 그녀는 좋은 자리는 이미 다 나가고, 이것들만 있다고 했다. 그녀가 밀라노에 있는 한 학교에 관한 서류를 한 장 내밀었다. 나는 머리를 저었다. 그녀도 고개를 끄덕였다.

「그렇다면 사실상 이것 하나밖에 없어요. 이제 막 광고를 낸 거죠.」 그녀가 신문 기사 오린 것을 건네주었다.

바이런 경 학교, 프락소스 섬

그리스의 프락소스 섬에 위치한 바이런 경 학교에서 10월 초부터 영어를 가르칠 보조 교사를 찾고 있음. 후보자는 독신으로, 영문학 학위 소지자에 한함. 현대 그리스어 지식은 필수적이지 않음. 보수는 연봉으로 약 6백 파운드이며, 전액 환전 가능함. 계약 기간은 2년이며, 재계약도 가능함. 급료는 계약 시작 시와 종료 시에 지급.

그 광고를 길게 부연 설명한 정보도 있었다. 프락소스 섬은 아테네에서 130킬로미터가량 떨어진, 에게 해에 있는 섬이었다. 바이런 경 학교는 〈그리스에서 가장 유명한 기숙 학교 가운데 하나로, 영국의 사립 학교 방침에 따라서 운영되고 있다〉. 그래서 학교 이름도 그런 것이었다. 그곳에는 학교가 갖취야 할 시설은 모두 갖추어져 있는 것 같았다. 교사는 최대 하루 다섯 번 수업을 해야 했다.

「평판이 아주 좋은 학교죠. 그리고 그 섬은 천국 같아요.」

「가보셨나요?」

그녀는 서른쯤으로 전형적인 노처녀 타입이었으며, 성적 매력이라곤 전혀 찾아볼 수 없어 고급스러운 옷과 지나치게 짙은 화장이 오히려 그녀를 애처롭게 보이게 했다. 마치 손님에게 퇴짜 맞은 게이샤 같았다. 그녀는 그 섬에 가본 적은 없지만, 모두들 그렇게 이야기한다고 했다. 나는 그 광고를 다시 읽어 보았다.

「그런데 왜 이렇게 광고를 늦게 냈죠?」

「우리는 그곳에서 다른 사람을 채용했다고 생각했어요. 우리를 통하지 않고 말예요. 그런데 뭔가가 크게 틀어진 거죠.」 나는 안내문을 다시 보았다. 「우리가 그 학교 교사 채용 일을 맡은 건 이번이 처음이에요. 사실 호의로 해주는 것뿐이에요.」 그녀가 억지스러운 웃음을 지어 보였는데, 앞니가 너무 컸다. 나는 아주 멋진 옥스퍼드식 발음으로 함께 점심을 할 수 있는지 물었다.

집에 돌아온 나는 그녀가 식당으로 가져온 지원서를 작성한 뒤 곧바로 나가 부쳤다. 그날 저녁, 기구한 운명의 장난으로 나는 앨리슨을 만났다.

3

나는 자유방임적인 시대가 오기 전인 그 당시 기준에 비춰 보면, 나이에 비해 상당히 많은 성관계를 가져 왔다고 생각한다. 여자들, 아니 어떤 특별한 종류의 여자들이 나를 좋아했다. 나는 차가 한 대 있었고 — 그 당시 대학생이 자기 차를 갖는 것은 그리 흔한 일이 아니었다 — 돈도 조금 있었으며, 생김새도 추하지 않았다. 하지만 더욱 중요한 것은, 내가 고독했다는 사실이다. 모든 치사한 자들이 알고 있듯이, 고독이야말로 여자에게는 치명적인 무기이다. 나의 〈기술〉은 예측 불가능성과 냉소주의, 그리고 무관심을 내보이는 것이었다. 그러고 나서 나는 하얀 토끼를 불러내는 마술사처럼 고독한 마음을 꺼내 놓았다.

전리품을 수집하지는 않았지만, 옥스퍼드를 졸업할 무렵 나는 적어도 한 열두 명 정도의 처녀와 잤다. 성적 성공과 사랑의 덧없어 보이는 본성 모두가 내게 즐거움을 주었다. 그것은 마치 골프를 잘 치면서도 그 게임 자체를 경멸하는 것과 비슷했다. 골프를 칠 때든 치지 않을 때든 보상을 받는 것 같았다. 나는 방학 중에 대부분 옥스퍼드에서 떨어진 곳에서 정사를 벌였다. 신학기를 구실로 범죄 현장을 편리하게 떠날 수 있었기 때문이다. 때로는 몇 주 동안 지겨운 편지를 받을 때도 있었지만, 나는 곧 고독한 마음을 치우고 〈내 존재 전체에 대한 책임을〉 지는 듯 굴면서, 체스터필드 백작풍의 귀족다우며 품위 있는 가면을 보였다. 나는 여자들과 관계를 시작할 때와 마찬가지로 깔끔하게 관계를 끝냈다.

계산적인 것처럼 들릴지도 모르지만, — 실제로 계산적이기도 했다 — 그것은 내가 정말로 냉정한 사람이었기 때문이 아니라 삶의 방식이 중요하다는 나의 자아도취적인 믿음 때문이었다. 나는 여자 하나를 버리는 데서 얻는 안도감을 자유에 대한 사랑이라고 오해했다. 그래도 나로서도 할 말이 있는 것은 거짓말은 거의 하지 않았다는 것이다. 나는 언제나 눈앞의 희생자가 옷을 벗기 전에 정사와 결혼 사이의 차이를 숙지하도록 주의를 기울였다.

한데 그때 이스트앵글리아에서 사정이 복잡해졌다. 나는 한 나이 많은 선생의 딸과 데이트를 하기 시작했다. 그녀는 상투적인 영국식 기준으로 보면 나름대로 예쁜 편이었고, 나와 마찬가지로 시골 생활을 싫어했으며, 다소 열정적인 것처럼 보였다. 하지만 나는 뒤늦게야 그 열정에 어떤 목적이 있다는 것을 깨달았다. 그녀와 결혼해야 하는 상황이 벌어졌던 것이다. 단순한 육체적 욕망이 내 인생을 왜곡하려 하는 것에 역겨움이 일기 시작했다. 재닛 때문에 나 자신을 포기하게 되는 것은 아닐까 하는 생각이 든 저녁도 한두 번 있었다. 그녀는 근본적으로 멍청한 여자로, 나는 내가 그녀를 사랑하지 않으며 결코 사랑할 수도 없다는 것을 알고 있었다. 7월의 바닷가, 차 안에서 밤새도록 울고 짜며 짜증스러운 얘기를 하던, 무척이나 불쾌한 이별의 장면이 나를 따라다녔다. 다행히도 그녀가 임신하지 않았다는 사실을 나는 알고 있었고, 그녀도 내가 그 사실을 안다는 것을 알고 있었다. 나는 당분간은 여자를 멀리하겠다고 단단히 마음을 먹고 런던으로 돌아왔다.

내가 방을 빌려 살았던 러셀 광장의 아파트 아랫방은 8월 한 달 동안 거의 비어 있었는데, 어느 일요일에 아래층에서 소리가 들려왔다. 문이 꽝 하고 닫히고 음악 소리가 흘러나왔다. 월요일에는 계단에서 별로 매력 없는 얼굴의 여자 둘을 지나쳐 갔다. 나는 그들이 말하는 것을 들으며 내려갔다. 그들의 짧은 a 발음은 밋밋해서 짧은 e처럼 들렸다. 오스트레일리아 출신 여자들이었다. 그러다 내가 스펜서헤이 양과 점심을 한 날, 즉 금요일 저녁이 되었다.

6시 무렵, 문을 두드리는 소리가 나서 열어 보니, 내가 본 두 여자 중 좀 더 땅딸막한 여자가 문 앞에 서 있었다.

「오, 안녕하세요? 난 마거릿이라고 해요. 아래층에서 왔어요.」 나는 그녀가 내민 손을 잡았다. 「알게 돼서 기뻐요. 저기, 오늘 술 파티를 하려고 하는데, 함께하지 않겠어요?」

「오. 글쎄요, 사실⋯⋯.」

「꽤 시끄러울 거예요.」

언제나 그런 식이었다. 불평을 사전에 막고자 하는 초대였다. 나는 잠시 망설이다가 어깨를 으쓱했다.

「좋아요. 고마워요.」

「좋아요. 8시 괜찮으시죠?.」 그녀는 아래층으로 내려가다가 소리쳤다. 「데려오고 싶은 여자 친구는 있나요?」

「지금 당장은 없어요.」

「그럼 우리가 준비할게요. 이따 봐요.」

그런 다음 그녀는 갔다. 나는 초대에 응한 것을 후회했다.

결국 그 후 아래로 내려갔을 때 나는 이미 많은 사람들이 와 있는 소리를 들을 수 있었다. 나는 못생긴 여자들 — 늘 그런 여자들이 제일 먼저 도착한다 — 은 처리가 되어 있었으면 하고 바랐다. 문은 열려 있었다. 나는 선물로 준비한 알제리산 부르고뉴 포도주 병을 손에 들고, 작은 홀을 지나 거실 문간에 가 섰다. 사람들로 붐비는 방에서 전에 보았던 두 여자 가운데 하나를 찾으려고 애썼다. 오스트레일리아인들의 요란한 목소리가 들렸고, 한 남자는 스코틀랜드의 킬트를 입고 있었으며, 서인도 제도에서 온 자들도 몇 명 있었다. 나하고는 별로 맞지 않는 파티라는 생각이 들어서 바로 밖으로 나가려 했다. 그때 누군가가 도착해 홀에 있는 내 뒤에 섰다.

내 또래쯤 되어 보이는 여자로, 묵직한 여행 가방을 들고 있었고, 어깨에는 작은 배낭을 메고 있었다. 하얀색 방수 외투 차림의 그녀는 긴 여행 탓인지 극도로 지친 모습을 하고 있었다. 그리고 살결은 뜨거운 태양에 몇 주 그은 것 같은 다

갈색이었다. 긴 머리는 완전히 금발은 아니었지만, 빛이 바래서인지 거의 금발에 가까웠다. 긴 머리는 좀 이상하게 보였다. 소년처럼 보이는 짧은 머리가 그 당시 유행이었기 때문이다. 여자들은 여자보다는 남자처럼 보였다. 그리고 그녀에게는 어딘지 모르게 독일인 같기도 하고 덴마크인 같기도 한 뭔가가 있었고, 방랑자 같기도 했으며 고집스럽고 부도덕한 분위기가 느껴지기도 했다. 그녀는 열려 있는 문간에서 떨어져서 손짓으로 나를 불렀다. 그녀의 미소는 아주 엷고, 진심이라고는 전혀 담기지 않은 무뚝뚝한 것이었다.

「매기 좀 찾아서 불러 줄래요?」

「마거릿 말인가요?」

그녀는 고개를 끄덕였다. 나는 사람들로 꽉 들어찬 방을 지나 결국 부엌에서 마거릿을 발견했다.

「아, 왔군요! 잘 왔어요.」

「밖에서 누가 당신을 찾고 있어요. 여행 가방을 들고 있는 아가씨인데.」

「이걸 어쩌지!」

그녀는 뒤에 있는 여자에게 고개를 돌렸다. 나는 뭔가 문제가 있다는 것을 감지했다. 마거릿은 잠시 망설이다가 따고 있던 맥주병을 내려놓았다. 나는 그녀의 살찐 어깨를 좇아 사람들을 헤치며 나아갔다.

「앨리슨! 다음 주에 온다고 했잖아.」

「돈이 다 떨어졌어.」 그 방랑자는 나이 많은 여자를 향해, 반은 죄책감을 느끼는 듯한, 그리고 반은 조심스러워하는 듯한 이상한 표정을 지었다. 「피트는 돌아왔어?」

「아니.」 그녀의 목소리는 경고를 하는 것처럼 가라앉았다. 「하지만 찰리하고 빌은 있어.」

「오 제기랄.」 그녀는 무척 화가 난 것처럼 보였다. 「샤워를 해야겠어.」

「찰리가 맥주를 식히려고 욕조에 물을 채워 놨어. 욕조가 넘칠 지경이야.」

살이 그을린 여자는 기운이 빠진 듯 어깨가 축 처졌다. 그때 내가 끼어들었다.

「저희 집 걸 사용하세요. 위층입니다.」

「그래도 되나요? 앨리슨, 이분은······.」

「니컬러스입니다.」

「괜찮겠어요? 나는 지금 막 파리에서 왔어요.」 나는 그녀가 두 가지 말투를 쓴다는 것을 알아차렸다. 하나는 거의 오스트레일리아식이었고, 또 하나는 거의 영국식이었다.

「물론이죠. 제가 안내하죠.」

「먼저 갈아입을 옷을 가져올게요.」 그녀가 방으로 들어서자마자 외침 소리가 들렸다.

「어이, 앨리! 어디 갔다 왔어?」

오스트레일리아 남자 두세 명이 그녀 주위로 몰려들었다. 그녀는 그들 모두에게 짧게 키스를 했다. 잠시 후 야윈 여자들을 돌보고 있던 뚱뚱한 마거릿이 그들을 밀쳐 냈다. 앨리슨이 갈아입을 옷을 들고 다시 나타났고, 우리는 위층으로 올라갔다.

「오 맙소사.」 그녀가 말했다. 「오스트레일리아 사람들이란.」

「어디를 다녔죠?」

「안 다닌 데가 없어요. 프랑스, 스페인.」

우리는 방으로 들어갔다.

「욕실에 있는 거미 좀 치울게요. 뭘 좀 마셔요. 저쪽에 있어요.」

내가 돌아왔을 때 그녀는 손에 스카치 한 잔을 들고 서 있었다. 그녀는 다시 미소를 지었지만, 억지웃음이었고, 곧 사라져 버렸다. 나는 그녀가 방수 외투 벗는 것을 도와주었다. 프랑스제 향수를 얼마나 진하게 뿌렸는지 거의 콜타르 냄새가 났고, 앵초 색 셔츠는 몹시 더러웠다.

「아래층에 사나요?」

「음, 집을 함께 쓰죠.」

그녀는 아무 말 없이 건배하는 시늉을 하며 잔을 들었다. 눈은 회색으로 솔직해 보였는데, 마치 천성이 그런 게 아니라 상황이 그녀를 억세게 만들었다는 듯, 타락한 얼굴에서 유일하게 순수하게 빛났다. 자기 몸을 지킬 만큼 억척스러워 보였지만 한편으로는 보호가 필요한 것도 같았다. 그리고 그녀의 말투는 아주 살짝 오스트레일리아식이었지만 그렇다고 영국식도 아니었으며, 거칠고 약한 비음이 불쾌하게 섞인 데다 이상할 정도로 직설적이었다. 그녀는 묘한 양면성을 지니고 있었다.

「혼자예요? 파티에서.」

「그래요.」

「오늘 저녁 함께 있지 않겠어요?」

「좋아요.」

「20분 정도 후에 다시 와줄래요?」

「여기서 기다리겠습니다.」

「갔다가 오는 게 나을 거예요.」 우리는 조심스러운 미소를 주고받았다. 나는 파티장으로 돌아갔다.

마거릿이 다가왔다. 나를 기다렸던 것 같았다. 「당신을 만나고 싶어 하는 멋진 영국 여자가 있어요, 니컬러스.」

「당신 친구가 먼저 선수를 친 것 같은데요.」

그녀는 나를, 그런 다음 주위를 쳐다보더니 나를 홀 안으로 오게 했다. 「이건 좀 설명하기가 어렵지만, 앨리슨은 우리 오빠와 약혼을 했어요. 오늘 밤 여기엔 오빠 친구들이 몇 명와 있어요.」

「그래서요?」

「그녀는 무척 혼란스러워하고 있어요.」

「무슨 말인지 도무지 모르겠습니다.」

「나는 소동이 벌어지는 걸 원치 않을 뿐이에요. 전에도 그런 일이 한 번 있었거든요.」 나는 멍한 표정을 지었다. 「사람들은 다른 사람 대신 질투를 해주기도 하잖아요?」

「아무 짓도 하지 않을 겁니다.」

누군가가 안에서 그녀를 불렀다. 그녀는 나를 믿을 수 있는지 알려고 했지만 실패했고, 이에 관해선 더 이상 할 수 있는 일이 아무것도 없다고 결론을 내린 것 같았다. 「좋아요. 하지만 무슨 말인지 알겠죠?」

「명심하죠.」

그녀는 노련한 표정을 지어 보이며 고개를 까닥했지만 그다지 기분 좋은 것 같지는 않았다. 그런 다음 그녀는 갔다. 나는 문 근처에서 20분가량 기다리다가 밖으로 나와 내 방으로 갔다. 나는 초인종을 눌렀다. 한참 있다가 문 뒤에서 목소리가 들렸다.

「누구세요?」

「20분이 지났어요.」

문이 열렸다. 그녀는 머리를 올리고 몸에는 타월을 두르고 있었다. 어깨도 다리도 짙은 갈색이었다. 그녀는 재빨리 욕실로 다시 들어갔다. 욕조의 물이 빠지는 소리가 들렸다. 나는 문을 사이에 두고 소리를 질렀다.

「당신에게 접근하지 말라는 애기를 들었어요.」

「매기가 그러던가요?」

「소동이 벌어지는 걸 원치 않는다고 했어요.」

「망할 년. 내 시누이가 될지도 모르는 여자예요.」

「들었어요.」
「사회학을 공부하고 있죠. 런던 대학교에서요.」 잠시 말이 중단되었다. 「말이나 돼요? 어딜 좀 갔다 와서 사람들이 변했으리라 생각했는데, 그냥 그대로인 것 말예요.」
「무슨 말이죠?」
「잠깐만요.」
나는 잠시 기다렸다. 그때 문이 열리며 그녀가 거실로 나왔다. 그녀는 아주 단순한 흰색 드레스를 입고 있었고, 머리는 다시 내리고 있었다. 화장은 전혀 하지 않았지만 열 배는 더 예뻐 보였다.

그녀는 내게 약간 쓸쓸한 미소를 지었다. 「괜찮아요?」
「무도회장의 미녀 같군요.」 그녀의 표정이 너무 직설적이어서 나는 당황스러웠다. 「내려갈까요?」
「딱 한 모금만 더 하는 게 어때요?」
나는 그녀의 잔을 다시 채웠는데, 한 모금 이상이었다. 위스키가 흘러내리는 것을 보면서 그녀는 말했다. 「내가 왜 겁을 냈는지 모르겠어요. 내가 왜 겁을 냈지?」
「무엇에 대해서요?」
「모르겠어요. 매기. 남자들. 저 오스트레일리아 군인들.」
「그 소동에 대해?」
「오, 맙소사. 너무도 멍청했어요. 멋진 이스라엘 남자 하나가 있었죠. 우리는 키스를 했을 뿐이에요. 파티에서요. 그게 다예요. 그런데 찰리가 피트한테 얘기를 했고, 그들은 싸움을 했죠. 그러고는…… 맙소사, 당신도 알잖아요, 남자들이 어떤지.」

아래층에서 그녀는 한동안 보이지 않았다. 그녀 주위로 사람들이 몰려들었다. 나는 마실 것을 갖고 와, 누군가의 어깨 너머로 건네주었다. 칸과 콜리우르, 발렌시아에 관한 이야기가 오갔다. 뒷방에서 재즈 음악이 들려와, 나는 구경을 하려고 문간으로 갔다. 춤추는 사람들의 어둑어둑한 모습들 뒤로 창밖으로 어슴푸레한 나무들과 연한 호박색 하늘이 보였다. 주변에 있는 모든 사람들로부터 소외되었다는 느낌이 또렷이 느껴졌다. 활기 없는 부드러운 얼굴에 근시 안경을 쓴 여자가 방 건너편에서 수줍은 듯이 웃었다. 그녀는 위선자의 먹이가 되고 착취를 당하도록 태어난, 생각 깊고 지적인 여자들 중 하나였다. 그녀는 혼자 서 있었고, 그래서 나는 그녀가 마거릿이 나를 위해서 골라 놓은 〈멋진 영국 여자〉일 거라고 추측했다. 립스틱 색이 너무 빨개서, 그녀는 새의 한 종처럼 낯익었다. 나는 절벽 가장자리에서 고개를 돌리듯 그녀에게서 고개를 돌린 후 책꽂이 옆 바닥에 앉았다. 그런 다음 페이퍼백 한 권을 읽는 척했다.

앨리슨이 내 옆에 무릎을 꿇고 앉았다. 「취한 것 같아요. 아까 마신 위스키 때문인가 봐요. 이것 좀 마셔요.」 진이었다. 그녀가 비스듬히 앉았고, 나는 고개를 저었다. 나는 얼굴이 하얗고, 입술을 빨갛게 물들인 그 영국 여자를 생각했다. 최소한 이 여자는 생기가 넘쳤다. 거칠지만 생기가 있었다.

「당신이 오늘 밤 돌아와서 기뻐요.」

그녀는 진을 한 모금 홀짝 마시고는 뜯어보는 듯한 작은 눈으로 나를 바라보았다.

나는 다시 말을 붙였다. 「이 책 읽어 봤어요?」

「쓸데없는 얘기는 하지 말죠. 문학 따위는 집어치우고요. 당신은 똑똑하고, 나는 아름다워요. 이제 자신이 정말로 누구인지에 대해 얘기해요.」

잿빛 눈동자가 놀리듯, 도발하듯 나를 바라봤다.

「피트가 누구죠?」

「조종사예요.」 그녀는 유명한 항공사 이름을 말했다. 「우린 동거 중이에요. 이따금씩요. 그게 다예요.」

「아.」

「그는 바람을 피우고 있어요. 미국에서요.」 그녀는 잠시 바닥을 쳐다보았다. 잠시 그녀는 좀 더 진지한 다른 여자처럼 보였다. 「약혼했다는 건 매기 얘기예요. 우리는 그런 사이가 아니에요.」 그녀는 나를 살짝 쳐다보았다. 「우리는 자유로운 사람들이에요.」

그녀가 자신의 약혼자에 대한 얘기를 하는지, 아니면 나들으라고 그렇게 말하는지 확실치 않았다. 그녀가 내세우는 자유가 허식인지, 아니면 진실인지도 분명치 않았다.

「무슨 일을 하죠?」

「여러 가지요. 대부분 접수를 보는 일이죠.」

「호텔에서요?」

「어떤 거든요.」 그녀는 코를 찌푸렸다. 「새 일자리에 지원했어요. 스튜어디스죠. 지난 몇 주 동안 프랑스어와 스페인어를 배우러 갔던 것도 그 때문이에요.」

「내일 나하고 데이트할래요?」

몸집이 큰 30대의 오스트레일리아 사람 하나가 와서 반대편 문간에 기대섰다. 〈오, 찰리〉 하고 그녀가 방을 가로질러 소리쳤다. 「이 사람은 내게 욕실을 빌려 준 것뿐이야. 아무것도 아냐.」

찰리는 천천히 고개를 끄덕이더니, 경고하듯 뭉툭한 손가락으로 우리 쪽을 가리켰다. 그는 몸을 꼿꼿이 세우고 불안정한 걸음으로 사라졌다.

「매력적이죠.」

그녀는 손을 뒤집어 손바닥을 내려다보았다.

「일본군 포로수용소에서 2년 반 동안 지내 본 적 있어요?」

「아뇨. 왜요?」

「찰리는 그랬어요.」
「불쌍한 찰리.」
잠시 침묵이 흘렀다.
「오스트레일리아 사람들은 촌뜨기들이에요. 영국인들은 융통성이 없고요.」
「만약……」
「내가 찰리를 놀리는 건, 그가 날 사랑하고 또 내 그런 행동을 좋아하기 때문이에요. 하지만 그를 놀리는 사람은 아무도 없죠. 내 앞에서는요.」
또다시 침묵이 흘렀다.
「미안해요.」
「괜찮아요.」
「내일 얘기나 할까요?」
「아뇨. 당신 얘기를 해요.」

나는 무례하게 구는 법에 있어 그녀에게 한 수 배운 데 비위가 상하긴 했지만, 그녀는 점차 나로 하여금 나 자신에 대해 이야기를 하도록 만들었다. 그녀는 느닷없는 질문들을 던지고, 무의미한 대답들은 무시해 버리는 방식으로 그렇게 했다. 나는 내가 육군 준장의 아들이라는 사실과 외로움에 대해 이야기를 하기 시작했는데 나 자신을 잘 포장하기 위해서가 아니라 단순히 설명하기 위해서 그렇게 한 것은 처음이었다. 나는 앨리슨에 대해 두 가지 사실을 알아챘다. 그것은 겉으로는 퉁명스러운 모습을 보이는 그녀가 사람을 구슬리는 솜씨가 대단하며, 남자를 다루는 기술이 뛰어나고, 성적 매력을 발산하는 재주가 탁월하다는 사실과, 그녀의 매력이 솔직함뿐만 아니라 예쁜 몸과 매력 있는 얼굴에 있으며, 그녀 자신도 그것을 알고 있다는 것이었다. 그녀는 어떤 진실이나 진지함 또는 순간적인 관심을 내비치는, 영국인에게서는 좀처럼 볼 수 없는 능력을 지니고 있었다. 나는 입을 다물었다. 나는 그녀가 나를 지켜보는 것을 알 수 있었다. 잠시 후 나는 그녀를 바라보았다. 그녀는 수줍어하면서도 생각에 잠긴 표정을 하고 있었다. 그것은 그녀의 새로운 자아였다.

「앨리슨, 당신이 마음에 들어요.」

「나도 그런 것 같아요. 당신은 영국인치고는 입이 아주 예뻐요.」

「당신은 내가 처음 만난 오스트레일리아 여자예요.」

「불쌍한 폼.」[4]

희미한 전등 하나를 제외하고는 모든 불이 꺼진 지 이미 오래였고, 늘 그렇듯, 지친 남녀가 짝을 이루어 방 안의 가구와 바닥에 흩어져 있었다. 그 파티도 남녀가 짝을 이루는 것으로 끝이 났던 것이다. 매기는 사라진 것 같았고, 찰리는 침실 바닥에 곯아떨어져 있었다. 우리는 춤을 췄다. 우리 두 사람의 몸은 점점 더 가까워졌다. 나는 그녀의 머리칼에, 그런 다음 목덜미에 키스를 했고, 앨리슨은 내 손을 잡고 좀 더 가까이 다가왔다.

「위층으로 갈래요?」

「먼저 가요. 1분 안에 갈게요.」 그렇게 말하고 그녀는 빠져나갔고, 나는 위층으로 올라갔다. 10분 뒤, 얼굴에 어딘지 불안한 미소를 띤 그녀가 문간에 나타났다. 그녀는 흰 드레스를 입은 채 그곳에 서 있었다. 키가 작은 그녀는 순결하면서도 때가 묻고, 거칠면서도 우아하며, 전문가이면서도 초보자 같았다.

그녀가 들어오자 나는 문을 닫았다. 그 즉시 우리는 어둠 속에서 문에 기댄 채 1~2분 동안 키스를 했다. 밖에서 발소

---

[4] 포메라니아종의 작은 개. 영국인을 비하하는 말.

리가 들리더니 누군가 문을 세게 두 번 두드렸다. 앨리슨이 내 입을 손으로 막았다. 다시 문을 두 번 두드리는 소리가 들렸다. 그런 다음 또다시 두 번 노크 소리가 났다. 망설임, 심장의 고동 소리. 발소리가 멀어졌다.

「어서요.」 그녀가 말했다. 「자, 어서요.」

4

다음 날 아침 나는 늦게 잠에서 깼다. 알몸의 앨리슨은 갈색 등을 내게 돌린 채 아직 잠들어 있었다. 나는 자리에서 일어나 커피를 탄 뒤 침실로 가져갔다. 그녀는 잠에서 깨어 침대보 위로 눈만 빼꼼히 내밀고 나를 바라보았다. 그녀는 나의 미소를 무표정한 얼굴로 한참 동안 외면하더니 갑자기 몸을 돌리고 침대보를 머리 위로 끌어당겼다. 나는 그녀 옆에 앉아 다소 어색하게 무엇이 잘못되었는지 알아내려 했지만, 그녀는 머리 위로 침대보를 꼭 끌어당기고 있었다. 그래서 나는 뭐라고 하며 그녀를 토닥여 주는 것을 단념하고, 다시 커피를 마시기 시작했다. 잠시 후 그녀가 일어나 앉아 담배를 달라고 했다. 그리고 내게 셔츠를 한 벌 빌려 달라고 했다. 그녀는 나와 눈을 마주치지 않으려 애를 썼다. 그녀는 셔츠를 입고, 화장실로 갔다. 잠시 후 돌아온 그녀는 출렁거리는 머리칼로 나를 슬쩍 건드리며 다시 침대로 올라갔다. 나는 침대 끄트머리에 앉아 그녀가 커피를 마시는 모습을 지켜보았다.

「왜 그래?」
「지난 두 달 동안 몇 명의 남자와 잠을 잤는지 알아요?」
「50명?」
그녀는 웃지 않았다.

「50명하고 잤다면, 나는 그냥 정직한 창녀일 거야.」
「커피를 더 하지.」
「어젯밤 당신을 처음 보고 30분도 안 지나서 생각한 건 내가 정말 사악하다면 이 남자와 자게 될 거야였어.」
「무척 고맙군.」
「당신 말투로 당신에 대해 알 수 있어.」
「알다니, 뭘?」
「당신은 여자의 몸을 탐하는 남자야.」
「말도 안 돼.」
침묵이 흘렀다.
「나는 취했었어.」 그녀가 말했다. 「너무도 피곤했어.」 그녀는 한참 동안 나를 쳐다본 후 고개를 저으며 눈을 감았다. 「미안해. 당신은 좋은 사람이야. 침대에서는 정말 멋져. 그런데 지금은 뭐지?」
「이런 일에 난 익숙하지 않아.」
「나는 익숙해.」
「이건 범죄가 아냐. 당신은 단지 그 친구와 결혼할 수 없다는 것을 증명하려 할 뿐이야.」
「난 스물셋이야. 당신은 몇 살이지?」
「스물다섯.」
「당신이 자신에 대해 아는 것들이 바로 당신 자신이라는 생각이 들기 시작하지 않아? 영원히 그 모습 그대로 있을 거야? 나는 그럴 것 같아. 나는 영원히 바보 같은 오스트레일리아 출신 창녀로 남게 될 거야.」
「무슨 말을 하는 거야.」
「피트가 지금 뭘 하고 있는지 말해 주지. 내게 이런 편지를 쓰고 있을 거야. 〈지난주 금요일 여자를 하나 낚았고 끝내주는 경험을 했지.〉」

「그게 무슨 말이야?」

「그건 〈너도 마음에 드는 그 누구와도 자라〉는 의미야.」 그녀는 창밖을 내다보았다. 「우리는 함께 살았어, 이번 봄 내내. 침대 밖에서는 오누이처럼 보일 정도로 가깝게 지냈지.」 그녀는 담배 연기 사이로 나를 비스듬히 바라보았다. 「어제 알게 된 남자와 함께 일어나는 게 어떤 것인지 당신은 모를 거야. 뭔가를 잃어버린 느낌이야. 정조 같은 거 말고.」

「뭔가 얻는 것도 있겠지.」

「이런, 뭘 얻을 수 있지? 말해 봐.」

「경험이랄까, 쾌락이랄까.」

「당신 입이 마음에 든다는 얘기를 했던가?」

「몇 번.」

그녀는 담배를 비벼 끄고 자세를 고쳐 앉았다.

「방금 내가 왜 울려고 했는지 알아? 피트와 결혼하기 때문이야. 그가 돌아오는 대로 결혼하려고 해. 내게 피트만 한 존재도 없어.」 그녀는 벽에 등을 기대고 앉았다. 너무 큰 셔츠를 걸친, 상처 입은 얼굴을 한, 키 작은 소년 같은 그녀는 나를 쳐다보다가 침대보로 눈을 돌렸다. 우리는 잠시 아무 말도 없었다.

「이건 인생의 한 국면일 뿐이야. 당신은 불행해.」

「나는 뭔가를 멈추고 생각을 할 때 불행해. 잠에서 깨어 나 자신이 무엇인지 볼 때.」

「다른 여자들도 대부분 다 그래.」

「난 그런 여자들하고는 달라. 나는 나야.」 그녀는 머리 위로 셔츠를 벗고 침대보 속으로 들어갔다. 「진짜 이름이 뭐야? 성 말이야.」

「어프. U, R, F, E.」

「나는 켈리야. 당신 아빠는 정말로 육군 준장이었어?」

「응. 그래.」

그녀는 수줍게, 놀리듯 거수경례를 한 다음 갈색 팔을 내밀었다. 나는 그녀 옆으로 갔다.

「날 창녀라고 생각하는 건 아냐?」

어쩌면 그 순간 그녀와 맞닿을 정도로 가까이서 그녀를 쳐다보며 나는 선택을 했는지도 모른다. 나는 내 생각을 말할 수도 있었을 것이다. 그래, 넌 창녀야. 아니, 그보다 더 나쁘지. 넌 창녀 기질을 이용하지. 내가 왜 장차 네 시누이가 될 여자의 충고를 듣지 않았는지 후회가 돼, 라고. 만약 내가 그녀에게서 조금 더 떨어져 있었다면, 가령 방 반대편에 있었거나 그녀의 눈길을 피할 수 있는 어떤 상황에 있었다면 나는 단호히 잔인해질 수도 있었을 것이다. 하지만 뭔가를 찾는 듯한, 늘 솔직한 그녀의 회색 눈이 제발 거짓말은 하지 말아 달라고 애원하는 바람에 나는 그만 거짓말을 하고 말았다.

「나는 당신이 좋아. 정말로 많이.」
「침대에 다시 들어와 나를 안아 줘. 다른 건 아무것도 필요 없어. 그냥 나를 안아 줘.」

나는 침대로 들어가 그녀를 껴안았다. 그런 다음 처음으로 눈물을 흘리는 여자와 관계를 가졌다.

그 첫 번째 토요일에 앨리슨은 여러 번 눈물을 흘렸다. 오후 5시경 매기를 만나러 아래층에 내려간 그녀는 눈이 벌겋게 되어 돌아왔다. 매기가 나가 달라고 했다는 것이었다. 반시간쯤 뒤에 매기와 함께 사는 앤이 올라왔다. 그녀는 코에서 턱끝까지 완전히 평평한 얼굴을 한, 불운한 여자들 가운데 하나였다. 매기는 외출을 했고, 그사이 앨리슨이 자신의 물건을 모두 치우기를 바랐다. 그래서 우리는 아래층으로 내려가 물건들을 가져왔다. 나는 앤과 이야기를 나누었다. 그녀는 차분하고도 다소 새침하게, 내가 생각했던 것 이상으로 앨리슨에게 동정심을 보였다. 매기는 자기 오빠의 결점에 대해서는 맹목적일 정도로 눈이 멀어 있다고 했다.

매기를 두려워하여, 앨리슨은 며칠 동안 밤을 제외하고는 외출을 하지 않았다. 매기는 어떤 이유로 그녀에게 증오스러운 존재가 되어 있었지만 그래도 여전히 퇴폐적인 영국의 헐벗은 황무지 위에 서 있는, 오스트레일리아의 미덕을 간직한 강력한 거석 같은 존재였다. 나는 먹을 것을 사기 위해 외출을 했다. 우리는 한지붕 아래서 시간에 상관없이 대화를 하고, 잠을 자고, 관계를 갖고, 춤을 추고, 요리를 했다. 우리는 창밖의 지루한 런던으로부터 멀어진 만큼이나 일상적인 시간으로부터도 멀리 떨어져 있었다.

앨리슨은 언제나 여성적이었다. 그녀는 많은 영국 여자들과는 달리 자신의 성을 배반하는 일이 결코 없었다. 그녀는 아름답지 않았고, 예쁘지조차 않을 때도 많았다. 하지만 당시 유행하던 날씬한 소년 같은 몸매와 현대적인 패션 감각을 지니고 있었으며, 걷는 태를 의식하면서 걸었고, 전체적으로 보면 하나하나를 뜯어볼 때보다 훨씬 나았다. 나는 차 안에서 그녀가 내게로 오며 잠시 걸음을 멈췄다가 길을 건너오는 것을 바라보곤 했다. 그런 그녀의 모습은 멋졌다. 하지만 내 옆에 가까이 있을 때 그녀의 모습에는 어딘지 천박하고, 버릇없는 아이 같은 뭔가가 있었다. 하지만 좀 더 가까이 있게 되면, 나는 언제나 내 판단이 틀렸다는 것을 깨달았다. 그녀는 한순간 추하게 보였다가도, 표정이나 동작, 얼굴 각도가 조금 달라지면 결코 추하지 않게 보였다.

외출할 때면 그녀는 아이새도를 짙게 발랐는데, 그것은 상처 입은 듯한 표정을 짓기 위해 때로 골난 것처럼 입을 내미는 그녀 특유의 표정과 아주 잘 어울렸다. 그리고 그녀의 그 표정은 미묘하게 상대로 하여금 그녀에게 더욱더 상처를 입히고 싶게 만들었다. 남자들은 길거리나 식당이나 술집에서 모두 그녀를 의식했고, 그녀도 그것을 알고 있었다. 나는 그녀가 지나갈 때 남자들이 그녀를 아래위로 훑어보는 것을 바라보곤 했다. 그녀는 성적 아우라를 선천적으로 타고난 여자 가운데 하나였는데, 예쁜 여자 중에서도 그런 여자는 드물었다. 그런 여자들의 삶에서는 늘 남자와의 관계가, 남자들이 어떤 반응을 보이느냐가 문제였다. 그리고 가장 유순한 남자도 그것을 감지했다.

마스카라를 지워 내면, 그녀는 좀 더 단순한 여자가 되었다. 마스카라를 하지 않은 첫 열두 시간 동안은 그녀는 완전히 그녀답지는 않았다. 하지만 그래도 예측할 수 없고, 모호한 구석은 늘 약간 있었다. 좀 더 섬세한 모습이나 상처 입어 굳은 모습이 언제 다시 나타날지는 아무도 알 수 없었다. 그녀는 사납게 자신을 표현하다가도 곧 엉뚱한 순간에 언제 그랬냐는 듯 하품을 했다. 어떤 날은 하루 종일 아파트를 청소하고 요리와 다림질을 하다가도, 그다음 사나흘은 보헤미안처럼 난로 앞 바닥에 앉아 「리어 왕」이나 여성지, 탐정 소설, 헤밍웨이의 소설을 읽으면서 — 한 번에 다 읽는 것이 아니라 오후 한나절 동안 그 모두를 돌아가면서 조금씩 읽었다 — 보냈다. 그녀는 뭔가를 하기 좋아했는데, 뭔가를 할 때면 그것을 하는 이유를 꼭 찾아야만 했다.

어느 날 그녀가 값비싼 만년필 한 자루를 갖고 돌아왔다.
「신사분을 위한 거야.」
「이럴 필요 없는데.」
「괜찮아. 훔친 거니까.」
「훔쳤다고!」

「나는 모든 걸 훔쳐. 몰랐어?」

「모든 것이라고!」

「작은 가게에서는 안 훔쳐. 큰 가게에서만 훔쳐. 그건 잘못이 아냐. 그렇게 충격받은 표정 짓지 마.」

「충격받지 않았어.」 하지만 실은 충격을 받았다. 나는 조심스럽게 만년필을 들고 있었다. 그녀는 히죽 웃었다.

「이건 그냥 취미야.」

「홀러웨이[5]에서 6개월 형을 사는 건 그다지 재미있지 않을 텐데.」

그녀는 위스키 한 잔을 따랐다. 「건배. 나는 큰 가게를 증오해. 자본가들뿐만 아니라 오스트레일리아로 이민 온 자본가들도. 일석이조지. 오, 그만해, 이제 웃어 봐.」 그녀는 만년필을 내 호주머니에 넣었다. 「자. 이제 당신은 범죄를 뒤쫓는 화식조[6]야.」

「스카치 한잔 마셔야겠어」

술병을 든 채 나는 그녀가 그것 역시 〈샀다〉고 했던 것을 기억했다. 나는 그녀를 바라보았다. 그녀가 고개를 끄덕였다.

내가 위스키를 따르는 동안 그녀는 내 옆에 서 있었다. 「니컬러스, 당신이 왜 모든 걸 너무 심각하게 받아들이는지 알아? 그건 자기 자신을 너무 심각하게 받아들이기 때문이야.」 그녀는 다정한 듯하면서도 놀리는 듯한, 묘한 미소를 살짝 지어 보인 후, 감자 껍질을 벗기러 갔다. 나는 어떤 모호한 방식으로 내가 그녀를, 그리고 나 자신을 마음 상하게 했다는 것을 알 수 있었다.

---

5 런던 북부에 있는 여자 형무소.
6 오스트레일리아 원산의 새로 날개가 퇴화하여 날지 못한다.

어느 날 밤 나는 그녀가 자면서 어떤 이름을 부르는 것을 들었다.
「마이클이 누구야?」 다음 날 아침 내가 물었다.
「잊어버리고 싶은 사람이야.」
하지만 그녀는 그 얘기는 접고 다른 것들, 상냥하면서도 군림하려 했던 영국 태생의 어머니와 4년 전 암으로 죽은, 역장이었던 부친에 관한 얘기를 했다.
「내 말투가 이렇게 어정쩡한 것도 그 때문이야. 내가 입을 열 때마다 엄마 아빠는 늘 싸웠어. 내가 오스트레일리아를 싫어하면서도 좋아하고, 거기서는 결코 행복할 수 없는데도 늘 그리워하는 것도 그 때문일 거야. 일리가 있는 것 같아?」
그녀는 언제나 자기 말이 일리가 있는지를 내게 물었다.
「웨일스에 있는 친척을 찾아간 적이 있어. 외삼촌이었어. 맙소사. 왈라비[7]도 흐느끼게 만들 정도였지.」
하지만 그녀는 나를 무척 영국적이면서도 무척 매력적이라고 생각했다. 그것은 얼마간은 내가 〈세련되었기〉 때문이었는데 그녀는 그 단어를 종종 사용했다. 피트는 그녀가 화랑이나 음악회에 갈 때면 늘 그녀를 〈놀렸다〉. 그녀는 〈이봐, 술꾼한테 무슨 일이 있는 거야?〉 하고 그의 흉내를 냈다.
어느 날 그녀가 말했다. 「피트가 얼마나 좋은 사람인지 모를 거야. 물론 악당 같기도 하지만 말이야. 나는 그가 무엇을 원하는지, 무슨 생각을 하는지, 그가 말하는 게 무슨 의미인지 언제나 알아. 그런데 당신은, 아무것도 모르겠어. 나 때문에 기분이 상할 때에도, 나 때문에 기분이 좋을 때에도 그 이유를 모르겠어. 그건 당신이 영국인이기 때문이야. 당신은 이해하지 못하겠지만.」

---

7 작은 캥거루.

그녀는 오스트레일리아에서 고등학교를 마친 뒤, 시드니 대학에서 1년간 어학도 공부했다. 그런데 그때 피트를 만났고, 일이 〈복잡해졌다〉. 결국 그녀는 낙태 수술을 한 뒤 영국으로 왔다.

「그 남자가 낙태를 하게 한 거야?」

그녀는 내 무릎에 앉아 있었다.

「그는 전혀 알지 못했어.」

「전혀 몰랐다고!」

「다른 사람 애일 수도 있었어. 나도 확실치 않았어.」

「불쌍한 아이.」

「그의 아이였다 해도 그는 원하지 않았을 거라는 것을 나는 알고 있었어. 그리고 그의 아이가 아니었다면 그는 아이를 받아 주지 않았을 거야. 그래서.」

「당신은 …….」

「나도 아기를 원치 않았어. 방해만 되었을 테니까.」 그녀는 좀 더 부드러운 목소리로 덧붙였다. 「그래. 그랬어.」

「그리고 지금도?」

잠시 침묵이 흘렀고, 그녀는 어깨를 조금 으쓱했다

「때로는.」 나는 그녀의 얼굴을 쳐다볼 수 없었다. 우리는 가까이서, 따뜻한 상태로 아무 말 없이 앉아 있었다. 우리는 우리가 가까우며, 지금 나눈 아이에 대한 얘기가 의미하는 바에 당혹해하고 있다는 것을 알고 있었다. 우리 나이에 추한 머리를 드는 것은 섹스가 아니라 사랑이다.

어느 날 저녁, 우리는 카르네 감독의 오래된 영화 「안개 낀 부두」를 보러 갔다. 영화관을 나올 때 그녀는 울고 있었는데, 그날 밤 침대에 들 때에도 다시 울기 시작했다. 그녀는 내가 못마땅해하는 것을 눈치챘다.

「당신은 내가 아냐. 당신은 나처럼 느끼지 못해.」
「느낄 수 있어.」
「아니, 그럴 수 없어. 당신은 그냥 아무것도 느끼지 않으려 해. 그걸로 만사 오케이지.」
「그건 아냐. 그저 그렇게까지 나쁘진 않을 뿐이지.」
「그 영화를 보고 내가 모든 것에 대해 느끼는 것을 느꼈어. 아무 의미도 없다는 것 말이야. 우리는 늘 행복하고자 하지만, 우연히 무슨 일이 일어나면 모든 게 사라져 버리고 말아. 그건 우리가 죽은 뒤의 삶을 믿지 않기 때문일 거야.」
「믿지 않기 때문이 아니라 믿을 수 없기 때문이야.」
「당신이 나가고 나 혼자 있을 때마다 나는 당신이 죽을지도 모른다는 생각을 해. 나는 매일 죽는 것에 대해 생각해. 매번 당신을 가질 때에도 당신이 죽음을 앞두고 있다는 생각을 해. 그건 돈을 무척 많이 갖고 있는데, 한 시간 안에 모든 가게가 문을 닫는 것과 마찬가지야. 역겹지만 돈을 써야 하지? 내 말이 일리가 있어?」
「물론. 폭탄이 떨어지기 전과 같은 거지.」
그녀는 누워서 담배를 피우고 있었다.
「폭탄 얘기가 아냐. 우리 얘기야.」
그녀는 고독한 마음을 좋아하지 않았다. 정서적 갈취를 탐지해 냈던 것이다. 그녀는 이 세상에서 완전히 혼자여서 가족과의 어떤 끈도 없다면 좋을 거라고 생각했다. 어느 날 내가 차를 몰고 가면서 가까운 친구가 하나도 없다는 얘기를 하자 — 나와 나머지 세계 사이에는 유리 상자가 있다는, 내가 가장 좋아하는 은유를 사용하며 — 그녀는 웃음을 터뜨렸다. 「당신은 그것을 즐기고 있어.」 그녀가 말했다. 「당신은 자신이 고립되어 있다고 말하지만, 실은 자신은 다르다고 생각하고 있어.」 상처받은 나의 침묵을 깨며, 너무 뒤늦게 그녀는 〈당신은 달라〉 하고 말했다.

「그리고 고립되어 있어.」

그녀는 어깨를 으쓱했다. 「누군가와 결혼을 해. 나하고 결혼해.」

그녀는 머리가 아프면 아스피린을 먹으라는 식으로 말했다. 나는 길에서 눈을 떼지 않았다.

「당신은 피트와 결혼할 거잖아.」

「내가 창녀에다 식민지 태생이라 나와는 결혼하지 않으려는군.」

「그런 말은 쓰지 않았으면 좋겠어.」

「나도 그런 말은 쓰지 않고 싶어.」

우리는 늘 미래의 가장자리로부터 조금씩 멀어져 갔다. 우리는 어떤 미래에 대해, 조그만 별장에 살면서 내가 글을 쓰는 것에 대해, 또 지프를 한 대 사서 오스트레일리아 대륙을 횡단하는 일에 대해 얘기를 나누었다. 〈우리가 앨리스스프링스[8]에 있게 되면〉이라는 말은 우리 사이에서 일종의 농담이 되어 버렸다. 그곳이 우리의 이상향이었다.

그렇게 하루하루가 흘러갔다. 나는 이번 관계가 그전에 겪었던 관계와는 다르다는 것을 알고 있었다. 다른 건 접어 두고도 육체적으로 훨씬 더 만족스러웠다. 침대를 벗어나서는 내가 그녀를 가르치고, 그녀의 억양을 영국식으로 교정해 주고, 그녀의 거친 면과 촌스러운 면을 세련되게 만들고 있는 것 같았지만, 침대에서는 단연 그녀가 선생이었다. 둘 다 외아들 외딸이어서인지 우리는 이 상호 관계를 분석할 줄은 몰랐지만 그래도 알 수는 있었다. 우리 둘은 서로 주고받을 뭔가가 있었으며, 동시에 육체적인 공통의 장과 동일한 식성,

---

8 오스트레일리아 중앙 산악 지대의 마을.

동일한 취향, 속박당하기 싫어하는 성격을 갖고 있었다. 그녀는 사랑의 기술 외에 다른 것들도 내게 가르쳐 주고 있었다. 어쨌든 그 당시 나의 생각은 그랬다.

테이트 미술관의 어느 전시실에 함께 서 있던 날이 기억난다. 앨리슨은 내게 가볍게 기댄 채 내 손을 쥐고 사탕을 빠는 어린아이 같은 얼굴로 르누아르의 작품을 보고 있었다. 그때 갑자기 우리가 한 몸이며, 한 사람이라는 느낌이 들었다. 그리고 그녀가 사라진다면, 나 자신의 반을 잃어버린 느낌이 들 것만 같았다. 당시의 나보다 좀 덜 사색적이고 좀 덜 자기도취에 빠진 사람이었다면 죽음과도 같은 그 끔찍한 감정이 다름 아닌 사랑이라는 것을 깨달았을 것이다. 하지만 나는 그것을 욕망이라고 생각했다. 나는 곧장 차를 몰고 집으로 돌아와 그녀의 옷을 벗겼다.

또 다른 날에 우리는 제르민 가에서 빌리 화이트와 마주친 적이 있었다. 그는 모들린 칼리지에서 내가 잘 알고 지낸 이튼 출신 친구로, 〈반항아들〉 그룹의 일원이었다. 그는 무척 쾌활한 성격에 속물적인 구석이라곤 전혀 없었지만, 어쩌면 그 스스로도 어찌할 수 없을 상류 계급의 분위기가 몸에 배어 있었고, 저명인사들하고 꾸준히 어울렸으며, 얼굴 표정과 옷차림, 어휘 등에서 상류층의 나무랄 데 없는 취향을 드러냈다. 우리는 굴을 파는 바로 갔다. 제철을 맞은 콜체스터산 굴이 처음으로 들어왔다는 얘기를 그가 방금 전에 들었다는 것이었다. 앨리슨은 거의 말을 하지 않았지만, 나는 그녀와, 그녀의 발음, 그리고 그녀와 우리 근처에 앉은, 사교계에 첫발을 내디딘 것 같은 한두 명의 여자들 사이의 차이로 인해 낯이 뜨거워졌다. 그녀가 잠시 자리를 뜬 사이 빌리가 뮈스카데의 마지막 잔을 따르며 말했다.

「멋진 여자야, 친구.」

「오……」 나는 어깨를 으쓱했다. 「알잖아.」

「매력적이야.」

「중앙난방보다는 싸지.」

「그렇겠지.」

하지만 나는 그가 무슨 생각을 하는지 알고 있었다.

그와 헤어진 뒤 앨리슨은 무척 조용했다. 우리는 영화를 보기 위해 햄스테드로 차를 몰고 가고 있었다. 나는 그녀의 부루퉁한 얼굴을 흘깃 보았다.

「뭐가 잘못됐어?」

「당신들, 상류층 영국인들이 하는 말은 어떤 때는 너무 비열하게 들려.」

「난 상류층이 아냐. 중산층이야.」

「상류건 중류건 알 게 뭐야.」

좀 더 차를 몰고 갔을 때 그녀가 다시 입을 열었다

「나를 마치 당신 애인이 아닌 것처럼 취급했어.」

「멍청한 소리 하지 마.」

「나를 오스트레일리아 원주민 취급했어.」

「쓸데없는 소리.」

「내 바지가 흘러내리거나 하면.」

「설명하기가 무척 힘들어.」

「나한테 이러지 마. 나한테.」

어느 날 그녀가 말했다. 「나 내일 면접 보러 가야 해.」

「가고 싶어?」

「내가 가기를 원해?」

「그건 중요하지 않아. 자기는 마음을 정하지 못했어.」

「합격하면 좋겠어. 합격했다는 것만이라도 알고 싶어.」

그녀는 화제를 바꿨다. 나는 화제를 바꾸지 말라고 할 수도 있었지만, 그렇게 하지 않았다.

그런데 그다음 날, 나 역시 면접을 알리는 편지를 받았다. 앨리슨은 면접시험을 치렀고, 면접을 썩 잘 보았다고 생각했다. 사흘 뒤 그녀는 합격 통지서를 받았다. 연수는 열흘 뒤에 시작된다고 했다.

나는 세련된 공무원들로 구성된 면접관들 앞에서 시험을 봤다. 그녀와 밖에서 만났고 우리는 이탈리아 레스토랑에 가 처음 만난 두 사람처럼 서먹서먹한 분위기에서 식사를 했다. 그녀는 피곤한 듯 얼굴빛이 좋지 않았고, 뺨이 부어 보였다. 내가 없는 동안 무엇을 하고 있었는지 물었다.

「편지를 쓰고 있었어.」

「그곳에?」

「응.」

「뭐라고?」

「무슨 말을 했을 것 같아?」

「하겠다고 했군.」

부담스러운 침묵이 흘렀다. 내가 무슨 말을 하기를 그녀가 원하는지 알 수 있었지만, 그 말을 할 수가 없었다. 나는 몽유병자가 깨어 보니 지붕 난간 끝에 있을 때 느끼는 것과 같은 기분을 느꼈다. 나는 결혼이라는 것에, 한군데 정착하고 사는 것에 준비가 되어 있지 않았다. 심리적으로 그녀와 그 정도로 가깝지는 않았다. 뭔가 딱 꼬집어 말할 수 없는, 모호하고 무시무시한 어떤 것이 우리 둘 사이에 가로놓여 있었는데, 그 모호하고 무시무시한 것은 내게서가 아니라 그녀에게서 나왔다.

「그 회사 비행기 중에는 아테네를 경유하는 것도 있어. 당신이 그리스에 가 있어도 우리는 만날 수 있을 거야. 어쩌면 당신이 런던에 있을 수도 있고.」

우리는 내가 그리스에서 일자리를 구하지 못할 경우 어떻게 살지에 대해 계획을 세우기 시작했다.

하지만 나는 일자리를 얻게 되었다. 내가 선발되었으며, 그 사실이 아테네에 있는 교육 위원회에 통보되었다는 소식을 알리는 편지가 왔다. 이것은 〈사실상 단순히 형식적인 일〉에 지나지 않은 것이었다. 나는 10월 초까지 그리스로 가지 않으면 안 되었다.

계단을 뛰어 올라가 방에 들어서자마자 나는 앨리슨에게 편지를 보여 준 후 그녀가 그것을 읽는 것을 지켜보았다. 나는 슬퍼하는 기색을 기대했지만, 그런 것은 볼 수 없었다. 그녀는 내게 키스를 했다.

「말했잖아.」
「알아.」
「자, 우리 자축해야지. 시골에 가는 거야.」

나는 앨리슨이 하자는 대로 했다. 그녀는 이 문제를 심각하게 받아들이려고 하지 않았으며, 나는 너무도 소심한 나머지 그녀가 그것을 심각하게 받아들이지 않는 데 혼자 상처를 받은 이유를 곰곰이 생각해 볼 수도 없었다. 그래서 우리는 시골에 갔고, 돌아와서는 영화를 보러 갔다가 소호에 춤을 추러 갔다. 앨리슨은 여전히 이 문제를 심각하게 받아들이지 않았다. 하지만 그 후 사랑을 나눈 다음 우리는 잠을 이루지 못했다. 그제야 우리는 이 문제를 심각하게 받아들이기 시작했다.

「앨리슨, 내일 내가 어떻게 해야 하지?」
「제의를 받아들일 거잖아.」
「내가 받아들였으면 좋겠어?」
「그 얘긴 다시 하고 싶지 않아.」

우리는 누워 있었고, 나는 그녀가 눈을 뜨고 있는 것을 볼 수 있었다. 어딘가 가로등 앞에 있는 작은 나뭇잎들이 우리 방 천장에 불안한 그림자를 드리웠다.

「당신에 대해 내가 느끼는 것을 얘기하면, 당신은……」

「당신이 어떻게 느끼는지 알아.」

그러고는 비난 섞인 침묵이 흘렀다.

나는 손을 뻗어 그녀의 배를 어루만졌다. 앨리슨은 내 손을 밀어 냈지만 놓지는 않았다. 「당신도 느끼고, 나도 느껴. 그게 무슨 상관이야. 중요한 건 〈우리가〉 무엇을 느끼는가 하는 거야. 당신이 느끼는 건 내가 느끼는 거야. 나는 여자야.」

나는 두려운 생각이 들었고, 무슨 대답을 해야 할지 마음속으로 가늠했다.

「청혼을 하면 나와 결혼해 줄 테야?」

「그런 식으로 얘기하는 법이 어디 있어?」

「당신이 날 진정으로 필요로 한다면, 또는 원한다면, 당신과 내일 결혼하겠어.」

「오 니코, 니코.」 빗방울이 창문을 세차게 두들겼다. 그녀는 우리 사이, 침대 위에 놓여 있는 내 손을 두드렸다. 한동안 침묵이 이어졌다.

「나는 그냥 이 나라를 벗어나고 싶을 뿐이야.」

그녀는 아무 말도 하지 않았다. 좀 더 침묵이 흐른 뒤, 마침내 그녀가 입을 열었다.

「피트가 다음 주에 런던으로 돌아올 거야.」

「그가 어떻게 할 것 같아?」

「걱정할 것 없어. 피트도 알고 있으니까.」

「그가 알고 있다는 걸 어떻게 알지?」

「내가 편지를 썼어.」

「답장을 받았어?」

앨리슨은 한숨을 토했다. 「아무것도 요구하지 않았어.」
「그에게 돌아가고 싶어?」
앨리슨은 팔꿈치를 벤 채 몸을 돌리더니, 내 머리를 돌리고는 우리의 얼굴이 맞닿을 정도로 가까이 끌어당겼다.
「나한테 결혼하자고 해줘.」
「나랑 결혼하겠어?」
「아뇨.」 그녀는 다시 몸을 돌렸다.
「왜 이런 짓을 하지?」
「끝내려고. 나는 스튜어디스가 될 거고, 당신은 그리스로 갈 거야. 당신은 자유야.」
「당신도 자유야.」
「그렇게 해서 당신이 더 행복해진다면…… 그래, 나도 자유야.」

갑자기 소나기가 나무 꼭대기 위로 억수같이 퍼부으며 창문과 지붕을 때렸다. 마치 계절을 잊은 듯 봄비처럼 내렸다. 침실의 공기는 다리가 붕괴되기 직전의 순간처럼, 표출되지 않은 말들과 일반화할 수 없는 죄의식, 악의가 가득한 침묵으로 가득 찼다. 우리는 무덤으로 변한 침대 위 조각상처럼, 서로를 만지지 않고 나란히 누워 있었다. 우리가 정말로 생각하는 것을 말하기가 역겨울 정도로 두려웠다. 마침내 앨리슨이 짐짓 태연한 듯한 목소리로 말했다. 하지만 그것은 거칠게 들렸다.

「나는 당신에게 상처를 주고 싶지 않아. 내가…… 당신을 원하면 원할수록, 당신에게 더 많은 상처를 줄 거야. 그리고 나는 당신이 내게 상처를 주는 것도 바라지 않아. 당신이 날 멀리하면 할수록, 내게 더 상처를 줄 거야.」 앨리슨이 잠시 침대를 떠났다. 다시 돌아온 그녀가 〈결정한 거지?〉 하고 말했다.

「그런 것 같아.」

우리는 더 이상 말하지 않았다. 곧, 내 생각에는 너무도 금방, 그녀는 잠들어 버렸다.

아침에 그녀는 무척 쾌활한 모습이었다. 나는 문화원에 전화를 한 후 외출했고, 스펜서헤이 양에게 축하 인사와 간략한 지시 사항을 전달받고, 두 번째이자 내심 마지막이 되었으면 하는 점심 식사에 그녀를 초대했다.

5

앨리슨이 몰랐던 사실은 — 나 자신도 그것을 거의 깨닫지 못했기에 — 9월 하순 동안 내가 다른 여자와 바람을 피웠다는 것이다. 그 여자의 이름은 그리스였다. 설사 면접에서 떨어졌다 해도 나는 그리스에 갔을 것이다. 나는 학교에서 그리스어를 배운 적이 없고, 현대 그리스에 관한 지식은 바이런이 메솔롱기온에서 죽었다는 게 전부였다. 그렇지만 그날 아침 영국 문화원에 있을 때에는 그저 그리스에 대한 생각의 씨앗만으로도 충분했다. 그것은 마치 아무런 가망도 없어 보이는 순간에 훌륭한 해결책이 불현듯 떠오른 것과 다름없었다. 그리스. 왜 지금까지 그 생각을 못 했을까? 〈나는 그리스로 간다.〉 그것은 너무도 멋지게 들렸다. 나는 그리스에 다녀온 사람을 하나도 알지 못했다. 그때는 새로운 메디아인들, 즉 관광객들이 그리스를 침범하기 훨씬 전이었다. 나는 그 나라에 관한 책을 닥치는 대로 구했다. 그리고 그 나라에 관한 나의 지식이 얼마나 보잘것없는지를 알고는 깜짝 놀랐다. 나는 읽고 또 읽었다. 그리고 중세의 어느 왕처럼 실체를 보기도 훨씬 전에 그림과 사랑에 빠져 버렸다.

떠날 무렵에는 영국에서 탈출하고자 한다는 일 따위는 거의 부차적인 것처럼 보였다. 앨리슨에 대해서도 내가 그리스로 간다는 것과 결부 지어서만 생각했다. 그녀를 사랑할 때는 그녀와 함께 그곳에 있는 생각을 했고, 사랑하지 않을 때는 나 혼자 그곳에 있는 생각을 했다. 앨리슨에게는 선택의 여지가 전혀 없었다.

나의 임명을 확인하는 전보가 학교 위원회로부터 왔다. 그리고 내가 부임할 학교의 교장으로부터 내 서명을 요구하는 계약서와 형편없는 영어로 쓴 정중한 편지가 우편으로 도착했다. 스펜서헤이 양이 바로 전해에 내가 부임할 학교에서 근무했던 사람의 이름과 그가 살고 있는 노섬벌랜드의 주소를 알려 주었다. 그는 문화원에 의해 임명된 인물이 아니었기에 그녀는 그에 관해서는 아무것도 말해 줄 수 없었다. 나는 그에게 편지를 썼지만 회답이 오지 않았다. 출발 날짜는 앞으로 열흘 뒤로 다가왔다.

앨리슨과의 관계는 아주 힘들어졌다. 나는 러셀 광장에 있는 아파트를 비워야 했고, 우리는 앨리슨이 살 새 거처를 찾느라 사흘을 필사적으로 보냈다. 그러다 마침내 베이커 가에 있는 커다란 스튜디오를 찾아냈다. 짐을 싸고 이사를 하면서 우리 둘 다 화가 났다. 나는 10월 2일까지는 떠날 필요가 없었지만 앨리슨은 이미 출근을 하고 있었고, 따라서 아침 일찍 일어나고 우리 생활에 질서를 부여해야 하는 것이 우리 모두에게 커다란 부담이 되었다. 우리는 두 번 크게 싸웠다. 첫 번째 싸움을 시작하고 불을 지핀 것은 앨리슨이었다. 그녀는 남자에 대해, 특히 나에 대해 원색적인 경멸을 퍼부었다. 내가 속물이고, 융통성이 없으며, 시시하기 짝이 없는 난봉꾼에 지나지 않는다는 것이었다. 다음 날 — 아침 식사 내

내 그녀는 얼음장처럼 차갑게 얼어붙어 한마디도 하지 않았다 — 저녁에 그녀를 만나러 갔지만 그녀는 보이지 않았다. 나는 한 시간 정도 기다리다 집으로 왔다. 집에도 그녀는 없었다. 그녀가 다니는 직장에 전화를 했지만, 스튜어디스 수습사원들은 모두 퇴근했다는 말만 들었다. 나는 화가 점점 치밀어 오르는 것을 느끼면서 기다렸다. 11시가 다 되었을 때 그녀가 돌아왔다. 그녀는 욕실로 가 외투를 벗고, 자기 전에 늘 하는 대로 우유를 얼굴에 발랐는데, 그러는 내내 한마디도 하지 않았다.

「도대체 어디 있다 온 거야?」

「어떤 질문에도 대답하지 않을 거야.」

그녀는 부엌 모퉁이에 있는 난로 곁에 서 있었다. 싼 방을 빌리자고 한 것은 그녀였다. 나는 한 방에서 요리도 하고 잠도 자고, 모든 것을 다 해야 하는 것을 몹시 싫어했다. 그런 방에서는 소리가 나지 않게 해야 했고, 말도 작은 소리로 속삭이듯 하지 않으면 안 되었다.

「어디 갔었는지 알고 있어.」

「관심 없어.」

「피트와 함께 있었지.」

「그래. 피트와 함께 있었어.」 그녀는 화난 눈초리로 나를 쏘아보았다. 「그래서?」

「목요일까지 기다려 줄 수도 있었잖아.」

「왜 그래야 하지?」

그 순간 나는 감정이 폭발하고 말았다. 그리하여 그녀에게 상처를 줄 만한 말들을 생각나는 대로 주워섬겼다. 그녀는 아무 말 없이 옷을 벗고 침대로 들어가 벽 쪽을 향해 누웠다. 그러고는 울기 시작했다. 나는 침묵 속에서 곧 이 모든 것에서 해방될 것이라는 생각을 하며 강한 안도감을 느꼈다. 내가 비난받아 마땅하다고 믿은 것은 아니었다. 하지만 그럼에도 끝내 내가 스스로를 비난하게 만든 사람이 바로 그녀라는 사실에 그녀를 증오했다. 결국 나는 그녀 옆에 앉아 그녀의 퉁퉁 부은 눈에서 눈물이 흐르는 것을 보았다.

「몇 시간 동안 당신을 기다렸어.」

「영화 보러 갔어. 피트를 만난 게 아냐.」

「왜 거짓말을 했어?」

「내 말을 안 믿을 테니까. 내가 그런 짓을 할 여자라고 생각했겠지.」

「이런 식으로 끝내는 건 정말 좋지 않아.」

「오늘 밤 자살할 수도 있었어. 용기만 있었다면 기차 밑으로 몸을 던졌을 거야. 철길에 서서 그 생각을 했어.」

「위스키 한 잔 갖다 줄게.」 나는 위스키 한 잔을 가져와 그녀에게 건네주었다.

「당신이 다른 누군가와 함께 살면 좋겠어. 동료 스튜어디스 중에……」

「여자하고는 다시는 함께 살지 않을 거야.」

「피트한테 돌아갈 작정이야?」

그녀는 화난 눈초리로 나를 보았다.

「돌아가서는 안 된다는 거야?」

「그런 건 아냐.」

그녀는 베개에 기댄 채 벽을 바라보았다. 처음으로 그녀는 희미한 미소를 지었다. 위스키가 효력을 발휘하고 있었다. 「꼭 호가스의 그림들 같아. 유행에 따라 하는 사랑 말이야. 단 5주간의 사랑.」

「다시 친구로 지낼 수 있을까?」

「우린 결코 다시 친구가 될 수 없어.」

「당신이 아니었다면, 난 오늘 저녁 밖에 나갔을 거야.」

「당신이 아니었다면, 돌아오지 않았을 거야.」

그녀는 잔을 내밀며 위스키를 더 달라고 했다. 나는 앨리슨의 손목에 입을 맞추고, 술병을 가지러 갔다.

「오늘 내가 무슨 생각을 했는지 알아?」 그녀가 방 맞은편을 향해 말했다.

「아니.」

「내가 자살하면 당신이 기뻐할 거라는 생각을 했어. 그 여자는 나 때문에 자살했다고 떠들고 다니겠지. 그 생각을 하면 자살을 못 할 것 같아. 당신처럼 치사한 누군가가 그렇게 우쭐해하는 건 용납할 수 없거든.」

「말도 안 되는 소리.」

「그런데 먼저 죽는 이유를 유서로 남기면 할 수도 있겠구나 하는 생각이 들었어.」 그녀는 여전히 진정되지 않은 채 나를 바라보았다. 「내 핸드백 안을 봐. 메모 수첩이 있어.」 나는 그것을 꺼냈다. 「제일 뒷장을 봐.」

커다란 글씨로 두 페이지에 휘갈겨 쓴 글이 있었다.

「이걸 언제 썼지?」

「읽어 봐.」

더 이상 살고 싶지 않다. 나는 살고 싶지 않다는 생각을 하면서 인생의 대부분을 보냈다. 내가 행복을 느끼는 유일한 곳은 우리가 뭔가를 배우는 이곳이다. 이곳에서 나는 다른 뭔가를 생각해야 하며, 책을 읽거나 영화관에 간다. 침대에서도 행복하다. 자신이 존재하고 있다는 것을 잊을 때 나는 비로소 행복하다. 눈이나 귀나 피부만이 존재할 때 나는 행복하다. 지난 2~3년간 행복했던 기억이 나지 않는다. 낙태를 한 후로. 기억나는 건 가끔씩 억지로 나 자신이 행복한 것처럼 보이게 한 것뿐이다. 그것은 거울에 비친 내 얼굴을 보며 잠시 내가 정말 행복하다고 나 자신을 놀릴 수 있도록 하기 위해서였다.

마구 줄을 그어 지운 두세 문장이 더 있었다. 나는 고개를 들어 그녀의 회색 눈을 들여다보았다.
「이건 진심이 아냐.」
「오늘 커피 타임 때 쓴 거야. 매점에서 조용히 죽는 방법을 알았다면 자살했을 거야.」
「이건 히스테리야.」
「난 히스테리야.」 그녀는 거의 절규에 가깝게 고함을 질렀다.
「게다가 연극 조야. 당신은 내게 보이려고 이걸 썼어.」
한동안 서로 말이 없었다. 그녀는 눈을 감은 채 있었다.
「당신 보라고 쓴 건 아냐.」
그녀는 다시 울음을 터뜨렸는데, 이번에는 내 팔에 안겨 울었다. 나는 그녀를 달래기 위해 애쓰며 이런저런 약속을 했다. 그리스행을 연기하겠다, 그 일자리를 취소하겠다, 그리고 그 밖에 진심이 아니며 그녀 또한 내가 진심이 아니라는 것을 알고 있는 수많은 것들을. 하지만 결국 그것은 그녀를 진정시키는 효과가 있었다.

아침에 나는 그녀를 설득해 직장에 전화를 걸어 몸이 안 좋다고 하게 했고 우리는 그날 하루를 시골에서 보냈다.
이튿날, 출발하기 이틀 전날 아침 노섬벌랜드 소인이 찍힌 엽서가 왔다. 미트퍼드라는, 프락소스 섬에서 근무한 적이 있는 사람이 보낸 것으로, 며칠간 런던에 머물 예정이라며 자신을 만나고 싶은지 물었다.
수요일에 나는 육해군 클럽에 전화를 걸어, 그에게 한잔하자고 했다. 그는 나보다 두세 살 위로, 피부는 햇볕에 타 새카 맣고, 좁은 이마 밑의 파란색 눈은 사람을 노려보는 듯했다. 감청색 블레이저코트에 연대의 넥타이를 멘 그는 청년 장교의 인상을 풍기는 검은 수염을 쉴 새 없이 만지작거렸다. 그는 민간인처럼 굴었다. 우리는 곧 위세와 반(反)위세의 게릴라전을 벌이기 시작했다. 그는 독일군이 점령하고 있던 그리스에 낙하산으로 침투한 경험이 있었는데, 당시 유명했던 콘도티에리[9]의 이름을 장광설로 늘어놓았다. 그는 당시 유행이던 그리스 애호가들의 삼위일체적 인격 — 즉 신사이자 학자이자 자객인 — 을 지니려고 열심히 노력했지만, 발음이 좋지 않아 몽고메리 자작[10]처럼 예비 학교 학생 같은, 혀 짧은 소리를 냈다. 그는 독단적이고 참을성이 없었으며 전쟁터를 떠나서는 아무것도 할 수 없는 사람이었다. 나는 핑크 진을 마시면서 가까스로 평정을 잃지 않을 수 있었다. 나는 나의 전쟁은 2년을 제대 날짜를 손꼽아 기다리며 보낸 것이 다였다는 말을 했다. 하지만 그것은 바보 같은 짓이었다. 내가 얻고자 했던 것은 그의 반감이 아니라 정보였던 것이다. 그래서 결국 나는 용기를 내어 내가 정규군 장교의 아들이라는 것을 고백하고, 그 섬이 어떤지 물어보았다.

그는 우리가 만난 술집의 바 위의 음식 놓는 데를 고갯짓으로 가리켰다. 「저기에 그 섬이 있소.」 그는 손에 든 담배로 무언가를 가리켰다. 「그 섬 주민들은 이렇게 부르오.」 그는 그리스어로 무슨 말을 했다. 「고기 파이 말이오. 그렇게 생겼지. 중앙에는 산등성이가 있고, 이쪽 구석에 당신이 있게 될 학교와 마을이 있소. 북쪽의 나머지와 남쪽 일대에는 인가가 없소. 대강의 지형은 그렇소.」

9 르네상스 때 이탈리아에 있었던 용병 대장.
10 제2차 세계 대전 중 영국군 총사령관.

「학교는 어떻죠?」

「사실 그리스에서는 최고의 학교요.」

「규율은 어떤가요?」 그는 가라테를 하는 것처럼 한쪽 손을 뻣뻣하게 폈다.

「가르치는 데 무슨 문제는 없나요?」

「특별한 건 없소.」 그는 바 뒤에 있는 거울을 보며 수염을 매만졌다. 그리고 두세 권의 책 이름을 댔다.

나는 학교 밖의 생활은 어떤지에 대해 물었다.

「생활이라 할 게 전혀 없소. 섬은 무척 예쁘오, 당신이 그런 것을 좋아하는지 모르겠소만. 새와 벌들이 신나게 날아다니지.」

「마을은 어떤가요?」

그는 음울한 미소를 지었다. 「그리스의 마을은 영국의 마을하고는 달라요. 할 일이 아무것도 없지. 선생 부인네들하고 관리들 대여섯 명, 그리고 가끔 학교를 찾아오는 학부형들이 전부라오.」 그는 셔츠 목깃이 너무 꽉 끼기라도 하는 것처럼 목을 치켜들었다. 그것은 틱 장애 같은 것으로 자신을 권위 있는 사람으로 느끼게 하는 모양이었다. 「별장도 몇 채 있소. 하지만 1년 중 열 달은 폐쇄되어 있소.」

「마치 가지 말라는 얘기 같군요.」

「거긴 먼 곳이오. 아주 오지요. 별장에 있는 사람들도 한결같이 따분하기 짝이 없소. 한 사람만큼은 그렇지 않기도 하지만. 한데 그자는 안 만나는 게 좋을 거요.」

「그래요?」

「사실 그자하고 대판 싸웠소. 내가 그자에 대해 생각하는 것을 솔직하게 말했으니까.」

「무슨 일이 있었죠?」

「그 망할 자식은 전쟁 중에 독일군에 부역했소. 싸움의 발단은 그것이었소.」 그는 담배 연기를 내뱉었다. 「대화 상대를 원한다면 또 다른 사람들이 늘어놓는 좋지 않은 얘기를 참아야 할 거요.」

「영어는 통하나요?」

「대부분은 프랑스어를 쓰오. 당신과 함께 영어를 가르칠 그리스인이 있는데, 건방지기 짝이 없는 작자요. 하루는 그 자식 눈을 꺼멓게 멍들게 했지.」

「정말 제대로 터를 닦아 두셨군요.」

그가 웃었다. 「그치들이 기어오르지 못하게 해요.」 자신의 가면이 살짝 벗겨졌다는 것을 그 역시 알아차린 것이다. 「하지만 소작인들, 특히 크레타 섬의 소작인들은 대지의 소금 같은 존재들이오. 훌륭한 사람들이지. 내 말을 믿으시오. 나는 그렇게 알고 있어요.」

나는 그에게 그곳을 떠난 이유를 물었다.

「실은 책을 쓰고 있소. 전쟁 중 겪은 일을 비롯해 모든 것을. 출판사와 교섭 중이오.」

그에게는 어딘가 쓸쓸한 구석이 있었다. 말썽꾸러기 보이 스카우트처럼 요란하고 엉뚱한 옷을 걸치고 다리를 폭파하러 돌진하는 그의 모습을 상상할 수 있었다. 하지만 그는 오도 가도 못하게 된 조룡(祖龍)처럼, 이 새롭고 무료한 복지사회에서 살아가야만 했다. 그는 급하게 말을 이어 나갔다.

「영국이 몹시 그리울 거요. 당신은 그리스어를 한마디도 못하니까 더욱 안 좋을 수도 있겠지. 그러면 당신은 술을 마실 거요. 모두들 술을 마시지. 그러지 않고는 살 수 없으니까.」 그는 레치나, 아레치나토, 라키, 우조 등의 술과 여자에 대해 말했다. 「아테네 여자들은 절대로 상대해서는 안 되오. 매독에 걸리고 싶지 않다면.」

「섬에는 괜찮은 여자가 없나요?」

「전무하오, 친구. 그곳 여자들은 에게 해 최고의 추녀들을 모아 놓은 것 같지. 그리고 어쨌든 마을의 명예라는 게 있소. 그 때문에 아무 여자하고 놀아나는 건 아주 위험하오. 이건 따로 얘기하지 않아도 알 거요. 나는 언젠가 다른 어디에서 그런 일을 본 적이 있소.」 그는 자신의 말을 내가 알아들었으리라 기대하는 듯 눈을 살짝 감으며, 짧게 미소를 지었다.

나는 차로 그를 클럽에 데려다 주었다. 숨이 막힐 정도로 답답한 오후였다. 이미 날이 어두워지고 있었고, 사람도 차량도, 그 밖의 모든 것도 회색 일색이었다. 나는 그에게 왜 군에 남지 않았는지 물어보았다.

「너무 틀에 박혀 있소. 특히 평화 시에는.」

나는 그가 종신 군인 직에서 탈락되었을 거라고 추측했다. 그의 혼란스러운 매너리즘적인 태도 아래에는 어딘지 거칠고 불안정한 구석이 있었다.

우리는 그가 내리고 싶어 하는 곳에 도착했다.

「내가 잘해 낼 것 같나요?」

그는 미심쩍은 표정을 지었다. 「사람들을 거칠게 대하도록 하시오. 그게 유일한 길이오. 절대 그들이 당신을 깔보지 못하게 하시오. 내 전임자는 그들에게 당했소. 만난 적은 없지만, 그 사람도 그렇게 해서 그만둔 것 같소. 학생들을 잡지 못했고.」

그가 차에서 내렸다.

「그럼 잘 지내기를 바라오.」 그가 히죽 미소를 지었다. 「그리고.」 그가 자동차 문손잡이를 잡았다. 「그리고 〈대합실〉을 조심하시오.」

말을 마친 그는 마치 그 순간을 연습해 두었던 것처럼 바로 문을 닫았다. 나는 재빨리 문을 열고 고개를 내밀어 그를 불렀다. 「뭐라고요?」

그는 몸을 돌렸지만 살짝 손을 흔들기만 했다. 트래펄가 광장의 인파가 그를 삼켜 버렸다. 나는 그의 얼굴에 떠오른 미소를 좀처럼 지울 수 없었다. 그것은 빠뜨린 말이 있다는 것을 감추고 있었다. 그는 뭔가를, 수수께끼 같은 마지막 말을 아낀 것이 틀림없었다. 대합실, 대합실, 대합실. 그날 저녁 내내 그 단어가 머리에서 끊임없이 맴돌았다.

6

나는 앨리슨을 태우고 내 차를 팔아 줄 곳으로 갔다. 그 얼마 전 그녀에게 내 차를 가지라고 했지만 그녀는 거절했다.
「그 차를 가지면 늘 당신 생각을 하게 될 거야.」
「그렇다면 갖도록 해.」
「당신 생각을 하고 싶지 않아. 그리고 지금 당신이 앉아 있는 자리에 다른 누군가가 앉는 건 참을 수가 없어.」
「얼마나 받을지는 모르겠지만 그 돈을 받아 주겠어? 많지는 않을 거야.」
「봉급이야?」
「바보 같은 소리 하지 마.」
「난 아무것도 원하지 않아.」
하지만 그녀가 스쿠터를 원한다는 것을 나는 알고 있었다. 〈스쿠터를 사도록 해〉라고 쓴 메모와 함께 수표를 남겨 두고 떠나면 될 것이다. 내가 없어지고 나면 그녀는 그것을 챙길 것 같았다.
마지막 날 저녁은 이상하리만치 조용했다. 마치 나는 이미 떠나고 없고, 두 사람의 유령만이 서로 대화를 나누는 것 같았다. 우리는 다음 날 아침에 할 일들을 상의했다. 그녀는 빅토리아 역에 나가 — 나는 열차로 떠날 예정이었다 — 나를 전송하고 싶지 않다고 했다. 평상시처럼 아침 식사를 함께하고 난 다음, 바로 일하러 가겠다는 것이었다. 그렇게 하는 것이 가장 깨끗하고 간단했다. 우리는 장래의 일에 관해서도 이야기를 나누었다. 그녀는 가능한 한 빠른 시일 안에 아테네에 오겠다고 했다. 만일 그게 불가능하다면 크리스마스에 내가 영국으로 날아올 수도 있었다. 아니면, 중간 지점 어디 — 로마나 스위스 — 에서 만날 수도 있었다.

「앨리스스프링스도 괜찮겠어.」 그녀가 말했다.

밤에 우리는 서로 상대가 깨어 있다는 사실을 알면서도 말을 건네기를 두려워하며 그대로 누워 있었다. 나는 그녀가 손을 뻗어 내 손을 잡는 것을 느꼈다. 우리는 한동안 아무 말 없이 누워 있었다. 그러다 그녀가 입을 열었다.

「내가 기다리겠다고 하면 어떻게 할 거야?」 나는 아무 말도 하지 않았다. 「기다릴 수 있을 것 같아. 정말이야.」

「알아.」

「당신은 언제나 〈알아〉라고 하지. 하지만 그건 어떤 대답도 되지 못해.」

「알아.」 그녀가 내 손을 꼬집었다. 「만일 내가, 그래, 기다려줘, 1년이 지나면 나도 알게 될 거야, 라고 하면 당신은 1년 내내 기다리고 또 기다리겠지.」

「상관없어.」

「하지만 그건 미친 짓이야. 그건 남자가 자신이 결혼할 준비가 될 때까지 여자를 수녀원에 처박아 놓는 것과 같은 짓이야. 그러고 나서 그 남자가 그 여자와 결혼하고 싶지 않다는 생각이 들면 어떻게 되겠어. 우리는 서로 자유로워야 해. 선택의 여지가 없어.」

「화내지 마. 제발 화내지 말라고.」

「우리는 사태를 지켜봐야 해.」

침묵이 흘렀다.

「내일 밤 이 집에 돌아오는 것을 생각하고 있어. 그게 전부야.」

「편지를 쓰겠어. 매일.」

「좋아.」

「일종의 테스트 같은 거야. 서로 상대편을 얼마나 그리워하는지 보는 거야.」

「누군가가 떠나는 것이 어떤 건지 알아. 처음 한 주는 지옥처럼 괴롭겠지. 그다음 한 주는 아파할 거고. 그러고는 잊기 시작하겠지. 그런 다음에는 언제 그런 일이 있었냐는 식이 될 거야. 마치 나 아닌 다른 사람에게 있었던 일인 것처럼. 그다음엔 어깨를 으쓱하게 될 거야. 그러고는, 그래, 이게 인생이야, 이런 법이야, 하고 말하겠지. 또, 이런 일에 연연해하는 건 어리석은 일이야, 하고. 마치 뭔가를 영원히 잃은 게 아닌 것처럼.」

「난 잊지 않을 거야. 절대로 잊을 수 없을 거야.」

「당신은 잊을 거야. 나도 그럴 거고.」

「어쨌든 우리는 계속해서 살아가야 해. 삶이 아무리 슬프더라도 말이야.」

한참 후 그녀가 말했다. 「당신은 슬픔이란 게 뭔지 모르는 것 같아.」

다음 날 아침 우리는 늦잠을 잤다. 서두르느라 눈물을 흘릴 시간이 없도록 내가 일부러 자명종 시계를 늦게 맞춰 놓았던 것이다. 앨리슨은 선 채로 아침을 먹었다. 우리는 우유 주문을 끊는 일과 내가 잃어버린 도서관 표가 어디 있을지 따위의 바보 같은 이야기만 나누었다. 그런 다음 그녀가 커피 잔을 내려놓았고, 우리는 문 앞에 섰다. 나는 아직도 늦지 않았고 모든 것은 악몽이라는 생각을 하며, 그녀의 얼굴을, 내 눈을 찾는 그녀의 회색 눈을, 잔뜩 부어오른 그녀의 작은 뺨을 바라보았다. 눈에 눈물을 글썽이며, 그녀는 뭔가 말하려는 듯 입을 열었다. 그러다 절망적으로, 어색하게 몸을 앞으로 기울여 너무도 재빨리 내게 키스를 했다. 나는 그녀의 입술도 거의 느끼지 못했다. 그런 다음 그녀는 가버렸다. 그녀의 낙타 털 코트가 계단 아래로 사라졌다. 그녀는 뒤돌아보지 않았다. 나는 창가로 가 빠른 걸음으로 길을 건너는 그녀와 그녀의 연한 색 코트, 코트 색깔과 거의 흡사한 지푸라기 색 머리칼과, 손을 핸드백으로 가져가는 동작과 코를 푸는 모습을 보았다. 그녀는 한 번도 뒤를 돌아보지 않았다. 그녀는 거의 뛰다시피 했다. 나는 창문을 열고 몸을 밖으로 내밀어, 그녀가 길 끝에서 모퉁이를 돌아 매럴러번 로드로 사라질 때까지 지켜보았다. 마지막 순간에도 그녀는 뒤돌아보지 않았다.

나는 창가에서 물러나 식탁을 치우고 침대를 정리했다. 그런 다음 테이블에 앉아 50파운드짜리 수표를 끊고, 간단한 메모를 했다.

사랑하는 앨리슨, 내가 진정으로 사랑하는 누군가를 찾았다면 그건 당신이었다는 것을, 그리고 오늘 아침 우리 둘 다 미쳐 버리지는 않았지만, 나 역시 내가 보여 줄 수 있었던 것보다 훨씬 더 슬펐다는 것을 제발 믿어 줘. 이 귀고리를 받아 주었으면 해. 그리고 이 돈으로 스쿠터를 사서, 우리가 가곤 하던 곳을 가. 아니, 당신이 하고 싶은 대로 해. 스스로를 잘 돌보길 바라. 오, 내가 정말 당신이 기다릴 만한 가치가 있는 사람이라면······.

니컬러스

그것은 즉흥적인 것처럼 보일 수도 있었지만, 사실은 며칠 전부터 준비한 것이었다. 나는 수표와 편지를 봉투에 넣어 벽난로 위에 올려놓았다. 그리고 언젠가 우리가 문 닫은 골동품 가게에서 본 흑옥으로 만든 귀고리 한 쌍이 담긴 작은 상자를 그 옆에 놓았다. 그런 다음 면도를 하고 밖으로 나가 택시를 잡았다.

차가 첫 번째 모퉁이를 돌았을 때, 내가 가장 분명하게 느낀 것은 뭔가로부터 탈출했다는 느낌이었다. 그리고 거의 비슷한 정도로 분명하게, 하지만 훨씬 더 밉살스럽게 다가온 느낌은 내가 그녀를 사랑한 것보다 그녀가 나를 더 사랑했다는 것과, 그에 따라 어떤 모호한 방식으로 내가 이겼다는 것이었다. 그래서 나는 다시 날개를 달고 미지의 곳으로 여행을 간다는 흥분에 더해, 기분 좋은 정서적 승리감까지 느꼈다. 그것은 메마른 감정이었지만, 나는 메마른 것이 좋았다. 나는 만사니야[11]를 두어 잔 마신 배고픈 남자가 훌륭한 저녁 식사를 하러 가는 심정으로 빅토리아 역으로 향했다. 그러면서 콧노래를 부르기 시작했는데, 그것은 슬픔을 감추기 위한 용감한 시도라기보다는 해방을 축하하려는 메스꺼울 정도로 투명한 욕망에서 나온 것이었다.

7

나흘 뒤 나는 히메토스 산 정상에 서서 도시들과 교외들, 아티카 평원 위로 던져진 백만 개의 주사위 같은 집들로 이루어진 아테네와 피레우스[12]의 거대한 모습을 굽어보고 있었

---

11 스페인산의 쌉쌀한 셰리 주.

다. 남쪽으로는 늦여름의 새파란 바다와 연한 속돌 색의 섬들이 있었고, 그 너머에는 멀리 땅과 물의 흐름이 장엄하게 멈춰 있는 수평선 위로 펠로폰네소스 반도의 고요한 산들이 솟아 있었다. 고요하고, 탁월하며, 장엄한. 나는 상투적이지 않은 형용사를 찾아보려고 했지만 다른 어떤 것도 충분치 않은 것 같았다. 시야가 미치는 130킬로미터 내의 모든 것이 늘 그랬던 것처럼 순수하고, 고귀하며, 빛나고, 거대했다.

그것은 우주 여행을 하는 것과 흡사했다. 나는 화성의, 먼지나 구름이라는 것은 알았던 적이 없는 것처럼 보이는 하늘 아래에서, 백리향이 무릎까지 오는 곳에 서 있었다. 나는 런던에서 자란 나의 창백한 두 손을 내려다보았다. 그것들마저 구토를 일으킬 정도로 낯설게 변한 것처럼 보였고, 오래전에 버렸어야 할 것처럼 여겨졌다.

내 주위의 세상 위로 가장 지중해다운 빛이 내리비쳤을 때 그것은 더할 수 없이 아름다웠다. 하지만 그 빛이 내게 닿았을 때, 나는 그것이 적대적인 것을 느꼈다. 그 빛은 정화해 주는 것이 아니라 부식시키는 것처럼 보였다. 마치 아크등 아래에서 이제 막 시작된 심문을 받는 것 같은 기분이었다. 벌써 나는 반쯤 열린 문 사이로 끈이 달린 고문대를 보았고, 이미 과거의 나의 자아는 이제 더 이상 스스로를 지탱할 수 없다는 것을 느끼기 시작했다. 그것은 부분적으로는 근원까지 벗겨진, 사랑에 대한 공포였다. 그것은 도착한 순간부터 그리스의 풍경과 영원히, 전적으로 사랑에 빠졌기 때문이다. 하지만 마치 그리스가 너무도 도발적인 관능을 지닌 여인이어서 내가 육체적으로 그리고 절망적으로 사랑에 빠질 수밖에 없지만 동시에 너무도 차분하고 귀족적인 여인이기도 해서 나

12 아테네의 외항.

로서는 결코 다가갈 수 없기라도 한 것처럼, 사랑과 함께 모순적이며 거의 짜증스러운 무력감과 열등감도 찾아왔다.

내가 읽은 어떤 책도 불길하면서도 매혹적인, 그리스의 이 키르케적 속성을 설명해 주지 못했다. 영국에서는 사람들이 아직 남아 있는 자연의 풍경 그리고 북구의 부드러운 빛과 무척 억제되고 차분하며 순치된 관계를 맺은 가운데 살아간다. 반면 그리스에서는 풍경과 빛이 너무도 아름답고, 온전히 존재하고, 너무도 강렬하고, 너무도 야성적이어서 관계라는 것이 그 즉시 사랑과 증오처럼 열정적인 것이 된다. 내가 이 사실을 이해하는 데는 몇 개월이 필요했고, 그것을 받아들이는 데는 몇 년이 걸렸다.

그날 오후 나는 영국 문화원에서 나를 맞은, 피곤에 지친 청년이 안내해 준 호텔 방의 창가에 서 있었다. 바로 전에 앨리슨에게 보내는 편지를 썼지만, 이미 그녀는 아주 요원하게 느껴졌다. 그것은 거리나 시간상에서가 아니라, 이름 없는 어떤 차원 속에서였다. 그것이야말로 어쩌면 현실성이라는 차원인지도 몰랐다. 나는 아테네의 중심적인 모임 장소인 헌법 광장과, 천천히 길을 걸어가는 수많은 사람들과 그들의 하얀 셔츠와 선글라스, 그리고 갈색으로 그을린 팔을 내려다보았다. 카페 테이블에 앉아 있는 사람들이 떠드는 소리가 뭔가 부딪히는 것 같은 웅얼거림으로 들려왔다. 영국의 더운 7월의 한낮만큼이나 뜨거웠고, 하늘은 여전히 완벽할 정도로 맑았다. 고개를 빼고 동쪽을 보자 아침에 내가 서 있던 히메토스 산이 보였다. 석양을 마주한 비탈은 시클라멘[13]처럼 강렬하면서도 부드러운, 자줏빛을 띤 분홍색이었다. 반대쪽에는 어지러운 지붕들 위로 아크로폴리스의 거대한, 검은

---

13 알뿌리가 둥근 모양을 한 앵초과의 식물.

실루엣이 드리워져 있었다. 그것은 상상했던 것과 너무도 똑같았고, 그래서 오히려 사실처럼 여겨지지 않았다. 하지만 나는 이상한 나라의 앨리스처럼 기쁨과 기대에 찬 채 혼란스러워했으며, 행복하면서도 혼자라는 생각에 긴장됐다.

 아테네에서 작은 기선을 타고 눈부신 빛 속에서 여덟 시간 정도 가면 나오는 프락소스 섬은 펠로폰네소스 본토에서 약 10킬로미터 떨어진 곳에 있었는데, 그 섬 자체만큼이나 잊을 수 없는 풍경 한가운데 위치하고 있었다. 북쪽과 서쪽으로는 고정된 거대한 팔 같은 산들이 있었고, 그 품 안에 프락소스 섬이 있었다. 또한 동쪽 멀리로는 봉우리가 완만한 군도가, 남쪽으로는 크레타 섬까지 뻗어 있는 에게 해의 부드럽고 푸른 바다가 있었다. 프락소스 섬은 아름다웠다. 그 외의 다른 형용사로는 표현할 수가 없었다. 그것은 그저 예쁘거나, 그림 같거나, 매력적인 것이 아니었다. 그것은 그냥 그대로 아름다웠다. 자수정 색의 저녁 바다 속에 있는 장엄한 검은 고래처럼 샛별 아래 떠 있는 프락소스 섬을 처음 보았을 때 나는 숨이 멎었으며, 눈을 감고 그 모습을 다시 떠올리는 지금도 역시 숨이 멎을 것 같다. 그 아름다움은 에게 해에서도 드문 것이었는데, 그것은 그 섬의 언덕들이 방울새 깃털처럼 밝은 색을 지닌, 지중해의 소나무들로 뒤덮여 있었기 때문이다. 섬 전체 면적의 9할은 사람이 살지 않는 미개척지였다. 그곳에는 소나무와 작은 만, 정적, 그리고 바다밖에 없었다. 북서쪽 한쪽 구석에 작은 항구 두 개 주위로 눈처럼 하얀 집들이 인상적으로 모여 있었다.
 하지만 섬에 발을 딛기 훨씬 전부터 보이는, 눈에 거슬리는 두 가지가 있었다. 하나는 두 개의 항구 중 큰 쪽 근처에 있는, 그리스식과 에드워드 왕 시대식의 양식을 혼합해 지은 뚱뚱해 보이는 호텔로, 그것은 핸섬 마차[14]가 도리아 신전에 있는 것만큼이나 뻔뻔스러운 모습으로 프락소스 섬에 자리를 차지하고 있었다. 마찬가지로 풍경과 어울리지 않는 다른 하나는 마을의 교외에 서 있었는데, 그것 때문에 주변의 오두막들은 난쟁이처럼 보였다. 위압적일 정도로 길고 높이가 몇 층은 되는 그 건물은 전면이 장식적인 코린트식으로 되어 있었음에도 공장을 연상시켰다. 그리고 그 후에 내가 알게 된 것처럼 그 유사성은 단순히 시각적인 것만은 아니었다.

하지만 바이런 경 학교와 필라델피아 호텔, 그리고 마을을 제외하면, 80제곱킬로미터의 섬 전체가 처녀지와 다름없었다. 북쪽 해안의 가파른 비탈 위에는 은색의 올리브 과수원과 계단식 경작지가 몇 군데 있지만, 나머지는 태고의 모습을 간직한 소나무 숲으로 이루어져 있었다. 그 섬에는 고대의 유적은 없었다. 고대 그리스인들은 저수지 물맛을 별로 좋아한 적이 없었다.

식수가 부족하다는 사실은 또한 그 섬에 야생 동물이 전혀 없으며, 새들도 거의 없다는 것을 의미했다. 그곳의 두드러진 특징은 마을을 벗어나면 완전한 정적뿐이라는 것이었다. 언덕에서 염소치기와, 청동으로 만든 방울을 단 겨울 염소 떼(여름에는 목초지가 없었다), 커다란 삭정이 단을 나르는 허리 굽은 소작인 여자들, 또는 송진을 채집하는 사람들을 지나치는 경우도 있었지만, 그런 일은 아주 드물었다. 그곳은 기계 문명 이전의, 또는 거의 인간이 출현하기 이전의 세계였으며, 그곳에서는 때까치가 지나가거나 새로운 오솔길을 발견하거나 멀리 아래 먼 바다에 작은 범선이 보이는 것 같은 사소한 일도 마치 따로 떼어 틀을 두른 다음 고독이라

---

[14] 마부석이 뒤에 높다랗게 있고 말 한 필이 끄는 2인승 이륜마차로 고안자인 영국의 건축가 J. A. 핸섬의 이름이 붙여졌다.

는 렌즈로 확대한 것처럼 커다란 의미를 지녔다. 그것은 전혀 무시무시하지 않은, 세상에서 가장 북유럽적이지 않은 고독이었다. 공포가 그 섬을 건드린 적은 한 번도 없었다. 그곳에 뭔가가 출몰한다면 그것은 요정이지 괴물은 아니었다.

폐소 공포증을 불러일으키는 바이런 경 학교의 분위기로부터 벗어나기 위해 나는 자주 산책을 해야 했다. 우선 클리타임네스트라가 남편 아가멤논을 살해한 장소에서 북쪽으로 지척에 있는 기숙 학교(이튼과 해로 계열에 의해 운영되는 것 같은 학교)에서 교사로 일하는 데는 유쾌하지만 터무니없는 뭔가가 있었다. 분명 대학이 두 군데밖에 없는 나라의 희생자인 교사들은 미트퍼드가 말했던 것보다 학문적으로 수준이 훨씬 높았으며, 학생들도 다른 나라 학생들에 비해 특별히 낫지도 못하지도 않았다. 하지만 학생들은 영어에 관해서는 가차 없을 정도로 실용적인 경향을 보여, 문학에는 전혀 관심이 없었지만 과학과 관련된 것에는 열과 성을 바쳤다. 내가 학교 이름의 주인공인 바이런 경의 시를 읽어 주면 학생들은 하품을 했지만, 자동차 부품 이름을 영어로 가르쳐 주면 수업 시간이 끝나서도 교실을 떠나려 하지 않았다. 그리고 종종 그들은 내게는 그리스어만큼이나 난해한 용어들로 가득한 미국의 과학 교과서를 갖고 와 쉽게 해석해 주기를 기다리며 기대에 찬 얼굴로 나를 쳐다보았다.

학생들과 선생들은 그 섬을 싫어했고, 그곳을 일만 죽도록 해야 하는, 자진해서 걸어 들어간 일종의 유형지로 생각했다. 나는 영국의 학교보다 훨씬 느슨한 뭔가를 상상했지만 오히려 현실은 훨씬 더 힘들었다. 가장 아이러니한 것은 이 강박적인 부지런함과, 자신들의 자연 환경에 대한 두더지 같은 맹목성이 체계에 대한 너무도 전형적인 영국식 태도로 간주되고 있다는 점이었다. 어쩌면 세계에서 가장 아름다운 풍경 속에서 사는 데 물린 그리스인들에게는 그러한 흰개미 집 같은 곳에 갇혀 있는 것이 어울릴 수도 있었다. 하지만 나는 이런 환경에 무척 짜증이 났다.

선생들 가운데 한둘은 영어를 약간 할 줄 알았고 몇 사람은 프랑스어를 했지만, 함께 대화할 수 있는 공통의 관심사가 거의 없었다. 내가 유일하게 참을 수 있는 사람은 다른 영어 교사인 데메트리아데스였는데, 그것은 단지 그가 다른 선생들보다 훨씬 더 능숙하게 영어를 말하고 알아들었기 때문이다. 그와 함께 있으면 적어도 기초 영어 수준은 벗어난 얘기를 할 수 있었다.

그는 나를 마을의 카페와 술집으로 안내했고, 나는 그리스 음식과 민속 음악을 즐기게 되었다. 하지만 대낮의 마을에는 항상 어딘지 애처로운 분위기가 흘렀다. 별장들 대부분은 판자가 대어져 있었고, 골목같이 좁은 거리에는 사람들이 거의 없었다. 식사를 하기 위해서는 매번 그나마 음식이 좀 더 나은 비슷한 술집 두 군데를 가야 했고, 거기서 늘 똑같은 늙은 얼굴들을 만났다. 그리고 거기에는 1950년대보다는 오스만 제국과 터키모[15]를 쓴 발자크의 세계에 속하는, 고리타분한 레반트[16] 사람들의 지역 사교계가 있었다. 나는 절망적일 정도로 따분하다는 미트퍼드의 의견에 동의할 수밖에 없었다. 나는 어부들이 가는 포도주 주점 한두 군데도 가보았다. 그들은 좀 더 쾌활했지만, 나는 그들이 나를 가난뱅이로 여기는 것을 느낄 수 있었다. 게다가 내 그리스어 실력은 결코 그들이 쓰는 그 섬의 사투리를 이해할 수 있을 정도로 나아지지 않았다.

나는 미트퍼드와 싸웠다는 남자에 대해 물어보았지만 그

---

15 붉은색에 검은 술이 달려 있는 모자.
16 에게 해의 동해안 지방.

런 인물이나 싸움에 대해 들어 본 적이 있는 사람은 없는 것 같았다. 〈대합실〉도 마찬가지였다. 미트퍼드는 마을 술집에서 많은 시간을 보냈고, 데메트리아데스 말고 다른 선생들에게도 인기가 없었던 게 분명했다. 당시의 정세 때문에 더욱 악화된 영국 혐오증의 짙은 여파 또한 견뎌야 했다.

곧 나는 언덕을 찾게 되었다. 다른 선생들은 필요한 장소 이외에는 한 발짝도 벗어나려 하지 않았고, 학생들도 일요일이 아니면, 중세에 적의 침입을 막기 위한 구조물로 사용된 높은 담장으로 둘러싸인 학교 운동장 밖으로 나가는 게 허용되지 않았고, 일요일에도 마을로 이어진 해안 도로를 따라 1킬로미터 정도만 갈 수 있었다. 언덕은 언제나 넋을 빼앗길 만큼 깨끗하고 밝고 외따로웠다. 나는 권태 외에는 아무런 동반자 없이 난생처음으로 자연을 바라보기 시작했으며, 자연의 언어를 그리스어만큼이나 모르는 것이 안타까워졌다. 나는 돌과 새와 꽃과 땅, 산책과 수영, 멋진 기후와, 땅에도 하늘에도 아무런 교통수단이 없다는 사실 ― 마을을 벗어나면 도로가 없었기에 그 섬에는 자동차가 한 대도 없었고, 비행기는 한 달에 한 번도 지나가지 않았다 ― 을 새롭게 의식하게 되었다. 그리고 그것들로 인해 그 어느 때보다 건강해진 느낌이었다. 나는 육체와 정신 사이의 일종의 조화를 얻기 시작했다. 아니, 적어도 그렇게 보였다. 하지만 그것은 환상이었다.

학교에 가자 앨리슨이 보낸 편지가 나를 기다리고 있었다. 내용은 아주 간단했다. 내가 런던을 떠나던 날 근무 시간 중에 쓴 것 같았다.

당신을 사랑해. 당신은 누군가를 사랑한 적이 없기 때문에 이 말의 의미를 이해하지 못해. 마지막 한 주 내내 당신에게 이해시키려고 노력한 것도 바로 그거야. 내가 말하고 싶은 것은 언젠가 당신이 사랑을 하게 될 경우 오늘을 기억하라는 것뿐이야. 내가 당신에게 키스를 하고 방을 나간 것을 기억해 줘. 거리로 나와 길을 가면서 한 번도 뒤를 돌아보지 않았던 것을 기억해 줘. 당신이 지켜보고 있다는 것을 알고 있었어. 내가 이 모든 것을 했다는 것을 기억해 줘. 당신을 사랑해. 나에 관해 다른 모든 걸 잊더라도 이것만큼은 잊지 말아 줘. 길을 가면서 한 번도 뒤돌아보지 않았지만 나는 당신을 사랑해. 나는 당신을 사랑해. 당신을 너무도 사랑하기에 오늘 일로 영원히 당신을 증오할 거야.

그다음 날 그녀가 보낸 두 번째 편지가 왔다. 거기에는 내가 준 수표가 반으로 찢긴 채 들어 있었고 그 한쪽 뒷면에는 〈됐어〉라는 말이 휘갈겨져 있었다. 그리고 이틀 후 세 번째 편지가 왔는데, 자신이 본 어떤 영화에 대한 열정적인 감상이 적혀 있었으며, 거의 잡담에 가까운 편지였다. 편지 마지막에 그녀는 〈첫 번째 편지는 잊어 줘. 그땐 너무 화가 났었어. 이제 괜찮아. 다시는 구식으로 굴지 않을 거야〉라고 썼다.
 물론 나는 답장을 보냈다. 매일같이는 아니지만, 한 주에 두세 번씩은 보냈다. 자기변명과 자기 정당화로 가득한 장문의 편지들이었다. 그러던 어느 날 그녀는 마침내 이런 편지를 보내왔다.

 제발 당신과 나에 대해 이런 식으로 계속해서 얘기하지 마. 섬과 학교 같은 것들에 대해 얘기를 해줘. 나는 당신이 어떤 사람인지 알아. 그러니 당신답게 굴어. 당신이 그런 것들에 대해 쓰면 나는 그것들을 당신과 함께 보며 당신과 함께 있다고 생각할 수 있을 거야. 그리고 기분 나쁘게 생각하지 마. 잊어 주는 게 곧 용서니까.

어느 사이엔가 우리의 편지는 정보가 정서적인 것을 대신하게 되었다. 그녀는 자신이 하는 일과 친해진 여자, 집안의 사소한 것들, 영화, 책들에 관해 썼고, 나도 그녀의 요구대로 학교와 섬에 대해 썼다. 어느 날에는 유니폼을 입은 그녀의 사진도 동봉되어 왔다. 머리를 짧게 잘라 앞뒤에 챙이 달린 모자 밑으로 밀어 넣은 모습이었다. 미소를 짓고 있었지만 유니폼과 미소가 합쳐져 가식적이고 직업적인 인상을 풍겼다. 그 사진은 그녀는 이제 내가 기억하고 싶어 하는, 나의, 오직 나만의 앨리슨이 아니라는 것을 날카롭게 경고하고 있었다. 그러고 나서 편지는 주 1회 정도로 줄었다. 처음 한 달 동안 그녀를 그리며 느꼈던 육체적 고통은 사라진 것 같았다. 여전히 내가 그녀를 몹시 원한다는 것을 알 수 있었고, 만일 그녀를 내 곁에 누워 있게 할 수만 있다면 이 세상 그 무엇이라도 줄 수 있을 것 같은 때도 있었다. 하지만 그것은 사랑의 회한이라기보다는 성적 욕구가 채워지지 않은 데서 오는 좌절의 순간들이었다. 어느 날 나는 내가 이 섬에 오지 않았더라면 이 여자를 차버렸을 거라는 생각을 했다. 편지 쓰기도 즐겁기보다는 귀찮은 일이 되었고, 저녁 식사를 마친 뒤 편지를 쓰기 위해 서둘러 내 방으로 돌아가지도 않았다. 수업 중에 급하게 휘갈겨 쓴 다음 마지막 순간에 학생을 시켜 정문까지 달려가 학교에 오는 우편배달부에게 전해 주게 했다.

학기 중의 중간 휴가 때 나는 데메트리아데스와 함께 아테네에 갔다. 그는 교외에 있는, 자신이 가장 좋아하는 사창가에 나를 데리고 가고 싶어 했다. 그는 여자들이 깨끗하다고 안심을 시켰다. 나는 잠시 망설이다가 — 냉소주의자는 말할 것도 없고, 시인이라면 부도덕해지는 것이 도덕적 의무가 아닌가? — 따라갔다. 우리가 나왔을 때는 비가 내리고 있었는데, 입구 불빛에 비치는 유칼립투스 아래쪽 가지들에 달린 젖은 이파리들이 그림자를 드리우는 것을 보자 러셀 광장에 있는 우리의 침실이 떠올랐다. 하지만 앨리슨과 런던은 이제는 사라지고, 죽고, 몰아내진 상태였다. 나는 내 삶에서 그것들을 잘라내 버렸다. 그날 밤 나는 그녀에게 편지를 써 다시는 그녀에게서 소식을 듣고 싶지 않다고 말하리라 결심했다. 하지만 호텔에 돌아왔을 때는 이미 너무 취해 있어서 무슨 말을 하려 했는지 기억나지 않았다. 어쩌면 나라는 자는 기다릴 만한 가치가 없다는 것을 분명하게 증명하고, 그녀에게 싫증이 났다는, 아니면 그 어느 때보다 더 외롭지만 그런 식으로 있고 싶다는 얘기를 하려고 했는지도 모른다. 하지만 정작 보낸 엽서에는 그런 얘긴 하나도 담겨 있지 않았다. 그리고 마지막 날 나는 혼자서 그 사창가에 다시 갔다. 내가 원했던 레바논 출신의 매력적인 아가씨는 다른 손님을 받고 있었고, 다른 여자들은 별로 내키지 않았다.

  12월이 왔고, 우리는 여전히 편지를 교환했다. 나는 그녀가 내게 뭔가를 감추고 있다는 것을 알았다. 편지에 적힌 그녀의 삶은 너무도 단순했고, 남자도 없었다. 마지막 편지가 왔을 때, 나는 놀라지 않았다. 내가 예상치 못한 것은 배반당한 데서 오는 쓰라린 감정이었다. 그것은 그 남자에 대한 성적인 질투심이라기보다는 그녀에 대한 시샘 같은 것이었다. 그 후 며칠 동안, 함께 지낸 달콤한 순간들, 타인이 타인처럼 느껴지지 않던 순간들의 기억이, 전혀 기억하고 싶지 않지만 기억이 나는 싸구려 멜로 영화의 장면들처럼 몰려왔다. 나는 그 편지를 읽고 또 읽었다. 그리고 그런 일은 2백 자 정도 되는 진부하고 닳아빠진 단어들로 그렇게 막을 내릴 수도 있었다.

사랑하는 니컬러스,

더 이상 이런 상태를 지속할 수가 없어. 이 편지로 당신이 상처를 입는다면 정말 미안해. 내가 미안해한다는 걸 부디 믿어 줘. 그리고 당신이 상처받으리라는 것을 알고 있다고 해서 내게 화를 내지는 말아 줘. 당신이, 나는 상처를 입지 않았어, 라고 말하는 소리가 귀에 들리는 것 같아.

나는 너무 외롭고 우울했어. 얼마나 그런지 당신한테 얘기하지 않았고, 얘기할 수도 없어. 처음 며칠은 직장에서 무척 용감한 모습을 보였지만 집에 돌아오면 무너지고 말았어.

피트가 런던에 있을 때면 그와 다시 자. 2주 전부터. 제발, 〈제발이지〉 믿어 줘. 만약 내가…… 그렇게 생각했다면 안 그랬을 거라는 거 말이야. 무슨 말인지 알지? 당신이 알고 있다는 것을 나는 알아. 피트에 대해서는 예전과 같은 감정은 못 느끼고 있어. 당신에게 느꼈던 감정을 그에게는 느끼지 못하고 있어. 그러니 질투할 필요는 없어.

그는 전혀 복잡한 사람이 아니어서, 함께 있으면 생각도 안 해도 되고 외로운 것도 없어져. 그냥 그뿐이야. 나는 다시 예전의, 런던에 사는 오스트레일리아인으로 돌아갔어. 우리는 결혼할지도 몰라. 모르겠어.

그건 끔찍한 일이야. 난 계속 당신에게 편지를 쓰길 원하고 있고, 당신도 내게 편지를 써주었으면 해. 계속해서 당신을 기억할 거야.

안녕.

앨리슨

당신은 내게 특별한 존재로 남을 거야. 항상. 당신이 떠난 날 썼던 첫 번째 편지를 당신이 이해할 수만 있다면.

나는 이런 편지를 받게 되리라고 예상하고 있었으며, 이제부터 당신은 완전히 자유롭다는 내용의 답장을 썼다. 하지만 나는 그것을 찢어 버렸다. 그녀에게 상처를 입힐 수 있는 게 있다면 그건 침묵이었고, 나는 그녀에게 상처를 주고 싶었다.

8

나는 크리스마스 휴가 전 며칠 동안 절망적일 정도로 불행했다. 나는 무턱대고 학교를 저주하기 시작했다. 그곳의 운영 방식도, 그토록 신성한 풍경 한복판에 맹목적으로 감옥처럼 서 있는 것도 싫었다. 앨리슨에게서 더 이상 편지가 오지 않게 되면서 나는 보다 인습적인 방식으로 점점 고립되었다. 영국이나 런던 같은 외부 세계는 터무니없을 정도로, 그리고 때로는 무서울 정도로 비현실적인 것이 되었다. 그동안 간헐적으로 이어져 온 옥스퍼드 친구들 두세 명과의 서신 연락도 거의 끊어지고 말았다. 예전에는 BBC의 해외 방송을 이따금 청취한 적도 있었지만, 이제는 뉴스 방송이 달세계로부터 날아오는 것처럼 느껴졌고, 방송이 다루는 상황이나 사회에 내가 더 이상 속해 있지 않다는 느낌이 들었다. 영국에서 아주 가끔씩 오는 신문들도 갈수록 〈1백 년 전 오늘〉란과 비슷하게 느껴졌다. 섬 전체가 이처럼 동시대로부터 추방당한 느낌에 빠져 있는 것 같았다. 하루에 한 번씩 아테네에서 오는 배가 북동쪽 수평선에 모습을 드러내기 몇 시간 전부터 부두는 늘 사람들로 붐볐다. 배가 부두에 머무는 시간이 고작 몇 분에 지나지 않으며, 내리고 타는 사람도 채 다섯 명이 되지 않는다는 것을 잘 알고 있음에도 사람들은 그것을 지켜봐야 했다. 마치 우리 모두는 형이 혹시 집행 유예될까 한 줄기 가느다란 기대를 품고 있는 죄수들 같았다.

하지만 섬은 너무도 아름다웠다. 크리스마스가 가까워지면서 날씨는 거칠어지고 차가워졌다. 벨기에 안트베르펜의 푸른 바다에서 볼 수 있는 거대한 파도가 학교 아래 자갈 깔린 해변에서 으르렁거렸다. 본토의 산들은 눈으로 뒤덮이고, 호쿠사이[17]의 그림에 나오는 것 같은 멋진 하얀 산등성이들이 성난 바다 너머 서쪽과 북쪽으로 우뚝 서 있었다. 언덕들은 더욱더 헐벗게 되었으며, 한층 더 고요해졌다. 나는 완전한 권태에서 벗어나고자 산책을 시작했지만, 늘 새로운 고독과 새로운 장소가 있었다. 하지만 결국 이 완전무결한 자연계도 위협적인 것이 되었다. 자연 속에는 내가 머무를 장소가 없는 것 같았으며, 나는 자연을 이용할 수도 없었고 자연을 위해 만들어진 존재도 아니었다. 나는 도회지 사람으로, 뿌리가 없었다. 나는 나의 시대를 거부했지만, 그렇다고 과거로 돌아갈 수도 없었다. 그래서 결국 나는 스키론[18]처럼 공중에 떠 있는 신세가 된 것이다.

크리스마스 휴가철이 되었다. 나는 펠로폰네소스 반도 주위를 여행하기 위해 길을 나섰다. 학교에서 멀어져 나 홀로 잠시 시간을 가져야 했다. 앨리슨이 자유로웠다면 비행기를 타고 영국으로 날아가 그녀를 만났을 것이다. 학교를 그만둘까도 생각했지만 그것은 후퇴로, 또 다른 실패로 여겨졌고, 다시 봄이 시작되면 사정이 나아질 거라는 생각을 했다. 그

---

17 葛飾北齋(1760~1849). 일본의 근대 화가로 후지 산을 여러 각도에서 담은 그림으로 유명하다.
18 지나가는 행인을 잡아 석회암 절벽에서 자기 발을 씻기게 한 뒤 벼랑 아래로 차서 바다에 떨어뜨리던 악당. 테세우스의 손에 죽은 후 대지 신은 물론 바다 신도 그의 뼈를 받아 주지 않아 한참 동안 공중에 떠 있다가 큰 바윗돌로 변했다.

래서 나는 크리스마스는 스파르타에서 혼자 보냈고, 새해 첫 날은 피르고스에서 혼자 맞았다. 프락소스 섬으로 돌아오는 배를 타기 전날, 나는 아테네에서 하룻밤을 머물며 그 사창가를 다시 찾았다.

앨리슨 생각은 거의 하지 않았지만, 그녀의 존재는 느껴졌다. 다시 말해, 그녀를 마음속에서 지우려 해보았지만, 그럴 수 없었다. 어떤 날은 죽을 때까지 독신으로, 수도승처럼 살 수도 있다는 생각도 했지만, 또 어떤 날은 대화를 할 수 있는 여자 상대가 가슴 저미도록 그립기도 했다. 섬의 여자들은 알바니아계로, 시무룩하고 혈색이 나빴으며, 비국교파 신도들처럼 유혹하기 쉬웠다. 그들보다 훨씬 더 유혹적인 것은 올리브 같은 우아함을 지닌 일부 소년들이었다. 강한 개성을 지닌 그들은 판에 박은 듯한, 영국의 사립 학교에 다니는 동년배들 — 아널드[19]의 틀에 따라 만들어진 획일적인 핑크 빛 개미들 — 과는 사뭇 달랐다. 나는 소년들을 보면서 몇 번인가 앙드레 지드적인 충동에 사로잡힌 순간도 있었지만 그들은 전혀 반응을 보이지 않았다. 그것은 부르주아적인 그리스에서는 다른 어떤 나라들에서보다 남색이 혐오스러운 것으로 여겨졌기 때문이다. 최소한 그리스에서라면 아널드도 거부감을 느끼지 않았을 것이다. 게다가 나는 동성애자가 아니었다. 다만 나는 (나 자신이 받은 교육이 기만적이었다는 것을 인식하며) 동성애자가 되면 어떻게 위안을 얻을지를 이해했다. 고독만이 문제가 아니라 그리스도 문제였다. 그리스는 어떤 것이 도덕적이고 어떤 것이 비도덕적이냐에 대한 영국의 인습적인 개념을 우스꽝스럽게 만들었다. 내가 사회적으로 용서받지 못할 행위를 했느냐 안 했느냐는 그 자체로는

---

[19] Thomas Arnold(1795~1842). 19세기 전반의 영국의 교육가.

새로운 상표의 담배를 피우느냐 피우지 않느냐처럼 취향의 문제에 지나지 않았다. 그것은 도덕적인 견지에서 보면 그 정도로 사소한 것이었다. 북쪽 나라들에서는 선함과 아름다움이 분리될 수도 있지만 그리스에서는 그것이 불가능했다. 그리스에서는 피부와 피부 사이에 오로지 빛만 존재했다.

그리고 나의 시가 있었다. 나는 섬에 대해, 그리스에 대해 시를 쓰기 시작했는데, 그것들은 철학적으로 심오하고 기술적으로도 흥미 있게 보였다. 나는 점점 문학적 성공을 꿈꾸게 되었다. 몇 시간이고 방의 벽을 물끄러미 쳐다보며, 비평과, 유명한 동료 시인들이 내게 보낸 편지와, 명성과 칭찬을, 그리고 더 큰 명성을 마음속으로 그려 보았다. 당시 나는 〈발표는 시인의 일이 아니다〉라는 에밀리 디킨슨의 위대한 정의를 몰랐다. 시인이 된다는 것이 전부지, 시인으로 알려진다는 것은 아무것도 아니었다. 하지만 내가 현실과 동떨어진 채 자위행위하듯 품게 된 문학가라는 자아상이 내 삶을 지배하기 시작했다. 학교는 편리한 속죄양이 되었다. 쓸데없는 일상에 둘러싸인 사람이 어떻게 완벽한 시를 지을 수 있단 말인가?

그러던 중, 3월의 추운 어느 일요일, 나의 눈에서 비늘이 떨어져 나갔다. 그리스어로 쓴 내 시들을 읽고서 그 실체를 보게 된 것이다. 그것은 학부생 수준의 습작으로, 운율도 구성도 없고, 인식의 진부함이 화려한 수사에 도배되어 서툴게 감춰져 있었다. 나는 공포를 느끼며 옥스퍼드와 이스트앵글리아에서 쓴 시들을 꺼내서 읽어 보았다. 그것들 역시 조금도 낫지 않았고, 오히려 더 형편없었다. 진실이 모든 것을 삼키는 눈사태처럼 나를 덮쳤다. 나는 시인이 아니었다.

이 사실을 깨닫자 어떤 위안도 느낄 수 없었다. 오로지 진화 과정이 그러한 감수성과 그러한 무능함이 하나의 마음속에 공존할 수 있게 했다는 데 대한 걷잡을 수 없는 분노만이 느껴졌다. 나의 자아는 덫에 걸린 산토끼처럼 비명을 질렀다. 나는 내가 쓴 모든 시들을 꺼내 한 장 한 장 천천히, 손가락이 아플 때까지 잘게 찢었다.

그런 다음 나는 아직 날이 무척 차고 비까지 퍼붓기 시작했지만 언덕으로 산책을 갔다. 전 세계가 드디어 내게 선전 포고를 한 것이다. 그 절대적인 비난에는 그저 무시하고 떨쳐 버릴 수 없는 게 있었다. 내가 겪은 최악의 경험들조차 그 중 어떤 측면은 늘 연료가, 광맥이 되었고, 따라서 그것은 마침내는 활용할 수 있는 것이었지, 완전한 쓰레기나 고통만은 아니었다. 시는 늘 내가 필요로 하는 순간에 의지할 수 있는 그 무엇, 정당화할 수 있는 수단이자 비상구 또는 구명조끼 같은 것이었다. 한데 이제 나는 구명조끼가 납덩이처럼 물속으로 가라앉은 상태에서 바닷속에 있었다. 그것은 자기 연민의 눈물을 흘리지 않기 위한 노력이었다. 나의 얼굴은 조각상의 뻣뻣한 가면처럼 굳어 있었다. 나는 몇 시간을 걸었고, 지옥 속을 헤매는 것 같았다.

어떤 사람들은 사회 속에 편입되어 있지만 그것을 의식하지 못하며, 반면 어떤 사람들은 사회를 통제하면서 그 안에 참여해 들어간다. 전자는 기어 또는 톱니바퀴의 이이며, 후자는 엔지니어 또는 운전자이다. 하지만 그 모두로부터 벗어나 있는 사람에게는 자신의 존재와 무 사이의 괴리 상태를 표현할 수 있는 능력밖에는 없다. 〈나는 생각한다〉가 아니라, 〈나는 쓰고, 묘사한다, 고로 나는 존재한다〉는 식이다. 그 후 며칠간 나는 내가 허무로 꽉 차 있다고 느꼈다. 나는 예전의 육체적, 사회적 고독감이라기보다는, 무인도에 고립된 것 같은 형이상학적 느낌으로 채워져 있었는데 그것은 암이나 결핵처럼 거의 만져질 듯한 무엇이었다.

그로부터 일주일이 채 안 된 어느 날 그것은 정말로 만져졌다. 아침에 일어난 나는 작은 종기 두 개를 발견했다. 어느 정도 예상하고 있던 일이었다. 2월 말 아테네에 갔을 때 케피시아에 있는 그 집을 또 찾아갔던 것이다. 위험을 감수하고 있다는 것은 나도 알고 있었다. 하지만 당시에는 그런 위험쯤은 문제도 되지 않는 것처럼 보였다.

나는 너무 충격을 받아서 하루 종일 아무것도 할 수 없었다. 마을에는 의사가 두 명 있었다. 한 사람은 개업의로 학교의 교의를 겸하고 있었으며, 다른 하나는 루마니아 출신의 입이 무거운 노인으로 거의 은퇴한 상태였지만 여전히 몇 명의 환자를 받았다. 교의는 수시로 교무실을 들락거렸기 때문에 그 사람에게 진찰을 받을 수는 없는 노릇이었다. 그래서 나는 파타레스쿠 박사를 찾아갔다.

그는 종기를 본 뒤, 내 얼굴을 쳐다보며 어깨를 으쓱했다.

「축하하오.」 그가 프랑스어로 말했다.

「이건……」

「아테네에 가보시오. 주소를 주겠소. 이거, 아테네에서 얻은 거 맞죠?」 나는 고개를 끄덕였다. 「거기 여자들은 감염되어 있소. 어리석은 사람들만 이런 병에 걸린다오.」

코안경을 걸친 그의 늙고 누런 얼굴에 심술궂은 미소가 떠올랐다. 나의 질문에 그는 즐거워했다. 치료는 가능한 것 같았다. 전염성은 없지만, 섹스는 당분간 하면 안 되었다. 그는 제대로 된 약 즉 벤자틴 페니실린만 있으면 자기도 치료할 수 있지만, 그 약을 구할 수가 없다고 했다. 아테네의 어느 개인 병원에 가면 그 약을 구할 수 있다는 얘기를 들었는데, 약값이 엄청나게 비쌀 것이라고 했다. 그 약이 효과가 있는지 확실히 알려면 8주가 걸렸다. 그는 내가 묻는 질문에 무덤덤하게 대답했다. 그가 할 수 있는 일은 예전부터 내려오는 비소와 비스무트 요법뿐이었는데, 어떤 경우에도 먼저 실험실에서 테스트를 받아야 했다. 그 노인은 인간에 대한 연민이 오래전에 고갈된 것 같았다. 진찰비를 지불하는 나를 그는 거북이 같은 눈으로 바라보았다.

어리석게도 나는 그의 연민을 이끌어 내려고 문 앞에 서 있었다.

「나는 저주를 받았어요.」

그는 어깨를 으쓱하며, 전혀 무관심한 얼굴로 출구를 가리켰다. 그는 시든 모습으로 말했다.

너무도 끔찍했다. 학기가 끝나려면 아직도 한 주가 남았지만, 나는 즉시 그곳을 떠나 영국으로 돌아가 버릴까 하는 생각을 했다. 하지만 런던은 생각만 해도 견딜 수 없었고, 꼭 그 섬이 아니더라도, 그리스에서는 일종의 익명성만큼은 보장되었다. 나는 파타레스쿠 박사를 정말로 믿지는 않았다. 나이 든 교사 가운데 한두 명이 그의 오랜 친구였는데, 그들이 종종 만나 휘스트 놀이[20]를 한다는 것을 알고 있었다. 나는 사람들이 내게 보내는 미소나 하는 말 하나하나에서 내게 일어난 일을 암시하는 것은 없는지 주의를 기울였다. 그리고 바로 이튿날 여러 사람의 눈에서 흐뭇해하는 기색을 본 것 같았다. 어느 날 아침 휴식 시간에 교장이 〈기운 내시게, 어프 선생, 그러고 있으니 그리스의 미녀들을 보고 마음이 울적해진 것 같잖나〉하고 말했다. 나는 그것이 노골적인 암시라는 생각이 들었다. 그 말을 듣고 사람들이 빙그레 웃는 것도 심상치 않게 느껴졌다. 진찰을 받고 난 사흘 뒤에는 내 병에 대해 모르는 사람이 없다는 결론을 내렸다. 심지어 학생들도 예외는 아니었다. 그들이 속삭일 때마다 나는 〈매독〉이

---

20 보통 네 사람이 하는 카드놀이.

라는 단어를 들었다.

그 끔찍한 주에 갑자기 그리스의 봄이 찾아왔다. 불과 이틀 사이에 대지는 아네모네와 난초, 수선화와 야생 글라디올러스로 뒤덮였다. 섬 어디에나 철새들이 있었다. 황새들이 줄을 지어 날아가며 머리 위에서 울었고, 하늘은 파랗고 깨끗했으며, 아이들은 노래 불렀고, 무척이나 근엄한 선생들조차 미소를 띠었다. 내 주위의 세계는 날개를 달았지만 오직 나만이 땅에 붙박여 있었다. 나는 무자비한 레스비아의 땅에 살 수밖에 없게 된 재능 없는 카툴루스[21] 같았다. 끔찍한 밤이 이어졌고, 어느 날 밤 나는 앨리슨에게 긴 편지를 써 내게 무슨 일이 있었는지를, 매점에서 쓴 첫 번째 편지에서 그녀가 한 말을 기억하고 있다는 것과 이제 그녀를 믿을 수 있다는 것을, 그리고 내가 나 자신을 얼마나 역겨워하고 있는지를 얘기했다. 나는 가능한 한 후회하는 것처럼 들리게 했는데, 그녀를 버리고 떠난 것이 나의 불운한 도박의 최후이자 최악의 판인 것처럼 보이기 시작했기 때문이다. 그녀와 결혼을 했다면, 적어도 사막 속에서도 동반자가 있었을 것이다.

나는 이 편지를 보내지 않았지만, 밤이면 밤마다 거듭해서 자살을 생각했다. 죽음의 신이 우리 집안을 지배하고 있는 것처럼 여겨졌다. 한 번도 본 적이 없는 두 삼촌 중 하나는 이프르에서, 다른 하나는 파스샹달에서 죽었으며,[22] 양친도 사고로 죽었다. 그 모두가 처참하고 무의미한 죽음이었고, 진 도박이었다. 어떤 면에서 나는 앨리슨보다 더 좋지 않았다. 그녀는 인생을 증오했지만, 나는 나 자신을 증오했다. 나는 아무것도 창조한 게 없었고, 아무것도 아닌 것, 무의 영역에

---

21 Catullus(B.C. 84~B.C. 54). 로마의 서정 시인으로 레스비아는 카툴루스의 시에 나오는 여인으로 카툴루스가 사랑했던 여인을 모델로 한 인물.
22 이프르와 파스샹달은 제1차 세계 대전 당시의 격전지.

속해 있었으며, 이제 내가 창조할 수 있는 유일한 것은 나 자신의 죽음뿐인 것처럼 보였다. 내가 죽으면 나를 알았던 모든 이가 자신을 책망할 것이다. 죽음은 나의 모든 냉소주의를 정당화하고, 나의 모든 고독한 이기주의를 증명해 줄 것이다. 그것은 최후의 어두운 승리로 기억될 것이다.

학기가 끝나기 전날 나는 균형이 무너지는 것을 느꼈다. 나는 무엇을 해야 할지 알고 있었다. 학교 수위는 낡은 12구경 엽총을 한 정 가지고 있었는데, 산에 사냥을 갈 생각이 있으면 언제라도 빌려 주겠노라고 한 적이 있었다. 나는 그에게 가서 총을 빌려 달라고 했다. 그는 몹시 기뻐하며 내 호주머니에 탄창을 가득 채워 주었다. 그리고 소나무 숲에 가면 지나가는 메추라기가 아주 많다는 것도 일러 주었다.

나는 학교 뒤에 있는 도랑을 따라 봉우리들 사이에 있는 안장 모양의 작은 평지로 가 나무들 사이로 들어갔다. 얼마 안 가서 나는 그림자들 속에 있게 되었다. 북쪽으로는 바다 건너 황금빛 본토가 여전히 햇빛을 받으며 펼쳐져 있었다. 공기는 무척 가볍고 따뜻했으며, 하늘은 강렬하게 빛났고 푸르렀다. 내 위쪽 먼 곳에서 날이 저물기 전에 마을로 돌아가는 염소 떼의 방울 소리가 들려왔다. 나는 한동안 걸었다. 마치 안심하고 쉴 수 있는 장소를 찾는 것 같았다. 사람들의 눈에 띄지 않도록 해야 했다. 마침내 나는 바위투성이 공터를 발견했다.

나는 총에 탄창을 끼우고, 소나무 줄기에 기대어 땅바닥에 주저앉았다. 내 주위 사방으로 무스카리[23]가 소나무 잎들 사이로 잎을 들이밀고 있었다. 나는 총을 거꾸로 들고 총신을 내려다보았다. 그리고 나의 부재라는 검은 구멍을 들여다보

---

23 나릿과 식물로 히아신스의 근연종.

았다. 나는 고개를 어떤 각도로 유지하고 있어야 하는지 계산해 보았다. 그런 다음 총구를 오른쪽 눈에 대고, 머리를 돌려 탄환이 검은 번개처럼 뇌를 터뜨리고, 두개골의 뒤통수 부분을 날려 버릴 수 있게 했다. 나는 손을 뻗어 방아쇠를 잡았지만 — 이 모든 것은 시험이고 예행연습이었다 — 쉽게 닿지 않았다. 앞쪽으로 몸을 기울이면서 나는 마지막 순간에 머리를 틀어야 하며 그러다 자칫 일을 그르칠 수도 있다는 생각을 했다. 그래서 나는 방아쇠울과 방아쇠 사이에 집어넣기 알맞은 죽은 나뭇가지를 찾아보다가 하나 발견했다. 그런 다음 탄창을 꺼내고 나무 막대를 집어넣고, 무릎 사이에 총을 낀 자세로 앉았다. 신발 뒤꿈치를 나무 막대 위에 두고, 오른쪽 총구는 눈에서 3센티미터가량 떨어지게 했다. 공이가 떨어지면서 찰칵 하는 소리가 났다. 아주 간단했다. 나는 탄창을 다시 끼웠다.

 그때 뒤쪽에 있는 산에서 어떤 소녀의 외로운 목소리가 들려왔다. 염소들을 데리고 내려가는 것 같았는데, 아무런 구속도 받지 않은 목소리로 목청껏 격렬하게, 터키 이슬람교도들의 음정으로, 알 수 없는 선율을 노래했다. 그것은 사람이 아니라 장소로부터 울려 나오는 소리처럼 들렸다. 언젠가 학교 뒤쪽 언덕에서 어쩌면 같은 소녀가 부른, 비슷한 목소리의 노랫소리를 들은 기억이 났다. 그 소리는 교실까지 흘러왔고 소년들은 낄낄거리기 시작했다. 하지만 지금 고독과 고뇌에서 솟아 나오는 그 소리는 무척이나 신비하게 느껴졌으며, 나의 고독과 고뇌를 사소하고 바보 같은 것으로 만들었다. 나는 총을 무릎 위에 올려놓은 채 앉았는데, 그 소리가 저녁 공기 속으로 흘러 내려가는 동안에는 몸을 움직일 수 없었다. 그녀가 얼마나 오랫동안 노래를 했는지는 알 수 없었지만, 하늘은 어두워지고, 바다는 진주 빛을 띤 회색으로 회미해진 상태였다. 산 위로는 이미 져버린 해의 여전히 강렬한 빛 속에 길고 가는 분홍빛의 높은 구름들이 떠 있었다. 빛이 온기인 것처럼, 그리고 광원이 사라져도 금방 희미해지지 않는 것처럼 육지와 바다 모두가 빛을 머금고 있었다. 하지만 목소리는 마을 쪽으로 멀어졌고, 마침내는 침묵 속으로 사라졌다.

나는 다시 총을 들어 총구가 내게로 향하게 했다. 나무 막대가 내 발이 아래쪽으로 젖혀지기를 기다리며 삐죽 나와 있었다. 대기는 쥐 죽은 듯 고요했다. 멀리서 섬으로 접근하는 아테네의 배가 울리는 뱃고동 소리가 들렸다. 하지만 그것은 진공 상태 바깥에 있는 무엇처럼 여겨졌다. 죽음이 눈앞에 있었다.

나는 아무 짓도 하지 않았다. 그저 기다렸다. 저녁놀은 아주 희미한 노란색이었다가 밝고 연한 녹색으로, 그러고는 다시 투명한 스테인드글라스의 청색으로 바뀌어, 서쪽 산들 위의 하늘에 남아 있었다. 나는 기다리고 또 기다렸으며, 뱃고동 소리가 가까워지는 것을 들었다. 나는 발을 들어 아래쪽으로 찰 수 있는 의지가 생기기를, 그 검은 순간이 찾아오기를 기다렸지만, 할 수가 없었다. 계속해서 나는 누군가가 나를 지켜보고 있으며, 나는 혼자가 아니며, 누군가의 이익을 위해 연기를 하고 있으며, 그 행위는 자발적이며 순수하고 도덕적일 때에만 이루어질 수 있다고 느꼈다. 쌀쌀한 봄날 저녁의 공기와 함께, 내가 하려 하는 것이 윤리적인 행위가 아니라 근본적으로 미학적인 행위라는 생각이 내 가슴을 파고들었기 때문이다. 나는 내 삶을 세상이 깜짝 놀라게, 의미 있게, 그리고 일관성 있게 끝내 줄 뭔가를 하려 했던 것이다. 내가 원했던 것은 머큐시오[24]의 죽음이지 실제적인 죽음은 아니었다. 그것은 사람들에게 기억될 죽음이지, 진정한 자살에 의한 진정한 죽음도, 모든 것이 지워지는 죽음도 아니었다.

그리고 그 목소리와 빛과 하늘.

주위는 어두워지기 시작했고, 물러가는 아테네의 배가 신음하듯 뱃고동 소리를 냈다. 나는 총을 내 옆에 내려놓고, 여전히 자리에 앉은 채 담배를 피웠다. 나는 나 자신을 다시 평가해 보았고, 내가 이제부터 영원히 경멸받아 마땅한 인간이라는 점을 깨달았다. 전에도, 그리고 그 순간에도 나는 무척 침울했지만, 전에도, 그리고 앞으로도 늘 무척이나 거짓되고, 실존주의적 용어로 말하면, 진정성이 없을 터였다. 내가 스스로 목숨을 끊지 못할 것이며, 제아무리 공허하고 제아무리 아프게 되더라도 늘 나 자신과 함께 계속해서 살기를 원하리라는 것을 나는 알았다.

나는 총을 치켜들어 하늘을 향해 무턱대고 쏘았다. 굉음이 나를 흔들었다. 총성이 메아리쳤고, 나뭇가지 몇 개가 떨어졌다. 그러고는 무거운 정적이 주위를 감쌌다.

「뭘 좀 죽였소?」 노인이 정문에서 물었다.

「한 방 쐈지요.」 내가 말했다. 「하지만 빗나갔어요.」

9

몇 년 후 나는 피아첸차[25]에서 새장을 보았다. 우뚝 솟은 종탑 옆에 높이 매달려 있는, 검은색의 잔인한 카나리아 새장은 과거에 죄수를 그 안에 넣고 굶겨 죽여 마을 사람들 모

---

24 셰익스피어의 「로미오와 줄리엣」에 나오는 로미오의 친구로 줄리엣의 사촌 오빠와 결투를 벌이다 살해당한다.
25 이탈리아 북부의 도시.

두가 아래에서 지켜보는 가운데 썩어 가도록 하는 데 사용된 것이었다. 그 새장을 올려다보며 나는 그리스에서 보낸 그해 겨울과, 내가 나 자신을 위해 빛과 고독과 자기기만으로 만든 새장을 떠올렸다. 명백하게 모순되어 보이는, 시를 쓰는 일과 자살 기도는 실은 뭔가로부터 도피하려는 시도라는 점에서 매한가지였다. 그리고 그 끔찍했던 학기말에 내가 느낀 감정은, 자신이 새장에 갇혀 있으며, 죽을 때까지 거기서 지난날의 모든 야심이 가하는 조롱을 뒤집어쓰고 있어야 하리라는 것을 아는 자가 느끼는 그런 것이었다.

하지만 나는 마을 의사가 준 아테네의 주소지로 찾아갔다. 칸 테스트[26]를 받은 결과 파타레스쿠 박사의 진단이 옳은 것으로 밝혀졌다. 열흘간의 치료비는 몹시 비쌌다. 대부분의 약품은 그리스로 밀수되거나 어디선가 훔쳐 온 것으로, 나는 선택의 여지가 없었다. 미국에서 교육을 받은 서글서글한 젊은 의사는 예후는 아주 좋다며 내게 걱정하지 말라고 했다. 부활절 휴가가 끝나고 내가 섬으로 돌아오자 앨리슨에게서 엽서가 와 있었다. 그것은 캥거루가 〈내가 잊었다고 생각했어?〉라는 말을 하는 그림이 그려진 화려한 색상의 엽서였다. 나는 스물여섯 번째 생일을 아테네에 있는 동안 맞았다. 엽서의 소인은 암스테르담으로 되어 있었다. 다른 말은 한마디도 없고, 〈앨리슨〉이라는 서명만 있었다. 나는 엽서를 종이 쓰레기를 넣는 바구니에 던져 버렸다. 하지만 그날 저녁, 나는 그것을 다시 꺼냈다.

병이 제2단계로 발전하지 않기를 바라며 초조하게 기다리는 시간을 때우기 위해 나는 조용히 섬의 구석구석을 뒤지기 시작했다. 매일 집을 나와 수영을 하고 또 했으며, 산책을 하

---

[26] 매독의 혈청 침강 검사.

고 또 했다. 날씨는 급속히 무더워졌고, 오후의 열기가 지속되는 동안에 학교는 잠이 들었다. 그럴 때면 나는 소나무 숲으로 들어가곤 했다. 그럴 수 있을 때면 나는 늘 마을과 학교로부터 멀리 나와, 섬 중앙의 산꼭대기를 넘어 남쪽으로 갔다. 거기에는 절대적인 고독이 있었는데, 작은 만에는 눈에 띄지 않는 오두막 세 채가 있었고, 녹색 소나무 숲의 경사면에는 성자의 축일 때 말고는 아무도 찾지 않는 작은 예배당 몇 개와, 늘 비어 있는, 거의 보이지 않는 작은 별장이 한 채 있었다. 나머지는 숭고할 정도로 평화로우며, 아무것도 그려지지 않은 캔버스처럼 무한한 가능성을 담고 있는, 신화에 적합한 장소였다. 섬이 마치 빛과 어둠으로 나뉜 것 같았다. 주말을 이용하든지 아니면 아주 일찍 일어나지 않으면(학교 수업은 7시 반부터 시작했다) 멀리까지 가는 것을 어렵게 만드는 수업 시간표는 짧은 개 줄처럼 진저리나는 것이 되었다.

나는 미래에 대해서는 생각하지 않았다. 진료소의 의사가 한 말에도 불구하고 나는 치료가 실패할 거라고 확신했다. 내게 주어진 운명의 양상은 분명한 것 같았다. 그것은 점점 아래로만 추락하는 것이었다.

그런데 그때 수수께끼 같은 일들이 벌어지기 시작했다.

제2부

이 첫 번째 범죄에 화가 난 괴물들은 거기서 멈추지 않았다.
그들은 그녀를 벌거벗겨 커다란 테이블 위에 눕히고,
큰 양초에 불을 붙인 뒤, 그녀의 머리맡에 구세주의 초상을 놓고,
그 불행한 여자의 허리 위에서 대담하게도
우리의 신비 중 가장 무시무시한 것을 집행했다.

―사드 『쥐스틴, 미덕의 불행』

10

새의 날개처럼 푸른 5월 말의 어느 일요일이었다. 나는 염소들이 다니는 길을 따라 섬의 산등성이로 올라갔다. 거기서부터 해안까지 2킬로미터가량 소나무 꼭대기의 초록색이 포말처럼 펼쳐져 있었다. 바다는 서쪽으로 본토 산들의 그늘진 벽까지 비단 카펫처럼 펼쳐져 있었으며, 거대한 종 모양의 최고천(最高天)[1] 아래 남쪽으로 80~90킬로미터가량 떨어진 수평선에는 또 다른 벽이 있었다. 그것은 담청색의 세계로 순수하기 그지없었다. 섬 중앙에 있는 산등성이에 서서 내 앞에 있는 그런 광경을 볼 때면 늘 그렇듯 나는 내 고민 대부분을 잊어버렸다. 나는 남쪽과 북쪽의 거대한 두 광경 사이로, 중앙 산등성이를 따라 서쪽으로 걸어갔다. 도마뱀들이 살아 있는 에메랄드 목걸이처럼 소나무 줄기에 불쑥 나타났다. 백리향과 로즈메리와 다른 약초들도 있었고, 민들레 같은 꽃들이 있는 덤불이 야생적이고도 온화하게 빛을 발하는 푸른 하늘 속에 잠겨 있었다.

[1] 고대 우주론의 오천(五天) 중에서 가장 높은 하늘로 불과 빛의 세계로 이루어져 있었다.

얼마 후 나는 능선이 뚝 떨어져, 남쪽으로 거의 깎아지른 듯한 작은 절벽을 이룬 곳에 이르렀다. 나는 늘 그곳 벼랑 끝에 앉아서 담배를 한 대 피우며 바다와 산의 광활한 풍경을 살펴보곤 했다. 그 일요일에 나는 거의 자리에 앉자마자 풍경 가운데 뭔가가 바뀐 것을 알아차렸다. 내 아래쪽으로, 섬의 남쪽 해안을 따라 중간쯤에 작은 오두막 세 채가 있는 만이 있었다. 그 만에서부터 해변은 서쪽으로 일련의 낮은 곶과 숨겨진 내포로 이어져 있었다. 오두막들이 있는 만의 바로 서쪽에서는 땅이 급격히 가팔라져, 내륙 쪽으로 수백 미터 들어간 곳에서 작은 절벽을 이루고 있었는데, 부서지고 틈이 생긴 불그스레한 벽처럼 보였다. 그것은 마치 그 너머의 곶 위에 있는 외딴 별장을 위한 요새 같았다. 그 집에 대해 내가 아는 것이라곤 아테네에 있는 잘사는 어떤 사람의 소유물로 한여름에만 사용된다는 것뿐이었다. 중앙 산등성이에서는 그 사이에 솟아 있는 소나무 숲 때문에 평평한 지붕밖에 보이지 않았다.

하지만 이제 가느다랗고 희미한 한 줄기 연기가 지붕에서 피어오르고 있었다. 더 이상 방치되어 있지 않은 게 분명했다. 처음 내게 밀어닥친 감정은 로빈슨 크루소가 느꼈을 법한 분노였는데, 그것은 그 섬 남쪽의 고독이 손상되어 버렸고 게다가 내가 이미 그곳에 대해 소유욕을 느끼고 있었기 때문이다. 그곳은 나의 비밀스러운 장소였고, 소작인보다 지위가 높은 다른 누구도 — 세 채의 오두막에 사는 불쌍한 어부들을 제외하고는 — 그곳에 대한 권리가 없었다. 그럼에도 나는 호기심이 생겨 부라니 곶 맞은편에 있는 내포로 이어지는 길을 따라 내려갔다. 부라니는 그 별장이 위치한 곳의 이름이었다.

바다와 새하얀 돌들이 있는 작은 띠 모양의 땅이 마침내 소나무들 사이로 반짝였다. 나는 그곳 가장자리에 이르렀다. 그곳은 탁 트인 커다란 내포로, 해변에는 자갈이 깔려 있고, 바다는 유리처럼 깨끗했으며, 두 개의 곶에 둘러싸여 있었다. 그 별장은 왼쪽으로, 좀 더 가파른 동쪽 부라니 곶 위에 위치해, 그 섬의 다른 어느 곳에서보다 더 울창하게 자란 나무들 사이에 가려져 있었다. 전에 두어 번 와본 적이 있었지만, 그곳은 그 섬의 많은 해변들과 마찬가지로, 자신이 그곳에 서게 되거나 그곳에서 뭔가를 보거나 그곳에 존재하게 된 첫 번째 사람이라는 아름다운 착각을 불러일으키는 곳이었다. 별장에서는 인기척이 전혀 느껴지지 않았다. 나는 좀 더 탁 트인, 해변의 서쪽 끝에 자리를 잡고 수영을 했으며, 점심으로 빵과 올리브와 향긋하고 차가운 주주카키아[2]를 먹었다. 하지만 사람이라곤 그림자도 보이지 않았다.

이른 오후 무렵 나는 뜨거운 자갈을 밟으며 별장이 있는 내포 끝으로 갔다. 나무들 사이에 희게 회칠한 아주 작은 예배당이 쑥 들어앉아 있었다. 나는 문틈 사이로 엎어진 의자 하나와 초가 꽂혀 있지 않은 촛대, 그리고 작은 휘장 위에 줄지어 있는, 소박하게 그린 성상들을 보았다. 문에는 종이에 금박을 한, 색이 바랜 십자가가 핀으로 꽂혀 있었다. 그 뒤쪽에는 누군가가 아기오스 데메트리오스 — 성 제임스라고 휘갈겨 쓴 글씨가 있었다. 나는 다시 해변으로 갔다. 해변은 무성한 관목과 나무들 속으로 마치 뭔가를 금하듯 솟아 있는 경사진 바위들로 끝이 났다. 나는 처음으로 그 경사면의 발치에 8~9미터 정도 길이의 철조망이 있는 것을 발견했다. 울타리는 나무들 사이로 이어져 곶을 격리하고 있었다. 녹이 슨 철조망은 나이 든 여자도 아무런 어려움 없이 뚫고 들어

---

[2] 살사 소스를 넣은, 그리스의 매콤한 미트볼.

갈 수 있을 정도였지만, 그것은 그 섬에서 내가 처음으로 본 철조망이었고, 나는 그것이 마음에 들지 않았다. 그것은 고독에 대한 모독이었다.

나무들로 무성한 뜨거운 비탈을 올려다보면서 나는 혼자가 아니라는 느낌을 받았다. 누군가가 나를 지켜보고 있는 것 같았다. 나는 앞쪽에 있는 나무들을 살폈다. 아무것도 없었다. 이어 바위들 가까이로 좀 더 다가갔는데 그 바위들 위로는 철조망이 관목 사이로 이어져 있었다.

충격적이었다. 첫 번째 바위 뒤쪽에서 뭔가가 반짝였다. 그것은 파란색 고무 물갈퀴였다. 그 바로 뒤쪽에, 또 다른 바위의 엷고 분명한 그림자 속에 다른 한 짝의 물갈퀴와 수건이 있었다. 나는 다시 주변을 둘러본 뒤 발로 수건을 밀었다. 그 밑에는 책이 한 권 있었다. 표지 디자인을 보자마자 나는 그것이 아주 흔한 보급판 영국 현대시 선집이라는 것을 알았다. 대학 시절부터 내 방에도 있던 책이었다. 전혀 예상치 못한 일이어서, 나는 누가 내 책을 훔쳐다가 여기 가져다 놓았나 생각하며 멍하니 아래쪽을 내려다보았다.

그것은 내 책이 아니었다. 안쪽에 책 주인 이름은 적혀 있지 않았지만, 깨끗이 자른 백지 종잇조각이 몇 개 꽂혀 있었다. 첫 번째 종잇조각이 꽂혀 있는 페이지에는 4행이 빨간색으로 밑줄이 그어져 있었다.「어린 기딩」이라는 시였다.

> 우리는 탐험을 중단하지 않을 것이다
> 그리고 우리의 모든 탐험의 끝은
> 우리가 출발한 곳에 도착해
> 그곳을 처음으로 알게 되는 것이 될 것이다.

마지막 3행은 그 옆에 수직으로 또 다른 표시가 되어 있었다. 나는 다시 한 번 나무가 울창한 둑을 살펴본 뒤 다음 종잇조각이 꽂힌 페이지를 폈다. 그 종잇조각과 나머지 다른 종잇조각이 꽂혀 있는 페이지들에는 섬이나 바다에 대한 이미지나 언급이 있었다. 대략 열두 개는 되는 것 같았다. 그날 밤 숙소에 돌아와, 나는 내 책에서 몇몇 문장을 다시 찾았다.

> 사람들은 각자 자신의 작은 침대에서 섬을 생각했다……
> 도시로부터 멀리 떨어진, 사랑이 순수한 그곳을.

오든의 이 시는 이 두 줄에 표시가 되어 있었는데 그 사이에 있는 두 줄에는 표시가 되어 있지 않았다. 역시 띄엄띄엄 밑줄이 쳐진, 에즈라 파운드의 시도 있었다.

> 오라, 그렇지 않으면 별들의 물결이 흘러가 버릴 것이다.
> 동쪽으로는 기울어지는 시간을 피하라,
> 지금이다! 바늘이 내 영혼 속에서 떨리고 있다!
> 별들의 범람을 비웃지 말라, 그것은 그럴 수밖에 없는 것이니.

그리고 다음과 같은 구절에도 표시가 되어 있었다.

> 죽어서도 온정신을 지닌 자 누구냐!
> 이 소리는 어둠 속에서 왔다
> 그대는 먼저
> 지옥으로 이어지는 길을 가야만 한다
> 그리고 케레스[3]의 딸 프로세르피나[4]의 내실로,
> 위쪽의 어둠을 뚫고, 티레시아스[5]를 만나러,
> 눈이 없는 것은 그늘이었으며, 지옥에 있는 것이다

둔한 사람들이 그보다 아는 게 더 없다는 것을 온전히
아는 채로
너의 길의 끝에 이르기 전에.
그늘의 그늘인 지식,
하지만 너는 지식을 좇아 항해를 해야 한다
약 먹은 짐승들보다 더 아는 게 없는 채로.

햇살을 실은 바람이, 여름날의 에게 해에서 거의 매일같이 부는 미풍이 게으른 채찍처럼 작은 파도들을 해변의 자갈에 물결치게 하고 있었다. 아무것도 나타나지 않았고, 모든 것이 기다리고 있었다. 그날 다시 한 번 나는 로빈슨 크루소처럼 느껴졌다.

나는 그 책을 다시 수건 밑에 넣고 다소 자의식적으로 언덕 쪽을 마주했는데, 이제 정말로 누군가 나를 지켜보고 있다는 확신이 들었다. 나는 몸을 숙여 수건과 책을 들어 물갈퀴가 있는 바위 위에 올려놓았다. 누군가 찾으러 올 경우 보다 쉽게 눈에 띌 것이었다. 그것은 친절을 베풀려는 마음에서라기보다는 숨어서 나를 지켜보는 눈에게 내 호기심을 표현하기 위해서였다. 수건에는 여성용 화장품의 흔적이 있었다. 선탠오일 같았다.

나는 내 옷이 있는 곳으로 가 곁눈질로 해변을 바라보았다. 잠시 후에는 해변 뒤쪽에 있는 소나무 숲 그늘로 들어갔다. 바위 위의 하얀 점이 햇빛을 받아 반짝였다. 나는 자리에 드러누워 잠이 들었다. 오랜 시간은 아니었던 게 분명하다. 하지만 잠에서 깨어 해변을 바라보았을 때 물건들은 사라지

---

3 로마 신화의 곡물의 여신으로 그리스 신화의 데메테르에 해당함.
4 그리스 신화의 페르세포네에 해당함.
5 그리스 신화에 나오는 눈 먼 예언자.

고 없었다. 그 여자가 — 나는 젊은 처녀일 거라고 결론을 내렸다 — 내가 못 보는 사이에 가지고 간 것이었다. 나는 옷을 입고 다시 그곳으로 갔다.

학교로 돌아갈 때 주로 다니는 길은 만 중간 부분에서 시작되었다. 하지만 만의 이쪽 끝에서 나는 또 다른 작은 길을 볼 수 있었다. 철조망의 방향이 바뀌는 해변에서 벗어난 길이었다. 그 길은 가팔랐고, 울타리 안쪽에는 덤불이 너무도 우거져 있어서 저쪽 편이 보이지 않았다. 야생 글라디올러스가 분홍색의 작은 머리를 그늘 밖으로 내밀고 있었고, 제일 울창한 덤불 속에서는 휘파람새가 낭랑하면서도 더듬는 것 같은 목소리로 지저귀고 있었다. 그 새는 내 자리에서 몇십 센티미터 안 되는 곳에서 나이팅게일과 흡사하지만 훨씬 불안정하게, 그리고 흐느끼듯 강렬하게 노래하고 있었다. 경고를 하는 것인가, 아니면 유혹하는 것인가? 아무리 생각해도 어떤 의미가 있는 것 같았지만, 나는 판단을 내릴 수가 없었다. 그것은 꾸짖는 것 같기도 했고, 플루트를 연주하는 것 같기도 했으며, 날카로운 외침 같은 지저귐으로 넋을 잃게 만들었다.

갑자기 덤불숲 뒤쪽 어딘가에서 종소리가 들려왔다. 새는 울음을 멈췄고, 나는 계속 길을 올라갔다. 종소리가 다시 세 번 더 울렸다. 그것은 식사나 영국식 차를 들라고 사람들을 부르는 소리이거나, 아니면 아이들이 종을 갖고 장난하는 것이 분명했다. 잠시 후 곶의 뒤쪽이 나오면서 땅이 평평해졌는데, 관목은 여전히 무성했지만 나무들은 조금 더 성글어졌다.

그리고 사슬이 감긴, 페인트를 칠한 문이 나왔다. 페인트는 벗겨지고, 사슬은 녹이 슬었으며, 우측 문기둥 옆 철조망 사이로 사람이 드나들어 만들어진 길이 있었다. 폭이 넓고 풀로 뒤덮인 길은 곶을 따라 바다 쪽으로, 약간 아래쪽으로 경사져 나 있었다. 그 길은 나무들 사이에서 구부려져, 집의 모습은 전혀 드러나 있지 않았다. 나는 잠시 귀를 기울여 보았지만 사람의 목소리는 들리지 않았다. 언덕 아래에서는 새가 다시 지저귀기 시작하고 있었다.

그 순간 나는 그것을 보았다. 나는 틈 사이로 들어갔다. 그것은 나무 두세 그루 안쪽에 있었는데, 마치 영국에 있는 〈무단출입 시 고발 조처하겠음〉이라는 팻말처럼, 소나무 줄기 위쪽 높은 곳에 대충 못으로 박혀 있었고, 글씨도 간신히 알아볼 수 있었다. 하지만 그 팻말에는 하얀 바탕에 흐린 빨간색 글씨로 〈*SALLE D'ATTENTE*(대합실)〉라는 말이 프랑스어로 적혀 있었다. 마치 오래전 프랑스의 어느 기차역에서 떼어 온 것처럼 보였다. 아니면 오래전 어떤 학생이 한 장난 같았다. 에나멜은 벗겨졌고, 녹슨 철판이 암에 걸린 부위처럼 드러나 있었다. 한쪽 끝에는 오래된 총알구멍처럼 보이는 것이 서너 개 나 있었다. 미트퍼드가 한 경고는 〈대합실을 조심하라〉는 것이었다.

나는 계속해서 그 집까지 가야 하는지 말아야 하는지, 호기심과 야단 맞을 수도 있다는 두려움 사이에서 결정을 내리지 못하고 풀이 덮인 길에 서 있었다. 나는 그 즉시 그곳이 미트퍼드와 싸운, 독일군 부역자의 별장이라는 추측을 했다. 하지만 나는 엘리엇이나 오든을 원문으로 읽을 만큼, 또는 그럴 수 있는 사람을 손님으로 초대할 만큼 교양 있는 어떤 사람보다는 교활하고 쥐새끼 같은 얼굴을 한 그리스의 라발[6]을 떠올렸다. 나는 너무도 오랫동안 서 있었던 나머지 결정을 내리지 못하는 나 자신이 지겨워졌고, 결국 걸음을 돌렸다. 나는 다시 틈 사이로 나가 섬의 중앙 산등성이로 이어지

6 Pierre Laval(1883~1945). 제2차 세계 대전 중 비시 괴뢰 정부의 수상.

는 길을 따라갔다. 그 길은 곧 점점 좁아져 염소들이 다니는 길과 만났는데, 햇빛에 빛이 바래 회색이 된 흙 사이로 돌멩이들이 뒤집어진 자리마다 붉은 흙이 드러난 것으로 보아 근래에 사용된 것이었다. 중앙 산등성이에 이른 나는 뒤를 돌아보았다. 그 지점에서는 그 집이 보이지 않았지만, 어디에 있는지 알고 있었다. 바다와 산들이 저녁의 차분한 햇살 속에 떠 있었다. 물질과 빈 공간, 황금빛 대기와 푸른색의 고요한 원경 등 모든 것이 클로드[7]의 그림처럼 평화로웠다. 학교로 이어지는 가파른 산길을 내려오는 동안 섬의 북쪽은 그에 비해 억압적이고 진부한 것처럼 보였다.

11

이튿날 아침 나는 아침 식사를 마친 후 데메트리아데스의 책상으로 건너갔다. 전날 밤 그는 마을에 있었는데, 그가 돌아올 때까지 일부러 기다리지는 않았다. 데메트리아데스는 작은 키에 무척 포동포동했고, 개구리 같은 얼굴을 한 코르푸 섬[8] 출신으로 햇빛과 시골 생활을 병적일 정도로 싫어했다. 그는 그 섬에서 우리가 영위해야 하는 〈혐오스러운〉 시골 생활에 대해 쉬지 않고 불평을 늘어놓았다. 그는 아테네에 있을 때면 야행성 동물로 바뀌어 두 가지 취미, 즉 매춘과 식도락에 탐닉했다. 그는 그 두 가지 일과 옷에 돈을 몽땅 써버렸으며, 그런 만큼 혈색이 나쁘고 기름기가 흐르며 타락한 듯한 모습이어야 했지만, 실은 늘 혈색이 좋은 나무랄 데 없는 모습이었다. 역사 속의 그의 영웅은 카사노바였다. 그는

---

7 Claude Lorrain(1600~1682). 17세기 프랑스의 풍경화가.
8 그리스 북서부에 있는 이오니아 제도 가운데 한 섬.

천재성이나 이탈리아 남자다운 모습은 말할 것도 없고 보즈웰[9]다운 매력도 없었지만, 명랑하다가도 곧 가련한 모습을 보이며 미트퍼드가 얘기한 것보다는 나은 상대가 되었다. 적어도 그는 위선자는 아니었다. 그에게는 자신을 맹목적으로 믿는 사람들에게서 으레 느껴지는 매력이, 균형 잡힌 사람의 매력이 있었다.

나는 그를 정원으로 데리고 나갔다. 그의 별명은 그리스어로 멜리Méli, 즉 꿀이었다. 그는 달콤한 것에 대해 아이 같은 열정을 갖고 있었다.

「멜리, 부라니 곶에 사는 남자에 대해 아는 게 있어요?」

「그를 만났나요?」

「아뇨.」

「이봐!」 그는 아몬드나무에 무슨 글자를 새기고 있는 소년을 향해 버럭 소리를 질렀다. 카사노바 같은 성격은 엄밀하게 사생활에만 해당되는 것이었고, 그는 교실에서는 규율에 엄격한 사람이었다.

「그 사람 이름을 아나요?」

「콘키스.」 그는 〈ㅋ〉을 강하게 발음했다.

「미트퍼드가 그와 다퉜다던데요. 싸움을 했다고요.」

「거짓말이에요. 그는 늘 거짓말을 했죠.」

「그럴지도 모르죠. 하지만 그 사람을 만난 건 틀림없는 것 같아요.」

「Po po.」 그것은 〈그따위 소리를 누가 믿는담〉이라는 뜻의 그리스어였다. 「그 사람은 누구도 만나지 않아요, 절대로. 다른 선생들한테 물어봐요.」

「한데 그 이유가 뭐죠?」

---

9 James Boswell(1740~1795). 충실한 전기(傳記) 작가의 대표적인 인물.

「음……」 그는 어깨를 으쓱했다. 「오래된 얘기가 많이 있지만 나는 그 얘기를 몰라요.」
「그러지 말고 얘기해 줘요.」
「별로 재미없어요.」
우리는 자갈이 깔린 길을 걸었다. 멜리는 침묵을 싫어했고, 결국 곧 콘키스에 대해 아는 것을 말하기 시작했다.
「전쟁 중에 그는 독일군을 위해 일했죠. 그는 결코 마을에 오지 않아요. 마을 사람들이 돌로 쳐 죽일 테니까. 나도 그자를 보면 그렇게 할 거예요.」
나는 히죽 웃었다. 「왜죠?」
「돈도 많은 데다, 파리에서 살 수도 있는데 이런 사막 같은 섬에 살고 있으니까……」 그는 분홍빛 오른손을 들어 빠르게 작은 원을 그렸다. 그것은 그가 가장 좋아하는 제스처였다. 그의 마음속에 가장 깊이 새겨진 야망은, 창이 없고 대신 여러 가지 다른 특별한 요소들을 지닌 방 하나가 있는, 센 강이 내려다보이는 아파트 한 채를 갖는 것이었다.
「그 사람, 영어는 하나요?」
「아마 그럴걸요. 그런데 왜 그렇게 관심을 보이죠?」
「그렇지 않아요. 그냥 그 집을 봤거든요.」
2부 수업을 알리는 종소리가 과수원과 작은 길들을 지나 운동장의 높고 하얀 벽에 부딪혔다. 교실로 돌아가는 길에 나는 멜리에게 이튿날 마을에서 저녁 식사를 함께 하자고 초대했다.

식당을 운영하는 마을 유지는 거대한 바다코끼리 같은, 사란토풀로스라는 이름의 남자였는데 그는 콘키스에 대해 좀 더 많은 것을 알고 있었다. 그는 우리가 자신이 만든 음식을 먹는 동안 우리 탁자로 와 포도주를 한 잔 마셨다. 콘키스가 세상을 등진 채 살고 마을에 오는 일이 결코 없다는 말은 사실이었지만, 독일군에 부역했다는 소문은 거짓이었다. 그는 독일 점령기에 독일군에 의해 촌장으로 임명되었지만, 실제로는 주민들을 위해 최선을 다했다. 지금 그가 인기가 없다면 그것은 그가 생활필수품 대부분을 아테네에 주문해서였다. 식당 주인은 긴 이야기를 시작했다. 그 섬의 방언은 다른 그리스인도 이해하기 힘들었고, 나는 한마디도 알아들을 수 없었다. 그는 열성을 보이며 탁자 위로 몸을 기울였다. 데메트리아데스는 지루한 표정이었지만 중간중간 흡족한 듯 고개를 끄덕였다.

「그가 무슨 말을 하는 거죠, 멜리?」

「아무것도 아니에요. 전쟁 얘기죠. 전혀 아무것도 아니에요.」

사란토풀로스는 갑자기 우리 너머를 쳐다보았다. 그는 데메트리아데스에게 무슨 말을 하고는 자리에서 일어났다. 나는 고개를 돌렸다. 키가 크고 애처로워 보이는 마을 주민 하나가 문간에 서 있었다. 그는 멀리 구석에 있는, 아무런 장식도 없는 긴 방의 탁자로 갔다. 그곳은 그 섬의 주민들이 이용하는 곳이었다. 나는 사란토풀로스가 남자의 어깨에 손을 얹는 것을 보았다. 남자는 미심쩍은 눈초리로 우리 쪽을 보았지만, 포기한 듯 우리가 앉아 있는 탁자로 왔다.

「콘키스 씨의 마부죠.」

「뭘 모는데요?」

「당나귀를 한 마리 갖고 있죠. 우편물과 식료품을 부라니 곳으로 가져가죠.」

「이름이 뭐죠?」 그의 이름은 헤르메스였다. 나는 그다지 머리가 안 좋은 소년이 소크라테스나 아리스토텔레스로 불리고, 내 방 청소를 하는 못생긴 노파가 아프로디테로 불리는 것을 듣는 데 너무도 익숙해 이번에는 실소도 나오지 않았다. 당나귀 몰이꾼은 자리에 앉아 내키지 않는 투로 그리스산 수지향(樹脂香) 포도주가 담긴 작은 잔 하나를 받았다. 그리고 쿰볼로기라고 불리는, 호박으로 만든 묵주를 손으로 만지작거렸다. 그는 한쪽 눈이 좋지 않은 듯 시선이 고정되어 있었고, 얼굴은 불길할 정도로 창백해 보였다. 바닷가재를 먹는 일에 훨씬 더 관심이 많던 멜리가 그에게서 약간의 정보를 얻어 냈다.

콘키스 씨는 무슨 일을 하는가? 그는 혼자서 가정부와 살며, 말 그대로 정원 일을 하는 것 같았다. 그리고 독서를 했다. 책은 아주 많이 갖고 있었다. 피아노도 한 대 있었다. 그는 여러 나라 말을 할 줄 알았다. 마부는 어느 나라 말인지는 몰랐다. 마부에게는 전 세계의 모든 나라 말을 다 할 줄 아는 것으로 보였다. 콘키스 씨는 겨울에 어디에 가는가? 아테네에 갈 때도 있었고, 외국에 나갈 때도 있었다. 외국이라면 어느 나라인가? 마부는 알지 못했다. 그는 미트퍼드가 부라니곶을 방문한 사실에 대해서는 아는 게 없었다. 그는 방문객은 한 사람도 없었다고 했다.

「내가 콘키스 씨를 찾아가도 좋을지 물어봐 줘요.」

안 된다고 했다. 그건 있을 수 없는 일이었다.

우리의 호기심은 그리스에서는 극히 자연스러운 것이었다. 오히려 이상한 것은 그의 과묵함이었다. 그가 고용된 것도 무뚝뚝함 때문이었을 수도 있었다. 그는 가려고 자리에서 일어섰다.

「그가 집에 혹시 예쁜 여자들로 하렘을 차려 놓고 있는 건 아닌 게 확실한 거죠?」 멜리가 말했다. 마부는 그렇지 않다는 듯 아무 말 없이 푸르스름한 턱과 눈썹을 치켜세운 뒤, 경멸을 드러내며 몸을 돌렸다.

「촌놈하고는!」 그의 등 뒤에 대고 그리스어로 가장 모욕적인 말을 내뱉으며 멜리는 축축한 손으로 내 손목을 잡았다. 「친애하는 친구, 내가 미코노스 섬에서 만난 남녀 두 쌍이 어떻게 사랑을 나눴는지 얘기한 적이 있나요?」

「있어요. 하지만 다시 얘기해도 괜찮아요.」

나는 이상하게 실망스러웠다. 그리고 그것은 그 네 명의 남녀가 어떻게 곡예사들같이 성교했는지를 세 번째로 들었기 때문만은 아니었다.

그 주의 나머지 기간 동안 나는 학교에서 몇 가지 사실을 더 알게 되었다. 전쟁이 일어나기 전부터 교사 생활을 해온 사람들 가운데 현재 남아 있는 교사는 두 사람뿐이었다. 그들도 한두 번 콘키스를 만난 일은 있었지만 1949년에 학교가 다시 문을 연 이후로는 한 번도 못 만났다고 했다. 한 교사에 따르면 콘키스는 은퇴한 음악가였다. 또 다른 교사는 그가 몹시 냉소적인 사람이며 무신론자라고 했다. 하지만 콘키스가 사생활을 소중하게 생각하는 인물이라는 점에서는 두 사람의 의견이 일치했다. 전쟁 중 독일군은 콘키스를 강제로 마을에 살게 했다. 어느 날 그들은 본토에서 레지스탕스 요원 몇 명을 잡아와 콘키스에게 그들을 처형하라고 지시했다. 그는 거절했고, 마을 사람들 여러 명과 함께 독일군 총살 집행대 앞에 서게 되었다. 하지만 콘키스는 기적적으로 곧바로 죽지 않고 살아났다. 이것은 사란토풀로스가 우리에게 해준 얘기였다. 많은 마을 사람들과, 독일군의 보복으로 친지를 잃은 사람들의 생각에 따르면 콘키스는 독일군이 지시한 대로 했어야 했다. 하지만 그것은 모두 지나간 일이었다. 만약 콘키스가 잘못했다면 그것은 그리스의 명예를 위해서였다. 하지만 그 후 그는 다시는 마을에 발을 들여놓지 않았다.

그리고 나는 사소하지만 뭔가 이상한 사실을 발견했다. 나는 그 학교에 부임한 지 1년도 채 안 되는 데메트리아데스 말고 다른 몇몇 사람들에게, 미트퍼드의 전임자인 르베리에나 미트퍼드가 콘키스와 만난 일을 얘기한 적이 있는지 물어보았다. 대답은 한결같이 없었다는 것이었다. 르베리에의 경우는 충분히 이해할 수 있는 일이었는데, 그는 한 선생이 자기 머리를 가볍게 두드리며 말한 것처럼 무척 과묵했고, 〈지나치게 심각했기〉 때문이다. 마지막으로 내가 질문을 한 사람은 생물 선생인데, 우리는 그의 방에서 커피를 마시고 있었다. 카라조글루는 더듬거리면서도 듣기 좋은 프랑스어로 르베리에가 그 별장에 간 적이 없는 게 틀림없다고 했다. 그리고 만약 그가 갔다면 얘기를 했을 거라고 했다. 그는 다른 선생들보다는 르베리에를 더 잘 알고 있었다. 둘 다 식물에 관심이 많았기 때문이다. 그는 책상 서랍을 뒤져, 르베리에가 채집해 만든, 말린 꽃이 있는 종이가 담긴 상자 하나를 꺼냈다. 거기에는 어려운 학술 용어들이 동원된 메모가 놀랄 만큼 깨끗한 필체로 길게 적혀 있었고, 군데군데 인도 잉크와 수채 물감으로 그린, 전문적으로 보이는 스케치도 있었다. 나는 무심히 상자를 뒤적이다 말린 꽃이 있는 종이 한 장을 떨어뜨렸는데, 거기에는 추가로 메모한 종이가 붙어 있었다. 이 종이가 클립에서 떨어졌다. 종이 뒷면에는 어떤 편지의 첫 부분이 있었는데, 지우려고 줄을 그어 놓았지만 읽을 수는 있었다. 날짜는 2년 전인 1951년 6월 6일이었다. 〈친애하는 콘키스 씨, 지난번 그 놀라운 일이 있었던 이후로……〉 문장은 거기에서 끝났다.

나는 아무것도 눈치채지 못한 것 같은 카라조글루에게는 아무 말도 하지 않았다. 하지만 그 순간 그 자리에서 나는 콘키스 씨를 찾아가 보기로 결심을 했다.

내가 왜 갑자기 그에게 그토록 호기심을 갖게 되었는지는 말할 수 없다. 부분적으로는 흥미를 느낄 만한 다른 것이 없었기 때문일 것이다. 그 섬에서의 생활이란 늘 사소한 것들에 강박적으로 매달리는 것으로 이루어져 있었다. 또 한편으로는 미트퍼드가 한 알 수 없는 한마디 말과, 르베리에에 관해 알게 된 사실 때문이었다. 그리고 어쩌면 그 무엇보다, 그를 방문할 일종의 권리가 내게 있다는 묘한 감정이 들어서이기도 했을 것이다. 나의 두 전임자는 이 별난 사람을 만났지만 그것에 대해서는 얘기하지 않으려 했다. 어떤 점에서 이제 내 차례가 온 것이었다.

그 주에 나는 한 가지 일을 더 했다. 앨리슨에게 편지를 쓴 것이다. 나는 그 편지를 러셀 광장의 아파트 아래층에 사는 앤에게 보내는 봉투 안에 넣어, 앨리슨이 살고 있는 주소로 보내 달라고 부탁했다. 나는 편지에 한두 번 그녀 생각을 했으며, 〈대합실〉이라는 말이 무엇을 의미하는지 알게 되었고, 정말로 원한다면 답장을 해야겠지만 답장을 하지 않아도 얼마든지 이해한다는 얘기 외에는 거의 아무 말도 하지 않았다.
나는 섬에서는 과거로 이끌리게 된다는 것을 알고 있었다. 공간이나 정적이 너무도 큰 데 비해 사람을 만나는 일은 너무나 적기 때문에 쉽게 현재가 아닌 곳을 보게 되고, 과거는 실제보다 열 배는 더 가깝게 느껴졌던 것이다. 앨리슨은 몇 주 동안 한 번도 내 생각은 하지 않고 이미 다른 남자들과 여섯 번은 정사를 벌인 것 같았다. 그래서 나는 메시지를 써 병에 담아 바다에 던지는 심정으로 그 편지를 부쳤다. 그것은 완전히 장난은 아니지만 거의 장난에 가까운 것이었다.

12

그다음 토요일은 늘 불던 햇빛을 머금은 바람이 그치면서 찌는 듯 무더웠다. 매미들이 울기 시작했다. 전혀 박자가 맞지 않는 매미들의 울음소리는 듣는 이의 신경을 건드렸지만, 결국에는 그것에 너무도 익숙해져 어느 날 드물게 내리는 소나기가 쏟아져 울음소리가 그쳤을 때에는 정적이 마치 폭발음처럼 여겨졌다. 매미는 소나무 숲의 성격을 완전히 바꿔 놓았다. 이제 그것은 살아 있고 광대했으며, 들을 수는 있지만 볼 수는 없는 에너지의 저장소가 되었다. 순수한 고독은 모두 사라진 상태였다. 매미 이외에도 진홍색 날개가 달린 여치와 메뚜기, 커다란 호박벌, 벌, 각다귀, 말파리, 그리고 수많은 다른 이름 없는 곤충들이 대기를 진동시키며 울어 댔다. 어떤 곳에서는 흑색의 날벌레 떼가 구름처럼 몰려들어 나는 제2의 오레스테스[10]라도 된 듯 욕설을 퍼붓고 몸 여기저기를 찰싹찰싹 때리며 나무들 사이로 언덕을 올라갔다.

나는 다시 산등성이에 이르렀다. 바람 한 점 없는 열기 속에 바다는 진주 빛 터키석처럼 빛나고, 멀리 있는 산들은 잿빛에 가까운 푸른색을 띠고 있었다. 부라니 곶 주위의 소나무들 윗부분이 녹색으로 반짝이는 것이 보였다. 정오 무렵 나는 나무들 사이를 지나 예배당이 있는 자갈 깔린 해변에 도착했다. 인적은 전혀 찾아볼 수 없었다. 나는 바위 사이를 살펴보았지만, 아무것도 없었고, 누군가가 나를 지켜보고 있다는 느낌도 들지 않았다. 나는 수영을 한 후 검은 빵과 오크라,[11] 그리고 오징어 튀김으로 점심을 먹었다. 남쪽 멀리 퉁퉁해 보이는 범선 한 척이 새끼들을 거느린 청둥오리처럼 여

---

10 그리스 신화에 나오는 미케네 왕 아가멤논과 클리타임네스트라의 아들.
11 아욱과의 한해살이 풀.

섯 척의 작은 보트를 끌고 가고 있었다. 뱃머리에 부서지는 파도가 크림 빛의 파란 바다 표면에 신기루 같은 검은 잔물결을 일으켰는데, 배가 서쪽 곶 뒤로 사라지고 난 뒤에는 그 잔물결만이 문명 세계의 유일한 흔적으로 남아 있었다. 해안의 돌을 투명하고 파란 물이 아주 가볍게 두드렸고, 나무들은 뭔가를 기다리는 듯했으며, 무수한 곤충이 움직이고 있었고 거대한 풍경은 정적에 싸여 있었다. 나는 소나무의 엷은 그늘 아래에서, 세상과는 완전히 동떨어진 야생의 그리스에서, 그리고 영원 속에서 잠이 들었다.

태양이 움직여 나를 비추며 성적으로 흥분시켰다. 나는 앨리슨을, 그리고 우리가 함께 나눈 사랑의 행위들을 떠올렸다. 나는 그녀가 내 곁에 벌거벗은 채 있었으면 했다. 그녀가 있다면 우리는 소나무 가시에 찔리면서 사랑을 나눈 다음 수영을 하고, 다시 사랑을 나눌 터였다. 나는 기억과 사실에 대한 인식이 뒤섞인, 메마른 슬픔으로 가득 찼다. 그것은 과거에 어떠했는지와 지금 달리 어떠했을 수도 있다는 것을 기억하고, 모든 것이 지나간 일이라는 것을 인식하며, 그와 동시에 다른 일들이 무사히 과거의 일이 되었다는 것을 아는 데 또는 알기 시작한 데 따른 것이었다. 최소한 나 자신에 대한 환상 중 일부와 매독은 과거의 일이 되었다. 매독이 재발할 조짐은 보이지 않았다. 나는 육체적으로 무척 건강하게 느껴졌다. 내 인생이 앞으로 어떻게 될지 알 수는 없었지만, 그날 해변에 누워 있는 동안에는 그것이 별로 상관없는 것처럼 보였다. 존재하는 것으로 충분했다. 나는 공중에 뜬 채 아무런 두려움 없이 어떤 충동이 나를 몰고 가기를 기다리고 있는 것 같은 기분이 들었다. 나는 땅바닥에 배를 깔고 팔다리를 뻗은 자세로, 감각만을 구하는 단순한 기계가 되어, 동물처럼 죄의식도 수치심도 못 느끼며 앨리슨에 대한 기억과 사랑을 나누었다. 그런 다음 이글거리는 돌들을 지나 바닷속으로 뛰어들었다.

나는 철조망과 관목이 있는 길을 올라가, 페인트 칠이 벗겨진 문을 지나 다시 한 번 이상한 팻말 앞에 멈춰 섰다. 평탄했다가 구부러지면서 약간 아래로 경사진 길이 나무들 사이로 이어져 있었다. 오후의 햇살을 받아 눈부실 정도로 하얗게 빛나는 그 집이 그림자가 진 뒤쪽을 내 쪽으로 향한 채 서 있었다. 그것은 그전부터 있었던 게 분명한 작은 오두막의 바다 쪽 면에 지어져 있었다. 집은 정사각형으로, 지붕은 평평했고, 남쪽과 동쪽 주위로 가는 아치형의 주랑이 있었다. 그 주랑 위에는 테라스가 있었다. 2층 방의 열려 있는 프랑스식 창문들을 통해 테라스로 나갈 수 있었다. 집의 동쪽과 뒤쪽에는 물수선[12]이 줄지어 자라고 있었고, 선명한 자주색과 노란색 꽃들이 만발한 작은 덤불도 있었다. 앞쪽, 즉 남쪽과 바다 쪽으로는 자갈이 깔린 길 너머로 바다와 이어지는 급한 비탈이 있었다. 자갈길 양쪽 구석에는 종려나무가 서 있었는데, 그 둘레로 새하얀 돌들이 깔끔하게 놓여 있었다. 전망을 가리지 않도록 소나무들은 드문드문 심겨 있었다.

그 집은 나를 어리둥절하게 했다. 그 집은 프랑스 남부 코트다쥐르의 집들을 연상케 하는 것으로, 전혀 그리스적이지 않았다. 그것은 스위스의 눈처럼 하얗고 화려하게 서 있었고, 나는 그것을 보며 손바닥이 끈적거리는 듯한 불쾌한 느낌이 들었다.

나는 작은 계단을 올라 붉은 타일이 박힌 옆쪽 주랑으로 갔다. 돌고래 형상을 한 철제 고리쇠가 달린 문이 있었다. 그

---

[12] 아마존 원산의 수초의 일종.

옆의 창문들에는 단단히 덧문이 내려져 있었다. 나는 문을 노크했다. 노크 소리가 돌바닥 위로 날카롭게 울려 퍼졌다. 하지만 아무도 나오지 않았다. 곤충들이 울어 대는 한가운데 나와 그 집은 말없이 서 있었다. 나는 주랑을 따라 집의 남쪽 현관 모퉁이로 갔다. 그곳의 주랑은 폭이 더 넓었고, 좀 더 가느다란 아치들은 좀 더 트여 있었다. 짙은 그늘 속에 서서 나는 나무 꼭대기와 바다 너머, 뭔가를 그리워하는 듯한 엷은 자줏빛 산들을 바라보았다. 바로 이런 비율의 아치들 앞에, 그리고 바로 이렇게 대비를 이루는, 그늘과 타오르는 듯한 외부의 풍경 앞에, 그곳과 동일한 장소에 서 있었던 적이 있다는 기시감이 들었다. 하지만 정확히 말할 수는 없었.

주랑 한가운데에는 낡은 등의자 두 개와, 거친 직물로 짠 청색과 백색의 천으로 덮인 테이블이 있었고, 그 위에는 두 개의 잔과 접시들, 그리고 모슬린 천으로 덮어 놓은 커다란 그릇 두 개가 놓여 있었다. 벽 옆에는 쿠션을 놓은 등나무 장의자가 있었고, 열려 있는 프랑스식 창문 옆의 까치발에는 밝게 광택이 나는 작은 종이 하나 걸려 있었는데, 종의 추에는 색이 바랜 고동색 술이 달려 있었다.

나는 티 테이블에 두 개의 자리가 있는 것을 알아차렸다. 나는 창피함을 느끼며 구석에 서서, 몰래 도망치고 싶다는, 영국인의 케케묵은 욕망을 의식했다. 그때, 아무런 예고도 없이 문간에 한 인물이 나타났다.

그가 콘키스였다.

13

내가 다른 무엇보다 먼저 알아차린 것은 그가 나를 기다리고 있었다는 사실이었다. 그는 조금도 놀라는 기색 없이 거의 찡그린 표정에 가까운 희미한 미소를 띤 얼굴로 나를 보았다.

그는 머리가 거의 완전히 벗어지고, 피부는 낡은 가죽처럼 갈색이었으며, 작은 키에 깡마른 체구를 한, 나이를 알 수 없는 남자였다. 예순 살, 아니 일흔 살이 됐을 수도 있었다. 짙은 감색 셔츠에 무릎까지 오는 반바지를 입고, 소금기 얼룩이 있는 운동화를 신고 있었다. 그에게서 가장 놀라운 것은 강렬한 인상의 눈이었다. 뚫어지게 바라보는 흑갈색 눈동자는 놀라울 만큼 선명한 흰자위에 의해 강조되어 원숭이의 눈동자처럼 예리해 보였다. 마치 인간의 눈이 아닌 것 같았다.

그는 아무 말 없이 일종의 환영의 표시로 왼손을 살짝 든 후 뭔가 말을 하려던 나를 그대로 남겨 둔 채 큰 걸음으로 주랑의 모퉁이 쪽으로 가 뒤편에 있는 오두막을 향해 소리를 쳤다.

「마리아!」

희미하게 대답하는 소리가 들렸다.

「제 이름은……」 내가 말을 하려 하자 그가 몸을 돌렸다.

그는 다시 한 번 왼손을 들었지만, 이번에는 조용히 있으라는 표시였다. 그는 내 팔을 잡고 주랑 끝으로 데리고 갔다. 그에게는 권위와 무뚝뚝하면서도 결연한 태도 같은 게 배어 있었고, 그 때문에 나는 당황했다. 그는 주위 풍경을 둘러보다가 나를 쳐다보았다. 아래쪽, 자갈이 깔린 길 끝에서 자라는 어떤 꽃의, 사프란의 향과 비슷한 감미로운 향기가 그늘까지 흘러왔다.

「내가 꽃을 잘 골랐소?」

그의 영어는 완벽하게 들렸다.

「아주 좋습니다. 그런데 제가……」

그는 다시 한 번 힘줄이 불거진 갈색 팔을 치켜들어 아무 말 없이 바다와 산들, 그리고 남쪽을 가리켰다. 마치 내가 그것들을 제대로 감상하지 못하기라도 한 듯. 나는 곁눈질로 그를 쳐다보았다. 그는 좀처럼 웃지 않는 사람임이 분명했다. 그의 얼굴에는 가면 같은, 모든 감정이 거세된 듯한 뭔가가 있었다. 코 옆에서 입언저리까지 주름이 깊게 패어 있었다. 그것들은 그가 경험이 많으며 호령에 익숙하고 어리석은 자에 대한 인내력이 부족함을 암시하고 있었다. 그는 살짝 미친 사람 같았는데, 그렇다고 위험하거나 한 것은 물론 아니었지만, 그래도 미친 것은 미친 것이었다. 나는 그가 나를 다른 누군가로 여기고 있다는 생각이 들었다. 그는 원숭이 같은 눈으로 나를 뚫어지게 쳐다보았다. 침묵과 시선은 경종을 울리는 것 같았고, 마치 새에게 최면을 거는 것처럼 아주 조금은 우스꽝스럽기도 했다.

갑자기 그는 기이하게, 머리를 빠르게 살짝 흔들었다. 그것은 캐묻되 굳이 대답을 바라는 것은 아닌, 수사적인 동작처럼 보였다. 그 순간 마치 지금껏 우리 둘 사이에 일어난 일은 예행연습을 한 후에 계획에 따라 이루어진 장난이나 제스처 게임[13]이었지만 이제는 끝내도 좋다는 듯 그의 태도가 돌변했다. 나는 또다시 완전히 당황했다. 그는 전혀 미친 게 아니었다. 그는 심지어 미소를 띠기까지 했는데, 원숭이 같은 눈이 거의 다람쥐 눈이 되었다.

그는 식탁이 있는 쪽으로 등을 돌렸다. 「차를 마십시다.」
「전 단지 물 한잔 마시려고 왔는데요. 이건······.」
「당신은 나를 만나러 왔소. 사양하지 마시오. 인생은 짧소.」
나는 자리에 앉았다. 두 번째 자리가 내 것이었다. 검은색

---

13 한 사람이 하는 몸짓을 보고 그것이 나타내는 말을 알아맞히는 놀이.

옷을 입은 노파가 나타났다. 피부는 나이 탓에 거무스름한 빛이 도는 회색이었고, 얼굴은 인디언 여자처럼 주름이 져 있었다. 그녀는 어울리지 않게 우아한 은제 다기와 찻주전자, 설탕 그릇, 그리고 레몬 조각이 담긴 접시를 쟁반에 받쳐 들고 있었다.

「이쪽은 가정부 마리아요.」

그는 무척 정확한 그리스어로 노파에게 말을 했고, 나는 그가 내 이름과 학교 이름을 말하는 것을 들었다. 노파는 웃음기 하나 없는 얼굴로 눈을 바닥으로 향한 채 내게 머리를 한 번 까딱하고는 테이블 위에 쟁반을 내려놓았다. 콘키스는 접시 하나 위에 씌운 모슬린 보를 마술사처럼 침착하면서도 재빠르게 벗겨 냈다. 오이 샌드위치가 담겨 있었다. 콘키스는 차를 따르면서 레몬을 가리켰다.

「제가 누구인지 어떻게 아시죠, 콘키스 씨?」

「내 이름을 영국식으로 발음해 주시오. 나는 〈크〉을 좀 더 부드럽게 말하는 게 더 좋소.」 그는 차를 한 모금 마셨다. 「당신이 헤르메스에게 질문을 했다면, 제우스가 아는 것은 당연한 일 아니겠소?」

「제 동료가 부주의했던 것 같군요.」

「나에 관해서는 모든 것을 알아냈겠구려.」

「알아낸 게 거의 없습니다. 하지만 그런데도 이렇게 환대를 해주시니 더욱 감사할 따름입니다.」

그는 바다 쪽으로 시선을 돌렸다. 「당시(唐詩) 가운데 이런 게 있소.」 그의 성문 폐쇄음 발음은 정확했다. 「〈여기 변방에는 낙엽이 지고 있네. 내 이웃은 모두 오랑캐들뿐이고, 그대는 천 리 밖에 있지만 내 식탁엔 언제나 찻잔 두 개가 놓여 있네.〉」

나는 미소를 지었다. 「언제나라고요?」

「지난 일요일에 당신을 보았소.」

「그럼 저 아래 있던 게 당신 물건들이었습니까?」

그는 고개를 끄덕였다. 「그리고 오늘 오후에도 당신을 보았소.」

「저 때문에 해변을 쓰지 못하신 건 아닌지…….」

「전혀 그렇지 않소. 내 전용 해변은 저쪽이오.」 그는 자갈이 깔린 해변 쪽을 가리켰다. 「하지만 나는 늘 해변을 혼자 쓰기를 좋아하오. 당신도 마찬가지일 거요. 자, 이제 샌드위치를 듭시다.」

그는 내 잔에 차를 더 따랐다. 커다란 찻잎이 들어 있었고, 중국 차 특유의 타르 향기가 났다. 다른 접시에는 가루 설탕이 묻은 원뿔형의 버터케이크인 쿠라비에가 담겨 있었다. 나는 밀 티[14]가 그토록 맛있는 것일 수 있다는 것을 잊고 있었다. 그리고 그 자리에 앉아 있으면서 나는 제도 속에 살면서 제도화된 식사와 제도화된 나머지 모든 것을 참아야 하는 사람이 사회적으로 안정된 인간의 부유하고 침해받지 않는 삶에 대해 느끼는 부러움이 엄습하는 것을 느꼈다. 그 순간 모들린 칼리지 시절 독신으로 늙은 지도 교수와 함께 차를 마신 일이 기억났다. 그때 그의 방과 책들, 그리고 그의 차분하면서도 정확하고 분명하며 평화로운 인상에 대해 느낀 부러움도 동일한 것이었다.

나는 쿠라비에를 한 입 맛보고는 머리를 까닥해 맛있다는 것을 표시했다.

「마리아의 요리 솜씨에 감탄한 영국인이 당신이 처음은 아니오.」

---

14 *meal tea*. 하이 티 *high tea*라고도 한다. 로 티 *low tea*는 상류층 사람들이 오후 4시경 차를 마신 것에서, 하이 티는 노동자들이 저녁 6시경 마신 것에서 유래했다.

「미트퍼드 말인가요?」 그의 눈이 다시 한 번 나를 날카롭게 바라보았다. 「그를 런던에서 만났습니다.」

콘키스는 내 잔에 차를 더 따랐다. 「미트퍼드 대위를 어떻게 생각하오?」

「제가 좋아하는 타입은 아닙니다.」

「나에 대해 얘기하던가요?」

「아뇨, 전혀요. 그러니까…….」 그의 시선은 강렬했다. 「당신하고…… 의견 충돌이 있었다는 말만 했죠.」

「미트퍼드 대위는 내게 영국인의 피가 흐른다는 걸 부끄러워하게 만들었소.」

그때까지는 그라는 사람에 대해 알기 시작했다는 느낌이 들었다. 우선 그의 영어는 훌륭하긴 했지만 어쩐지 현대 영어가 아닌, 오랫동안 영국에서 살지 않은 사람의 영어에 더 가까웠다. 또 그의 전체적인 모습도 이국적이었다. 그는 이상하게도 피카소와 먼 친척 간인 것 같았다. 그는 원숭이 같기도 하고 도마뱀 같기도 했으며, 자기 자신과 자신의 생명력 사이에 가로놓인 모든 것을 버리고 수십 년을 햇빛 속에서 살아온, 순수한 지중해 사람처럼 보이기도 했다. 원숭이처럼 교활하고 여왕벌처럼 권위를 지닌 듯한 그는 천성에 의해서만큼이나 자신의 선택과 수련에 의해 강렬한 모습을 갖게 된 것 같았다. 그는 옷차림에서 멋을 부린다고 할 수는 없었지만, 거기에도 또 다른 종류의 나르시시즘이 있었다.

「영국인이신 줄은 미처 몰랐습니다.」

「태어나서 19년을 영국에서 살았소. 현재는 국적이 그리스요. 성은 어머니 쪽 성을 딴 것이오. 내 모친은 그리스인이셨소.」

「영국에는 가시나요?」

「아주 가끔.」 그는 재빨리 화제를 돌렸다. 「이 집이 어떻소? 내가 설계하고 지었소.」

나는 주위를 둘러보았다. 「선생님이 부럽습니다.」

「나는 당신이 부럽소. 당신한테는 중요한 게 하나 있소. 앞으로 당신이 발견하게 될 모든 것이 당신 앞에 있다는 거요.」

그의 얼굴에는 그런 진부한 말에 통상적으로 이어지는, 짐짓 자상한 척하는 불쾌한 미소가 전혀 보이지 않았다. 그리고 나를 바라보는 눈에 담긴 강렬한 어떤 것이, 그가 그저 해보는 소리로 한 말이 아니라는 것을 분명하게 해주었다.

「자, 그럼 몇 분간 실례를 해야겠소. 그런 다음 주위를 둘러봅시다.」 나는 그와 함께 일어났지만 그는 다시 앉으라는 몸짓을 했다. 「케이크를 마저 드시오. 마리아 체면을 생각해서라도 말이오. 부탁이오.」

그는 팔과 손가락을 편 채, 주랑 끝, 햇빛 속으로 걸어 들어가, 내게 다시 한 번 음식을 들라는 몸짓을 해 보이면서 방안으로 사라졌다. 내가 앉아 있는 곳에서는 크레톤 사라사천을 씌운 소파의 끄트머리 부분과 우유 색의 꽃이 담긴 화병이 놓인 테이블이 보였다. 뒤쪽 벽에는 천장까지 닿는 서가가 있었다. 나는 쿠라비에를 한 개 집어 먹었다. 태양은 산 위로 내려오기 시작했고, 산의 불투명한 잿빛 그림자 아래쪽에서는 바다가 나른하게 반짝이고 있었다. 그때 느닷없이 옛 악기로 연주하는 음악 소리가 들려왔다. 라디오나 레코드 음이라 하기에는 너무 생생한, 빠른 아르페지오였다. 나는 내가 맞이하게 된 이 새로운 경이는 도대체 무엇일까 생각하며 먹는 것을 멈추었다.

내게 생각할 겨를을 주려는 듯 음악 소리가 잠시 끊겼다. 그러고는 하프시코드의 조용하며 구슬픈 소리가 들려왔다. 나는 잠시 머뭇거리다가 두 사람이 각자 따로따로 연주를 하는 것일 수도 있다는 생각을 했다. 그는 빠르게, 그런 다음 조용히 연주를 했다. 연주는 한두 번 멈췄다가 다시 이어졌다. 노파가 와 아무 말 없이, 나를 한 번도 쳐다보지 않고, 테이블 위에 있는 것들을 치웠다. 내가 남은 케이크 몇 조각을 가리키며 서툰 그리스어로 칭찬을 했을 때도 그녀는 내게 눈길을 돌리지 않았다. 은둔자인 이 집 주인은 말수가 적은 하인들을 좋아하는 게 분명했다. 음악 소리는 방에서 또렷이 흘러나와 내 주위를 감싸고 흐르다 주랑을 지나 빛 속으로 사라졌다. 콘키스는 잠시 멈추었다가 다시 연주를 시작했으며, 시작할 때와 마찬가지로 갑자기 끝을 맺었다. 문이 닫히고, 정적이 감돌았다. 5분이 지나고, 10분이 흘렀다. 햇빛은 나를 향해, 붉은 타일 쪽으로 점점 기울어졌다.

진작 자리를 떴어야 했다는 생각이 들었다. 이제 내가 그를 화나게 만든 것 같았다. 하지만 그 순간 그가 문간에 나타나더니 말했다.

「내가 당신을 쫓아 버리지는 않았구려.」

「천만에요. 바흐였나요?」

「텔레만[15]이었소.」

「연주를 아주 잘하시는군요.」

「한때는 그랬소. 하지만 그건 과거의 일이오. 자, 이리 오시오.」 그의 발작적인 행동 방식은 병적이었다. 나뿐만 아니라 시간 자체를 제거하고 싶어 하는 것 같았다.

나는 자리에서 일어섰다. 「연주를 다시 들을 기회가 있었으면 합니다.」 그는 초대해 달라는 제의를 거절하는 듯 살짝 고개를 까닥했다. 「이곳에서는 음악에 너무도 굶주리게 되죠.」

「음악뿐이겠소?」 그는 내가 대답을 하기 전에 앞장서 걸

---

15 Georg Philipp Telemann(1681~1767). 독일의 작곡가. 함부르크 시의 음악 감독으로 활약했으며, 종교곡을 비롯해 실내악과 오페라 등의 작품을 남겼다.

어갔다.「자, 갑시다. 프로스페로[16]가 자신의 영지를 보여 줄 거요.」

자갈 깔린 곳으로 이어지는 계단을 내려가면서 내가 〈프로스페로에게는 딸이 하나 있었죠〉 하고 말했다.

「프로스페로에는 많은 것이 있었소.」 그는 고개를 돌려 나를 무덤덤하게 바라보았다.「그리고 모든 것이 젊고 아름답지는 않았소, 어프 씨.」

나는 그가 전쟁의 기억을 일컫는 것이라고 생각하며, 미소로 받아넘기고 잠시 아무 말도 하지 않았다.

「여기서 혼자 사시나요?」

「어떤 사람은 혼자라고 말할 거고, 다른 사람들은 아니라고 할 거요.」

그는 일종의 음울한 경멸을 담고 말했다. 말을 하는 그의 눈은 앞쪽을 응시하고 있었다. 다시 한 번 나를 어리둥절하게 하기 위해서인지, 아니면 낯선 사람에게 더 이상 말할 것이 없어서인지는 알 수 없었다.

그는 빠르게 걸으면서 쉬지 않고 뭔가를 가리켰다. 그는 오이, 아몬드, 이파리가 긴 비파나무, 그리고 피스타치오 등이 있는 작은 채소 정원을 내게 구경시켜 주었다. 테라스의 가장자리에서 아래쪽으로 내가 불과 한두 시간 전에 누워 있었던 장소가 보였다.

「무차라는 해안이오.」

「그런 이름은 처음 듣는데요.」

「알바니아어요.」 콘키스는 자신의 코를 가볍게 두드렸다. 「코라는 뜻이오. 저기 저 절벽 때문에 붙여진 이름이오.」

「저렇게 아름다운 해안에 붙은 이름치고는 그다지 시적이

---

16 셰익스피어의 희곡 「템페스트」의 주인공.

지 않군요.」

「알바니아인들은 해적이었소, 시인이 아니라. 이 곳을 부라니라고 한 것도 그들이었소. 부라니란 2백 년 전의 알바니아 속어로 호리병박이란 뜻이오. 해골이란 뜻도 있고.」 그는 발걸음을 옮겼다. 「죽음과 물.」

나는 그의 뒤를 따라가면서 말했다. 「정문에 있는 팻말이 뭔지 궁금한데요. 〈대합실〉이라는.」

「독일군 병사들이 붙여 놓은 것이오. 전쟁 중에 독일군이 부라니 곶을 접수했지.」

「그런데 왜 그런 걸 써 붙인 거죠?」

「여기 오기 전 그들은 파리에 주둔하고 있었던 것 같소. 그러다가 이곳에 주둔하게 됐으니 지겹기도 했겠지.」 그는 고개를 돌려 내가 미소 짓는 것을 보았다. 「바로 그거요. 독일인이 남긴 아주 작은 유머 한 조각에 감사해야 할 거요. 나로서는 그런 희귀한 것을 없앨 생각은 없소.」

「독일에 대해 잘 아십니까?」

「독일을 안다는 것은 불가능한 일이오. 그저 참아 낼 수 있을 뿐이오.」

「바흐는 어떤가요? 그는 그런대로 참을 만하지 않나요?」

콘키스는 걸음을 멈추었다. 「나는 어떤 나라를 그 나라에서 태어난 천재들로 평가하지는 않소. 나는 민족적 특징으로 평가를 하오. 고대 그리스인들은 스스로를 비웃을 줄 알았소. 하지만 로마인들은 그렇지 못했소. 프랑스가 문명화된 사회이고, 스페인이 그렇지 않은 것도 그 때문이오. 유대인과 앵글로색슨족이 무수한 악덕을 저질렀어도 내가 용서하는 이유도 그 때문이오. 또 내게 독일인의 피가 흐르지 않는다는 것을 하느님에게 감사해야 하는 것도 바로 그 때문이오. 내가 하느님을 믿는다면 말이지만.」

우리는 채마밭 끝에 있는, 부겐빌레아와 나팔꽃으로 뒤덮인 뒤편 한구석에 비스듬히 서 있는 정자에 이르렀다. 그는 안으로 들어가라고 손짓을 했다. 바위가 튀어나온 앞에, 그림자 속에 받침대가 놓여 있었다. 받침대 위에는 기괴할 정도로 거대한 발기한 남근이 달린 청동 입상이 하나 있었다. 입상은 마치 아이들을 겁주려는 것처럼 두 손을 치켜들고 있었고, 얼굴에는 조증에 걸린 사티로스처럼 미소를 띠고 있었다. 높이는 45센티미터 정도밖에 되지 않았지만, 그것은 분명한 원시적 공포를 발산하고 있었다.

「이게 뭔지 아오?」 그는 내 뒤 가까운 곳에 서 있었다.

「목신입니까?」

「프리아포스[17]요. 고대에는 정원이나 과수원마다 하나씩 세워져 있었소. 도둑을 물리치고, 풍요를 기원하는 의미에서 말이오. 원래는 배나무로 만들었다오.」

「어디서 발견하셨죠?」

「내가 만든 거요. 자, 갑시다.」 그는 〈가자〉라는 말을 그리스인들이 당나귀를 몰 때 하는 것처럼 말했다. 나중에 든 생각이지만, 나는 작업장을 잠시 둘러보는 잠재적인 피고용인 같았다.

우리는 집 쪽으로 향했다. 주랑 앞에서부터 해안까지 폭이 좁은 길이 지그재그로 가파르게 이어져 있었다. 길이 끝나는 곳에는 작은 내포가 있었는데, 양쪽 절벽 사이가 45미터도 채 안 되었다. 콘키스는 그곳에 아주 작은 선착장을 만들어 놓았다. 엔진을 장착한, 초록색과 장밋빛을 띤 분홍색의 작은 보트 한 척이 묶여 있었다. 해변 한쪽 끝에는 작은 동굴이 있었고, 그 안에는 여러 개의 석유 드럼통이 있었다. 그리고

---

17 그리스 신화에서 남성의 생식력을 주관하는 신.

작은 양수장도 있었는데, 파이프가 절벽 위까지 연결되어 있었다.

「수영하고 싶지 않소?」

우리는 선착장에 서 있었다.

「수영복을 집에 두고 왔는데요.」

「옷이 무슨 필요가 있소?」 그의 눈은 회심의 수를 두고 난체스 경기자의 눈 같았다. 영국인의 엉덩이에 관해 데메트리아데스가 한 농담과 프리아포스가 떠올랐다. 어쩌면 이것이 설명이 될 수 있을지도 몰랐다. 콘키스는 남색을 즐기는 늙은이일 수도 있었다.

「별로 내키지 않는군요.」

「좋으실 대로.」

우리는 자갈이 깔린, 해안의 좁은 길로 가, 물에서 끌어낸 커다란 통나무에 앉았다.

나는 담배에 불을 붙이고, 그를 바라보며 그에 대한 판단을 내리려 했다. 나는 약간 충격을 받은 상태였다. 그것은 영어를 너무도 유창하게 하고 어쨌든 보기에는 세련된 코즈모폴리턴인 이 남자가 〈나의〉 외딴 섬에 와, 어떤 기이한 식물처럼 거의 하룻밤 사이에 불모의 땅에서 자라났다는 사실 때문만은 아니었다. 또한 그가 내가 상상한 것과는 너무도 어긋났기 때문도 아니었다. 하지만 나는 그 전해에, 무슨 이유에서인지는 알 수 없지만 미트퍼드가 교묘하게 감추려 한, 어떤 수수께끼 같은 일이 있었던 게 틀림없다는 것을 알고 있었다. 감춰진 의미와 모호함, 예측 불허 등이 공기 중에 드리워져 있는 것 같았다.

「처음 여기에 어떻게 오게 됐죠, 콘키스 씨?」

「내게 질문을 하지 말아 달라고 해도 나를 용서하겠소?」

「물론이죠.」

「좋아요.」

그리고 그것으로 다였다. 나는 입술을 깨물었다. 만일 다른 누군가가 그곳에 있었다면 나는 웃기라도 해야 했을 것이다.

우리 오른쪽 절벽 위에 있는 소나무들의 그림자가 물 위로 떨어지기 시작했고, 주위에는 평화가, 절대적인 평화가 내려 앉았다. 벌레들도 잠잠해졌고, 바다는 거울 같았다. 콘키스는 손을 무릎에 얹은 채 말없이 앉아 가만히 심호흡을 하는 것 같았다. 나이뿐만 아니라 그에 관한 모든 것이 파악하기 어려웠다. 그는 겉으로는 내게 거의 관심을 갖고 있지 않은 것처럼 보였지만, 실제로는 나를 지켜보고 있었다. 눈길을 돌릴 때에도 그는 나를 지켜보았고, 그리고 기다렸다. 처음부터 나는 그가 내게 무심하지만 나를 주시하고, 뭔가를 기다린다는 것을 느꼈다. 그렇게 해서 우리는 아무 말 없이, 마치 서로 잘 알고 있어 말이 필요 없는 것처럼 앉아 있었다. 그리고 사실 그것은 어떤 면에서는 그날의 고요함과 잘 어울리는 것처럼 보였다. 그것은 부자연스럽지만, 무안하지는 않은 침묵이었다.

갑자기 콘키스가 몸을 움직였다. 그의 시선이 우리 좌측에 있는 작은 벼랑 위쪽으로 향했다. 나는 주위를 둘러보았다. 아무것도 없었다. 나는 다시 그를 바라보았다.

「저기 뭐가 있나요?」

「새였소.」

침묵이 흘렀다.

나는 그의 옆얼굴을 보았다. 미친 것인가? 나를 가지고 장난을 하는 것인가? 나는 다시 대화를 하려고 했다.

「제 전임자 둘을 만나셨다는 말을 들었는데요.」 그는 뱀처럼 민첩하게 머리를 내 쪽으로 돌렸다. 비난하는 기색이었지만 말은 하지 않았다. 나는 재촉했다. 「르베리에를 아시죠?」

「그 얘기는 누구한테 들었소?」

무슨 이유에선지 그는 우리가 그의 등 뒤에서 했을 수도 있는 얘기를 두려워하는 듯했다. 내가 종잇조각에 관해 설명을 하자 그는 조금 안도하는 모습이었다.

「그는 여기서 행복하지 않았소. 이곳 프락소스 섬에서는.」

「미트퍼드도 그렇게 말을 하더군요.」

「미트퍼드가?」 그는 다시 비난하는 눈길로 나를 바라보았다.

「그는 학교에서 소문을 들은 모양입니다.」

콘키스는 내 눈을 살피다가 자신 없는 투로 고개를 끄덕였다. 내가 미소를 짓자 그는 조심스러운 미소를 희미하게 지었다. 우리는 또다시 모호한 심리전을 벌이고 있었다. 이번에는 내가 유리한 것 같았지만 그 이유는 알 수 없었다.

그때 위쪽의 보이지 않는 집에서 종소리가 울려왔다. 두 번 울린 후 잠시 뒤 다시 세 번 울리더니 다시 두 번 더 울렸다. 그것은 분명 어떤 의미를 지니고 있었고, 그 장소와 그곳의 주인에게 스며든 것처럼 보이며 주변 풍경의 거대한 평화와 너무도 기이하게 충돌하는 특이한 긴장 상태에 어떤 목소리를 부여했다. 콘키스는 바로 자리에서 일어섰다.

「나는 가봐야 하오. 당신도 갈 길이 멀고 말이오.」

절벽을 반쯤 올라왔을 때, 가파른 길이 넓어지는 곳에 주철로 만든 작은 의자가 하나 있었다. 빠른 걸음을 옮기던 콘키스가 감사해하며 그 위에 앉았다. 그는 가쁘게 숨을 몰아쉬었으며, 나 역시 그랬다. 그는 자신의 가슴을 두드렸다. 나는 걱정스러운 표정을 지었지만 그는 어깨를 으쓱했다.

「늙으면 거꾸로 된 수태고지가 현현한다오.」 그가 인상을 썼다. 「이제 곧 죽으리라는.」

우리는 말없이 앉아 호흡을 가다듬었다. 나는 소나무들 사이로 난, 우아한 창문 같은 것을 통해 노랗게 물드는 하늘을 보았다. 서쪽 하늘은 흐렸다. 저녁의 구름 몇 점이 세상의 고요에 홀린 듯 하늘 높이 떠 있었다.

다시 한 번 불쑥 콘키스가 조용히 말했다. 「당신은 선민이오?」

「선민요?」

「자신이 뭔가에 의해 선택받았다고 느끼지 않소?」

「선택받다뇨?」

「존 르베리에는 자신이 하느님에게 선택받았다고 느꼈소.」

「저는 하느님을 안 믿습니다. 그리고 선택받았다고 느끼지도 않고요.」

「당신도 그렇게 될 수 있소.」

나는 그 말을 못 믿겠다는 듯 미소를 지었다. 「고맙습니다.」

「그건 칭찬이 아니오. 우연이 사람을 선민으로 만드는 거요. 스스로 선민이 되는 일은 없소.」

「그런데 무엇이 나를 선택한다는 거죠?」

「우연은 여러 가지 얼굴을 하고 있소.」

그 순간 콘키스는 나를 안심시키려는 듯, 그것은 중요하지 않다고 말하려는 듯 내 어깨에 잠시 손을 얹었지만 바로 자리에서 일어났다. 우리는 남은 언덕을 올라갔다. 이윽고 우리는 측면 주랑 옆에 있는 자갈길에 이르렀다. 그는 걸음을 멈췄다.

「그럼 이만.」

「대단히 고마웠습니다.」 나는 그로 하여금 내 미소에 화답하여 미소를 지으며 지금까지 나를 놀리고 있었다고 털어놓게 하려 했지만, 생각에 잠긴 그의 얼굴에는 유머의 그림자라고는 전혀 찾아볼 수 없었다.

「두 가지 부탁이 있소. 하나는 나를 만난 일을 돌아가서 말하지 말아 달라는 거요. 이건 전쟁 중에 있었던 어떤 사건 때문이오.」

「그 사건에 관해서는 저도 들었습니다.」

「무슨 이야기를 들었소?」

「그 이야기요.」

「그 사건에 관해서는 두 가지 얘기가 있소. 하지만 이제는 신경 쓰지 않소. 사람들한테 나는 은둔자일 뿐이오. 나는 누구의 눈에도 띄지 않소. 내 말 알겠소?」

「물론이죠. 아무한테도 말하지 않겠습니다.」

다음 부탁은 무엇인지 알 것 같았다. 다시는 찾아오지 말아 달라는 부탁일 터였다.

「내 두 번째 부탁은 다음 주말에 여기 와달라는 거요. 그리고 토요일과 일요일 밤을 여기 머물러 주시오. 월요일 아침 일찍 돌아가는 게 괜찮다면 말이오.」

「고맙습니다. 정말 고맙습니다. 저도 그러고 싶습니다.」

「우리는 많은 걸 발견하게 될 것 같소.」

「〈우리는 탐험을 중단하지 않을 것이다〉라는 시 구절처럼요?」

「해변에 있던 책을 읽었구려?」

「제가 읽으라고 놓아두신 것 아닙니까?」

「당신이 오리라는 걸 어떻게 알았겠소?」

「누군가 나를 지켜보고 있다는 느낌을 받았습니다.」

흑갈색 눈이 타오르듯 내 눈을 들여다보았다. 그는 한참이 지나 대답을 했다. 얼굴에는 아주 희미한 미소를 짓고 있었다.

「지금도 누군가가 당신을 지켜보고 있는 것 같은 기분이오?」

그리고 다시 한 번 숲 속에 있는 뭔가를 보는 것처럼 그의 시선이 내 어깨 너머를 향했다. 나는 주위를 둘러보았다. 소나무 숲은 텅 비어 있었다. 나는 다시 고개를 돌려 그를 보았다. 이것은 장난인가? 그는 여전히 미소를 짓고 있었다. 작고 메마른 미소였다.

「누군가가 나를 지켜보고 있는 건가요?」

「그냥 궁금했소, 어프 씨.」 그는 손을 내밀었다. 「만일 어떤 이유로 올 수 없는 경우에는 사란토풀로스의 식당에 헤르메스 앞으로 전갈을 남겨 두시오. 다음 날이면 내가 받아 볼 수 있으니까.」

그가 나로 하여금 경계심을 풀지 않게 만든 만큼 나는 경계심을 보이며 그의 손을 잡았다. 그는 예의에 어긋나리만치 오래 내 손을 잡고 있었다. 그의 손에는 좀 더 힘이 실렸고, 눈에는 뭔가를 찾는 듯한 기이한 표정이 담겨 있었다.

「잊지 마시오, 우연을.」

「그렇게 하죠.」

「이제 가시오.」

나는 미소를 지어야만 했다. 너무도 터무니없었다. 초대를 한 후 이제는 마치 내가 그의 인내력을 소진시키기라도 한 듯 매몰차게 내몰았다. 하지만 그는 아무것도 양보하지 않았고, 결국 나는 살짝 고개를 까닥하며 차를 대접해 줘 고맙다는 말을 했다. 그 역시 살짝 고개를 까닥했을 뿐이다. 나는 그곳을 떠나는 수밖에 없었다.

45미터 정도 가서 나는 뒤를 돌아다보았다. 영지의 주인인 그는 그 자리에 그대로 서 있었다. 내가 손을 흔들자, 그는 어떤 오지의 주술사가 원시적인 축복을 내리는 것처럼 한쪽 발을 앞으로 조금 내민 채 두 팔을 들었다. 나무들에 집이 가려지기 직전, 다시 뒤를 돌아보았을 때 그는 사라지고 없었다.

그가 어떤 사람이든 그는 내가 만난 어느 누구와도 같지 않았다. 그의 번득이는 눈과, 갑작스럽게 뭔가를 캐묻다가는 마찬가지로 불쑥 대화를 중단하는 것, 그리고 느닷없이 허공을 비스듬히 바라보는 것에는 단순한 고독과 노인의 단순한 공상이나 변덕 이상의 그 무엇이 있었다. 하지만 숲 속으로 들어간 나는 90미터도 안 되는 곳에서 내가 분명한 답을 얻게 되리라는 생각은 전혀 하지 못했다.

14

 부라니 곶에서 나오는 정문에 이르기 훨씬 전 나는 틈 사이에 놓여 있는 하얀 뭔가를 보았다. 처음에는 손수건이라고 생각했지만, 막상 주워 들어 보자 크림색 장갑이었다. 그리고 장갑 중에서도 팔꿈치까지 오는 여성용 장갑이었다. 손목 부분 안쪽에 노란색 라벨이 붙어 있고, 거기에는 파란색 견사로 〈미레유 장갑 가게〉라는 글자가 수놓여 있었다. 그 라벨은 장갑과 마찬가지로 오랫동안 트렁크 밑바닥에 있던 뭔가를 꺼낸 것처럼 무척이나 낡아 보였다. 냄새를 맡아 보니, 그 전주에 수건에서 맡은 것과 똑같은, 사향과 백단의 고풍스러운 냄새가 났다. 콘키스가 그 전주에 무차 해변에 갔다고 했을 때 나를 가장 어리둥절하게 한 것도 바로 이것, 즉 감미로운 여자 향수 냄새였다.

 이제 콘키스가 누군가의 갑작스러운 방문이나 소문을 좋아하지 않는 이유가 이해되기 시작했다. 하지만 아마도 그다음 주에 자신의 비밀을 내게 알려 줘 그것을 위태롭게 하려는 것은 무슨 이유에서인지 상상할 수 없었다. 또한 그 여자가 아스코트 장갑을 끼고 그곳에서 무엇을 했는지, 그리고 그녀가 누구인지도 상상할 수 없었다. 어쩌면 정부일 수도 있었지만 마찬가지로 딸이거나 아내, 또는 누이일 수도 있었다. 어쩌면 저능한 누구이거나, 아니면 나이가 많은 누구일 수도 있었다. 문득 절대로 사람들 앞에 나타나지 않는다는 조건으로 부라니 곶과 무차 해변에 가는 것을 허락받은 누군가라는 생각이 머리를 스치고 지나갔다. 그녀는 그 전주에 나를 보았고, 이번에는 내가 방문한다는 것을 듣고, 나를 슬쩍 보려 했을 수도 있었다. 그러자 노인이 재빨리 내 뒤쪽을 본 것과 초조하면서도 이상한 반응을 보인 것이 설명되었다. 그는 그녀가 〈밖으로〉 나왔다는 것을 알았던 것이다. 그리고 그것은 티 테이블에 두 번째 좌석이 있었던 것과 그 이상한 종소리도 설명해 주었다.

나는 내심 낄낄거리는 웃음소리를 듣기를 기대하며 몸을 돌렸다. 그리고 그 순간 정문 근처 무성한, 그늘진 관목들을 보았을 때 나눈 프로스페로에 관한 음울한 얘기가 떠올랐다. 더욱 불길한 설명이 머리를 스쳤다. 단순히 저능인 것만이 아니라 끔찍할 정도로 추한 모습을 한 여자일지도 몰랐다. 〈모든 것이 젊고 아름답지는 않았소, 어프 씨.〉 나는 이 섬에 온 후 처음으로 인기척이 없는 장소가 불러일으키는 두려움을 오싹한 한기와 함께 느꼈다.

해는 낮게 떠 있었고, 그리스의 밤은 열대 지방에 가까운 곳답게 빠르게 찾아왔다. 나는 어둠 속에서 북쪽의 가파른 길을 뚫고 나가고 싶지는 않았다. 그래서 장갑을 정문 창살 꼭대기 중앙에 깔끔하게 걸어 놓고, 빠르게 걸음을 옮겼다. 반시간쯤 후에 콘키스가 여성 복장 도착증 환자라는 그럴듯한 가설이 머릿속에 떠올랐다. 잠시 후 나는 수개월 만에 처음으로 노래를 부르기 시작했다.

나는 콘키스를 방문한 사실은 누구에게도, 심지어 멜리에게도 얘기하지 않았지만 그 집에 있는 제3의 수수께끼 같은 인물에 대해서는 여러 시간 이런저런 추측을 해보았다. 결국 정신이 박약한 아내라는 게 가장 그럴듯한 대답이라는 결론을 내렸다. 은둔과 입이 무거운 하인들도 이것으로 설명이 되었다.

나는 콘키스에 대해서도 생각을 정리해 보았다. 그가 동성애자가 아니라고 단정 짓기는 어려웠다. 그것이, 내게는 그다지 기분 좋은 것은 아니었지만, 미트퍼드의 경고를 설명해 주었다. 노인의 초조함과 강렬함, 한 자리에서 다른 자리로, 한 주제에서 다른 주제로 불쑥 옮겨 가는 것, 쾌활한 걸음걸이, 격언 투의 대답과 신비롭게 보이려는 태도, 내가 떠날 때 팔을 이상하게 든 것 등, 그의 모든 판에 박힌 행동은 그가 실제보다 젊고 활기 있는 사람으로 보이고자 한다는 것을 암시했고, 그것은 계산된 것이었다.

나를 혼란스럽게 하려고 한 것이 틀림없는 시집과 관련된 기이한 일이 남아 있었다. 그 첫 번째 일요일 나는 만에서 멀리 나가 오랫동안 수영을 했고, 내가 물속에 있는 동안 그는 쉽게 부라니 곶 쪽 해변 끝에 뭔가를 갖다 놓을 수 있었을 것이다. 하지만 그것은 소개하는 방식치곤 이상하게 비뚤어진 것으로 여겨졌다. 그리고 내가 〈선민〉이라는 것과, 〈많은 것을 발견하게 될 것〉이라는 것은 무슨 의미인가? 그 자체로 그것은 아무것도 의미하지 않을 수도 있었고 콘키스와 연결해 생각해 보면, 그저 그가 미친 사람이라는 것을 의미할 수도 있었다. 그리고 나는 〈어떤 사람은 내가 혼자 산다고 할 거요〉라고 말할 때 그가 경멸의 표정을 거의 감추지 않은 것을 기억했다.

나는 학교 도서관에서 축척이 큰 그 섬의 지도를 찾아냈다. 부라니 영지의 경계선이 표시되어 있었다. 나는 그 영지가 내가 알았던 것보다 큰 것을, 특히 동쪽이 그런 것을 보았다. 약 6 내지 7헥타르, 또는 15에이커 정도는 되었다. 에커

슬리의 지긋지긋한 『영어 코스』를 가르치는 힘든 수업 시간에도 나는 그 고독한 곳을 몇 번이고 생각했다. 나는 회화 수업이나, 과학에는 소질이 없다는 이유만으로 어학을 하는 열여덟 살의 멍청한 아이들로 이루어진 작은 반, 소위 〈어학 6급〉을 대상으로 한 좀 더 수준 높은 수업은 좋아했지만, 저학년을 대상으로 끊임없이 〈주입〉을 해야 하는 일은 정말 따분하기 짝이 없었다. 〈나는 무엇을 하고 있는가? 나는 팔을 들고 있다. 그는 무엇을 하고 있는가? 그는 팔을 들고 있다. 그들은 무엇을 하고 있는가? 그들은 팔을 들고 있다. 그들은 팔을 들었는가? 그들은 팔을 들었다.〉

그것은 테니스 챔피언이 초보자와 시합을 하면서 늘 네트 밖으로 날아오는 공을 받아야 하는 것과 마찬가지였다. 나는 창밖으로 푸른 하늘과 사이프러스나무와 바다를 내다보면서, 하루가 끝나 교사 숙소로 돌아가, 침대에 누워 우조를 한 모금 할 수 있기를 기도했다. 푸른 부라니는 그 모든 것과 동떨어진 것처럼 보였다. 그곳은 너무도 멀었지만 너무도 가까이 있었다. 그 주가 지나가면서 그곳의 사소한 수수께끼들은 더욱 사소한 것이 되어, 문명화된 쾌락에 대한 다른 약속 속에 첨가된 톡 쏘는 맛 또는 위험에 지나지 않았다.

15

그는 이번에는 테이블에서 나를 기다리고 있었다. 내가 배낭을 벽 옆에 내려놓자 그는 마리아를 불러 차를 가져오라고 했다. 그는 나를 떠보기로 작정한 듯 훨씬 덜 기이하게 굴었다. 우리는 학교와 옥스퍼드, 나의 가족, 외국인에게 영어를 가르치는 일, 그리고 내가 그리스에 온 이유 등에 대해 얘기를 나눴다. 그는 계속해서 질문을 했지만 내가 하는 말에 진정으로 관심을 기울이는 것 같지는 않았다. 그의 관심사는 다른 것, 즉 내가 보인 어떤 신드롬과 내가 속한 어떤 범주에 있었다. 그에게 나는 나 자체로서가 아니라 하나의 사례로서 흥미로운 대상이었다. 나는 한두 번 우리의 역할을 반전시키려 해보았지만, 그는 자신에 대해서는 말하고 싶지 않다는 사실을 다시 한 번 분명히 했다. 나는 장갑에 관해서는 아무 말도 하지 않았다.

단 한 번 그가 정말로 놀란 것처럼 보였다. 그는 보기 드문 내 성에 대해 물었다.

「프랑스식 성이죠. 우리 선조는 위그노파였습니다.」

「아.」

「오노레 뒤르페라는 작가가 있죠…….」

그는 나를 재빨리 쳐다보았다. 「당신 조상인가요?」

「집안에서 대대로 그렇게 전해 왔죠. 그것을 따져 본 사람은 없었죠. 제가 아는 한 말입니다.」 불쌍한 늙은 뒤르페. 나는 내 핏속에 수세기에 걸친 높은 교양이 흐른다는 것을 암시하기 위해 그를 팔아먹은 일이 있었다. 콘키스는 진심에서 우러나온 듯한 따뜻한 미소를 보냈고, 나도 미소로 답했다. 「그게 무슨 상관이 있나요?」

「흥미로운 일이오.」

「아마 다 헛소리일 겁니다.」

「아니 아니. 나는 그것을 믿소. 『라스트레』를 읽어 보았소?」

「아주 힘들게 읽었습니다. 끔찍할 정도로 지루하더군요.」

「*Oui, un peu fade. Mais pas tout à fait sans charmes*(맞소. 약간 고리타분하긴 하지요. 하지만 매력이 전혀 없는 건 아니오).」 그의 프랑스어 발음은 나무랄 데가 없었다. 그의 얼굴에는 미소가 끊이지 않았다. 「그럼 프랑스어도 할 줄 알겠군요.」

「잘은 못 합니다.」

「〈위대한 세기〉[18]와 직접적으로 연결된 분을 내 테이블에 모신 셈이구려.」

「직접적으로는 아닙니다.」

하지만 나는 그가 그렇게 생각하는 것에, 갑자기 아첨을 하듯 관대해진 것에 상관하지 않았다. 그는 자리에서 일어섰다.

「자, 당신에게 경의를 표하는 뜻으로, 오늘은 라모를 연주하겠소.」

그는 그 집 1층의 한 면을 전부 차지하고 있는 커다란 방으로 나를 안내했다. 3면의 벽이 책으로 가득 차 있었다. 한쪽 끝에는 녹색 유약이 칠해진 타일을 붙인 난로가 놓여 있고, 벽난로 위에는 청동으로 만든 동상이 두 개 있었는데 둘 다 현대적인 것이었다. 동상 위에는 원화(原畵)와 동일한 크기의 모딜리아니 작품의 복제화가 걸려 있었는데, 청록색의 배경에 까만 옷을 입은 음울한 분위기의 여자를 그린 훌륭한 초상화였다.

콘키스는 나를 안락의자에 앉힌 뒤 악보를 뒤지더니 원하던 것을 찾아냈다. 그는 유쾌한 짧은 소품들로 시작해 정교하고 장식적인 쿠랑트[19]와 파사칼리아[20]를 연주했다. 곡들은 별로 마음에 들지 않았지만, 그의 연주 솜씨는 훌륭했다. 그는 다른 식으로는 허세를 부렸는지 몰라도 건반 앞에서는 그렇지 않았다. 그는 곡 중간에, 마치 전등의 퓨즈가 나간 것처럼, 불쑥 연주를 멈추었다. 허세가 다시 시작되었다.

「이 정도로 합시다.」

18 루이 14세 시대.
19 무곡의 일종.
20 3박자의 조용한 무곡.

「아주 멋진데요.」 나는 허세가 확산되기 전에 진압하기로 했다. 「저것에 감탄하고 있었죠.」 나는 초상화를 향해 고개를 까닥했다.

「그래요?」 우리는 가서 초상화 앞에 섰다. 「내 어머니요.」

한순간 나는 그가 농담을 하고 있다고 생각했다.

「모친이시라고요?」

「작품명이 그렇다는 거요. 실제로는 그의 모친이오. 그는 늘 자기 어머니를 그렸소.」 나는 여인의 눈을 보았다. 그것은 일반적인 모딜리아니의 그림에서 보이는 물고기 모양의 창백한 눈이 아니었다. 뭔가를 응시하고, 지켜보는 그 눈은 원숭이의 그것과 흡사했다. 나는 물감이 칠해진 표면을 자세히 살펴보았다. 나는 내가 보고 있는 것이 복제화가 아니라는 사실을 뒤늦게 깨달았다.

「맙소사! 엄청난 가치가 나갈 것 같은데요.」

「틀림없소.」 그는 나를 쳐다보지 않고 말했다. 「이런 데 살고 있다고 나를 가난한 사람이라고 생각하면 안 되오. 난 대단한 부자라오.」 그는 〈대단한 부자〉라는 말을 무슨 국적이라도 되는 듯 말했다. 사실 그것은 어떻게 보면 일종의 국적 같은 것인지도 모른다. 나는 그림을 다시 한 번 들여다보았다. 「이 그림을 얻는 데 들어간 돈은 나한테는 푼돈일 뿐이오. 그건 그냥 자선이나 마찬가지였소. 내가 그의 천재성을 알아보았다고 하고 싶지만 사실 그런 건 아니오. 누구도 그러지 못했소. 그 현명한 즈보로브스키[21] 씨도 말이오.」

「서로 아는 사이였나요?」

「모딜리아니 말이오? 그를 만난 적이 있소. 여러 차례. 그의 친구인 막스 자코브[22]도 알았소. 그의 만년이었소. 그때는

---

21 Leopold Zborowski(1889~1932). 모딜리아니를 후원한 화상.

무척 유명했었소. 몽파르나스의 명물 중 하나였지.」

나는 그림을 올려다보고 있는 콘키스를 훔쳐보았다. 그는 문화적 속물이라는 점에서 내게서 전혀 새로운 차원의 존경을 얻어 냈고, 그가 괴팍하고 허위의식에 차 있으며 인생의 진실에 대해서는 내가 그보다 더 잘 알고 있다는 나의 생각에 점점 더 자신이 없어지기 시작했다.

「그의 그림을 좀 더 사지 않은 걸 후회하시겠군요.」

「더 샀소.」

「지금도 소장하고 계십니까?」

「물론이오. 파산하지 않는 한 아름다운 그림을 파는 일은 없을 거요. 그것들은 다른 집들에 있소.」 나는 〈다른 집들〉이라는 복수형의 표현을 머릿속에 기억해 두었다. 언젠가 다른 사람에게 그것을 써먹을 수도 있을 터였다.

「그 다른 집들은…… 어디에 있나요?」

「이건 마음에 드오?」 그는 모딜리아니의 초상화 아래에 있는, 젊은 남자를 표현한 동상을 만졌다. 「이건 로댕의 소품이오. 다른 집들은 프랑스, 레바논, 그리고 미국에 있소. 나는 세계 전역에서 사업을 하오.」 그는 골격만 앙상한 다른 청동상을 향해 몸을 돌렸다. 「그리고 이건 자코메티 작품이오.」

「다리가 다 후들거리는군요. 프락소스 섬에 이런 것들이 있다니.」

「그래서는 안 될 이유라도 있소?」

「도둑 걱정은 안 하십니까?」

「나처럼 귀중한 그림을 많이 가지고 있는 경우에는 — 나중에 2층에서 두 점을 더 보여 주겠소 — 결정을 해야 하오. 그림들을 그림 그 자체로, 다시 말해 뭔가가 그려진 사각의

22 Max Jacob(1876~1944). 프랑스 시인. 입체주의와 초현실주의의 탄생에 많은 공헌을 했다.

캔버스로 취급할 것인가, 아니면 금괴로 취급할 것인가 하는 결정 말이오. 창문마다 창살을 대도, 걱정을 하느라 밤새 깨어 있게 될 거요. 저기.」 그는 청동상들을 가리켰다. 「원한다면 훔쳐 가시오. 나야 경찰에 신고하겠지만, 당신은 달아날 수도 있소. 하지만 나는 걱정하지 않을 거요.」

「제가 그럴 리가 있겠습니까.」

「그리고 그리스의 섬에는 도둑이 없소. 하지만 나는 저것들이 여기 있다는 걸 세상 사람들이 아는 건 바라지 않소.」

「물론 그렇겠죠.」

「이 그림은 흥미롭소. 이건 내가 본, 설명이 달려 있는 그의 유일한 작품 카탈로그에서 빠져 있었소. 서명도 없다는 것을 볼 수 있을 거요. 하지만 진품임을 증명하는 건 어렵지 않소. 보여 주겠소. 모퉁이를 잡아요.」

그는 로댕의 조각을 한쪽으로 옮겼고, 우리는 액자를 들어 내렸다. 그가 내가 볼 수 있도록 액자를 기울였다. 뒷면에는 다른 그림을 스케치하다 만 선이 몇 개 그려져 있었고, 캔버스의 비어 있는 하단에는 알아볼 수 없는 글자 옆에 숫자가 휘갈겨져 있었는데, 맨 아래쪽 틀 옆에는 합산한 숫자가 기록되어 있었다.

「부채 내역이오. 저기 있는 건 〈토토〉요. 토토는 모딜리아니가 해시시를 산 알제리 사람이오.」 콘키스가 손가락으로 가리켰다. 「〈즈보〉는 즈보로브스키요.」

나는 술에 취해 아무렇게나 갈겨쓴 글자들을 바라보며 그 화가의 삶을 생생히 느낄 수 있었다. 그리고 천재와 평범한 사람 사이의 끔찍하지만 필요 불가결한 거리감을 느꼈다. 거리에서 10프랑을 받고 초상화를 그리던 사람이 집에 가 훗날 1천만 프랑이 나갈 그림을 그린 것이다. 콘키스가 나를 바라보았다.

「이 뒷면은 미술관에서는 절대로 볼 수 없는 거요.」
「불쌍한 악마.」
「그가 지금 살아 있다면 우리에 대해 똑같이 말했을 거요. 어쩌면 그게 훨씬 더 타당할 거요.」

나는 그가 액자를 다시 거는 것을 도왔다.

그는 내게 창문들을 보게 했다. 다소 작고 좁은 아치형의 창문들이었는데, 그 각각에는 중앙 표주(標柱)와 조각한 대리석 주두(柱頭)가 있었다.

「저것들은 모넴바시아[23]에서 가져온 거요. 오두막집에 있는 것을 보고, 오두막집을 사버렸소.」

「미국인들처럼 말이죠.」

그는 웃지 않았다. 「베네치아에서 제작된 거요. 15세기에.」 그는 서가로 가서 미술책 한 권을 뽑았다. 「이걸 봐요.」 나는 그의 어깨 너머로 프라 안젤리코의 유명한 「수태고지」를 보았고 그 즉시 바깥 주랑이 그토록 친숙해 보인 이유를 알았다. 가장자리가 하얀, 붉은 타일 바닥이 그림 속의 그것과 똑같았던 것이다.

「자, 다른 무엇을 보여 드릴까? 내 하프시코드는 아주 희귀한 거요. 플레옐 진품이오. 유행을 따른 것은 아니지만 아주 아름답소.」 그는 그것이 고양이라도 되는 듯 반짝이는 검은색 뚜껑을 쓰다듬었다. 맞은편 벽 옆에는 보면대(譜面臺)가 있었다. 하프시코드와 함께 갖고 있기에는 불필요한 것처럼 보였다.

「다른 악기도 연주하십니까, 콘키스 씨?」

그는 그것을 바라보면서 고개를 저었다. 「아니요. 저건 감상적인 이유로 갖고 있는 거요.」 하지만 그의 말은 전혀 감상

---

[23] 그리스의 지명.

적이지 않게 들렸다.

「자, 이제 잠시 실례를 해야겠소. 편지를 몇 통 써야 하오.」 그는 몸짓을 했다. 「저기 신문과 잡지가 있고 책도 있으니, 뭐든 마음대로 보시오. 괜찮겠지요? 당신 방은 2층에 있소……. 원한다면 안내해 드리겠소.」

「아니, 괜찮습니다. 감사합니다.」

그가 밖으로 나갔고, 나는 모딜리아니의 그림을 다시 보고, 로댕의 조각을 만져 보고, 방을 둘러보았다. 오두막집의 문을 두드렸는데 들어가 보니 궁전 안에 있게 된 사람처럼, 멍하니 바보라도 된 느낌이었다. 나는 구석 탁자에 놓여 있는 프랑스어와 영어 잡지를 몇 권 골라 주랑 아래로 나갔다. 잠시 후 나는 지난 몇 개월 동안 한 번도 한 적이 없었던 일을 했다. 시 한 편을 끄적거리기 시작했던 것이다.

> 이 두개골 바위로부터 이상한 황금색 뿌리가
> 성상(聖像)과 사건들을 내던진다. 가면을 쓴 남자가
> 조종한다. 나는 추락하는 바보로
> 결코 기다리며 지켜보는 법을 배우지 못한다,
> 영원히 저주받은 이카로스, 시간에 쉽게 속는 자……

콘키스가 집의 나머지 장소를 보여 주겠다고 했다.

문 하나를 열고 들어가자 텅 비고 보기 흉한 홀이 나왔다. 집의 북쪽에는 그가 결코 사용하지 않는 식당이 있었으며, 헌책방을 닮은 방이 하나 더 있었다. 그 방은 온통 책으로 가득했다. 서가에는 책들이 꽂혀 있었고, 책과 신문과 잡지가 쌓여 있었으며, 창가 책상 위에는 아직 풀지 않은, 새로 도착한 것이 분명한 커다란 소포 하나가 놓여 있었다.

콘키스는 측경 양각기를 들고 내 쪽을 향했다.

「나는 인류학에 관심이 있소. 당신 두개골을 재도 되겠소?」 그는 나의 허락을 당연한 것으로 여겼고, 나는 고개를 숙였다. 양각기를 살며시 죄면서 그가 〈책을 좋아하오?〉 하고 말했다.

내가 옥스퍼드에서 영문학을 전공했다는 사실을 그는 잊고 있는 것 같았다. 아니면 잊은 게 아닌지도 몰랐다.

「물론이죠.」

「무슨 책들을 읽소?」 그는 작은 수첩에 내 머리 치수를 적었다.

「오…… 주로 소설이죠. 시나 평론도 읽고요.」

「여기에는 소설은 한 권도 없소.」

「정말입니까?」

「소설은 더 이상 예술 장르가 아니오.」

나는 미소를 지었다.

「왜 웃는 거요?」

「제가 옥스퍼드에 다닐 때 하던 농담 같아서요. 파티에서 무슨 말을 해야 좋을지 모를 경우 그런 질문을 하곤 했죠.」

「그런 질문이라니?」

「〈소설이 예술 장르로서 생명을 다했다고 생각합니까?〉라는 것 말입니다. 그러면 심각한 대답이 나오지 않죠.」

「그렇구려. 심각한 것이 아니었군.」

「전혀요.」 나는 수첩을 보았다. 「제 머리 치수에 흥미로운 점이 있습니까?」

「없소.」 그는 딴 얘기를 했다. 「나는 진지하게 말하고 있소. 소설은 죽었소. 연금술처럼 죽었소.」 그는 반론을 허락하지 않겠다는 투로 측경기를 든 손을 휘둘렀다. 「전쟁이 일어나기 전 어느 날 그걸 깨달았소. 내가 뭘 했는지 아오? 갖고 있던 소설책을 전부 불태워 버렸소. 디킨스, 세르반테스, 도

스토옙스키, 플로베르. 위대한 작가건 이름 없는 작가건 할 것 없이 말이오. 내가 철모르던 젊은 시절에 썼던 것도 태웠소. 저 밖에서 태웠는데, 하루 종일 걸렸소. 연기는 하늘이, 재는 땅이 받아들였소. 훈증 소독 같았소. 그 이후로 나는 더 행복하고, 더 건강해졌소.」 나는 내 작품을 파기한 일을 기억하며, 화려한 제스처는 눈부시다는 생각을 했다. 물론 그것을 감당할 수 있을 때. 콘키스는 책 한 권을 집어 들어 표지에 있는 먼지를 털어 냈다. 「왜 몇 가지 안 되는 진실에 이르려고 수백 페이지나 되는 거짓과 씨름해야 하는 거요?」

「재미를 위해서일 수도 있죠.」

「재미라고!」 그 말에 그는 열을 냈다. 「말이란 진실과 사실을 위한 거지 허구를 위한 것이 아니오.」

「알겠습니다.」

「이 책 같은 것을 위한 것이오.」 그것은 프랭클린 루스벨트의 생애를 다룬 책이었다. 「그리고 이것을 위한.」 그것은 천체 물리학에 관한 프랑스어 책으로 페이퍼백이었다. 「이것을 보시오.」 그것은 〈죄 지은 자에 대한 경고, 살인마 로버트 풀크스의 최후의 말, 1679년〉이라는 제목이 붙은 낡은 팸플릿이었다. 「이걸 가져가 주말에 읽어 보시오. 지금껏 쓰인 그 어떤 역사 소설보다 더 현실적이라는 걸 알게 될 거요.」

그의 침실은 아래층에 있는 음악실처럼 바다에 면한 쪽을 거의 점할 정도로 넓었다. 한쪽 끝에는 침대가 있었고 — 나는 그것이 더블베드라는 것을 알아차렸다 — 커다란 옷장이 있었다. 반대쪽에는 닫힌 문이 있었는데, 그것은 아마도 화장하는 방 같은 아주 작은 방으로 통하는 것 같았다. 문 근처에 이상한 모양의 테이블이 하나 있었는데, 콘키스가 그 덮개를 들어 올렸다. 그것은 (그에게 듣고서야 안 것이지만) 클라비코드라는 악기였다. 방 한복판은 일종의 거실 겸 서재로 꾸며져 있었다. 타일을 붙인 또 다른 난로와, 그가 작업을 하고 있던 서류가 흩어져 있는 책상, 그리고 장의자와 어울리게 연한 갈색으로 커버를 입힌 안락의자 두 개가 있었다. 맞은편 모퉁이에 있는 삼각형 캐비닛은 엷은 청색과 녹색의 이즈니크산 도자기로 가득 차 있었다. 저녁 빛으로 넘치는 그 방은 전체적으로 아래층에 있는 방보다 더 수수했고, 아래층과는 달리 책이 없어 가뿐한 느낌이 들었다.

하지만 그 방의 분위기를 결정하고 있는 것은 두 점의 그림이었다. 둘 다 누드화로 여자들이 햇빛이 비치는 실내에서 분홍색, 빨간색, 초록색, 벌꿀색, 그리고 호박색으로 그려져 있었다. 빛으로 가득해 따뜻한 그림은 생명과 인간성, 가정적인 느낌, 성적 요소, 그리고 지중해적 분위기를 자아내며 노란 불길처럼 빛을 내뿜고 있었다.

「누구 작품인지 알겠소?」 나는 고개를 저었다. 「보나르요. 죽기 대엿 해 전에 그린 그림이오.」 나는 그림 앞에 섰다. 내 뒤에서 그가 말했다. 「이 그림들은 제값을 주고 산 거요.」

「그럴 가치가 있는 것들이죠.」

「햇빛, 알몸의 여자, 의자, 수건, 비데, 타일 깔린 바닥, 작은 개. 작가는 그 모든 존재에 이유를 부여하고 있소.」

나는 그가 설명한 것 말고 그 왼쪽에 있는 그림을 보았다. 햇빛이 환히 비치는 창가에 등을 돌린 채 서 있는 한 여자의 그림이었다. 사타구니를 말리면서 동시에 거울을 들여다보고 있는 것 같았다. 발가벗은 채 아파트 안을 돌아다니며, 아이처럼 노래를 부르던 앨리슨 생각이 났다. 그것은 잊을 수 없는 그림이었다. 가장 사소한 순간의 주위에 진한 금색의 후광을 두름으로써 그 순간과, 그와 같은 모든 순간이 다시는 결코 완전히 사소한 것이 되지 못하게 하는 그림이었다.

콘키스는 테라스로 나갔고 나는 그를 따라갔다. 두 개의 프랑스식 창문 서쪽에는 상아로 상감 세공을 한 무어풍의 작은 테이블이 있었다. 그 위에는 봉헌을 드리듯 꽃이 꽂혀 있는 그릇이 있었고, 그 뒤에는 사진 한 장이 있었다.

구식 은제 액자에 담긴 커다란 사진이었다. 에드워드 7세 시대의 드레스를 입은 여자 하나가 얼토당토않게 코린트 양식으로 꾸며진 받침대 위에 놓인 장미 꽃병 옆에 서 있었고 배경에는 감상적으로 축 늘어진 나뭇가지가 그려져 있었다. 그것은 진한 초콜릿 색 그림자가 빛이 풍부한 크림색의 표면과 균형을 이루는 오래된 사진들 중 하나로, 여자들이 성적 대상인 유방이 아니라 가슴을 갖고 있던 시대의 것이었다. 사진 속의 젊은 여자는 밝은 색 머리칼을 풍성하게 틀어 올리고, 허리는 가늘었으며, 그 당시 너무도 인기 있었던 포동포동하며 부드러운 살결과, 깁슨 걸[24]풍으로 약간 풍만하면서도 잘생긴 외모를 갖추고 있었다.

콘키스는 내가 그 사진에서 쉽게 눈을 못 떼는 것을 보았다. 「이 여자는 한때 나와 약혼한 사이였소.」

나는 사진을 다시 보았다. 아래쪽 구석에 사진작가의 이름이 금색으로 화려하게 찍혀 있었으며, 주소는 런던으로 되어 있었다.

「결혼은 못 했습니까?」

「죽었다오.」

「영국인 같군요.」

「그렇소.」 콘키스는 그녀를 바라보면서 잠시 말이 없었다. 빛이 바랜, 물감으로 그린 작은 숲을 배경으로 호화로운 꽃병 옆에 서 있는 그녀는 터무니없게도 역사상의 인물처럼 보

---

[24] 미국의 삽화가 C.D. 깁슨이 그린 1890년대에 유행한 여성 의상 스타일. 목까지 올라오는 옷깃에 딱 붙는 허리, 소매산에 주름을 잡은 여유 있는 소매와 종 모양의 스커트 등을 특징으로 한다.

였다.「그래요, 그녀는 영국인이었소.」

나는 그를 바라보았다.「영국 이름은 어떻게 되시죠, 콘키스 씨?」

여간해선 보기 힘든 그의 미소가 얼굴에 번졌다. 마치 우리에 갇힌 원숭이가 앞발을 철창 사이로 내미는 것 같았다.「잊어버렸소.」

「한 번도 결혼한 적이 없으신가요?」

그는 사진을 내려다보더니, 천천히 고개를 가로저었다.

「이제 갑시다.」

난간이 있는 L 자형 테라스의 남동쪽 모퉁이에 테이블이 하나 있었다. 저녁 식사를 위해서인지 거기에는 벌써 테이블보가 깔려 있었다. 우리는 나무들 너머로 멋진 광경을 바라보았다. 육지와 바다 위로 거대한 빛의 돔이 펼쳐져 있었다. 펠로폰네소스 반도의 산들은 보랏빛을 띤 파란색으로 바뀌어 있었고, 엷은 녹색 하늘에는 샛별이 하얀 가스등처럼 한결같으면서도 부드러운 빛을 발하고 있었다. 조금 전 본 사진은 문간에 세워져 있었는데, 마치 아이들이 인형이 밖을 내다보게 창가에 둘 때처럼 놓여 있었다.

콘키스는 풍경을 등진 채 난간에 기대앉았다.

「당신은 어떻소? 약혼한 몸이오?」이번에는 내가 머리를 저었다.「그렇다면 이곳 생활이 매우 외로울 거요.」

「그럴 거라는 얘기를 들었습니다.」

「그 나이에 얼굴도 잘생긴 젊은이가.」

「실은 여자가 있었습니다. 하지만……」

「하지만?」

「설명할 수 없군요.」

「영국인이오?」

나는 보나르의 그림을 생각했다. 그것이 현실이었다. 말로 할 수 있는 것들이 아니라 그러한 순간들이. 나는 그를 향해 미소 지었다.

「지난주 제게 부탁하셨던 걸 부탁해도 되겠습니까? 아무것도 묻지 말아 달라는?」

「물론이오.」

그리고는 우리는 침묵 속에 앉아 있었는데, 그것은 지난 토요일 그가 해변에서 내게 강요했던 것과 똑같은 기이한 침묵이었다. 마침내 그가 바다 쪽으로 고개를 돌리면서 다시 입을 열었다.

「그리스는 거울과 같소. 그것은 사람을 고통스럽게 하지요. 그런 다음이면 우리는 뭔가를 배우게 되오.」

「혼자 사는 법 말입니까?」

「사는 법 말이오. 있는 그대로의 모습으로. 이젠 오래전 일이지만, 스위스인 한 사람이 여기서 여생을 마치려고 이 섬 저쪽 끝에 있는, 고립되고 폐허가 된 오두막집으로 온 적이 있었소. 저기 독수리자리 아래 있는 집이었소. 지금 내 나이 또래쯤 됐을까. 그는 시계를 조립하고 그리스에 관한 책을 읽는 것으로 평생을 보낸 사람이었소. 그는 고전 그리스어까지 독학으로 배웠소. 오두막집을 직접 고치고, 물탱크도 청소하고, 테라스도 만들었소. 무엇이 그의 열정이 되었는지 아시오? 염소였소. 처음엔 한 마리, 두 마리 키우더니, 나중엔 작은 무리로 불어났소. 염소들은 그와 한 방에서 잠을 잤소. 언제나 지극 정성이었소. 그는 스위스 사람답게 늘 빗질과 솔질을 했소. 봄이면 가끔 이곳에 왔고, 우리는 그의 첩 같은 염소들을 집 안에 들어오지 못하게 하느라 엄청나게 애를 먹었소. 그는 훌륭한 치즈를 만드는 법을 배워, 아테네에 좋은 가격을 받고 팔기도 했소. 하지만 그는 혼자였소. 편지 한 통 오지 않았고, 한 사람도 찾아오지 않았소. 완전히 혼자였소. 한데 나는 그가 내가 만난 사람들 중에 가장 행복한 사람이라 믿소.」

「그는 어떻게 됐나요?」

「1937년에 죽었소. 뇌졸중으로. 죽은 지 보름 만에야 발견되었소. 발견되었을 땐 그가 키우던 염소들도 모두 죽어 있었소. 겨울이어서 문을 잠가 놓았던 거요.」

콘키스는 내 눈을 바라보며 마치 익살꾸러기 죽음이라도 본 것처럼 얼굴을 찌푸렸다. 그는 피골이 상접한, 해골바가지 같은 모습을 하고 있었다. 살아 있는 것은 오직 두 눈뿐이었다. 나는 그가 자신이 죽음의 신이며, 어느 순간에라도 그의 가죽 같은 늙은 살갗과 눈알이 떨어져 내릴 수 있으며, 그렇게 되면 나는 해골의 초대를 받은 손님이 될 거라는 것을 내가 믿어 주기를 원하는 듯한 묘한 인상을 받았다.

그 후 우리는 안으로 들어갔다. 2층 북쪽에는 방이 셋 더 있었다. 그가 내게 잠깐만 보여 준 방은 광이었다. 나는 나무 상자들이 높이 쌓여 있는 것을 보았다. 어떤 가구에는 먼지막이 덮개가 씌워져 있었다. 그리고 욕실이 하나 있었고, 그 옆에는 작은 침실이 있었다. 침대는 이미 정돈된 상태였고, 내 배낭이 그 위에 놓여 있었다. 나는 자물쇠가 채워진, 장갑의 주인인 여자가 쓰는 방을 기대했었다. 곧 나는 그녀가 오두막에 살고 있으며, 어쩌면 마리아가 그녀를 돌보고 있을 거라는 생각을 했다. 아니면 이 방이 보통 때는 그녀가 쓰는 것인데, 이번 주말에는 내가 쓰게 된 것인지도 몰랐다.

콘키스는 내가 층계참에 있는 테이블에 놓아두었던 17세기의 팸플릿을 내게 건네주었다. 「나는 늘 30분쯤 후에 아래층에서 셰리 주를 한잔하오. 그때 보겠소?」

「물론입니다.」

「말해야 할 게 있소.」

「네.」

「나에 관해 뭔가 좋지 않은 얘기를 들은 게 있소?」

「당신에 관해서는 한 가지 이야기밖에 아는 게 없는데, 그건 당신에게는 무척 영광스러운 이야기인 듯한데요.」

「처형에 관한 얘기요?」

「지난주에 말씀드렸죠.」

「왠지 다른 얘길 들었을 거라는 기분이 드는데. 미트퍼드 대위한테서라든지?」

「아무것도 없습니다. 정말입니다.」

그는 문간에 서서 나를 뚫어지게 바라보았다. 그는 힘이 나는 것처럼 보였다. 그리고 그 수수께끼는 분명히 해야 한다고 결론을 내린 것 같았다. 그가 입을 열었다.

「나는 영혼과 소통하오.」

집은 침묵으로 가득 찬 것 같았다. 갑자기 여태껏 일어났던 모든 일이 방금 그가 한 말로 귀착되었다.

「저는 영혼과 소통하지는 못하는 것 같습니다. 전혀요.」

우리는 황혼에 익사당하고 있는 것 같았다. 우리는 서로를 노려보았다. 그의 방에서 괘종시계의 침이 똑딱거리는 소리가 들려왔다.

「그건 중요치 않소. 그럼 반시간 뒤에?」

「왜 제게 그런 말씀을 하신 거죠?」

그는 문 옆에 있는 작은 테이블로 몸을 돌리더니 성냥을 켜 석유램프에 불을 붙인 다음, 조심스럽게 심지를 돋워 불꽃을 조정했다. 나는 잠자코 대답을 기다릴 수밖에 없었다. 마침내 그가 허리를 펴고 미소를 지었다.

「그건 내가 영혼과 소통하기 때문이오.」

그는 복도를 지나 층계참을 가로질러 자신의 방으로 들어

갔다. 방문이 닫혔고, 다시 침묵이 찾아왔다.

16

침대는 철로 만든 값싼 것이었다. 두 번째 테이블 옆에는 카펫과 안락의자 한 개가 있었고, 그 섬의 어느 오두막집에나 있는 것 같은, 자물쇠가 채워진 낡은 카소네[25]도 있었다. 아무리 여분의 방이라지만, 백만장자의 방으로는 거의 상상하기 어려운 것이었다. 벽에는 어떤 집 — 바로 그 집이었다 — 앞에 마을 남자들이 여럿 서 있는 것을 찍은 사진 한 장을 제외하고는 아무것도 없었다. 나는 한가운데 있는, 반바지 차림에 밀짚모자를 쓴 젊은 시절의 콘키스를 알아볼 수 있었다. 소작인인 듯한 여자도 한 명 있었는데 마리아일 수는 없는 것이, 사진 속의 여자는 현재의 마리아 나이였는데, 사진은 족히 20~30년은 전의 것이었기 때문이다. 나는 뒤에 뭔가가 적혀 있는지 보기 위해 램프를 들고 사진을 뒤집어 보았다. 하지만 여리게 생긴 도마뱀붙이 한 마리가 벽에 달라붙어 있을 뿐이었다. 녀석은 다리를 펴고 벽에 착 달라붙어서 탁한 눈으로 나를 바라보았다. 도마뱀붙이는 거의 사용되지 않는 방을 좋아하는 법이다.

침대 머리맡에 있는 탁자에는 재떨이로 쓰는 평평한 조개 껍데기와 책 세 권이 있었다. 유령 이야기를 모은 책과 낡은 성경, 그리고 〈자연의 아름다움〉이라는 제목의, 판형이 큰 얇은 책이었다. 유령 이야기들은 〈최소한 두 사람의 믿을 만한 목격자가 증언한〉 실제 이야기라고 책은 주장하고 있었다. 목차 — 「볼

25 직사각형 모양의 긴 궤.

리 목사관」, 「인간 긴털족제비의 섬」, 「데닝턴 가 18번지」, 「절름발이 남자」 — 를 보자 기숙 학교에서 앓아누워 있던 때가 생각났다. 나는 『자연의 아름다움』을 펼쳐 보았다. 그 책에서 말하는 자연이란 모두 여성적인 것이었고, 아름다움이란 모두 가슴에 관계되는 것이었다. 원사 촬영한 가슴과, 모든 각도에서 잡은 온갖 종류의 가슴이 갖가지 배경을 뒤로하여 찍혀 있었다. 그런 다음 점점 더 접사 촬영된 가슴들이 나왔다. 마지막 사진은 가슴밖에 없는 것이었는데, 광택이 나는 종이 한가운데에 까맣고 실물보다 훨씬 큰 유두 하나가 튀어나와 있었다. 에로틱하기에는 너무 강박적인 것이었다.

나는 램프를 들고 욕실로 들어갔다. 욕실은 설비가 잘되어 있었는데, 엄청나게 큰 약품 상자가 하나 있었다. 여자가 사용한 흔적을 찾아내려 했지만, 아무것도 발견하지 못했다. 수돗물은 차갑고, 염분이 섞여 있었다. 남자만 쓰는 방이었다.

나는 방으로 돌아와 침대에 누웠다. 열어 놓은 창밖으로 내다보이는 하늘은 푸르스름했고, 북쪽 하늘에는 별 한두 개가 나무들 위에서 희미하게 깜빡이고 있었다. 바깥에서는 귀뚜라미가 단조롭게 울고 있었다. 그 소리는 베베른[26]의 음악처럼 조화롭지 못했지만 박자만은 정확했다. 창문 아래 오두막에서 작은 소음이 들려왔고, 요리하는 냄새도 났다. 그러나 집 안에는 거대한 정적이 깃들어 있었다.

콘키스는 점점 더 나를 당혹스럽게 했다. 때로 그는 너무 독단적이었고, 그래서 나는 웃으며, 전통적으로 외국인을 혐오하고 대륙 사람을 경멸하는 영국인처럼 행동하고 싶기도 했다. 하지만 때로는 나는 내 의지에 반해 그에게 깊은 인상을 받기도 했는데, 그건 단지 그가 자신의 집에 부러워할 만

---

26 Anton Webern(1883~1945). 오스트리아의 작곡가. 쇤베르크의 문하생으로 십이음 기법의 작품이 많고 전자 음악에도 영향을 주었다.

한 예술품을 소장하고 있는 부자이기 때문만은 아니었다. 그리고 이제 그는 나를 두렵게 했다. 그것은 초자연적인 것에 대한 일종의 비논리적인 두려움 같은 것이었는데, 다른 사람이 그랬다면 비웃고 말았을 것이다. 하지만 그동안 내내 나는 그가 환대를 베풀어 주려는 마음에서가 아니라 뭔가 다른 이유에서 나를 초대했다고 느꼈다. 그는 어떤 식으로 나를 이용하고 싶어 했다. 이제는 남색 가능성은 제쳐 놓았다. 그는 기회가 있었지만 무시했다. 게다가 보나르의 그림들과 약혼녀, 그리고 가슴을 찍은 사진집 등 모든 것이 남색과는 거리가 멀었다.

훨씬 더 괴상한 일이 진행 중에 있었다. 〈당신은 선민이오?〉 …… 〈나는 영혼들과 소통하오.〉 …… 그 모든 것은 심령술과, 탁자를 두드리며 망자의 혼령과 소통하는 것을 암시했다. 어쩌면 그 장갑의 주인공이 일종의 영매인지도 몰랐다. 물론 콘키스는 심령술사 하면 떠오르는, 프티부르주아의 젠체하는 태도를 갖고 있지 않았으며, 모호한 어휘를 사용하지도 않았다. 하지만 그가 정상적인 사람이 아닌 것도 분명했다.

나는 담배에 불을 붙였고, 잠시 후 미소를 지었다. 그 작고 휑한 방에서는 설령 내가 겁에 질린 유령이라 하더라도 상관없을 것 같았다. 사실 나는 일종의 신선한 흥분으로 충만해 있었다. 콘키스는 우연의 대리인에 지나지 않았고, 사건은 제때 찾아온 것이었다. 마치 지난날 옥스퍼드 시절에 한 학기 동안 홀로 지내다가 여자를 만나 연애를 시작한 것처럼, 나는 콘키스와 함께 흥분되는 뭔가를 시작한 것이었다. 그것은 앨리슨을 다시 보고 싶다는 나의 소망과 관계가 있는 것처럼 보였다. 나는 다시 한 번 살고 싶었다.

집 안은 죽음처럼, 두개골의 안쪽처럼 고요했다. 하지만 때는 1953년이었고, 나는 무신론자였으며, 심령술이나 유령, 또는 미신 숭배 따위는 전혀 믿지 않았다. 나는 누운 채 30분이라는 시간이 흐르기를 기다렸다. 그리고 그날, 집 안을 감싼 정적은 두려운 것이라기보다는 평화로운 것에 훨씬 더 가까웠다.

17

내가 아래층으로 내려갔을 때 음악실은 불이 켜져 있었지만 비어 있었다. 난로 앞 테이블에는 우조 술병과 물 항아리, 유리잔, 그리고 짙은 남색의 통통한 암피사 올리브가 담긴 사발 등이 쟁반에 놓여 있었다. 나는 우조를 조금 따르고 우유처럼 불투명해질 정도로 물을 섞었다. 그런 다음 잔을 손에 들고 서가를 둘러보기 시작했다. 책들은 체계적으로 정리되어 있었다. 두 부분 전체가 대부분 프랑스어로 쓰인 의학서들로 가득했는데 정신 의학에 관한 책도 상당히 많았으며 — 그것들은 심령술과는 거의 어울리지 않는 것처럼 보였다 — 또 다른 두 부분은 온갖 종류의 과학서가 차지하고 있었다. 몇몇 선반에는 철학서와, 주로 영어와 독일어로 된 식물학과 조류학에 관한 책도 상당수 있었다. 하지만 나머지는 대부분이 자서전과 전기였다. 그런 책이 수천 권은 되는 것 같았는데, 워즈워스, 메이 웨스트, 생시몽, 천재, 범죄자, 성인, 무명인 등에 관한 책들을 아무런 체계 없이 모아 놓은 듯했다. 그 컬렉션은 공립 도서관의 절충주의적인 무미건조함을 갖고 있었다.

하프시코드 뒤쪽, 창문 아래에는 골동품 두세 점이 보관된 낮은 유리 진열장이 하나 있었다. 그 안에는 사람 머리 모양을 한 고대 그리스의 술잔이 있었는데, 그 한쪽에는 흑화(黑畵)식[27] 포도주 잔이, 그리고 다른 한쪽에는 적화(赤畵)식의, 손잡이가 양쪽으로 달린 작은 단지가 있었다. 진열장 위에도 사진 한 장과 18세기 시계, 그리고 하얀 에나멜을 칠한 코담뱃갑 등 물건 세 점이 있었다. 나는 피아노용 의자 뒤편으로 가 고대 그리스의 도자기를 보았다. 포도주 잔 안쪽의 평평한 면에 그려진 그림이 내게 충격을 주었다. 거기에는 두 명의 사티로스와 한 명의 여자가 그려져 있었는데 무척이나 외설적이었다. 작은 단지에 그려진 그림 역시 어떤 박물관도 감히 전시하지 못할 만한 것이었다.

잠시 후 나는 시계를 좀 더 자세히 들여다보았다. 그것은 에나멜 칠을 한 문자판에 금박을 입힌 것이었다. 한가운데에는 홍조를 띤, 벌거벗은 어린 큐피드가 있었고, 짧은 시침 하나가 그의 사타구니에서 나와 있었는데, 그 끝에 있는 둥근 끝 부분이 무엇을 의미하는지는 무척 분명했다. 문자판에는 시간이 표시되어 있지 않았는데, 오른쪽 절반 전체가 검게 칠해진 채 그 위에 하얀색으로 〈잠〉이라는 한 단어가 적혀 있었다. 하얀 에나멜이 칠해진 다른 절반 위에는 단정한 검정 글씨로, 6시: 만남, 8시: 매혹, 10시: 발기, 12시: 황홀이라고 희미하지만 여전히 읽을 수 있는 단어가 적혀 있었다. 큐피드는 미소를 짓고 있었다. 시계는 가지 않았고, 큐피드의 성기는 비스듬히 8시를 영원히 가리키고 있었다. 나는 티 없이 하얀 코담뱃갑을 열어 보았다. 뚜껑 아래에는 18세기의 부셰[28]풍의 기법으로, 2천 년 전 고대 그리스인이 포도주 잔에 그린 것과 똑같은 장면이 그려져 있었다.

콘키스는 이 두 점의 골동품 사이에 에드워드 7세 시대

---

27 고대 그리스의 항아리 장식 수법의 일종.
28 François Boucher(1703~1770). 프랑스의 궁정 화가.

의, 그의 죽은 약혼녀의 또 다른 사진을 놓아두었는데, 그것이 도착증에서 비롯된 것인지, 아니면 유머 감각을 발휘한 것인지, 그것도 아니면 단순히 나쁜 취향 때문인지는 알 수 없었다.

그녀는 경계를 하면서도 미소를 머금은 눈으로 타원형의 은제 테두리 바깥을 바라보고 있었다. 옷깃이 네모나게 푹 파인 여성복 덕에 눈부시게 하얀 피부와 섬세한 목이 한층 더 돋보였고, 가슴 위로는 치렁치렁한 레이스가 하얀 구두끈 매듭처럼 보이는 모양으로 매여 있었다. 한쪽 겨드랑이 옆에는 느슨한 검은색 나비매듭이 있었다. 그녀는 난생처음 이브닝드레스를 입은 것처럼 아주 젊어 보였다. 그 사진 속에서 그녀는 덜 풍만해 보였으며, 다소 자극적이면서 장난기가 있었고, 마치 외설적인 책들이 있는 사실(私室)의 여왕인 것처럼 수줍어하면서도 환희에 차 있는 것 같았다.

위층에서 방문 닫히는 소리가 들려 나는 돌아섰다. 모딜리아니 그림의 눈들이 엄하게 나를 노려보는 것 같았고, 그래서 나는 조용히 주랑 아래로 나갔다. 콘키스는 1분 후 그곳으로 왔다. 옷은 엷은 색 바지와 어두운 색 면 코트로 갈아입고 있었다. 그는 방에서 흘러나오는 부드러운 불빛을 등지고 서서 내게 조용히 건배를 했다. 산들은 마치 숯의 물결처럼 어둑어둑하고 거메져 간신히 볼 수 있었고, 그 너머 하늘에는 아직 저녁놀이 남아 있었다. 하지만 하늘에는 ― 나는 자갈길로 이어지는 계단 위에 서 있었다 ― 별들이 떠 있었다. 그것들은 영국에서만큼 격렬하지 않게, 마치 투명한 기름에 적셔진 것처럼 조용히 반짝였다.

「침대맡에 있는 책들 고맙습니다.」

「서가에서 더 재미있는 책을 찾으면 가져가 읽으시오.」

집의 동쪽 편의 어두운 나무숲에서 이상한 울음소리가 들려왔다. 학교에서도 저녁에 들은 적이 있는 소리였다. 나는 처음에는 마을에 사는 어떤 멍청한 사내아이가 내는 소리라고 생각했었다. 소리는 아주 높은 음으로 일정한 간격을 두고 반복되었다. 큐. 큐. 큐. 윤회한 버스 차장이 우울에 잠겨 내는 소리 같았다.

「내 친구요.」 콘키스가 말했다. 한순간 터무니없게도 나는 그가 장갑의 주인을 말한다고 생각했다. 아스코트 장갑을 낀 그녀가 계속해서 큐를 찾으며 나무들 사이를 헤매는 장면이 떠올랐다. 그 멍청하고 기분 나쁜 울음소리는 우리 뒤편의 어둠 속에서 다시 들려왔다. 콘키스가 천천히 다섯을 세고, 손을 치켜들자, 그 소리가 들려왔다. 그리고 다시 다섯을 세자, 또 들려왔다.

「무슨 소린가요?」

「오투스 스코프스 *Otus scops*. 소쩍새요. 아주 작은 놈이오. 몸길이가 20센티미터도 채 안 되는. 이 정도밖에 안 되오.」

「새에 관한 책이 몇 권 있더군요.」

「조류학에 관심이 있소.」

「의학 공부도 하셨나요?」

「의학 공부도 했소. 오래전에.」

「진료는 안 하셨습니까?」

「나한테만 했소.」

서쪽 바다 멀리 아테네에서 오는 배의 밝은 불빛이 보였다. 배는 토요일 밤에는 남쪽 키테라 섬으로 갔다. 하지만 멀리 보이는 배는 부라니 곶을 보통의 세상과 연결해 주기보다는, 그곳의 은폐되고 비밀스러운 느낌을 더욱 강조할 뿐이었다. 나는 불쑥 질문을 던졌다.

「영혼과 소통한다는 건 무슨 말입니까?」

「무슨 뜻이라고 생각했소?」

「심령술인가요?」

「그건 유치한 거요.」

「저도 그렇게 생각합니다.」

「물론이오.」

문간에서 흘러나오는 빛으로 그의 얼굴을 간신히 알아볼 수 있었다. 마지막 대화 도중 내가 자리를 약간 바꾸었기 때문에 그는 내 얼굴을 좀 더 잘 볼 수 있었다.

「제 질문에 제대로 대답을 안 하셨습니다.」

「당신이 보인 최초의 반응은 암시를 불신하고 논박하는 당신 세기 사람들의 전형적인 반응이었소. 나는 당신들의 정중함 밑에 있는 그런 성향을 아주 분명하게 볼 수 있소. 당신들은 고슴도치 같소. 고슴도치는 척추를 세운 채로는 먹을 수가 없소. 먹지 못하면, 굶어 죽게 되오. 결국 가시는 나머지 몸과 함께 죽게 되오.」

나는 잔에 남아 있는 우조를 한입에 털어 넣었다. 「그건 선생님의 세기가 아니었습니까?」

「나는 다른 세기에서 많은 시간을 살았소.」

「문학 속에서라는 의미인가요?」

「현실 속에서요.」

소쩍새가 규칙적인 간격을 두고 다시 단조롭게 울었다. 나는 컴컴한 소나무 숲을 바라보았다.

「윤회를 말하나요?」

「그건 쓰레기 같은 거요.」

「그렇다면······.」 나는 어깨를 으쓱했다.

「나도 인간으로서 내게 주어진 수명을 벗어날 수는 없소. 따라서 내가 세기를 살 수 있었던 방법은 하나밖에 없소.」

나는 아무 말도 하지 않았다. 「아무리 생각해 봐도 모르겠습니다.」

「포기하지 마시오. 위를 봐요. 뭐가 보이오?」
「별들. 우주.」
「그 밖엔? 당신이 아는 것이 저기 있소. 눈에는 보이지 않지만.」
「다른 세계 말입니까?」

나는 고개를 돌려 그를 바라보았다. 그는 검은 그림자처럼 앉아 있었다. 등줄기를 타고 냉기가 살짝 흘러내리는 것이 느껴졌다. 그는 내 마음을 읽은 듯 이렇게 말했다.

「내가 미쳤다고 생각하오?」
「틀렸다고 생각합니다.」
「그렇지 않소. 나는 미치지도 틀리지도 않았소.」
「선생님은…… 다른 세계로 여행을 하나요?」
「그렇소. 나는 다른 세계로 여행을 하오.」

나는 술잔을 내려놓고, 담배를 꺼내 불을 붙인 후 말을 했다.

「육체는 그대로 있는 상태에서요?」
「어디에서 육체가 끝나고 마음이 시작되는지 말해 줄 수 있으면 대답을 해주겠소.」
「그것에 대한 증거는 있는 겁니까?」
「많은 증거가 있소.」 그는 잠시 뜸을 들였다. 「그걸 볼 수 있는 지성이 있는 사람에게는.」
「선민이나 영혼과의 소통도 그런 의미였나요?」
「부분적으로는.」

나는 조용히 어떤 행동을 취해야 할지 결정을 해야 한다는 생각을 했다. 나는, 우리 사이에 있었던 일을 모두 넘어선 곳에서 솟아오르는 본원적인 적의를 느꼈다. 그것은 기름에 물을 탄 것 같은 잠재의식적 저항이었다. 정중한 회의주의적 태도가 최선처럼 보였다.

「그러니까 텔레파시 같은 것으로 여행을 하시는 겁니까?」

하지만 그가 대답을 하기 전에 주랑 근처에서 부드러운 발소리가 들려왔다. 마리아가 나타나 고개를 까딱했다.

「고맙소, 마리아. 저녁 식사가 준비되었다는구려.」 콘키스가 말했다.

우리는 자리에서 일어나 음악실로 들어갔다. 우리가 쟁반 위에 잔을 내려놓을 때 콘키스가 말했다. 「세상에는 말로 설명할 수 없는 것들이 있소.」

나는 시선을 내리깔았다. 「옥스퍼드에서는 말로 설명할 수 없는 것은 다른 어떤 것으로도 설명할 수 없다고 배웠죠.」

「아주 좋소.」 그가 미소를 지었다. 「이제 니컬러스라고 불러도 괜찮겠소?」

「물론입니다. 그렇게 하세요.」

그는 우리 잔에 우조를 조금 따랐다. 우리는 잔을 들고 건배를 했다.

「*Eis'ygeia sas, Nicholas*(당신 건강을 위하여, 니컬러스).」

「*Sygeia*(건강을 위하여).」

하지만 그 순간에도 나는 그가 내 건강이 아닌 다른 어떤 것을 위해 건배를 하고 있다는 강한 의심이 들었다.

테라스 구석에 있는 테이블에는 뜻밖에도 형식을 제대로 갖춰 차린 유리잔과 은 식기들이 어둠 속에서 반짝이고 있었다. 검은 갓을 씌운 목 긴 램프 하나가 불을 밝히고 있었다. 불빛은 아래로 흘러 하얀 천에 집중된 다음 반사되어, 주위의 어둠을 배경으로 우리 얼굴을 카라바조 스타일로 기묘하게 비추고 있었다.

식사는 훌륭했다. 우리는 포도주로 조리한 작은 생선과 맛있는 닭고기, 약초 향이 나는 치즈, 그리고 중세 터키식 조리

법으로 만들었다고 콘키스가 소개한, 꿀과 응유(凝乳)로 만든 푸딩을 먹었다. 포도밭이 소나무 숲 바로 옆에 있었던 듯 우리가 마신 포도주에서는 송진 향이 났는데, 마을에서 가끔씩 마신, 테레빈유 냄새가 풍기는 질 낮은 혼합주와는 전혀 달랐다. 대체로 우리는 침묵 속에서 식사를 했다. 그는 그 편을 좋아하는 게 분명했다. 몇 마디 오간 말도 음식에 관한 것이었다. 그는 천천히, 아주 조금밖에 안 먹은 데 반해, 나는 음식을 거의 남기지 않았다.

우리가 식사를 마치자, 마리아가 놋쇠 단지에 든 터키 커피를 가져왔다. 그녀는 벌레가 너무 많이 꼬이는 램프를 치우고, 대신 촛불 하나를 밝혔다. 고요한 공기 속에서 불꽃이 흔들림 없이 타올랐다. 이따금 집요한 날벌레 한 마리가 불꽃 주위를 맴돌다 날아가곤 했다. 나는 담배에 불을 붙이고, 콘키스처럼 바다와 남쪽을 향해 반쯤 몸을 돌린 자세로 앉았다. 그는 말을 하고 싶어 하지 않았고, 나는 기다리는 것에 만족했다.

갑자기 아래쪽 자갈길에서 발소리가 들렸다. 그 소리는 집에서 바다 쪽으로 향하고 있었다. 나는 처음에는 그것이 마리아의 발소리라고 생각했다. 그 시각에 그녀가 해변으로 가는 것이 이상하게 여겨지긴 했지만 말이다. 하지만 다음 순간 나는 장갑의 임자가 마리아일 리 없듯 그 소리의 주인공 역시 마리아일 수 없다는 것을 알았다.

그것은 가능한 한 소리를 내지 않으려는 듯, 가벼우면서도 빠르게, 그리고 조용히 걷는 걸음이었다. 그것은 아이의 발소리일 수도 있었다. 나는 난간에서 떨어진 곳에 앉아 있어 아래쪽의 그 무엇도 볼 수 없었다. 나는 콘키스를 바라보았다. 그는 별일 아니라는 듯 어둠 속을 응시하며 앉아 있었다. 나는 조심스럽게 몸을 움직여, 난간 바깥으로 고개를 내밀어 보았다. 하지만 발소리는 이미 침묵 속으로 사라진 뒤였다. 커다란 나방 한 마리가 놀라운 속도로 촛불을 향해, 마치 고무줄에 매여 있기라도 한 듯, 거듭하여, 그리고 미친 듯이 날아들었다. 콘키스가 몸을 앞쪽으로 기울여 촛불을 불어 껐다.

「어둠 속에 앉아 있어도 괜찮겠지요?」

「상관없습니다.」

결국 그 발소리는 아이의 것일 수도 있다는 생각이 떠올랐다. 동쪽 만에 있는 오두막집에서 마리아를 도와주려고 온 아이일 수도 있었다.

「내가 이곳에 오게 된 경위를 얘기할까 하는데.」

「훌륭한 곳으로 보였겠죠.」

「물론이오. 하지만 건물에 관한 얘기를 하는 게 아니오.」 그는 자신이 말하고자 하는 바를 어떻게 말해야 할지 모르는 것처럼 잠시 뜸을 들였다. 「나는 집을 하나 빌리기 위해 프락소스에 왔소. 여름 한 철을 지낼 집 말이오. 마을은 마음에 들지 않았소. 북쪽을 마주한 해안도 싫었소. 마지막 날 배를 빌려 타고 섬 일주를 했소. 기분 전환 삼아. 그런데 우연히 뱃사공이 무차 해변에서 수영이나 하라고 나를 내려 주었소. 그리고 우연히 지나가는 말로 저 위쪽에 낡은 오두막이 한 채 있다고 했소. 그래서 우연히 올라가 보게 된 거요. 오두막은 무너져 내린 벽들에, 가시덩굴에 질식할 듯 뒤덮인 돌 더미에 지나지 않았소. 무척 더운 날이었소. 1928년 4월 18일 오후 4시경이었소.」

그해의 기억을 더듬는 듯, 그리고 자신의 새로운 면과 새로운 변화에 대비할 시간을 내게 주려는 듯 그는 다시 말을 멈췄다.

「당시에는 나무가 훨씬 더 많았소. 바다가 안 보일 정도였소. 나는 무너진 벽 주위의 작은 공터에 서 있었소. 바로 그때 뭔가가 내가 오기를 기다리고 있었다는 느낌이 들었소. 뭔가가 나를 여태껏 기다려 왔다는 느낌 말이오. 나는 그곳에 서 있었고, 나를 기다리고 기대한 것이 누구인지 알게 되었소. 그건 바로 나 자신이었소. 나는 여기에 있었고, 이 집도 여기에 있었고, 당신과 나, 그리고 오늘 밤 역시 여기에 있었소. 마치 나 자신이 이곳에 오는 것의 반영처럼 그 모든 게 늘 여기에 있었던 것이오. 그것은 꿈과도 같았소. 나는 닫힌 문 쪽으로 걸어가고 있었는데, 마치 갑자기 마술이 일어난 것처럼 그 불투명한 나무가 유리로 변하며, 나는 그것을 통해 나 자신이 다른 방향, 즉 미래에서 오고 있는 것을 보았소. 물론 이것은 비유적으로 하는 말이오. 이해하겠소?」

나는 조심스럽게 고개를 끄덕였지만, 그의 말을 이해했는지 못 했는지에는 별로 관심이 없었다. 왜냐하면 나는 그의 모든 행동의 배후에 연출되고, 계획되고, 시연된 그 무엇이 있다는 것을 감지했기 때문이다. 그는 자신이 부라니 곳에 오게 된 이야기를 어떤 사람이 우연히 자신에게 일어난 일을 얘기하는 식으로가 아니라 극작가가 연극의 구성상 필요한 곳에서 일화를 들려주듯 말했다. 그는 계속 말을 이었다.

「나는 그 즉시 내가 여기에서 살아야 한다는 것을 알았소. 여기를 넘어서면 안 되었소. 나의 과거와 미래가 합쳐질 수 있는 곳은 이곳뿐이었소. 그래서 이곳에 머무르게 되었소. 오늘 밤 내가 여기 있고, 당신이 여기 있는 것도 그 때문이오.」

어둠 속에서 그는 나를 곁눈질해 바라보았다. 나는 한동안 아무 말도 하지 않았다. 그는 마지막 문장을 특별히 강조한 것 같았다.

「영혼과 소통한다는 것도 이것과 관계가 있는 겁니까?」

「그건 내가 우연에 대해 말한 것과 관계가 있소. 누구에게나 인생의 전환점 같은 시간이 찾아오는 법이오. 그런 순간이 오면 자기 자신을 받아들여야만 하오. 중요한 것은 더 이상 자신이 어떤 존재가 될 것인가 하는 것이 아니라, 지금 자신이 어떤 존재이며, 늘 어떤 존재로 남을 것인가 하는 것이오. 당신은 이것을 알기에는 너무 젊소. 여전히 뭔가가 되어 가고 있으니까. 어떤 존재인 것이 아니라.」

「아마 그럴 수도 있겠죠.」

「아마가 아니라 확실한 얘기요.」

「만일 그 전환점을 인식하지 못하면 어떻게 되는 건가요?」 하지만 나는 그 순간을 이미 겪었다는 생각이 들었다. 숲 속의 고요와 아테네행 기선의 기적 소리, 그리고 엽총의 시커먼 총구 등에서.

「다른 많은 사람들처럼 되는 거요. 그 순간을 인식하고, 그것에 따라 행동할 수 있는 사람은 소수에 지나지 않소.」

「선민 말입니까?」

「그렇소. 그들이 선민들이오. 그들은 우연에 의해 선택된 자들이오.」 그의 의자에서 삐걱거리는 소리가 들렸다. 「저기를 보시오. 고기잡이배의 불빛을.」 멀리 산자락 발치에, 그늘 가장 깊은 곳에서 희미하게 빛나는 루비 색 불빛들이 보였다. 단순히 그것을 보라는 것인지, 아니면 그 불빛이 어떤 점에서 선민을 상징하고 있다고 말하는 것인지 알 수 없었다.

「콘키스 씨, 가끔 사람을 무척 안달하게 만드시는군요.」

「덜 그럴 준비는 되어 있소.」

「그러시기를 바랍니다.」

그는 다시 침묵했다.

「내가 당신에게 말하는 것이 단순히 들리는 것 이상으로 당신의 인생에 의미를 가질지도 모른다고 생각해 보시오.」

「저도 그러길 바랍니다.」

그는 다시 사이를 두었다.

「나는 예의 바른 걸 원하지 않소. 예절이란 늘 다른 종류의 현실을 직시하기를 거부하는 태도를 숨기고 있소. 당신에게 충격을 줄 수도 있는, 당신에 관한 뭔가를 말하겠소. 나는 당신 자신이 알지 못하는, 당신에 관한 뭔가를 알고 있소.」 그는 내가 준비를 할 수 있도록 하려는 듯 다시 뜸을 들였다. 「당신 역시 영혼과 소통을 하고 있소, 니컬러스. 당신은 아니라고 확신하고 있지만. 나는 그 사실을 알고 있소.」

「저는 그런 사람이 아닙니다. 정말로요.」 나는 잠시 기다렸다가 말을 이었다. 「하지만 왜 제가 그렇다고 생각하시는지 정말로 알고 싶습니다.」

「나는 보았소.」

「언제요?」

「그건 말하지 않는 편이 낫겠소.」

「하지만 말해 주셔야 합니다. 사실 저는 그 단어를 무슨 뜻으로 쓰시는 건지도 잘 모르겠습니다. 만일 일종의 직관적인 지성 같은 것을 의미할 뿐이라면 저도 영혼과 소통하는 사람이길 바랍니다. 하지만 선생님은 다른 뭔가를 의미한 것 같았어요.」

내 목소리에 날이 선 것을 스스로 들어 보라는 듯 그는 다시 침묵했다. 「마치 내가 당신이 어떤 범죄를 저질렀다고 비난하는 것처럼 이 문제를 대하는구려. 아니면 어떤 약점을 비난하는 것처럼 말이오.」

「죄송합니다. 하지만 전 살아오면서 한 번도 영적 체험을 해본 적이 없습니다.」 그러고서 나는 순진하게도 이렇게 덧붙였다. 「어쨌든 저는 무신론자입니다.」

그의 목소리는 부드러우면서도 건조했다. 「지적인 인간이라면, 불가지론자나 무신론자인 게 당연하오. 신체적으로 겁쟁이인 것처럼 말이오. 그것이 뛰어난 지성에 대한 기계적인 정의요. 하지만 나는 하느님이 아니라 과학에 대해 말하고 있소.」 나는 아무 말도 하지 않았다. 그의 목소리는 훨씬 더 건조해졌다. 「아주 좋소. 당신 자신이 영혼과 소통하는 사람이 아니라고 믿고 있다는 것을 받아들이겠소.」

「나중에 다른 말씀 하시면 안 됩니다.」

「단지 나는 경고를 하고 싶을 뿐이오.」

「그렇게 하셨는걸요.」

「잠깐 실례하겠소.」

그는 자신의 침실로 사라졌다. 나는 자리에서 일어나 난간의 구석으로 갔는데, 그곳에서는 세 방향을 볼 수 있었다. 집 주위에는 고요한 소나무들이 별빛 속에 희미하게 서 있었다. 절대적인 평화. 멀리 북쪽 높은 곳에서 비행기 한 대가 날아가는 소리가 들렸다. 그 섬에 온 이후로 한밤중에 비행기 소리를 들은 것은 서너 번밖에 안 되었다. 나는 비행기에서 음료수를 실은 손수레를 밀며 통로를 지나가는 앨리슨을 그려 보았다. 그 희미한 소리는 배와 마찬가지로 부라니 곶의 고립감을 덜어 주기보다는 더욱 강조해 주었다. 나는 앨리슨의 부재를, 어쩌면 영원히 그녀를 잃을지도 모른다는 감정을 강하게 느꼈다. 나는 손을 내게 맡긴 채 내 옆에 누워 있는 그녀를 상상할 수 있었다. 그리고 그녀는 체온과, 정상성과 일반적인 기준을 갖고 있었다. 나는 늘 스스로를 잠재적으로 그녀의 보호자라고 생각해 왔다. 하지만 부라니 곶에서 보낸 그날 밤 나는 처음으로 그녀가 나의 보호자였거나 보호자가 될 수도 있었다는 사실을 깨달았다.

잠시 후 콘키스가 돌아왔다. 그는 난간으로 가 심호흡을 했다. 하늘과 바다와 별들, 우주의 절반이 우리 앞에 펼쳐져 있었다. 여전히 비행기 소리가 들렸다. 그런 순간에는 앨리슨 역시 담뱃불을 붙였으리라는 생각을 하면서 나는 담배에 불을 붙였다.

18

「안락의자에 앉으면 더 편할 거요.」

나는 그를 도와 등나무로 만든 기다란 안락의자 두 개를 테라스의 반대쪽 끝으로 옮겼다. 그런 다음 우리는 발을 높이 한 채로 등받이에 등을 기댔다. 그리고 그 즉시 나는 등받이에 달린 머리 쿠션에서 그 냄새를 맡았다. 수건과 장갑에서 맡았던 것과 똑같은, 아련하면서도 고풍스러운 향수 냄새였다. 나는 그 향수의 주인이 콘키스나 마리아가 아니라는 것을 확신했다. 만일 그들 것이라면 그때쯤이면 적어도 한 번은 맡아 보았을 것이다. 어떤 여자가 있었고, 그녀는 그 의자를 종종 사용했다.

「내가 말한 게 무슨 뜻인지 정의하려면 많은 시간이 들 거요. 내 인생에 관한 이야기를 해야 할 테니까.」

「저는 지난 일곱 달을 아주 초보적인 영어밖에 못 하는 사람들 사이에서 살아왔습니다.」

「나도 이제는 영어보다 프랑스어가 더 낫소. 하지만 그건 중요치 않소. 이해하는 것, 그것이 전부요.」

「〈단지 연결하라.〉」[29]

「그건 누가 한 말이오?」

「영국의 어떤 소설가가 한 말입니다.」

「그런 말을 해서는 안 되었소. 소설은 가장 나쁜 형태의 연

---

29 E. M. 포스터의 『하워즈 엔드』에 제사(題詞)로 나오는 말.

결이니까.」

나는 어둠 속에서 미소를 지었다. 침묵이 흘렀다. 별들이 신호를 보냈다. 그가 입을 열었다.

「내 아버지가 영국인이라는 얘기를 했지요. 하지만 담배와 건포도를 수입하는 아버지의 사업은 주로 레반트 지방에서 이루어졌소. 그의 경쟁자 중 하나는 런던에 사는 그리스인이었소. 1892년 이 그리스인에게 비극적인 소식이 날아들었소. 펠로폰네소스 반도의 저쪽 산악 지대에서 지진이 발생해 그 사람 형네 부부가 죽은 거요. 아이 셋은 살아남았소. 제일 어린 두 사내아이는 남미에 사는 셋째 남동생에게 보내졌고, 당시 열일곱 살이던 제일 큰 여자아이는 내 아버지의 경쟁자인, 런던에 사는 숙부의 집으로 보내졌소. 그곳에서 가사 일을 돕도록 말이오. 그는 오래전부터 홀아비로 지내던 처지였소. 소녀는 이탈리아인의 피가 일부 섞인 그리스 여자들에게 전형적으로 보이는 그런 예쁜 얼굴을 하고 있었소. 내 아버지가 그녀를 만났소. 아버지는 나이가 훨씬 많았지만, 상당한 미남인 데다 일상적인 그리스어도 조금 할 줄 알았소. 합칠 경우 이익이 되는 사업상의 이해관계도 있었소. 결국 그들은 결혼을 했고…… 그렇게 해서 내가 존재하게 되었소.

내가 분명하게 기억하는 최초의 것은 노래를 하는 어머니의 모습이오. 어머니는 기쁠 때나 슬플 때나 늘 노래를 했소. 그녀는 고전 음악도 아주 잘 부르고, 피아노도 쳤지만, 가장 기억에 남는 건 그리스 민요. 어머니는 슬플 때면 늘 그리스 민요를 불렀소. 멀리 있는 언덕에 서서 황토색 먼지가 담청색 하늘로 천천히 피어오르는 것을 보았다는 얘기를 내게 — 세월이 한참 흐른 뒤에 — 들려주던 일이 잊히지 않소. 자신의 부모님에 대한 소식을 전해 들었을 때 그녀는 그리스에 대한 맹목적인 증오로 가득했소. 그리스를 떠나 다시는 돌아오지 않고자 했소. 그리스인들 대다수가 그런 것처럼 말이오. 하지만 대부분의 그리스인들과 마찬가지로 어머니는 유랑 생활을 결코 받아들이지 않았소. 그것이 세계에서 가장 아름다우면서도 가장 잔혹한 나라에서 태어난 사람이 치러야 하는 대가인 것이오.

내 어머니는 노래를 했소. 내가 기억하는 한 음악은 내 인생에서 가장 중요한 것이었소. 나는 신동 같았소. 아홉 살 때 처음 콘서트를 열었는데, 사람들은 무척 친절했소. 하지만 학교에서 다른 과목들 성적은 형편없었소. 머리가 나쁜 건 아니었지만, 몹시 게을렀소. 나는 한 가지 의무밖에 알지 못했는데 그것은 피아노를 잘 치는 것이었소. 당시 우리의 의무란 주로 사소한 것들을 중요한 것인 척하는 것이었는데 나는 그런 덴 전혀 소질이 없었소.

나는 운이 좋았고, 샤를 빅토르 브뤼노라는 아주 훌륭한 음악 선생이 있었소. 그는 음악계의 고질적인 결점을 여럿 지니고 있었는데, 그중 하나가 자신의 방식과 제자들에 대한 과대평가였소. 그는 제자가 재능이 없으면 냉소적인 반응을 보이며 고통스러워하고, 재능을 보이면 공을 들이며 천사처럼 대해 주었소. 하지만 그는 음악학에 있어서는 대단한 학자였소. 그것은 당시 그가 대단히 드문 존재였다는 것을 의미하오. 당시 대부분의 연주자들은 자신을 표현하고자 했을 뿐이오. 그래서 엄청난 속도와, 표현적인 루바토[30]에 있어서 대단한 연주 기예를 발전시켰소. 오늘날에는 그렇게 연주하는 사람은 없소. 그렇게 연주하고 싶어도 할 수가 없소. 로젠탈[31]이나 고도프스키[32]의 시대는 영원히 가버렸소. 하지만

30 박자에 얽매이지 아니하고 자유롭게 하는 연주법이나 창법.
31 Moriz Rosenthal(1862~1946). 피아니스트로 리스트의 제자이다.
32 Leopold Godowsky(1870~1938). 19세기 말부터 20세기 초에 걸쳐

브뤼노는 자신의 시대를 훨씬 앞질렀고, 나로서는 그의 연주가 아니면 귀에도 들어오지 않는 하이든이나 모차르트의 소나타가 아직도 여러 곡 있소.

하지만 그의 가장 뛰어난 점은 ― 1914년 이전에 대해 말하는 거요 ― 그가 당시에는 거의 알려지지 않은, 피아노 연주자로서만큼이나 하프시코드 연주자로서도 뛰어난 사람 중 하나였다는 거요. 내가 처음 그의 문하에 들어간 것은 그가 피아노를 포기하고 있을 때였소. 하프시코드 연주는 피아노 연주와는 아주 다른 손가락 기법을 요하는데, 그걸 바꾸기란 쉬운 일이 아니오. 그는 학생들이 가능한 한 일찍부터 순수한 하프시코드 연주자로 훈련을 받는 하프시코드 연주자 학교를 꿈꿨소. 그가 입버릇처럼 얘기했듯이, 〈가면무도회 의상을 걸친 피아니스트〉는 안 된다는 거였소.

열다섯 살 때, 나는 오늘날 신경 쇠약이라고 부를 수 있는 것에 걸렸소. 브뤼노가 나를 너무 세게 몰아붙였던 거요. 나는 놀이에는 조금도 흥미가 없었소. 기숙제 학교의 통학생이었으니 음악에 집중할 수 있는 허가를 받은 셈이었소. 학교에서는 진짜 친구를 한 명도 만들지 못했소. 어쩌면 그건 내가 유대인으로 여겨져서였을 수도 있소. 하지만 내가 회복되었을 때 의사는 연습을 줄이고 더 자주 바깥으로 나가라고 했소. 나는 얼굴을 찡그렸소. 그런데 어느 날 아버지가 새에 관한 비싼 책을 갖고 돌아왔소. 그 당시 나는 가장 흔한 새조차 분간할 줄을 몰랐고, 구별할 생각을 해본 적도 없었소. 하지만 아버지의 생각은 훌륭한 것이었소. 침대에 누워 경직된 자세로 서 있는 새들의 그림을 보면서, 나는 살아 있는 현실을 보고 싶어 하게 되었소. 그런데 당시 내가 접할 수 있는 현실이란, 내가 누워 있는 병실

활약한 피아니스트.

창가에서 들리는 노랫소리뿐이었소. 나는 소리를 통해 새에게 다가갔소. 갑자기 참새가 지저귀는 소리까지 신비스럽게 여겨졌소. 그리고 나는 내가 수없이 들은, 런던에 있는 우리 집 정원에 날아온 지빠귀며 찌르레기 같은 새들의 노랫소리를 마치 지금껏 한 번도 들어 본 적이 없는 것처럼 들었소. 그 후 — 이 얘기는 다른 날 하게 될 거요 — 새는 나로 하여금 아주 이상한 경험을 하게 했소.

내가 어떤 아이였는지 알 수 있을 거요. 게으르고, 외로웠소. 그래요, 무척 외로웠소. 그걸 뭐라고 하더라? 그래, 계집애 같은 사내아이였소. 음악에는 소질이 있지만, 다른 것에는 전혀 소질이 없었소. 게다가 외아들이어서, 부모님은 나를 철부지로 키웠소. 열여섯 살이 되자, 내가 이전만큼 전망이 보이지 않는다는 게 분명해졌소. 브뤼노가 먼저 그 사실을 알았고, 그다음으로 내가 알았소. 우리는 내 부모님에게는 말하지 않기로 암묵적으로 동의했지만, 나로서는 그것을 받아들이기가 어려웠소. 자신이 결코 천재가 될 수 없다는 사실을 알기에는 열여섯이라는 나이는 좋지 않은 나이였소. 하지만 그때 나는 사랑에 빠져 있었소.

릴리를 처음 보았을 때, 그녀는 열네 살이었고 나는 그녀보다 한 살 위였는데, 내가 신경 쇠약을 앓은 직후였소. 우리는 세인트 존스 우드에 살았소. 성공한 상인들을 위한 작고 하얀 저택들 중 하나에서. 그런 집들을 아오? 반원형의 사설 차도와 주랑 현관이 있는 집 말이오. 뒤쪽에는 긴 정원이 있고, 그 끝에는 작은 과수원이 있어 웃자란 사과나무와 배나무가 대여섯 그루 있었소. 아무렇게나 자라고 있었지만 무척 푸르렀소. 라임나무 아래에는 은밀한 〈집〉이 있었소. 어느 날 — 여기 그리스에서처럼 우아하고 푸르며, 맑고, 타는 듯한 6월의 어느 날이었소 — 나는 쇼팽의 전기를 읽고 있었소. 그것을 정확히 기억하오. 내 나이가 되면 알겠지만, 처음 20년이 두 번째 혹은 세 번째 20년보다 훨씬 더 잘 기억이 나오. 쇼팽의 전기를 읽으면서 나는 나 자신을 쇼팽이라고 생각했소. 그리고 옆에는 새에 관한 새 책을 두고 있었소. 때는 1910년이었소.

그런데 갑자기 우리 집 정원과 이웃집 정원 사이의 벽돌담 너머에서 무슨 소리가 들렸소. 그 집은 빈집이었기 때문에 나는 놀랐소. 그런 다음…… 얼굴 하나가 나타났소. 조심스럽게. 생쥐처럼. 그건 여자아이의 얼굴이었소. 나는 정자 안에 있어 몸이 반쯤 가려져 있었고, 그녀의 눈에 띌 염려가 전혀 없었소. 그래서 그녀를 자세히 살펴볼 수 있는 시간이 있었소. 그녀의 얼굴은 햇살 속에 있었는데, 풍성한 연한 금발이 그녀 뒤쪽으로 보이지 않게 흘러내리고 있었소. 태양은 남쪽에 있었고, 그래서 햇살은 그녀의 머리칼과 빛의 구름 속에 있었소. 나는 그녀의 그늘진 얼굴과 까만 눈, 그리고 캐묻기 좋아하는 듯한, 반쯤 벌어진 작은 입을 보았소. 그녀는 의젓하면서도 소심하게 보였지만 대담한 구석도 있어 보였소. 그녀가 나를 보았소. 잠시 그녀는 흐릿한 빛 속에서 충격을 받은 채 잠시 나를 노려보았소. 새처럼 좀 더 꼿꼿해 보였소. 나는 정자 입구에서 일어났는데, 여전히 그림자 속에 있었소. 우리는 말을 하지도 미소를 짓지도 않았소. 말로 표현할 수 없는 사춘기의 신비로움이 공기 속에서 떨리고 있었소. 왜 말을 할 수 없는지 알 수 없었고…… 그때 그녀의 이름을 부르는 소리가 들려왔소.

주문이 풀렸소. 그리고 나의 모든 과거도 무너져 내렸소. 세페리스[33]의 시에 이런 게 있소. 〈깨진 석류는 별들로 가득

---

33 Giorgos Seferis(1900~1971). 그리스의 현대 시인.

하다〉인가? 대충 비슷한 시구였소. 그녀가 사라졌고, 나는 다시 앉았지만, 책을 읽는 것은 불가능했소. 나는 그 집 가까이 있는 담장으로 갔고, 남자의 목소리를 들었으며, 여자의 은빛 목소리가 문 사이로 희미해지는 것을 들었소.

나는 병적인 상태에 있었소. 하지만 그 첫 번째 만남과 그 수수께끼 같은…… 뭐라고 표현해야 할까, 그녀의 빛으로부터 나의 그림자로 전달된 메시지는 몇 주 동안 나를 떠나지 않았소.

그녀의 부모는 우리 옆집으로 이사를 왔소. 나는 릴리를 직접 만났소. 우리 둘 사이에는 어떤 다리 같은 게 놓여 있었소. 그건 나만의 상상은 아니었소. 그 뭔가가 나만이 아니라 그녀에게서도 나왔소. 탯줄 같은 것이, 물론 우리가 감히 말하지는 못했지만 거기 있다는 것은 둘 다 알고 있는 어떤 것이.

그녀는 여러 가지 일상적인 면에서 나하고 비슷했소. 그녀도 런던에 친구가 거의 없었소. 그리고 이 동화 같은 이야기의 점정(點睛)은 그녀도 음악적 재능이 있었다는 사실이오. 아주 놀라울 정도로 재능이 있지는 않았지만 어느 정도 재능이 있었소. 그녀의 부친은 특이한 사람이었는데, 아일랜드 출신으로 불로 소득이 있었고, 음악에 대한 열정도 있었소. 그는 플루트를 아주 잘 불었소. 물론 그는 우리 집에 가끔 오던 브뤼노와 만나게 되었고, 그를 통해 돌메치와도 만났는데, 이 돌메치라는 사람을 통해 리코더에 관심을 갖게 되었소. 리코더는 당시 망각된 또 다른 악기였소. 돌메치가 만들고 그녀의 부친이 사준 단조로운 음색의 데스캔트 리코더로 릴리가 처음 독주를 하던 기억이 나오.

우리 두 집은 아주 가까운 사이가 되었소. 내가 릴리를 위해 반주를 하기도 했고, 둘이 이중주를 하거나, 그녀의 부친이 함께하거나, 두 집 어머니들이 노래를 한 적도 있었소. 우리는 음악의 신대륙을 발견했소.『피츠윌리엄 버지널 곡집』과 아르보, 프레스코발디, 프로베르거 등을 말이오. 1700년 이전에도 음악이 존재했다는 사실을 당시 사람들은 갑자기 깨닫게 되었소.」

그는 잠시 말을 멈추었다. 나는 담배를 한 대 피워 물고 싶었지만, 그의 주의를 산만하게 하고 싶지 않았다. 그가 몸을 뒤로 젖혔다. 나는 손가락 사이에 담배를 끼운 채 기다렸다.

「긴 금발에, 눈은 잿빛이 감도는 보라색인 릴리에게는 보티첼리적인 아름다움이 있었소. 하지만 이렇게 말하면 그녀가 지나치게 창백하고, 지나치게 라파엘 전파적인 외양을 지닌 것으로 여겨지게 할 수도 있을 거요. 그녀에게는 세상에서, 여성의 세계에서 사라진 뭔가가 있었소. 감상이 배제된 부드러움과 순진함이 제거된 평온함 같은 것 말이오. 그녀는 너무도 쉽게 상처를 입었고, 그녀를 놀리는 것도 너무 쉬웠소. 그리고 그녀가 놀릴 때면 그것은 꼭 상대를 어루만지는 것 같았소. 내가 그녀를 너무 특색 없는 사람으로 만드는 것 같구려. 물론 당시 우리 젊은 사람들이 구했던 건 육체보다는 영혼이었소. 릴리는 무척 예쁜 소녀였지만, 비할 바 없었던 것은 그녀의 영혼이었소.

예절이라는 장애물 말고는 어떤 장애물도 우리 사이에 없었소. 우리 둘의 관심사나 취향이 똑같았다는 것은 방금 말했소. 하지만 기질은 정반대였소. 릴리는 늘 자제력과 인내력이 강했고, 사람들을 도왔소. 하지만 나는 신경질적이고, 기분에 좌우되었고, 매우 이기적이었소. 그녀가 다른 사람이나 뭔가에게 상처를 주는 것을 한 번도 보지 못했소. 하지만 나는 원하는 게 있을 경우, 미룰 수가 없었소. 릴리는 나로 하여금 스스로에 대해 혐오감을 느끼게 하곤 했소. 나는 내 속에 흐르는 그리스인의 피를 검은 피로 생각하곤 했소. 거의 흑인의 피로.

그런데 곧 나는 그녀를 육체적으로도 사랑하기 시작했소. 하지만 그녀는 나를 오빠처럼 사랑했고 그렇게 대했소. 물론 우리는 결혼하게 될 거라는 것을 알고 있었고, 그녀가 열여섯 살이 되면 서로를 서로에게 주기로 약속했소. 하지만 그녀는 거의 키스를 허락하지 않았소. 당신으로선 상상이 잘 안 될 거요. 여자와 그렇게 가까우면서도 어쩌다 한 번씩만 포옹을 할 수 있다는 것 말이오. 나의 욕망은 무척 순수했소. 나는 순결의 필요성에 대한 당시의 통념을 갖고 있었소. 하지만 나는 골수 영국인은 아니었소.

할아버지 한 분이 계셨는데, 실제로는 어머니의 숙부 되시는 분이었소. 그는 영국인으로 귀화했지만, 영국에 대한 그의 사랑이 그를 청교도적이거나 신사적인 사람으로 만들지는 못했소. 생각해 보면, 그는 그렇게 사악한 노인네는 아니었소. 그에 대해 알고 있던 사실 이상으로 내가 갖고 있던 잘못된 생각이 나를 잘못된 길로 인도했소. 할아버지와 나는 늘 그리스어로 말했는데, 당신도 깨달았을지 모르겠지만, 그리스어는 본래 관능적이고 전혀 완곡하지 않은 언어요. 나는 그의 서가에서 찾은 몇몇 책들을 몰래 읽었소. 『파리인의 삶』도 보았소. 그러던 어느 날, 착색 판화로 가득한 서류철을 발견했소. 그 후부터 나는 에로틱한 백일몽을 꾸게 되었소. 밀짚모자를 쓴 새침한 릴리. 그 모자는 지금도 여기 내 앞에 있는 것처럼 묘사할 수 있소. 윗부분이 여름의 안개 색 같은 연한, 얇은 명주 그물 천으로 싸여 있었소……. 그리고 긴 소매에, 옷깃이 목까지 높이 올라온, 분홍색과 하얀색 줄무늬가 있는 블라우스…… 짙은 파란색의 밑 통을 좁게 한 긴 스커트. 그런 그녀와 함께 1914년 봄, 나는 리전트 공원을 가로질러 갔소. 6월에는 찌는 듯한 열기에 거의 기절할 것 같은 상태에서 — 그해 여름은 그랬소 — 「이고르 공」[34]에 출연한 샬리아핀[35]의 노래를 들으며 코벤트 가든의 회랑에서 황홀해하는 그녀 뒤에 서 있었소……. 릴리 — 밤이면 내 마음속에서 그녀는 버림받은 젊은 창녀가 되었소. 실제의 릴리에게서 이러한 두 번째 릴리를 만들어 낸 나 자신이 몹시도 비정상적으로 여겨졌소. 나는 내 몸에 흐르는 그리스인의 피를 무척 수치스러워했소. 그럼에도 그것에 사로잡혀 있었소. 나는 모든 것을 그 탓으로 돌렸고, 불쌍하게도 내 어머니는 고통스러워했소. 자신의 아들이 그렇게 하지 않아도 이미 내 아버지 쪽 친척들은 충분히 그녀에게 모욕을 준 상태였소.

당시 나는 창피했소. 지금은 내 속에 그리스인과 이탈리아인과 영국인의 피가, 그리고 심지어는 켈트인의 피까지 조금은 흐르고 있다는 것을 자랑스러워하고 있소. 아버지의 할머니 한 분은 스코틀랜드 여자였소. 나는 유럽인이오. 내게 중요한 건 그것이오. 하지만 1914년에 나는 오염되지 않은 나 자신을 릴리에게 바칠 수 있도록 순수한 영국인이길 바랐소.

물론 당신도 알겠지만, 20세기 유럽의 젊은이들 마음속에서는 내 사춘기의 천일야화보다 훨씬 무시무시한 것이 그려지고 있었소. 나는 겨우 열여덟 살이었소. 전쟁이 시작되었소. 처음 며칠은 전혀 현실 같지 않았소. 너무 오랫동안 너무도 큰 평화와 풍요를 누렸기 때문이오. 집단 무의식 속에서, 어쩌면 모두가 어떤 변화를, 정화를 바랐던 것 같소. 번제를 말이오. 하지만 우리처럼 정치와 상관이 없는 사람들에게 그것은 자존심의, 순수하게 군사적인 자존심의 문제로 보였소. 정규군과 국왕 전하의 천하무적 해군이 해결하게 될 문제로 말이오. 징병도 없었고, 지원을 해야 한다는 느낌 같은 것도

---

34 보로딘의 오페라.

35 Feodor Chaliapin(1873~1938). 소련의 성악가.

나의 세계에는 없었소. 내가 언젠가 싸워야 할 수도 있다는 생각은 꿈에도 하지 못했소. 몰트케,[36] 뷜로,[37] 포슈,[38] 헤이그,[39] 프렌치[40] 같은 이름들은 내게 아무런 의미도 없었소. 그런데 그때 몽스[41]와 르 카토[42]에 관한 음울한 소식이 들려왔소. 그것은 전혀 새로운 것이었소. 독일군의 효율성과, 프로이센 근위병에 관한 공포스러운 이야기, 벨기에인의 불법 행위, 그리고 사상자 목록이 안겨 준 커다란 충격 등 말이오. 그리고 키치너[43]도. 백만 대군도. 그러던 중 9월에 마른 전투가 일어났는데 그것은 더 이상 공정한 시합이 아니었소. 80만 명이 바다 위에 정렬해 있고, 단 한 번의 거대한 입김으로 80만 개의 촛불이 모두 꺼져 버린 것을 상상해 보시오.

12월이 되었소. 이제 〈왈가닥 소녀들〉과 〈멍청이들〉은 사라져 버리고 없었소. 어느 날 저녁 아버지는 내가 가지 않는다면 자신도 어머니도 나를 그보다 더 안 좋게 생각할 수 없을 거라는 말을 했소. 나는 왕립 음악 학교에 입학했는데, 그곳 분위기는 처음에는 군에 지원하는 것에 대해 적대적이었소. 전쟁은 예술이나 예술가와는 아무런 관계도 없었소. 내 부모님과 릴리의 부모님이 전쟁에 대해 토론하던 것이 기억

36 Helmuth von Moltke(1848~1916). 프로이센의 장군.

37 Bernhard, Fürst von Bülow(1849~1929). 1900~1909년 독일의 총리 역임.

38 Ferdinand Foch(1851~1929). 프랑스의 군인. 제1차 세계 대전 때 연합군 총사령관.

39 Douglas Haig(1861~1928). 제1차 세계 대전 당시 프랑스 주둔 영국군 총사령관.

40 John French(1852~1925). 영국의 육군 원수.

41 벨기에 에노 주(州)의 주도(州都)이며 프랑스 국경에 인접해 있다.

42 프랑스 북부 지방에 있는 도시.

43 Horatio Herbert Kitchener(1850~1916). 제1차 세계 대전 당시 영국의 육군 대신.

나오. 그들은 전쟁이 비인간적이라는 점에는 동의를 했소. 하지만 나와 아버지와의 대화는 차츰 팽팽해지기 시작했소. 아버지는 지역 긴급 위원회의 회원으로 특별 경찰관이 되었소. 그때 그의 선임 서기의 아들이 전사했소. 아버지는 어느 날 저녁 말없이 식사를 하던 중 그 얘기를 하고 곧바로 나와 어머니를 남겨 두고 나가 버렸소. 아무 말도 없었지만, 모든 것이 분명했소. 그 직후 어느 날, 나는 릴리와 함께 서서 거리를 행진하는, 부대의 파견단을 보았소. 비 온 뒤라 공기는 축축했고, 포장도로는 반짝이고 있었소. 그들은 프랑스로 가고 있었는데, 우리 옆에 있던 누군가가 그들이 지원병이라는 얘기를 했소. 나는 가스등의 노란 불빛 속에서 그들의 노래하는 얼굴을 보았소. 그리고 주위에서 환호하는 사람들을 보았고, 젖은 서지 천 냄새를 맡았소. 행진하는 사람들도, 구경꾼들도 술에 취해 있었고, 자신을 잊어버리고 흥분해 있었소. 그들의 얼굴은 확신에 차 있었소. 그 확신은 중세적인 것이었소. 당시 나는 그 유명한 구절을 들어 보지 못한 상태였소. 하지만 그것은 〈전쟁에 대한 마음을 전율케 하는 합의〉였소.

사람들은 미쳤어, 하고 나는 릴리에게 말했소. 그녀는 내 말을 못 들은 것 같았소. 하지만 사람들이 가고 나자, 몸을 돌려, 내가 내일 죽게 된다면, 당연히 나도 미칠 거야, 하고 말했소. 나는 아연했소. 우리는 아무 말도 하지 않고 집으로 갔소. 그리고 그녀는 줄곧 어떤 유행가를 콧노래로 불렀소. 지금은 그것이 악의가 없었다는 것을 믿을 수 있지만, 당시로선 그럴 수가 없었소.」

그는 잠시 말을 멈추고, 그 노래를 절반가량 불렀다.

우리는 당신을 그리워하고, 당신에게 키스를 할 거예요,
하지만 우리는 당신이 가야 한다고 생각해요.

「그녀 옆에서 나는 어린애가 된 듯한 기분이었소. 다시 한 번 나는 그 비참한 그리스인의 피 탓을 했소. 그것이 나를 호색한뿐만 아니라 겁쟁이로도 만들었소. 지금 돌이켜 보면, 실제로 그랬다는 것을 알 수 있소. 나는 너무도 순수하거나 너무도 그리스적이어서 전쟁이 자기와 무슨 상관이 있는지 도무지 알지 못하는 누군가만큼이나 진짜 겁쟁이는 아니었소. 즉 계산적인 겁쟁이였던 거요. 그리스인은 사회적 책임에 대해서는 늘 무심했소.

우리가 집에 도착했을 때, 릴리는 내 뺨에 키스를 하고 자기 집으로 달려 들어갔소. 나는 이해했소. 그녀는 사과를 할 수는 없었지만, 여전히 동정은 할 수 있었던 거요. 나는 하루 밤과 하루 낮, 그리고 두 번째 밤을 고통 속에서 보냈소. 그 이튿날 나는 릴리를 만나 자원 입대하겠다는 얘기를 했소. 그녀의 뺨에서 핏기가 싹 가셨소. 그녀는 눈물을 흘리며 내 팔에 안겼소. 어머니에게 그 말을 했을 때 어머니도 나를 와락 끌어안았소. 하지만 어머니의 슬픔이 좀 더 순수한 것이었소.

나는 신체검사를 통과했고, 군은 나를 받아들였소. 나는 영웅이었소. 릴리의 아버지는 자신이 갖고 있던 오래된 권총을 선물했소. 내 아버지는 샴페인을 터트렸소. 그 후 나는 내 방에 돌아와, 손에 권총을 든 채 침대에 앉아 울었소. 두려워서가 아니라 내가 하는 일의 순수한 고귀함 때문이었소. 그 전에는 공공의 정신을 느껴 본 적이 없었소. 그리고 나는 나 자신의 절반을 차지하는 그리스인의 성격을 극복했다고 생각했소. 마침내 완전한 영국인이 된 것이었소.

나는 제13런던 소총수 부대 — 루이즈 공주의 켄싱턴 연대 — 에 배치되었소. 거기서 나는 두 사람이 되었소 — 지켜보는 사람과 남들이 자신을 지켜보고 있다는 것을 잊으려 애쓰는 사람으로 말이오. 우리는 죽이는 법보다는 죽임을 당하는 법을 훈련받았소. 2보폭 간격으로 전진하는 법을 배웠소 — 1분에 250발의 총알을 퍼부어 대는 기관총을 향해. 독일군과 프랑스군도 같은 짓을 했소. 만일 우리가 작전이라는 것에 대해 진지하게 생각해 본 적이 있었다면 물론 반대를 해야 했을 거요. 하지만 당시 일반적으로 유포되던 신화는 지원병들은 보초나 통신 임무에만 활용된다는 것이었소. 정규군이나 예비군이 전투병이었소. 게다가 매주, 막대한 전비 때문에 전쟁이 한 달도 채 못 갈 거라는 얘기를 들었소.」

나는 그가 의자에 앉은 채 몸을 움직이는 소리를 들었다. 이어진 침묵 속에서 나는 그가 이야기를 계속하기를 기다렸다. 하지만 그는 아무 말도 하지 않았다. 먼지 한 점 없는, 반짝이는 구름들 속에서 별들이 희미하게 빛을 발하고 있었다. 테라스는 그 아래 펼쳐진 무대 같았다.

「브랜디 한잔하겠소?」

「이야기를 끊지 않으셨으면 하는데요.」

「브랜디를 조금 합시다.」

그는 자리에서 일어나 촛불을 켰다. 그런 다음 사라졌다.

나는 의자에 누워 별들을 올려다보았다. 1914년과 1953년 사이에는 영겁과도 같은 긴 시간이 가로놓여 있었다. 1914년은 가장 멀리 있는, 가장 희미한 별 주위를 회전하는 행성 위에 있었다. 광대한 거리와 시간의 보폭.

그때 그 발소리가 다시 들렸다. 이번에는 다가오고 있었다. 똑같은 재빠른 걸음걸이였다. 하지만 그렇게 빠르게 걷기에는 너무 더운 날씨였다. 누군가가 사람 눈을 피해 그 집에 급하게 이르고자 하고 있었다. 나는 재빨리 난간으로 갔다.

나는 때맞춰, 집의 반대쪽 끝에서 희미한 형체가 계단을 올라가 주랑 아래로 가는 것을 얼핏 보았다. 어둠 속에 있었던 탓에 촛불에 눈이 부셔 잘 볼 수는 없었다. 하지만 마리아는 아니었다. 새하얀 옷, 긴 코트와 화장복의 흐르는 듯한 하얀 느낌. 순간적으로밖에 보지 못했지만 여자이며, 그것도 나이 든 여자는 아니라는 것을 알았다. 또한 나는 그녀가 일부러 나에게 모습을 보이려고 한 것인지도 모른다는 생각을 했다. 만일 소리를 내지 않고 집 안으로 들어가려 했다면, 자갈길을 가로지르는 대신, 뒤쪽이나 반대쪽에서 집으로 다가갔을 터였기 때문이다.

침실에서 어떤 소리가 나면서, 콘키스가 전등 빛이 비치는 문간에 모습을 나타냈다. 그는 술 한 병과 잔 두 개가 담긴 쟁반을 들고 있었다. 나는 그가 촛불 옆에 쟁반을 내려놓을 때까지 기다렸다.

「방금 누군가가 아래층으로 들어갔는데요.」

그는 조금도 놀란 표정을 짓지 않았다. 그는 코르크 마개를 따고, 조심스럽게 브랜디를 따랐다. 「남자였소, 여자였소?」

「여자였습니다.」

「아.」 그는 내게 브랜디를 건넸다. 「이건 크레타 섬의 아르카디온 수도원에서 만든 거요.」 그는 촛불을 불어 끄고, 자신의 의자로 갔다. 나는 선 채로 있었다.

「혼자 산다고 하셨는데요.」

「섬사람들에게 혼자 산다는 인상을 주고 싶다고 했소.」

그의 건조한 목소리를 듣고 보니 지금 내가 너무나 순진하게 굴고 있다는 느낌이 들었다. 그 여자는 그냥 그의 정부였고, 어떤 이유에서 그는 내가 그녀를 만나는 것을 원치 않았다. 아니면 그녀가 나를 만나고 싶어 하지 않는지도 몰랐다. 나는 안락의자로 가 앉았다.

「제가 너무 경솔했나 봅니다. 용서하십시오.」

「경솔한 게 아니오. 상상력이 좀 부족한지는 모르지만.」

「제가 알아차려서는 안 될 것을 알아차렸다고 생각했습니다.」

「알아차리는 것은 선택의 문제가 아니오, 니컬러스. 하지만 설명하는 것은 선택의 문제요.」

「물론이죠.」

「참을성을 가져요.」

「죄송합니다.」

「브랜디 좋아하오?」

「아주 좋아합니다.」

「이건 늘 아르마냑[44]을 떠오르게 하오. 자, 얘기를 계속할까요?」

그가 다시 이야기를 하는 사이 나는 밤공기의 냄새를 맡았고, 발밑의 단단한 콘크리트의 감촉을 느꼈으며, 호주머니 안에 있는 분필 조각을 만지작거렸다. 하지만 다리를 추켜올린 자세로 의자에 등을 기대고 누울 때 뭔가가 나와 현실 사이에서 미끄러지듯 빠져나가고 있다는 강한 느낌이 떠나지 않았다.

19

「입대한 지 6주가 조금 지나 나는 프랑스로 가게 되었소. 나는 소총을 다루는 데는 전혀 재주가 없었소. 빌헬름 황제의 꼭두각시 인형을 보기 좋게 총검으로 찌르는 것조차 못 했소. 하지만 사람들은 나를 〈똑똑하다〉고 생각했고, 내가 아주 빨리 달릴 수 있다는 것도 알게 되었소. 그래서 나는 중대

---

44 프랑스 아르마냑 지방산의 브랜디.

전령으로 뽑혔는데, 그것은 내가 일종의 하인 같은 존재였다는 것을 의미했소. 그 단어를 잊어버렸는데……」

「당번병.」

「맞아, 그거요. 내가 속한 훈련 중대의 지휘관은 서른쯤 된 정규군 출신이었소. 이름은 몬터규 대위였는데, 얼마 전 다리가 부러져 그 당시까지 일선에서 복무할 수 없는 처지였소. 그의 얼굴에는 인광을 발하는 듯한, 창백한 우아함이 있었소. 섬세하고 우아한 콧수염도 기르고 있었소. 그는 내가 만난 이들 가운데 가장 어리석은 사람 중 하나였소. 그는 내게 많은 것을 가르쳐 주었소.

우리의 훈련이 끝나기 전에, 그는 프랑스로 급파 명령을 받았소. 그날, 그가 내게 마치 멋진 선물이라도 하듯, 자신이 연줄을 이용해 나를 자기와 같은 부대에 배치해 줄 수 있을 것 같다는 얘기를 했소. 그자만큼이나 머리가 빈 사람만이 내가 얼마나 열의가 없는지를 모를 수 있었을 거요. 하지만 불행히도, 나는 그의 호감을 샀던 거요.

그는 한 번에 오직 한 가지 생각밖에 못 하는 두뇌의 소유자였소. 그가 유일하게 머릿속에 담고 있는 것은 바로 〈무차별 공격〉이었소. 그것은 포슈가 인류에게 한 위대한 공헌이오. 대위는 〈타격의 원동력은 양이고, 양의 원동력은 추진이며, 추진의 원동력은 사기이다. 드높은 사기, 강도 높은 추진, 강도 높은 타격, 그것이 승리이다〉라고 말하곤 했소. 그리고 탁자를 두드리면서, 〈승리!〉라고 했소. 그는 우리 모두가 그것을 마음속에 새기도록 했소. 총검술 훈련 시간에 말이오. 승-리-이! 불쌍한 바보 같으니라고.

나는 마지막 이틀을 부모님과 릴리와 함께 보냈소. 그녀와 나는 영원히 변치 않는 사랑을 약속했소. 내 아버지와 마찬가지로 그녀도 영웅적인 희생이라는 관념에 물들어 있었소. 어머니는 〈죽은 자는 용감할 수 없다〉라는 오래된 그리스 격언 외에는 아무 말도 하지 않았소. 나는 그 후 그것을 기억했소.

우리는 곧장 전선으로 갔소. 그곳의 중대 지휘관 한 명이 폐렴으로 사망해, 몬터규가 그 자리를 맡았소. 때는 1915년 초였소. 계속해서 진눈깨비가 내렸고, 비도 내렸소. 우리는 잿빛의 도시에서, 그보다 더 잿빛인 하늘 아래, 대피 선로에 멈춰 선 열차 안에서 오랜 시간을 보냈소. 실전에 참가했던 부대는 한눈에도 티가 났소. 죽음을 향한 자신들의 길을 노래한 신병들은 전쟁의 낭만성에 속은 바보들이었소. 하지만 다른 사람들은 전쟁의 현실과 거대한 죽음의 무도에 속은 바보들이었소. 그들은 모든 카지노를 들락거리는 슬픈 노인네들처럼 결국에는 늘 룰렛 바퀴가 이길 수밖에 없다는 사실을 알고 있었소. 하지만 그들은 자리를 뜰 수가 없었소.

우리는 며칠간을 훈련을 하며 보냈소. 그러던 어느 날 몬터규가 중대원에게 연설을 했소. 우리가 새로운 종류의 전투에, 승리가 확실한 전투에 참가한다는 거였소. 우리를 한 달 안에 베를린에 갈 수 있게 해줄 전투라고 했소. 다음 날 밤 우리는 기차를 탔소. 기차는 평원 한가운데 있는 어딘가에서 멈춰 섰고, 우리는 동쪽으로 행군했소. 도랑과 버드나무가 어둠 속에서 보였소. 쉬지 않고 가랑비가 내렸소. 우리가 공격할 곳은 뇌브 샤펠이라고 불리는 마을이라는 얘기가 중대에 전달되었소. 그리고 독일군이 뭔가 혁명적인 것과 맞닥뜨리게 될 거라는 이야기도 있었소. 어마어마하게 큰 대포와 신형 비행기에 의한 대량 공격 말이오.

얼마 후 우리는 진흙이 두껍게 덮인 들판으로 들어가 농가 몇 채가 있는 곳으로 갔소. 공격 개시 전에 두 시간의 휴식이 주어졌소. 잠을 이루는 사람은 아무도 없었소. 무척 추웠지만 불을 피우는 것은 금지되었소. 나의 진정한 자아가 나타나기 시작해, 나는 두려움을 느끼기 시작했소. 하지만 나는 정말로 두려울 거였다면 그 전에 알았어야 했을 거라고 나 자신에게 말했소. 그것이 내 의지로 달성하려던 것이었소. 전쟁은 그런 식으로 우리를 타락시키오. 우리 자신의 자유 의지 속에서 우리의 자존심을 자극하는 것이오.

동트기 전 우리는 공격 지점까지 가는 동안 여러 번 멈추며, 대열을 지어 천천히 전진했소. 나는 몬터규가 참모 장교 한 사람과 나누는 이야기를 엿들었소. 헤이그 장군 휘하의 제1사단 전체가 작전 중이며, 제2사단이 지원하고 있다는 것이었소. 숫자가 그 정도로 많다는 생각을 하자 안전하고 따뜻하게 느껴졌소. 하지만 그때 우리는 참호 속으로 들어갔소. 참호는 끔찍했고, 오줌 냄새가 코를 찔렀소. 그리고 그때 우리 근처에 최초의 포탄이 떨어졌소. 나는 너무도 순진했던 나머지 우리가 받은, 소위 말하는 훈련과 그 모든 선전에도 불구하고 누군가가 나를 죽이려 할 수도 있다는 것을 정말로 믿지는 못하고 있었소. 우리는 꼼짝하지 말고 벽에 기대어 서 있으라는 명령을 하달받았소. 포탄이 슝 하고 날아와 터졌소. 그리고 잠시 정적이 흐른 뒤, 흙덩어리가 비 오듯 쏟아져 내렸소. 그리고 나는 몸을 떨며 긴 잠에서 깨어났소.

내가 제일 처음 알게 된 것은 각자가 고립되어 있다는 사실이었던 것 같소. 사람을 고립시키는 건 전쟁의 상태가 아니오. 잘 알려진 것처럼 전쟁은 사람들을 하나로 만들지요. 하지만 전쟁터는 다른 어떤 것이오. 진짜 적이, 죽음이 나타나는 순간이기 때문이오. 나는 더 이상 숫자에서 어떤 따뜻함도 느낄 수 없었소. 숫자에서는 오직 죽음의 신과 나의 죽음만이 보일 뿐이었소. 죽음의 신은 보이지 않는 독일군에게서만큼이나 내 전우들과 몬터규에게서도 느껴졌소.

그건 광기 그 자체였소, 니컬러스. 3월의 어느 날 아침, 영국인, 스코틀랜드인, 인도인, 프랑스인, 독일인 등 수천 명의 인간이 땅에 판 구덩이 속에 서 있었소. 도대체 무엇을 위해? 지옥이라는 게 있다면, 바로 그게 지옥이었소. 불덩이와 쇠스랑 따위는 필요없소. 그날의 뇌브 샤펠처럼 이성의 가능성이 없는 곳이 곧 지옥이오.

동쪽 하늘에서 빛이 꾸물꾸물 퍼지기 시작했소. 가랑비는 멎었소. 참호 밖 어디선가 새 우는 소리가 들려왔소. 나는 그것이 바위종다리 소리라는 것을 알 수 있었는데, 그것은 다른 세상에서 온 마지막 소리였소. 우리는 다시 조금 전진해, 공격 지점에 있는 참호로 들어갔소. 소총수 연대는 제2차 공격을 위해 전열을 가다듬어야 했소. 독일군 참호는 전방 2백 미터도 안 되는 지점에 있었는데, 아군의 최전선 참호와는 거리가 1백 미터밖에 되지 않았소. 몬터규가 시계를 보더니 손을 올렸소. 잠시 완전한 정적이 흘렀소. 그의 손이 떨어졌소. 한 10초 동안 아무 일도 일어나지 않았소. 그러더니 우리 뒤쪽 먼 곳에서 엄청난 북소리가 들려왔소. 1천 개의 팀파니가 일제히 울리는 듯한 소리였소. 잠시 조용하다가 우리 앞에 있는 세계 전체가 폭발했소. 모두 몸을 숙였소. 하늘과 땅과 마음 모두가 진동했소. 그 포격이 시작되고 최초의 몇 분간이 어땠는지 상상도 할 수 없을 거요. 그것은 개전 이래 최대 규모의 집중 포화였소.

최전선에 있는 참호에서 전령이 통신 시설이 있는 참호로 왔소. 얼굴과 군복이 온통 피로 물들어 있었소. 몬터규가 포탄에 맞았냐고 묻자 그는 최전선 참호에 있던 모두가 독일군 참호에서 날아온 피를 뒤집어썼다고 했소. 그 정도로 그들은 가까이 있었소. 만일 그들이 자신들이 서로 얼마나 가까이 있는지 잠깐 생각해 볼 수만 있었어도…….

반시간 뒤 집중 포화의 목표가 마을 쪽으로 바뀌었소. 망원경으로 바라보던 몬터규가 〈녀석들은 끝났어!〉 하고 외쳤소. 그런 다음 〈독일 놈들은 끝장났어!〉라고 했소. 그는 참호 위로 올라가 주위에 있는 우리 모두에게 손짓을 해 참호 가장자리를 보게 했소. 1백 미터 전방에서 사람들이 길게 줄을 지어 쓰러진 나무와 무너져 내린 벽을 향해 그을린 땅을 천천히 가로질러 가는 게 보였소. 산발적인 총성이 몇 발 울렸소. 한 사람이 쓰러졌소. 그러더니 다시 일어나 달려갔소. 그냥 발에 뭐가 걸려 넘어졌던 거요. 그 행렬이 첫 번째 집에 도착하고 환호성이 들렸을 때 내 주위의 병사들이 소리를 치기 시작했소. 붉은빛이 치솟아 올랐고, 우리 역시 전진하기 시작했소. 걷는 게 쉽지 않았소. 전진하는 동안, 공포가 두려움을 내몰았소. 우리를 향해 날아오는 총알은 없었지만, 가면 갈수록 땅은 점차 끔찍한 것이 되어 갔소. 회색과 카키색의 누더기 조각이 달려 있는, 분홍색과 흰색과 붉은색의 이름 없는 것들이 진흙투성이가 되어 널려 있었소. 우리는 최전선의 아군 참호를 지나 무인 지대를 가로질러 갔소. 독일군 참호에 도착했을 때에는 아무것도 볼 것이 없었소. 모든 것이 묻히거나 날아가 버리고 없었소. 거기서 우리는 포탄 구멍에 누워 잠시 있었소. 거의 평화로운 상태에서. 북쪽에서는 무척 격렬한 포성이 울리고 있었소. 카메룬 출신 부대가 덫에 갇혀 있었소. 그들은 20분이 채 안 되어 한 명을 제외하고 장교 모두를 잃었소. 그리고 병사 5분의 4가 살해당했소.

앞쪽에 있는 부서진 오두막들 사이로 사람들이 두 손을 높이 들고 나타났소. 전우가 부축하고 있는 병사들도 있었소. 그들이 최초의 포로들이었소. 상당수가 리다이트 폭약을 뒤집어써 온몸이 노랬소. 하얀 빛의 커튼에서 나온 노란색의 인간들 중 하나가 꿈속에서처럼 머리를 앞으로 수그린 채 비틀거리며 우리 쪽으로 걸어오더니 깊게 파인 포탄 구멍 속으로 곧장 떨어졌소. 잠시 후 가장자리 위로 기어 나와 천천히 몸을 일으키며 우리 쪽으로 다시 왔소. 다른 포로들은 흐느끼며 왔소. 어떤 자는 우리 앞에서 피를 토하며 쓰러졌소.

잠시 후 우리는 마을 쪽으로 달려갔소. 이전에 거리였던 곳에 들어섰소. 황량했소. 돌 부스러기와 석고 벽 조각들, 부서진 대들보, 그리고 리다이트 폭약의 노란 얼룩이 도처에 널려 있었소. 다시 내리기 시작한 가랑비가 돌 위에서 반짝였소. 그리고 시체의 살갗 위에서도. 많은 독일군이 집 안에서 붙잡혔소. 나는 10분 만에 전쟁이라는 도살장의 전모를 보았소. 피, 입을 쩍 벌린 구멍들, 살을 뚫고 나온 뼈들, 파열된 내장의 악취. 내가 지금 이런 얘기를 하는 것은 다만 그것이 나에게 미친 영향이 나로서는 전혀 예상할 수 없었던 것이었기 때문이오. 그날 이전까지 나는 평화롭게 죽은 시체조차 한 번도 본 적이 없었소. 나는 구토를 하거나 공포를 느끼지는 않았소. 몇 사람이 구역질을 하는 걸 보았소. 하지만 나는 아니었소. 그것은 강렬한 새로운 확신이었소. 그 어떤 것도 이것을 정당화할 수 없다는 것. 영국이 프로이센의 식민지가 되는 것이 천 배는 더 나았소. 경험이 없는 병사가 그런 장면을 보게 되면 보복 살인을 하고 싶은 미칠 듯한 욕망에 사로잡힌다고 책에 쓰여 있소. 하지만 나는 그 정반대의 감정을 느꼈소. 죽임을 당해서는 안 된다는 미칠 듯한 욕망 말이오.」

콘키스가 자리에서 일어났다.

「당신에게 한 가지 시험을 해보고 싶소.」

「시험이라고요?」

그는 침실로 들어갔다가 곧바로 우리가 저녁 식사를 했을 때 테이블 위에 놓여 있던 등잔을 갖고 왔다. 그리고 하얀 빛의 웅덩이 속에 자신이 가져온 것을 놓았다. 주사위와 칵테일용 셰이커, 받침접시와 알약이 든 상자였다. 나는 테이블 맞은편에서 근엄한 시선으로 나를 바라보는 그를 쳐다보았다.

「우리가 왜 전쟁을 하는지 그 이유를 설명하겠소. 인간들이 왜 늘 전쟁을 하는지 말이오. 그것은 사회적이거나 정치적인 것이 아니오. 전쟁을 하는 것은 국가가 아니라 인간들이오. 그것은 소금과도 같은 것이오. 한번 전쟁터에 가게 된 사람은 평생 동안 소금을 지니게 되는 거요. 이해하겠소?」

「물론입니다.」

「따라서 나의 완벽한 공화국에서는 일은 간단하오. 스물한 살이 된 모든 젊은이에게 시험을 하는 거요. 그들은 병원에 가 주사위를 던지게 되오. 여섯 개 숫자 중 하나는 죽음을 의미하오. 그 숫자가 나오면 고통 없이 살해되는 거요. 혼란도 없고, 야수 같은 잔인함도 없소. 무고한 방관자들을 죽이는 일도 없소. 병원에서 단지 주사위 한 번만 던지면 되는 거요.」

「전쟁과 관련해 진보임에 틀림없군요.」

「그렇게 생각하오?」

「그럼요.」

「확실하오?」

「그게 가능하다면 말입니다.」

「당신은 지난번 전쟁에서 실전을 본 적이 없다고 했지요?」

「그렇습니다.」

그는 약상자를 들고 흔들어 커다란 어금니 여섯 개를 꺼냈다. 모두 누런색이었는데 그중 두세 개에는 오래된 충전제가 있었다.

「이건 지난번 전쟁에서 독일군과 아군 양측의 스파이들에게 지급된 것으로 취조를 당할 경우를 위한 것이었소.」 그는 어금니 한 개를 접시 위에 올려놓고 셰이커로 살짝 내리쳐 부쉈다. 이빨은 알코올을 넣은 초콜릿처럼 금방 바스러졌다.

안에서 흘러나온 무색의 액체는 쓴 아몬드 냄새가 났는데 무시무시한 독성이 있어 보였다. 그는 재빨리 팔을 뻗어 접시를 테라스 구석으로 치웠다.

「자살용 약입니까?」

「그렇소. 청산가리요.」 그는 주사위를 집어 내게 여섯 면을 보여 주었다.

나는 미소를 지었다. 「나보고 던지라는 겁니까?」

「1초 만에 전쟁 전부를 경험하게 해주겠소.」

「제가 싫다고 한다면요?」

「생각해 봐요. 1분 후면 당신은, 나는 죽을 고비를 넘겼다, 라고 말할 수 있소. 나는 생명을 걸고 주사위를 던졌고, 삶을 얻었다고 말이오. 그건 아주 멋진 감정이오. 살아남는다는 것은.」

「집에서 시체가 나오면 곤란해지시지 않겠습니까?」 나는 여전히 미소를 짓고 있었지만 웃음기는 점점 희미해졌다.

「천만에요. 나는 자살이었다는 것을 쉽게 증명할 수 있소.」 그는 나를 뚫어져라 바라보았다. 그의 시선은 물고기를 꿰뚫는 작살처럼 나를 관통했다. 내가 알기로, 그렇게 나올 때 백에 구십구 명은 허세를 부리는 것이었다. 하지만 그는 달랐다. 저항해 보기도 전에 초조함이 나를 감쌌다.

「러시안 룰렛이군요.」

「이건 더 확실한 거요. 이 약은 단 몇 초 만에 효과가 나타나오.」

「사양하고 싶은데요.」

「그럼 당신은 겁쟁이요, 친구.」 그는 의자에 등을 기대며 나를 쳐다보았다.

「용감한 사람들은 바보라고 믿으셨던 것 같은데요.」

「그건 그들이 주사위를 몇 번씩 던지기 때문이오. 하지만 단 한 번도 목숨을 걸지 않는 젊은이는 바보인 동시에 겁쟁이요.」

「제 전임자들한테도 이렇게 했습니까?」

「존 르베리에는 바보도 겁쟁이도 아니었소. 미트퍼드 역시 겁쟁이는 아니었소.」

그리고 이번에는 내가 그의 시험 상대가 된 것이다. 터무니없는 일이었지만, 약한 모습을 보이고 싶지는 않았다. 나는 손을 뻗어 셰이커를 잡았다.

「잠깐.」 그가 몸을 앞으로 기울이며 내 손목 위에 손을 얹었다. 그런 다음 이빨 하나를 내 옆에 놓았다. 「시늉만 하는 게 아니오. 만일 6이라는 숫자가 나오면 이 약을 먹겠다고 맹세해야 하오.」 그의 얼굴은 무척이나 진지했다. 나는 목이 바짝바짝 탔다.

「맹세합니다.」

「당신에게 가장 신성한 것을 걸고.」

나는 잠시 망설이다가, 어깨를 으쓱하며 〈나에게 가장 신성한 것을 걸고〉 하고 말했다.

그가 주사위를 내밀었고 나는 그것을 셰이커 안에 넣었다. 느슨히 그리고 빠르게 흔들다 주사위를 던졌다. 주사위는 테이블보 위를 굴러 황동으로 된 램프 하단에 맞고 되튀어 오르더니 공중에 잠깐 멈춘 후 떨어졌다.

나온 숫자는 6이었다.

콘키스는 미동도 하지 않은 채 나를 바라보았다. 나는 내가 결코 그 약을 집어 들지 않으리라는 것을 그 즉시 깨달았다. 그를 바라볼 수가 없었다. 아마 15초가량이 흘렀을 것이다. 나는 미소를 지으며 그를 바라보면서 고개를 저었다.

그는 내게서 눈을 떼지 않고, 내 옆에 놓인 이빨을 집어 입 속에 넣고 씹은 뒤 액체를 삼켰다. 나는 얼굴이 새빨개졌다.

그는 계속해서 나를 바라보며 주사위를 집어 셰이커에 넣고 던졌다. 6이었다. 그는 다시 한 번 던졌다. 이번에도 6이었다. 그는 빈 이빨 껍데기를 뱉어 냈다.

「당신이 방금 한 결심은 40년 전 그날 아침 뇌브 샤펠에서 내가 한 것과 똑같은 것이었소. 당신은 지적인 인간이라면 당연히 해야 할 행동을 한 거요. 축하하오.」

「하지만 아까 말씀하신 건요? 완벽한 공화국은?」

「완벽한 공화국이란 건 다 전혀 말도 되지 않는 소리요. 목숨을 걸고자 하는 갈망은 우리에게 마지막 남은 위대한 도착증이오. 우리는 밤에서 나와, 밤으로 돌아가오. 밤 속에서 살 이유가 뭐요?」

「하지만 주사위는 한 숫자만 나오게 되어 있었습니다.」

「애국심, 선전, 직업상의 명예, 단결심. 도대체 이런 게 다 뭐요? 그건 다 부정한 장치를 한 주사위요. 다만 한 가지 사소한 차이가 있소, 니컬러스. 다른 테이블에서는 이것들은 진짜요.」 그는 남아 있는 이빨들을 상자에 넣었다. 「색칠한 플라스틱 용기에 든 단순한 래티피어[45]가 아니라는 거요.」

「다른 두 사람은 어떤 반응을 보였나요?」

그가 미소를 지었다. 「사회가 우연을 통제하기 위해 — 사회의 노예들에게 선택의 자유를 금하기 위해 — 사용하는 또 다른 수단은 사람들에게 과거가 현재보다 더 고상했다고 말하는 거요. 존 르베리에는 가톨릭 신자였소. 그리고 당신보다 현명했소. 그는 유혹을 받는 것조차 거부했소.」

「미트퍼드는요?」

「나는 장님을 가르치는 데 시간을 허비하지는 않소.」

이 말에 담겨 있는 칭찬을 음미해 보라는 듯 그는 잠시 무

---

45 아몬드 열매로 맛을 낸 과실주.

덤덤하게 나를 바라보았다. 그러고는 이제 그만하라는 듯 램프 불을 껐다. 나는 말 그대로 암흑 속에 있게 되었다. 그는 내가 단지 손님에 지나지 않는다는 마지막 얇은 위장 또한 내던져 버렸다. 그는 이전에도 이 모든 것을 행한 것이 분명했다. 뇌브 샤펠의 공포는 그가 한 묘사만큼이나 설득력이 있었지만, 그가 그 이야기를 벌써 여러 번 했다는 것을 알게 되자 인위적으로 여겨졌다. 그것의 생생한 현실성은 기법의 문제, 그리고 반복된 연습을 통해 얻어진 사실주의의 문제가 되어 버렸다. 그것은 상인이 어떤 물건이 새것이라고 간곡하게 설득을 하지만, 동시에 그것이 중고품이라는 것을 일부러 드러내는 것과 마찬가지였다. 그것은 모든 개연성에 대한 모욕이었다. 나는 겉으로 드러난 것을 믿어서는 안 되었다……. 하지만 도대체 왜, 왜, 왜?

그사이 콘키스는 자신의 그물을 다시 짜기 시작한 상태였다. 나는 다시 한 번 그것을 맞으러 날아갔다.

20

「그날 정오를 전후해 우리는 여섯 시간을 대기하며 보냈소. 독일군은 우리에게 전혀 포격을 하지 못했소. 아군의 포격이 너무 강력했기 때문이오. 분명한 것은 즉각 공격해야 한다는 거였소. 하지만 그 분명한 것을 알아채는 데는 머리가 아주 좋은 장군, 즉 나폴레옹 같은 인물이 있어야 했소.

오후 3시경, 구르카 부대[46]가 우리 있는 데로 왔고, 우리는 오베르 구릉에 대한 공격이 곧 시작된다는 소식을 들었소.

---

46 네팔의 구르카족으로 구성된 용병 부대.

우리는 최전선에 배치될 예정이었소. 3시 반 직전에 우리는 총검을 장착했소. 나는 평소처럼 몬터규 대위 옆에 있었소. 그는 자신에 대해 단 한 가지밖에 몰랐던 것 같소. 두려움을 모르며, 언제든지 청산가리를 삼킬 준비가 되어 있다는 것 말이오. 그는 계속해서 자신의 옆에 줄을 지어 있는 사람들을 보았소. 그리고 망원경 따위는 필요 없다는 듯, 자리에 서서 참호 밖으로 고개를 내밀었소. 독일군은 여전히 정신을 차리지 못한 상태인 것 같았소.

우리는 앞쪽으로 걷기 시작했소. 몬터규와 특무 상사가 끊임없이 우리에게 줄을 맞추라고 소리쳤소. 우리는 포탄 구멍이 나고 온통 헤집어진 들판을 가로질러 포플러나무 울타리가 있는 곳까지 간 다음, 또 다른 작은 들판을 건너 우리의 목표인 다리까지 가야 했소. 가야 하는 거리의 절반쯤 간 후 우리는 뛰기 시작했고, 어떤 사람들은 함성을 질렀소. 독일군은 완전히 사격을 멈춘 것 같았소. 몬터규가 의기양양하게 〈모두들 계속 진격! 승리!〉 하고 소리쳤소.

그게 그의 마지막 말이었소. 그건 함정이었던 거요. 대여섯 정의 기관총이 우리를 풀처럼 베어 버렸소. 몬터규는 빙그르 돌아 내 발밑에 쓰러졌소. 그는 드러누운 채 나를 올려다보고 있었는데 한쪽 눈은 사라지고 없었소. 나는 그의 옆에 엎드렸소. 공중에는 온통 총알뿐이었소. 나는 진흙탕에 얼굴을 묻고, 오줌을 싸며, 이제 곧 죽을 거라는 생각을 했소. 누군가 내 곁으로 왔소. 특무 상사였소. 몇 명이 응사를 했지만 아무 데나 대고 쏘는 거였소. 절망적인 상태였소. 특무 상사가 이유는 알 수 없었지만 몬터규의 시체를 끌고 뒤쪽으로 갔소. 나는 맥없이 그를 도우려 했소. 우리는 작은 포탄 구멍 속으로 미끄러져 들어갔소. 몬터규의 머리 뒤쪽은 날아가 버리고 없었지만, 그의 얼굴은 바보 같은 미소를 짓고 있었소.

마치 잠을 자며 웃는 것처럼 입을 헤벌리고 말이오. 그 얼굴을 결코 잊은 적이 없소. 진화의 어떤 단계의 최후의 미소 같았소.

충격이 멈추었소. 그러자 살아남은 사람들 모두가 겁에 질린 양 떼처럼, 마을이 있는 뒤쪽을 향해 달아나기 시작했소. 나도 그중 하나였소. 겁쟁이이고자 하는 의지까지 잃은 상태였소. 달아나는 도중에 많은 사람이 등에 총을 맞았지만, 나는 아무런 상처도 입지 않고 살아서 우리가 출발했던 참호에 도착했소. 우리가 그곳에 도착하자마자 포격이 시작됐소. 아군의 포격이었소. 나쁜 기상 조건 때문에 포병대는 마구잡이로 쏘아 댔소. 아니면 며칠 전에 세워 둔 어떤 계획을 그대로 따랐던 것이었는지도 모르오. 그런 우스꽝스러운 일은 전쟁에서 어쩌다 벌어지는 일이 아니오. 그것이야말로 전쟁의 속성 그 자체요.

새로 지휘를 맡은 자는 부상당한 중위였소. 뺨에 커다란 상처를 입은 그는 내 옆에 웅크리고 있었소. 그의 눈은 멍청하게 이글거리고 있었소. 그는 더 이상 훌륭하고 올바른 영국 젊은이가 아니라 신석기 시대의 야수였소. 구석에 내몰리고 음침한 분노에 사로잡힌, 이해력이 부족한 야수 말이오. 아마 우리 모두가 그런 모습이었을 거요. 더 오래 살아남을수록 살아 있다는 것이 더 비현실적으로 여겨졌소.

더 많은 부대가 합류했고, 대령 하나가 모습을 나타냈소. 오베르 구릉은 반드시 접수해야 했소. 해 질 녘까지는 다리를 손에 넣어야 했소. 그사이 나는 생각할 시간이 있었소.

나는 이 대격변이 문명이 범한 야만적인 범죄와 인류가 행한 끔찍한 거짓의 대가임에 틀림없다는 생각을 했소. 그 거짓이 무엇인지, 당시 나로서는 역사나 과학에 대한 지식이 너무도 적어 정확히 알 수 없었소. 하지만 지금은 알고 있소.

우리가 어떤 목적을 이루고 있으며, 어떤 계획에 봉사하고 있다는 우리의 신념, 그것이 바로 거짓의 정체였소. 모든 것에 어떤 위대한 계획이 있기 때문에 결국에 가서는 모든 게 좋아질 거라는 것 말이오. 하지만 현실에서는 그렇지 않소. 계획이라는 건 존재하지 않고, 모든 것은 우연이오. 그리고 우리를 지속시키는 건 우리 자신뿐이오.」

그는 잠시 입을 다물었다. 나는 잿빛 진창의 지옥 같은 뇌브 샤펠이 거기 있기라도 하듯 바다를 응시하는 그의 얼굴만을 볼 수 있었다.

「우리는 다시 공격을 했소. 나는 명령을 거역하고, 참호 속에 남아 있고 싶었소. 하지만 물론 겁쟁이들은 변절자로 간주되어 사살되었소. 그래서 나는 명령이 떨어졌을 때 나머지 병사들과 함께 참호 밖으로 나왔소. 병장 하나가 우리에게 뛰라고 소리쳤소. 그날 오후와 똑같은 상황이 벌어졌소. 독일군 측에서는 미끼를 물게 할 정도로만 조금 총격이 있었소. 하지만 나는 서너 명의 독일군 병사들이 자신들의 기관총을 내려다보고 있다는 것을 알고 있었소. 나는 그들이 진정으로 독일인답기만을 간절히 기원했소. 다시 말해, 원칙에 따라 우리가 그전에 갔던 지점에 이르기 전에는 사격을 하지 않았으면 하고 바랐던 거요.

우리는 목표 지점에서 45미터 정도 떨어진 곳에 이르렀소. 두세 발의 총알이 가까이서 튕겨나갔소. 나는 가슴을 움켜쥐며 총을 떨어뜨리고는 비틀거렸소. 내 바로 앞에 오래된 커다란 포탄 구덩이가 보였소. 나는 비틀거리다가 넘어지면서 그 가장자리 위로 굴렀소. 〈계속 전진하라!〉라는 소리가 들렸소. 나는 물이 고인 웅덩이 속에 발을 담근 채 누워 기다렸소. 그로부터 몇 초 뒤, 예상했던 대로 사나운 죽음의 향연이 시작되었소. 누군가가 구덩이 맞은편 속으로 뛰어들었소.

〈성모송〉을 중얼거리는 것으로 보아 가톨릭 신자인 게 틀림없었소. 그러더니 발을 질질 끄는 소리가 다시 들렸고, 나는 그 사람이 떨어지는 진흙 더미 속을 뚫고 가는 소리를 들었소. 나는 물에서 발을 꺼냈소. 하지만 총격이 멎을 때까지 눈을 뜨지 않고 있었소.

그 포탄 구덩이 속에는 나 혼자만이 아니었소. 내 맞은편에 반은 물속에, 반은 물 밖에 있는 희부연 덩어리 하나가 있었소. 그건 독일군 병사의 시체로 이미 죽은 지 오래되어 반은 쥐가 갉아먹은 상태였소. 배가 갈라져 있어서, 마치 사산아를 옆에 둔 여자처럼 누워 있었소. 그리고 그 냄새…… 그 냄새가 어땠는지는 당신의 상상에 맡기겠소.

나는 밤새 그 구덩이 속에 있었소. 코를 찌르는 악취에도 익숙해졌소. 점점 추워졌고, 몸에서 열이 나는 것 같았소. 하지만 나는 전투가 끝날 때까지 꼼짝 않겠다고 결심했소. 부끄러움 따위는 없었소. 독일군이 우리 진지를 접수해, 포로로 투항할 수 있기를 바라기까지 했소.

열이 나는 것 같았소. 하지만 내가 열이라고 생각한 건 존재의 불길, 존재하려는 열정이었소. 이제는 그것을 알 수 있소. 그건 〈존재의 섬망 상태〉였소. 나 자신을 변호하려는 건 아니오. 모든 섬망 상태란 다소 반사회적이고, 나는 철학적 의미에서가 아니라 임상학적 차원에서 말한 것이오. 하지만 그날 밤 나는 육체적 감각에 대한 거의 모든 기억을 떠올릴 수 있었소. 지극히 단순하고 전혀 숭고하지 않은 것들, 즉 한 잔의 물이나 베이컨 굽는 냄새 등에 대한 기억이 내게는 최고의 예술과 가장 고상한 음악, 심지어는 릴리와 함께 보낸 가장 감미로운 순간들에 대한 기억을 능가하는 것으로, 혹은 그것들과 맞먹는 것으로 여겨졌소. 금세기 독일과 프랑스의 형이상학자들이 진리라고 주장한 것, 즉 타자인 모든 것은 개인에게 적대적이라는 것과는 정반대되는 것을 나는 경험한 거요. 나에게는 타자인 모든 것이 더할 나위 없이 훌륭하게 보였소. 그 시체와 찍찍거리는 쥐까지도 말이오. 춥고 배고프고 구역질이 났지만 경험할 수 있다는 것은 기적이었소. 어느 날 당신이 그때까지 전혀 상상하지 못했던 새로운 감각, 즉 촉각이나 시각 따위의 인습적인 다섯 가지 감각으로는 이해될 수 없는 육감을 지니게 된 것을 발견한다고 상상해 보시오. 그것은 훨씬 더 심오한 감각으로 다른 모든 감각이 비롯되는 원천과 같은 거요. 〈존재〉라는 말이 더 이상 수동적이고 기술적인 단어가 아니라, 적극적이고…… 거의 절대적인 것이 되는 것이오.

그날 밤이 새기 전 나는 종교를 믿는 사람들이 개종이라 부르는 것을 체험했다는 것을 깨달았소. 실제로 하늘에서 어떤 빛이 나를 비추고 있었소. 계속해서 조명탄이 발사되었으니 말이오. 하지만 하느님에 대한 감각 같은 것은 없었소. 단지 하룻밤 사이에 내가 하나의 삶을 뛰어넘었다는 감각 같은 거였소.」

그는 잠시 침묵했다. 나는 앨리슨이나 어떤 친구가 내 옆에 있어 그 살아 있는 어둠과 별들, 테라스, 그리고 목소리를 음미하고 함께 나눴으면 했다. 하지만 그러려면 나와 함께 지난 3개월을 그들도 겪었어야만 했다. 나는 존재하고자 하는 열정을 느꼈고, 죽는 데 실패한 나 자신을 용서했다.

「나는 내게 일어난 일과 내가 누구였는지를 묘사하려 하고 있소. 내가 어떠해야 했는지나 양심의 목소리가 말하는 옳고 그름에 대해서가 아니라. 그걸 기억하길 바라오.

동이 트기 전 독일군이 다시 포격을 시작했소. 동이 트기 무섭게 그들은 공격을 해왔는데, 독일군 장군들도 전날 아군 장군들이 범한 것과 똑같은 실수를 했소. 그들은 훨씬 더 많은 사상자가 생겼소. 그들은 내가 있던 구덩이를 지나, 우리가 공격을 개시한 참호까지 갔지만 거의 곧바로 퇴각해야만 했소. 이 모든 일을 나는 소음을 통해 알았소. 그리고 한 독일 병사의 발을 통해. 그자는 총을 쏘면서 내 어깨를 지지대로 사용했소.

다시 밤이 되었소. 남쪽에서는 전투가 계속되고 있었지만, 우리가 있는 쪽은 조용했소. 전투가 끝난 거요. 아군 전사자는 1만 3천 명쯤 되었소. 1만 3천 명의 마음과 기억, 사랑, 감각, 세계, 우주 — 인간의 마음은 우주 그 자체보다 훨씬 더 큰 우주요 — 그 모든 것이 사방 수백 미터밖에 안 되는 진흙탕 속에 묻혔소.

한밤중이 되었을 때 나는 마을까지 기어갔소. 보초병이 놀라 총을 쏘지 않을까 두려웠소. 하지만 주위는 온통 시체로 뒤덮여 있었고, 나는 시체로 이루어진 사막 한가운데 있었소. 나는 통신 시설이 있는 참호 아래로 내려갔소. 그곳에도 정적과 주검만이 있었소. 그때 조금 앞쪽에서 영어로 말하는 소리가 들렸고, 나는 큰 소리로 고함을 질렀소. 들것을 든 사람들이 시체들 사이에 혹시 숨이 붙은 사람이 있나 마지막으로 확인을 하던 중이었소. 나는 포탄이 터졌을 때 정신을 잃었다고 했소.

그들은 내 말을 의심하지 않았소. 그보다 더 이상한 일들도 일어났으니까. 나는 그들에게 우리 대대의 생존자들이 어디 있는지를 들었소. 내게는 집으로 돌아가고 싶어 하는 어린아이의 본능밖에 없었소. 하지만 스페인 속담처럼, 물에 빠진 자는 곧 수영을 배우게 되는 법이오. 내가 공식적으로 전사자로 처리된 게 분명하다는 것을 알게 되었소. 도망치더라도 최소한 누구도 나를 추적하지는 않을 거였소. 날이 밝았을 때 나는 전선에서 16킬로미터 후방 지점에 있었소. 수중에 돈도 조금 있었고, 프랑스어는 집에서 늘 쓰던 언어였소. 그 이튿날 소작인들이 내게 잠자리와 먹을 것을 제공해 주었소. 그리고 그 이튿날 밤 나는 다시 들판을 지나 계속해서 서쪽으로 향했고, 아르투아 현을 지나 불로뉴로 갔소.

1790년대 프랑스 혁명 당시의 망명객처럼 계속 여행을 한 끝에 한 주 후 불로뉴에 도착했소. 그곳은 군인들과 헌병들로 득실거렸고, 나는 거의 절망적이었소. 물론 증명서 없이는 귀환하는 군대 수송선을 타는 게 불가능했소. 부두로 가 소매치기를 당했다고 말할까 하는 생각도 했소. 하지만 나는 그런 일을 할 만큼 뻔뻔스럽지 못했소. 그런데 어느 날 운명의 여신이 내게 친절을 베풀었소. 내게 소매치기가 될 기회를 준 거요. 소총수 연대 출신의 사병 한 명을 만났는데, 무척 취해 있었고, 나는 그를 더 취하게 만들었소. 결국 그 불쌍한 친구가 역 부근의 바 위에 있는 방에서 코를 골고 있는 동안 나는 배를 탔소.

그런데 그때 나의 진짜 문제가 시작되었소. 하지만 오늘은 충분히 얘기한 것 같소.」

21

침묵이 흘렀다. 귀뚜라미들이 시끄럽게 울었다. 머리 위 높은 곳에서 어떤 밤새들이 별빛 속에서 태고의 소리를 내며 울었다.

「고향에 돌아왔을 때 무슨 일이 있었죠?」
「늦었소.」
「하지만……」
「내일.」
그는 다시 램프를 켰다. 심지를 조절한 후 자세를 바로 하며 나를 뚫어지게 바라보았다.
「조국을 배반한 사람의 집에 손님으로 오게 된 게 부끄럽지 않소?」
「인류를 배반하신 건 아니라고 생각합니다.」
우리는 그의 침실 창문 쪽으로 갔다.
「인류 따위는 중요하지 않소. 배반해서는 안 되는 것은 자아요.」
「히틀러도 자아를 배반하지 않았다고 할 수 있을 것 같은데요.」
그가 내게로 몸을 돌렸다.
「당신 말이 맞소. 그자도 자아를 배반하지는 않았소. 하지만 수백만의 독일인이 자아를 배반했소. 그게 비극이었소. 한 사람이 악인이 될 용기를 지녔던 것이 아니라, 수백만 명의 사람이 선인이 될 용기를 지니지 못했다는 것 말이오.」
그는 방으로 나를 안내한 다음 나를 위해 그곳에 있는 램프를 밝혔다.
「잘 자시오, 니컬러스.」
「안녕히 주무십시오. 그리고……」
하지만 그는 손을 들어 나의 말을 막았다. 아마도 감사의 말이 나오리라 생각한 모양이었다. 그런 다음 그는 사라졌다.

욕실에서 나온 나는 손목시계를 보았다. 1시 15분 전이었다. 나는 옷을 벗고 램프를 끈 뒤, 열려 있는 창문 앞에 잠시 섰다. 어딘가 오수 구덩이가 있는지 잠잠한 공기에서 희미하게 하수구 냄새가 났다. 나는 침대에 누워 콘키스에 관해 생각했다.
하지만 그라는 사람을 종잡을 수가 없었다. 모든 생각이 역설로 귀결되고 말았던 것이다. 어떤 점에서 그가 전보다 훨씬 더 인간적이고 여느 사람들처럼 잘못을 범할 수 있는 사람으로 보이다가도, 말에 어딘지 순수성이 없는 듯한 것이 그런 느낌을 깎아 먹어 버렸다. 계산된 솔직함은 진정으로 열린 마음과는 무척 다른 것이다. 그의 객관적 태도에는 무언가 치명적인 또 다른 차원이 있어서, 온갖 풍상을 겪은 파파 노인이 그 옛날의 자기 자신에 대해 보여 주는 객관성보다는 소설가가 자기 작품 속 등장인물에 대해 취하는 객관성에 훨씬 더 가까웠다. 결국 그것이 의도하는 것은 자서전보다는 전기에 훨씬 더 가까웠다. 그것은 분명 진실한 고백보다는 숨겨진 교훈을 더 많이 담고 있었다. 여기에서 배울 것이 없다고 생각할 정도로 내가 맹목적이었던 것은 아니다. 하지만 나에 대해 아는 것이 없으면서도 어떻게 그는 그런 식으로 생각할 수 있는 것인가? 그는 왜 상관하는 것인가?

그리고 발소리와, 서로 연관성이 없는 성상들과 사건들의 뒤엉킴, 외설적인 골동품이 있는 진열장 위에 있던 사진, 비스듬한 시선, 앨리슨, 햇살에 얼굴을 드러낸, 릴리라는 이름의 어린 소녀⋯⋯.

막 잠이 들려던 찰나였다.

그것은 처음에는 환각처럼 희미하게, 뭐라 꼬집어 말할 수 없게 시작되었다. 나는 콘키스 방에 있는 축음기에서 나는 소리가 벽을 통해 들리는 것이라고 생각했다. 나는 자리에서 일어나, 벽에 귀를 대고 귀를 기울였다. 그런 다음 침대에서 내려와 창가로 갔다. 그것은 바깥, 멀리 북쪽 어딘가, 1.5킬로미터 이상 떨어진 언덕에서 들려오고 있었다. 불빛은 없었고, 정원에서 우는 귀뚜라미 소리를 제외하고는 어떤 분명한 소리도 들리지 않았다. 단지 가까스로 들릴까 말까 하여 상상한 것이 아닌가 하는 생각이 들 정도의, 남자 여럿이 노래를 하는 아주 희미한 소리만이 들렸다. 나는 어부들이 내는 소리라고 생각했다. 한데 어부들이 왜 언덕에 있는 것인가? 그렇다면 양치기들인지도 몰랐다. 하지만 양치기들은 각자 혼자 지낸다.

그 소리는 돌풍에 실려 온 듯 — 하지만 바람은 전혀 불지 않았다 — 좀 더 분명해져 부풀어 오르는 듯하다가 다시 희미해졌다. 아주 짧은 순간 나는 그 소리에서 뭔가 친숙한 것을 포착했다고 생각했지만 그것은 가능한 일이 아니었다. 그리고 소리는 점점 잦아들어 거의 완전한 정적으로 바뀌었다.

그런데 그 순간 — 그것의 낯섦과 충격은 상상할 수조차 없는 것이었다 — 그 소리가 다시 부풀어 올랐고, 나는 그곳에서 불리고 있는 노래가 무엇인지 분명히 알아들을 수 있었다. 그것은 「티퍼러리」[47]였다. 거리 때문인지, 아니면 레코드를 — 레코드에서 나는 소리인 것은 분명했다 — 일부러 느리게 돌리기 때문인지 — 음조의 왜곡 또한 있는 것 같았다 — 알 수 없었지만 그 노랫소리는 마치 별에서 불려 그 밤과 우주 공간을 가로질러 내게 이른 것처럼, 꿈속에서처럼 느리고 희미하게 들렸다.

나는 방문 쪽으로 가 문을 열었다. 콘키스의 방에 그 축음기가 있는 게 분명한 것 같았다. 어떤 방법을 써서 그는 그 소리를 언덕에 있는 한 개 혹은 여러 개의 스피커에서 나게 한 것이었다. 어쩌면 작은 방에 있는 소리 전달 장비와 발전기를 통해서인지도 몰랐다. 하지만 집 안에는 절대적인 정적이 흐르고 있었다. 나는 문을 닫고, 방문에 기대어 섰다. 목소리와 노랫소리는 어둠에 희미하게 씻겨, 소나무 숲을 지나 집 위로, 바다 쪽으로 흘러갔다. 문득 그 모든 것의 유머와, 터무니없으면서도 부드럽고 감동적인 시가 나를 미소 짓게 했다.

---

47 제1차 세계 대전 때 영국 수병들이 부른 노래.

그것은 나를 위해 특별히 콘키스가 고안해 낸 교묘한 장난인 게 분명했다. 그리고 그것은 나의 유머 감각과 술책과 지능에 대한 미묘한 시험이었다. 어떻게 한 것인지 알아내려고 서두를 필요는 없었다. 아침이 되면 알 수 있을 터였다. 그동안은 그것을 즐기면 그만이었다. 나는 창 쪽으로 다시 갔다.

목소리는 거의 들리지 않을 정도로 아주 희미해져 있었다. 한데 다른 뭔가가 폐부를 뚫을 정도로 강해져 있었다. 그것은 내가 아까 맡았던 오수 구덩이 냄새였다. 이제 그 극심한 악취는 바람 한 점 없는 공기 중에 만연해 있었다. 썩어 가는 살과 똥 냄새가 합쳐진 것 같은 악취는 구역질을 일으켰고, 너무도 역겨워 나는 코를 틀어막고 입으로 숨을 쉬지 않으면 안 되었다.

내 방 아래쪽으로는, 오두막에서 집까지 좁은 길이 나 있었다. 나는 창밖으로 목을 내밀었다. 냄새의 진원지는 아주 가까이 있는 것처럼 보였다. 그 냄새와 노래는 어떤 연관이 있는 게 분명했다. 포탄 구덩이에 처박힌 시체가 머릿속에 떠올랐다. 하지만 이상한 것도, 어떤 움직임도 없었다.

소리는 희미해졌고, 결국에는 완전히 사라져 버렸다. 몇 분 뒤, 그 냄새도 희미해졌다. 나는 10~15분 정도 그 자리에 서서, 사소한 움직임이나 소리 하나도 놓치지 않으려고 눈과 귀를 집중했다. 하지만 아무것도 없었다. 집 안에서도 아무런 소리가 들리지 않았다. 발소리를 죽이며 계단을 오르는 소리도, 살며시 문을 닫는 소리도 들리지 않았다. 귀뚜라미가 울었고, 별들이 깜박였다. 조금 전 있었던 일은 언제 그랬냐는 듯 완전히 지워지고 없었다. 나는 창가에서 코를 킁킁거렸다. 역겨운 냄새는 여전했지만, 보통 맡을 수 있는 소나무와 바다의 방부성 냄새를 치뚫고 올라오진 않았고 그 아래 묻혀 흐르고 있었다.

곧 모든 것이 내 상상 속에서 일어난 일인 것처럼 되어 버렸다. 나는 최소한 한 시간을 더 잠 못 이루고 누워 있었다. 더 이상 아무 일도 일어나지 않았다. 어떤 가정도 일리가 없었다.

나는 그 영역 속에 들어선 것이었다.

22

누군가가 문을 두드리고 있었다. 열린 창의 그늘진 공기 사이로 타오르는 듯한 하늘이 보였다. 파리 한 마리가 침대 위 벽을 기어다녔다. 나는 손목시계를 보았다. 10시 반이었다. 문 쪽으로 가자, 아래층으로 내려가는 마리아의 슬리퍼 소리가 들렸다.

이글거리는 빛과 요란한 매미 울음소리 아래 있자니 간밤의 일은 어쩐지 허구처럼 느껴졌다. 마치 내가 약에 약간 취했던 것 같았다. 하지만 정신은 더없이 맑았다. 나는 옷을 입고 면도를 한 뒤, 아침 식사를 하러 주랑 아래로 갔다. 과묵한 마리아가 커피를 가지고 나타났다.

「*O kyrios*(주인 어른은요)?」 내가 물었다.

「*Ephage. Eine epano.*」〈식사를 마치고 2층에 있다〉는 의미였다. 마을 사람들과 마찬가지로, 마리아는 외국인과 말하면서도 자신의 말이 좀 더 잘 이해되게 하려는 노력을 조금도 하지 않았다. 그녀는 늘 하던 대로 모음을 연달아 빨리 발음하며 말했다.

식사를 마친 다음 나는 쟁반을 들고 옆쪽 주랑을 따라가 계단을 내려간 후 그녀가 사는 오두막의 열린 문으로 갔다. 앞쪽에 있는 방은 부엌으로 사용되고 있었다. 낡은 달력과 마분지로 만든 화려한 색상의 성상, 약초와 샬롯[48] 다발, 천장에 매달린, 파란색으로 칠한 고기 보관용 찬장이 있는 그 방은 프락소스 섬의 여느 오두막집의 거실 겸 부엌과 비슷했다. 다만 가정용품이 다소 거창하고 스토브가 좀 더 클 뿐이었다. 나는 안으로 들어가, 쟁반을 테이블 위에 놓았다.

뒷방에서 마리아가 나왔다. 나는 놋쇠로 만든 커다란 침대와 또 다른 성상들과 사진들을 흘낏 보았다. 그녀가 희미한 미소를 짓자 입가에 주름이 잡혔다. 하지만 그 미소는 그 상황에서 어쩔 수 없이 지은 것이었지 진심에서 우러나온 것은 아니었다. 꼬치꼬치 캐묻는 듯한 인상을 주지 않고 영어로 질문하는 것은 무척 어려웠다. 내 그리스어 실력으로도 마찬가지였다. 나는 잠시 머뭇거리다가, 그녀 뒤에 있는 문만큼이나 텅 빈 그녀의 얼굴을 보고는 포기하고 말았다.

나는 집과 오두막 사이에 난 길을 지나 채소밭으로 갔다. 집의 서쪽 면에는 덧문이 달린 창문이 콘키스의 침실 끝 쪽의 문과 마주 보고 있었다. 거기에는 찬장 이상의 뭔가가 있는 것 같았다. 나는 북쪽으로 면한 집의 뒤쪽과 내 방을 올려다보았다. 오두막의 뒤쪽 벽 뒤에 몸을 숨기는 것은 쉬웠지만, 바닥은 딱딱한 맨땅이었고, 아무것도 보이지 않았다. 나는 정자 쪽으로 천천히 걸었다. 작은 프리아포스상은 두 팔을 내 쪽으로 내밀고, 영국인다운 내 얼굴을 향해 조롱하는 듯한 이교도의 미소를 보내고 있었다.

출입 금지.

10분 뒤 나는 콘키스의 전용 해변으로 내려갔다. 파란색과 초록색의 유리처럼 보이는 바다는 잠시 차가웠지만 곧 기분 좋게 시원해졌다. 나는 가파른 바위들 사이를 지나 탁 트인

---

48 서양 파의 일종.

바다까지 헤엄쳐 갔다. 90미터 정도 헤엄쳐 가자 내 뒤로 절벽으로 이루어진 곶 전체와 집이 보였다. 콘키스도 보였는데 그는 전날 밤 우리가 앉았던 테라스에 앉아 책을 읽는 것 같았다. 잠시 후 그가 일어서자, 나는 손을 흔들었다. 그는 성직자처럼 특이하게 두 팔을 들었다. 그런 식으로 팔을 드는 것에는 우연이 아니라 의도적인 어떤 상징성이 담겨 있다는 것을 이제 나는 알고 있었다. 높게 만든 하얀 테라스 위의 어두운 형상. 태양을 마주하고 있는 태양의 사절. 가장 먼 고대의 왕권. 그는 굽어보고, 축복을 내리고, 명령하는 것처럼 보였다. 아니, 그렇게 보이고 싶어 했다. 지배자와 그의 영토. 나는 다시 한 번 프로스페로를 생각했다. 그가 먼저 말하지 않았더라도 나는 그때 그것을 생각했을 것이다. 나는 물속으로 잠수했지만 소금물이 눈을 찌르는 바람에 다시 수면 위로 나왔다. 콘키스는 고개를 돌린 채로 있었다. 레코드를 튼 에어리얼[49]과, 아니면 썩고 있는 내장이 든 양동이를 들고 있는 캘러밴[50]과 얘기를 나누는 것만 같았다. 아니면……. 하지만 나는 등을 돌렸다. 빠른 발소리와, 하얀 형체를 아주 얼핏 본 것을 갖고 그렇게 상상에 상상을 펼치다니 우스꽝스러운 짓이었다.

10분쯤 지난 뒤 내가 해변으로 돌아갔을 때 콘키스는 장애물 위에 앉아 있었다. 내가 물에서 나오자, 그가 자리에서 일어나며 말했다. 「보트를 타고 페트로카라비에 갑시다.」 페트로카라비, 즉 〈돌로 만든 배〉는 프락소스 섬의 서쪽 끝에서 8백 미터가량 떨어진 곳에 있는 작은 무인도였다. 그는 수영용 반바지를 입고, 수구 선수들이 쓰는 빨간색과 흰색의 화려한 수영모를 쓰고, 손에는 파란색 고무 물갈퀴와 수중

49 셰익스피어의 「템페스트」에 나오는 프로스페로의 충복인 공기의 요정.
50 「템페스트」에 나오는 사티로스.

마스크, 그리고 스노클을 들고 있었다. 나는 탄력 없는 그의 갈색 등을 좇아 뜨거운 바위 위를 걸어갔다.

「페트로카라비의 바닷속은 무척 흥미롭소. 두고 봐요.」

「부라니 곶의 수면 위도 무척 흥미로운데요.」 나는 그와 나란히 걸었다. 「밤에 목소리를 들었습니다.」

「목소리라고요?」 하지만 그는 조금도 놀란 기색이 아니었다.

「레코드 소리요. 그런 경험은 생전 처음 해봤습니다. 놀라운 아이디어였어요.」 그는 아무 대답 없이 보트에 올라타서는 엔진 덮개를 열었다. 나는 콘크리트에 박힌 쇠고리에서 밧줄을 풀고, 선창에 쪼그리고 앉아 그가 해치 안을 살펴보는 것을 지켜보았다. 「스피커를 숲에다 설치해 두신 모양이네요.」

「나는 아무 소리도 듣지 못했소.」

나는 밧줄을 만지작거리며 미소를 지었다. 「하지만 제가 무슨 소리를 들었다는 걸 알고 계실 텐데요.」

그가 나를 올려다보았다. 「방금 당신이 당신 입으로 그랬다고 말하지 않았소.」

「어떤 목소리였고, 얼마나 이상했는지 묻지 않으시는군요. 물어보시는 게 정상적인 반응 아닌가요?」 그는 퉁명스럽게 내게 배에 타라는 몸짓을 했다. 나는 배로 내려가 그의 맞은편에 앉았다. 「제가 독특한 경험을 할 수 있도록 준비해 주신 것에 감사하고 싶을 뿐입니다.」

「난 아무것도 준비하지 않았소.」

「그 말은 믿기 어렵군요.」

우리는 계속해서 서로를 바라보았다. 원숭이처럼 생긴 눈 위로 빨간색과 흰색의 수영모를 쓴 그의 모습은 연기를 하는 침팬지 같았다. 그리고 우리 주위에는 태양과 바다, 보트, 애

매모호할 것이라곤 하나도 없는 수없이 많은 것이 있었다. 나는 여전히 미소를 짓고 있었지만 그는 웃지 않았다. 마치 내가 노래에 대한 언급을 해 실수를 저질렀다는 투였다. 그는 몸을 숙여 시동 핸들을 조종했다.

「제가 하죠.」 나는 핸들을 잡았다. 「마음 상하시게 할 생각은 전혀 없었습니다. 그 얘기는 다시는 않겠습니다.」

나는 몸을 숙여 핸들을 돌렸다. 그때 그가 갑자기 내 어깨에 손을 얹었다. 「마음이 상하거나 하지 않았소, 니컬러스. 믿어 달라는 게 아니오. 그저 믿는 척이라도 해달라는 거요. 그게 더 쉬울 거요.」

이상한 일이었다. 단 하나의 제스처와, 표정과 어조에 작은 변화를 주는 것으로 그는 우리 사이의 긴장을 해소해 버린 것이다. 나는 그가 한편으로 나를 상대로 어떤 술책을 부리고 있다는 것을 알고 있었다. 부정한 주사위로 술책을 부린 것처럼. 하지만 다른 한편으로는 나에게 호의를 갖게 되었다고 느꼈다. 엔진에 시동을 걸면서 나는, 만약 이것이 그 대가라면 그의 노리개처럼 굴어 주기로 했다. 하지만 진짜 노리개가 될 생각은 없었다.

우리는 만을 벗어났다. 엔진 소리 때문에 얘기를 나누는 게 쉽지 않아, 나는 15~18미터의 물 아래로, 성게들이 점점이 붙어 있어 검게 보이는 연한 색의 바위들을 가만히 바라보았다. 콘키스의 왼쪽 옆구리에는 주름이 진 흉터가 두 개 있었다. 앞뒤로 나 있는 것으로 보아 총에 맞아 생긴 상처 같았다. 오른쪽 팔뚝에도 오래된 상처 자국이 있었다. 나는 그것이 제2차 세계 대전 중에 겪었다는 처형 과정에서 생긴 것이라고 추측했다. 키를 잡고 앉아 있는 그는 간디처럼 금욕적으로 보였다. 하지만 페트로카라비가 가까워지자, 그는 자리에서 일어나 노련한 솜씨로 키를 검은 허벅지에 댔다. 그의 살갗은 오랜 세월 햇볕에 그을려 섬의 어부들처럼 마호가니 갈색을 띠고 있었다.

페트로카라비는 거대한 호박돌들로 이루어져 있었는데 황량하고 낯설고 기괴했다. 그리고 가까이 다가가자 섬에서 생각했던 것보다 훨씬 더 컸다. 우리는 45미터쯤 떨어진 곳에 닻을 내렸다. 콘키스는 나에게 수중 마스크와 스노클을 건네주었다. 당시 그런 장비들은 그리스에서는 구할 수 없는 것이었고, 나는 그것들을 사용해 본 적이 없었다.

나는 커다란 바위 덩어리들 위로 천천히, 중간중간 멈추며 물장구치는 그의 발을 뒤따라갔다. 바위들 사이로는 물고기 떼가 이리저리 몰려다니고 있었다. 시 참사회원 같은 얼굴을 한 납작한 은색 물고기와, 화살처럼 빠르게 움직이는 가느다란 물고기, 바위틈 사이로 음탕하게 내다보는 앞뒤가 똑같이 생긴 물고기, 금속처럼 차가운 느낌의 작고 침착해 보이는 파란색 물고기, 부산을 떠는 빨강과 검정이 섞인 물고기, 살금살금 헤엄을 치는 담청색과 녹색의 물고기 등이 보였다. 콘키스는 작은 해저 동굴을 보여 주었다. 한 줄기 빛이 새어 들어 연한 푸른빛 그림자가 져 있었고, 커다란 양놀래기가 황홀경에 빠진 것처럼 떠다니고 있었다. 섬 반대쪽에는 수직의 바위가 있었고, 그 아래에는 매혹적인 쪽빛 바다가 펼쳐져 있었다. 콘키스는 수면 위로 머리를 내밀었다.

「가서 보트를 가져오겠소. 여기서 기다리시오.」

나는 수영을 계속했다. 수백 마리의 황금색과 회색의 물고기 떼가 내 뒤를 따라왔다. 내가 방향을 바꾸면 물고기들도 방향을 바꾸었다. 나는 계속해서 헤엄을 치고 물고기들은 계속 뒤를 따라왔는데, 강박적인 호기심이라는 면에서 그것들은 진정으로 그리스적이었다. 잠시 후 내가 바닷물을 거의 목욕물만큼이나 따뜻하게 데워 주고 있는 거대한 바위 위에 누워 있는데, 보트의 그림자가 바위 위로 떨어졌다. 콘키스는 나를 두 개의 호박돌 사이로 깊은 틈이 나 있는 곳으로 데려갔다. 바위틈에 있는 줄 끝에는 흰색 천 하나가 걸려 있었다. 나는 머리를 물속에 담근 채 물 위에 새처럼 떠 콘키스가 잡으려 하는 문어가 나타나기를 기다렸다. 곧 꾸불꾸불한 촉수 하나가 나와 미끼를 더듬었고, 다른 촉수들이 재빠르게 움직였다. 콘키스는 능숙한 솜씨로 문어를 위쪽으로 유혹하기 시작했다. 나도 그것을 해본 적이 있어서, 그것이 마을 아이들이 해 보이는 것만큼 간단하지 않다는 것을 알고 있었다. 문어는 익사한 선원의 시신처럼 내키지 않는 듯, 하지만 어쩔 수 없이 천천히 발버둥을 치며 올라왔고, 빨판 달린 발들을 계속해서 내밀고 휘저었다. 콘키스는 문어를 보트 위에 내동댕이쳐 칼로 낭을 가른 뒤, 순식간에 안과 밖을 뒤집었다. 나는 보트로 올라갔다.

「이곳에서만 천 마리는 잡았소. 오늘 밤이면 또 다른 놈이 이 구멍 속으로 들어올 거요. 그리고 이처럼 쉽게 잡히겠지.」

「불쌍한 것.」

「현실성이란 불필요한 거요. 문어조차 이상적인 것을 더 좋아하오.」 미끼로 사용하기 위해 찢은 낡은 흰색 천이 그의 옆에 놓여 있었다. 지금이 일요일 아침이라는 사실이 머릿속에 떠올랐다. 설교와 우화의 시간이었던 것이다. 콘키스는 먹물 웅덩이에서 고개를 들었다.

「바닷속 세계는 어땠소?」

「환상적이었습니다. 꿈속 같던데요.」

「거기도 인간 세계와 똑같소. 수백만 년 전의 언어가 사용되고 있겠지만.」 콘키스는 보트 안의 의자 아래로 문어를 던졌다. 「저것한테도 사후의 삶이 있다고 생각하오?」

나는 점착성의 덩어리를 내려다보았고, 잠시 후에는 그가 무덤덤하게 미소 짓는 것을 보았다. 빨간색과 흰색의 수영모를 약간 비스듬히 쓴 그는 해적처럼 꾸민 간디 흉내를 내는 피카소 같아 보였다. 그가 클러치를 잡아당기자 우리는 앞쪽으로 나아갔다. 나는 마른과 뇌브 샤펠을 떠올리면서 고개를 저었다. 콘키스는 고개를 까닥한 후 흰 천을 들어 올렸다. 그의 고른 치아가 강렬한 햇빛 속에서 거짓되게, 하지만 생생하게 반짝였다. 그는 어리석음은 치명적이라는 것을 암시했고, 나를 봐요, 나는 살아남았소, 라고 말하고 있었다.

23

우리는 주랑 아래에서 염소젖으로 만든 치즈에, 계란을 넣은 피망 샐러드로 간단한 그리스식 점심을 먹었다. 주변에 있는 소나무 숲에서는 매미들이 요란하게 울었고, 서늘한 아치 밖은 열기로 들끓었다. 돌아오는 길에 나는 그 상황을 타개하려는 시도를 한 번 더 했다. 무심코인 듯 이야기를 툭 던져 그가 르베리에에 대해 말하게 하려 했던 것이다. 그는 머뭇거리더니 미소를 숨기지 않은 근엄한 얼굴로 나를 쳐다보았다.

「요새 옥스퍼드에서는 그런 식으로 가르치오? 마지막 장을 제일 먼저 읽으라고?」

나는 미소 지으며 고개를 숙여야 했다. 그의 대답은 나의 호기심을 전혀 누르지 못하긴 했지만 최소한 그로 하여금 다른 위장을 하게 했고, 우리를 앞으로 나아가게 했다. 그 말은 이제는 나도 무척 익숙해진 어떤 모호한 방식으로 나를 치켜세우고 있었다. 나는 우리가 벌이고 있는 게임의 규칙을 여태 파악하지 못하기에는 너무도 지적이었다. 세상이 시작된 후로 늙은이들이 젊은이들을 속여 왔다는 것은 알고 있었지만 그래 봐야 별 소용없었다. 솜씨 좋은 작가의 잘 쓰인 대목에서 사람들이 여전히 가장 오래된 문학적 장치에 속는 것처럼 나 역시 여전히 속고 있었다.

식사를 하면서 우리는 바닷속 세계에 대해 이야기를 나누었다. 그에게 그것은 거대한 수수께끼이자 모든 사물이 신비한 가치를 지닌 연금술사의 작업장이며, 연역하고 풀고 추론해야 하는 내적 역사였다. 그는 박물학을 보이 스카우트 선생님의 활동이나 『펀치』지의 우스꽝스러운 소재가 아니라, 핵심적이고 시적인 어떤 것으로 느껴지게 만들었다.

식사가 끝나자 콘키스가 일어섰다. 그는 2층으로 낮잠을 자러 가려 했다. 우리는 티타임에 다시 만나기로 했다.

「뭘 할 거요?」

나는 내 옆에 있는 『타임』지 과월호를 펼쳤다. 그 안에 콘키스가 읽으라고 준 17세기 팸플릿을 조심스럽게 넣어 놓았었다.

「아직 읽지 않았소?」 그는 조금 놀란 기색이었다.

「지금 읽으려고 합니다.」

「그러시오. 아주 희귀한 자료요.」

그는 한 손을 들며 안으로 들어갔다. 나는 자갈길을 가로질러 나무들 사이를 한가롭게 지나 동쪽으로 갔다. 땅은 약간 오르막이 되다가 다시 낮아졌다. 90미터 정도 가자 야트막하게 솟아 있는 바위들에 집이 가려졌다. 내 앞에는 서양협죽도와 가시가 있는 관목들로 무성한 깊은 협곡이 나 있어, 콘키스의 전용 해변으로 급경사를 이루고 있었다. 나는 소나무 줄기에 등을 기대고 앉아 팸플릿에 빠져들었다. 팸플릿에는 슈롭셔 주[51] 스탠턴 레이시의 교구 목사인 로버트 풀크스의 고백과 편지와 기도문이 실려 있었는데, 그가 죽은 후 출간된 것이었다. 그는 학자로, 결혼을 해 두 아들을 낳았지만 1677년 어린 소녀에게 아이를 배게 한 뒤 그 아이를 죽였고, 그로 인해 사형 선고를 받았다.

그는 드라이든 이전의 힘이 넘치는 멋들어진 17세기 중엽의 영어로 글을 썼다. 그는 〈목사는 사람들의 거울〉이라는 것을 알고 있었지만 〈불경의 절정〉에 이르렀다. 〈독사를 으깨 죽여라〉라고 그는 사형수의 독방에서 절규했다. 그는 〈나는 법적으로는 죽었다〉고 했지만 소녀에 대해서는 자신이 〈그녀를 아홉 살 때 타락시켰다〉는 사실을 부인했다. 〈죽어 가는 자의 명예를 걸고 맹세하지만 있었던 모든 일을 본 것은 그녀의 두 눈이었고, 그것을 행한 것은 그녀의 두 손이었다.〉

팸플릿은 40여 페이지 분량으로, 읽는 데 반시간이 걸렸다. 근엄하고 우울해 보이는 붉은 얼굴의 남자. 기도문 부분은 대충 건너뛰며 읽었지만, 그것은 콘키스가 말한 대로 그 어떤 역사 소설보다 더 현실적이며 감동적이었고, 환기시키는 것이 많았으며 더 인간적이었다. 나는 드러누운 채 촘촘한 나뭇가지들 사이로 하늘을 올려다보았다. 그 오래된 팸플릿이 내 옆에 있다는 사실이 이상하게 여겨졌다. 그리고 오래전 영국의 작은 책자가 그리스의 이 섬까지 흘러 들어온 사실도, 이 소나무들도, 이 이교도의 땅도 이상하게 여겨졌다. 나는 눈을 감은 채, 눈꺼풀에 힘을 주었다 풀었다 하는 사이 찾아오는 따뜻한 색채의 막을 쳐다보았다. 그러다 잠이 들었다.

잠에서 깬 나는 고개를 들지 않고 손목시계를 보았다. 반시간이 흐른 상태였다. 몇 분 더 졸다가 나는 일어나 앉았다.

그는 60~70미터 떨어진 협곡의 반대편에서, 잎이 무성한

---

51 잉글랜드 중서부의 주.

캐러브나무[52]의 진한 잉크 빛 초록색 그늘 아래, 나와 같은 높이에 서 있었다. 나는 소리를 쳐야 할지, 손뼉을 쳐야 할지, 겁을 먹어야 할지, 아니면 웃어야 할지 알지 못한 채 자리에서 일어났다. 너무도 놀란 나머지 아무것도 할 수 없었기에 그냥 서서 바라만 보고 있었다. 그는 온통 검은색 차림을 하고 있었는데, 높은 모자를 쓰고, 망토와 테두리를 단 일종의 정장을 입고, 검은색 스타킹을 신고 있었다. 긴 머리카락에, 목에는 하얀 레이스가 달려 있는 네모난 옷깃을 달고 하얀 밴드를 두 개 하고 있었다. 검은색 신발에는 백랍 버클이 달려 있었다. 마음이 좀 불편해질 정도로 렘브란트의 그림에서 막 걸어 나온 듯한 모습으로 나무 그늘 아래 서 있는 그는 실제 인물임에 틀림없었지만 완전히 다른 세상 사람 같았다. 근엄하고 우울해 보이는 붉은 얼굴의 남자. 로버트 풀크스.

내 뒤쪽 어딘가에 콘키스가 있을지 모른다는 생각에 뒤를 돌아보았지만 아무도 없었다. 나는 다시 그 인물을 보았지만 그는 그늘 속 그 자리에서 협곡 위로 쏟아지는 햇살 사이로 계속해서 나를 쳐다보고 있었다. 그리고 그때 캐러브나무 뒤에서 또 다른 인물이 나타났다. 짙은 갈색의 긴 드레스를 입고 나이는 열네 살 정도 되어 보이는, 얼굴이 하얀 소녀였다. 나는 그녀가 머리 뒤쪽에 꼭 맞는 자주색 모자를 쓰고 있는 것을 보았다. 그녀의 머리도 길었다. 소녀는 남자 옆으로 다가가더니, 역시 나를 쳐다보았다. 그녀는 남자보다는 키가 훨씬 작아 간신히 가슴 정도 왔다. 우리 세 사람은 30초 정도 그렇게 서로를 바라보며 서 있었을 것이다. 나는 얼굴에 미소를 지으며 팔을 들었다. 아무런 반응이 없었다. 나는 협곡의 가장자리 최대한 끝까지 10미터 정도 나아가 햇빛 아래 섰다.

---

52 쥐엄나무 비슷한 콩과(科)의 나무.

「좋은 하루예요.」 나는 그리스어로 소리쳤다. 「뭘 하고 있나요?」 그리고 다시 〈*Tikanete*(안녕하세요)?〉 하고 소리쳤다.

하지만 그들은 전혀 반응을 보이지 않았다. 그냥 서서 나를 쳐다보고만 있었다. 남자는 약간 화가 난 것 같았고, 소녀는 아무런 표정이 없었다. 햇살을 담은 바람이 불자 소녀의 드레스 뒷자락이 갈색 깃발처럼 비스듬히 펄럭였다.

나는, 이건 헨리 제임스 같다고 생각했다. 콘키스는 나사못을 또다시 돌릴 수 있다는 것을 알아낸 것이다.[53] 그러고는 자신의 놀라운 뻔뻔스러움을 발휘한 것이다. 나는 소설에 대해 나눈 대화를 떠올렸다. 〈말이란 사실을 위한 거지 허구를 위한 것이 아니오.〉

나는 다시 주위를, 그리고 집 쪽을 보았다. 이제 콘키스가 나타나야 했다. 하지만 그는 나타나지 않았다. 점점 더 멍청한 미소를 띠고 있는 나와, 초록색 그림자 속에 있는 두 사람이 전부였다. 소녀가 남자 쪽으로 좀 더 가까이 다가가자, 그는 아버지처럼 다정하게 그녀의 어깨에 손을 얹었다. 그들은 내가 뭔가를 하기를 기다리는 것 같았다. 말은 소용이 없었다. 그들 가까이 가야 했다. 나는 협곡을 올려다보았다. 최소한 90미터는 되어 보여 건너가는 것이 불가능했다. 하지만 바닥까지 이어진 옆쪽의 경사는 좀 더 수월해 보였다. 그쪽으로 가겠다는 몸짓을 하고, 나는 언덕을 오르기 시작했다. 나는 여러 번 나무 아래 조용히 있는 두 사람을 뒤돌아보았다. 그들은 고개를 돌려 자신들 쪽에 있는 작은 계곡의 등성이에 가려서 보이지 않게 될 때까지 나를 지켜보았다. 나는 뛰기 시작했다.

협곡은 이제 건널 수는 있었지만, 맞은편까지 가려면 날카로운 가시가 있는 청미래덩굴 사이를 뚫고 가파른 길을 올라

---

53 헨리 제임스의 소설 『나사의 회전』을 빗대어 표현한 것이다.

가야 했다. 일단 그곳을 지나자 다시 달릴 수 있었다. 캐러브 나무가 아래쪽으로 보였다. 그곳에는 아무것도 없었다. 몇 초 뒤 — 그들의 모습을 놓친 지 1분 정도 되었을 것이다 — 나는 쪼그라든 열매가 숨은 카펫처럼 깔려 있는 나무 밑에 서 있었다. 내가 잠을 잤던 곳을 보았다. 가장자리가 붉은색인 작은 정사각형의 회색 팸플릿과 『타임』지가 연한 솔잎 카펫 위에 놓여 있었다. 나는 캐러브나무를 훨씬 지나쳐, 나무들 사이를 달려갔다. 결국에는 부라니 곶의 동쪽 끝, 내륙의 절벽 가장자리에 있는 철조망까지 갔다. 아래에는 오두막 세 채가 작은 올리브 과수원 안에 순진하게 서 있었다. 일종의 공황 상태에서 나는 캐러브나무가 있는 곳으로 돌아갔다. 그런 다음 협곡의 동쪽 면을 따라 콘키스의 전용 해변이 내려다보이는 절벽 꼭대기까지 갔다. 그곳에도 관목이 있었지만 땅바닥에 배를 깔고 엎드리지 않는 한, 몸을 숨길 수 있을 정도는 아니었다. 그리고 화난 것 같은 표정을 한 그 사내가 배를 깔고 숨어 있는 것은 상상할 수 없었다.

그때 집에서 종소리가 들려왔다. 종은 세 번 울렸다. 나는 손목시계를 보았다. 차 마실 시간이었다. 종이 다시 울렸다. 앞의 두 번은 빠르게, 그리고 마지막은 느리게. 나는 그것이 내 이름의 음절을 흉내 내고 있다는 것을 깨달았다.

나는 두려움을 느꼈어야 마땅했을 것이다. 하지만 두렵지 않았다. 무엇보다 나는 너무도 호기심이 났고, 너무도 당황스러웠다. 그와 안색이 창백한 소녀는 확연히 영국인 같았다. 그리고 실제로 국적이 어디건 그 섬에 사는 사람은 아니라는 것을 알 수 있었다. 그래서 나는 누군가 그들을 특별히 데려왔다고 가정해야 했다. 그들은 어딘가에 숨어 내가 풀크스의 팸플릿을 읽기를 기다린 것이다. 내가 협곡 가장자리에서 잠이 든 것은 일을 쉽게 만들어 주었다. 하지만 그건 순전한 우연이었다. 그리고 콘키스가 어떻게 그런 사람들을 대기시켜 놓을 수 있었는가? 그리고 그들은 어디로 사라진 것인가?

잠시 나는 내 평생의 경험이 반박되고, 유령들이 존재하는 세계 속으로, 어둠 속으로 마음이 곤두박질치도록 놓아 두었다. 하지만 그 모든 소위 〈심령 현상〉의 경험에는 너무나 순수하게 물리적인 뭔가가 있었다. 게다가 환한 대낮에 〈유령〉이란 전혀 설득력이 없었다. 그것들이 정말로 초자연적인 것은 아니라는 것을 내가 알아차리도록 거의 일부러 그러는 것 같았다. 그리고 믿는 척하는 게 더 쉬울 거라는, 의혹을 키우는 콘키스의 수수께끼 같은 충고도 있었다. 왜 더 쉬운 것인가? 어쩌면 더 세심하다거나 더 정중할 수는 있을 것이다. 하지만 〈더 쉽다〉는 것 자체가 내가 어떤 시련을 통과해야 한다는 것을 암시했다.

나는 완전히 넋이 빠진 채 그곳 나무들 사이에 서 있었다. 그런 다음 미소를 지었다. 어떻게 된 영문인지는 모르지만 나는 그 비범한 노인의 환상 한복판에 자리하고 있었다. 그것만은 분명했다. 그가 왜 그런 환상을 품고, 왜 그토록 이상한 방식으로 그것을 실현해야 하고, 그리고 무엇보다 왜 하필 나를 유일한 관객으로 선택했는지는 완전한 수수께끼로 남아 있었다. 하지만 나는 내가 인내력이나 유머가 부족해 놓치거나 망쳐 버리기에는 비할 데 없이 기이한 뭔가에 말려들었다는 것을 알았다.

나는 다시 협곡을 건너가 『타임』지와 팸플릿을 집어 들었다. 그런 다음 어두컴컴하고 수수께끼 같은 캐러브나무를 돌아보면서 희미한 두려움을 느꼈다. 하지만 그것은 설명할 수 없고 알 수 없는 것에 대한 두려움이었지, 초자연적인 것에 대한 두려움은 아니었다.

자갈길을 지나 주랑으로 갔을 때 콘키스가 이미 내 쪽으로 등을 돌린 채 앉아 있는 것이 보였다. 나는 어떤 행동을 취하기로, 아니 그보다 어떤 반응을 보이기로 했다.

그가 고개를 돌렸다. 「낮잠은 잘 잤소?」

「예, 감사합니다.」

「팸플릿을 읽어 봤소?」

「선생님 말씀이 맞더군요. 그 어떤 역사 소설보다 매혹적이었습니다.」 그는 저의를 담고 있는 나의 말에 어떤 반응도 보이지 않았다. 「정말 고맙습니다.」 나는 팸플릿을 테이블 위에 올려놓았다.

내가 아무 말도 하지 않고 있는 사이, 그는 조용히 내게 차를 따라 주었다.

그는 이미 차를 마신 뒤라 20분 동안 하프시코드를 연주하겠다며 자리를 떴다. 그의 연주를 들으면서 나는 생각했다. 그 일련의 일들은 모든 감각을 기만하기 위한 것처럼 보였다. 간밤의 일은 후각 및 청각과, 그날 오후의 일과 전날 언뜻 보았던 형체는 시각과 관련된 것이었다. 미각은 상관이 없는 것처럼 보였다. 하지만 촉각은…… 그는 도대체 어떻게 내가 뭔가를 만지고 그것이 〈영적인〉 것이라고 믿는 척하기를 기대할 수 있는가? 그리고 세상에 도대체 — 세상이라는 말은 너무도 적절하다 — 이 술책들이 〈다른 세계로 여행하는 것〉과 어떤 관계가 있단 말인가? 한 가지만은 분명했다. 미트퍼드와 르베리에에게서 내가 얼마나 많은 이야기를 들었는지 그가 초조해하던 것은 이제 설명이 되었다. 그는 자신의 이상한 환각술을 그들에게도 시행한 다음 비밀을 지키라는 맹세를 하게 했던 것이다.

밖으로 나온 그는 나를 데리고 채소밭에 물을 주러 갔다. 물은 오두막 뒤에 있는 여러 개의 목이 긴 수조들에서 끌어

와야 했다. 물을 끌어와 채소에 준 뒤, 우리는 프리아포스상이 있는 정자 옆 의자에 앉았다. 여름철의 그리스에서는 좀처럼 맡기 어려운, 풋풋한 젖은 흙 냄새가 사방에서 풍겨 왔다. 콘키스는 심호흡을 했다. 그의 삶의 다른 많은 것들처럼 그것 역시 일종의 의식 같은 것이 분명했다. 잠시 후 그는 나를 향해 미소를 지으며, 갑자기 24시간 전으로 돌아갔다.

「자, 당신 애인에 관해 얘기를 해보시오.」 그것은 질문이 아닌 명령이었다. 아니면 내가 다시 거부할 수 있다는 것을 믿기를 거부하는 것일 수도 있었다.

「사실 말할 게 없습니다.」

「그녀가 당신을 실망시켰소?」

「아닙니다. 적어도 처음엔 안 그랬죠. 제가 그 여자를 실망시켰죠.」

「그럼 지금 당신이 바라는 것은……?」

「모두 끝난 일입니다. 너무 늦었습니다.」

「꼭 아도니스처럼 말하는구려. 상처를 받았소?」[54]

침묵이 흘렀다. 나는 발걸음을 옮겼다. 콘키스가 의학을 공부했다는 사실을 안 이후 계속 마음에 걸리던 게 있었다. 그리고 나의 운명론에 대한 그의 조롱에 충격을 가하고 싶었다.

「사실을 말하자면 그랬죠.」 그는 날카롭게 나를 쳐다보았다. 「매독에 걸려서요. 올해 초 아테네에서 옮았죠.」 계속해서 그는 나를 쳐다보고 있었다. 「지금은 괜찮습니다. 나은 것 같습니다.」

「누가 진찰을 했소?」

「마을 의사입니다. 파타레스쿠라고.」

---

54 원문은 〈*Have you been gored*(뿔에 받혔소)?〉로 아프로디테의 사랑을 받던 미소년 아도니스가 사냥을 나갔다가 멧돼지 뿔에 받혀 죽은 것을 빗대어 한 말.

「증상이 어땠소?」

「아테네의 병원에서 파타레스쿠의 진단이 옳았다고 확인해 주더군요.」

「그랬겠지.」 그의 말투는 건조했다. 너무도 건조한 말투라 나는 그가 도대체 무슨 말을 하려는 것인지 가늠해 보느라 정신이 없었다. 「증상을 말해 보시오.」

결국 나는 증상을 아주 자세히 말할 수밖에 없었다.

「내 생각대로군. 연성 궤양이었소.」

「연성 궤양이라고요?」

「연성 하감이라고도 하오. 울쿠스 몰레 *Ulcus molle*. 지중해 일대에서는 아주 흔한 병이오. 불쾌하긴 하지만, 해로운 건 아니오. 가장 좋은 치료법은 비누와 물로 자주 씻는 거요.」

「그렇다면 도대체 왜……?」

그는 엄지와 집게손가락을 모아 붙이고는 문질렀다. 그것은 그리스 어디에서나 통용되는, 돈 또는 돈과 뇌물을 가리키는 제스처였다.

「돈을 지불했소?」

「그럼요. 그 특별한 페니실린 값으로요.」

「당신이 할 수 있는 일은 아무것도 없소.」

「그 병원을 고소할 수도 있어요.」

「매독에 걸리지 않았다는 증거도 없잖소.」

「선생님 말씀은 파타레스쿠가…….」

「나는 아무 말도 하지 않았소. 그는 의학적으로 지극히 올바르게 처신했소. 검사는 늘 추천해야 하는 거니까.」 마치 그들을 두둔하는 것 같았다. 그는 살짝 어깨를 으쓱했다. 세상일이 다 그렇다는 투였다.

「내게 경고를 해줄 수도 있었어요.」

「어쩌면 그는 부정부패보다는 성교에 대해 경고를 하는 것이 더 중요하다고 생각했을 수도 있소.」

「맙소사!」

내 안에서는 구제를 받았다는 안도감과 그런 악의적인 사기에 놀아난 데 대한 분노가 싸우고 있었다. 잠시 후 콘키스가 다시 말을 이었다.

「설사 그것이 매독이었다 하더라도…… 당신이 사랑하는 이 여자에게 돌아갈 수 없는 이유가 뭐요?」

「실은…… 너무 복잡합니다.」

「그렇다면 그건 정상이지 조금도 이상한 일이 아니오.」

그의 재촉에 못 이겨 나는 앨리슨에 관한 이야기를 두서없이, 천천히 조금 얘기했다. 간밤에 그가 보여 준 솔직함을 떠올리자 나 또한 얼마간 솔직하게 얘기할 수 있었다. 하지만 다시 한 번 그에게서는 어떤 진정한 공감도 느껴지지 않았다. 단지 강박적이고 불가해한 그의 호기심만이 느껴질 뿐이었다. 나는 최근에 편지를 쓴 적이 있다는 얘기를 했다.

「그녀가 답장을 하지 않으면 어떻게 할 거요?」

나는 어깨를 으쓱했다. 「답장은 없습니다.」

「당신은 그 여자를 생각하고, 만나고 싶어 하오. 그렇다면 편지를 다시 보내야 하오.」 그 순간 나는 그의 에너지를 생각하며 살짝 미소를 지었다. 「당신은 그것을 우연에 맡기고 있소. 바다에 빠졌다고 꼭 익사해야 하는 것은 아닌 것처럼 모든 것을 우연에 맡길 필요는 없소.」 그는 내 어깨를 잡아 흔들었다. 「헤엄을 쳐요!」

「문제는 헤엄을 치는 게 아니라 어느 방향인지를 아는 거죠.」

「그 여자를 향해서 말이오. 그녀는 당신을 꿰뚫어 보고, 당신을 이해하고 있소. 그건 좋은 일이오.」

나는 침묵을 지켰다. 앵초 색과 검은색이 섞인 호랑나비 한 마리가 프리아포스 정자 주위의 부겐빌레아 위를 맴돌다

꿀을 찾지 못한 듯 나무들 사이로 날아가 버렸다. 나는 자갈을 밟으며 걸었다. 「나는 사랑이란 게 무언지 제대로 모르는 것 같습니다. 그것이 섹스가 전부가 아니라면 말입니다. 한데 나는 그 이상은 원하지도 않죠.」

「친애하는 젊은이, 당신은 엉망이오. 너무도 패배감에 젖어 있고, 너무도 비관적이오.」

「한때는 얼마간 야심이 있었죠. 그때 맹목적으로 달려들었어야 했어요. 그랬다면 패배감에 젖어 있지는 않았을 겁니다.」 나는 그를 바라보았다. 「나만 그런 게 아닙니다. 시대가, 우리 세대 모두가 그렇죠. 우리 모두는 똑같이 느끼고 있습니다.」

「지구의 역사상 가장 개화된 시대에 말이오? 지난 50년간 인류는 과거 5백만 년 동안보다 더 많은 암흑을 파괴했는데 말이오?」

「뇌브 샤펠에서처럼 말입니까? 아니면 히로시마 말입니까?」

「하지만 당신과 나를 보시오! 우리는 살아 있고, 우리가 바로 이 멋진 시대요. 우리는 파괴되지 않았소. 그리고 파괴하지도 않았소.」

「어떤 인간도 섬이 아닙니다.」

「말도 안 되는 소리! 우리 모두가 섬이오. 그렇지 않다면, 우린 그 즉시 미쳐 버리고 말 거요. 이 섬들 사이에는 배와 비행기와 전화와 무선 통신 따위가 있소. 하지만 섬은 언제나 섬인 거요. 물에 가라앉거나 영원히 사라져 버릴 수도 있는 섬이오. 당신은 가라앉지 않은 섬이오. 그러니 그렇게 비관적이어서는 안 되는 거요. 그건 있을 수 없는 일이오.」

「있을 수 있는 일이죠.」

「나를 따라오시오.」 그는 한시가 아깝다는 듯 자리에서 일어섰다. 「자, 삶의 가장 내밀한 비밀을 당신에게 보여 주겠소. 갑시다.」 그는 빠른 걸음으로 주랑으로 갔다. 나는 그를 따라 2층으로 갔다. 2층에 이르자 그는 나를 테라스 쪽으로 밀었다.

「테이블에 가서 앉으시오. 해를 등지고.」

1분쯤 지나 그는 하얀 수건에 감싼 무겁게 보이는 물건을 들고 나타났다. 그는 테이블 한가운데 그것을 조심스럽게 내려놓았다. 그러고는 잠시 뜸을 들이며 내가 보고 있는지를 확인한 다음, 근엄하게 천을 벗겼다. 그것은 남자인지 여자인지 확실치 않은, 돌로 만든 두상이었다. 코는 떨어져 나가 뭉툭했고, 머리카락은 띠로 묶여 두 갈래로 땋아 내려져 있었다. 하지만 그 두상의 힘은 얼굴에 있었다. 그 힘은 자신만만한 미소로 나타났는데, 그토록 순수한 형이상학적 유머로 충만하지 않았다면 독선적으로 느껴질 수도 있는 미소였다. 눈은 어렴풋이 동양적이고 길었으며, 콘키스가 손으로 두상의 입을 가려 주어서 보니, 역시 미소를 짓고 있었다. 아름답게 조각된 입에는 시간을 초월한 지성과 시간을 초월한 법열이 담겨 있었다.

「이것이 진실이오. 망치와 낫, 성조기, 십자가, 태양, 황금, 음양이 아니라. 바로 이 미소가 진실이오.」

「키클라데스[55]에서 출토된 거죠?」

「그건 중요치 않소. 잘 봐요. 눈을 잘 들여다봐요.」

그의 말이 옳았다. 햇빛을 받은 그 작은 물건에는 어떤 신령이 깃들어 있었다. 혹은 신성보다는 신성에 대한 깨달음을 얻었음을 알려 주는 뭔가가 있었다. 그리고 그것에 대한 절대적인 확신이 있었다. 하지만 그것을 바라보면서, 나는 다른 어떤 것을 느끼기 시작했다.

---

[55] 그리스 에게 해 남쪽에 있는 제도.

「이 미소에는 준엄한 뭔가가 있군요.」

「준엄한?」 그는 내가 앉아 있는 의자 뒤로 와, 내 머리를 내려다보았다. 「그것이 진실이오. 진실은 준엄한 거요. 하지만 이 진실의 본질과 의미는 준엄하지 않소.」

「어디서 출토된 거죠?」

「소아시아의 디디마[56]에서요.」

「얼마나 오래된 거죠?」

「기원전 6~7세기 것이오.」

「벨젠[57]을 알았다면, 저런 미소를 지을 수 있을까요?」

「그들이 죽었기 때문에, 우리는 우리가 살아 있다는 것을 알고 있소. 하나의 별이 폭발하고, 우리의 세계와 비슷한 수천의 세계가 사멸했기에, 우리는 이 세계가 존재한다는 것을 알 수 있소. 그게 바로 미소요. 존재하지 않을 수도 있는 것이 존재하는 것 말이오.」 콘키스는 잠시 말을 멈췄다가 다시 이었다. 「죽을 때 이것을 내 침대 옆에 둘 생각이오. 이것이 내가 보고 싶어 하는 인간의 마지막 얼굴이오.」

작은 두상은 우리가 자신을 보는 것을 보고 있었다. 온화하면서도 확신에 차 있었고, 심술궂을 정도로 수수께끼 같은 모습을 하고 있었다. 불현듯 그 미소는 콘키스가 이따금 짓는 미소와 똑같다는 생각이 들었다. 마치 그가 그 두상 앞에 앉아 미소를 연습한 것 같았다. 그와 동시에 나는 그 두상의 어떤 점이 마음에 들지 않는지를 정확하게 깨달았다. 그것은 무엇보다 극적인 아이러니의 미소이자, 특별한 사실을 아는 자의 미소였다. 나는 고개를 들어 콘키스의 얼굴을 보았고, 내가 옳다는 것을 알았다.

---

56 소아시아의 밀레투스 남쪽에 있는 아폴론의 신역(神域).
57 나치의 강제 수용소가 있던 곳.

24

별이 뜬 밤하늘이 집과 숲과 바다 위에 드리워져 있었다. 저녁상은 치워졌고, 램프도 꺼져 있었다. 나는 긴 의자에 몸을 눕혔다. 콘키스는 밤이 조용히 우리를 감싸 차지하게 했고, 시간이 저 멀리 흘러가도록 내버려 뒀다. 그런 다음 수십 년 전 과거로 나를 데리고 갔다.

「1915년 4월이었소. 나는 아무런 문제 없이 영국으로 돌아왔소. 앞으로 어떻게 해야 할지 알지 못했소. 어떤 식으로든 나 자신을 정당화해야 한다는 것을 제외하고는. 열아홉 살에는 단순히 뭔가를 하는 것만으로는 만족할 수 없소. 정당화하기도 해야 하는 거요. 어머니는 나를 보고는 기절을 했소. 그리고 처음이자 마지막으로 아버지가 눈물을 흘리는 것을 보았소. 그 대면의 순간까지만 해도 진실을 말하리라 다짐했었소. 그들을 속이는 짓은 할 수 없다는 생각에서였소. 그렇지만 그들 앞에서⋯⋯ 진실을 말할 수 없었던 것은 순전히 내가 겁쟁이여서였을 거요. 하지만 그들 앞에서 말하기에는 너무나도 잔인한 진실들이 있었소. 그래서 나는 운이 좋아서 휴가를 얻었으며, 몬터규가 죽어 본래의 대대로 복귀해야 한다고 말했소. 나는 점차 속이고자 하는 광증에 사로잡혔소. 경제적으로가 아니라, 극도로 사치스럽게 말이오. 뇌브 샤펠 전투도 새롭게 각색했소, 마치 실제 전투로는 충분치 않은 것처럼. 나는 부모님한테 장교로 추천되었다는 말까지 했소.

처음에는 운이 따랐소. 돌아온 지 이틀 후, 내가 실종되었고, 전투 중 사망한 것으로 추정된다는 공식적인 통지서가 왔소. 그런 실수는 자주 일어나는 일이라, 부모님은 아무것도 의심하지 않았소. 그 통지서는 신나게 찢어 버렸소.

그리고 릴리. 아마 그사이 지나간 것들이 그녀로 하여금 나에 대한 진짜 감정을 좀 더 분명히 보게 했던 것 같소. 그것이 어떤 것이든, 그녀가 나를 연인보다는 오빠처럼 대한다는 불평은 더 이상 할 수가 없게 되었소. 니컬러스, 당신도 알겠지만, 제1차 세계 대전이 초래한 비참함이 무엇이든 간에 그 전쟁은 남녀 간의 건강치 못한 것들을 아주 많이 파괴했소. 1백 년 만에 처음으로, 여자들은 남자가 자신들에게서 수녀 같은 순결, 즉 〈올바른 생각을 지닌 사람들의〉 이상주의보다는 인간적인 어떤 것을 원한다는 것을 알게 된 거요. 릴리가 신중한 태도를 갑자기 잃어버렸다는 의미는 아니오. 또한 나에게 몸을 허락했다는 말도 아니오. 하지만 그녀는 자신이 줄 수 있는 최대한을 나에게 주었소. 그녀와 단둘이 보낸 시간이…… 그 시간들이 내게 계속해서 속임수를 부릴 수 있는 힘을 주었소. 동시에 그 시간들은 내 속임수를 더욱 끔찍한 것으로 만들었소. 몇 번이고 나는, 당국에 체포되기 전에 그녀에게 모든 것을 털어놓아야 한다는 욕망에 사로잡혔소. 집에 돌아올 때마다, 경찰이 와서 나를 기다리고 있을 거라는 생각을 했소. 아버지는 불같이 화를 내실 터였소. 그리고 최악의 것은 내 눈을 바라보는 릴리의 두 눈이었소. 하지만 그녀와 단둘이 있을 때면 전쟁에 관한 이야기는 하지 않았소. 그녀는 나의 초조함을 다른 식으로 해석했소. 나의 그런 모습은 그녀를 깊이 감동시켰고, 그녀는 더할 수 없이 다정하게 나를 대해 주었소. 나는 그녀의 사랑을 거머리처럼 빨아 먹었소. 그것도 아주 관능적인 거머리처럼 말이오. 그녀는 대단히 아름다운 처녀가 되어 있었소.

어느 날 우리는 런던 북쪽에 있는 숲 속으로 산책을 갔소. 이름은 더 이상 기억나지 않지만, 바넷 근처였소. 당시 런던에서 아주 가까이 있으면서도 무척 아름답고 한적한 숲이었소.

우리는 땅바닥에 누워 키스를 했소. 당신은 미소를 지을지도 모르겠소. 우리가 땅바닥에 누워 키스만 했다고 하면 말이오. 당신네 젊은 사람들은 우리와는 달리 몸을 허락하고, 몸으로 장난을 칠 수도 있을 거요. 하지만 당신이 대가를 치렀다는 것을 기억하시오. 신비로움과 섬세한 정서로 가득 찬 세계를 잃은 것 말이오. 동물 종들만 멸종하는 것이 아니오. 감정의 종들 역시 멸종하오. 만일 당신이 현명하다면, 당신이 아는 것을 몰랐던 과거를 동정하는 것이 아니라 과거가 알았던 것을 모르는 당신 자신을 동정하게 될 거요.

그날 오후, 릴리는 나와 결혼하고 싶다고 했소. 특별 허가증을 받아. 그리고 만약 필요하다면 자신의 부모님의 허락 없이. 내가 다시 떠나기 전에 우리가 마음 — 아니면 영혼이라고 해도 되려는지? — 에서 하나인 것처럼 육체적으로도 하나가 될 수 있도록 말이오. 나는 그녀와 자는 것을, 그녀와 맺어지기를 갈망했소. 하지만 우리 사이에는 언제나 나의 끔찍한 비밀이 가로놓여 있었소, 트리스탄과 이졸데 사이의 칼처럼 말이오. 그래서 나는 꽃과 순수한 새들과 나무들 사이에서 더욱더 거짓된 고상함을 내보여야 했소. 전사할 게 확실한 상황에서 그런 희생을 허락할 수 없다는 이유를 들어 거절할 수밖에 없었던 거요. 그녀는 따지고 들었고, 울었소. 그녀는 내가 더듬거리며 괴롭게 내뱉은 거절의 말을 실제보다 훨씬 더 고상한 어떤 것으로 받아들였소. 그날 오후가 끝날 무렵, 숲을 떠나기 전 그녀는 엄숙하고도 성실하게, 그리고 자신을 완전히 바치며 — 그런 무조건적인 약속 역시 또 다른 멸종한 수수께끼이기 때문에 당신에게 묘사할 수가 없소 — 〈무슨 일이 일어나더라도 당신 아닌 다른 사람과는 결혼하지 않겠어〉 하고 말했소.」

걷다가 절벽의 가장자리에 이른 사람처럼 그는 잠시 말을 멈추었다. 아마도 그것은 기교적인 뜸 들이기였을 테지만, 꼭 별들과 밤 또한 다음 이야기를 기다리는 것처럼 보이게 했다. 마치 이야기와 서술과 역사가 사물의 본성 속에 겹쳐져 있는 것처럼. 그리고 우주를 위해서 이야기가 존재하는 게 아니라, 이야기를 위해서 우주가 존재하는 것처럼.

「내가 꾸며 낸 2주간의 휴가도 끝이 나고 있었소. 나는 아무런 계획도 없었소. 아니, 무수한 계획이 있었지만, 차라리 전혀 없는 것만 못했소. 프랑스로 돌아갈까 하는 생각이 든 순간들도 있었소. 하지만 그럴 때면 포연 속에서 술 취한 사람처럼 비틀거리며 걷는 유령 같은 노란 얼굴들이 보였소……. 전쟁과 세계를, 그리고 내가 왜 그것들 속에 있는지를 보았소. 맹목적이 되려 했지만, 그럴 수가 없었소.

나는 군복을 입고, 부모님과 릴리가 빅토리아 역에서 나를 전송하게 했소. 그들은 내가 도버 해협 근처에 있는 부대에 귀대하는 것으로 믿었소. 열차는 군인들로 가득했소. 나는 다시 한 번 전쟁의 거대한 물결과 죽음에 대한 유럽의 갈망이 나를 데려가는 느낌을 받았소. 열차가 켄트 주의 어느 읍에 섰을 때 나는 기차에서 내렸소. 그리고 2~3일간 그곳에 있는, 외판원들이 주로 이용하는 호텔에 머물렀소. 나에게는 희망도 없고, 목표도 없었소. 전쟁에서 벗어나기란 불가능했소. 눈에 보이는 것과 귀에 들리는 것 모두가 전쟁과 관련된 것들이었소. 결국 나는 런던으로 다시 돌아가, 영국에서 피난처가 될 수 있는 단 한 사람의 집으로 갔소. 바로 내 외할아버지의 집이었소. 실은 종조부였지만 말이오. 나는 그가 그리스인이며, 내 어머니의 아들인 나를 사랑하고, 그리스인은 가족을 다른 무엇보다 중시한다는 것을 알고 있었소. 그는 내 말에 귀를 기울였소. 그리고는 일어서서 내게 다가왔소. 나는 그가 무엇을 하려는지 알고 있었소. 그는 내 뺨을 아주 세게 때렸소. 얼마나 세게 때렸는지 지금도 얼얼한 느낌이 들 정도요. 그런 다음 그는 〈이게 내 생각이다〉라고 말했소.

그가 그 말을 했을 때 〈내가 줄 모든 도움에도 불구하고〉라는 뜻이 담겨 있다는 것을 나는 아주 잘 알고 있었소. 그는 내게 무척 화가 났고, 그리스어로 갖은 욕설을 퍼부었소. 하지만 결국 나를 숨겨 주었소. 내가 돌아간다 하더라도 탈영죄로 총살을 당할 거라는 말을 했기 때문이었을 거요. 다음 날 그는 어머니를 만나러 갔소. 아마 어머니에게 양자택일을 하라고 한 것 같소. 시민으로서의 의무를 다하든지, 어머니로서의 의무를 다하든지 말이오. 어머니가 나를 만나러 왔소. 비난의 말은 하지 않았지만, 그것은 할아버지의 노여움보다 더 나빴소. 아버지가 이 사실을 알게 될 경우 어머니가 어떤 고통을 겪을지 나는 알고 있었소. 어머니와 할아버지는 결론에 이르렀소. 나는 배로 영국을 몰래 빠져나가 아르헨티나에 있는 친척에게 가야 했소. 다행히 할아버지는 돈도 있고, 선박업계에 필요한 친구들도 있었소. 준비가 이루어졌소. 날짜도 정해졌소.

나는 외출도 못 하고 할아버지 집에서 3주를 살았소. 자기 혐오와 두려움으로 인한 고통 때문에 몇 번이나 포기하고 싶었소. 무엇보다 릴리에 대한 생각이 나를 고문했소. 나는 그녀에게 매일 편지를 쓰겠노라고 약속했었소. 물론 그럴 수가 없었소. 다른 사람이 나를 어떻게 생각하는지는 상관하지 않았소. 하지만 그녀에게만큼은 나는 정상이며 미친 건 세상이라는 것을 확인해 주고 싶은 마음에 미칠 것만 같았소. 그것은 지성과는 얼마간 관계가 있을 수도 있지만 지식과는 아무런 관계도 없는 것이라고 확신하오. 그러니까 내 말은, 세상에는 본능적이지만 완벽한 도덕적 판단력을 지닌 사람들이 있고, 그런 이들은 인도의 소작인들이 때로 놀라운 수학적

묘기를 부리는 것처럼 아주 복잡한 윤리적 계산을 몇 초 안에 해낸다는 것이오. 릴리는 그런 사람이었소. 그리고 나는 내가 옳다는 그녀의 말이 너무도 듣고 싶었소.

어느 날 저녁, 나는 더 이상 참을 수가 없어 은신처에서 몰래 나와, 세인트 존스 우드로 갔소. 나는 그날 저녁이 릴리가 한 주에 한 번, 애국 활동의 일환으로 재봉과 뜨개질 봉사를 하러 근처 목사관에 가는 날이라는 걸 알고 있었소. 나는 그녀가 지나갈 길목에서 기다렸소. 5월의 따뜻한 석양 무렵이었소. 마침 운이 좋았소. 그녀가 혼자 왔던 거요. 나는 기다리고 있던 문에서 나와 그녀 앞에 섰소. 그녀는 충격으로 얼굴이 새하얘졌소. 내 얼굴과 민간인 복장을 한 내 모습을 보고 뭔가 끔찍한 일이 있었다는 것을 파악했소. 그녀를 보자마자 그녀를 향한 사랑이 나를 압도해, 준비해 간 말을 다 잊어버리고 말았소. 그때 무슨 말을 했는지 기억이 나지 않소. 다만 석양 속에서 그녀와 나란히 리전트 공원 쪽으로 걸은 것만 생각나오. 우리는 둘 다 어두운 곳에서 단둘이 있고 싶어 했던 거요. 그녀는 따지지도, 무슨 말을 하지도 않았소. 한참 동안 나를 쳐다보지도 않았소. 우리는 공원 북쪽을 흐르는 음울한 운하까지 가 의자에 앉았소. 그녀는 울기 시작했소. 나는 차마 그녀를 달랠 수 없었소. 그녀를 속인 것은 용서받을 수 없는 일이었소. 탈영한 것이 아니라, 그녀를 속인 것이 말이오. 그녀는 한동안 내게서 눈길을 돌리고 검은 운하를 내려다보았소. 마침내 내 몸에 팔을 둘렀지만 여전히 아무 말이 없었소. 나는 유럽의 나쁜 모든 것인 내가 좋은 모든 것의 품 안에 안겨 있다고 느꼈소.

하지만 우리 사이에는 너무도 많은 오해가 있었소. 역사 앞에서는 옳다고 느끼면서 사랑하는 사람 앞에서는 아주 잘못한 것처럼 느끼는 것은 가능하며, 정상적이기까지 한 일이오. 잠시 후 릴리가 말을 하기 시작했을 때, 나는 그녀가 전쟁에 관해 내가 한 말을 전혀 이해하지 못하고 있다는 걸 깨달았소. 그녀는 자신을 내가 바랐던 관용의 천사가 아니라 구원의 천사로 보고 있었소. 그녀는 내게 돌아가라고 애원했소. 돌아가기 전까지는 나는 정신적으로 죽은 거나 다름없다고 그녀는 생각했소. 그리고 몇 번이나 〈부활〉이라는 말을 언급했소. 나는 나대로 우리는 어떻게 될지 알고 싶다고 몇 번이고 말했소. 그러자 그녀는 마침내, 자신의 판단에 따르면, 그녀를 위해서가 아니라 나 자신을 위해서 내가 전선으로 돌아가는 것이 그녀의 사랑에 대한 대가라고 말했소. 그것이 나의 진정한 자아를 다시 찾는 길이라는 거였소. 그리고 자신의 사랑은 지난번 숲에서 얘기한 대로라고 했소. 무슨 일이 있더라도 다른 누구와도 결혼하지 않겠다고 했소.

결국 우리는 침묵했소. 당신도 이해할 수 있을 거요. 사랑이란 일치가 아니라 두 사람 사이의 수수께끼라는 것을. 우리는 인간이라는 것의 양극단에 있었소. 릴리는 의무감에 얽매여 있고, 선택을 할 수 없으며, 고통스러워하고, 사회적 이상에 좌우되는 사람이었소. 그녀는 십자가에 못 박힌 인간이자 십자가를 향해 가는 인간이었소. 반면 나는 자유롭고, 예수를 세 번 배반한 베드로와 같은 인간이었소. 어떠한 대가를 치르더라도 살아남고자 하는 인간 말이오. 아직도 그녀의 얼굴이 눈에 선하오. 마치 다른 세계를 들여다보기라도 하듯 어둠 속을 응시하는 그녀의 얼굴이. 우리는 꼭 고문실에 갇힌 것 같았소. 여전히 사랑하면서도 서로 맞은편 벽에 묶여 있어, 영원히 마주하고 있지만 영원히 서로를 만질 수 없는 상태로 말이오.

물론 남자들이 늘 그렇듯, 나는 그녀에게서 어떤 희망을 끌어내려고 노력했소. 그녀가 나를 기다려 주고, 너무 성급하게 나를 판단하지 않기를 말이오⋯⋯. 하지만 그녀의 어떤 표정이 나의 그런 노력을 중단시켰소. 그 표정은 결코 잊을 수 없을 거요. 그것은 거의 증오에 가까운 것이었고, 그녀의 얼굴에 떠오른 그 증오는 성모 마리아의 얼굴에서 보이는 원한과 흡사했소. 그것은 자연 질서 전체를 뒤엎었소.

돌아오는 길에 나는 그녀 옆에서 말없이 걸었소. 가로등 아래에서 나는 그녀에게 작별 인사를 했소. 라일락나무로 가득한 정원 옆에서. 우리는 서로를 만지지 않았소. 한마디도 하지 않았소. 갑자기 늙어 버린 두 젊은이의 얼굴이 서로를 마주하고 있었소. 다른 모든 소리와 사물, 그리고 이제껏 걸어 온 단조로운 거리가 먼지와 망각 속으로 가라앉은 그 순간. 하얀 두 얼굴. 라일락 향기. 그리고 바닥 모를 어둠.」

콘키스는 잠시 말을 멈췄다. 그의 목소리에는 감정이 전혀 실려 있지 않았다. 하지만 나는 앨리슨을, 그녀의 마지막 표정을 떠올렸다.

「그리고 그것이 전부요. 나흘 뒤 나는 리버풀 부두에서 그리스 화물선 밑바닥에 웅크린 채 아주 불쾌한 열두 시간을 보냈소.」

침묵이 흘렀다.

「그녀를 다시 만난 적이 있습니까?」

우리 머리 위로 박쥐 한 마리가 찍찍거렸다.

「그녀는 죽었소.」

그가 이야기를 이어 가게 해야 했다.

「그 직후였습니까?」

「1916년 2월 19일 이른 시각이었소.」 나는 그의 얼굴 표정을 보려 했지만, 너무 어두웠다. 「티푸스가 돌았을 때였소. 그녀는 병원에서 일했소.」

「안됐군요.」

「다 지나간 일이오.」

「하지만 마치 현재의 일처럼 여겨지게 하셨는데요.」 그는 고개를 갸우뚱했다. 「라일락 향기.」

「늙은이의 감상이오. 용서하시오.」

그는 어둠 속을 응시하고 있었다. 박쥐는 너무도 낮게 날았고, 나는 짧은 순간 은하수를 배경으로 박쥐의 실루엣을 보았다.

「그 때문에 결혼을 안 하신 겁니까?」

「죽은 자는 살아 있소.」

나무들의 검은 형태. 나는 발소리를 들으려고 귀를 기울였지만 아무 소리도 들리지 않았다. 긴장감이 흘렀다.

「그들은 어떻게 살아 있죠?」

그는 다시 침묵했다. 자신의 말보다 침묵이 내 질문에 더 좋은 대답이 된다고 생각하는 것 같았다. 하지만 그가 대답을 하지 않을 거라고 생각한 순간 그가 입을 열었다.

「사랑에 의해서요.」

그것은 나를 향해서가 아니라 주위에 있는 모든 것을 향해하는 소리 같았다. 마치 릴리가 저 문 옆의 어두운 그림자 속에 서서 듣고 있는 것처럼. 그리고 자신의 과거를 이야기한 것이 어떤 위대한 원칙을 상기시켜 주었고, 그것을 신선하게 다시 보게 된 것처럼. 나는 내가 감동을 받았다는 것을 깨달았고, 이번에는 침묵이 머물게 놔뒀다.

1분쯤 후 그가 내게로 고개를 돌렸다.

「다음 주에 와주었으면 하오. 시간이 괜찮다면.」

「초대만 해주신다면 문제 될 건 없습니다.」

「좋소. 기쁘오.」 하지만 이제 그의 기쁨은 그저 예의를 차리는 것에 지나지 않은 것으로 보였다. 그는 다시 위압적으로 바뀌어 있었다. 그가 자리에서 일어났다. 「잠자리에 들어야겠소. 늦었소.」

나는 그를 따라 내 방으로 들어갔다. 그가 몸을 숙여 램프를 켰다.

「나는 사람들이 내 삶에 대해 왈가왈부하는 것을 원치 않소.」
「알겠습니다.」

그는 몸을 펴며 나를 마주했다.
「그래요. 다음 주 토요일에 보는 거요?」

나는 미소를 지었다. 「그럼요. 지난 이틀을 결코 잊지 못할 겁니다. 제가 왜 선민인지, 또는 왜 선택되었는지는 알 수 없지만요.」

「어쩌면 그건 당신의 무지 때문일 수도 있소.」
「선택된다는 것이 대단한 특권으로 느껴지게 된다는 걸 알기만 하면 되겠군요.」

그는 내 시선을 살피더니 뭔가 이상한 짓을 했다. 그는 보트에서 그랬던 것처럼 손을 뻗어 아버지처럼 내 어깨를 다독거렸다. 나는 어떤 시험을 통과한 것 같았다.

「좋소. 마리아가 아침 식사를 차려 줄 거요. 그럼 다음 주까지 잘 지내기를.」

그런 다음 그는 사라졌다. 나는 욕실에 다녀와, 방문을 잠그고, 램프를 껐다. 하지만 옷은 벗지 않았다. 나는 창가에 서서 기다렸다.

25

최소한 20분 동안은 아무 소리도 들리지 않았다. 콘키스는 욕실에 갔다가 나왔다. 그러고는 정적뿐이었다. 그런 상태가 꽤 오래 지속되었고, 결국 나는 옷을 벗고 몰려오는 잠 속으로 빠져들기 시작했다. 하지만 정적이 깨졌다. 콘키스의 방문이 조용히, 하지만 비밀스럽지는 않게 열렸다 닫혔으며, 나는 그가 계단을 내려가는 소리를 들었다. 1분, 2분이 흘렀다. 나는 자리에서 일어나 침대에서 나왔다.

다시 음악 소리가 들렸다. 하지만 그것은 아래층에서 나는 하프시코드 소리였다. 현에 타격이 가해져 나는 희미한 소리는 돌로 지은 집 전체에 울려 퍼졌다. 잠시 나는 실망감을 느꼈다. 콘키스가 잠을 못 이루거나 슬픈 마음에서 연주를 하는 것에 지나지 않은 것처럼 보였다. 하지만 어떤 소리가 들렸고, 나는 재빨리 문 쪽으로 갔다. 그러고는 조심스럽게 문을 열었다. 하프시코드의 기계 장치가 덜거덕거리는 소리가 들리는 것으로 보아 아래층 문도 열려 있는 게 틀림없었다. 하지만 내 등을 오싹하게 한 것은 희미하면서도 뭔가에 홀린 듯한 리코더 소리였다. 나는 그것이 전축에서 나는 소리가 아니라는 것을 알았다. 누군가가 리코더를 연주하고 있었다. 음악은 잠시 멈추었다가, 다시 좀 더 활기찬 8분의 6박자 리듬으로 이어졌다. 리코더가 장중하게 함께 소리를 냈는데, 한 번 실수를 하더니 다시 실수를 했다. 하지만 연주자는 상당한 기량을 지닌 듯 트릴과 장식음을 전문 연주자처럼 처리했다.

나는 알몸으로 층계참으로 나가 난간 너머를 내려다보았다. 음악실 바깥 바닥으로 희미한 빛이 새어 나와 있었다. 아마 귀를 기울이는 건 괜찮지만 아래층으로 내려가서는 안 되었을 것이다. 하지만 그럴 수야 없었다. 나는 스웨터와 바지를 입고 맨발로 살금살금 계단을 내려갔다. 리코더 소리가 멈췄고, 나는 악보대 위의 종이가 넘겨지는 소리를 들었다. 하프시코드가 류트 페달을 밟고 연주하는 긴 악절로 이루어진 새 악장이 시작되었다. 비처럼 부드러운 그 음들은 먼 데서 아련히 들려오는 듯한 신비한 화음을 집 안 가득 넘쳐흐르게 했다. 리코더가 아다지오처럼 느리면서도 장중하게 연주되었고, 한순간 음정이 불안하게 흔들리다가 다시 제 음을 찾았다. 나는 뒤꿈치를 든 채 음악실의 열려 있는 문을 향해 갔지만 뭔가가 — 취침 시각 이후에 못된 짓을 하는 아이가 느끼는 이상한 느낌 같은 것이 — 나를 붙들었다. 문은 활짝 열려 있지만 하프시코드 쪽을 향해 열려 있었고, 서가의 한쪽 끝이 가리고 있어 틈 사이로 방 안을 볼 수도 없었다.

음악이 끝났다. 의자를 옮기는 소리가 들렸고, 내 심장은 걷잡을 수 없이 뛰었다. 콘키스가 낮은 목소리로 알아들을 수 없는 한 단어를 말했다. 나는 벽에 몸을 바짝 붙였다. 뭔가가 바삭거리는 소리가 들렸다. 누군가 음악실 문 쪽에 서 있었다.

키가 나만 하고 몸매가 호리호리한, 20대 초반의 여자였다. 한 손에 리코더를, 다른 손에는 진홍색의 작은 리코더 관 소제용 붓을 들고 있었다. 그녀는 푸른색과 흰색 줄무늬가 있는, 깃이 넓은 드레스를 입고 있었는데, 팔은 맨살이 드러나 있었다. 한쪽 팔꿈치 위에는 팔찌를 끼고 있었고, 아래쪽에서 좁아지는 스커트는 거의 발목까지 내려와 있었다. 눈부실 정도로 예쁜 얼굴이었지만, 햇볕에 그을리지도 않았고 화장도 전혀 하지 않은 모습이었다. 그녀의 머리 모양과 윤곽선, 꼿꼿이 선 자세 등 모든 것이 40년 전 여자의 모습을 하고 있었다.

나는 내가 릴리를 보고 있다는 것을 알았다. 사진들 속의, 특히 외설적인 골동품이 있는 진열장 위에 있던 사진 속 여자와 똑같은 게 분명했다. 보티첼리의 그림 같은 얼굴과 회색빛이 도는 보라색 눈. 눈이 특히 아름다웠다. 무척 크고, 눈매가 약간 뒤틀려 있으며, 암사슴의 눈처럼 서늘하고, 아몬드같이 생긴 눈은 얼굴에 자연스러운 신비감을 주고 있었다. 그 눈이 아니었더라면, 그녀의 얼굴은 너무 균형 잡힌 느낌이어서 오히려 완벽하지 않게 보였을 수도 있었다.

그녀는 즉시 나를 보았다. 나는 돌바닥에 붙박인 것처럼 서 있었다. 한순간 그녀도 나만큼이나 놀란 듯했다. 그러다가 커다란 눈으로 몰래 재빨리, 콘키스가 앉아 있을 하프시코드 쪽을 보고는 다시 눈길을 내게 돌렸다. 그녀는 소제용 붓을 입술로 치켜들고 흔들어, 움직이지도, 아무 말도 하지 못하게 하며 미소를 지었다. 그것은 〈비밀〉 또는 〈경고〉라는 제목의 풍속화의 한 장면 같았다. 하지만 그녀의 미소는 묘했다. 마치 자신은 어떤 비밀을 나와 나누고 있으며, 이것은 노인은 아닌, 우리 둘이 만들어 가야 하는 환영이라고 말하는 것 같았다. 여자의 입에는 차분하면서도 즐기는 듯하고, 수수께끼 같으면서도 동시에 뭔가를 폭로하는 듯하며, 어떤 가식을 보이면서도 가식을 부리고 있음을 인정하는 듯한 뭔가가 있었다. 그녀는 다시 한 번 콘키스를 은밀하게 쳐다보고는, 몸을 앞쪽으로 기울이며, 딴 데로 가라는 듯 소제용 붓 끝으로 내 팔을 가볍게 밀었다.

이 모든 일은 5초도 안 되는 사이에 일어났다. 문이 닫혔고, 나는 어둠 속에서, 백단향의 회오리바람 속에 서 있었다. 나는 그것이 유령이었다면, 그녀가 투명하거나 머리가 없다면 덜 놀랐을 거라는 생각을 했다. 그녀는 물론 이 모든 것이 제스처 게임이지만 콘키스가 그 사실을 알아서는 안 되며, 자신은 나를 위해서가 아니라 그를 위해 멋진 드레스를 입었다는 것을 너무도 분명하게 암시했다.

나는 재빨리 홀을 지나 현관문으로 가서 걸쇠를 풀었다. 그런 다음 주랑 쪽으로 소리를 내지 않고 걸어갔다. 좁은 아치형 창문을 통해 곧 콘키스의 모습이 보였다. 그는 다시 연주를 시작한 상태였다. 나는 여자를 찾아 움직였다. 나는 그녀가 자갈길을 건너갈 시간적 여유가 없었다고 확신했다. 하지만 그녀는 그곳에 없었다. 나는 콘키스의 등 뒤에서 주위를 돌아다녔고, 그가 있는 방의 모든 구석을 들여다보았다. 그녀는 그곳에도 없었다. 주랑 앞쪽 부분에 있을지도 모른다는 생각이 들어, 조심스럽게 구석 주위를 살펴보았다. 그곳도 텅 비어 있었다. 음악은 계속 이어지고 있었다. 나는 무엇을 해야 할지 갈피를 못 잡고 서 있었다. 그녀는 반대편 주랑 끝을 지나 집 뒤쪽으로 돌아 뛰어간 게 틀림없었다. 나는 창문 아래로 몸을 숨긴 채 열려 있는 문들을 몰래 지나 채소밭 너머를 바라본 뒤 그 주위를 걸었다. 그 길로 사라진 게 분명하다는 느낌이 들었다. 하지만 거기에는 아무런 사람의 흔적도, 어떤 소리도 없었다. 잠시 서서 기다리고 있으니, 콘키스가 연주를 마쳤다. 곧이어 불이 꺼지고, 그가 사라졌다. 나는 다시 주랑으로 돌아가 어둠 속에서 의자에 앉았다. 깊은 고요가 주위를 감싸고 있었다. 거대한 우물 바닥에 떨어지는 물방울 소리 같은 귀뚜라미 울음소리만 들렸다. 머릿속에서 온갖 추측이 지나갔다. 내가 본 사람들과 내가 들은 소리들과, 그 역겨운 냄새는 초자연적인 것이 아니라 현실적인 것이었다. 현실적이지 않은 것은 눈에 보이는 장치 — 비밀의 방과 사라질 수 있는 곳 — 와 동기가 전혀 없다는 것이었다. 그리고 〈유령들의 출현〉이 나뿐만 아니라 콘키스를 위한 것이기도 하다는 것을 암시하는, 이 새로운 차원이 무엇보다 당황스러웠다.

나는 누군가가, 바라건대 〈릴리〉가 나타나 설명해 주기를 기다리며 어둠 속에 앉아 있었다. 다시 한 번 나 자신이 어린 아이처럼 느껴졌다. 어떤 방에 들어갔는데, 거기 있는 사람들 모두가 자신은 알지 못하는 자신의 어떤 것을 알고 있다는 것을 알게 된 어린아이 같은 느낌이었다. 또한 콘키스의 슬픔에 속았다는 느낌도 들었다. 〈죽은 자는 사랑에 의해 살고 있소.〉 그리고 그들은 연기를 통해서도 살 수 있는 게 분명했다.

하지만 나는 그것이 누구이든, 릴리를 연기한 사람을 가장 많이 기다렸다. 그 젊고 지적이며 즐거워하는 듯한, 눈부실 정도로 예쁘며, 북유럽 여자 같은 얼굴의 주인을 알아내야 했다. 그녀가 프락소스 섬에서 무엇을 하고 있으며, 어디서 왔는지, 그 모든 수수께끼 뒤에 감춰진 진실은 무엇인지 알고 싶었다.

나는 한 시간 가까이 기다렸지만, 아무 일도 일어나지 않았다. 아무도 나타나지 않았고, 아무 소리도 들리지 않았다. 결국 나는 내 방으로 돌아갔다. 하지만 그날 밤 잠을 설칠 수밖에 없었다. 5시 반, 마리아가 문을 두드렸을 때 나는 술이 덜 깬 것처럼 잠에서 깨어났다.

하지만 학교로 돌아가는 길은 즐거웠다. 나는 서늘한 공기, 분홍색에서 엷은 황록색으로, 다시 푸른색으로 변하는 미묘한 하늘, 아직도 잠들어 있는 무형의 잿빛 바다, 그리고 고요한 소나무들이 늘어선 긴 비탈을 마음껏 즐겼다. 그렇게 걸으면서 나는 어떤 의미에서 다시 현실로 들어갔다. 마치 꿈을 꾸었던 것처럼, 주말에 있었던 일들은 물러가 격리되는 것 같았다. 그럼에도 걷는 동안 아침의 이른 시간과 절대적인 고독과 일어났던 모든 사건이 한데 어우러져, 마치 신화 속으로 들어가고 있는 것 같은 아주 이상한 느낌이 찾아왔다. 또한 매순간, 고대에 젊다는 것이 육체적으로 어떤 것인지를 알 것 같았다. 키르케를 만나기 위해 가고 있는 오디세우스나, 크레타 섬으로 향하는 테세우스, 또는 여전히 자신의 운명을 찾아 헤매는 오이디푸스를 마음속으로 그릴 수 있을 것 같았다. 그것을 말로 설명하기는 불가능했다. 그것은 전혀 문학적인 느낌이 아니라, 흥분과 여전히 무슨 일이든 일어날 수 있는 상황에 있다는 것에 대한 강렬할 정도로 신비한, 현재적이면서도 구체적인 느낌이었다. 지난 사흘간 세계가 갑자기 나만을 위해 다시 발명된 것만 같았다.

26

편지 한 통이 와 있었다. 일요일 배편으로 온 편지였다.

사랑하는 니컬러스,
당신이 죽었다고 생각했어. 나는 다시 혼자가 되었어. 그렇게 말할 수도 있을 것 같아. 내가 당신을 다시 보고 싶어 하는지 판단을 내리려 했어. 요점은 그럴 수 있다는 거였어. 이제 아테네를 지나가. 당신과 다시 엮이는 것이 미친 짓일 만큼 당신이 나쁜 사람인지 아닌지 결론을 내리지 못했어. 당신을 잊을 수가 없어, 당신보다 훨씬 괜찮은 남자들과 함께 있을 때에도. 니코, 나는 약간 취했고, 이 편지도 어쩌면 찢어 버릴지도 몰라.
아테네에서 며칠간 쉴 수 있으면 전보를 보낼게. 내가 이런 식으로 계속하면 당신은 나를 만나고 싶지 않겠지. 지금 어쩌면 당신은 나를 만나고 싶지 않다는 생각을 하고 있을지도 몰라. 당신 편지를 받았을 때 나는 당신이 그곳에서 지루해서 그것을 쓴 것뿐이라는 것을 알았어. 아직도 당신에게 편지를 쓰기 위해서는 술에 취해야 한다는 게 끔찍하지 않아? 비가 오고 있고, 너무도 추워서 불을 지폈어. 해 질 녘인데 온통 잿빛이고, 너무도 비참해. 벽지는 연한 자줏빛이야. 아니, 녹색의 서양자두가 그려진 자줏빛 지옥처럼 보여.

당신도 이걸 보면 구역질이 날 거야.

　　　　　　　　　　　　　　　　　　　A.

앤의 집으로 편지를 보내.

　그녀의 편지는 최고로 좋지 않은 때에 왔다. 그 편지로 인해 나는 내가 부러니 곳을 누구와도 공유하고 싶어 하지 않는다는 것을 깨달았다. 그곳에 대해 처음 알게 된 후, 그리고 콘키스와 처음 만난 뒤에도 여전히, 심지어는 풀크스와 관련된 일이 있었을 때에도 누군가에게 — 앨리슨에게 — 그것에 대해 말을 하고 싶었다. 하지만 이제는 말하지 않은 게 다행으로 여겨졌다. 그녀에게 편지를 썼을 때 내가 다른 식으로 냉정을 잃지 않은 것이, 비록 여전히 모호하긴 하지만, 다행으로 여겨졌다.

　5초 만에 사랑에 빠질 수는 없는 일이다. 하지만 5초라는 시간은 사랑에 빠지는 꿈을 꾸기에는 충분한 시간이다. 특히 바이런 경 학교처럼 믿을 수 없을 정도로 남자들만 득시글거리는 환경에서는 더욱 그렇다. 한밤중에 본 얼굴에 대해 생각하면 할수록 그 얼굴은 지적이고 매력적으로 되었다. 그리고 교양과 까다로움과 섬세함을 갖춘 것 같은 그 얼굴은 달이 뜨지 않은 밤에 그 지역 어부들이 밝힌 램프가 물고기를 유인하듯 나를 운명적으로 유인했다. 나는 콘키스가 모딜리아니나 보나르의 그림을 소유할 정도로 부자라면 정부도 최고의 여자를 고를 수 있을 거라는 생각을 했다. 그 여자와 콘키스 사이에 모종의 성적 관계가 있을 거라는 추측을 할 수밖에 없었다. 그렇게 생각하지 않는다면 그것이야말로 순진한 것일 터였다. 하지만 콘키스를 바라보는 그녀의 눈길에는 성적이라기보다는 오히려 딸 같고 애정을 갖고 보호하는 듯한 뭔가가 서려 있었다.

월요일인 그날 나는 어떻게 해야 할지를 결정하기 위해 앨리슨의 편지를 열 번도 넘게 읽었을 것이다. 답장을 보내야 한다는 것은 알고 있었지만, 미루면 미룰수록 좋다는 결론을 내렸다. 편지가 조용히 나를 성가시게 하는 것을 막기 위해 나는 그것을 책상 맨 아래쪽 서랍 안에 치워 버렸다. 그런 다음 침대에 들어 부라니에 대해 생각했다. 그리고 그 수수께끼 같은 인물과 함께하는 온갖 낭만적이고도 성적인 환상 속으로 빠져들었다. 피곤한데도 도무지 잠이 오지 않았다. 매독에 걸린 죄로 몇 주간 섹스에 대한 생각은 하지 못했는데, 이제 내가 무죄라는 것을 알게 되자 — 콘키스가 읽으라고 준 책을 30분 정도 읽자, 그의 진단이 옳았다는 것을 알 수 있었다 — 성욕이 강하게 일었다. 나는 다시 에로틱한 기분으로 앨리슨과, 주말에 아테네의 어느 호텔 침실에서 그녀를 갖는 더러운 쾌락에 대해 생각하기 시작했고, 손 안에 든 새가 덤불 속의 새보다 낫다는 생각을 했다. 그리고 좀 더 순수한 마음으로 앨리슨의 고독에 대해, 그녀의 영원하며 불안한 고독에 대해 생각했다. 그녀의 칠칠맞고 그다지 세심하지 않은 편지 속에서 나를 기쁘게 한 것은 〈앤의 집으로 편지를 보내〉라는 문장이었다. 그것은 편지의 나머지 문장에 배어 있는 어색함과 사그라지지 않은 분노를 부정하고 있었다.

나는 침대에서 내려와 잠옷 바지를 입은 채 앉아 아주 긴 편지를 썼지만 다시 읽어 본 후 찢어 버렸다. 두 번째 쓴 것은 훨씬 짧았는데, 유감스러운 현재 상황을 밝히는 것과, 그녀에게 애정과 욕망을 품고 있어 기회만 주어진다면 여전히 함께 침대에 오르고 싶다는 뜻을 비치는 것 사이에 적당한 균형이 유지되도록 한 것 같았다.

주말에도 대부분 학교에 묶여 있다고 말했다. 다음 주 주말에는 학기 중의 중간 휴가가 있어 그때 아테네에 갈 수도 있지만 확실하지는 않다고 했다. 하지만 아테네에 가게 될 경우 그녀를 보면 기쁠 거라는 말도 했다.

나는 최대한 빨리 멜리를 만났다. 예전에 이미 학교에 얼마간이라도 마음을 털어놓을 수 있는 사람이 있어야 한다는 결론을 내린 터였다. 주말에는 당직이 아닌 한 학생들과 함께 학교에서 식사할 필요가 없었다. 내가 딴 데 갔었다는 사실을 알아차렸을 수도 있는 선생은 멜리밖에 없었지만 그는 아테네에 갔었다. 월요일 점심 식사를 마친 뒤 우리는 그의 방에 앉아 있었다. 통통한 그는 책상에 앉아, 자신의 별명에 걸맞게 항아리에 든 히메토스 특산 벌꿀을 숟가락으로 퍼 먹으며, 아테네에서 돈을 주고 산 육체와 사창가에 대해 이야기했다. 나는 그의 침대에 누워 건성으로 이야기를 들었다.

「그런데, 니컬러스, 자네는 주말을 즐겁게 보냈나?」
「콘키스 씨를 만났어.」
「자네가…… 아냐, 농담이겠지.」
「다른 사람들한테는 말해서는 안 돼.」
멜리는 항의하는 투로 두 손을 들어 올렸다. 「물론이지. 하지만…… 믿을 수 없는걸.」
나는 그 전주 처음 방문했을 때의 일을 불온한 부분은 거의 빼고 말했고, 콘키스와 부라니 곶에 관한 이야기도 가능한 한 지루한 느낌이 들게 얘기를 했다.
「생각했던 것만큼이나 멍청한 자 같군. 여자들은 없던가?」
「흔적도 없었어. 어린 사내아이들도 없었고.」
「염소조차 없었어?」
나는 그에게 성냥갑을 던졌다. 반은 어처구니없이, 그리고 반은 자신의 기질로 인해 그는 유일하게 의미 있는 여가 활동이 섹스와 식사뿐인 세계에서 살았다. 그는 양서류 같은 입술로 미소를 지으며 다시 꿀을 핥았다.

「다음 주에 다시 오라고 했어. 그런데 멜리, 자네 예습 시간 두 번을 내가 맡을 테니 일요일 오후 당직을 대신 서줄 수 없겠나?」 일요일 당직 근무는 쉬운 일이었다. 학교 안에 머물며 두어 번 운동장을 어슬렁거리기만 하면 되었다.

「좋아, 그러지. 알았네.」 그는 숟가락을 빨았다.

「그리고 다른 사람들이 물을 경우 뭐라고 해야 할지 말해 줘. 내가 다른 어디 간다고 생각해 줬으면 하거든.」

그는 잠시 생각을 하며 숟가락을 흔들더니 말했다. 「히드라 섬에 간다고 해.」

히드라는 아테네로 가는 배가 도중에 들렀다 가는 곳이었지만, 작은 돛배가 가끔 다녀 굳이 아테네행 배를 탈 필요는 없었다. 그곳에는 초기 형태의 예술인 마을 같은 곳이 있었고, 나도 얼마든지 가보고 싶었던 곳이었다. 「좋아. 그리고 누구한테도 얘기하지 않는 거야.」

그는 십자가를 그었다. 「조용히 있겠네, 저 그…… 무엇처럼이라고 하지?」

「자네가 언젠가 있어야 할 곳, 멜리. 무덤처럼 말이야.」

그 주에 나는 낯선 얼굴이 돌아다니는지 보려고 몇 번 마을에 갔다. 내가 찾는 세 사람은 그림자도 보이지 않았지만, 낯선 얼굴이 몇 보였다. 휴양을 하러 아테네에서 아이들을 데리고 온 부인네 서넛과 호텔 필라델피아의 허름한 로비를 들락날락거리는, 생기 없는 연금 생활자들 같은 한두 쌍의 노부부들이었다.

어느 날 저녁 나는 초조한 마음이 들어, 항구까지 산책을 나갔다. 밤 11시경이었고, 개오동나무와 1821년에 사용되었던 검고 낡은 대포가 있는 그곳에는 사람의 그림자가 거의 없었다. 나는 카페에서 터키 커피와 브랜디 한 모금을 마신 뒤 온 길을 되짚어 걷기 시작했다. 호텔을 조금 지나 수백 미터 정도 되는 콘크리트 〈산책길〉을 걷고 있을 때, 키가 아주 큰 노인 하나가 길 한복판에 서서 뭔가를 찾는 듯 몸을 숙이고 있는 것이 보였다. 내가 다가가자 그가 얼굴을 들었다. 그는 정말로 눈에 띄게 키가 컸고, 프락소스 섬에서 입기에는 너무도 멋진 옷을 입고 있었다. 여름철 관광객이 분명했다. 단춧구멍에 하얀 치자꽃이 꽂혀 있는 연한 황갈색 양복을 입고, 검은 띠를 두른 하얀색 파나마모자를 쓰고, 작은 염소수염을 기르고 있었다. 그는 해포석(海泡石) 자루가 달린 지팡이 중간 부분을 쥐고 있었는데, 원래 생긴 것 자체가 근심 어린 얼굴인 데다 실제로도 무척이나 근심에 잠겨 있는 것 같았다.

나는 그리스어로 뭔가를 잃어버렸는지 물었다.

「*Ah pardon······est-ce que vous parlez français, monsieur* (실례지만······ 프랑스어를 할 줄 아시오)?」 그가 프랑스어로 말했다.

나는, 그렇다, 약간 한다고 말했다.

그는 지팡이의 물미를 잃어버린 모양이었다. 그는 그것이 땅에 떨어져 굴러가는 소리를 들었다고 했다. 나는 성냥을 몇 개 켜 주위를 둘러보았고, 잠시 후 조그마한 놋쇠 끝을 찾았다.

「*Ah, très bien. Mille mercis, monsieur*(아, 거기 있었군요. 대단히 고맙소).」

그는 지갑을 꺼냈고, 한순간 나는 그가 사례금을 주려 하고 있다는 생각을 했다. 그의 얼굴은 엘 그레코의 그림처럼 음울했고, 비위에 거슬릴 정도로 권태로워 보였다. 마치 수십 년간 권태에 시달린 것 같았다. 그리고 아마도 비위에 거슬릴 정도로 따분한 사람일 거라고 나는 생각했다. 그는 사례금을 주지 않았다. 대신 물미를 지갑 안쪽에 조심스럽게 넣은 다음 정중하면서도 집요하게 내가 누구인지와, 어디서 그런 훌륭한 프랑스어를 배웠는지를 물었다. 우리는 두세 마디 대화를 나누었다. 그는 하루나 이틀 예정으로 그곳에 온 상태였다. 그는 자신이 프랑스인이 아니라 벨기에인이라는 말도 했다. 그리고 프락소스 섬은 〈*pittoresque, mais moins belle que Délos*(그림 같지만 델로스 섬만큼 아름답지는 않다)〉고 했다.

그런 상투적인 얘기를 몇 마디 더 나눈 뒤 우리는 인사를 하고 각자의 길을 갔다. 그는 남은 이틀간 다시 만나 좀 더 길게 이야기를 나눌 수 있기를 바란다고 했다. 하지만 나는 그를 다시 만나는 일이 없도록 무척 신경을 썼다.

마침내 토요일이 되었다. 일요일 시간을 내기 위해 주중에 두 차례 추가로 일을 한 탓에 학교에 완전히 진력이 나 있었다. 오전 수업이 끝나자마자 나는 재빨리 점심을 먹어 치우고 배낭을 챙겨 마을로 향했다. 수위 노인에게는 주말에 히드라 섬에 간다고 말했다. 그것은 거짓말을 퍼뜨리는 확실한 방법이었다. 학교가 보이지 않는 곳에 이르자마자 오두막들 사이를 지나 학교 뒤쪽을 돌아 부라니 곶으로 향하는 길로 들어섰다. 하지만 그곳으로 곧장 가지는 않았다.

지난 일주일 동안 콘키스에 관해 계속 생각해 보았지만 별로 소득은 없었다. 그의 〈게임〉에서 두 가지 요소 — 교훈적인 것과 미학적인 것 — 를 찾을 수 있다는 생각이 들었다. 하지만 교묘하게 연출된 그의 환상이 감추고 있는 것이 궁극적으로 지혜인지 아니면 광기인지는 알 수 없었다. 대체로 나는 후자 쪽이 아닌지 의심했다. 이성보다 광증이 더 타당한 설명처럼 보였다.

그 한 주 동안 나는 부라니 곶 동쪽 아기아 바르바라에 있는 오두막 몇 채에 대해서도 더욱더 궁금해졌다. 그곳은 자갈이 넓게 깔린 너른 만으로, 아타나토스athanatos, 즉 용설란이 무척이나 많이 줄지어 있었다. 가지가 달린 촛대처럼 생긴 4미터에 이르는 묘한 꽃들이 바다를 마주하고 있었다. 나는 나무들 사이를 조용히 지나, 만 위에 있는 백리향으로 뒤덮인 비탈에 누워, 이상한 사람들이 없나 아래쪽에 있는 오두막들을 살폈다. 하지만 검은색 옷을 입은 여자 하나가 내가 본 유일한 사람이었다. 그곳을 살펴보니 콘키스의 〈조수〉들이 살 것 같은 곳으로는 보이지 않았다. 너무 트여 있고, 너무 지켜보기 쉬웠다. 잠시 뒤 나는 오두막으로 내려갔다. 문간에 있던 아이 하나가 올리브나무들 사이로 오고 있는 나를 보고서 소리를 질렀다. 그러자 그 작은 마을에 있던 사람들 전부 — 여자 네 명과 아이들 여섯 명이었는데 다들 섬사람처럼 보였다 — 가 나타났다. 여느 소작인들답게 그들은 나를 반기며 내가 부탁한 물 한 잔과 함께 작은 접시에 담은 모과 잼과 라키[58]를 주었다. 남자들은 모두 고기잡이를 나간 상태였다. 내가 콘키스 씨를 만나러 가는 길이라 하자 그들은 정말로 놀라는 것처럼 보였다. 콘키스 씨가 그들을 방문한 적이 있는지 물었다. 그런 것은 생각도 못 해보았다는 듯이 일제히 재빨리 고개를 가로저었다. 나는 처형에 관한 이야기를 다시 들어야 했다. 제일 나이가 많은 여자가 이야기를 늘어놓기 시작했고, 나는 〈촌장〉과 〈독일군〉이라는 단어를 들었다. 아이들은 총 쏘는 흉내를 내며 팔을 들었다.

그렇다면 마리아는? 물론 그녀를 보았겠죠? 하지만 그녀

---

58 유럽 남동부 지방에서 곡물, 포도 등으로 만드는 강한 증류주.

를 한 번도 본 적이 없다고 했다. 그들 중 하나가 그녀는 프락소스 섬 출신이 아니라고 했다.

그렇다면 밤에 들리는 음악과 노랫소리는? 그들은 서로 얼굴을 쳐다보았다. 무슨 노래를 말하는 것인가? 나는 많이 놀라지는 않았다. 그들은 해가 지면 잠자리에 들어 해가 뜨면 일어나는 게 분명했다.

「그런데 그분 친척 되시오?」 할머니가 물었다. 그들은 그를 외국인으로 생각하는 게 분명했다.

나는 친구라고 했다. 노파는 이곳에는 그의 친구가 없다고 말하고는, 희미하게 적의가 담긴 목소리로, 악인은 불행을 불러온다는 말을 덧붙였다. 나는 그의 집에 손님 — 금발의 젊은 처녀와 키가 큰 남자, 그리고 얼굴이 아주 하얀 소녀 — 이 있다고 했다. 그들을 본 적이 있느냐? 그들은 없다고 했다. 부라니 곶에 가본 사람은 할머니뿐이었다. 그것도 전쟁이 일어나기 훨씬 전에였다. 그리고 그들은 나 자신과 런던과 영국에 관해, 내가 늘 들어 오던 그 유치하지만 깜찍할 정도로 열성적인 질문들을 퍼부어 댔다.

나룻풀 가지 하나를 선물로 받고서야 그들에게서 놓여날 수 있었다. 나는 절벽을 따라 내륙으로 들어가 부라니 곶으로 이어지는 능선으로 올라갔다. 한동안 아이들 셋이 맨발로 인적이 드문 길을 따라 나와 동행했다. 소나무들 사이에 있는 산등성이에 올라서자 눈앞에 펼쳐진 숲의 바다 위로 그 집의 평평한 지붕이 멀리 시야에 들어왔다. 아이들은 그 집이 더 이상 가면 안 된다는 표지라도 되는 듯 걸음을 멈추었다. 잠시 후 내가 뒤를 돌아보자, 아이들은 여전히 동경하는 듯한 모습으로 그 자리에 서 있었다. 내가 손을 흔들었지만, 아이들은 아무런 반응을 보이지 않았다.

27

 나는 콘키스와 함께 음악실로 가 자리에 앉아, 그가 D단조의 영국 모음곡을 연주하는 것을 들었다. 차를 마시는 동안 나는 내가 그 처녀를 본 것을 알고 있다고 그가 내색하기를 기다렸다. 그가 그 사실을 알고 있는 것은 틀림없었다. 밤중의 연주는 그녀의 존재를 알려 주기 위한 것이었던 게 분명했다. 하지만 나는 그 이전에 있었던 일에 대해서와 마찬가지 태도를 취할 생각이었다. 즉 그가 얘기를 꺼내기 전까지는 아무 말도 하지 않으려 했다. 우리의 대화에는 조그마한 틈도 엿보이지 않았다.

 나는 비록 전문가는 아니지만, 콘키스가 자신과 음악 사이에 아무런 장벽이 존재하지 않는 것처럼 연주를 하는 듯 느껴졌다. 〈해석〉할 필요도, 청중을 즐겁게 하거나 어떤 내적 허영심을 만족시킬 필요도 없는 것처럼. 바흐도 아마 지금 그처럼 연주하지 않았을까 싶었다. 곡의 리듬이나 형태는 잃지 않으면서도, 가장 현대적인 피아니스트나 하프시코드 연주자보다는 다소 느린 템포로 말이다. 나는 덧문을 닫은 서늘한 방에 앉아, 반짝이는 검은색 하프시코드 뒤편의, 조금 고개를 숙인 대머리를 지켜보았다. 나는 바흐의 앞으로 앞으로 밀고 나아가는 듯한 선율을, 그 끝없는 진행을 들었다. 콘키스가 대곡을 연주하는 것을 듣는 것은 처음이었는데, 보나르의 그림을 보았을 때처럼 감동을 받았다. 다른 방식이긴 했지만, 그럼에도 감동적이었다. 다시 한 번 그의 인간적인 면이 부각되었다. 음악을 들으면서 나는 그 순간 세상의 다른 어디에도 있고 싶지 않으며, 그 순간 느끼고 있는 것이 내가 겪은 모든 것을 정당화해 주고 있다는 생각이 들었다. 왜냐하면 내가 겪은 모든 것으로 인해 그곳에 있게 되었으니까. 콘키스는 처음 부라니 곳에 왔을 때 자신의 미래를 만났으며, 자신의 인생이 축 위에서 균형을 이루는 것 같은 느낌이 들었다고 했다. 나는 그가 의미한 것, 즉 자신을 새롭게 받아들이는 것과, 나는 지금의 이 마음, 이 몸일 수밖에 없다는 느낌, 그것의 악덕과 미덕, 그리고 내게 다른 기회나 선택은 없다는 것을 경험하고 있었다. 그것은 야심에 대한 환상 위에 세워졌던, 잠재력이라는 단어에 대한 나의 낡은 감각과는 무척 다른 새로운 종류의 잠재력을 인식하는 것이었다. 엉망이 된 내 삶과 이기주의, 잘못된 방향으로의 선회, 그리고 기만 등 모든 것이 제자리를 잡고, 혼돈의 근원이 아닌 건설의 근원이 될 수 있었다. 그리고 정확히 말해 내게는 다른 선택이 없었다. 그것은 분명 새로운 도덕적 해결의 순간 같은 것은 아니었다. 우리 자신을 있는 그대로 받아들이는 것이 늘 우리가 되어 마땅한 사람이 되는 것을 막는 것은 틀림없다. 하지만 그 모든 것에도 불구하고 그것은 한 걸음 앞으로 내딛는 것처럼, 그리고 한 단계 도약하는 것처럼 느껴졌다.

콘키스가 연주를 끝마치고, 나를 바라보고 있었다.

「말을 남루한 것으로 보이게 하시는군요.」

「그렇게 하는 것은 바흐요.」

「선생님도 그렇게 하고 계십니다.」

그는 얼굴을 찌푸렸다. 그는 저녁에 채소밭에 물을 줄 시간이라며 나를 떠밀면서 속마음을 감추려 했지만, 나는 그가 기분이 좋다는 것을 알 수 있었다.

한 시간 뒤 나는 다시 작은 침실에 들어와 있었다. 침대맡에 새 책들이 있는 게 보였다. 우선 장정된 팸플릿이라고 할 수 있는 아주 얇은, 프랑스어로 된 책 한 권이 있었다. 익명의 저자가 쓰고 1932년 파리에서 개인이 인쇄한 그 책의 제목은

〈우주 공간의 교류에 대하여〉였다. 나는 아주 쉽게 저자를 짐작할 수 있었다. 다음으로 〈스칸디나비아의 야생의 생명〉이라는 제목의 2절판 책이 있었다. 그 전주에 본 〈자연의 아름다움〉과 마찬가지로 〈야생의 생명〉은 모두 여자인 것이 밝혀졌다. 전나무 숲과 협만 사이에 누워 있거나, 서 있거나, 달리고 있거나, 껴안고 있는 다양한 북유럽풍의 여자들이 있었다. 레즈비언적인 뉘앙스를 풍기는 사진들도 있었는데, 그다지 마음에 들지 않았다. 그것은 어쩌면 내가 콘키스의 다면적 성격 가운데 〈외설적인〉 예술품과 문학을 좋아하는 면에 반발을 느끼기 시작했기 때문일지도 몰랐다. 물론 나는 청교도적인 사람은 아니었다. 적어도 스스로에게는 그렇게 말했다. 나는 스스로에게 말해야 한다는 것 자체가 이미 실제로는 그렇지 않다는 것을 의미하며, 자유분방한 성생활을 한다고 해서 둔감해지는 것은 아니라는 사실을 알기에는 너무 젊었다. 나는 영국인이었고, 고로 청교도적이었다. 사진들을 두 번 훑어보았다. 그것들은 아직도 귓전에 맴도는 바흐의 음악과 불편하게 충돌했다.

　마지막으로 프랑스어 책 한 권이 더 있었다. 〈18세기 프랑스의 가면극〉이라는 제목이 붙은, 화려하게 제작된 한정판 서적이었다. 안에는 하얀색의 작은 서표가 꽂혀 있었다. 해변에 있던 시선집을 떠올리며 나는 서표가 꽂힌 페이지를 펼쳤다. 한 문단 전체가 꺾은 괄호로 표시되어 있었다. 그것은 다음과 같았다.

　　생마르탱 성당의 높은 벽 뒤로 간 방문객들은 남녀 양치기들이 초록의 풀밭과 작은 숲 사이에서 하얀 양 떼에 둘러싸여 춤추고 노래하는 것을 보는 즐거움을 누렸다. 양치기들은 늘 18세기의 의복을 입지는 않았다. 때로 그들은 로마 시대, 또는 그리스 시대의 옷을 입었고, 그런 식으로 해서 테오크리토스[59]의 송가와 베르길리우스의 목가가 공연되었다. 더욱더 음란한 장면들도 있었다는 얘기도 있다. 여름밤에 달빛 아래서 매혹적인 님프들이 반은 인간이고 반은 염소인 이상한 형체들로부터 달아나는…….

마침내 모든 게 분명하게 보이기 시작했다. 부라니 곳에서 일어난 사건들은 모두 일종의 개인적인 가면극의 속성을 띠고 있었다. 그리고 그 문장은 내가 예의상으로도 나 자신의 즐거움을 위해서도, 장면 뒤쪽을 캐려 해서는 안 된다는 것을 암시하고 있었다. 나는 아기아 바르바라에서 한 질문들이 부끄럽게 느껴졌다.

나는 세수를 한 후, 콘키스가 저녁이면 약간의 격식을 갖추는 것을 좋아하는 듯 보이는 것을 생각해 하얀 와이셔츠와 여름 양복으로 갈아입었다. 침실을 나와 아래층으로 내려가는데, 그의 방문이 열렸다. 그는 나를 안으로 들어오게 했다.

「오늘 저녁에는 여기서 우조를 마실 거요.」

그는 책상에 앉아, 방금 전에 쓴 편지를 읽고 있었다. 그가 봉투에 주소를 쓰는 동안, 나는 뒤에 서서 다시 한 번 보나르의 그림을 보았다. 끝에 있는 작은 방으로 통하는 문이 살짝 열려 있었다. 옷들과 찬장이 언뜻 보였다. 그냥 옷방이었다. 열려 있는 문 옆 테이블에 놓인 릴리의 사진이 나를 응시하고 있었다.

우리는 테라스로 나갔다. 테이블이 두 개 있었는데, 그중 하나에는 우조와 술잔들이, 다른 하나에는 저녁 식사용 식기가 차려져 있었다. 저녁 식사용 테이블에 의자가 세 개 놓여

---

[59] Theocritos(B.C. 310~B.C. 250). 기원전 3세기 전반의 그리스의 대표적인 목가 시인.

있는 것이 곧바로 눈에 들어왔다. 내가 그것을 보는 것을 콘키스가 보았다.

「저녁 식사 후 손님이 올 거요.」

「마을에서요?」 나는 미소를 짓고 있었고, 그 역시 미소를 지으며 고개를 저었다. 그리스의 하늘이 끝없이 펼쳐져 있고, 세상은 저물어 가는 빛 속에 녹아드는 멋진 저녁이었다. 산들은 페르시아고양이의 털처럼 회색을 띠고 있었고, 하늘은 가공되지 않은 거대한 황록색 다이아몬드 같았다. 언젠가 마을에서 비슷한 황혼을 맞이한 일이 생각났다. 술집 밖에 있던 사람들 모두가 마치 모든 것을 말해 주는 장엄한 하늘을 스크린으로 한 영화관에 있는 것처럼 서쪽으로 고개를 돌리고 있었다.

「『프랑스의 가면극』 중에 표시해 놓으신 문단을 읽었습니다.」

「그건 단지 은유일 뿐이오. 하지만 도움이 될 수도 있을 거요.」

그는 내게 우조 한 잔을 건네주었다. 우리는 잔을 들었다.

커피가 잔에 따라졌고, 내 뒤쪽에 있는 테이블로 옮겨진 램프의 불빛이 콘키스의 얼굴을 환하게 비추고 있었다. 우리는 기다리고 있었다.

「선생님의 모험에 관한 나머지 이야기를 놓쳐야 하는 것은 아니기를 바랍니다.」

콘키스는 그리스식으로 고개를 들어 아니라는 표시를 했다. 그는 약간 긴장한 듯했으며, 내 뒤쪽의 침실 문을 바라보았다. 나는 처음 왔던 날이 생각나, 고개를 돌려 보았지만 아무도 없었다.

콘키스가 말했다. 「누가 올지 알고 있소?」

「지난주에는 제가 와야 하는 건지 말아야 하는 건지 알 수가 없었습니다.」

「당신이 원하는 대로 하면 되오.」

「질문을 하는 것만 빼고 말이죠.」

「질문을 하는 것만 빼고.」 그는 희미한 미소를 지었다. 「그 작은 팸플릿은 읽어 보았소?」

「아직요.」

「주의 깊게 읽어 보시오.」

「그렇게 하겠습니다. 기대가 됩니다.」

「그러면 내일 밤에 우리는 실험을 할 수도 있을 거요.」

「다른 세계와 교류하는 것 말입니까?」 나는 목소리에 회의적인 기색을 감추지 않은 채 물었다.

「그렇소. 저 위쪽.」 그는 별들이 촘촘히 박힌 하늘을 올려다보았다. 「아니면 저 너머.」 나는 그가 그것을 몸으로 표현하듯 고개를 내려 서쪽 산들의 검은 윤곽선을 바라보는 것을 보았다.

나는 허튼소리를 하고 싶어졌다. 「저 위에 있는 사람들은 그리스어로 말합니까, 영어로 말합니까?」

15초 가까이 그는 대답을 하지 않았다. 미소도 짓지 않았다.

「그들은 감정을 말하오.」

「그다지 정확한 언어는 아니군요.」

「정반대요. 가장 정확하지. 배울 수만 있다면.」 그는 고개를 돌려 나를 보았다. 「당신이 말하는 정확성은 과학에서 중요한 거요. 하지만 그게 중요하지 않은 경우도 있는데 그것은······.」

하지만 나는 그것이 어떤 경우에 중요치 않은지 알아내지 못했다.

우리 두 사람 모두 발소리를 들었던 것이다. 전에 들은 적이 있는 가벼운 발소리가 마치 바다에서 들려오는 것처럼 아래쪽 자갈길에서 들렸다. 콘키스가 재빨리 나를 바라보았다.

「질문을 해서는 안 되오. 그게 제일 중요하오.」

나는 미소를 지었다. 「그렇게 하죠.」

「저 여자를 기억 상실증 환자처럼 대하시오.」

「기억 상실증에 걸린 사람을 만나 본 적이 없는 것 같은데요.」

「저 여자는 현재 속에 살고 있소. 자신의 개인사를 기억하지 못하오. 과거가 전혀 없는 거요. 과거에 대해 물으면, 그녀를 혼란시킬 뿐이오. 아주 예민한 여자요. 잘못하면 다시는 당신을 안 보려 할지도 모르오.」

나는, 당신의 가면극을 좋아한다. 결코 망치는 일은 없을 것이다, 라고 말하고 싶었다. 「이유는 잘 모르겠지만, 어떻게 해야 하는지는 알 것 같군요.」

그는 고개를 저었다. 「이유를 알게 될 거요. 방법이 아니라.」

그 말을 내게 각인시키려는 듯 그의 눈은 나를 뚫어지게 보고 있었다. 그런 다음 그는 시선을 문 쪽으로 돌렸다. 나도 고개를 돌렸다.

그 순간 나는 램프를 내 뒤쪽에 갖다 놓은 이유가 그녀가 걸어 들어오는 것을 비추기 위해서라는 것을 깨달았다. 그리고 그것은 숨을 멎게 하는 입장이었다.

그녀는 1915년 당시의 공식적인 만찬 복장임에 틀림없을 차림을 하고 있었다. 역시 점차 좁아져 발꿈치 바로 위에서 끝나는, 보는 각도에 따라 빛깔이 달라지게 짠 어떤 소재로 만든 날씬한 상앗빛 드레스 위에 쪽빛의 비단 숄을 걸치고 있었다. 밑 통을 좁게 한 긴 스커트 때문에 걷는 게 불편해 보였지만, 그것조차 매력적이었다. 그녀는 약간 몸을 흔들며 우리를 향해 다가왔는데, 그 모습이 머뭇거리는 것도 같고 떠 있는 것 같기도 했다. 머리는 약간 나폴레옹 1세 시대 스타일로 틀어 올리고 있었다. 그녀는 자리에서 일어서는 나에게는 냉랭한 눈길을 던졌지만 콘키스에게는 미소와 상냥한 시선을 건넸다. 콘키스는 이미 자리에서 일어나 있었다. 그녀는 크리스티앙 디오르 매장 탈의실에서 막 나온 여자처럼 놀라울 정도로 우아하면서도 침착하고 확신에 차 있었다. 약간 긴장한 것조차 어딘지 직업적으로 보였다. 그 순간 내 머릿속에 떠오른 생각은 그녀가 전문 모델이라는 것이었다. 그리고 나는 그 늙은 악마에 대해 생각했다.

그 늙은 악마가 그녀의 손에 입을 맞춘 후 말을 했다.

「릴리. 니컬러스 어프 씨를 소개하지. 이쪽은 몽고메리 양이오.」

그녀가 손을 내밀었고, 나는 그 손을 잡았다. 전혀 힘이 들어가 있지 않은 차가운 손이었다. 꼭 유령을 만진 것 같은 기분이었다. 우리의 시선이 마주쳤지만 그녀의 눈은 아무것도 드러내지 않았다. 「안녕하세요?」 내가 말했다. 하지만 그녀는 가볍게 고개를 숙이는 것으로 화답한 후 콘키스 쪽으로 몸을 돌렸고, 그는 숄을 벗겨 자신의 의자 등받이에 걸쳐 놓았다.

그녀는 어깨와 팔을 드러낸 채, 무게가 나가 보이는 황금색과 검은색의 팔찌를 하고 있었다. 사파이어처럼 보이는 아주 긴 목걸이도 하고 있었지만 인조 보석용 납유리거나 군청색을 칠한 것처럼 보였다. 나이는 스물두셋 정도로 보였지만, 훨씬 더, 열 살은 더 들어 보이는 뭔가가, 일종의 서늘함이 있었다. 그것은 차가움이나 무관심은 아닌 투명한 초연함으로, 무더운 여름날 사람들이 그리워하는 그런 서늘함이었다.

그녀는 의자에 앉아 손을 포갠 뒤, 내게 희미한 미소를 지었다.

「오늘 저녁은 무척 덥네요.」

완전한 영국인의 억양이었다. 어떤 이유로 나는 외국인의 억양을 기대했지만, 그것이 어떤 이들의 말투인지 정확히 알 수 있었다. 그것은 기숙 학교와 대학교의 산물이자 한 사회학자가 지배적인 10만 명이라고 부른 계층의 억양으로, 바로 나 자신의 말씨였다.

「그렇군요.」 내가 말했다.

「어프 씨는 내가 얘기한 학교 선생님이지.」 콘키스의 어조는 바뀌어 있었는데 거의 존경심이 담겨 있었다.

「예, 우리는 지난주에 만났어요. 서로를 잠시 보았죠.」 그녀는 다시 한 번 희미하게, 하지만 공모하는 기색은 없이 미소를 지은 후 고개를 떨어뜨렸다.

나는 콘키스가 나더러 마음의 준비를 하게 한 그 부드러움을 보았다. 하지만 그것은 짓궂은 부드러움이었다. 왜냐하면 그녀의 얼굴, 특히 입은 지성을 숨기지 못했기 때문이다. 그녀는 나를 약간 비스듬히 보았는데, 마치 내가 모르는 무엇인가를 — 자신이 지금 하고 있는 역할이 아니라 전반적인 인생에 대해서 — 알고 있다는 듯한 투였다. 그녀 역시 돌로 만든 그 두상에서 교훈을 얻고 있는 것 같았다. 어쩌면 그 전 주에 보인 이미지가 좀 더 가정적이어서 그랬는지, 나는 덜 모호하고 훨씬 덜 확신에 차 있는 누군가를 기대했었다.

그녀는 손에 든 공작 깃털 색의 파란 부채를 펼쳐 부채질을 하기 시작했다. 피부는 무척 희었다. 한 번도 햇볕에 그을린 적이 없는 게 분명했다. 우리 중 누구도 무슨 말을 해야 할지 모르는 것처럼 잠시 약간 어색한 침묵이 흘렀다. 부끄러움을 타는 저녁 손님으로 하여금 말을 하게 하는 것이 자신의 임무라고 생각하는 여주인처럼 그녀가 침묵을 깼다.

「가르치는 일은 아주 재미있는 일일 것 같아요.」

「내 경우는 아닙니다. 다소 지루해요.」

「고상하고 정직한 일은 모두 지루하죠. 하지만 누군가는 그 일을 해야 하죠.」

「어쨌든 그 일을 용서하고 있습니다. 그 덕분에 이곳에 오게 되었으니까요.」 그녀가 콘키스를 힐끔 보자, 그는 거의 알아차리지 못하게 고개를 까닥했다. 그는 당당한 늙은 여우 같은 탈레랑[60]의 역할을 하고 있었다.

「모리스 얘기로는, 자신의 일에 완전히 만족하지는 못하고 있다고 하더군요.」 그녀는 모리스라는 이름을 프랑스인처럼 발음했다.

「학교에 대해 알고 계신지 모르겠지만……」 나는 그녀에게 대답할 기회를 주며 잠시 말을 멈췄다. 그녀는 살짝 미소를 지으며 그냥 고개를 젓기만 했다. 「아이들에게 공부를 너무 열심히 시키는 것 같아요. 그것에 대해 제가 할 수 있는 일은 없죠. 그 점이 다소 절망적입니다.」

「이의를 제기할 수는 없나요?」 그녀는 간절한 표정으로 나를 바라보았다. 그것은 아름다우면서도 마음을 움직이는 간절함이었다. 나는 그녀가 모델이 아니라 배우임에 틀림없다는 생각을 했다.

「그게, 그러니까……」

대화는 그런 식으로 계속되었다. 우리는 거의 15분간 그처럼 터무니없게도 형식적인 방식으로 대화를 나누며 앉아 있었다. 그녀가 질문하면 내가 대답하는 식이었다. 콘키스는 거의 말을 하지 않고, 우리가 말하게 내버려 두었다. 나는 나 역시 40년 전의 어느 거실에 있는 것처럼 말을 하고 있음을

---

[60] Charles-Maurice de Talleyrand(1754~1838). 프랑스의 정치가. 성직자 출신으로, 나폴레옹 몰락 이후 정통주의를 내세워 프랑스의 이익을 옹호했다.

깨달았다. 결국 그것은 가면극이었고, 잠시 후에는 내 역할을 하고 싶은 마음이 들기 시작했다. 나는 그녀의 태도에서 선심을 쓰는 듯한 구석을 발견했고, 그것을 나의 기를 꺾으려는 시도로 해석했다. 한두 번 콘키스의 눈에서 냉소적이면서도 즐기는 듯한 기색을 본 것 같았지만, 확실치는 않았다. 경우가 어떻건 가만히 있을 때나 움직일 때(또는 연기를 할 때)나 그녀는 너무도 예뻤고, 나는 다른 일에 신경을 쓸 여지가 없었다. 여성의 미모에 대해서는 어느 정도 감식안이 있다고 자부해 왔던 만큼, 그녀가 다른 모든 미녀들의 판단 기준이 되어야 한다는 것을 알 수 있었다.

잠시 침묵이 흘렀고, 콘키스가 입을 열었다.

「영국을 떠난 뒤에 있었던 이야기를 들어 보겠소?」

「몽고메리 양이 지루해하지 않는다면요.」

「아뇨. 괜찮아요. 모리스 얘기를 듣고 싶어요.」

콘키스는 그녀는 무시하고, 나를 빤히 바라다보았다.

「릴리는 늘 내가 원하는 대로 하오.」

나는 그녀를 보았다. 「그렇다면 운이 아주 좋으시군요.」

그는 내게서 눈을 떼지 않았다. 코 옆에 있는 주름에 그늘이 져 더 깊게 보였다.

「이 사람은 진짜 릴리가 아니오.」

갑자기 가식을 벗으며 한 그 발언은 나를 꼼짝 못하게 했는데, 이번에도 역시 그는 그럴 줄 알고 있었을 것이다.

「아…… 그런가요.」 나는 어깨를 으쓱하며 미소를 지었다. 그녀는 부채를 내려다보고 있었다.

「진짜 릴리의 역을 하고 있는 누구도 아니오.」

「콘키스 씨…… 무슨 말씀을 하시는 건지 모르겠는데요.」

「성급한 결론을 내리지 말라는 거요.」 그는 평소에 보기 드문 환한 미소를 지었다. 「자, 어디까지 얘기했더라? 그런데 미리 말해 둘 건, 오늘 밤에는 이야기보다 한 인물을 제시하겠다는 거요.」

나는 릴리를 보았다. 그녀는 눈에 띄게 상처 입은 것처럼 보였다. 그녀가 정말로 기억 상실증 환자, 말하자면 상당한 미모의 기억 상실증 환자이며, 콘키스가 어떻게 해서 말 그대로, 그리고 은유적으로 수중에 넣게 된 여자라는 생각이 내 머리를 스치고 지나가는 순간 그녀는 자신이 맡은 역할을 잊은 듯, 분명 우리 시대의 여자다운 시선을 내게 보냈다. 그녀는 얼굴을 돌리고 있는 콘키스를 향해 묻는 듯한 시선을 재빨리 던졌다가 다시 내 쪽을 보았다. 그 순간 나는 우리가 연출가에 대해 똑같은 의심을 품고 있는 두 명의 배우라는 인상을 받았다.

28

「부에노스아이레스. 1919년 봄까지 거의 4년 가까이 나는 거기서 살았소. 아나스타시오스 숙부하고 싸웠고, 영어와 피아노를 가르쳤소. 그리고 영원히 유럽에서 유배되었다고 느꼈소. 아버지는 다시는 내게 말을 하거나 편지를 하지 않았지만, 얼마 후 어머니에게서 소식을 듣기 시작했소.」

나는 릴리를 훔쳐보았다. 이제 그녀는 자기가 맡은 배역으로 돌아가, 정중하면서도 호기심이 가득한 표정으로 콘키스를 바라보고 있었다. 램프 불빛도 그녀에게 한없이 잘 어울렸다.

「아르헨티나에서 단 한 가지 중요한 일이 내게 일어났소. 어느 여름, 한 친구가 나를 안데스 산맥 지방을 여행하는 데 데려갔소. 나는 날품팔이와 가우초들이 착취당하며 살고 있는 상황에 대해 알게 되었소. 나는 불우한 그들을 위해 헌신해야 할 의무감을 절실하게 느꼈소. 우리는 많은 것을 보았고, 결국 나는 의사가 되기로 결심했소. 하지만 새로 선택한 분야의 현실은 가혹했소. 부에노스아이레스 대학의 의학부는 나를 받아 주려 하지 않았고, 나는 입학에 필요한 과목을 공부하기 위해 1년간 밤낮없이 공부를 해야 했소.

그런데 그때 전쟁이 끝났소. 그리고 곧이어 아버지가 돌아가셨소. 그는 나도, 내가 그의 세계 속으로 들어가고 나오는 것을 도왔던 어머니도 용서하지 않았지만, 잠자는 개들을 건드리지는 않았다는 점에서는 아버지의 역할을 다했소. 내가 아는 한, 나의 탈영은 당국에 발각되지 않았소. 어머니는 충분한 수입을 물려받았소. 그 모든 것의 결과로 나는 유럽으로 돌아와, 어머니와 함께 파리에 정착했소. 팡테옹이 마주 보이는 곳에 있는 크고 오래된 아파트에 살면서, 나는 열심히 의학 공부를 하기 시작했소. 의과 대학생들 사이에 한 모임이 생겨났소. 우리 모두는 의학을 하나의 종교로 보았고, 우리 모임을 〈이성을 위한 협회〉로 불렀소. 우리는 전 세계 의사들이 단결해 과학적, 윤리적 엘리트 집단을 만드는 것을 꿈꿨소. 우리는 전 세계의 모든 땅과 각국의 정부에 들어가, 도덕적 초인으로서 모든 민중 선동과 이기주의적 정치가들, 반동 행위와 국수주의를 근절해야 했소. 우리는 선언문을 발간하고, 뇌이에 있는 영화관에서 공개적인 모임을 가졌소. 그런데 공산주의자들 귀에 그 정보가 들어간 거요. 그들은 우리를 파시스트라 부르고, 영화관을 파괴했소. 우리는 장소를 바꿔 다시 한 번 모임을 시도했소. 그런데 이번에는 청년 그리스도 군단이라고 자칭하는 가톨릭 과격주의자들이 그곳에 왔소. 얼굴은 다를지 몰라도, 그들의 태도는 공산주의자들과 똑같았소. 그리고 그들은 우리를 공산주의자라고 불렀소. 그렇게 해서 세계를 유토피아로 만들고자 한 우리의 원대한 계획은 두 차례의 난동으로 막을 내리고 말았소. 남은 것은 엄청난 액수의 손해 배상 청구서뿐이었소. 나는 이성을 위한 협회의 서기였소. 그런데 자기 몫의 청구서를 지불해야 하는 때가 되자, 내 동료 회원들은 너무도 비이성적으로 되었소. 우리는 그런 대접을 받아 마땅했던 거요. 어떤 바보도 좀 더 이성적인 세계에 대한 계획은 짤 수 있소. 10분, 아니 5분 안에. 하지만 사람들이 이성적으로 살기를 기대하는 것은 그들에게 진통제만으로 살라고 요구하는 것이나 다름없는 짓이오.」 콘키스는 내게로 얼굴을 돌렸다. 「우리 모임의 선언문을 읽어 보겠소, 니컬러스?」

「좋습니다.」

「가서 가져오겠소. 브랜디도 가져오고.」

그렇게 해서 나는 너무도 빨리 릴리와 단둘이 있게 되었다. 하지만 콘키스가 없는 데서는 그의 말을 믿는 척할 이유가 없다는 것을 그녀에게 알려 줄 제대로 된 질문을 하려는 순간 그녀가 자리에서 일어났다.

「잠시 산책이나 할까요?」

나는 그녀와 나란히 걸었다. 그녀는 나보다 3~5센티미터 정도 작았는데, 이제는 수줍은 듯 내 시선을 피해 바다 쪽을 바라보며, 자기 자신을 의식하는 듯 천천히, 맵시 있게 걸었다. 나는 주위를 둘러보았다. 콘키스가 우리 얘기를 들을 염려는 없어 보였다.

「여기 오래 있었나요?」

「나는 어디에도 오래 있었던 적이 없어요.」

그녀는 살짝 미소를 지어 나긋해진 얼굴로 나를 힐끔 보았다. 우리는 테라스의 다른 쪽 가로대를 돌아, 침실 벽의 모퉁이에 의해 생겨난 그림자 속으로 들어갔다.

「제 서브를 멋지게 받아넘기시는군요, 몽고메리 양.」
「당신이 테니스 시합을 하면, 저도 그럴 수밖에요.」
「그럴 수밖에 없다고요?」
「모리스가 저한테 질문을 하지 말라고 당부했을 텐데요.」
「오, 그래요. 그 사람 앞에서는 그렇죠. 하지만 우린 둘 다 영국인이잖아요, 그렇지 않은가요?」
「그렇다고 해서 서로에게 무례하게 대해도 된다는 건 아니잖아요?」
「서로를 알자는 거예요.」
「서로를 아는 데 똑같이 흥미가 있는 것 같지는 않군요.」 그녀는 어둠 속으로 시선을 돌렸다. 나는 초조해졌다.
「당신은 아주 매력적으로 이 게임을 하고 있어요. 그런데 정확히 무슨 게임이죠?」
「제발!」 그녀의 목소리는 약간 날카로웠다. 「정말 참을 수가 없군요.」 나는 그녀가 나를 왜 그림자 진 곳으로 데리고 왔는지를 추측했다. 그녀의 얼굴은 거의 보이지 않았다.
「참다니, 뭘 말이죠?」
그녀는 고개를 돌려 나를 바라보며 나지막하지만 아주 정확한 어조로 말했다. 「어프 씨.」
나는 다시 내 자리로 돌아갔다.
그녀는 테라스 반대편 끝에 있는 난간으로 가 거기에 기대어 북쪽의 중앙 산등성이를 바라보았다. 나른한 바람이 우리 뒤 바다에서 불어왔다.
「숄을 걸쳐 주겠어요?」
「뭐요?」
「내 숄이요.」
나는 잠시 머뭇거리다가 쪽빛 숄을 가지러 갔다. 콘키스는 아직 안에 있었다. 나는 돌아가 그녀의 어깨에 숄을 둘러 주었다. 그녀는 아무 예고 없이 손을 비스듬히 뻗어 내 손을 잡더니, 격려라도 하듯 꼭 잡았다. 본래의 상냥한 자신을 내게 보이고자 하는 것 같았다. 그녀는 계속해서 공터 너머 나무들을 바라보고 있었다.

「왜 그러셨죠?」

「야박하게 굴려던 건 아니었어요.」

나는 그녀의 격식을 차린 말투를 흉내 내어 말했다. 「이곳 어디에서 사시는지 여쭤봐도 될는지요?」

그녀는 몸을 돌려 나와 서로 반대쪽을 향하게 난간 가장자리에 기댔다. 그리고 마침내 결심한 것처럼 입을 열었다.

「저기요.」 그녀가 부채로 가리켰다.

「저긴 바다인데요. 아니면 하늘을 가리키는 건가요?」

「다시 말하지만 저기 살고 있어요.」

어떤 생각이 머릿속을 스치고 지나갔다. 「요트에서 사시나요?」

「땅에 살아요.」

「신기한 일이군요. 당신 집은 보지 못했는데.」

「시력이 안 좋으신가 보죠.」

그녀의 입술 언저리에 보일락 말락 살짝 미소가 떠오르는 게 보였다. 우리는 아주 가까이 서 있었고 향수 냄새가 우리를 둘러싸고 있었다.

「나는 놀림을 당하고 있어요.」

「당신 스스로 그렇게 하고 있을 수도 있어요.」

「나는 놀림을 당하는 건 질색이에요.」

그녀는 나를 놀리듯 살짝 고개를 숙였다. 그녀의 목은 네페르티티[61]의 목처럼 아름다웠다. 콘키스의 방에 있는 사진

---

61 Nefertiti. 이집트 제18왕조의 왕 아크나톤의 왕비.

에서는 턱이 두툼해 보였지만, 실제로는 그렇지 않았다.

「그렇다면 계속해서 당신을 놀려야겠군요.」

침묵이 흘렀다. 콘키스는 자기가 댄 핑계에 비해 너무 오랫동안 자리를 비우고 있었다. 그녀의 시선이 침침하게 그늘진 내 눈을 찾았지만, 내가 잠자코 있자 그녀는 눈길을 돌렸다. 나는 야생 동물에게 손을 내밀 때처럼 아주 조심스레 손을 뻗어 그녀가 고개를 돌리게 했다. 그녀는 내 손가락이 자신의 서늘한 뺨 위에 머물도록 놓아두었지만, 이제는 침착해진 그녀의 표정 속에 담긴 무엇인가가 다가와서는 안 된다고 선언하는 듯해 나는 그만 손을 거두고 말았다. 그럼에도 우리의 시선은 서로에게 머물렀고, 그녀의 눈길은 이렇게 말하는 동시에 경고하고 있었다. 나를 이길 수 있는 것은 미묘함이지 힘이 아니에요, 라고.

그녀가 다시 바다 쪽으로 얼굴을 돌렸다.

「모리스를 좋아하세요?」

「그를 만난 건 이번이 겨우 세 번째예요.」 그녀는 내가 말을 잇기를 기다리는 것처럼 보였다. 「나를 초대해 준 데 대해 무척 고맙게 생각하고 있어요. 특히……」

그녀가 말허리를 잘랐다. 「우리는 모두 그를 아주 많이 사랑해요.」

「우리라뇨?」

「다른 방문객들과 나 말이에요.」 그녀는 방문객들이라는 말을 강조했다.

「〈방문객〉이라는 말은 이상한 표현 같군요.」

「모리스는 〈유령〉이라는 말을 안 좋아해요.」

나는 미소를 지었다. 「또는 〈여배우〉라는 말을요?」

그녀의 얼굴에는 자기가 맡은 역할을 포기하거나 양보할 준비가 되어 있다는 기색이 전혀 보이지 않았다.

「우린 모두 배우들이에요, 어프 씨. 당신도 포함해서요.」
「물론이죠. 세상이라는 무대에서 말이죠.」

그녀는 미소를 지으며 아래를 내려다보았다. 「참을성을 갖도록 해요.」

「지금처럼 참을성을 발휘한 적도 없을 겁니다. 혹은 이렇게 쉽게 믿어 준 적도요.」

그녀는 바다를 바라보았다. 역할에서 빠져나온 것처럼 그녀의 목소리는 갑자기 좀 더 낮아졌고, 좀 더 진지해졌다.

「나를 위해서가 아니고, 모리스를 위해서요.」
「또 모리스를 위해서군요.」
「당신도 이해하게 될 거예요.」
「그건 약속인가요?」
「예언이에요.」

테이블 쪽에서 무슨 소리가 들려왔다. 그녀가 다시 고개를 돌려 내 눈을 들여다보았다. 그녀의 얼굴은 다시 음악실 문에서 처음 보았을 때로 돌아왔다. 즐거워하면서도 공모하는 듯한, 그리고 이제는 호소하는 듯한 얼굴이었다.

「그런 척해 줘요.」
「그러죠, 하지만 그의 앞에서만요.」

그녀가 내 팔을 잡은 채, 우리는 콘키스가 있는 곳으로 갔다. 그는 우리를 향해 캐묻듯 가볍게 머리를 저었다.

「어프 씨는 아주 이해심이 많은 분이에요.」
「기쁘군.」
「모든 게 잘될 거예요.」

그녀는 내게 미소를 지으며 자리에 앉아, 잠시 생각에 잠긴 듯 턱을 괸 자세로 있었다. 콘키스가 작은 잔에 박하를 넣은 리큐어를 따르자, 그녀는 한 모금 마셨다. 그는 내 자리에 놓인 봉투를 가리켰다.

「그 선언문이오. 찾는 데 시간이 오래 걸렸소. 나중에 읽어 봐요. 마지막에 익명의 강렬한 비판이 있소.」

29

「나는 여전히 음악을 사랑했고, 어쨌든 연습을 했소. 파리의 아파트에는 내가 여기서 사용하고 있는 커다란 플레옐 하프시코드가 있었소. 아마 1920년이었을 거요. 따뜻한 어느 봄날 창문을 열어 놓고 연주를 하고 있는데 초인종이 울렸소. 하녀가 와서 어떤 신사가 내게 얘기를 하러 왔다는 말을 했소. 실제로 그녀 뒤에는 웬 신사 한 사람이 있었소. 그는 하녀의 말을 정정해, 내게 얘기를 하고 싶은 게 아니라 내가 연주하는 것을 듣고 싶다고 했소. 그가 하도 이상하게 생겨, 나는 이렇게 불쑥 들어온 것 역시 괴이한 일이라는 것은 미처 생각할 겨를도 없었소. 나이는 예순 정도로, 키가 아주 크고, 나무랄 데 없는 차림을 하고 있었는데, 단춧구멍에 치자꽃을 꽂고 있었소.」

나는 콘키스를 휙 째려보았다. 그는 고개를 돌려 바다 쪽을 바라보며 ― 그는 그렇게 하는 것을 좋아하는 것 같았다 ― 말을 하고 있었다. 릴리가 재빨리, 그리고 신중하게 입술에 손가락을 갖다 댔다.

「처음 그를 보았을 때 그는 지나치게 침울해 보였소. 대공의 위엄 아래로 뭔가 심각하게 애처로운 것이 있었소. 배우 주베[62] 같았지만 그의 냉소주의는 갖고 있지 않았소. 겉보기보다는 덜 비참하다는 것은 나중에 알게 됐소. 그는 거의 아

---

[62] Louis Jouvet(1887~1951). 프랑스의 배우 겸 연출가.

무 말도 없이 안락의자에 앉아 내 연주에 귀를 기울였소. 그리고 연주가 끝나자, 거의 아무 말도 없이 모자와 윗부분에 호박을 박은 지팡이를 들었소.」

나는 히죽 웃었다. 릴리는 내가 웃는 것을 보았지만, 고개를 떨어뜨리고 전혀 웃음을 보이지 않았다. 웃어서는 안 된다고 말하는 것 같았다.

「……그리고 명함을 주며, 다음 주에 자신을 방문해 달라고 했소. 명함을 보니 그의 이름은 알퐁스 드 되캉이었고, 백작이었소. 나는 그의 아파트를 찾아갔소. 엄청나게 크고, 지나칠 만큼 우아하게 장식되어 있었소. 남자 하인이 나를 살롱으로 안내했소. 되캉이 자리에서 일어나 나를 맞이했소. 그 즉시 그는 역시 최소한의 말만 하며 나를 다른 방으로 데리고 갔소. 거기에는 대여섯 대의 낡은 하프시코드가 있었는데, 모두 악기로서는 물론이고 장식품으로서도 박물관에 갖다 놓아도 전혀 손색이 없는 멋진 것들이었소. 되캉은 나보고 그것들을 쳐보라고 한 다음, 자신도 연주를 했소. 실력이 당시 나만큼은 안 되었지만, 상당히 훌륭했소. 그 후 그는 가벼운 식사를 대접했고, 우리는 불라르 의자에 앉아 근엄하게 마렌산(産) 굴을 먹고 그가 소유한 포도 농장에서 가져온 모젤 포도주를 마셨소. 그렇게 해서 내 인생에서 가장 놀라운 우정이 시작되었소.

나는 그를 종종 보았지만 몇 개월 동안은 그에 대해 알게 된 게 거의 없었소. 그가 자신이나 자신의 과거에 대해 전혀 말을 하지 않았기 때문이오. 그리고 어떤 질문도 하지 못하게 했소. 내가 알아낸 건 그가 벨기에 출신에, 엄청난 부자이며, 일부러 친구를 거의 사귀지 않았으며, 친척이 전혀 없고, 동성애자는 아니지만 여성을 무척 싫어하며, 하인들 모두가 남자고, 여자에 관한 얘기를 할 때면 늘 역겨워한다는 것이

전부였소.

되캉의 진짜 생활은 파리가 아니라 프랑스 동부에 있는 그의 커다란 성에서 이루어졌소. 그 성은 17세기 후반에 공금을 횡령한 어떤 지방 재무 장관이 만든 것인데, 이 섬보다 더 큰 정원 위에 세워져 있었소. 수킬로미터 떨어진 곳에서도 검은 회색이 도는 청색의 작은 탑들과 하얀 건물 벽이 보였소. 그를 처음 만나고 몇 개월 후 처음으로 그곳을 방문했을 때 상당히 주눅이 들었던 기억이 나오. 10월의 어느 날이었고, 샹파뉴 지방의 옥수수 밭은 수확이 이미 오래전에 끝난 상태였소. 가을의 푸르스름한 연무가 사방에 깔려 있었소. 나는 마중 나온 차를 타고 가 지브레르뒤크에 도착해, 호화로운 계단을 올라가 스위트룸 같은 내 방으로 안내되었소. 그런 다음 정원에서 보자는 초대를 받았소. 하인들은 모두 그 집 주인처럼 말수가 적고 엄숙한 표정을 하고 있었소. 되캉의 주위에서는 웃음소리 한 번 들리지 않았소. 달리는 사람도 없었고, 소음이나 흥분도 없었소. 오로지 고요와 질서뿐이었소.

나는 하인을 따라 성 뒤쪽에 있는 거대하고 반듯한 정원을 지나갔소. 울타리와 조각상과, 새로 갈퀴로 정리한 자갈길을 지나 수목원을 통과해 작은 호수로 갔소. 그 가장자리에 이르렀더니, 90미터 전방의 어떤 작은 지점에, 잔잔한 물과 10월의 나뭇잎 너머로 동양풍의 다실(茶室)이 있는 게 보였소. 하인은 내게 인사를 하고 혼자서 가게 했소. 길은 작은 개울 위, 호수 옆으로 나 있었소. 바람은 전혀 없었소. 연무와 침묵, 아름답지만 다소 우울한 고요가 있었소.

다실에 이르기 위해서는 잔디밭을 지나가야 했고, 그래서 되캉은 내가 오는 소리를 듣지 못했소. 그는 돗자리 위에 앉아 호수를 바라보고 있었소. 버드나무로 뒤덮인 작은 섬. 실크 페인팅에서처럼 물 위에 떠 있는, 꾸민 듯한 거위들. 되캉은 머리 모양은 유럽인처럼 하고 있었지만, 일본 옷을 입고 있었소. 결코 그 순간을 잊지 못할 거요. 그 〈연출된 풍경〉을 어떻게 말할 수 있을지 모르겠소.

정원 전체가 그러한 장식과 분위기를 그가 누릴 수 있도록 만들어져 있었소. 작고 고전적인 사원인 원형 건물과, 영국식 정원, 그리고 무어풍 정원도 있었소. 하지만 나는 늘 헐렁한 기모노를 입고 돗자리 위에 앉아 있는 그가 생각나오. 기모노는 회색빛이 감도는 푸른색으로 연무의 색이었소. 물론 그것은 부자연스러웠소. 하지만 경제적 생존을 위한 절망적인 투쟁이 지배하는 세계에서 모든 댄디즘이나 기행은 어느 정도 부자연스러울 수밖에 없소.

장차 사회주의자가 될 생각이었던 나는 그 첫 번째 방문 내내 충격을 받았소. 게다가 나는 〈관능적인 사람〉이었기에 황홀했소. 지브레르뒤크 전체가 거대한 박물관이나 다름없었소. 그림과 도자기, 그리고 온갖 종류의 〈미술품〉이 소장된 진열실이 셀 수 없이 많이 있었소. 유명한 도서관도 있었소. 초기 건반 악기 컬렉션은 정말로 최고였소. 클라비코드,[63] 스피넷,[64] 버지널,[65] 류트, 기타. 또 무엇이 더 있을지는 알 수 없을 정도였소. 르네상스 시기의 청동 미술품만 진열된 방. 브레게 시계를 모아 놓은 진열장. 루앙과 느베르에서 생산한 멋진 파이앙스 도자기[66]들을 걸어 놓은 벽. 무기류. 그리스와 로마의 동전을 수집해 놓은 캐비닛. 밤새도록 열거할 수도

---

63 피아노가 발명되기 전까지 하프시코드와 같이 사용되던 건반 현악기.
64 16~18세기의 소형 쳄발로.
65 16~17세기경 쓰인 일종의 유건(有鍵) 현악기로 다리가 없는 직사각형의 하프시코드.
66 프랑스의 채색 도자기.

있소. 그는 컬렉션을 수집하는 데 평생을 바쳤소. 불[67]과 리즈네르[68]의 가구만으로도 좀 더 작은 성 여섯 채를 꾸미고도 충분할 정도였소. 근대를 통틀어 그것에 필적할 만한 것은 하트퍼드 컬렉션[69]밖에 없을 거요. 실제로 하트퍼드 컬렉션이 분할되었을 때 되캉은 색빌의 유산 가운데 최고의 작품들을 상당수 사들였소. 셀리그만은 되캉에게 우선권을 주었소. 물론 그는 수집 그 자체를 위해 수집한 거요. 당시만 해도 미술품은 아직 주식 시장의 한 축이 되지는 않았었소.

그 후 다시 방문했을 때 그는 자물쇠로 잠근 진열실로 나를 안내했소. 거기에는 자동인형과 꼭두각시들이 있었는데, 꼭 호프만[70]의 이야기 속에서 걸어 나오거나 날아 나온 듯한 것들로, 그중에는 거의 사람 크기만 한 것들도 있었소. 눈에 보이지 않는 오케스트라를 지휘하는 남자. 결투를 벌이는 두 명의 병사. 「마님이 된 하녀」[71]에 나오는 아리아를 입으로 딸랑딸랑 소리 내는 프리마돈나. 절을 하는 남자에게 왼발을 빼고 무릎을 굽혀 몸을 약간 숙이며 답례한 후 그와 함께 유령처럼 파리한 모습으로 미뉴에트를 추는 여자. 하지만 최고의 작품은 미라벨이라는 〈애인-기계〉였소. 색을 입히고, 살갗이 비단으로 된 나체의 여인이었는데, 작동을 시키면 덮개가 씌워진 빛바랜 침대에 누워 무릎을 끌어당긴 다음 두 팔과 무릎을 함께 벌렸소. 사람인 주인이 그녀 위에 올라타면,

---

67 André-Charles Boulle(1642~1732). 프랑스의 공예가. 루이 14세 양식의 대표적 가구 제작가로, 화려한 불 가구의 창시자이다.
68 Jean-Henri Riesener(1734~1806). 프랑스의 가구 공예가.
69 19세기 허트퍼드 가문이 수집한 미술 골동품 컬렉션.
70 E. T. A. Hoffmann(1776~1822). 독일의 소설가. 공상적이고 탐미적인 꿈의 세계를 표현함으로써 인간의 내면을 탐구했고 포에게 영향을 끼쳤다.
71 페르골레지의 가극.

팔로 그를 꽉 껴안았소. 하지만 되캉이 그녀를 가장 소중하게 여긴 것은, 그녀에게 주인 이외의 다른 남자와 부정한 짓을 하기 어렵게 하는 특별한 장치가 있었기 때문이오. 그녀의 머리 뒤쪽에 있는 작은 레버를 움직이지 않을 경우, 일정한 압력을 받게 되면 갑자기 바이스 같은 힘으로 팔을 조였소. 그런 다음 강력한 스프링이 장착된 송곳칼이 위쪽으로 튀어나와 간통자의 사타구니를 뚫었소. 그 역겨운 물건은 19세기 초 이탈리아에서 만들어졌소. 투르크의 술탄을 위해. 되캉은 그녀의 〈정절〉을 시험해 보이면서, 〈이것이 그녀의 가장 살아 있는 듯한 부분이오〉라고 했소.」

나는 릴리를 훔쳐보았다. 그녀는 자신의 손을 내려다보고 있었다.

「그는 미라벨 부인을 자물쇠가 채워진 방에 보관했소. 하지만 그의 개인 예배당에는 — 내가 보기에 — 훨씬 더 외설적인 물건이 하나 있었소. 그건 중세 초기의 훌륭한 성골함에 들어 있었소. 말라빠진 해삼처럼 생긴 것이었는데, 되캉은 그것을, 우습게 들리게 할 의도는 전혀 없이, 〈성스러운 기관〉이라고 불렀소. 물론 그는 단순한 연골성의 물체가 그렇게 오래 남아 있을 수 없다는 사실을 알고 있었소. 유럽에는 그런 〈성스러운 기관〉이 적어도 열여섯 개는 더 있소. 대부분 미라에서 떼어 냈다고 하지만 정말 그런지는 확실치 않소. 하지만 되캉에게 그것은 단지 수집 가능한 물품일 뿐이었고, 그것이 나타내는 종교적 또는 인간적 모독은 그에게 아무런 의미가 없었소. 이것은 모든 수집에 해당되는 진리요. 수집은 도덕적 본능을 꺼버리는 법이오. 결국에는 물건이 소유자를 소유하오.

우리는 종교나 정치에 대해서는 전혀 얘기를 나누지 않았소. 그는 미사에는 참석했소. 하지만 그것은 단지 종교적 의식을 준수하는 게 아름다움을 가꾸는 한 형태였기 때문이었던 것 같소. 어떤 의미에서 그는, 어쩌면 언제나 부에 둘러싸여 있었기 때문이기도 했겠지만, 극도로 순진한 사람이었소. 자기 부정이라는 것은 어떤 미적 섭생의 일부를 이루지 않는 한 그에게는 이해되지 않는 것이었소. 한번은 그와 함께 서서 순무 밭에서 일을 하는 소작인들을 바라본 적이 있소. 밀레의 그림에 나오는 것 같은 광경이었소. 그때 그가 한 말은 〈저들은 저들이고, 우리는 우리라는 사실이 아름답소〉가 전부였소. 가장 천박한 벼락부자라도 양심의 가책을 느낄 아주 고통스러운 사회적 갈등이나 차이에 대해서도 그는 무감각했소. 삽화 같은 것으로서, 흥미로운 불협화음으로서, 또는 쾌감과 고통이 함께하는 존재의 양극성을 보여 주는, 생생하기에 만족스러운 예로서 말고는 아무 의미도 없었소.

이타적 행위 — 그는 그것을 〈청교도 안의 악마〉라고 불렀소 — 는 그를 무척 화나게 했소. 예컨대 나는 열여덟 살 이후로 식탁에서 모든 형태의 야생 조류를 먹기를 거부했소. 촉새나 야생 오리 고기를 먹느니 차라리 인육을 먹을 거요. 이것은 되캉에게는 악보의 틀린 음처럼 괴로운 것이었소. 그로서는 뭔가가 그렇게 쓰였다는 것은 말도 안 되는 일이었소. 그럼에도 나는 그가 내온 종달새 파이와 송로로 맛을 낸 멧도요 요리를 거절했소.

하지만 그의 모든 삶이 죽은 것과 관계된 것만은 아니었소. 성의 지붕에는 천문대가 있었고, 훌륭한 설비를 갖춘 생물 실험실도 있었소. 정원을 산책할 때면 그는 늘 시험관이든 작은 상자를 가지고 다녔소. 거미를 채집하기 위해서였소. 그를 알게 된 지 1년이 넘어서야 나는 그것이 또 다른 괴벽 이상의 것이라는 것을 깨달았소. 그는 사실 당시 가장 지식이 풍부한 아마추어 거미 연구가 가운데 하나였소. 그의 이름을 딴 〈테리디온 데우칸시이〉라는 종까지 있소. 그는 나 또한 조류학에 대해 뭔가를 알고 있는 것에 기뻐했소. 그리고 내게 자신이 농담처럼 조류 의미론이라고 부르는 것, 다시 말해 새 울음소리의 의미를 전문적으로 연구해 보는 건 어떻겠냐고 했소.

그는 내가 만난 사람들 가운데 가장 비정상적인 사람이었소. 가장 정중하기도 했고. 또 가장 소원하면서, 분명 사회적으로 가장 무책임한 인물이었소. 당시 나는 스물다섯 — 그러니까 당신 나이였소, 니컬러스. 그 사실이 내가 그를 판단할 수 없었다는 것을 다른 어떤 것보다 더 잘 말해 줄 거요. 가장 힘들고 짜증스러운 나이가 아닌가 싶소. 당사자에게도, 옆에서 지켜보는 사람에게도 말이오. 그 나이면 지적 능력도 있고, 모든 점에서 성인으로 취급받소. 하지만 어떤 사람들은 경험이 있어야만 자신들을 이해하고, 자기네와 어울릴 수 있다며 그 나이의 사람을 애송이 취급하오. 사실 되캉은 자신의 존재 자체로 — 결코 논쟁이 아니라 — 나의 철학에 심각한 의문을 제기했소. 나중에 얘기하겠지만, 그는 그 후 간단한 다섯 단어로 그 의문을 요약해 주었소.

나는 그의 삶의 방식에서 잘못을 보면서도 동시에 매혹되었소. 다시 말해 이성적으로 행동할 수 없었던 거요. 그가 17~18세기의 간행되지 않은 악보를 많이 갖고 있었다는 얘기를 빠뜨렸소. 그의 음악실 — 빛바랜 금색과 초록색이 어우러진 로코코풍의 긴 방인데, 언제나 햇볕이 들고, 과수원처럼 고요했소 — 에 있는 장엄하고 고풍스러운 하프시코드 앞에 앉았을 때의 행복한 경험은 언제나 악의 본성에 대한 의문을 낳았소. 그러한 완전한 쾌락이 왜 악이어야 하는가? 왜 되캉을 사악하다고 믿었는가? 〈당신이 햇살 아래서 연주를 하는 동안 아이들이 굶어 죽고 있기 때문이오〉라고 말할 수도 있을 거요. 하지만 우리는 궁전을, 세련된 취미와 복잡한 쾌락을 가져서는 안 되고, 상상력이 스스로를 실현하게 해서는 결코 안 되는 거요? 마르크스주의자의 세계조차 어떤 목적을 갖고, 좀 더 높은 상태로 발전하는 것임이 분명하오. 그리고 그 높은 상태란 결국 그 속에 사는 인간을 위한 보다 높은 쾌락과 더 풍요로운 행복을 의미할 수 있을 뿐이오.

그리하여 나는 이 고독한 남자의 이기주의를 이해하기 시작했소. 그의 맹목성은 하나의 허식이지만 그 허식은 순수함에서 비롯된 것이라는 사실을 점점 더 깨달아 간 거요. 그는 완벽한 세계에서 왔지만 전혀 완벽하지 않은 세계에서 길을 잃은 사람으로, 돈키호테만큼 우스꽝스럽게는 아니라 해도 비극적인 편집증을 갖고, 단호하게 자신의 완벽성을 지키려 하고 있다고 말이오. 그런데 어느 날……」

콘키스는 말을 맺지 못했다. 동쪽의 어둠 속에서 벼락처럼 갑자기 뿔피리 소리가 들려왔던 것이다. 나는 곧바로 영국의 사냥용 뿔피리를 생각했지만, 그것은 더 거칠고 원시적이었다. 조금 전까지만 해도 바쁘게 움직이던 릴리의 부채가 얼어붙은 듯 멈추었고, 그녀의 시선은 콘키스에게 머물러 있었다. 콘키스는 그 소리에 돌로 굳은 것처럼 바다 쪽을 응시하고 있었다. 내가 지켜보는 동안 그의 눈은 조용히 기도라도 드리는 듯 감겨 있었다. 하지만 그의 얼굴 표정은 기도와는 전혀 어울리지 않았다.

뿔피리 소리가 다시 밤의 긴장을 깨뜨렸다. 세 개의 음으로 이루어져 있었는데, 가운데 음이 가장 높았다. 그 소리는 내륙의 가파른 산허리 어딘가에서 희미하게 들려오고 있었는데, 원시적인 음색은 풍경과 밤을 깨워, 어떤 진화론적인 잠에서 불러내는 것 같았다.

나는 릴리에게 〈뭐죠?〉 하고 물었다.

그녀는 마치 그것이 무엇인지는 잘 알고 있지 않느냐는 듯한 묘한 의혹의 기색을 내비치며 잠시 내 눈을 바라보았다.
「아폴론이에요.」
「아폴론!」
다시 뿔피리 소리가 울렸는데, 이번에는 더 높고 더 가까웠다. 집에서 너무도 가까운 곳에서 들려와, 그때가 밤이 아니고 난간이 가로막고 있지 않았다면 그것이 뭔지 보았을 수도 있었을 것이다. 콘키스는 여전히 자기만의 세계에 빠진 듯한 얼굴로 앉아 있었다. 릴리가 일어서며 손을 내밀었다.
「가요.」
그녀는 나를 아까 우리가 서 있던 테라스의 동쪽 끝으로 데려갔다. 그녀는 아래쪽 나무들 틈을 바라보았고, 나는 그녀의 옆모습을 흘낏 쳐다보았다.
「누군가가 은유들을 뒤섞고 있는 것 같네요.」
그녀의 입가에 살짝 미소가 번졌다. 그녀는 내 손을 살며시 쥐었다.
「착하게 굴어요. 잘 봐요.」
자갈길과 공터와 나무들에서 이상한 것은 보이지 않았다.
「공연 프로그램만 있으면 좋겠어요. 그게 전부예요.」
「당신은 정말 무뎌요. 어프 씨.」
「니컬러스라고 불러 줘요.」
하지만 무엇이 되었든 그녀의 대답은 들을 수가 없었다. 집과 마리아의 오두막 사이 어딘가에서 한 줄기 빛이 비쳤던 것이다. 작은 전등 빛인 듯 그다지 강하지는 않았다. 그 빛 속에, 50미터쯤 떨어진 소나무 숲 가장자리에 한 인물이 대리석 입상처럼 서 있었다. 나는 그가 완전히 알몸인 남자라는 것을 깨닫고는 다시 한 번 충격을 받았다. 그는 검은 음모와 페니스의 연한 살을 알아볼 수 있을 정도로 가까이 있었다.

키가 크고 건장한 그는 정말로 아폴론 같았다. 그의 눈은 화장을 한 듯 과장되게 커 보였다. 머리에는 월계수 잎으로 만든 관을 쓰고 있었는데 금붙이가 달려 있어 반짝였다. 그는 좁은 초승달 형태에 끝이 나팔 모양으로 벌어진, 길이가 1미터 정도 되는 호른을 허리께에 약간 비껴 들고서 꼼짝도 않고 우리를 마주하고 있었다. 몇 초 후 나는 얼굴과 몸에 칠을 한 듯 그의 살갗이 이상할 정도로 하얗고, 희미한 빛 속에서 거의 인광을 발하고 있는 것 같다는 생각이 들었다.

나는 뒤를 돌아보았다. 콘키스는 그대로 앉아 있었다. 이번에는 릴리를 보았다. 그녀는 아무런 표정 없이, 그럼에도 알게 모르게 뚫어져라 그 인물을 지켜보고 있었다. 마치 리허설은 이미 보았고, 이제 완전한 공연을 보고 싶어 하는 것 같았다. 그로 인해 나는 허튼소리를 하고 싶은 욕망이 싹 가셔 버렸다. 그 제스처 게임 자체는 내가 부라니에 있는 유일한 젊은 남자가 아니라는 자각에 비해 덜 충격적이었다. 나는 그 즉시 상황을 파악했다.

「저 사람은 누구죠?」

「내 오빠예요.」

「형제가 없는 줄 알았어요.」

아폴론을 닮은 인물은 호른을 비스듬히 치켜들어 이번에는 다른 음을 불었는데, 음은 하나지만 마치 길 잃은 사냥개들을 부르듯 좀 더 긴박한 소리였다.

릴리는 그에게서 눈을 떼지 않고 〈저건 다른 세계 속에 있죠〉라고 천천히 말했다. 그러고는 내가 뭐라고 하기도 전에 우리 왼편의 오두막 뒤쪽을 가리켰다. 희미한 밝은 형체가 숲에서 집으로 향하는 길이 시작되는 어두운 터널에서 달려 나왔다. 횃불 빛이 그쪽으로 향했다. 소녀였는데 역시 종아리까지 오는 낡은 샌들을 빼면 알몸이었다. 아니, 완전히 알

몸은 아닐 수도 있었다. 음모를 면도한 게 아니라면 일종의 음부 가리개를 하고 있을 수도 있었다. 머리는 고전적인 스타일로 뒤로 묶고, 몸과 얼굴은 아폴론과 마찬가지로 이상할 정도로 하얬다. 그녀는 내가 미처 용모를 파악할 수 없을 정도로 빨리 뛰었다. 그리고 우리 쪽을 향해 오면서 재빨리 뒤를 돌아보았다. 그녀는 쫓기고 있었다.

그녀는 아폴론과, 테라스에 서 있는 우리 두 사람 사이를 지나 바다 쪽으로 달려갔다. 그런데 그때 세 번째 인물이 그녀 뒤로 나타났다. 또 다른 남자가 나무들 사이에서 나와 길을 달렸던 것이다. 그는 사티로스로 분장해, 털이 달린 타이츠를 입고 궁둥이는 염소처럼 꾸미고 있었다. 그리고 턱수염을 기른 전통적인 얼굴 생김새를 하고 있었고, 뭉툭한 호른 두 개를 들고 있었다. 그의 벗은 상체는 피부 색이 짙어서 거의 검다시피 했다. 그가 소녀를 가까이 따라잡았을 때 나는 또 다른 충격을 받았다. 그의 사타구니에 거대한 남근이 솟아올라 있었던 것이다. 길이가 거의 45센티미터는 되는 그 남근은 현실적으로 보이기에는 너무 컸지만 음란하게 보이는 데는 효과 만점이었다. 문득 나는 밑에 있는 방의 포도주 잔 안쪽 바닥에 그려진 그림을 떠올렸다. 그리고 내가 고향에서 아주 멀리 와 있다는 사실을 상기했다. 정신이 혼란스러워 뭐가 뭔지 알 수가 없었고, 나 자신이 겉으로 드러내고 싶어 하는 것보다 실제로는 훨씬 더 순진하고 세련되지 못하다는 느낌이 들었다. 나는 내 옆에 있는 여인을 흘낏 쳐다보았다. 그녀에게서는 희미한 미소와, 설령 시늉만 하는 것이라 할지라도 전혀 마음에 들지 않는, 잔인함에 대한 일종의 흥분이 감지되는 듯했다. 그것은 전형적인 에드워드 시대의 〈다른 세계〉와도 거리가 아주 먼 것이었다.

나는 님프의 하얀 등과 헝클어진 머리, 그리고 거의 맥이 다

빠진 것처럼 보이는 두 다리를 바라보았다. 그녀는 나무들 사이로 뛰어 들어가 바다를 향해 달려 내려간 후 사라졌다. 그런데 그때 극적인 반전처럼 훨씬 강한 빛이 우리가 서 있는 곳 바로 아래에서 비쳤다. 첫 번째 소녀가 방금 사라진 곳에, 땅이 갑자기 해변 쪽으로 꺼지기 전 약간 솟은 곳에 가장 충격적인 인물이 서 있었다. 그녀는 긴 샛노란 키톤[72]을 입고 있었다. 무릎께 오는 키톤의 끝자락에는 피처럼 붉은 옷단이 둘려 있었다. 발에는 은색의 정강이받이를 댄 검은색 버스킨[73]을 신고 있었는데, 그 때문에 그녀는 음울한 검투사처럼 보였고, 맨살이 드러난 어깨나 팔과 묘한 대조를 이루었다. 그녀 역시 살이 이상할 정도로 희고, 길게 검은색 눈화장을 했으며, 머리 또한 고전적이지만 불길하게 뒤로 길게 늘어뜨리고 있었다. 그리고 어깨에는 화살 통을 메고, 왼손에는 은색 활을 들고 있었다. 뒤틀린 얼굴뿐만 아니라 서 있는 자세 어딘가에 진정으로 무시무시한 것이 있었다.

 그녀는 싸늘한 분노를 내뿜으며, 험악하게 길을 막고서 잠시 그곳에 서 있었다. 그런 다음 자유로운 손으로 아주 재빨리 화살 통에서 화살을 하나 꺼냈다. 하지만 그녀가 시위에 화살을 메기기도 전에 불빛이 다시 체포된 사티로스를 비추었다. 그는 몹시 겁에 질린 모습으로, 두 팔을 뒤로 늘어뜨리고 고개를 돌린 채 서 있었다. 가짜 남근 — 좀 더 환한 불빛 속에서 보자 새까맸다 — 은 여전히 발기해 있었다. 그것은 현실성은 없는 포즈였지만, 극적이었다. 불빛이 다시 여신을 비추었다. 그녀는 활시위를 최대한 당겨, 화살을 발사했다. 나는 화살이 날아가 어둠 속으로 사라지는 것을 보았다. 잠시 후 불빛이 다시 사티로스를 비추었다. 그는 그 화살 — 아

---

72 아래위가 잇달린 고대 그리스의 옷.
73 그리스의 비극 배우가 신었던 창이 두꺼운 반장화.

니면 다른 화살 — 을 가슴 위로 부여잡고 있었다. 그런 다음 천천히 무릎을 꿇으며, 한순간 몸을 뒤흔들더니 돌과 백리향 덤불 사이로 비스듬히 쓰러졌다. 마치 그가 죽었다는 사실을 강조하는 듯 더 강한 빛이 잠시 그에게 머물다가 꺼졌다. 그 뒤쪽에서는 좀 더 약한 첫 번째 불빛 속에서 아폴론이 신성한 심판 또는 경기장의 대표처럼, 그리고 희미한 대리석 그림자처럼 무표정한 얼굴로 주위를 살피며 서 있었다. 여신은 은색 활을 옆에 들고 여자 사냥꾼처럼 성큼성큼 그에게로 다가가기 시작했다. 그들은 잠시 우리를 마주하고 있다가 아무것도 들지 않은 손을 들어 올렸는데, 마지막으로 극적 장면을 연출하듯, 근엄하게 인사를 하는 것처럼 손바닥을 뒤로 젖혔다. 그것은 또 다른 효과적인 몸짓이었다. 거기에는 일시적이지만 진정한 위엄과, 불멸의 존재가 건네는 작별 인사의 메시지가 담겨 있었다. 한데 그때 나머지 불빛이 꺼졌다. 그렇지만 나는 조명이 꺼지는 사이 서둘러 무대에서 내려가고 싶어 하는 세속의 배우들처럼 몸을 돌리는 희미한 두 형체를 분간할 수 있었다.

사물의 보다 산문적인 측면으로부터 내 주의를 돌리려는 것처럼 릴리가 몸을 움직였다.

「잠시 실례해요.」

그녀는 콘키스가 앉아 있는 곳으로 갔다. 나는 그녀가 몸을 숙여 뭔가 속삭이는 것을 보았다. 그런 다음 동쪽을 보았다. 어떤 검은 형체가 숲을 향해 움직였다. 사티로스였다. 아래쪽 주랑에서 작은 소리가 들려왔다. 누군가가 실수로 의자에 부딪혀 의자 다리가 끌렸다. 다른 네 명의 배우와, 조명을 담당한 두 사람…… 이 공연과 다른 사건들을 있게 한 기술자들, 그 모두가 진정으로 초자연적인 일처럼 무척 이상하게 여겨지기 시작했다. 나는 호텔 옆의 길에서 만난 노인, 즉

⟨유령의 사전 출현⟩과 내가 방금 목격한 장면 사이에는 어떤 연관이 있는지 상상해 보려 했다. 콘키스가 이야기를 하는 동안 나는 되캉이라는 인물의 핵심을 파악한 것 같았다. 콘키스는 자기 자신과 나에 대해 이야기하고 있었던 것이다. 그 병치는 너무도 명백해 다른 어떤 것도 의미할 수 없었다. ⟨그리고 어떤 질문도 하지 못하게 했소⟩…… ⟨내가 그를 판단할 수 없었다는 것⟩…… ⟨친구를 거의 사귀지 않았으며, 친척이 전혀 없고⟩…… 하지만 그것은 방금 전 일어난 일과 어디에서 연결이 되는 것인가?

분명 그것은 『프랑스의 가면극』 속에서 언급된 일종의 ⟨외설적인 환기⟩를 겨냥한 것이었다. 그 수준이라면 나는 그것을 비웃을 수도 있었다. 영적입네 어떱네 하며 말도 안 되는 것들을 부활시키려는 모든 시도 또한 마찬가지였다. 하지만 콘키스가 지휘한 희유곡에서 나는 갈수록 음란한 기운을 감지했다. 남근과 나체, 알몸의 소녀……. 조만간 나 역시 공연을 해달라는 부탁을 받게 될 것이며, 이것은 비밀 결사인지 종교 집단인지, 어느 쪽인지는 알 수 없지만 나를 신참자로 점찍은 이들 집단의 훨씬 더 어두운 모험으로 들어가는 일종의 통과 의례일 것이라는 생각이 들었다. 그리고 이들 집단에서는 미란다는 아무것도 아닌 존재가 되고 캘리번이 섬을 통치할 것이었다. 또한 나는 어딘가에서 나타나 ⟨나의⟩ 영토를 침해한, 모종의 방식으로 나를 상대로 한 음모를 꾸미고 있는, 나보다 더 많은 것들을 알고 있는 그 모든 다른 사람들에 대해 불쾌한 질투심을 느꼈다. 나는 관객으로 만족하며 영화관에 앉아 상영되는 영화를 그냥 지켜보듯, 갈수록 이상해지는 이들의 행동을 그저 지켜보기만 하려 해볼 수도 있었다. 하지만 그 생각을 하면서도 나는 그것이 썩 적절한 비교는 되지 못한다는 것을 알고 있었다. 사람들은 한 명의 관객을 위해서 영화관을 만들지는 않는다. 물론 그 한 사람을 아주 특별한 목적에 이용할 의도가 아니라면.

마침내 콘키스 옆에 서서 몸을 숙인 채 낮은 목소리로 말을 하던 릴리가 몸을 폈다. 그녀는 내게로 다시 왔다. 이제 그녀의 눈에는 뭔가를 알겠다는 기색이 어려 있었다. 그리고 이 마지막 전개에 대해 내가 어떻게 반응하는지 알고 싶어 하는 호기심도 보였다. 나는 미소를 지으며 약간 머리를 움직였다. 깊은 인상을 받긴 했지만 속지는 않았다는 것을 보여 주기 위해……. 그리고 충격을 받지도 않았음을 알리기 위해 무척이나 신경을 썼다. 그녀는 미소를 지었다.

「이제 나는 가야 해요, 어프 씨.」

「이 공연을 한 친구들에게 축하한다는 말을 전해 주십시오.」

그녀는 깜짝 놀란 척을 했다. 자신이 놀림받고 있다는 것을 안다는 듯 그녀의 눈꺼풀이 떨렸다.

「그들이 단순히 공연을 하는 거라고 생각하는 건 분명 아니시겠죠?」

나는 부드럽게 〈그만해요〉 하고 말했다.

하지만 대답은 듣지 못했다. 그녀는 눈에 아주 살짝 미소를 머금었다. 그런 다음 아주 섬세하게 입술을 깨문 뒤 치마를 잡으며 인사를 했다.

「언제 다시 뵐 수 있을까요?」

그녀는 고개는 돌리지 않고 콘키스 쪽을 흘낏 보았다. 다시 한 번 나는 우리가 공모를 하고 있다고 믿을 수밖에 없었다.

「그건 내가 언제 다시 태곳적의 잠에서 깰지에 달려 있어요.」

「곧 그렇게 되기를 바랍니다.」

그녀는 리코더 솔로 그랬던 것처럼 부채를 입술에 댄 뒤 살그머니 콘키스를 다시 가리켰다. 나는 그녀가 집 안으로 사라지는 것을 지켜본 후 콘키스 맞은편 테이블로 가 섰다. 그는 무아지경에서 헤어난 것처럼 보였다. 그의 눈은 검은 인광체처럼, 거의 거머리처럼, 여느 때보다 훨씬 더 강렬한 빛을 발했다. 그 눈은 눈부신 여흥이 끝난 후 손님의 반응이 긍정적인지 어떤지 눈치를 살피는 집주인보다는 어떤 실험의 결과나 기니피그의 상태를 체크하는 과학자의 눈에 더 가까웠다. 나는 릴리에게 보인 것과 같은 회의적인 옅은 미소를 지으며 내 의자 뒤에서 그를 내려다보았지만, 내가 혼란스러워한다는 것을 그가 알고 있음을 알았다. 왠지는 모르지만 나는 그가 더 이상 내가 믿어야 하는 것을 믿어 줄 것으로 생각지 않는다는 것도 알았다. 나는 자리에 앉았다. 여전히 그는 나를 응시하고 있었다. 나는 무슨 말인가를 해야 했다.

「그것이 어떤 의미인지 알았다면 훨씬 더 즐길 수 있었을 겁니다.」

그 말에 그는 기분이 좋아진 듯 등을 기대며 미소를 지었다.

「친애하는 니컬러스, 당신이 지금 한 말을 인간은 지난 1만 년 동안 해왔소. 그리고 인간이 그 말을 건넨 모든 신들의 한 가지 공통된 특징은 그중 누구도 인간에게 답을 주지 않았다는 거요.」

「신은 대답하는 존재가 아니지만 당신은 대답할 수 있는 존재이지 않습니까.」

「나는 신들조차 무력한 곳을 탐험하지는 않을 거요. 내가 모든 해답을 안다고 생각해서는 안 되오. 나는 그렇지 못하오.」

나는 이제 온화한 표정의 가면을 쓴 그의 얼굴을 쳐다본 후 조용히 말했다. 「왜 저죠?」

「왜 누군가이고 왜 뭔가인 거요?」

나는 그의 뒤쪽 편으로, 동쪽을 가리켰다. 「그 모든 것은,

단지 제게 신학 속의 교훈을 주기 위해서였나요?」

콘키스는 하늘을 가리켰다. 「어떤 신이건 단지 우리에게 신학 속의 교훈을 주기 위해 저 모든 것을 창조했다는 것은 유머와 상상력이 무척 부족한 생각이라는 데 우리 둘 다 동의할 줄로 아오.」 그는 잠시 말을 멈췄다. 「원한다면 얼마든지 학교로 돌아가도 좋소. 어쩌면 그러는 게 더 현명한 일일지도 모르겠소.」

나는 미소 지으며 고개를 저었다. 「이번에는 모험을 해볼 겁니다.」

「이번에는 진짜일 수도 있소.」

「최소한 저는 선생님의 모든 주사위가 조작되었다는 건 깨닫기 시작했습니다.」

「그렇다면 당신은 이길 수 없소.」 그는 너무 앞질러 나갔다는 듯 재빨리 말을 이었다. 「한 가지 얘기를 해주겠소. 일반적인 차원에서도, 당신이 이곳에 있다는 차원에서도 당신의 질문에 대한 대답은 하나밖에 없소. 나는 그 대답을 당신이 처음 이곳에 왔을 때 이미 해주었소. 그건 당신과 나, 그리고 모든 신을 포함해 왜 모든 것이 우연의 문제인가 하는 거요. 다른 무엇도 아닌 순수한 우연 말이오.」

나는 그의 눈을 들여다보았고, 마침내 거기서 내가 믿을 수 있는 뭔가를 발견했으며, 나의 무지와 본성과 악덕과 미덕이 어딘가에서 어떤 식으로든 그의 가면극에 필요하다는 것을 어렴풋이 파악했다. 그는 자리에서 일어나 다른 테이블에 놓인 램프 옆의 브랜디 병을 집었다. 그는 내게 한 잔을 따르고, 자신도 조금 따른 뒤 그대로 서서 나를 향해 잔을 들었다.

「우리가 서로를 더 잘 알게 되도록 건배합시다, 니컬러스.」
「좋습니다.」 나는 술을 마신 후 조심스럽게 미소 지었다.

「얘기를 하다 마셨지요.」 이상하게도 그 말에 그는 주춤하는 것처럼 보였다. 마치 그는 그 이야기를 잊어버린 듯, 아니면 내가 그것에 더 이상 관심이 없다고 생각한 듯 보였다. 그는 머뭇거리다가 다시 앉았다.

「그렇구려. 이야기를 할 작정이었지만…… 이젠 상관없소.」 그는 말을 멈췄다. 「바로 클라이맥스로 넘어갑시다. 우리가 믿지 않는 이 신들이 그토록 오만하게도 인내력을 잃어버린 순간으로 말이오.」

그는 등을 기대고 앉아 다시 한 번 바다 쪽으로 약간 고개를 돌렸다.

「중국의 소작인들이 우글거리며 모여 있는 사진이나 군대가 행진하는 사진을 볼 때마다, 또는 대량 생산된 쓰레기 같은 상품들의 광고로 넘쳐나는 싸구려 신문을, 혹은 대형 상점들이 파는 쓰레기 자체를 볼 때마다, 또는 팍스 아메리카나와, 인구 과잉과 교육 부족 탓에 수세기에 걸쳐 진부해진 문명이 안겨 주는 공포를 볼 때마다, 나는 되캉을 보오. 공간의 부족과 우아함의 부족을 볼 때마다 그를 생각하오. 지금부터 수천 년이 지난 어느 날이 되면, 그가 사는 성과 그 비슷한 것, 그리고 그러한 남자와 여자들만이 있는 세계가 생겨날 수도 있소. 그들은 불평등과 착취의 부패한 혼합 비료를 통해 버섯처럼 자라야 하는 것이 아니라 지브레르뒤크에 있는 되캉의 작은 세계처럼 통제되고 질서 있는 진화로부터 나올 것이오. 그때가 되면 아폴론이 다시 통치하게 될 것이고, 디오니소스는 자신이 나온 그림자로 돌아갈 것이오.」

그런 것이었는가? 나는 조금 전에 본, 아폴론이 등장하는 장면을 다른 각도에서 보았다. 콘키스는 분명 어떤 현대 시인들 같았다. 그는 하나의 상징으로 열 개의 의미를 지우려 했다.

「어느 날 그의 하인 하나가 어떤 여자를 성으로 데리고 들어왔소. 되캉은 여자가 웃는 소리를 들었소. 어떻게 된 일인지는 모르겠지만…… 창이 열려 있었거나 여자가 약간 취했던 것 같소. 그는 자신의 세계에 감히 정부를 끌어들인 자가 누군지 알아내게 했소. 범인은 그의 운전사 가운데 한 사람이었소. 그는 기계 시대의 인간이었소. 그는 해고되었소. 그 일이 있은 직후 되캉은 누군가를 방문하기 위해 이탈리아로 갔소.

어느 날 밤 지브레르뒤크에서 집사장이 연기 냄새를 맡았소. 그는 밖으로 나갔소. 날개 건물 하나 전체와 성의 중앙 부분에 불이 나 있었소. 주인이 없는 터라 하인들 대부분은 근처 마을에 있는 자신들의 집에 가 있었소. 성에서 자고 있던 몇 안 되는 하인들이 미친 듯이 타오르는 불길을 잡기 위해 물통을 나르기 시작했소. 소방서에 전화를 하려 했지만 전화선이 절단되어 있었소. 소방차가 도착했을 때는 이미 늦은 상황이었소. 모든 그림이 오그라들고, 모든 책이 재가 되고, 모든 도자기가 뒤틀리고 깨지고, 모든 동전이 녹아 버리고, 모든 귀중한 악기와 가구, 심지어는 자동인형과 미라벨 부인까지 잿더미로 변하고 말았소. 남은 건 벽의 일부와 도저히 원상태로 회복될 수 없는 잔해들뿐이었소.

그때는 나도 외국에 나가 있었소. 되캉은 피렌체에 있는 자신의 호텔에서 새벽 녘에 깨어 그 소식을 들었소. 그는 바로 집으로 돌아갔소. 하지만 사람들 얘기로는 아직 연기가 나고 있는 잔해에 이르기 전에 발길을 되돌렸다고 하오. 불이 무슨 짓을 했는지 깨달을 수 있을 만큼 가까이 가자마자 말이오. 이틀 뒤 그는 파리에 있는 자신의 침실에서 죽은 채 발견되었소. 엄청난 양의 약을 먹은 거요. 하인의 말에 따르면, 발견 당시 그는 얼굴에 조롱하는 듯한 미소를 짓고 있었다고 하오. 그 하인은 그것에 충격을 받았소.

그의 장례식 한 달 후에 나는 프랑스로 돌아왔소. 내 어머니는 남미에 있었고, 나는 돌아와서야 그 사건에 대해 들을 수 있었소. 어느 날 누군가가 내게 그의 변호사를 찾아가 보라고 했소. 나는 그가 하프시코드를 내게 남겼을 수도 있다는 생각을 했소. 예상은 적중했소. 남아 있던 하프시코드 전부를 내게 남긴 거였소. 그리고 또한…… 아마 당신도 벌써 짐작했을 거요.」

추측할 시간을 주려는 듯 그는 잠시 말을 중단했지만, 나는 아무 말도 하지 않았다.

「그의 전 재산은 아니었지만, 당시 여전히 모친에게 의존하던 청년에게는 엄청난 금액이었소. 처음에는 믿기지 않았소. 그가 나를 좋아하고, 우리 사이를 숙부와 조카처럼 여기고 있다는 것은 알고 있었소. 하지만 그렇다 해도 그건 너무 많은 금액이었소. 그리고 거기에는 너무 많은 우연이 있었소. 어느 날 내가 창문을 열어 놓고 연주했기 때문에. 소작인 여자가 너무 크게 웃었기 때문에……」 콘키스는 1~2분 정도 말없이 앉아 있었다.

「어쨌건 되캉이 그의 돈과 추억과 함께 남긴 말을 당신에게 해주겠다고 약속했었소. 메시지는 없었소. 단지 라틴어 한 구절뿐이었소. 출처는 끝내 찾지 못했소. 그리스어처럼 들리기도 하오. 이오니아나 알렉산드리아 말처럼 말이오. 그건 이렇게 되오. ⟨*Utram bibis? Aquam an undam?*⟩ 네가 마시는 것은 무엇인가? 물인가, 파도인가?」

「그는 파도를 마셨나요?」

「우리 모두는 둘 다를 마시오. 하지만 그는 언제나 그 질문을 해야 한다는 것을 말하려 했던 거요. 그것은 격언이 아니라 거울이오.」

나도 생각을 해보았지만, 내가 무엇을 마시는지 판단할 수 없었다.

「그 집에 불을 지른 사람은 어떻게 됐습니까?」

「법에 따라 처벌을 받았소.」

「선생님은 계속해서 파리에서 살았나요?」

「나는 지금도 그의 아파트를 가지고 있소. 그곳에 있던 악기는 이제 오베르뉴에 있는 내 성에 있소.」

「그의 돈이 어디에서 나오는지 알아내셨나요?」

「그는 벨기에에 많은 영지를 갖고 있었소. 프랑스와 독일에서는 사업에 투자를 했소. 하지만 돈의 상당 부분은 콩고에 있는 여러 기업에서 나온 것이었소. 지브레르뒤크는 파르테논과 마찬가지로 암흑의 심장 위에 세워진 거였소.」

「부라니도 그것 위에 세워진 건가요?」

「그렇다고 하면 당장 떠날 거요?」

「아닙니다.」

「그렇다면 당신은 물을 권리가 없소.」

자신의 말을 지나치게 심각하게 받아들이지 말라는 듯 그가 미소 지었다. 그리고 더 이상 논쟁은 하지 않겠다는 듯 자리에서 일어섰다. 「봉투를 가져가시오.」

그는 앞장서서 내 방까지 가 램프를 켠 후 잘 자라고 했다. 하지만 자신의 방문 앞에서 몸을 돌리고 나를 바라보았다. 그의 얼굴에는 한순간의 의혹과 지속적인 불확신의 빛이 얼핏 떠올랐다.

「물인가, 파도인가?」

그런 다음 그는 안으로 들어갔다.

30

나는 기다렸다. 창 쪽으로 갔다. 침대에 앉았다. 침대에 누웠다. 다시 창 쪽으로 갔다. 결국 나는 두 권의 팸플릿을 읽기 시작했다. 둘 다 프랑스어로 쓰여 있었는데, 첫 번째 것은 구멍과 녹이 슨 자국이 있는 것으로 보아 핀으로 고정한 적이 있는 게 분명했다.

이성을 위한 협회

우리, 프랑스 의과 대학의 의사 및 학생들은 다음과 같은 우리의 신념을 선언하는 바이다.

1. 인간은 자신의 이성을 사용함으로써만 진보할 수 있다.
2. 과학의 첫 번째 의무는 공적, 국제적 사건에서 모든 형태의 비이성을 근절하는 것이다.
3. 이성에 충실한 것은 가족, 계급, 국가, 인종, 종교 등 다른 어떤 에토스에 충실한 것보다 더 중요하다.
4. 이성의 유일한 국경은 인간이라는 국경이며, 다른 모든 국경은 비이성의 표시이다.
5. 세계는 그것을 구성하는 국가들보다 나을 수 없으며, 국가들은 그것을 구성하는 개인들보다 나을 수 없다.
6. 〈이성을 위한 협회〉에 가입하는 것은 이 성명에 동의하는 모든 사람의 의무이다.

회원 자격은 아래 서식에 서명함으로써 획득한다.

1. 나는 〈이성을 위한 협회〉가 목표를 추진할 수 있도록 연수입의 10분의 1을 기부할 것을 약속한다.
2. 나는 언제 어디서나 자신의 삶에 이성을 도입할 것을 약속한다.

3. 나는 결과가 어떻건 결코 비이성에 굴복하지 않을 것이며, 비이성 앞에서 결코 침묵하거나 소극적이지 않을 것이다.
4. 나는 의사가 인류의 선봉에 선 사람임을 인식한다. 나는 전력을 다해 나 자신의 생리와 심리를 이해하고, 그 지식에 따라 나의 삶을 합리적으로 통제할 것이다.
5. 나는 자신의 최우선적인 의무가 항상 이성을 따르는 것이라는 것을 엄숙히 인정한다.

형제자매 여러분, 우리는 지난 10년간 혈액 순환 장애의 원인이 된 비이성의 힘에 맞서는 싸움에 동참할 것을 여러분에게 호소하는 바이다. 사제와 정치가들의 음모에 맞서, 우리 협회가 세상에서 힘을 발휘하도록 도울 것을 호소한다. 우리 협회는 언젠가는 인류 역사 속에서 가장 위대한 것이 될 것이다. 지금 가입하라. 가장 먼저 보고, 합류하고, 우뚝 서는 이들 중 하나가 돼라!

누군가가 오래전에 마지막 문장 위에 〈*Merde*(똥)〉라는 단어를 휘갈겨 써놓았다.

본문과 평 모두가 1920년 이후 일들에 비춰 볼 때 내게는 감정적인 것으로 보였다. 원자 폭탄이 폭발하는 순간 싸우다가 걸린 두 명의 사내아이 같았다. 세기 중간에 사는 우리는 차가운 이성에도 뜨거운 모독에도, 너무 머리만 쓰는 것에도 너무 배설물만 싸지르는 것에도 똑같이 싫증 나 있었다. 빠져나갈 수 있는 길은 다른 어딘가에 있었다. 말은 선에 대해서도 악에 대해서도 힘을 잃었으며, 여전히 행위의 현실 위에 연무처럼 드리워져 왜곡하고, 오도하고, 거세하고 있었다. 하지만 적어도 히틀러와 히로시마 이후로는 말은 연무로, 부서지기 쉬운 상부 구조로 간주되었다.

나는 집 안과 바깥의 어둠에 귀를 기울였다. 아무 소리도 들리지 않았다. 나는 제본된 다른 팸플릿을 집어 들었다. 다시 한 번 갈색으로 변한 종이와 구식 활자가 그것이 전쟁 전의 유물이라는 것을 분명하게 보여 주었다.

다른 세계와의 소통에 대해

가장 가까운 별에 이르기 위해서도 인간은 광속으로 수백만 년을 여행해야 한다. 광속으로 여행하는 방법이 있다 하더라도, 어떤 존재가 거주하는 우주의 다른 곳까지 한 사람의 생애 동안에 왕복하는 일은 불가능하다. 또 그들과 거대한 헬리오그래프나 무선 전파와 같은 다른 과학적 수단으로 소통하는 것도 불가능하다. 우리는 시간이라는 작은 거품 속에 영원히 고립되어 있거나, 그런 것처럼 보인다.

비행기에 대한 우리의 흥분은 얼마나 부질없는가! 베른이나 웰스 같은 작가들이 다른 행성에 사는 특이한 존재에 대해 쓴 허구적인 문학은 얼마나 어리석은가!

하지만 다른 별들 주위를 다른 행성들이 돌고 있으며, 생명체가 우주적 규범에 따르고 있고, 우주 어딘가에 우리와 같은 방식으로 진화하고 같은 열망을 지닌 존재가 있다는 것은 의심의 여지가 없다. 그렇다면 우리는 그들과 결코 소통할 수 없는 것인가?

시간에 의존하지 않는 소통 방법은 단 하나밖에 없다. 그것의 존재를 부정하는 사람도 있다. 하지만 생각이 떠오르는 〈바로 그 순간〉에 다른 이에게 전달되는 수많은 사례가 그것을 직접 목격한 저명한 과학자들에 의해 신뢰성 있게 확증된 바 있다. 라프족[74] 같은 어떤 원시적인 문화에서는 이 현상이 무척 자주 일어나고 아주 당연한 것으로 받아들여지고 있어, 우리 프랑스인이 전보나 전화를 이용하는 것처럼, 일상의 편의를 위해 이용되고 있다.

모든 힘들이 새롭게 발견될 필요는 없다. 어떤 힘들은 회복하기만 하면 된다.

이것이 우리가 다른 세계의 인간과 소통할 수 있는 유일한 방법이다. 〈*Sic itur ad astra*(이것이 별에 가는 길이다).〉

의식을 지닌 존재 속에서 의식의 이러한 잠재적 동시성은 마치 사도기(寫圖器)처럼 작동한다. 손이 뭔가를 그리면, 복사본이 만들어진다.

이 팸플릿의 저자는 심령술사도, 심령술에 관심이 있는 사람도 아니다. 그는 수년에 걸쳐 정규 의학의 언저리에서 텔레파시와 다른 현상들을 연구하고 있다. 그의 관심은 순수하게 과학적이다. 그는 자신은 〈초자연적인〉 것이나 장미십자회의 이념, 연금술, 또는 그처럼 상궤에서 벗어난 다른 것들을 믿지 않는다고 거듭해 말한다.

그는 우리의 세계보다 이미 더 진보된 세계가 우리와 소통하려 하고 있으며, 우리 사회에서 양심적인 것으로 보이는, 고상하고 이익이 되는 모든 정신적인 행위, 즉 인간적인 행위와 예술적 영감, 과학적 천재성 등은 실제로 다른 세계로부터 온, 절반만 이해된 텔레파시에 의한 메시지를 통해 지시된 것이라고 주장하고 있다. 그는 뮤즈가 시적인 허구가 아니라, 우리 현대인이 연구해야 하는 과학적 사실에 대한 고전적인 통찰이라고 믿고 있다.

그는 텔레파시와 그것과 관련된 현상의 연구에 더 많은 공적 자금과 협력을 아끼지 말 것을 역설하고 있으며, 무엇보다 이 분야에 더 많은 과학자들이 참여할 것을 호소하

---

74 노르웨이, 스웨덴, 핀란드 북부와 러시아 콜라 반도 등 라플란드에 사는 소수 민족.

고 있다.

　그는 조만간 다른 세계들 사이의 소통 가능성에 대한 직접적 증거를 모아 발표할 예정이다. 파리의 언론에 관련 기사가 날 것이다.

나는 한 번도 텔레파시와 관련된 경험을 한 일이 없었고, 콘키스와 더불어 그것을 경험하게 될 것 같지도 않았다. 만일 다른 세계에서 온 자비로운 신사들이 내게 선행과 예술적 천재성을 불어넣어 주고 있다면, 자기들이 하는 일을 대단히 잘못하고 있는 셈이다. 비단 나뿐만 아니라 내가 태어난 시대 사람들 대부분에게 말이다. 나는 한편으로는 콘키스가 내게 영혼과 소통한다고 한 이유를 이해하기 시작했다. 그것은 어떻게 보면 다음 밤에 가면극 속에서 있을 더욱더 이상한, 그가 말한 그…… 〈실험〉이라는 것에 나를 준비시키며, 나의 저항력을 약화시키는 과정이었다.

　가면극, 가면극. 그것은 모호한 시처럼 나를 매혹했고, 동시에 짜증 나게 했다. 아니, 그 이상이었다. 그것은 그 자체로 모호할 뿐만 아니라 그것이 왜 쓰였는지 이유를 알 수 없다는 점에서 이중으로 모호했다. 그날 저녁 나는 새로운 가설을 생각해 냈다. 즉 콘키스가 자신의 잃어버린 세계의 일부를 다시 창조하려 하고 있으며, 어떤 이유로 내가 그 연극의 〈젊은 주연 배우〉가, 다시 말해 젊은 날의 그의 자아를 연기하는 인물이 되었다는 것이다. 나는 우리 둘 사이의 관계가, 혹은 나의 위치가 다시 바뀌었다는 것을 강하게 지각했다. 나는 내가 손님에서 제자로 바뀌었으며, 이제 다시 어떤 대상으로 바뀌고 있다는 것을 감지하고 마음이 영 편치 않았다. 그는 분명 내가 그의 인성의 모순되는 면을 이야기할 수 없게 하고자 했다. 바흐를 연주할 때의, 또는 그의 자전적 이야기 — 제아무리 윤

색된 것이라 하더라도 — 의 어떤 측면 속 인간적 면모는 다른 곳에서 드러나는 그의 도착증과 악의에 의해 침식되고 무효가 되었다. 그는 그것을 알고 있는 게 틀림없었고, 따라서 내가 허우적거리기를 바라는 게 분명했다. 정말로 그는 내가 허우적거리기를 바라고 있었다. 그가 내 앞에 놓아둔 〈외설적인〉 책들과 물건들, 릴리, 그리고 이번에 잔뜩 비정상적인 분위기를 풍기며 등장한 밤의 그 신화 속 인물들은 낚싯바늘로 보아야 했고, 나는 그것을 이해하지 못한 척할 수 없었다. 하지만 그에 대해 생각할수록 벨기에 출신 백작의…… 아니면 어쨌거나 그에 대한 콘키스의 이야기의 진실성이 의심스러웠다. 백작은 콘키스 자신을 위한 위장 말[75]에 지나지 않았다. 되캉은 비유적으로는 진실일지도 모르지만, 말 그대로의 진실과는 거리가 먼 것이었다.

한편 가면극은 나를 실망시키고 있었다. 주위는 여전히 고요했다. 나는 손목시계를 보았다. 거의 반시간이 지난 상태였다. 잠을 잘 수가 없었다. 잠시 망설이다가 나는 계단을 내려가, 음악실을 지나 주랑 아래로 갔다. 그리고 〈신〉과 〈여신〉이 사라진 방향으로, 나무들 속으로 조금 들어갔다가 몸을 돌려 해변으로 내려갔다. 파도가 천천히 밀려갔다 밀려오면서 이따금 작은 조약돌 몇 개를 끌어내려 잘그락거리게 했다. 바람은 전혀 불지 않았고 공기는 정체되어 있었다. 절벽과 나무들과 작은 배가, 다른 세계로부터 오는 수없이 많은 해독 불가능한 생각들 속에서 별빛에 젖어 있었다. 신비로운 남쪽 바다는 환한 빛을 띠며 무엇인가를 기다리고 있었다. 그것은 살아 있었지만 텅 비어 있었다. 나는 담배를 피운 후 다시 고민스러운 그 집으로 올라가 내 침실로 갔다.

[75] 사냥꾼이 짐승에 접근할 때 쓰는 말처럼 만든 물건.

31

나는 또 혼자서 아침 식사를 했다. 바람이 부는 날이었다. 하늘은 여느 때처럼 푸르렀지만, 바람이 요란스럽게 바다 위로 몰아치며 집 앞에 보초처럼 서 있는 종려나무 두 그루의 잎사귀를 흔들었다. 멀리 남쪽 마타판 곶 쪽의 앞바다에서는 이오니아의 섬들에서 여름철에 부는 거친 질풍인 멜테미가 불고 있었다.

나는 해변으로 내려갔다. 보트는 그곳에 없었다. 그것이 〈방문객들〉에 대해 내가 대충 생각해 낸 가설이 틀리지 않았다는 것을 확인시켜 주었다. 그들은 섬의 서쪽과 남쪽 주변에 있는 많은 내포 중 한 곳에서 요트를 타고 있거나, 동쪽으로 8킬로미터 정도 가면 있는 작은 무인도 중 하나에 닻을 내리고 있는 것 같았다. 나는 테라스에 콘키스가 나와 있는지를 보기 위해 헤엄을 쳐 내포를 빠져나갔다. 하지만 테라스는 텅 비어 있었다. 나는 누운 채 잠시 떠다니며 햇볕을 받아 따뜻해진 얼굴 위로 시원한 파도가 치는 것을 느끼면서, 릴리를 생각했다.

그런 다음 해변 쪽을 바라보았다.

황토색 절벽과 초록색 식물들을 배경으로, 소금 빛이 도는 회색 자갈이 깔린 해변 위에 그녀가 눈부신 모습으로 서 있었다. 나는 전속력으로 해안 쪽으로 헤엄을 치기 시작했다. 그녀는 몇 발짝 돌을 따라 걷다가, 걸음을 멈추고 나를 바라보았다. 마침내 나는 발을 디디고 섰고, 물이 뚝뚝 떨어지는 가운데 숨을 헐떡이며 그녀를 바라보았다. 제1차 세계 대전 때 유행한 무척 예쁜 여름 드레스를 입은 그녀가 10미터쯤 떨어진 곳에 있었다. 드레스에는 홍합 빛의 파란색과 하얀색과 분홍색의 줄무늬가 있었고, 그녀는 드레스와 똑같은 천으로 만든 술이 달린 양산을 들고 있었다. 바닷바람이 보석처럼 그녀의 몸을 휘감았다. 바람은 그녀의 드레스를 잡아채 몸에 착 달라붙게 했다. 그녀는 양산을 바로 하느라 계속해서 약간 애를 먹고 있었다. 바람의 손가락들이 계속해서 목과 입술 주위의 비단 같은 긴 금발을 집적거리며 헝클어 놓았다.

내가 무릎까지 물에 잠긴 채 서 있는 사이 그녀는 반은 자신을, 반은 나를 조롱하듯 입을 살짝 내밀었다. 그 순간 우리에게 왜 침묵이 내렸는지, 왜 이상하게도 좀 더 심각한 표정 속에 잠시 갇혀 있었는지 알 수 없다. 내 쪽에서 흥분한 것은 고스란히 보였을 것이다. 그녀는 너무도 젊고, 너무도 소심하게 장난스러워 보였다. 그녀는 마치 자신은 거기 있어서는 안 되는 것처럼, 도리에 어긋난 짓을 하는 것처럼 부끄러워하면서도 장난기가 흐르는 미소를 지었다.

「포세이돈이 당신 혀를 잘라 버렸나요?」

「너무도 매력적이시군요. 르누아르의 그림 같습니다.」

그녀는 조금 멀리 움직이며, 양산을 돌렸다. 나는 해변용 신발을 신고, 수건으로 등을 닦으며 그녀를 따라잡았다. 그녀는 순진하면서도 교활해 보이는 미소를 짓고는 가파른 협곡이 자갈 깔린 해변으로 이어지는 곳에 서 있는 한 그루 소나무 그늘 밑의 평평한 바위 위에 앉았다. 그리고 양산을 접어 그것으로 햇살 속에 있는 바위 옆 돌을 가리켰다. 나보고 그곳에 앉으라는 의미였다. 하지만 나는 바위 위에 수건을 펼치고, 그녀 옆 가까이에 앉았다. 촉촉한 입, 맨살이 드러난 팔의 솜털, 왼쪽 손목 위에 난 흉터, 풀어진 머리카락. 전날 밤의 엄숙한 젊은 존재는 완전히 사라지고 없었다.

「당신은 내가 본 유령 중에 제일 예쁜 유령이에요.」

「그런가요?」

내 말은 진심이었다. 그리고 그녀를 껴안고 싶었다. 하지만 그녀는 그저 더 환하게 미소 지을 뿐이었다.
「다른 여자들은 누구죠?」
「어떤 다른 여자들요?」
「그만해요. 장난은 장난일 뿐이잖아요.」
「그렇다면 부탁이니 그걸 망치지 마세요.」
「최소한 그게 장난이라는 것은 인정하죠?」
「나는 아무것도 인정하지 않아요.」

그녀는 내 눈을 피하며 입술을 깨물었다. 나는 숨을 들이쉬었다. 그녀는 나의 다음 공격을 피할 준비를 하는 기색이 역력했다. 그녀는 신발 끝으로 조약돌 하나를 밀었다. 단추가 달린, 우아한 회색빛 염소 가죽 신발이었다. 그 밑에 신은 하얀 실크 스타킹에는 맨살이 드러나게 뚫린 작은 꽃잎 자수 무늬가 발목을 타고 올라가다 10센티미터쯤 위에서 드레스의 옷단 아래로 사라졌다. 마치 내가 옛 시절의 그 매력적인 세세한 부분들을 놓치지 못하도록 일부러 발을 내민 것 같은 느낌이 들었다. 머리칼이 바람에 앞쪽으로 날리며 그녀의 얼굴을 약간 가렸다. 나는 머리칼을 뒤로 넘겨 주거나 그녀를 세게 흔들고 싶었다. 하지만 어느 쪽인지는 확실치 않았다. 결국 나는 돛에 자신을 묶은 오디세우스와 비슷한 입장에서 바다를 바라보았다.

「당신은 계속 그 영감님의 기분을 맞춰 주기 위해 이 가장(假裝) 게임을 하고 있다는 암시를 주고 있어요. 내가 합류하기를 원한다면 이유를 설명해 주는 게 좋을 것 같군요. 특히 무슨 일이 일어나고 있는지 그가 정확히 모르고 있다는 것을 내가 믿어야 하는 이유를 말예요.」

그녀는 잠시 머뭇거렸고, 한순간 나는 돌파구를 찾았다고 생각했다.

「당신 손을 줘봐요. 미래를 점쳐 줄게요. 조금 가까이 다가 앉아도 되지만, 내 드레스를 젖게 해서는 안 돼요.」

나는 다시 한 번 숨을 들이쉬었지만 그녀에게 손을 내밀었다. 어쩌면 최소한 그것은 일종의 간접적인 인정일 수도 있었다. 그녀는 내 손목을 가볍게 잡고 검지로 손금을 훑었다. 드레스의 벌어진 틈 아래로 젖가슴 굴곡이 보였다. 하얀 피부와 유혹적인 부드러운 곡선의 시작. 그녀는 이 진부한 성적 계략이 불순하고 다소 대담한 짓인 것처럼 암시하는 데 그럭저럭 성공했다. 그녀의 손가락 끝이 내 손바닥 위를 아무렇지 않게, 그러면서도 암시적으로 지나갔다. 그녀는 점괘를 말하기 시작했다.

「당신은 오래 살 거예요. 아이는 셋을 둘 거고요. 마흔 살에 죽을 고비를 넘길 거예요. 당신은 마음보다는 정신이 더 강해요. 당신의 정신은 마음을 배신해요. 당신이 살면서 여러 번 배신을 하는 게 보여요. 때로는 진정한 자아를 배신하고, 때로는 당신을 사랑하는 사람을 배신해요.」

「이제 내 질문에 대한 대답을 해주겠어요?」

「손바닥은 있는 그대로를 말해요. 이유는 말하지 않죠.」

「당신 손금을 볼 수 있을까요?」

「아직 끝나지 않았어요. 부자가 되는 일은 없을 거예요. 검은 개와 독한 술, 그리고 나이 든 여자를 조심하세요. 많은 여자들과 사랑을 나눌 테지만, 단 한 명만 진정으로 사랑하게 되며, 그녀와 결혼해…… 무척 행복해질 거예요.」

「마흔 살에 죽을 고비를 넘기는데도 말이죠?」

「어쩌면 그건 마흔 살에 죽을 고비를 넘기기 때문이에요. 이 선이 바로 그거예요. 그 뒤로는 행복 선이 아주 강하게 이어져요.」

그녀는 내 손을 놓아준 후 새침하게 무릎 위에 포갰다.

「이제 당신 손금을 볼 수 있을까요?」

「볼 수 있을까요하고 봐도 될까요는 다른 말이죠.」

그녀는 잠시 영어의 올바른 사용법에 관한 짧은 강의를 한 후 잠시 수줍은 척하다가 갑자기 손을 내밀었다. 나는 똑같이 손금을 훑으며 그것을 읽는 체했다. 그리고 셜록 홈스처럼 아주 진지하게 손금을 읽어 보려 했다. 하지만 브릭스턴에서 온 아일랜드 하녀가 보트 놀이와 눈깔사탕을 무척 좋아한다는 것을 한순간에 간파해 내는 그 위대한 대가조차 이번에는 당황했을 것이다. 릴리의 두 손은 부드럽고 완벽했다. 그녀의 정체가 무엇이든 어딘가에서 온 하녀가 아닌 것만은 확실했다.

「시간이 오래 걸리는군요, 어프 씨.」

「니컬러스라고 부르세요.」

「저를 릴리라고 불러도 좋아요, 니컬러스. 하지만 제 손을 만지며 몇 시간이고 앉아 있을 수는 없어요.」

「한 가지만은 분명히 보이는군요.」

「그게 뭐죠?」

「그때 보였던 것보다 당신이 훨씬 더 지적이라는 거요.」

그녀는 손을 홱 빼내더니 약간 토라진 듯한 모습으로 자기 손을 바라보았다. 하지만 그녀는 토라지기 잘하는 여자는 아니었다. 머리카락 몇 가닥이 뺨 위로 날렸다. 바람이 그녀를 자유분방하고 애교스럽게 굴게 했고, 내가 생각하는 그녀의 실제 나이보다 어린 누군가를 재현해 내는 데 한몫을 했다. 실제의 릴리에 대해 콘키스가 한 말이 기억났다. 내 옆에 있는 여자는 과감한 시도를 하고 있었다. 아니면 어쩌면 줄거리를 짜기 전에 배우 선정부터 했는지도 몰랐다. 하지만 세상의 그 어떤 연기 기술로도 지금의 역할은 해낼 수 없었다. 그녀는 손바닥을 다시 내 쪽으로 약간 기울였다.

「그리고 죽음은요?」

「자신의 역할을 잊고 있군요. 당신은 이미 죽었어요.」

그녀는 팔짱을 끼고 바다를 내다보았다.

「아마 내게는 선택의 여지가 없겠죠.」

그것은 새로운 방향 전환이었다. 그녀의 목소리에 어딘지 반항적인 느낌이, 희미한 후회의 기색이 담겨 있는 듯했다. 그것은 그녀의 가면 뒤에서 나온, 실제 우리 시대의 기색이었다. 나는 그녀의 얼굴을 살폈다.

「무슨 뜻이죠?」

「우리가 말하는 모든 것을 그는 들어요. 그는 알고 있어요.」

「모든 것을 그에게 드러내야 하나요?」 나는 믿지 못하겠다는 말투로 말했다. 그녀는 고개를 끄덕였고, 나는 그녀가 전혀 가면을 벗지 않고 있다는 것을 알았다. 「말하지 마세요. 텔레파시인가요?」

「텔레파시하고······.」 그녀는 눈을 내리깔았다.

「그리고?」

「더 이상 말할 수 없어요.」

릴리는 딴 데로 가려는 듯 양산을 집어 펼쳤다. 살 끝에 까만색의 작은 술이 매달려 있었다.

「당신은 그의 정부인가요?」 그녀는 흘끗 나를 쳐다보았고, 나는 그녀가 충격을 받은 나머지 연기를 멈추고 있다는 느낌을 처음으로 받았다. 나는 말했다. 「어젯밤의 스트립쇼에서 말이에요.」 그러고는 말을 이었다. 「나는 그저 내가 어디에 있는지 알고 싶을 뿐이에요.」

그녀가 자리에서 일어나 자갈 깔린 해안을 빠른 걸음으로 걸어 집으로 이어지는 길로 가기 시작했다. 나는 달려가 그녀의 길을 막아섰다. 그녀는 멈추어 서서 시선을 내리깔더니 앵돌아짐과 책망이 뒤섞인 사나운 눈빛으로 나를 쳐다보았다. 그녀의 목소리에는 거의 열정마저 담겨 있었다.

「왜 당신은 늘 자신이 어디 있는지를 알아야 하죠? 상상력에 대해 들어 본 적 없나요?」

「좋은 지적이군요. 하지만 별 소용 없는 말이에요.」

그녀는 내 미소를 차갑게 바라보더니 다시 눈을 내리깔았다.

「당신이 훌륭한 시를 쓸 수 없는 이유를 이제 알겠어요.」

이번에는 내가 충격을 받을 차례였다. 나는 첫 번째 주말 동안에 콘키스에게 실패로 돌아간 나의 문학적 야심에 대해 얘기한 바 있었다.

「내가 팔 하나를 잃지 않은 게 정말 유감이군요. 그랬으면 그것에 대해서도 농담을 하실 수 있었을 텐데요.」

그 말에 그녀의 실제 자아에서 나온 것 같은 표정이 얼굴에 떠올랐다. 표정은 이내 사라졌지만 속마음을 고스란히 드러내고 있었고, 잠깐 동안 거의……. 그녀는 고개를 한쪽으로 약간 돌렸다.

「그 말은 하는 게 아니었어요. 사과할게요.」

「감사합니다.」

「나는 그의 정부가 아니에요.」

「또한 다른 누구의 정부도 아니기를 바랍니다.」

그녀는 내게서 등을 돌려 바다를 마주했다.

「그건 무척 뻔뻔스러운 말이네요.」

「하지만 나더러 이 모든 황당무계한 일들을 그대로 받아들이라는 것에 비하면 반도 안 뻔뻔스럽죠.」

그녀는 양산을 들어 얼굴을 가렸지만 나는 양산 안으로 목을 들이밀었다. 다시 한 번 그녀는 자신이 방금 말한 것과 모순된 표정을 하고 있었다. 내 눈에 들어온 그녀의 입가에는 새침하기보다는 배어 나오는 웃음을 감추려 애쓰는 기색이 역력했던 것이다. 그녀의 시선이 살짝 미끄러지며 내 눈과 마주쳤다. 그녀는 선창을 고갯짓하여 가리켰다.

「저기로 걸어갈까요?」

「대본에 그렇게 쓰여 있다면요.」

그녀는 나를 마주 보고 경고하듯 손가락을 들었다. 「하지만 우리가 같은 언어를 말하는 것이 불가능한 게 분명하니 그냥 걷기만 해요.」

나는 미소를 지으며 어깨를 으쓱했다. 그래야 한다면 휴전을 하겠다는 의미였다.

선창에는 바람이 더 심하게 불어 그녀는 머리카락을 수습하느라 애를 먹었다. 하지만 그 모습이 내게는 멋지게 보였다. 머리카락이 비단 같은 빛의 날개처럼 햇살 속으로 떠올랐다. 결국 나는 그녀의 접은 양산을 들어 주었고, 그녀는 헝클어지는 머리를 정돈하려고 애를 썼다. 그녀의 기분은 다시 갑자기 바뀌어 있었다. 그녀는 고르고 하얀 이를 햇빛에 반짝이며 계속해서 웃었고, 깡충깡충 뛰었으며, 파도가 선창 끝을 때리며 물을 약간 튀기면 재빨리 뒤로 물러났다. 한두 번 내 팔을 잡기는 했지만, 바람과 바다와 벌이는 이 놀이에 온통 빠져 있는 것 같았다. 화사한 줄무늬 드레스를 입은, 예쁘지만 다소 방정맞은 여학생 같았다.

나는 양산을 슬쩍 살펴보았다. 새로 만들어진 것이었다. 하기야 1915년에서 온 유령이라면 새 양산을 들고 다니는 게 맞을 것 같았다. 하지만 양산이 낡고 빛바랜 것이었다면, 덜 논리적이긴 하지만 좀 더 그럴듯했을 것 같은 생각이 들었다.

그때 집에서 종소리가 울렸다. 그 전주 주말에 들었던 것과 똑같은, 내 이름의 리듬에 맞춰 치는 종소리였다. 릴리는 그 자리에 멈추어 서서 그 소리에 귀를 기울였다. 바람에 소리가 왜곡되긴 했지만, 종소리가 다시 들렸다.

「니크-얼-러스.」 그녀가 놀리듯 짐짓 엄숙한 표정을 지으며 말했다. 「당신을 위해 종이 울리고 있어요.」

나는 나무들 사이를 올려다보았다.

「이유를 모르겠군요.」

「당신은 가야 해요.」

「나랑 함께 갈래요?」 그녀는 고개를 저었다. 「왜 안 되죠?」

「나를 위해 울리는 게 아니니까요.」

「우리가 다시 친구가 되었다는 것을 보여 줘야 할 것 같은데요.」

그녀는 바람에 날려 얼굴을 쓸지 못하게 머리칼을 손으로 잡은 채 내 가까이 서 있었다. 그녀는 매서운 눈으로 나를 바라보았다.

「어프 씨!」 전날 밤과 똑같이, 지나치게 정확하고 차가운 발음이었다. 「저한테 키스하자고 하시는 거예요?」

그리고 그것은 완벽했다. 빅토리아 시대의 싱거운 장난을 즐기는 1915년의 짓궂은 소녀. 이중으로 가면을 벗는 사랑스러운 모습. 그런 그녀는 터무니없으면서도 사랑스럽게 보였다. 그녀는 눈을 감으며 뺨을 앞으로 내밀었고, 내 입술이 닿기도 전에 뒤로 물러섰다. 나는 그 자리에 서서 그녀가 고개를 숙이는 것을 바라보았다.

「최대한 빨리 올게요.」

나는 내 나름으로는 꼼짝없이 매혹당했으면서도 전혀 속아 넘어가지 않은 표정일 것이라고 여겨지는 표정을 지으며 양산을 돌려준 후 그곳을 떠났다. 그리고 길을 따라 올라가는 도중 몇 번이고 뒤를 돌아보았다. 그녀는 두 번 선창에서 손을 흔들었다. 나는 가파른 오르막길을 넘어 집으로 이어지는, 나무가 듬성듬성 나 있는 곳을 지나갔다. 마리아가 음악실 문 옆, 종 앞에 서 있는 게 보였다. 하지만 자갈길로 두 걸음도 떼기 전에 세상이 두 동강 나버렸다. 혹은 그렇게 보였다.

15미터가 채 안 떨어진 곳에 있는 테라스에 어떤 인물이 나타나 나를 내려다보고 있었다. 그것은 릴리였다. 그녀일 수 없었지만, 그녀였다. 바람에 날리는 머리카락, 드레스, 양산, 체구와 얼굴 등 모든 게 똑같았다. 그녀는 나의 존재를 전적으로 무시하고, 내 머리 위쪽으로 바다를 바라보고 있었다.

도저히 앞뒤가 안 맞고 비현실적인 사나운 충격이었다. 누군가가 나로 하여금 방금 해변에 두고 온 바로 그 여인이 여기 있다고 믿게 하려는 것이 분명했지만, 몇 초 만에 나는 그렇지 않다는 것을 알아차렸다. 하지만 그녀와 너무도 똑같았기 때문에 답은 하나밖에 없었다. 쌍둥이가 분명했다. 들판에는 두 명의 릴리가 있었다. 하지만 생각을 할 시간이 없었다. 테라스 위에 있는 릴리 옆에 또 한 명의 인물이 나타났던 것이다.

콘키스라고 하기에는 키가 훨씬 더 큰 남자였다. 최소한 나는 남자라고 추정했다. 어쩌면 〈아폴론〉일 수도 〈로버트 폴크스〉일 수도, 심지어는 〈되캉〉일 수도 있었다. 그것은 알 수 없었는데 그 인물이 온통 검은색 차림에 햇빛 속에 싸여 있었고, 내가 본 가장 불길한 가면을 쓰고 있었기 때문이다. 그는 기다란 주둥이에 귀가 높이 뾰족 솟은, 거대한 검은색 자칼의 머리를 하고 있었다. 두 사람은 소유자와 소유된 자로, 죽음의 사자와 연약한 하녀로 거기 그렇게 서 있었다. 최초의 시각적 충격이 가시자마자 거기서는 거의 바로 막연하게 그로테스크한 무엇인가가 느껴졌다. 그것은 공포 잡지의 삽화처럼 과장된 무시무시함을 갖고 있었다. 그것은 분명 뭔가 공포스러운 원형을 건드리고 있었지만 무의식뿐만 아니라 상식까지도 뒤흔들었다.

이번에도 역시 초자연적인 어떤 것이라는 느낌은 들지 않았다. 가면극 속의 또 다른 역겨운 비틀기, 해변에서의 장면의 검은 반전에 지나지 않은 것 같았다. 그렇다고 해서 내가 두려움을 느끼지 않았다는 얘기는 아니다. 사실 나는 무서웠고, 그것도 몹시 무서웠다. 하지만 내가 느낀 두려움은 어떠한 일이라도 일어날 수 있다는 데서 나온 것이었다. 이 가면극에는 한계도, 통상의 사회적 법칙이나 인습도 없었다.

나는 10초 정도 얼어붙은 듯 서 있었다. 마리아가 내 쪽으로 오자 두 인물은 그녀의 눈에 띄는 것을 피하려는 듯 물러갔다. 릴리의 도플갱어는 그녀의 어깨에 올려진 까만 손에 의해 급하게 뒤로 끌려갔다. 마지막 순간에 그녀가 나를 내려다보았지만, 얼굴에는 표정이 전혀 없었다.

〈검은 개를 조심하세요.〉

나는 해변으로 이어지는 길을 향해 달려가기 시작했다. 그리고 재빨리 어깨 너머로 뒤를 돌아보았다. 테라스 위에 있던 인물들은 사라지고 없었다. 아래가 내려다보이는 굽은 길에 이르렀다. 바로 30초 전에 해변에서 손을 흔드는 릴리를 마지막으로 본 장소였다. 선창에는 아무도 없었다. 작은 내포의 끝은 텅 비어 있었다. 나는 좀 더 달려 벤치가 있는 조그만 평지까지 내려갔다. 거기서는 거의 해변 전부와 위쪽으로 나 있는 길 대부분이 보였다. 밝은 색 드레스가 나타나기를 기다렸지만 허사였다. 그녀가 작은 동굴이나 바위 사이에 숨어 있을지도 모른다는 생각이 들었다. 하지만 곧 그들이 기대하는 대로 반응을 해서는 안 된다는 생각이 들었다. 나는 몸을 돌려 집 쪽을 향해 오르막길을 오르기 시작했다.

마리아는 여전히 주랑 끝에서 나를 기다리고 있었다. 그녀 옆에는 남자 하나가 있었다. 과묵한 당나귀 몰이꾼 헤르메스였다. 그가 검은 차림을 한 남자였을 수도 있었다. 키도 그만했다. 하지만 그는 평온한 모습이었고, 단순한 방관자처럼 보였다. 나는 그리스어로 재빨리 〈*Mia stigmi*(잠깐만요)〉라고 말하고, 그들을 지나쳐 안으로 들어갔다. 마리아가 봉투를 내밀고 있었지만, 나는 무시해 버렸다. 안에 들어선 나는 콘키스의 방으로 향하는 계단을 뛰어 올라갔다. 문을 두드렸지만 아무 소리도 나지 않았다. 나는 다시 문을 두드렸다. 그런 다음 손잡이를 돌려 보았다. 문은 잠겨 있었다.

나는 다시 아래로 내려가, 음악실에서 잠시 멈춰 서 담뱃불을 붙였다. 마음을 가다듬어야 했다.

「콘키스 씨는 어디 있죠?」

「*Then eine mesa.*」〈집 안에 없다〉는 뜻이었다. 마리아가 다시 봉투를 들어 올렸지만, 나는 또다시 그것을 무시했다.

「어디 가셨죠?」

「*Ephyge me ti varca.*」〈배를 타고 나갔다〉는 말이었다.

「어디로요?」

그녀는 알지 못했다. 나는 봉투를 받아 들었다. 겉에 〈니컬러스〉라고 쓰여 있었다. 접은 종이 두 장이 들어 있었다.

하나는 콘키스가 보내는 메모였다.

친애하는 니컬러스, 저녁때까지 혼자 즐기라는 부탁을 할 수밖에 없구려. 예상치 못한 일로 급하게 나브플리온에 가게 되었소.

M. C.

다른 하나는 전보였다. 그 섬에는 전화도 해저 케이블도 없었지만, 그리스 해안 경비대가 운영하는 작은 무선국이 있었다.

전보는 전날 밤 아테네에서 보내온 것이었다. 나는 그것이 콘키스가 가야 했던 이유를 설명해 줄 거라고 생각했다. 하지만 나는 3분도 채 안 되는 사이에 세 번째 충격을 받게 되었다. 끝에 있는 이름이 눈에 들어왔다. 그것은 다음과 같았다.

다음 주 금요일 사흘간 휴가 공항 저녁 6시 와주기 바람 앨리슨.

토요일 오후에 전송된 것이었다. 나는 고개를 들어 마리아와 헤르메스를 보았다. 두 사람은 멍한 눈으로 멀뚱멀뚱 나를 지켜보고 있었다.

「이걸 가지고 온 게 언제죠?」

헤르메스가 대답했다. 「*Proi proi*.」 〈그날 아침 일찍〉이라는 뜻이었다.

「누가 줬죠?」

학교 선생이었다. 사란토풀로스의 식당에서, 어제 저녁에.

「왜 좀 더 빨리 내게 주지 않았죠?」

헤르메스는 어깨를 으쓱하며 마리아를 쳐다보았고, 마리아도 어깨를 으쓱했다. 콘키스에게 건네주었으니 그의 잘못이라는 뜻인 것 같았다. 나는 전보를 다시 한 번 읽었다.

헤르메스가 내게 답장을 보낼 거냐고 물었다. 그는 마을로 돌아갈 거라고 했다. 나는 답장은 없다고 했다.

나는 헤르메스를 바라보았다. 그의 부옇게 흐린 눈에서는 기대할 만한 게 없어 보였다. 그럼에도 나는 〈오늘 아침 젊은 여자 두 명을 보았나요?〉 하고 물었다.

그는 마리아를 쳐다보았다. 마리아가 〈어떤 젊은 여자들요?〉 하고 물었다.

나는 헤르메스를 다시 쳐다보았다. 「당신은요?」

「*Ochi*(아뇨).」 그는 고개를 뒤로 젖혔다.

나는 해변으로 다시 갔다. 가는 내내 나는 해변으로 이어지는 길이 있는 일대를 살펴보았다. 해안에 도착하자마자 곧바로 동굴로 갔다. 릴리의 모습은 보이지 않았다. 1~2분 그곳에 있는 동안 그녀가 해변 어딘가에 숨어 있지 않다는 확신이 들었다. 나는 작은 협곡을 올려다보았다. 그곳을 올라가 동쪽으로 사라지는 것도 가능해 보였지만, 그랬을 것 같지는 않았다. 혹시 바위 뒤에 웅크리고 있는지 보기 위해 위쪽으로 조금 올라갔다. 하지만 아무도 없었다.

32

작은 소나무 아래 앉아 바다를 바라보며 나는 혼란스러운 생각을 정리하려고 했다. 쌍둥이 자매 중 하나가 내게 가까이 와 말을 걸었다. 그녀는 왼쪽 손목에 흉터가 하나 있었다. 다른 하나가 도플갱어 효과를 만들어 냈다. 그녀에게는 결코 가까이 다가갈 수 없을 것이다. 테라스 위나 별빛 아래 있는 것을 볼 수 있겠지만, 거리를 두고서만 볼 수 있을 것이다. 쌍둥이는 예사롭지 않은 것이었지만, 나는 그것이 예상할 수 있는 것이라는 것을 알 정도로 콘키스에 대해 충분히 깨닫기 시작했고 어느 정도는 예상할 수 있는 것이었다. 돈이 아주 많은 사람이라면…… 아주 희귀한 일도 할 수 있지 않은가? 이상하고 희귀하기 짝이 없는 일도?

나는 내가 알고 있는 릴리, 즉 흉터가 있는 릴리에 대해 생각을 집중했다. 그날 아침, 아니 그 전날 저녁에조차 그녀는 내게 매력적으로 보이려고 했다. 만일 그녀가 정말로 콘키스의 정부일 경우, 그가 내가 생각하는 것 이상으로 훨씬 더 도착적인 게 아니라면, 왜 이런 일을 허용하는 것인지, 그리고 왜 우리 둘만 있게 내버려 두는지 이유를 상상할 수가 없었다. 그녀는 나를 상대로 장난을 치고 있으며, 콘키스의 지시에 따라 어떤 역할을 하는 동시에 스스로 그것을 즐기고 있다는 인상을 강하게 주었다. 한데 남녀 사이의 모든 게임은,

심지어 문자 그대로의 게임조차 암묵적으로는 성적인 것이다. 해변에서 그녀는 거의 노골적으로 나를 유혹하려 했다. 그것은 노인의 지시에 따른 것일 수도 있었지만 나는 그녀의 성적 희롱과 장난 뒤에서 다른 종류의 유희를 보았는데, 그것은 고용된 여배우의 유희와는 전혀 어울리지 않는 것이었다. 게다가 그녀의 〈연기〉는 전문적인 것이라기보다는 아마추어적인 것에 훨씬 가까웠다. 표면 아래의 모든 것이 그녀가 나와 무척 흡사한 세계와 배경 출신으로, 정중함과 영국식 아이러니에 대한 감각을 타고난 여자임을 암시했다. 연극적인 차원에서 보면 공들여 무대화하긴 했지만 그 효과는 완전한 환상을 목표로 하는 진짜 연극보다는 가족적인 제스처 게임에 훨씬 더 가까웠다. 그녀의 모든 시선과 유머에는 나를 놀리고 있다는 암시가 배어 있었다. 실제로 나는 내가 육체적인 것을 넘어 그녀에게 끌리는 것은 바로 이 점 때문이라는 것을 이미 알고 있었다. 어떤 점에서 그녀의 희롱은 과한 것이었다. 나는 그 전주 그녀의 모호한 미소를 본 순간 이미 그녀에게 매혹되었던 것이다. 한마디로 이 제스처 게임에서 나를 유혹하는 것이 그녀의 역할이라면 나는 유혹당해야 했다. 달리 어쩔 수가 없었다. 나는 관능주의자이자 모험가였으며, 설령 시에서는 아니라 해도 사건에서는 여전히 부활을 꿈꾸는 실패한 시인이었다. 나는 일단 내게 건네진 파도를 들이켜야 했다.

   그런 생각을 하다 보니 앨리슨 생각이 났다. 그녀의 전보는 신경 써서 분명하게 보려고 하면 보이는, 눈 속의 모래 같은 것이었다. 나는 무슨 일이 있었는지 짐작할 수 있었다. 지난 월요일 내가 부친 편지가 금요일이나 토요일에 런던에 도착했으며, 그날 영국이 아닌 다른 곳에서 비행기에 있던 그녀는 어쩌면 진력이 난 상태로 엘레니콘 공항에서 30분간 시간을 보내야 했고, 충동적으로 전보를 쳤을 것이다. 하지만 전보는 일종의 침범 행위처럼 찾아왔다. 쾌락에 끼어든 쓸데없는 현실, 본능에 끼어든, 이제는 인위적인 것이 되어 버린 의무로 찾아온 것이다. 하지만 나는 섬을 떠날 수도, 아테네에서 사흘을 허비할 수도 없었다. 나는 그 망할 놈의 것을 다시 읽었다. 봉투가 없었으니, 콘키스 역시 전보 내용을 읽은 게 분명했다. 처음 학교에 배달되었을 때, 데메트리아데스가 봉투를 열었을 것이다.

그렇다면 콘키스는 내가 아테네에 초대를 받았다는 것을 알고 있고, 이 여자가 내가 말한 여자, 즉 내가 그녀를 향해 〈헤엄쳐 가야 할〉 여자라는 추측을 했을 터였다. 어쩌면 그래서 그는 딴 데로 가야 했는지도 몰랐다. 그리고 이번 주말에 있을 예정이던 일을 다음 주말로 연기했는지도 몰랐다. 나는 그가 다시 나를 초대하여, 나흘간의 학기 중 휴가 내내 그와 함께 시간을 보내게 될 것이라고 생각했다. 그리고 앨리슨이 나의 미온적인 제안을 받아들이지 않을 것이라고 생각했었다.

나는 결정을 내렸다. 앨리슨이 섬으로 와서 이들과 대면하게 되는 것은 있어서는 안 되는 일이었다. 이들 근처에 있는 것조차 안 되었다. 무슨 일이 있든, 그녀를 만나야 한다면 장소는 아테네가 되어야 했다. 만약 콘키스가 나를 초대한다면 쉽게 어떤 구실을 대 가지 않을 수 있었다. 하지만 그가 초대를 않는다 해도 내게는 의지할 앨리슨이 있을 것이다. 어떤 경우든 내가 손해를 보지는 않을 터였다.

나를 부르는 종소리가 다시 울렸다. 점심 시간이었다. 나는 소지품을 챙겨, 햇빛에 취한 사람처럼 무거운 걸음으로 길을 따라 올라갔다. 하지만 은밀하게 사방을 살피며, 가면극에 속한 사건이 벌어질 조짐이 보이지 않는지 초인적일 정도로 주의를 기울였다. 바람이 휩쓸고 간 나무숲을 지나 집으로 걸어가면서 나는 뭔가 새로운 광경을, 이유는 알 수 없지만, 가령 쌍둥이 자매가 함께 있는 것을 보게 되기를 기대했다. 하지만 나의 기대는 빗나갔다. 아무 일도 일어나지 않았다. 점심 식사가 차려져 있었다. 한 자리밖에 없었다. 마리아는 모습을 나타내지 않았다. 모슬린 천 밑에는 타라마살라타,[76] 삶은 계란, 그리고 비파나무 열매 한 접시가 있었다.

바람이 부는 주랑 아래에서 점심을 다 먹을 때쯤 되어서는 앨리슨에 관한 생각은 마음에서 쫓아 버리고 콘키스가 마련해 두었을 수도 있는 모든 것에 준비가 되어 있었다. 그리고 일을 보다 쉽게 만들기 위해서 소나무 숲을 지나, 그 전주 일요일에 누워서 로버트 풀크스의 책을 읽었던 곳으로 갔다. 나는 책은 집어 들지 않고, 등을 대고 누운 채 눈을 감았다.

33

깜빡 졸 시간도 없었다. 5분도 되지 않아 바스락거리는 소리가 들렸고, 동시에 백단향 냄새가 났다. 나는 잠든 척했다. 바스락거리는 소리가 가까워졌다. 솔잎이 흔들리는 소리가 희미하게 들렸다. 그녀의 발은 내 머리 바로 뒤에 있었다. 바스락거리는 소리가 좀 더 크게 들렸다. 그녀는 내 뒤쪽에 바짝 붙어 앉았다. 나는 그녀가 솔방울을 떨어뜨리거나 내 코를 간질일 것으로 생각했다. 하지만 그녀는 아주 낮은 목소리로 셰익스피어를 낭송하기 시작했다.

---

76 생선 알로 만든 그리스식 전채 요리.

무서워하실 것 없습니다. 이 작은 섬은 상처가 아니라 기쁨을 주는
소음과 소리와 달콤한 공기로 가득합니다.
때로는 수많은 악기 소리들이
내 귓전에서 울리고 때로는 목소리들이,
오랜 잠에서 깨어나 있는 나를 다시 잠들게 합니다.
그러면 꿈속에서
구름이 열리고 보물들이
내 위로 떨어질 것 같습니다. 그러다가 잠에서 깨면
나는 다시 꿈을 꾸게 해달라고 울부짖습니다.[77]

계속해서 나는 아무 말 없이 눈을 감고 있었다. 그녀는 단어들을 희롱하듯 발음하며 이중적인 의미를 부여했다. 그녀의 담담하지만 감미로운 목소리, 머리 위 소나무들 사이로 부는 바람. 그녀는 말을 맺었지만 나는 눈을 감은 채 있었다.
나는 〈계속해요〉 하고 중얼거렸다.
「그의 영혼이 당신을 괴롭히기 위해 옵니다.」
나는 눈을 떴다. 악마 같은 초록색과 검은색의 얼굴이 불같이 붉은, 툭 튀어나온 눈으로 나를 내려다보고 있었다. 나는 몸을 뒤틀었다. 그녀는 막대에 달린 중국 사육제 가면을 왼손에 들고 있었다. 흉터 자국이 보였다. 그녀는 소매가 긴 흰 블라우스와 기다란 회색 치마로 갈아입고, 머리는 까만색 벨벳 리본으로 뒤로 묶고 있었다. 나는 가면을 옆으로 밀쳤다.
「부패한 캘리번을 만드셨군요..」
「그럼 아마 당신이 그 역을 맡게 될 모양이죠.」
「나는 오히려 페르디난드 역을 바라고 있었는데요.」

---

77 「템페스트」 2막 2장 캘리번의 대사.

그녀는 가면을 다시 반쯤 들어 올려 담담한 표정으로 가면의 윗부분으로 나를 눌렀다. 우리는 분명 여전히 게임을 하고 있었지만 지금까지와는 다른, 보다 솔직한 방식으로 하고 있었다.

「그 역을 연기할 만한 기술이 있다고 확신해요?」

「기술 면에서 부족한 건 감정으로 채우죠.」

그녀의 눈에는 여전히 조롱하는 듯한 기색이 담겨 있었다. 「그건 금지되어 있어요.」

「프로스페로에 의해서요?」

「아마도요.」

「셰익스피어의 연극에서는 그렇게 시작되었죠. 금지되는 것에 의해.」 그녀는 눈을 내리깔았다. 「물론 그의 미란다는 훨씬 더 순수하긴 하지만요.」

「그리고 그의 페르디난드도요.」

「내가 당신에게 진실을 말하고 있다는 것을 제외하면요. 그런데 당신은 내게 거짓말만 하고 있어요.」

눈은 여전히 내리깔고 있었지만 그녀는 입술을 깨물었다. 「몇 가지 진실은 말했어요.」

「당신이 그토록 친절하게 경고해 준 검은 개 같은 것 말인가요?」 이어서 나는 재빨리 덧붙였다. 「제발 부탁인데 무슨 검은 개 말이냐고는 하지 마요.」

그녀는 스커트에 감싸인 무릎에 손을 얹고 몸을 뒤로 기댄 채 내 뒤쪽의 나무들 사이를 쳐다보았다. 그녀는 바보 같아 보이는, 끈으로 묶는 검은색 부츠를 신고 있었다. 그 모습은 어떤 마을의 낡은 교실을, 또는 소심하게나마 최초로 여성 해방 운동을 시도한 팽크허스트[78]를 떠오르게 했다. 그녀는 한참 동안

---

78 Emmeline Pankhurst(1858~1928). 영국의 사회 운동가. 딸들과 함께 여성 사회 동맹을 조직하여 여성의 참정권을 획득하기 위해 투쟁했다.

말이 없었다.

「어떤 검은 개를 말하는 거죠?」

「오늘 아침 당신의 쌍둥이 자매와 함께 있던 개요.」

「내게는 자매가 없어요.」

「어련하시겠어요.」 나는 팔꿈치에 몸을 기댄 채 그녀를 향해 미소 지었다. 「당신은 어디 숨어 있었죠?」

「나는 집에 갔어요.」

아무런 소용이 없었다. 그녀는 또 하나의 가면을 내려놓지 않으려 했다. 나는 경계하는 그녀의 얼굴을 살핀 후 담배를 꺼냈다. 그녀는 내가 성냥불을 붙이고 연기를 두세 모금 빨아들이는 것을 보다가 불쑥 손을 내밀었다. 나는 담배를 건네주었다. 그녀는 처음 담배를 피워 보는 사람처럼 입술을 내밀어 처음에는 조금 빨더니, 다음번에는 좀 더 깊이 빨아들였다가 콜록거리며 기침을 했다. 그녀는 고개를 무릎 사이에 묻고, 담배를 내게 내밀며 다시 기침을 했다. 나는 그녀의 목덜미와 가녀린 어깨를 보았다. 그리고 역시 몸이 가늘고 가슴이 작고 키가 똑같았던, 전날 밤의 알몸의 님프를 떠올렸다.

「어디서 배웠죠?」

「배우다뇨?」

「어느 연극 학교죠? 왕립 연극 아카데미인가요?」 그녀는 아무 대답도 하지 않았다. 나는 다른 방식으로 공격을 시도했다. 「당신은 나를 사로잡으려 하고 있어요. 무척 성공적이기도 했고요. 도대체 이유가 뭐죠?」

그녀는 이번에는 상처 입은 듯 보이려는 어떤 시도도 하지 않았다. 때로는 다른 무엇보다 생략을 통해 진전을 이룰 수 있는 법이다. 가식을 벗어던짐으로써 말이다. 그녀는 고개를 들고 한 팔에 몸을 기댄 채 고개를 살짝 딴 데로 돌렸다. 그런 다음 다시 가면을 집어 이슬람교도 여성의 베일처럼 들었다.

「나는 신비의 어머니 아스타르테[79]예요.」

그녀의 매력적인, 회색이 섞인 보라색 눈동자가 팽창했고, 나는 희미하게 미소를 지었다. 나는 그녀가 자신의 즉흥 연기가 거의 바닥을 보이고 있다는 것을 알기를 바랐다.

「미안합니다. 나는 무신론자예요.」

그녀는 가면을 내려놓았다.

「그렇다면 믿음에 대해 가르쳐 드려야겠군요.」

「속임수를 믿는 법 말인가요?」

「뭐, 그것도 그중 하나예요..」

바다에서 보트 엔진 소리가 들렸다. 그녀 역시 그 소리를 들었을 테지만 눈에서는 아무 표정도 드러나지 않았다.

「여기 말고 다른 곳에서 당신을 만날 수 있으면 합니다.」

그녀는 눈을 들어 나무들 사이로 남쪽을 쳐다보았다. 갑자기 그녀의 말투에서 지금 이 시대의 느낌이 물씬 묻어 나왔다.

「다음 주말에요?」

그 즉시 나는 그녀가 앨리슨에 대한 얘기를 들었으리라고 짐작했다. 하지만 우리는 그 사실에 대해 모르는 척할 수 있었다.

「안 될 것 없잖아요?」

「모리스가 절대로 허락하지 않을 거예요.」

「승낙을 받아야 하는 나이는 지났잖아요.」

「아테네에 가서야 하는 걸로 아는데요.」

나는 잠시 말을 멈췄다. 「당신의 어떤 익살은 다른 것들만큼 재미있지 않아요.」

이제 그녀는 내게 등을 돌린 채 한쪽 팔꿈치를 베고 누웠다. 마침내 그녀가 좀 더 나지막한 목소리로 말했다.

---

79 고대 페니키아의 풍요와 생식의 여신.

「순전히 당신만 그런 감정인 건 아니에요.」

나는 흥분이 몰려오는 것을 느꼈다. 그것은 정말로 진전이었다. 나는 자리에 앉았고, 최소한 그녀의 옆얼굴은 볼 수 있었다. 표정은 굳어 있고, 꺼려하는 듯 보였지만 더 이상 연기를 하는 것 같지는 않았다.

「그렇다면 이것이 게임이라는 것은 인정하나요?」

「일부는요.」

「정말로 나와 같이 느낀다면 할 일은 간단해요. 무슨 일이 일어나고 있는지 말해 줘요. 왜 나의 사적인 삶이 이런 식으로 감시당해야 하는 거죠?」

그녀는 고개를 저었다. 「감시당하는 게 아니에요. 얘기된 거죠. 그게 다예요.」

「나는 아테네에 가지 않을 거예요. 우리 사이는 완전히 끝났어요.」 그녀는 아무 말도 하지 않았다. 「내가 여기 그리스로 온 것도 얼마간은 그 때문이죠. 엉망이 되어 가는 것으로부터 벗어나기 위해.」 이어 나는 말했다. 「그녀는 오스트레일리아인이고 스튜어디스예요.」

「그리고 당신은 더 이상……?」

「더 이상 뭐요?」

「그녀를 사랑하지 않나요?」

「그런 관계가 아니었어요.」 또다시 그녀는 아무 말도 하지 않았다. 그녀는 솔방울 한 개를 집어 들어 그것을 내려다보며, 마치 이 모든 것이 무안한 듯, 가만히 만지작거렸다. 하지만 그녀의 역할을 떠나, 이제 그녀에게는 진정으로 수줍어하는 뭔가가 있는 것 같았다. 그리고 나를 믿어야 할지 말아야 할지 모르는 듯 의심스러워하는 기색도 있었다. 나는 말했다. 「영감님이 당신에게 무슨 말을 했는지 모르겠군요.」

「그녀가 당신을 만나고 싶어 한다는 얘기밖에 하지 않았어요.」

「이제 우리는 친구일 뿐이에요. 우리 둘 다 관계가 지속될 수 없다는 것을 알고 있어요. 우리는 이따금 편지를 쓸 뿐이에요.」 나는 한마디 덧붙였다. 「오스트레일리아인들이 어떤지 알죠?」 그녀는 고개를 저었다. 「그들은 문화적으로 미숙하죠. 그들은 자신들이 누구인지, 어디에 속해 있는지 제대로 몰라요. 그녀의 어떤 부분은 무척이나…… 조악하죠. 반(反)영국적이고요. 다른 한편으로…… 나는 그녀에 대해 기본적으로 미안하게 느꼈어요.」

「당신들은…… 남편과 아내로 함께 살았나요?」

「그렇게 터무니없는 식으로 표현하고 싶다면 그렇게 해요. 그래요, 몇 주 동안요.」 그녀는 그 내밀한 정보에 대해 고마워하는 듯 진지하게 고개를 끄덕였다. 「당신이 왜 그렇게 관심을 갖는지 알고 싶군요.」

그녀는 사람들이 어떤 질문에 대답을 할 수 없다는 것을 인정할 때 그렇게 하듯 고개를 갸웃거렸다. 하지만 그러한 단순한 몸짓은 말보다 자연스러운 대답인 것 같았다. 그녀는 자신이 왜 관심을 갖고 있는지 몰랐다. 그래서 나는 말을 이었다.

「나는 프락소스 섬에서 별로 행복하지 못했어요. 실은, 이곳에 오기 전까지는요. 무척 외로웠어요. 하지만 내가 그 여자를…… 사랑하지 않는다는 건 알아요. 단지 그녀밖에 없었던 것뿐이에요. 그게 다예요.」

「그녀에게는 〈당신이〉 유일한 사람인 것 같은데요.」

나는 재미있어하며 살짝 코웃음을 쳤다. 「그녀에게는 다른 남자가 수십 명은 있어요. 솔직하게 말하는 거예요. 내가 런던을 떠난 뒤로도 최소한 셋이 있었죠.」 그녀의 흰 블라우스 등

위로 일개미 한 마리가 신경질적으로 지그재그로 기어오르는 것을 보고, 나는 손을 뻗어 개미를 튕겨 버렸다. 그녀는 내가 그렇게 하는 것을 느꼈을 테지만, 고개를 돌리지는 않았다.

「당신이 연기를 그만두었으면 좋겠어요. 그런 연애가 당신의 진짜 삶에서도 있었겠죠.」

「아뇨.」 그녀는 다시 고개를 저었다.

「하지만 당신은 진짜 삶이 있다는 것을 인정하고 있어요. 충격받은 척하는 건 우스운 짓이에요.」

「꼬치꼬치 캐물을 생각은 아니었어요.」

「당신은 내가 당신의 역할을 꿰뚫어 보았다는 것 역시 알고 있어요. 이건 점점 더 한심해지고 있어요.」

그녀는 잠시 말이 없다가 자리에 앉아 나를 마주했다. 그녀는 좌우를 두리번거리다가 마침내 내 눈을 똑바로 들여다보았다. 그녀의 시선은 탐색하는 듯하고 어딘지 분명치 않았지만, 최소한 내가 방금 한 말을 부분적으로는 인정하고 있었다. 그사이 보이지 않는 보트는 더 가까이 다가오고 있었다. 내포를 향하고 있는 게 분명했다.

내가 말했다. 「누군가가 우리를 지켜보고 있나요?」

그녀는 아주 희미하게 어깨를 으쓱했다. 「여기서는 모든 것이 감시당하고 있죠.」

나는 주위를 둘러보았지만 아무것도 볼 수 없었다. 나는 다시 그녀를 쳐다보았다. 「그럴 수도 있겠죠. 하지만 우리가 하는 모든 얘기를 누군가가 들을 수 있는 건 아니겠죠.」

그녀는 팔꿈치를 무릎 위에 대고, 손으로 턱을 감싼 채 내 뒤쪽을 쳐다보았다.

「이건 숨바꼭질 같은 거예요, 니컬러스. 술래가 놀이를 하고 싶어 하는지 확실히 알아야 해요. 또한 숨어 있어야 하죠. 그러지 않으면 게임이 성립되지 않아요.」

「술래가 당신을 찾았는데 아니라고 우겨도 게임은 성립되지 않죠.」 나는 다시 말을 이었다. 「당신은 릴리 몽고메리가 아니에요. 애초에 그녀가 존재했다면 말이지만.」

그녀는 나를 살짝 쳐다보았다. 「그녀는 존재했어요.」

「하지만 영감님마저 당신이 그 여자가 아니라는 것을 인정했어요. 그런데 어떻게 그렇게 확신하죠?」

「그건 내가 존재하기 때문이에요.」

「그러니까 당신은 그의 딸인가요?」

「그래요.」

「당신의 쌍둥이 자매와 함께?」

「아이는 저밖에 없어요.」

도저히 참을 수가 없었다. 그녀가 어찌해 보기도 전에 나는 무릎으로 일어서 그녀를 강제로 땅에 눕히고는 어깨를 잡아 억지로 내 눈을 들여다보게 했다. 그녀의 눈에는 두려워하는 빛이 어려 있었고, 나는 그 점을 이용했다.

「내 말을 들어 봐요. 이 모든 게 아주 재미있어요. 하지만 당신에게는 쌍둥이 자매가 있고, 당신은 그것을 알고 있어요. 당신은 사라지는 속임수를 쓰고 있고, 옛날식 대화체니 신화니 다른 모든 것들에서 멋진 연기를 펼치고 있어요. 하지만 당신이 숨기지 못하는 한두 가지가 있어요. 당신이 지적이라는 것. 그리고 육체적으로 나만큼이나 실제적이라는 것.」 나는 그녀의 얇은 블라우스 위로 어깨를 더욱 세게 잡았다. 「당신이 영감님을 사랑하기 때문에 이런 일을 하는지 아닌지는 모르겠어요. 그가 돈을 지불하기 때문인지, 아니면 재미있어서인지도요. 그리고 당신과 당신의 자매와 다른 친구들이 어디에서 시간을 보내는지도 모르겠어요. 하지만 별로 상관 없어요. 나는 이 모든 것이 멋지다고 생각하고 있고, 당신과 모리스를 좋아하니까요. 그의 앞에서는 당신만큼이나 모든 것을 연기할 준비가 되어 있어요······. 하지만 그 모든 것을 너무 심각하게 받아들이지 않도록 해요. 당신의 제스처 게임을 해요. 하지만 제발 죽은 말을 더 이상 채찍질하지는 마요. 알았죠?」

계속해서 그녀의 눈을 들여다보던 나는, 내가 이겼다는 것을 알았다. 그녀의 눈에서 두려워하는 기색이 사라지고 포기하는 듯한 빛이 어렸던 것이다.

그녀가 말했다. 「등이 아파요. 밑에 돌 같은 게 있어요.」

나의 승리는 확정되었다. 후퇴를 뜻하는 그 두 마디 말에 나는 주의를 기울였다.

「훨씬 낫군요.」

나는 몸을 뺀 후 자리에서 일어나 담배에 불을 붙였다. 그녀는 자리에 앉아 몸을 약간 펴며 등을 문질렀다. 나는 그녀가 누워 있던 곳에 솔방울이 하나 있는 것을 발견했다. 나는 그녀를 내려다보며 약간의 힘을 행사하면 효과가 있다는 것을 진작 깨달았어야 한다는 생각을 했다. 그녀는 팔로 다리를 감싸 안은 채 얼굴을 무릎 사이에 더 깊이 파묻었다. 침묵이 흘렀고, 그 자세는 지나치게 오래갔다. 나는 뒤늦게야 그녀가 우는 척하고 있다는 것을 깨달았다.

「그것 또한 소용이 없을 거예요.」

그녀는 그 말을 금방 알아듣지 못한 것 같았다. 잠시 후 그녀는 머리를 들고는, 나를 원망하듯 쳐다보았다. 눈물은 진짜였고, 눈물이 눈썹에 매달려 있는 것이 보였다. 그녀는 바보 같은 짓을 하고 있다는 생각을 한 듯 고개를 돌린 후 손목 뒤쪽으로 눈물을 닦았다.

나는 그녀 옆에 쪼그리고 앉아 담배를 내밀었고, 그녀는 그것을 받았다.

「고마워요.」

「아프게 할 생각은 없었어요.」

그녀는 담배를 피워 본 사람처럼 정상적으로 연기를 들이마셨다.

「나는 노력했어요.」

「당신은 멋져요……. 이 경험이 얼마나 이상한지 모를 거예요. 아름답게 이상하죠. 그건 그저 현실에 대한 감각이죠. 그건 중력 같은 거예요. 중력에 저항할 수 있는 딱 그만큼만 그것에 저항할 수 있죠.」

그녀는 수줍어하면서도, 이상할 정도로 시무룩하게, 살짝 얼굴을 찌푸렸다.「당신이 무슨 말을 하는지 내가 얼마나 정확하게 알고 있는지만 알아줬으면 해요.」

나는 새로운 측면을 보았다. 어쩌면 그녀가 어떤 형태의 강요를 받아 연기를 해온 것일 수도 있다는 것이었다.

「나는 귀를 기울이고 있어요.」

다시 한 번 그녀는 내 뒤쪽을 쳐다보았다.

「오늘 아침 당신이 말한 것은…… 일종의 대본이 있어요. 나는 당신을 데려가 뭔가를 보여 줘야 해요. 그냥 어떤 입상이에요.」

「좋아요. 그곳으로 데려가 줘요.」 나는 자리에서 일어났다. 그녀는 몸을 돌려 담배 끝을 땅에 조심스럽게 돌려 끈 후 눈에 띄게 순종적인 눈길로 나를 쳐다보았다.

「그냥 좀…… 회복될 때까지 내버려 둬줄래요? 5분만이라도 나를 괴롭히지 마세요.」

나는 내 손목시계를 보았다.「6분을 주죠. 하지만 그 이상은 1초도 안 돼요.」그녀는 손을 내밀었고, 나는 그녀가 일어나는 것을 도왔지만 계속 그 손을 쥐고 있었다.「놀라울 정도로 매력적이고, 앞으로 더 잘 알고 싶은 누군가를 괴롭힐 생각은 없어요.」

그녀는 시선을 떨어뜨렸다.「그런 그녀는 당신보다⋯⋯ 미숙한 척할 필요는 없겠죠.」

「그런다고 그녀가 덜 매력적이지는 않아요.」

그녀가 말했다.「멀지 않아요. 그냥 언덕 위예요.」

우리는 손을 잡고 비탈을 오르기 시작했다. 잠시 후 나는 그녀의 손을 꼭 쥐었고, 그녀 역시 조금 더 꼭 쥐는 것이 느껴졌다. 그것은 성적인 것이라기보다는 우정의 약속에 가까웠지만, 그녀가 자신에 대해 한 마지막 말이 믿을 만한 것이라는 사실을 알게 해주었다. 그것은 얼마간은 그녀의 외모에서도 드러났다. 그녀는 육체적 접촉에 대해 소심함과 까다로움이 뒤섞인 태도를 보이는 사람들에게서 흔히 볼 수 있는 예외적일 정도로 섬세한 모습을 지니고 있었던 것이다. 나는 겉으로 드러난 그녀의 대담함과 그녀가 연기해 왔던 과거의 이중성 뒤에서 순수하고 심지어 아마도 처녀성마저 간직하고 있을 감미로운 유령을 감지했다. 나는 시간이 허락하자마자 그 유령을 쫓아낼 만반의 준비가 되어 있다고 느꼈다. 또한 나는 전설상의 미궁 속에 들어갔으며 무한한 특권을 누리고 있다는, 과거로 거슬러 올라가는, 우화적인, 태고의 감각이 돌아오는 것을 느꼈다. 이제 나의 아드리아네를 찾아내 그녀의 손을 잡고 있었기에, 나는 세상 누구와도 자리를 바꾸고 싶지 않았다. 과거 여자들과의 모든 관계와 나의 이기성, 야비함, 그리고 심지어는 방금 앨리슨을 폄하하면서 과거의 여자로 돌린 것 역시도 이제는 정당화될 수 있다는 것을 나는 이미 알고 있었다. 지금껏 늘 바로 이렇게 되도록 되어 있었던 것이고, 내 안의 뭔가는 늘 그것을 알고 있었다.

34

그녀는 앞장서서 소나무 숲을 지나, 그 전주 내가 협곡을 건넌 곳보다 조금 높은 지점까지 데리고 갔다. 거기에는 대충 깎은 돌계단으로 만들어진, 협곡을 가로지르는 길이 있었다. 반대쪽으로 약간 더 올라가자 자연적인 소형 원형 극장처럼 보이는 작은 공터가 바다를 마주하고 나 있었다. 그곳의 바다 중앙에, 자연 그대로의 바위 받침대 위에 입상이 하나 서 있었다. 나는 그것을 그 즉시 알아보았다. 그것은 금세기 초 에보이아 섬 근처에서 건져 올린 유명한 포세이돈상의 복제품이었다. 나는 그 사진이 있는 그림엽서 한 장을 갖고 있었다. 그 눈부신 남성은 두 다리를 벌리고 서서 그 당당한 팔로 남쪽 바다를 가리키고 있었다. 그것은 인류 역사상 그 어떤 미술품보다 더 불가해하게 고귀하고, 더할 수 없이 신성해 보였다. 또한 헨리 무어의 작품처럼 현대적이면서 그것이 놓인 바위만큼이나 오래되어 보이기도 했다. 콘키스가 그전에 그것을 보여 주지 않았다는 사실이 놀라웠다. 그런 복제품은 꽤 값이 나갈 거라는 것을 알 수 있었다. 그런데도 그는 그것을 그처럼 구석진 곳에 그토록 아무렇지도 않게 내버려 두고, 아무 말도 하지 않았다······. 나는 다시 한 번 되캉을 떠올렸다. 그리고 그 뛰어난 연극적 재능과 제때 사람을 놀라게 하는 기술을 생각했다.

우리는 선 채로 그 상을 바라보았다. 그녀는 깊은 감명을 받은 내 얼굴을 보며 미소를 짓더니 입상 뒤쪽의 비탈 꼭대기에 있는 아몬드나무 그늘 아래 나무 의자로 갔다. 거기에서는 나무 위로 멀리 바다가 보였지만, 해변 가까이 있는 사람은 누구도 그 입상을 볼 수 없었다. 그녀는 우아함 같은 것은 따지지 않고 편하게 앉으며 조용히 자신의 옷을 무대 의상으로 바꾸었다. 그것은 일종의 옷을 벗는 행위였다. 나는 1미터 떨어진 곳에 앉았고, 그녀는 내가 자신을 바라보고 있다는 것을 알았을 것이다. 〈숨 돌릴 여유〉는 끝이 났다. 하지만 그녀는 내 눈을 피하며, 아무 말도 하지 않았다.

「당신의 진짜 이름을 말해 줘요.」

「릴리라는 이름이 마음에 들지 않나요?」

「멋져요. 빅토리아 시대 술집 여급의 이름으로는요.」

그녀는 보일 듯 말 듯 미소를 지었다. 「나는 내 진짜 이름도 별로 마음에 들지 않아요.」 그런 다음 그녀는 말했다. 「내 세례명은 줄리아였는데 그 후로 줄리로 불렸어요.」

「줄리 뭐죠?」

「홈스.」 그녀는 중얼거리듯 말했다. 「하지만 베이커 가에 산 적은 없어요.」[80]

「당신 자매는요?」

그녀는 머뭇거렸다. 「자매가 있다고 무척 확신하는 것처럼 보이는군요.」

「그래서 안 될 이유라도 있나요?」

다시 한 번 그녀는 머뭇거리더니 결정을 내린 듯했다. 「우리는 여름에 태어났어요. 내 부모님은 별로 상상력을 발휘하지 못했죠.」 그녀는 바보 같은 일이라는 듯 어깨를 으쓱했다. 「그 애 이름은 준이에요.」

「준과 줄리.」

「모리스에게는 말하면 안 돼요.」

「그를 안 지 오래되었나요?」

그녀는 고개를 저었다. 「하지만 오래된 것처럼 느껴져요.」

「얼마나 되었죠?」

---

80 코넌 도일의 소설에서 셜록 홈스의 하숙집은 런던의 베이커 가에 있다.

그녀는 눈을 내리깔았다.「마치 무슨 반역자라도 된 기분이에요.」

「나는 절대로 고자질 같은 건 하지 않아요.」

다시 한 번 그녀는 내 말을 믿어도 좋을지 탐색하는 듯한 표정을 지었다. 거기에는 내가 그토록 집요한 것을 거의 나무라는 듯한 기색도 서려 있었다. 하지만 그녀는 내가 물러서지 않을 거라는 것을 알아차린 게 분명했다. 그녀는 앞쪽으로 몸을 약간 기울이며 땅바닥을 내려다보았다.

「우리는 거짓말에 완전히 속아서 이곳에 왔어요. 몇 주 전에요. 우리가 이곳을 떠나지 않은 건 어떤 면에서는 바보 같은 일이에요.」

나는 르베리에와 미트퍼드 생각이 떠올라 잠시 머뭇거렸다. 하지만 그 카드는 아껴 두기로 마음먹었다.

「전에 이곳에 와본 적은 없나요?」

그녀의 놀란 표정은 무척 진실되어 보였다.「왜요……?」

「그냥 궁금했어요.」

「한데 왜 묻는 거죠?」

「이런 일이 작년에도 있었을 수도 있다는 생각이 들어서요.」

그녀의 눈은 어떤 의혹에 차 내 눈을 살폈다.

「혹시 들은 게……?」

「아뇨, 아뇨.」 나는 미소를 지었다.「그냥 추측한 거예요. 거짓말이라는 건 뭐였죠?」

그것은 마치 고집 센 노새를 모는 것과 약간 비슷했다. 무척 매력적이긴 하지만 한 걸음 앞으로 뗄 때마다 두려워하는 것처럼 보이는 노새를. 그녀는 땅바닥을 내려다보며 말을 찾았다.「모든 것에도 불구하고 우리는 우리의 자유로운 의지에 따라 이곳에 있어요. 일어나고 있는 모든 일의 배후에 뭐가 있는지 전혀 확실치 않지만…… 우리는 일종의 고마움을 느끼고 있어요. 그리고 일종의 신뢰도요.」 그녀는 말을 멈췄고, 내가 입을 열려 하자 간청하는 듯한 눈빛을 보냈다. 「말을 끝낼 수 있게 해줘요.」 그녀는 잠시 손을 뺨에 댔다. 「설명하기 무척 힘들어요. 하지만 우리는 그에게 많은 것을 빚졌다고 느끼고 있어요. 그리고 요점은, 내가 모든 질문에 대답할 경우 틀림없이 당신은 질문을 하고 싶어 안달할 거고, 그건…… 그건 당신이 미스터리 영화를 보러 가기 직전에 그 영화에 대해 얘기하는 것과 비슷한 일이 될 거라는 거예요.」

「하지만 분명, 그 영화에 어떻게 출연하게 되었는지는 얘기해 줄 수 있잖아요.」

「꼭 그렇지는 않아요. 그것 또한 대본의 일부니까요.」

다시 한 번 그녀는 내 손에서 빠져나가고 있었다. 청동색의 커다란 풍뎅이 한 마리가 아몬드나무의 위쪽 가지 주위를 맴돌았다. 그 밑에서 입상은 햇살을 받으며 영원히 바람과 바다를 지배하듯 서 있었다. 나는 그늘 아래 있는 그녀의 얼굴을 보았다. 약간 의기소침한 그 얼굴에는 이제 소심한 기색마저 서려 있었다.

「이 일을 하는 대가로 돈을 받고 있나요?」

그녀는 머뭇거렸다. 「그래요, 하지만…….」

「하지만 뭐죠?」

「돈이 문제는 아니에요.」

「조금 전, 저 아래에 있을 때 당신은 그가 시키는 일을 자신이 좋아서 하는지 확신하지 못하는 것처럼 보였어요.」

「그건 그가 말하는 것을 어디까지 믿어도 좋은지 우리가 전혀 모르기 때문이에요. 당신은 우리가 당신이 모르는 모든 것을 안다고 생각해서는 안 돼요. 우리는 그가 하려는 것에 대해 훨씬 더 많은 말을 듣긴 했어요. 하지만 그것 또한 더 많은 거짓말일 수도 있어요.」 그녀는 어깨를 으쓱했다. 「우리가 미궁 속으로 몇 걸음 더 떼었다고 해서 당신보다 중심에 더 가까이 갔다는 의미는 아니에요.」

나는 잠시 아무 말도 하지 않았다. 「고향에서 연극을 했나요?」

「그래요. 하지만 전문적으로 했다고 볼 수는 없어요.」

「대학에서요?」

그녀는 쓴웃음을 지었다. 「다른 데서요. 우리가 말하는 모든 것을 그가 들을 수 있을지 모른다고 생각하는 것도 무리는 아니에요. 어떻게라고는 말씀 못 드리겠지만, 오늘 하루가 끝날 무렵이면 아시게 될 거예요.」 그녀는 재빨리 나의 회의적인 생각을 가로막았다. 「그건 텔레파시와는 아무런 관계가 없어요. 그건 단지 눈가림이에요. 은유고요.」

「그리고요?」

「내가 얘기를 하면 그것을 망치게 될 거예요. 한 가지는 말씀드리죠. 이건 독특한 경험이에요. 이 세계를 완전히 벗어난 거죠. 말 그대로 이 세계를 벗어난 거예요.」

「직접 경험했나요?」

「그래요. 그것이 준과 내가 그를 믿기로 한 한 가지 이유죠. 그것은 사악한 마음이 만들어 낼 수 있는 뭔가는 아니에요.」

「우리가 말하는 것을 그가 어떻게 들을 수 있는지 여전히 이해가 가지 않는군요.」

그녀는 텅 빈 넓은 바다를 바라보았다. 「내가 설명을 하지 않는 건 이 이야기가 당신 입을 통해 그의 귀에 들어가지는 않을까 알 수 없어서이기도 해요.」

「맙소사, 방금 말했잖아요. 고자질하는 것은 꿈도 꾸지 않는다고.」

그녀는 잠시 나를 바라보다가 다시 바다를 바라보았다. 그녀의 목소리가 낮아졌다. 「우리는 당신이 당신 스스로가 말하는 그런 사람이 맞는지 확신이 없어요. 모리스가 얘기한 그런 사람인지도 잘 모르겠고요.」

「그런 정신 나간 소리가 어디 있어요!」

「나는 무엇을 믿어야 할지 모르는 사람이 당신만이 아니라는 것을 설명하려 한 것뿐이에요. 당신이 숨고 우리가 찾는 것일 수도 있어요. 겉으로 보이는 것과는 달리.」

「섬을 가로질러 가기만 하면 돼요. 거기 학교가 있어요. 가서 아무에게나 물어봐요.」 이어서 나는 말했다. 「이곳에 있는 다른 모든 사람들은 어때요?」

「그들은 영국인이 아니에요. 그리고 절대적으로 모리스의 손아귀 안에 있죠. 어쨌든 우리는 그들을 보는 일이 거의 없어요. 그들은 이곳에 아주 잠시 있었어요.」

「당신 말은 내가 당신을 속이도록 고용되었다는 건가요?」

「가능한 일이죠.」

「맙소사.」 나는 그녀가 그것이 우스꽝스러운 생각이라는 것을 인정하게끔 그녀를 쳐다보았다. 하지만 그녀는 집요할 정도로 진지했다. 「이봐요. 누구도 그렇게 연기를 잘할 수는 없어요.」

그 말에 그녀는 희미한 미소를 지었다. 「나 역시 어느 정도는 그렇게 느꼈어요.」

「물론 당신은 이곳을 벗어날 수 있어요. 내가 학교를 구경시켜 드릴 수도 있고요.」

「그는 그러면 안 된다는 것을 분명히 했어요.」

「그건 결국 그 자신에게 손해가 될 거예요.」

「아이러니한 것은, 내가······.」 하지만 그녀는 고개를 저었다.

「줄리, 나를 믿어도 좋아요.」

그녀는 숨을 들이쉬었다. 「아이러니한 것은, 내가 규칙을 깨서는 안 되는지 확실치 않다는 거예요. 그는 무척 멋진 사람이에요. 숨바꼭질은…… 사실은 까막잡기와 훨씬 더 비슷해요. 너무 많이 회전해 방향 감각을 완전히 잃게 돼요. 그가 말하고 행하는 모든 것에서 이중, 삼중의 의미가 보이기 시작하죠.」

「그렇다면 규칙을 깨요. 그런 다음 어떻게 되나 봐요.」

그녀는 또다시 망설이다가 좀 더 진실한 미소를 지어 보였다. 그것은 그녀가 나를 믿고자 하며, 나는 그녀에게 참을성을 발휘해야 한다는 것을 암시하는 것 같았다.

「이 모든 것이 취소되어, 내일 당장 끝나면 좋겠어요?」

「그건 아니오.」

「우리는 다분히 그의 묵인 아래 이곳에 있는 것 같아요. 나는 한두 번 그것을 당신에게 암시하려 했어요.」

「알아요.」

「모든 것이 너무도 연약해요. 거미줄처럼요. 지적으로도. 연극적으로도. 우리가 어떤 행동을 하면 그 모든 것을 일거에 파괴하게 될 수도 있어요.」 그녀는 다시 나를 쳐다보았다. 「진지하게 하는 말이에요. 지금 게임을 하는 게 아니에요.」

「그가 취소하겠다고 위협했나요?」

「그는 그럴 필요가 없어요. 우리가 우리 삶의 가장 비범한 경험을 하고 싶어 하지 않는다면……. 알아요, 그는 정신 나간 것처럼 보이겠죠. 미쳐 가고 있는 사람이나 늙은 엉터리 배우로도. 하지만 내 생각에 그는 뭔가에 대한 단서를 발견한 것 같고…….」 다시 그녀는 말을 끝맺지 않았다.

「나는 그것을 알아서는 안 되는군요.」

「그것을 망치면 우리 모두가 후회하게 될 거예요.」 그녀가 말했다. 「나는 그것이 어떤 것일 수 있는지 이제 겨우 조금 깨닫게 되었어요. 그것은 내가 일관성 있게 말할 수 있는 게 아니에요, 설령…….」

잠시 침묵이 흘렀다.

「분명 그는 사람을 설득하는 힘이 있는 것 같군요. 어젯밤 그녀는 당신의 자매였던 것 같은데요.」

「충격받으셨나요?」

「이제야 그녀가 누구였는지 알게 되었는걸요.」

그녀는 부드럽게 말했다. 「쌍둥이 자매라고 뭔가에 대해 늘 생각이 같지는 않아요.」 잠시 후 그녀는 다시 입을 열었다. 「당신이 무슨 생각을 하는지 짐작할 수 있어요. 하지만 어떤 흔적도…… 만약 그런 게 있었다면 우리는 이미 이 자리에 있을 수 없었을 거예요.」 그러고는 이렇게 덧붙였다. 「준은 늘 그런 것에 대해 나보다 덜 요조숙녀인 척해 왔어요. 실제로 그 애는 하마터면 제적…….」

그녀는 곧 말을 멈췄지만 이미 엎질러진 물이었다. 나는 그녀가 말실수에 대해 용서를 비는 듯 살짝 성호를 긋는 것을 보았다. 나는 그녀의 얼굴에 떠오른 약간 음울한 표정을 보며 씩 웃었다.

「당신이 옥스퍼드에 다녔다면 나는 당신을 알았을 거예요. 그럼 그녀는 왜 저쪽[81]에서 하마터면 제적당할 뻔한 거죠?」

「오 맙소사, 나는 바보예요.」 그녀는 간청하는 듯한 표정을 지었다. 「그에게 말해서는 안 돼요.」

「약속하죠.」

「아무 일도 아니에요. 그 애가 예전에 한 번 누드모델을 한 적이 있어요. 장난으로요. 그런데 그 소문이 퍼진 거예요.」

「무슨 공부를 했죠?」

---

81 *the other place.* 옥스퍼드 대학과 케임브리지 대학이 서로를 지칭할 때 농담 삼아 쓰는 말.

그녀는 잔잔한 미소를 지었다.「언젠가는 공부할 테지만 아직은 아니에요.」

「하지만 케임브리지에 다닌 건 사실이잖아요.」 그녀는 마지못해 고개를 까닥했다.「운 좋은 케임브리지.」

잠시 침묵이 흘렀다. 그녀는 더 낮은 목소리로 말했다.「그는 너무도 교활해요, 니컬러스. 당신이 알아도 되는 것 이상을 말할 경우 그는 바로 알아차릴 거예요.」

「내가 릴리에 관한 이야기를 계속해서 받아들일 거라고는 생각 못 하겠죠.」

「그건 그래요. 당신은 그 이야기를 믿는 척할 필요는 없어요.」

「따라서 이 모든 것이 대본의 일부일 수 있다는 건가요?」

「그래요. 어떤 점에서는요.」 그녀는 숨을 깊게 들이쉬었다.「곧 당신은 훨씬 더 많은 것을 믿게 될 거예요.」

「얼마나 빨리요?」

「내가 그를 제대로 알고 있는 거라면, 지금부터 한 시간 내에 당신은 내가 지금 말하는 것을 한마디라도 믿어야 할지 말아야 할지 모르게 될 거예요.」

「보트에 있었던 건 그 사람인가요?」

그녀는 고개를 끄덕였다.「지금 그는 우리를 지켜보고 있을 수도 있어요. 자신이 개입할 순간을 기다리며.」

나는 그녀 뒤편 나무 사이로 집 쪽을 주의 깊게 살폈다. 그러는 사이에도 뒤로 고개를 돌려 보고 싶은 충동을 느꼈다. 아무것도 보이지 않았다.

「얼마나 더 여기 이러고 있을 수 있죠?」

「괜찮아요. 그건 어느 정도는 내게 달렸어요.」

그녀는 몸을 숙여 벤치 옆 덤불에서 야생 마요라나 가지 하나를 주워 냄새를 맡았다. 나는 우리 아래쪽 나무들 사이를 살피며 계속해서 색채의 번득임이나 어떤 움직임은 없는지 찾아보았다…… 나무들과 파악하기 너무도 힘든 숲 사이로. 물론 그녀는 내가 묻고 싶어 하는 무수한 질문을 요령 있게 사전에 막았다. 하지만 그녀에 대해서는 실제적인 것은 아니라 하더라도, 적어도 심리적, 정서적 해답은 얼마간 얻고 있었다……. 나는 그녀의 모습에도 불구하고, 약간 문학 소녀였던 여자를 상상했다. 그녀는 깨어나기를 기다리며 잠들어 있는 뭔가를 계속적으로 감질나게 암시하는, 동물적이기보다는 지적인 존재에 가까웠다. 그런 그녀에게 대학에서 연기를 한 것이 일종의 해방감을 제공했을 것이 분명했다. 나는 그녀가 어떤 의미에서는 여전히 연기를 하고 있다는 것을 알았지만, 그 연기는 이제 나에 대한 감정을 감추기 위한 한 방법으로 방어적인 것이 되었다고 느꼈다.

「대본에는 약간의 협조를 요하는 부분이 하나 있는 것 같군요.」 이어서 나는 한마디 덧붙였다. 「예행연습에 대한 논의요.」

「무슨 예행연습요?」

「당신과 나 말이에요.」

그녀는 꼰 무릎 위로 스커트를 여몄다. 「오늘 충격을 받은 것은 당신만이 아니에요. 내가 당신의 오스트레일리아인 친구에 대해 처음 들은 게 겨우 두 시간 전이에요.」

「나는 저 아래에서 사실 그대로를 말했어요. 한 치도 틀림없는 사실을요.」

「꼬치꼬치 캐묻는 것처럼 보였다면 미안해요. 나는 그냥…….」

「그냥 뭐죠?」

「의심스러웠어요. 당신이 나를 혼란스럽게 할 의도였는지.」

「여기서 다시 묻는다면, 어떤 경우에도 아테네에 가지 않을 거라고 말하겠어요.」 그녀는 아무 말도 하지 않았다. 「그것이 기본 계획인가요?」

「내가 아는 한에서는요.」 그녀는 어깨를 으쓱했다. 「하지만 그건 모리스에게 달려 있죠.」 그녀는 내 눈을 들여다보았다. 「우리는 그의 거미줄에 걸린 파리이기도 해요.」 그녀는 미소를 지었다. 「솔직히 말하죠. 그는 당신에게 질문을 하려 했어요. 하지만 점심때 우리는 대본이 취소될 수도 있다는 통보를 받았어요.」

「나는 그가 나브플리온에 갔다고 생각했어요.」

「아니에요. 그는 하루 종일 섬에 있었어요.」

그녀는 야생 마요라나 가지를 만지작거렸고, 나는 그녀에게서 눈을 떼지 않았다. 「하지만 내 생각에 제1막에서는 당신이 나를 매혹하는 것이 필요했던 것 같아요. 어쨌든 결과적으로 그렇게 되었죠. 당신은 거미줄에 걸린 또 다른 파리일 수도 있지만 낚싯바늘에 매단 미끼 역할도 해왔어요.」

「너무나 인공적인 파리였죠.」

「때로는 그것이 효과가 최고죠.」 그녀는 시선을 내리깐 채 아무 말도 하지 않았다. 「내가 이런 얘기는 꺼내지 말았어야 했다는 표정이군요.」

「아니에요, 나는…… 당신 말이 전적으로 옳아요.」

「만약 마지못해 연기하는 거라면 내게 얘기를 해야 한다고 생각해요.」

「그 말에 예, 혹은 아니요로 대답한다면 완전한 진실일 수 없을 거예요. 예건 아니요건 간에 말이에요.」

「그럼 우리는 여기서 어디로 가는 거죠?」

「아주 자연스럽게 만난 것처럼 해야 할 것 같아요. 다른 어딘가로요.」

「어느 경우에요?」

그녀는 머뭇거리며 이상할 정도로 집요하게 작은 가지에

서 잎들을 떼어 냈다. 「당신에 대해 좀 더 잘 알게 되기를 기대했던 것 같아요.」

나는 그날 아침 해변에서 그녀가 보인 연기를 생각했지만 그녀가 무슨 말을 하는지 알 수 있었다. 그녀의 진정한 자아는 몰아붙일 수 있는 것이 아니라는 것이었다. 또한 나는 내가 그 점을 이해했다는 것을 그녀에게 보여 줘야 한다는 것을 알고 있었다. 나는 팔꿈치를 무릎에 기댄 채 몸을 앞쪽으로 기울였다.

「그게 내가 알고 싶었던 전부예요.」

그녀는 천천히 말했다. 「그래요. 나는 당신이 이곳에 돌아오고 싶어 하게 될 한 가지 이유가 되어야 했어요.」

「성공적이에요.」

그녀는 숫기 없는 태도로 말했다. 「내가 걱정했던 다른 뭔가가 바로 그거예요. 이제 이렇게 당신을 오도하고 싶지 않아요.」

그녀는 입을 다물었고, 나는 엉뚱한 결론으로 비약하고 말았다. 「다른 누군가가 있나요?」

「그런 말이 아니에요. 나는 모리스에게 그를 위해 연기를 할 테고, 오늘 아침 내가 한 일을 할 거라고 분명하게 말했어요. 하지만 그것을 넘어서는……」

「당신이 당신 자신의 주인이군요.」

「그래요.」

「그가 제안을……?」

「절대로 그렇지 않아요. 그는 계속해서 뭔가 우리가 하고 싶지 않은 것이 있을 경우 하지 않아도 된다고 했어요.」

「그 모든 것 뒤에 무엇이 있는지에 대해 당신이 어떤 단서를 줬으면 하는 것뿐이에요.」

「당신도 어느 정도는 추측을 했을 텐데요.」

「무슨 기니피그라도 된 듯한 기분이에요. 이유는 모르겠어요. 미친 짓이었지만, 나는 3주 전 순전히 우연히 이곳에 들렀어요. 물 한잔 얻어 마시려고요.」

「나는 순전한 우연이라고 생각지 않아요. 당신은 그렇게 왔을 수도 있죠. 하지만 그렇지 않았다면 그는 어떤 방법을 찾아냈을 거예요.」 그녀는 말을 이었다. 「당신이 오기 전 우리는 당신이 온다는 얘기를 들었어요. 애초에 우리가 이곳에 온 이유라고 여겨진 것이 산산조각 났을 때요.」

「그가 단순히 게임을 하는 것보다 훨씬 더 그럴듯한 구실을 내세웠던 게 틀림없군요.」

「그래요.」 그녀는 벤치 등받이에 팔을 얹은 채 내 쪽으로 고개를 돌리며 사과하듯 얼굴을 찌푸렸다. 「니컬러스, 지금은 더 이상 말해 줄 수 없어요. 우선 무엇보다 나는 당신을 떠나야 해요. 하지만 그래요, 그는 훨씬 그럴듯한 것으로 우리를 설득했어요. 그리고 기니피그는…… 그건 반드시 옳지는 않아요. 역시 그보다는 나은 어떤 거예요. 그것이 우리가 여전히 이곳에 있는 한 가지 이유예요. 지금 당장은 어떻게 보일지 모르지만요.」 그녀는 우리 사이로 바다를 내려다보았다. 「그리고 한 가지 더. 이 마지막 한 시간은 내게 엄청난 안도감을 주었어요. 당신이 억지로라도 우리가 이런 시간을 가질 수 있게 해주어 너무도 기뻐요.」 그녀는 중얼거리듯 말했다. 「우리가 모리스를 아주 잘못 생각했을 수도 있어요. 그럴 경우 우리는 편력 기사가 필요할 거예요.」

「내 창끝을 날카롭게 해두고 있지요.」

그녀는 여전히 의혹의 기미를 보이며 나를 한참 동안 바라보았지만 결국에는 희미한 미소를 지었다. 그런 다음 자리에서 일어났다.

「입상이 있는 곳까지 가요. 그런 다음 작별을 해요. 당신은 집으로 돌아가요.」

나는 그대로 앉아 있었다. 「나중에 당신을 볼 수 있을까요?」

「그는 내게 대기하라고 했어요. 잘 모르겠어요.」

「나는 탄산가스를 너무 많이 넣은 소다수 병 같아요. 질문들로 부글거리는.」

「인내심을 가지세요.」 그녀는 손을 내밀어 나를 일으켜 세웠다.

우리가 비탈을 내려가는 동안 내가 말했다. 「어쨌든, 당신은 억지를 부렸어요. 릴리 몽고메리가 당신의 어머니인 척 했죠.」 그녀는 빙그레 웃었다. 「그런 사람이 있긴 있었던 건가요?」

「당신의 추측은 내 추측만큼이나 훌륭해요.」 그녀는 슬쩍 나를 쳐다보았다. 「더 낫지는 않더라도.」

「그 말을 들으니 기쁘군요.」

「당신은 현실을 재배열하는 데 능수능란한 누군가의 손아귀에 잡혀 있다는 것을 알아차렸을 거예요.」

우리는 입상 아래에 이르렀다.

나는 말했다. 「오늘 밤 그 일 말인데.」

「두려워하지 마세요. 그건…… 어떤 점에서 게임 밖에 있는 거니까요. 아니 어쩌면 게임의 한복판에 있을 수도 있죠.」 그녀는 한순간 말이 없다가 고개를 돌려 나를 마주 보았다. 「이제 당신은 가야 해요.」

나는 그녀의 손을 잡았다. 「당신에게 키스하고 싶어요.」

그녀는 시선을 떨어뜨렸다. 그녀에게는 릴리의 모습이 다시 희미하게 돌아와 있었다.

「그러지 않았으면 해요.」

「내가 그러는 게 싫어서인가요?」

「누군가가 우리를 지켜보고 있어요.」

「내가 물은 건 그게 아니에요.」

그녀는 아무 말도 하지 않았지만 손을 빼지도 않았다. 나는 그녀에게 팔을 두르고 가까이 당겼다. 잠시 그녀는 얼굴을 돌렸다가, 이윽고 내가 자신의 입술을 찾는 것을 허락했다. 하지만 꼭 닫힌 입술은 그녀가 나를 밀쳐 내기 직전 살짝 떨리며 반응한 것을 제외하고는 끝내 내 입술을 받아들이지 않았다. 내 과거의 기준에 비춰 보면 그것은 성적인 입맞춤이라고는 보기 어려웠지만 한순간 그녀의 눈에는 뭔가 이상하게도 충격을 받고 혼란스러워하는 듯한 빛이 비쳤는데, 마치 그 입맞춤이 나보다는 그녀에게 더 많은 것을 의미한 것 같았다. 또는 마치 조만간 일어나서는 안 된다고 그녀가 다짐한 뭔가가 일어난 것 같았다. 나는 그런 키스는 범죄가 아니라고, 나를 믿어도 된다고 그녀를 안심시키기 위해 미소를 지었다. 그녀는 나를 노려보았지만 곧 눈길을 아래로 떨어뜨렸다. 당황스러웠고, 지난 반시간의 모든 합리성이 아무 이유 없이 사라진 것 같았다. 나는 그녀가 콘키스나 지켜보고 있는 다른 누군가를 의식해 다시 자신의 역할을 연기하고 있는 것일 수도 있다는 생각을 했다. 하지만 그녀가 다시 눈을 들자, 나는 그 눈이 나만을 위한 진실을 담고 있다는 것을 알 수 있었다.

「행여라도 당신이 내게 거짓말을 하고 있다는 것을 알게 되면, 더 계속하지 않을 거예요.」

그녀는 내가 대답을 하기도 전에 몸을 돌려, 재빨리, 거의 허둥대며 걸어가기 시작했다. 나는 잠시 그녀를 지켜보다가 몸을 돌려 협곡 쪽을 쳐다보았다. 나는 그녀를 따라가야 할지 말지 망설이고 있었다. 그녀는 소나무들 사이를 지나 바다 쪽으로 내려가고 있었다. 결국 나는 담뱃불을 붙이고는, 웅장하지만 수수께끼 같은 포세이돈상을 마지막으로 한 번 쳐다본 후 집을 향해 가기 시작했다. 그리고 협곡 바로 앞에서 뒤를 돌아보았다. 나뭇잎들 사이로 흰 천이 한 번 반짝하더니 그녀는 사라졌다. 하지만 나는 혼자 남게 된 것은 아니었다. 협곡의 반대쪽에 있는 계단을 오르자마자 콘키스가 보였다.

그는 35미터 정도 떨어진 곳에 내 쪽으로 등을 돌린 채 서 있었는데, 쌍안경으로 저 너머 나무 높은 곳에 있는 어떤 새를 관찰하는 것 같았다. 내가 그에게로 걸어가자 그는 쌍안경을 내리고 몸을 돌리며 그제야 나를 본 것처럼 굴었다. 그것은 인상적인 연기는 아니었다. 하지만 그때 나는 그가 다음 장면을 위해 자신의 재능을 아끼고 있다는 것을 깨닫지 못했다.

35

솔잎이 카펫처럼 깔린 길을 걸어 그를 향해 가면서 — 그는 낮치고는 여느 때보다 격식을 갖춘 차림이었는데, 진한 파란색 바지와 더욱더 진한 파란색 터틀넥 점퍼를 입고 있었다 — 나는 무척 조심하기로 마음먹었는데, 뭔가 캐묻는 듯한 그의 표정을 보니 그것이 현명한 일이라는 것은 의심의 여지가 없었다. 나는 그의 주연 여배우가 최소한 그에 대한 예찬과, 그가 사악한 사람은 아니라는 믿음에서만큼은 내게 거짓말을 하고 있지 않다는 것을 아주 확실하게 느꼈다. 나는 또한 그녀가 실제로 내게 드러낸 것보다 더 강한 의심과 심지어는 두려움이 여전히 그녀 안에 깔려 있는 것을 감지했다. 그녀는 나뿐만이 아니라 자기 자신도 납득시켜야 했던 것이다. 나는 내가 다른 것보다 의혹을 좀 더 많이 간직하게 되었다는 것을 노인을 다시 본 순간 깨달았다.

「안녕하세요.」

「좋은 오후요, 니컬러스. 자리를 비웠던 것에 대해 사과를 해야 할 것 같소. 월스트리트에 약간 놀랄 일이 있었소.」 월스트리트가 지구 반대편이 아니라 우주 반대편에 있는 것처럼 들렸다. 나는 걱정스러운 표정을 지었다.

「저런?」

「나는 멍청하게도 2년 전 어떤 자금 조달 컨소시엄에 들어갔소. 태양왕이 하나가 아니라 다섯이나 있는 베르사유를 상상할 수 있소?」

「무엇에 자금 조달을 하는 거죠?」

「여러 가지 것들에.」 그는 재빨리 말을 이었다. 「나브플리온에 가서 제네바에 전화를 해야 했소.」

「파산하신 게 아니길 바랍니다.」

「파산은 바보들이나 하는 거요. 그리고 바보들은 태어나면서부터 파산한 상태요. 릴리와 함께 있었소?」

「네.」

「잘했소.」

우리는 집 쪽으로 걷기 시작했다. 나는 그를 훑어보며 말했다. 「그녀의 쌍둥이 자매도 만났습니다.」

그는 목에 건, 고배율의 쌍안경을 만졌다. 「알프스 기슭에 사는 솔새 소리를 들은 것 같았소. 이동할 시기가 훨씬 지났는데 말이오.」 그것은 놀람이라기보다는 일종의 마술 쇼로, 내가 꺼낸 이야기를 사라지게 하는 것이었다.

「아니, 그녀의 쌍둥이 자매를 〈보았다〉고 하는 게 맞겠죠.」

그는 다시 몇 발짝 걸었다. 그는 빠르게 머리를 돌리고 있는 것 같았다.

「릴리한테는 자매가 없소. 그러니 이곳에 자매는 없소.」

「전 다만 선생님이 없는 동안 아주 즐거웠다는 말씀을 드리려는 겁니다.」

그는 미소도 짓지 않고, 고개를 기울였다. 우리는 더 이상 아무 말도 하지 않았다. 그는 두 가지 수를 놓고 고민하는 체스의 대가 같은 느낌을 물씬 풍기며 경우의 수를 엄청나게 빠르게 계산하고 있었다. 한번은 뭔가를 말하려고 고개를 돌리기까지 했지만, 마음을 바꾼 듯했다.

우리는 자갈길이 난 곳에 이르렀다.

「내 포세이돈상이 마음에 들던가요?」

「멋지더군요. 저는……..」

그가 팔을 잡아 나를 멈춰 세웠다. 그리고 무슨 말을 해야 할지 모르겠다는 듯 아래를 내려다보았다.

「그 아이는 재미있어하고 있을 거요. 그게 그 아이가 필요로 하는 거요. 하지만 화를 내지는 마시오. 이제 물론 당신도 깨닫게 되었을 여러 가지 이유를 생각해서 말이오. 전에 우리가 당신 주위에 깔아 놓은 이 모든 작은 수수께끼에 대해서는 미안하게 생각하고 있소.」 그는 내 팔을 잡은 손에 힘을 주며, 다시 걸음을 옮겼다.

「그러니까…… 기억 상실증 말인가요?」

그가 다시 걸음을 멈추었다. 우리는 계단에 이른 상태였다.

「그 아이에 관해 충격받은 것은 또 없소?」

「많았습니다.」

「혹시 병리학적인 게 있었소?」

「아니요.」

내 말에 놀랐다는 듯 그는 눈썹을 살짝 치켜세웠지만, 그대로 계단을 올라갔다. 그러고는 낡은 등나무 소파에 쌍안경을 놓고, 티 테이블을 향해 등을 돌렸다. 나는 내 의자 옆에 서서, 그를 흉내 내 미심쩍다는 양 고개를 저었다.

「위장을 하고, 자기 자신에게 가짜 동기를 부여해야 하는 그 강박적인 욕구에 충격을 받지 않았소?」

　나는 입술을 깨물었지만, 모슬린 천을 걷는 그의 얼굴은 포커 선수처럼 정색을 하고 있었다.

「전 오히려 그녀가 그런 요구를 받은 것으로 알았는데요.」

「요구받았다고?」 그는 한순간 당황한 것처럼 보였지만, 곧 차분해졌다. 「아, 정신 분열증이 이런 증상들을 만들어 낸다는 거요?」

「정신 분열증이라고요?」

「그 말이 아니었소?」 그는 내게 앉으라는 손짓을 했다. 「아, 미안하오. 당신은 정신 의학의 전문 용어에 익숙지 않을 테지요.」

「익숙합니다. 하지만…….」

「분열된 인성 말이오.」

「정신 분열증이 뭔지 압니다. 하지만 선생님은 그녀가 하는 모든 일은…… 선생님이 원하기 때문에 하는 것이라고 했습니다.」

「물론이오. 아이에게 그런 것들을 말할 때 그렇게 하듯이 말이오. 아이들을 격려하고 복종하게 하기 위해.」

「하지만 그녀는 아이가 아닙니다.」

「나는 은유적으로 말하고 있는 거요. 어젯밤에 얘기를 했을 때처럼 말이오.」

「하지만 그녀는 아주 지적이에요.」

그는 전문가처럼 나를 바라보았다. 「고도의 지성과 정신 분열증 간의 상관관계는 잘 알려져 있소.」

나는 샌드위치를 베어 먹은 후 그를 향해 히죽 웃었다.

「여기서 지내다 보면 매일같이 조금씩 더 놀림을 당하고 있다는 느낌이 듭니다.」

그는 놀란 표정을 지었다. 그리고 약간 짜증이 난 기색도 있었다. 「지금 당신을 놀리고 있는 게 아니오. 놀리는 것하고는 전혀 거리가 머오.」

「그런 것 같지 않은데요. 하지만 개의치 않습니다.」

그는 테이블에서 의자를 뒤로 빼며 새로운 제스처를 해 보였다. 마치 끔찍한 실수를 한 데 대해 죄책감이라도 느끼는 듯 관자놀이를 손으로 눌렀다. 전혀 그답지 않은 몸짓이었다. 나는 그가 연기를 하고 있다는 것을 알아챘다.

「지금쯤은 당신이 틀림없이 이해했으리라 생각했소.」

「이해했다고 생각합니다.」

그는 믿어 달라는 듯 나를 뚫어지게 쳐다보았다. 하지만 나는 믿지 않았다.

「오늘 당신과 함께 있었던 그 불쌍한 아이에게 왜 내가 엄청난 책임감을 느껴야 하는지에 대해 지금 당장 얘기할 수 없는 개인적인 이유들이 있소. 비록 내가 그 아이를 딸처럼 사랑하는 건 아니지만 말이오.」 그는 은으로 된 찻주전자에 뜨거운 물을 부었다. 「그 아이는 내가 이 외진 부라니 곳에 오게 된 주된 이유 중 하나요. 이제는 당신도 그것을 깨달았으리라 생각했소.」

「물론 깨달았습니다…… 어떤 면에서는요.」

「이곳은 그 불쌍한 아이가 얼마간 배회를 하며 환상에 빠질 수 있는 유일한 장소요.」

「그녀가 미쳤다는 말을 하려는 건가요?」

「미쳤다는 건 아무 의미도 없는, 비의학적인 말이오. 그 아이는 정신 분열증을 앓고 있소.」

「그래서 그녀는 자신을 오래전에 죽은 당신의 약혼녀라고 믿고 있는 건가요?」

「그 역할은 내가 준 거요. 신중하게 숙고한 끝에 맡긴 역할이오. 전혀 해가 없고 그 아이도 그 역할을 즐기고 있소. 그 아이가 다소 위험스러워지는 것은 몇몇 다른 역할들을 맡을 때요.」

「역할이라고요?」

「잠깐 기다리시오.」 그는 집으로 들어가 곧 책 한 권을 들고 왔다. 「이건 정신 의학에 관한 표준적인 교재요.」 그는 잠시 책을 뒤적였다. 「한 문단을 읽어 보겠소. 〈정신 분열증의 결정적인 특징 중 하나는 정교하고도 체계적인 또는 기이하면서도 부조리한 망상을 형성한다는 것이다.〉」 그는 고개를 들어 나를 쳐다보았다. 「릴리는 첫 번째 범주에 해당하오.」 그는 계속해서 읽어 나갔다. 〈이러한 망상들은 늘 환자와 연관되는 동일한 경향을 공통적으로 갖고 있다. 그것들은 어떤 부류의 행위들에 대한 대중적 편견의 요소를 구체화하고, 자기 미화나 박해받고 있다는 느낌이라는 일반적 형태를 취한다. 어떤 환자는 자신을 클레오파트라라고 믿고, 주위의 모든 사람이 자신의 믿음을 따르리라고 기대하는 반면, 또 다른 환자는 자신의 가족이 자신을 살해할 결심을 했다고 믿어 그들의 가장 순수하고 동정적인 언사와 행위까지도 자신의 근원적인 망상에 맞춰 받아들인다.〉 그리고 여기. 〈의식의 넓은 영역이 망상의 영향을 받지 않는 경우가 종종 있다. 그 영역과 관련된 한, 환자는 완전한 진실을 알고 있는 관찰자에게도 당혹스러울 정도로 지각 있고 논리적으로 보일 수도 있다.〉」

그는 호주머니에서 황금색 연필을 꺼내, 자신이 읽은 문단에 표시를 하고, 펼친 책을 테이블 너머로 내게 건네주었다. 나는 책을 한 번 힐끗 본 뒤, 여전히 미소를 지으며 그를 쳐다보았다.

「그녀의 자매는요?」

「케이크 한 조각 더 들겠소?」

「고맙습니다.」 나는 책을 내려놓았다. 「콘키스 씨, 그녀의 자매는요?」

그가 미소를 지었다. 「그렇소. 그 아이에게는 자매가 있소.」

「그리고……」

「그래요, 그래. 그리고 다른 사람들도. 니컬러스, 이곳에서 그 아이는 여왕이오. 한두 달 동안 우리 모두는 그 아이의 불행한 삶이 필요로 하는 것에 우리를 맞출 거요.」

그는 그에게는 극히 드문, 부드러우면서도 근심 어린 모습을 보였는데, 그것은 릴리만이 불러일으킬 수 있는 듯했다. 나는 내가 더 이상 미소를 짓고 있지 않다는 것을 깨달았다. 나는 그가 가면극의 새로운 단계를 고안하고 있는 것이 틀림없다는 확신감을 잃기 시작했다. 그래서 나는 다시 미소를 지었다.

「그럼 저는요?」

「영국에서는 요즘도 아이들이 그 놀이를 하오? 그……」 그는 단어가 떠오르지 않는지 손으로 눈을 가렸다. 「*cache-cache*(숨바꼭질)?」

나는 우리의 대화 주제에서 동일한 이미지가 최근에 사용된 것을 너무도 생생하게 떠올리며 숨을 들이쉬었다. 그리고 그 교활한 어린 암캐와 교활한 늙은 여우가 나를 공처럼 주거니 받거니 하고 있다는 생각을 했다. 그녀가 내게 지어 보인 마지막의 이상한 표정과, 그녀를 드러내지 않은 그 모든 이야기와 수많은 다른 것들. 나는 굴욕을 느끼는 동시에 매혹되었다.

「숨바꼭질 말인가요? 물론입니다.」

「숨는 사람이 있으려면 찾는 사람이 있어야 하오. 그것이 게임이오. 찾는 사람은 너무 가혹해서도, 너무 기민해서도 안 되오.」

「저는 오히려 제가 관심의 중심에 있다는 인상을 받았습니다.」

「저는 당신을 포함시키고 싶소, 친구. 나는 당신이 이것으로부터 뭔가를 얻기를 바라오. 나는 당신에게 돈을 제시하여 당신을 모욕할 수는 없소. 하지만 당신에게도 보상이 있기를 바라오.」

「나는 제 봉급에 대해 불평을 하는 게 아닙니다. 제 고용주에 대해 좀 더 많은 것을 알고 싶을 뿐입니다.」

「내가 의료 행위를 한 적이 없다는 얘기를 한 것 같소. 그건 전적으로 사실은 아니오, 니컬러스. 20대에 나는 융 밑에서 공부를 했소. 지금 나는 나 자신을 융 학파로 생각지는 않소. 하지만 그 이후로 인생의 주된 관심사는 계속 정신 의학이었소. 전쟁 전에 나는 파리에서 잠깐 의료 행위를 했소. 정신 분열증 사례를 전문으로 했소.」 그는 테이블 가장자리에 손을 올려놓았다. 「그 증거를 보고 싶소? 여러 학술지에 발표한 논문을 보여 줄 수도 있소.」

「읽고 싶습니다. 하지만 나중에 읽죠.」

그는 등을 기대고 앉았다. 「아주 좋소. 지금부터 내가 말하는 것을 어떤 경우에도 누설해서는 안 되오.」 그는 내 눈을 엄중하게 쳐다보았다. 「릴리의 진짜 이름은 줄리 홈스요. 네댓 해 전 그녀의 사례는 정신 의학계의 엄청난 주목을 끌었소. 그것은 가장 완벽하게 기록으로 남은 사례 중 하나요. 그것은 이미 그 자체로 아주 이례적인 것은 아닌 것이 되었지만, 과학자들이 말하는 소위 대표 표준이 되어 줄 수 있는 완벽하게 정상적인 심리 유형의 쌍둥이 자매가 있다는 점에서 사실상 독보적이었소. 정신 분열증의 원인과 관련해 그것이 기본적으로 육체적, 유전적으로 조건화된 것인지, 아니면 정신적인 병인지를 놓고 오래전부터 신경 병리학자와 정신 의학자 사이에 열띤 논쟁이 있어 왔소. 줄리와 그 아이의 자매는 후자의 경우라는 것을 분명하게 암시하고 있소. 그에 따라 그들은 엄청난 관심을 불러일으켰소.」

「그 기록을 읽을 수 있나요?」

「언젠가는 읽게 될 거요. 하지만 지금으로서는 그것이 이곳에서 당신의 역할에 방해만 될 거요. 그 아이가 자신이 정말로 누구인지 당신이 알지 못한다고 믿는 게 중요하오. 당신이 임상적인 사실과 배경 모두를 알 경우 그런 인상을 만들어 낼 수가 없소. 동의하오?」

「그런 것 같군요.」

「줄리는 그런 충격적인 많은 사례들이 그렇듯, 정신 의학적인 기형인(奇形人) 쇼에서 일종의 괴물이 되어 가는 위험에 처해 있소. 내가 지금 조심하는 것도 그것이오.」

나는 다른 방식으로 접근하기 시작했다. 그녀는 내게 경고를 했고, 나는 다시 쉽게 믿는 태도를 접어야만 했다. 나는 조금 전 나와 헤어진 여자가 어떤 깊은 정신적 결함으로 고통을 받고 있다는 것을 믿을 수 없었다. 내가 본 그녀는 거짓말쟁이이긴 했지만 유명한 정신 이상자는 아니었다.

「어떻게 해서 그녀에게 그렇게 관심을 갖게 되었는지 여쭤 봐도 될까요?」

「아주 단순하고, 전혀 의학적이지 않은 이유 때문이오. 그 아이의 부모는 무척 오래된 친구들이오. 그 아이는 내 환자이기만 한 게 아니오, 니컬러스. 내 대녀이기도 하오.」

「영국과는 모든 접촉을 끊었다고 생각했는데요.」

「그들은 영국이 아니라, 스위스에 살고 있소. 이제 그 아이는 한 해의 대부분을 그곳에서 보내오. 개인 병원에서. 안타까운 일이지만 나는 내 삶 전부를 그 아이에게 바칠 수는 없소.」

내가 믿어 주기를 바라는 그의 마음이 거의 잡힐 듯이 느껴질 정도였다. 나는 아래를 내려다본 후 살짝 미소를 지으며 그를 쳐다보았다. 「선생님이 이 말을 하기 전 저는 그토록 재능 있는 젊은 여배우를 고용하신 것을 축하할 작정이었습니다.」

나를 쳐다보는 그의 시선이 돌연 사나워지는 바람에, 나는 긴장했다.

「혹시 그 아이가 당신에게 그런 식으로 이야기한 건 아니오?」

「물론 아닙니다.」

하지만 그는 나를 믿지 않았고, 당연히 그는 그럴 필요가 없다는 것을 나는 바로 깨달았다. 그는 잠깐 고개를 숙여 인사하더니 자리에서 일어나 주랑 가장자리로 가 바깥을 내다보았다. 그런 다음 나를 향해 미소 지었다. 그것은 거의 양보 같은 것이었다.

「사건들이 나를 앞지른 것 같구려. 그 아이가 당신을 상대로 새로운 역할을 맡기로 한 모양이오. 맞소?」

「분명히 말씀드리지만 그런 얘기는 저한테 하지 않았습니다.」

그는 계속해서 나를 훑어보았고, 나는 멍하니 그를 쳐다보았다. 그는 자신의 멍청함을 나무라기라도 하듯 손을 앞쪽으로 포갰다. 그런 다음 의자로 가 다시 앉았다.

「어떤 의미에서는 당신이 옳소, 니컬러스. 당신 생각과는 달리 나는 절대로 그 아이를 고용하지 않았소. 하지만 그 아이는 재능 있는 젊은 여배우요. 범죄의 역사상 가장 똑똑한 신용 사기꾼들 중 일부도 정신 분열증 환자였다는 말을 해주고 싶소.」 그는 팔짱을 끼며 몸을 테이블 위로 숙였다. 「그 아이를 구석으로 몰아서는 안 되오. 그렇게 할 경우 그 아이는 계속해서 거짓말을 할 테고, 당신은 결국 그 거짓말에 놀아

나게 될 거요. 당신은 정상인이니 그런 것쯤은 견뎌 낼 수 있을 거요. 하지만 그 아이에게 그것은 병이 심각하게 악화되는 것을 의미할 수도 있소. 그렇게 되면 몇 년간의 노력이 허사가 되오.」

「그런데도 왜 사전에 제게 경고를 하지 않은 거죠?」

한순간 그는 나를 노려보더니 고개를 떨어뜨렸다.

「그래요. 당신 말이 옳소. 미리 경고를 했어야 했소. 내가 아주 잘못 생각했다는 것을 깨닫고 있소.」

「왜죠?」

「진실에 너무 집착할 경우 이곳에서의 우리의 사소한 — 하지만 내 분명히 말하리다만 임상적으로는 유익한 — 즐거움을 망칠 수도 있소.」 그는 잠시 머뭇거리다가 말을 이었다. 「편집증 환자의 정신적 이상을 치료하는 방식에 역설적인 면이 있다는 사실에 어떤 사람들은 오래전부터 충격을 받았소. 우리는 환자들에게 계속해서 질문을 하고, 그들을 감독하고 감시하는 등의 짓을 하고 있소. 물론 그게 다 그들을 위해서라고 주장할 수도 있소. 하지만 그것은 실제로는 우리를 위해서요. 그리고 사회의 이익을 위해서. 상상력이 부족한 제도적 치료는 기본적인 피해망상에 그럴듯한 실체만 제공해 주고 말 뿐인 경우가 너무도 허다하오. 내가 여기서 만들려고 하는 것은 줄리가 자신이 상황을 어느 정도 통제하고 있다고 믿을 수 있는 환경이오. 혹은 그 아이가 박해를 당하는 사람이…… 늘 아무것도 모르는 사람이 아닌 환경이라고도 할 수 있소. 우리 모두는 그 아이에게 이러한 인상을 심어 주려고 하고 있소. 또한 나는 그 아이가 경우에 따라 내가 무슨 일이 일어나고 있는지 제대로 알지 못하며, 자신이 나를 마음대로 부려먹고 있다고 생각하게도 해주오.」

아직도 이것을 나 혼자 힘으로 추측해 내지 못했다니 좀 둔

하다는 투였다. 나는 부라니에서 대화를 나눌 때 자주 느꼈던 감정을 다시 느꼈는데, 그것은 어떤 진술이 무엇을 가리키는지 모르는 데서 나오는 것이었다. 이 경우에는 〈릴리〉가 정말로 정신 분열증 환자라고 가정하는 것인지, 아니면 그녀의 〈정신 분열증〉이 이 가면극에서 새로운 숨을 장소라는 것을 물론 나도 알 것이라고 가정하는 것인지 알 수 없었다.

「미안하오.」 그는 다시 친절한 사람이 되어 손을 들어 올렸다. 나는 변명해서는 안 되었다. 「그녀를 부라니 밖으로 나가지 못하게 하는 것도 그 때문입니까?」

「물론이오.」

「그녀는……」 나는 손에 쥔 담배 끝을 바라보았다. 「누군가의 보호 아래 나갈 수도 없나요?」

「그 아이는 법적으로는 입원을 요하는 정신병 환자요. 나는 그 아이를 개인적으로 책임지고 있소. 그 아이가 정신 병원에 들어가지 않도록 말이오.」

「하지만 주변을 돌아다니도록 하고 있지 않습니까? 그러다 쉽게 탈출할 수도 있을 텐데요.」

그는 내 말을 날카롭게 반박하듯 손을 치켜들었다. 「절대 불가능하오. 간호사가 그 아이를 혼자 내버려 두지 않으니까.」

「간호사라고요!」

「그는 아주 신중하오. 그가 늘 자기 옆에 있는 것에 그 아이가 스트레스를 받아 — 특히 이곳에서 더 그렇소 — 그는 되도록 그 아이의 눈에 띄지 않게 하고 있소. 언젠가 당신도 그를 보게 될거요.」

자칼의 머리를 한 자였다. 콘키스의 말은 믿기 어려웠다. 하지만 놀라운 것은 그 말이 내게 먹히지 않으리라는 것을 그가 알고 있다는 느낌이 자꾸만 드는 것이었다. 나는 오랫동안 체스를 하지 않았지만, 실력이 나아질수록 체스가 잘못된 희생을 치르는 게임이 되어 간다는 것은 기억하고 있었다. 콘키스는 나의 믿음의 힘이 아니라 불신의 힘을 평가하고 있었다.

「그래서 그녀를 요트에서 머물게 하고 있는 건가요?」

「요트?」

「그녀를 요트에 머물게 하고 있다고 생각했는데요.」

「그것은 그 아이의 작은 비밀이라오. 그건 지킬 수 있게 해줍시다.」

「매년 이곳에 그녀를 데리고 오나요?」

「그렇소.」

둘 중 한 사람은 거짓말을 하고 있었는데, 그 사람이 이제 내가 줄리라고 생각하는 그 여자는 아니라는 느낌이 점점 커졌다.

나는 미소를 지었다. 「제 전임자 두 사람이 여기 온 것도 그 때문인가요? 그리고 그들이 이곳 일에 대해 그토록 침묵한 것도요?」

「존은 훌륭한…… 술래였소. 하지만 미트퍼드는 그 반대였소. 그는 줄리에게 완전히 속았소, 니컬러스. 그 아이가 피해망상증에 시달릴 때였소. 여느 때처럼, 나의 여름을 그 아이에게 바친 내가 박해자가 되었소. 그런데 어느 날 밤, 미트퍼드가 자기 딴에는 그 아이를 구한답시고 나선 거요. 그것도 가장 조잡하고 해로운 방법으로 말이오. 물론 간호사가 끼어들었소. 몹시 불쾌한 소동이 있었소. 그로 인해 그 아이는 몹시 화가 났소. 내가 때로 당신에게 신경질적으로 구는 것처럼 보인다면 그것은 작년 같은 그런 일이 다시 일어나지 않을까 몹시 신경이 쓰여서요.」 그는 손을 들었다. 「당신을 두고 하는 말은 아니오. 당신은 매우 지적인 데다 신사요. 미트퍼드에게는 없던 자질들이지요.」

　나는 코를 문질렀다. 내가 물을 수 있는 다른 거북한 질문을 생각했지만 묻지 않기로 했다. 나의 지성에 대한 이야기를 거듭해서 듣다 보니 까마귀처럼 의심이 많아지기 시작했다. 지적인 인간에는 세 가지 유형이 있다. 첫 번째는 너무도 지적이어서 매우 지적이라는 말을 듣는 것이 자연스럽고 명백한 유형이며, 두 번째는 사람들이 자신을 지적이라고 치켜세우기는 하지만 어떤 점에서 지적인지는 말하지 않는다는 것을 인식할 정도의 지능을 갖춘 유형이며, 세 번째는 모든 것을 믿을 정도로 전혀 지적이지 않은 유형이다. 나는 두 번째 유형에 속한다는 것을 알고 있었다. 콘키스를 〈절대적으로〉 불신할 수는 없었다. 그가 한 말 모두가 ─ 그대로 ─ 진실일 수도 있었다. 나는 맹목적인 사랑을 베푸는 가족에 의해 시설이 아니라 집에서 치료를 받고 있는 돈 많은 집안의 불쌍한 젊은 정신병 환자들이야 여전히 있을 거라고 생각했다. 하지만 콘키스는 결코 맹목적인 사랑을 베풀 사람이 아니었다. 그렇지 않다고는 믿기 어려웠다. 그럼에도 돌이켜 보면 줄리와 그녀의 표정, 불합리한 정서적 반응, 갑작스러운 눈물 등은 콘키스의 이야기에 부합되는 것 같았다. 하지만 그것들은 아무것도 증명해 주지 못했다. 어쩌면 일이 이렇게 진행되도록 언제나 미리 계획되어 있고, 그녀는 그것을 완전히 망치지 않기를 원했는지도 몰랐…….

　〈자〉 하고 그가 말했다. 「나를 믿소?」

　「제가 안 믿는 것처럼 보이나요?」

　「우리 모두는 보이는 것과는 다른 존재요.」

　「자살용 약을 권하지 말았어야 했습니다.」

　「청산가리라고 한 게 모두 다 과실주였다고 생각하오?」

　「그런 말은 하지 않았습니다. 전 선생님의 손님입니다, 콘키스 씨. 당연히 선생님 말씀을 믿죠.」

한순간 우리 둘에게서 가면이 벗겨진 것 같았다. 나는 차갑게 그의 얼굴을 바라보았고, 그는 냉혹하게 내 얼굴을 바라보았다. 마침내 상대에 대한 적의가 선언되고, 의지가 충돌했다. 우리는 둘 다 미소를 짓고 있었지만, 그것은 근본적인 진실, 즉 서로 조금도 믿을 수 없다는 사실을 숨기기 위해서라는 것을 둘 다 알고 있었다.

「니컬러스, 마지막으로 두 가지를 말하고 싶소. 내가 한 말을 믿느냐 안 믿느냐는 상대적으로 덜 중요하오. 하지만 한 가지만은 믿어야 하오. 줄리는 예민하고 아주 위험한 여자라는 것이오. 그 아이는 그것을 깨닫지 못하고 있소. 그 아이는 아주 예리한 칼날 같아서 스스로 쉽게 다칠 수 있지만 누군가를 다치게 할 수도 있소. 우리 모두는 정서적으로 그 아이로부터 완전히 초연해지는 법을 배워야 했고, 실제로 방법을 터득했소. 그건 ― 우리가 기회를 줄 경우 ― 그 아이가 희생양으로 삼을 것은 우리의 감정이기 때문이오.」

나는 계속해서 식탁보 가장자리를 바라보며 그녀의 소심함과 처녀성에 대해 받았던 인상을 떠올렸고, 그것들의 기질적인 원인 역시 임상적인 것일 수 있다는 것을 깨달았다……. 겉으로 보이는 그녀의 육체적인 순수함은 평생 동안 성적 상황에서 남자에 대해 무지하도록 강요받았기 때문일 수도 있었다. 터무니없는 일이었다. 나는 콘키스를 전적으로 불신할 수가 없었다.

「그리고 두 번째는요?」

「창피하지만 말해야겠소. 줄리가 처한 상황의 한 가지 비극은 그 아이가 성적으로 정상적인 젊은 여자이지만 자신의 감정을 표출할 정상적인 방법이 없다는 거요. 의젓한 젊은 남자로서 당신은 그러한 배출구로 괜찮은 대상이오. 그리고 그러한 배출구는 그 자체로 그 아이에게 상당한 이익이 될 거요. 쉽게 얘기해 그 아이는 희롱할 누군가가…… 자신의 육체적인 매력을 발산할 누군가가 필요하오. 나는 그 점에서는 그 아이가 이미 얼마큼 성공을 거두었다고 생각하오.」

「방금 전 제가 그녀에게 키스하는 것을 보셨군요. 하지만 선생님은 미리 제게 경고하지…….」

그는 손을 들어 내 말을 잘랐다.「당신 잘못이 아니오. 예쁜 여자가 당신에게 키스를 해달라고 하면…… 하는 것이 자연스러운 일이오. 하지만 이제 당신이 사실들을 알게 되었으니까, 당신이 해줬으면 하는 아주 어렵고 섬세한 역할에 대해 얘기를 해야겠소. 그 아이가 보이는 모든 접근을, 육체적인 친밀감을 나타내는 모든 암시를 거부해 달라고 해서는 안 되겠지만 위반해서는 안 되는 일정한 선이 있다는 것을 받아들여야 하오. 명백한 의학적 이유로 그것은 허락할 수가 없소. 당신 생각에 유혹이 너무 강하다 싶은 상황이 발생하면 ─ 나는 순수하게 가정적으로 얘기하는 거요 ─ 내가 개입할 수밖에 없을 거요. 그 아이는 작년에 미트퍼드로 하여금 자기를 딴 데로 데려가 둘이 결혼하기만 하면 자기가 정상적인 젊은 여자가 될 거라고 믿게 하기까지 했소……. 물론 그 아이는 책략을 꾸미지는 않소. 자신이 그런 말을 할 때면 그 아이는 스스로 그 말을 믿소. 그 아이의 거짓말이 그토록 설득력 있는 이유도 거기에 있소.」

나는 미소를 짓고 싶었다. 그가 나머지 것들에서는 진실을 말하고 있다 하더라도 나는 그녀가 멍청한 미트퍼드에게 공감을 느꼈으리라고는 믿을 수가 없었다. 하지만 노인의 눈에는 강박적일 정도로 엄격하고 자신의 역할에 대한 확신에 찬 뭔가가 있어 그를 놀릴 배짱이 나지 않았다.

「이 모든 얘기를 미리 해주셨으면 좋았을 텐데요.」

「내가 그렇게 하지 않은 것에는 당신에게도 일부 책임이 있소. 나는 그 아이가 그토록 빨리 반응을 보일 줄은 예상치 못했소.」 그는 미소를 지은 후 뒤로 약간 기댔다. 「고려해야 할 다른 한 가지가 있소, 니컬러스. 당신이 다른 어디에도 마음 붙일 곳이 없다는 확신이 들지 않았다면 단연코 이 모든 일을 시작하지 않았을 거요. 당신이 한 말에 따르면……」

「그건 끝났습니다. 전보에 대해 말씀하시는 거라면…… 저는 그녀를 만나러 아테네에 가지 않을 겁니다.」

그는 아래를 내려다보며 고개를 저었다. 「물론 그건 내가 상관할 바가 아니오. 하지만 그 젊은 숙녀에 대해 ─ 그리고 그녀를 향한 당신의 보다 깊은 감정에 대해 ─ 당신이 한 얘기는 인상적이었소. 이 새로워진 관계를 거부하는 것은 멍청한 짓이라는 생각이 드오.」

「실례되는 말씀이지만…… 그건 정말로 선생님이 상관하실 바가 아닙니다.」

「당신의 결정이 이곳에서 일어나고 있는 일에 어떤 식으로든 영향을 받는다면 나는 무척 유감스러울 거요.」

「그렇지 않습니다.」

「하지만 내 생각에는, 이제 당신도 여기서 무슨 일이 일어나고 있는지 알게 되었으니 계속해서 이곳에 오고 싶은지를 생각해 보는 게 좋을 것 같소. 당신이 우리와 더 이상 관계를 갖지 않겠다고 결정을 해도 전적으로 이해할 수 있소.」 그는 내가 말하려는 것을 막았다. 「어쨌든 나는 내 불행한 대녀의 고통을 얼마간 덜어 주고 싶소. 나는 그 아이를 열흘쯤 딴 데 데려가기로 했소.」 그는 내가 동료 정신과 의사라도 되는 것처럼 말했다. 「과도한 자극은 치료에 부정적인 효과를 주니까 말이오.」

나는 몹시 실망하여, 마음속으로 앨리슨과 그녀의 저주스러운 전보에 욕을 퍼부었다. 하지만 그러한 감정을 드러내지 않기로 마음 먹었다.

「생각하고 말고 할 필요가 없습니다. 계속하고 싶으니까요.」

그는 나를 훑어보더니 마침내 고개를 끄덕였다. 그 늙은 악마는 〈나의〉 진실성을 인정해 주는 것이 자신의 역할이라는 투였다. 「그래도 좀 더 생각을 해보고, 아테네에서 매력적인 젊은 여성과 즐거운 주말을 보내기를 권하는 바요.」 나는 심호흡을 했다. 그가 재빨리 말을 이었다. 「나는 의사요, 니컬러스. 솔직하게 얘기하리다. 젊은이란 모름지기 지금 당신처럼 그렇게 금욕적인 삶을 영위할 수는 없는 법이오.」

「그 사실을 알게 되는 데 이미 대가를 지불했죠.」

「내가 기억하기로도 그렇소. 그렇다면 더더욱 이유는 분명하오.」

「그럼 다음 주 주말도요?」

「두고 보면 알게 되겠지요. 그건 그렇게 내버려 둡시다.」 그는 불쑥 자리에서 일어나 손을 내밀었고, 나는 그 손을 잡았다. 「좋소. 훌륭하오. 우리 사이의 오해가 해소되어 아주 기쁘오.」 그는 손을 입술에 댔다. 「자. 힘든 일을 조금 하고 싶지 않소?」

「아뇨. 그렇지만 데리고 가 주십시오.」

그는 채소밭 한쪽 모퉁이로 나를 데리고 갔다. 테라스를 받치고 있는 벽의 일부가 무너져 내려, 그는 그것을 다시 고치려 했다. 그가 지시를 내렸다. 곡괭이로 마른 흙을 부수고, 돌을 들어내 다시 배열하고, 흙으로 다진 다음 벽이 다시 붙도록 물을 뿌려야 했다. 내가 일을 시작하자마자 그는 사라져 버렸다. 미풍이 계속 불고 있었다. 보통은 바람이 잦아드는 시각이었지만 평소보다 시원했다. 하지만 나는 곧 돼지처럼 땀을 흘렸다. 나는 내가 일꾼 노릇을 하게 된 진짜 이유를 추측했다. 그가 줄리를 찾아내 우리 사이에 정확히 무슨 일이 있었는지 알아내는 동안…… 혹은 그녀가 새로운 역할을 그토록 잘 연기한 것을 축하하는 동안 방해가 되지 않게 나를 바쁘게 하려는 것이었다.

40분쯤 후 나는 휴식을 취하며 담배를 피웠다. 벌써부터 쑤시기 시작한 등을 소나무 줄기에 댄 채 앉아 있는데, 갑자기 콘키스가 위쪽 테라스에 나타났다. 그는 빈정대는 표정으로 아래를 내려다보았다.

「노동은 인간에게 으뜸가는 영광이오.」

「저에게는 아닙니다.」

「이건 마르크스의 말이오.」

나는 손을 들어 올렸다. 곡괭이 자루가 워낙 거칠던 차였다.

「이건 물집이고요.」

「상관할 것 없소.」

그는 내 말에 즐거운 듯, 아니면 차를 마신 후로 나에 대해 알게 된 뭔가로 즐거운 듯 계속해서 나를 내려다보고 있었다. 마치 광대들이 때로는 철학자들을 기쁘게 해주기도 한다는 식이었다. 나는 아까 두었던 질문을 했다.

「그녀의 이야기를 전혀 믿지 말아야 할 것 같은데, 그럼 선생님이 자신의 과거에 대해 한 얘기는 전부 믿어야 하는 건가요?」

나는 그 질문에 그가 기분이 상할 거라고 생각했지만 그는 더 활짝 미소를 지었다.

「인간의 진실은 늘 복잡하오.」

나는 조심스럽게 미소를 지었다. 「선생님이 지금 여기서 하고 계신 일과 본인이 그토록 싫어하시는 것, 즉 허구 사이의 차이가 무엇인지 잘 모르겠군요.」

「나는 허구의 원칙에 대해 반대하지는 않소. 한데 인쇄물과 책에서 그것은 원칙으로만 남아 있소. 우리 인간이라는 종에 대한 금언 하나를 얘기해 주겠소, 니컬러스. 그건 다른 인간을 말 그대로 받아들이지 말라는 거요.」 이어서 그는 한마디 덧붙였다. 「그들이 너무도 무지해 〈말 그대로〉가 무엇을 의미하는지 모를 때조차 말이오.」

「그런 위험은 없습니다. 어쨌든 이곳에는요.」

그는 아래를 내려다보더니 나를 똑바로 쳐다보았다. 「내가 쓰고 있는 것은 아주 새로운 정신 의학적 기법이오. 아주 최근에야 미국에서 개발되었소. 이른바 상황 치료법이라는 것이오.」

「선생님이 쓰신 그 논문들을 읽어 보고 싶습니다.」

「마침 그 얘기를 하니까 말인데, 방금 그것들을 찾아보았소. 어디 잘못 둔 모양이오.」

뻔뻔스럽게도 그는 뻔한 거짓말처럼 들리도록 그 말을 했다. 마치 내가 계속해서 의심하기를 바라기라도 하는 듯.

「안됐군요.」

그는 팔짱을 꼈다. 「당신 친구에 대해 생각을 해보았소. 당신도 알지 모르지만 지금 헤르메스가 살고 있는 마을 집은 내 소유요. 그 친구는 1층만 사용하고 있소. 당신이 그녀를 프락소스에 데려오고 싶어 할 수도 있다는 생각이 들었소. 그렇게 되면 아무 부담 갖지 말고 그 집 2층을 쓰게 하시구려. 구식이긴 하지만 가구도 충분하고 아주 넓소.」

그것은 친절이라기보다는 엄청난 뻔뻔스러움처럼 보였지만 나를 꼼짝 못하게 하는 것이었다. 그는 나를 그물로 잡기 위해 그 모든 수고를 기울이더니 이제는 온갖 탈출 방법을 제공하고 있었다. 그는 나를 손안에 넣었다고 무척 확신하는 것 같았고, 한순간 나는 그 제안을 받아들이고 싶었는데 그것은 앨리슨을 섬의 160킬로미터 반경 내에 두고 싶었기 때문이 아니라 단지 그에 대한 분을 풀기 위해서였다.
「그러면 제가 더 이상 이곳에서 도움이 되지 못할 텐데요.」
「어쩌면 당신 두 사람 모두가 이곳에서 도움이 될 수도 있소.」
「그녀는 자신의 일을 포기하지 않을 겁니다. 그리고 나는 더 이상 그녀와 관계되고 싶지 않고요.」 그러고는 한마디 덧붙였다. 「하지만 어쨌든 감사합니다.」
「좋소. 그 제의는 계속 유효하오.」

마치 이번에는 내가 그의 기분을 상하게 한 듯 그는 다소 급작스럽게 가버렸다. 나는 다시 일을 시작했고, 점차 커지는 좌절감을 작업에 쏟아 부었다. 다시 40분이 지났을 때 벽은 본래의 모양을 갖게 되었다. 나는 연장들을 오두막 뒤에 있는 헛간에 갖다 놓은 후 집 앞쪽으로 갔다. 콘키스는 주랑 아래에 앉아 그리스 신문을 조용히 읽고 있었다.
「끝났소? 고맙소.」
나는 마지막 한 가지 시도를 했다.
「콘키스 씨, 이 다른 여자에 대해 당신은 터무니없을 정도로 잘못 알고 있습니다. 그건 그냥 한때 스쳐간 연애였고, 이제 완전히 과거의 일이 되었습니다.」
「하지만 그녀는 당신을 다시 만나고 싶어 하잖소?」
「십중팔구는 호기심 때문이죠. 여자들이 어떤지 아시잖습니까. 그리고 어쩌면 지금 함께 사는 남자가 며칠간 런던에 없기 때문일 겁니다.」
「나를 용서하시오. 더 이상 참견하지 않겠소. 당신이 하고 싶은 대로 하시오. 부디 그렇게 해요.」

나는 더 이상 말을 하지 않아도 되기를 바라며 몸을 돌려 발걸음을 옮겼다. 그때 그가 내 이름을 불렀다. 나는 열려 있는 음악실 문앞에서 그를 뒤돌아보았다. 그는 강렬하면서도 아버지 같은 눈길로 나를 바라보았다.

「아테네에 가시오, 친구.」 콘키스는 동쪽의 나무들을 쳐다보았다. 「〈*Guai a chi la tocca*(왕관을 건드리는 자를 조심하라).〉」[82]

나는 이탈리아어를 거의 몰랐지만 그가 무슨 말을 하는지는 알 수 있었다. 나는 내 방으로 올라가 옷을 벗고 욕실로 가 소금물로 샤워를 했다. 이상한 일이지만 나는 그가 정말로 말하고 있는 것을 알 수 있었다. 그녀는 나를 위한 여자가 아닌데, 그것은 그녀가 유령이나 정신 분열증 환자, 또는 가면극 속의 다른 어떤 것이기 때문이 아니라 그저 나를 위한 여자가 아니기 때문이라는 것이었다. 그것은 일종의 궁극적인 경고 같은 것이었지만 노름꾼을 조상으로 둔 사람을 그런 경고로 단념시킬 수는 없었다.

샤워를 마치고 나는 알몸으로 침대에 누워 천장을 바라보며, 줄리의 얼굴과 눈썹 곡선, 손의 감촉, 입, 그녀와 키스할 때 안타까울 정도로 잠깐 내게 기대 오던 그녀의 몸의 압박감, 그리고 전날 밤 본 그녀 자매의 몸을 떠올리려고 했다. 그리고 그곳 침실에 있는 혹은 소나무 숲과 어둠, 황야에 있는 내게로 오는 줄리를, 기꺼이 하는 강간을…… 내가 사티로스가 되는 것을 상상했다. 하지만 그 순간 사티로스에게 일어난 일이 떠올랐고, 또 이제는 그 고전적인 작은 요술 배후에 무엇이 있는지를 깨달았으므로 감정을 억누르고 옷을 입었다. 나 역시 기다리는 법을 배우기 시작하고 있었다.

---

[82] 「마농 레스코」 3막의 대사.

36

저녁 식사는 잘 넘어가지 않았다. 콘키스는 내가 나타나자마자 내게 책 한 권을 건네주는 것으로 다시 한 번 선수를 쳤다.

「내 논문이오. 엉뚱한 선반에 있었소.」

그다지 두껍지 않은 책으로, 초록색 천으로 값싸게 제본되어 있었으며, 무슨 내용인지 알려 주는 표시가 전혀 없었다. 나는 책을 펼쳤다. 페이지 크기와 인쇄 활자가 다른 것으로 보아, 여러 가지 학술지에서 아무렇게나 떼어 제본한 것이 분명했다. 본문은 모두 프랑스어로 되어 있는 것 같았다. 나는 날짜를 보았다. 1936년이었다. 그리고 한두 개 제목도 보았다. 〈가벼운 정신 분열증의 초기 예후.〉〈편집증 증후군에 있어서의 직업의 영향.〉〈스트라모니움의 사용에 대한 정신 의학적 실험.〉 나는 고개를 들었다.

「스트라모니움이 뭐죠?」

「〈다투라*Datura*.〉 가시독말풀이오. 환각을 일으키지요.」

나는 책을 내려놓았다. 「한번 읽어 보고 싶군요.」

어떤 점에서 그것은 굳이 들고 올 필요가 없었던 증거인 것이 드러났다. 저녁 식사가 끝났을 때 나는 최소한 콘키스가 지식이 풍부한 보통 사람에 비해 정신 의학에 대해 훨씬 더 잘 알고 있으며 융과 아는 사이였다는 확신이 들었다. 물론 그것이 반드시 줄리에 관한 그의 말을 내가 믿어야 한다는 것을 의미하지는 않았다. 나는 그녀 얘기를 꺼내려 했지만 그는 단호했다. 이 단계에서는 내가 그녀의 사례에 대해 덜 알고 있는 편이 나으며…… 하지만 여름이 끝날 때쯤이면 완전한 얘기를 해주겠다고 거듭 약속했다. 나는 그에게 도전하고 싶었지만, 내가 그에 대해 쌓아 가기 시작한, 커져 가는 적개심에 덜컥 겁이 났다. 이대로 나아가다가는 자칫 사태가 폭발해 대치 상황이 발생하고, 그렇게 되면 나는 꼼짝없이 모든 것을 잃고서 다시는 오지 말라는 단호한 얘기를 들을 수도 있었다. 그리고 나는 내가 정말로 그를 압박한다면 그는 어떤 경우에도 나를 당혹케 할 더 많은 연막을 피워 올릴 준비가 얼마든지 되어 있다는 것을 감지했다. 나의 유일한 방어책은 최대한 노련하게 수수께끼에는 수수께끼로 대응을 하는 것이었다. 그리고 내게 위안이 되었던 것은, 같은 이유로 그가 아테네와 앨리슨에 대해 또다시 언급하는 것을 피하고 있다는 느낌이 직관적으로 들었다는 것이었다. 그가 나를 화나게 했다가는 어색한 질문을 해댈 수도 있었으니까 말이다.

그렇게 해서 식사 시간이 지나갔다. 어떤 수준에서는 나는 인상적일 정도로 교활한 늙은 의사의 말에 귀를 기울였으며, 다른 수준에서는 고양이 앞의 생쥐였다. 또한 나는 줄리가 나타나기를 이제나저제나 하고 기다렸다. 그리고 그날 밤에는 어떤 경험을 하게 될지 궁금했다. 완전히 잦아들지 않은 멜테미 탓에 우리 사이에 있는 램프가 떨다, 빛을 발했다, 희미해졌다 했는데, 그것이 초조함을 전반적으로 증가시키는 것 같았다. 콘키스만이 차분하고 편안한 모습이었다.

테이블이 치워지고 나자 콘키스는 원통 모양의 작은 병에 든 술을 내게 따라 주었다. 짚 색깔의 맑은 술이었다.

「이건 뭐죠?」

「라키요. 키오스 섬에서 난 것이오. 아주 독하오. 당신을 조금 취하게 하고 싶소.」

저녁 식사를 하는 내내 그는 안티키테라산의 독한 로제 와인을 더 마시게 재촉했었다.

「저의 비판 능력을 무디게 하시려는 건가요?」

「수용적으로 만들기 위해서요.」

「팸플릿을 읽어 보았습니다.」

「말도 안 된다는 생각을 했겠구려.」

「입증하기 어렵다는 생각을 했습니다.」

「입증이라는 것은 현실에 대한 유일한 과학적 기준이오. 하지만 그것이 입증 불가능한 현실은 있을 수 없다는 것을 의미하지는 않소.」

「그 팸플릿에 대한 사람들의 반응이 있었나요?」

「많은 반응이 있었소. 엉뚱한 사람들한테서. 궁극적인 신비를 풀고자 하는 인간의 갈망을 이용하는 비참한 작자들로부터 말이오. 심령술사, 투시술사, 우주에 어떤 통로가 있다고 믿는 자, 영적인 것을 추구하는 자, 그 모든 패거리들.」 그는 음울해 보였다. 「그런 자들로부터 반응이 있었소.」

「하지만 다른 과학자들로부터는 반응이 없었나요?」

「없었소.」

나는 라키를 한 모금 들이켰다. 불덩어리를 삼키는 것 같은 기분이 드는, 거의 순수한 알코올이었다.

「하지만 증거가 있다고 하지 않았습니까?」

「증거는 있었소. 하지만 쉽게 소통할 수 있는 게 아니었소. 그 후 소수를 제외하고는 소통할 수 없는 게 더 낫다는 결론을 내렸소.」

「당신이 선택한 사람들 말이군요.」

「내가 선택한 사람들이오. 그건 신비에 에너지가 있기 때문이오. 신비는 그것에 대한 해답을 추구하는 사람에게 에너지를 쏟아 부어 넣어 주오. 당신이 신비에 다가가는 해법을 누설할 경우 다른 구도자들로부터……」 그는 그 단어가 내게 갖고 있는 특별한 의미를 강조했다. 「……중요한 에너지의 원천을 빼앗게 되는 거요.」

「과학적 진보는 없나요?」

「물론 과학적 진보도 있소. 인간이 직면한 물리적 문제의 해법, 그것은 테크놀로지의 문제요. 하지만 내가 말하는 것은 인간이라는 종족의 일반적인 심리적 건강이오. 인간은 신비가 존재하는 것을 필요로 하지, 신비를 푸는 해법을 필요로 하는 것은 아니오.」

나는 라키를 비웠다. 「이건 환상적이군요.」

그는 내가 사용한 형용사가 내가 의도한 것 이상으로 정확할 수도 있다는 듯 미소를 지으면서 술병을 들었다.

「한 잔만 더 합시다. 그 이상은 안 되오. 술은 독이기도 하니까.」

「그리고 실험이 시작되는 겁니까?」

「실험이 시작되는 거요. 잔을 들고 안락의자 하나에 눕길 바라오. 바로 여기.」 그는 자신의 뒤에 있는 의자를 가리켰다. 나는 그쪽으로 가서 의자를 끌어당겼다. 「누우시오. 서두를 필요는 없소. 어떤 별을 쳐다봐 주길 바라오. 시그너스, 백조자리를 아오? 바로 위에 있는 십자형 별자리 보이시오?」

나는 그가 다른 안락의자에 앉지 않으리라는 것을 깨달았다. 문득 어떤 생각이 스쳤다.

「이건…… 최면술인가요?」

「그렇소, 니컬러스. 겁먹을 필요는 없소.」

릴리가 한 경고, 〈오늘 밤에 이해하게 될 거예요〉라는 말이 떠올랐다. 나는 잠시 머뭇거리다가 마침내, 드러누웠다.

「겁먹거나 하지는 않았습니다. 하지만 최면에 잘 걸리지는 않는 것 같습니다. 옥스퍼드 시절에 누군가가 시도한 적이 있었죠.」

「두고 봅시다. 최면술은 의지의 조화요. 대결이 아니라. 내가 하라는 대로만 하시오.」 최소한 안 그래도 최면을 거는 것 같은 그의 눈을 들여다볼 필요는 없었다. 나는 뒷걸음질 칠 수는 없었지만, 사전 경고 덕분에 대비를 할 수는 있었다.
「백조자리가 보이오?」
「네.」
「그 왼쪽으로 아주 뭉툭한 삼각형의 꼭지점 중 하나인 아주 밝은 별이 보이오?」
「네.」 나는 남은 라키를 단숨에 비웠다. 거의 숨이 막힐 지경이었고, 알코올이 배 속을 타고 흘러가는 게 느껴졌다.
「그게 거문고자리 알파별이라는 거요. 잠시 뒤에 그 별을 자세히 보라고 할 거요.」 바람에 씻긴 하늘에 청백색 별이 빛나고 있었다. 나는 콘키스를 바라보았다. 그는 여전히 테이블에 앉아 있었지만 바다에 등을 돌린 채 나를 마주하고 있었다. 나는 어둠 속에서 미소를 지었다.
「정신 분석 치료를 받는 기분인데요.」
「좋아요. 이제 등을 대고 누워요. 근육을 약간 수축시킨 다음 이완시켜 봐요. 라키를 준 것도 그 때문이오. 도움이 될 거요. 오늘 밤 줄리는 나타나지 않을 거요. 그러니 그 여자 생각은 지워요. 다른 여자 생각도 지우고. 곤란한 것과 갈망, 걱정거리에 대한 생각도 모두 지워요. 당신에게 해를 입히지 않을 테니까. 좋은 일만 있게 할 테니까.」
「걱정거리요? 그건 그다지 쉽지 않은데요.」 그는 아무 말도 하지 않았다. 「노력해 보죠.」
「그 별을 보는 게 도움이 될 거요. 눈을 떼지 마시오. 편안하게 누워 있어요.」
나는 그 별을 응시하기 시작했고 몸을 조금 움직여 좀 더 편안한 자세를 잡았다. 그리고 손으로 코트의 천을 만지작거렸다. 눈알을 굴리느라 피곤했지만, 진짜 목적이 짐작되기 시작했다. 드러누워서 위를 올려다보며 가만히 기다리는 것이 좋았다. 몇 분간 긴 침묵이 이어졌다. 나는 잠시 눈을 감았다가 다시 떴다. 별은 우주라는 자신의 작은 바다에서 작고 하얀 태양처럼 떠 있는 듯 보였다. 알코올이 오르는 것이 느껴졌지만, 내 주위의 모든 것을 완벽하게 의식했다. 너무도 의식이 말짱해서 최면에 걸리지 않을 것 같았다.

나는 테라스를 완벽하게 의식했다. 나는 그리스의 한 섬에 있는 집의 테라스에 누워 있었고, 바람이 불었고, 아래쪽 무차 해변의 자갈에 부딪히는 희미한 파도 소리도 들을 수 있었다. 콘키스가 말을 하기 시작했다.

「이제 그 별을 보면서, 모든 근육을 이완시켜 보시오. 모든 근육을 이완시키는 것이 중요하오. 약간 긴장시켰다가 이완시켜요. 긴장시켰다가…… 이완시켜요. 이제 그 별을 봐요. 그 별의 이름은 거문고자리 알파별이오.」

맙소사, 내게 최면을 걸려 하고 있군, 하는 생각을 했다. 규칙에 따라 하긴 하겠지만, 꼼짝 않고 누워 최면에 걸린 척해야지, 하고 생각했다.

「몸을 이완시키고 있죠 그래요 이완시키고 있어요.」 나는 그의 말에 구두점이 없는 것을 알아차렸다. 「당신은 피곤하고 그래서 몸을 이완시키고 있어요. 당신은 몸을 이완시키고 있어요. 당신은 몸을 이완시키고 있어요. 당신은 별을 보고 있어요 당신은 별을 보고 있어요……」 같은 말이 반복되었다. 전에 옥스퍼드에서 그런 경험을 했던 것이 기억났다. 어떤 파티가 끝난 다음, 예수회 소속의 정신 나간 웨일스 사람이 최면을 걸었다. 하지만 그때는 결국 그와의 눈싸움으로 흘러가 버렸다.

「내가 당신은 별 하나를 별 하나를 보고 있다고 말하면 당신은 별 하나를 보고 있는 거요. 저 조용한 별, 하얀 별, 조용한 별……」

그는 계속 말을 했지만, 평소의 무뚝뚝함과 퉁명스러움은 사라진 상태였다. 바다의 어르는 듯한 소리, 바람의 느낌, 내 코트의 질감, 그리고 그의 목소리가 내 의식에서 멀어져 가는 것 같았다. 내가 여전히 테라스에 누워 별을 올려다보고 있는 단계가 있었다. 그것은 다른 어떤 것이 아니라면, 내가 누워 별을 바라보고 있는 것을 의식했다는 의미였다.

그러고 나서 이상한 환영이 찾아왔다. 위를 올려다보는 게 아니라, 우물을 내려다보는 것처럼 우주를 내려다보는 것 같았다.

그런 다음 뭔가에 둘러싸여 분명하게 존재하는 나 자신이 사라졌다. 별이 있었다. 그 별은 더 가깝지는 않았지만 망원경을 통해 보는 것처럼 어딘지 고립되어 있었다. 그것은 총총히 박힌 별들 가운데 하나가 아니라 그 자체로 우주의 군청색 숨결 속에, 일종의 진공 상태 속에 떠 있었다. 나는 그 별을, 주위의 진공을 낳으면서도 그 진공을 필요로 하는 하얀 빛의 공으로 완전히 새롭게 지각한 그 감각을 아주 분명히 기억하고 있다. 돌이켜 보면 내가 정확히 그와 똑같은 존재로 어두운 허공 속에 매달려 있다는, 서로 연결되어 있는 듯한 느낌도 받았던 것 같다. 나는 별을 보고 있었고, 별은 나를 보고 있었다. 우리는 정확히 똑같은 무게로 — 의식을 무게로 생각할 수 있다면 — 공중에 떠 균형을 이루고 있었다. 그것은 얼마 동안인지는 알 수 없지만 어떤 의미도 감정도 없는 상태에서, 똑같은 맞은편의 허공 속에 똑같이 매달려 있는 두 개의 실체를 견디고 또 견디는 것처럼 보였다. 거기에는 아름다움, 도덕성, 신성, 물리적 기하학 등에 대한 감각은 전혀 없었고, 다만 상황에 대한 감각만이 있었다. 동물이 느낄 법한.

그런 다음 긴장감이 일었다. 나는 뭔가를 기대하고 있었다. 기다림이라는 것은 무언가를 향한 기다림이었다. 그것이

들을 수 있는 것인지 아니면 볼 수 있는 것인지, 어떤 감각과 관계되는 것인지는 알 수 없었다. 하지만 그것은 오려 하고 있었고, 나는 그것이 오는 것을 발견하려 하고 있었다. 별은 더 이상 없는 것처럼 보였다. 아마 콘키스가 나로 하여금 눈을 감게 한 것 같았다. 공허가 전부였다. 두 단어가 기억나는데, 콘키스가 말했을 것이다. 빛난다는 것과 귀를 기울이다라는 것이었다. 빛나는, 귀를 기울이는 허공이 있었다. 그리고 어둠과 기대가 있었다. 얼굴에 바람 한 줄기가 불어왔는데, 그것은 완벽하게 물리적 감각이었다. 나는 바람을 마주하려 했다. 그것은 신선하면서도 따뜻했다. 하지만 그것의 물리적인 이상함에 흥분된 충격을 느끼며 문득 바람이 동시에 모든 방향에서 내게 불어오고 있다는 것을 깨달았다. 나는 손을 들었고, 그것을 느낄 수 있었다. 눈에 보이지 않는 수천 개의 선풍기에서 불어오는 것처럼, 어두운 바람이 내게로 불어오고 있었다. 그것도 한참 동안 그렇게 불 것처럼 보였다.

어느 시점에서 그것은 알아차릴 수 없게 변하기 시작했다. 바람이 빛이 되었다. 그것을 시각적으로 인식한 것 같지는 않다. 나는 놀라지도 않고, 바람이 빛이 되었다는 것을 그냥 알았으며(어쩌면 콘키스가 그전에 바람이 빛이라는 얘기를 했는지도 모른다), 그 빛은 길고 어두운 겨울이 지난 뒤에 하는 일종의 정신적 일광욕처럼 강렬할 정도로 기분 좋은 것이라는 사실과 빛을 의식하면서 끌어당기고 있다는 멋지게 유쾌한 감각을 느꼈을 뿐이다. 내게는 그 빛을 끌어당기는 힘과 그것을 받는 힘이 있는 것 같았다.

나는 이 단계로부터 문득 이것이 강렬한 진실이자 계시적인 무엇이라는 생각이 드는 단계로 옮겨 갔다. 그것은 그 모든 빛을 자신에게 이끄는 어떤 것이었다. 그것은 존재에 대한 심오하게 중요한 뭔가를 드러내는 것처럼 보였다. 나는 존재를 의식했고, 존재에 대한 그 의식은 빛이 바람보다 더 의미 있는 것이 된 것처럼, 빛보다 더 의미 있는 것이 되었다. 나는 내가 발전하고 있으며, 바람 속에서 분수의 형태가 변하는 것처럼, 또는 물속의 소용돌이처럼 변하고 있다는 느낌이 들기 시작했다. 바람과 빛은 단지 부차적인 것으로, 현재의 상태에 이르는 길이 되었는데, 그 상태는 차원도 감각도 없는, 순수한 존재에 대한 의식의 상태였다. 아니, 어쩌면 그것은 유아론(唯我論)일 수도 있다. 그것은 단지 순수한 의식이었다.

그런 상태가 지속되더니 다른 상태들과 마찬가지로 변했다. 이번 상태는 외부에서 내게 부여되고 있었다. 나는 그것을 알았고, 그것이 바람과 빛처럼 내게 흘러 들어오지는 않지만, 그럼에도 흘러 들어오고 있다는 것을 알았다. 물론 흘러 들어왔다라는 말은 적절한 말이 아니었다. 그것을 묘사할 수 있는 단어는 없었다. 그것은 외부로부터 도착해, 하강해서는, 관통했다. 그것은 내재적인 상태가 아니라, 부여되고, 제시된 상태였다. 나는 수령자였다. 하지만 다시 한 번 그것을 발산한 존재가 내 주위 사방에 있다는 그 이상하게 놀라운 느낌이 찾아왔다. 나는 어느 한 방향에서가 아니라 내 주위의 모든 방향에서 그것을 받고 있었다. 아니, 방향이라는 것도 지나치게 물리적인 단어였다. 나는 구체적인 물리적 물체나 실제적인 감정에 기반을 둔 어떤 언어로도 묘사할 수 없는 감정을 느끼고 있었다. 나는 내가 느낀 것의 은유적 성격을 인식했던 것 같다. 나는 말이 나를 구속하는 사슬 같고, 구멍이 난 벽 같다는 것을 알았다. 현실이 계속해서 재빠르게 지나갔지만 나는 말에서 빠져나와 현실 속에 온전히 존재할 수 없었다. 내가 기억하려 애썼던 느낌을 해석해 보자면 그것은 서술이라는 행위가 서술 자체를 오염시킨다는 것이었다.

나는 이것이 근원적인 현실이며, 그 현실은 우주적인 입을 통해 내게 그렇게 말하고 있다고 느꼈다. 신성이니 영적 교감이니, 인간에 대한 형제애니 하는 느낌도 내가 최면에 걸리기 전에 예상했던 어떤 것도 없었다. 범신론도, 휴머니즘도 없었다. 훨씬 더 넓고, 더 멋지며, 더 심오한 무엇이었다. 그 현실은 끝없는 상호 작용이었다. 선도 악도, 아름다움도 추함도 없었다. 공감도, 반감도 없었다. 오직 상호 작용만이 있었다. 한 존재의 끝없는 고독과 다른 모든 존재로부터의 완전한 고립은 모든 존재의 전적인 상호 작용과 동일한 것처럼 보였다. 각각의 존재가 서로에게 없어서는 안 되기 때문에 모든 대립하는 존재들이 하나인 것처럼 보였다. 모든 존재의 무용함과 필요 불가결함이 하나로 보였다. 나는 그때까지 경험하지 못한, 앎에 대한 새로운 감각으로, 다른 모든 것들이 존재한다는 것을 문득 깨달았다.

앎과 의지, 현명하다는 것, 선하다는 것, 교육, 정보, 분류, 온갖 종류의 지식, 감수성, 그리고 성적인 것 등이 피상적으로 보였다. 나는 이 상호 작용을 서술하거나 묘사하거나 분석하고 싶은 욕망은 조금도 없었고, 다만 그것을 구성할 수 있기를 바랐다. 아니, 〈바라지도〉 않고 그것을 구성했다. 나는 의지가 없었다. 의미는 전혀 없었다. 다만 존재만이 있었다.

하지만 분수가 변하고, 소용돌이가 쳤다. 처음에는 사방에서 내게로 불어 들어오는 어두운 바람의 단계로 다시 돌아간 것처럼 보였지만, 바람은 단순한 은유에 불과한 것으로, 바람은 없었다. 이제는 존재에 대한 그러한 의식이 수백만 개, 수조 개가 있었고, 셀 수 없이 많은 희망의 핵이 거대한 우연의 용액 속에 떠 있었다. 존재를 의식하는 미립자가 광자가 아닌 어둠으로부터 쏟아져 나오고 있었다. 우주의 무한성에 대한 거대하고도 현기증 나는 감각. 그 무한성 속에서는 변화와 불변이 통합적이고, 본질적이며, 비모순적인 것처럼 보였다. 나는 마치 최초의 페니실린 균처럼, 완전하게 영양이 공급되며 전적으로 편안한 배양 환경에 내려앉았을 뿐 아니라 무한히 중요한 의미를 지니는 상황 속에 착지한 것이기도 한 세균이 된 듯한 느낌이었다. 예리한 육체적, 지적 쾌감의 상태와 떠다니는 상태, 완벽하게 조정되고 뭔가에 〈연결된〉 존재. 본질적인 도착. 상호 인식.

동시에 포물선, 추락, 분출이 있었다. 하지만 덧없이 지나가 버린 과정은 이 경험에 대한 지식의 없어서는 안 되는 부분이 되었다. 생성과 존재는 하나였다.

잠시 별을 다시 보았던 것 같다. 별은 위쪽 하늘에 걸려 있었지만, 이제 존재이면서 생성인 모든 것 속에 있었다. 그것은 하나의 문을 지나, 전 세계를 돌아다닌 다음, 같지만 다른 문을 지나가는 것과 비슷했다.

그런 다음 어둠이 있었다. 나는 아무것도 기억하지 못한다. 그리고 빛이 있었다.

37

누군가 문을 두드렸다. 나는 벽을 쳐다보고 있었다. 잠옷을 입고 침대 위에 있었다. 내 옷은 의자에 개켜져 있었다. 아주 이른 시각의 희미한 햇살이 바깥 소나무 꼭대기에 비치고 있었다. 나는 손목시계를 보았다. 6시 직전이었다.

나는 침대 모서리에 걸터앉았다. 어두운 수치심과 굴욕감이 밀려왔다. 콘키스 앞에서 벌거벗은 채 있었고, 그의 힘에 지배되었다는 느낌이 들었다. 더욱 나쁜 것은 다른 사람들이 그것을 보았을지도 모른다는 것이었다. 줄리. 내가 그곳에 누워서, 콘키스가 던지는 질문에 무방비 상태로 대답을 하는 사이 그들 모두가 자리에 앉아 히죽 웃는 장면이 눈앞에 그려졌다. 하지만 줄리 역시 그가 최면을 걸고 있는 게 분명했다. 그것이 그녀가 거짓말을 할 수 없는 이유였다.

스벵갈리와 트릴비.[83]

그런 다음 신비 체험 자체가 여전히 너무도 생생하게, 깨닫게 된 어떤 교훈처럼, 새로운 나라에서 드라이브를 하며 본 하나하나의 장면들처럼 분명하고도 자세하게 떠올랐다. 라키에 어떤 약이나 환각제를 넣었을 수도 있었다. 그의 논문에 나오는 가시독말풀이었을 수도 있었다. 그는 그러한 것들을, 앎의 이러한 단계들을 암시했으며 내가 무력하게 누워 있는 동안 그것들을 주입했다. 나는 초록색으로 제본된 그의 의학 논문집을 찾아 주위를 둘러보았다. 하지만 그것은 방 안에 없었다. 내게는 그 단서조차 허락되지 않았다.

내가 기억하는 것의 풍요로움과 기억하지 못하는 것들로 인한 잠재적인 부끄러움. 너무도 좋은 것과 끔찍하도록 싫은 것. 그 두 가지로 인해 나는 분노와 감사 사이에서 혼란스러워하며 머리를 두 손에 묻고 잠시 앉아 있었다.

나는 화장실에 가 세수를 하고 거울을 본 뒤, 커피를 마시러 아래층으로 내려갔다. 말이 없는 마리아가 나를 기다리고 있었다. 나는 콘키스가 나타나지 않으리라는 것을 알고 있었다. 마리아는 아무 말도 하지 않을 것이었다. 아무것도 설명되지 않을 것이고, 내가 다시 올 때까지 나를 유예 상태에 있게 하게끔 모든 것이 계획되어 있었다.

---

83 조르주 뒤 모리에의 소설에 등장하는 최면술사의 이름으로 지금은 나쁜 짓을 하도록 조종하는 사람을 의미한다. 음악가 스벵갈리는 최면술로 여주인공 트릴비를 가수로 성공하게 한다.

나는 걸어서 학교로 돌아가면서 그 경험을 평가해 보려 했다. 그토록 아름답고 그토록 강렬하게 현실적이면서도 그토록 불길해 보이는 이유는 무엇인가? 그 이른 아침의 빛과 풍경 속에서 이 지상에 뭔가 불길한 게 있다는 것은 믿기 어려웠지만, 그 느낌은 끈덕지게 나를 따라붙었는데, 그것은 그저 굴욕감 같은 것만은 아니었다. 그것은 새로운 위기감, 더 어둡고 더 이상한 것들에 대해 참견하고 있다는 느낌이었다. 그것은 또한 콘키스에 대한 줄리의 두려움을 그녀에 대한 그의 거짓된 의학적 동정보다 훨씬 더 설득력 있게 만들었다. 그녀는 정신 분열증 환자일 수도 있었지만, 그가 최면술사인 것만큼은 확실히 밝혀졌다. 하지만 그것은 그들이 함께 작당하여 나를 속이고 있지 않다는 것을 가정하는 것이었다. 나는 뒤죽박죽이 된 기억 속에서 콘키스와의 만남을 더듬으며 내가 모르는 사이 그가 그 전에 내게 최면을 걸지는 않았는지 알아내려 했다.

나는 전날 오후 나의 현실 감각은 중력과도 같다고 줄리에게 말한 것을 쓰라린 마음으로 떠올렸다. 한동안 나는 우주 속에서, 광기 사이를 소용돌이치며 지나가는 사람 같았다. 아폴론의 장면이 펼쳐지는 동안 콘키스가 황홀경 같은 상태에 빠져 있던 것이 기억났다. 그는 내가 그 모든 것을 상상하도록 최면을 건 것인가? 그리고 풀크스가 출현하기에 너무도 편리한 곳에서 내가 잠들도록 한 것인가? 과연 그곳에 남자와 여자가 서 있기는 했던 것인가? 그렇다면 줄리조차······. 하지만 나는 그녀의 살과, 쉽사리 허락지 않으려 하던 입술의 감촉을 떠올렸다. 나는 현실로 돌아왔다. 하지만 마음이 심하게 흔들리고 있었다.

나를 동요하게 한 것은 콘키스에 의해 최면이 걸린 사실만이 아니었다. 더욱 미묘하지만, 비슷한 방식으로 줄리에 의해서도 최면이 걸렸었다는 것을 나는 깨달았다. 냉소적인 나의 성향에서 비롯된 것이기도 하겠지만, 나는 늘 남녀가 만났을 때 함께 잠을 자고 싶어 하는지 아닌지는 10분 안에 알 수 있다고 믿었다. 그리고 그 처음 10분 이후의 시간은 세금 같은 것으로, 약속된 계약이 정말로 즐거울 것 같으면 지불할 가치가 있을 수도 있지만 십중팔구는 금세 쓸데없는 비용이 되어 버렸다. 줄리의 경우 아주 많은 비용을 치러야 할 것처럼 예상되는 것만이 아니었다. 그녀는 나의 이론 전체를 뒤흔들어 버렸다. 그녀는 마치 누군가가 밀치고 들어오기를 기다리는 문처럼 어느 정도 투항하는 기색을 보였지만, 나를 저지하는 것은 그 문 너머에 있는 어둠이었다. 어쩌면 부분적으로는 그것은 모든 면에서 남성보다 열등하지만 어두운 신비와 아름다움이라는 여성의 한 가지 위대한 힘을 지닌, 지금은 사라진 과거의 로런스적 여성에 대한 일종의 향수 같은 것인지도 몰랐다. 로런스 시대의 이상적인 남녀상은 똑똑하고 건장한 남자와 어둡고 쇠약한 여자로 대표되었다. 내가 사는 양성구유적인 20세기에는 두 성의 본질이 너무도 혼란스러워져, 여자가 여자 같고 내가 전적으로 남자여야 하는 상황으로의 이러한 회귀에는 비좁은 익명의 현대적 아파트에 살다가 오래된 집으로 옮겨 갈 때의 매혹이 오롯이 담겨 있었다. 이전에 나는 섹스를 하고 싶을 정도로 매혹된 적은 여러 번 있었지만 사랑을 하고 싶을 정도로 매혹된 적은 한 번도 없었다.

그날 아침 내내 나는 교실에 앉아 아직도 최면에서 깨지 못한 사람처럼 온갖 가설로 이루어진 꿈속을 헤매며 수업을 했다. 이제 나는 콘키스를 글이 아니라 사람으로 창작을 하는, 소설 없는 일종의 정신 의학적 소설가로 보았다. 그리고 복잡하지만 여전히 무척 뒤틀린 노인으로, 스벵갈리로, 노련한 익살꾼들 사이에 있는 천재로 보았다. 하지만 그를 어떻게 생각하든, 나는 매혹당하고 말았다. 그리고 그 최초의 순간에 램프 불빛 속에서 머리가 비스듬히 나부끼고 얼굴이 눈물로 얼룩져 있던, 릴리로 분한 시원한 상앗빛의 줄리……. 나는 내가 부라니 곳에 말 그대로 완전히 홀렸다는 것을 굳이 숨기려 하지 않았다. 그것은 거의 어떤 힘이어서, 자석처럼 나를 교실 창문 밖으로 끌어내 파란 대기를 지나 중앙 산등성이로, 그리하여 내가 그토록 있고 싶어 하는 그곳으로 나를 유인하고 있었다. 줄을 맞춰 앉아 있는 올리브색의 얼굴들, 고개를 숙인 검은 머리들, 분필 가루의 냄새, 내 책상을 물들인 오래된 잉크 자국. 그것들은 마치 연무 속의 뭔가처럼 현실적이면서도 현실적이지 않았고, 림보[84]에 있는 어떤 장애물 같았다.

점심 식사 후 데메트리아데스가 내 방에 와 앨리슨이 누구냐고 물었다. 내가 아무것도 말하지 않자, 그는 토마토와 오이에 관한 그리스의 끔찍한 음담패설을 늘어놓으며 음탕한 모습을 보이기 시작했다. 나는 꺼지라고 소리치며, 강제로 그를 떠밀어 내야 했다. 그는 기분이 상해, 그 주가 다 갈 때까지 나를 피했다. 나는 상관하지 않았다. 덕분에 그는 나를 귀찮게 하지 않았다.

마지막 수업이 끝나자 나는 더 이상 참을 수가 없었다. 부라니 곳으로 돌아가야 했다. 무엇을 해야 할지는 알 수 없었지만 그 영토에 다시 들어가야만 했다. 멀리 아래쪽에, 일렁이는 소나무 숲 꼭대기 위로 비치는 마지막 저녁 햇살 속에서 비밀로 들끓는 그곳을 보자마자, 마치 그새 없어졌을 수도 있는 것을 다시 본 것처럼 크게 한시름 놓았다. 가까이 다가갈수록 나는 점점 내 자신이 불손하게 느껴졌고, 점점 더 불손해졌다. 나는 그냥 그들을 보고, 그들이 나를 기다리며

---

[84] 로마 가톨릭 신학에서 비록 벌을 받지는 않지만 하느님과 함께 영원히 천국에 사는 기쁨을 누리지 못하는 영혼이 머무는 천국과 지옥의 경계 지대.

그곳에 있다는 것을 알고 싶었다.

황혼 녘에 나는 동쪽에서 접근을 해, 철조망을 통과해 포세이돈상을 조심스럽게 지나 협곡을 건너고 나무 사이를 지나 집이 보이는 곳까지 갔다. 집 옆쪽의 창문은 모두 덧문이 내려져 있었다. 마리아가 사는 오두막에서는 연기가 피어오르지 않았다. 나는 집의 정면을 볼 수 있는 곳으로 돌아갔다. 주랑 아래에 있는 프랑스식 창문들도 모두 덧문이 내려져 있었다. 콘키스의 침실에서 테라스 쪽으로 난 창문들도 마찬가지였다. 아무도 없는 게 분명했다. 나는 침울한 기분으로 어둠 속에서 다시 돌아가며, 콘키스가 마약중독자에게서 마약을 빼앗는 냉혹한 의사처럼 자신의 세계를 채 내게 주지 않을 수도 있다는 생각에 점차 화가 났다.

이튿날 나는 미트퍼드에게 편지를 써, 부라니 곶에 가 콘키스를 만났다는 얘기를 하고, 그곳에서 무슨 경험을 했는지 솔직히 말해 달라고 사정을 했다. 나는 그 편지를 노섬벌랜드 주소로 보냈다.

그리고 카라조글루를 다시 만나 좀 더 많은 정보를 캐내려 했다. 그는 르베리에가 콘키스를 만난 적이 없다고 무척 확신하는 것 같았다. 그는 내가 이미 알고 있는 것, 즉 르베리에가 〈종교적〉이었다는 것과 미사를 드리러 아테네에 가곤 했다는 것을 말해 주었다. 그리고 콘키스가 한 것과 비슷한 얘기를 했다. 즉 〈그는 늘 슬픈 표정을 하고 있었고, 이곳의 삶에 결코 적응을 못 했다〉는 것이었다. 하지만 콘키스는 르베리에가 훌륭한 〈구도자〉가 되었다는 말도 했었다.

나는 학교 경리과에서 르베리에의 영국 주소를 알아냈지만, 편지는 쓰지 않기로 했다. 어쨌든 주소는 있었고 필요할 경우 사용할 수 있었다.

나는 또 아르테미스에 관해서도 약간 조사를 해보았다. 그리스 신화에서 아르테미스는 아폴론의 누이로, 처녀들의 보호자이자 사냥꾼의 수호신이었다. 짙은 황색 드레스와 창이 두꺼운 장화 차림에 (초승달 모양의) 은으로 만든 활을 든 것이 고대 시에 나오는 그녀의 표준적인 모습이었다. 그녀는 호색적인 젊은 남자가 있는 곳에서는 늘 공격적인 것처럼 보였지만, 아폴론에게 도움을 받았다는 얘기는 찾을 수 없었다. 그녀는 〈시리아의 아스타르테와 이집트의 이시스와 함께, 고대 모권제 신앙에서 숭배된 세 명의 달의 여신 가운데 하나〉였다. 나는 이시스가 종종 저승 세계의 관리자로 후에 케르베로스[85]가 된, 자칼의 머리를 한 아누비스를 데리고 다녔다는 것에 주목했다.

화요일과 수요일에는 수업 준비로 학교에 묶여 있어야 했다. 목요일에 나는 부라니 곳에 다시 갔다. 변한 것은 아무것도 없었다. 월요일과 마찬가지로 인적이 끊겨 있었다.

나는 집 주위를 돌며, 창의 덧문을 만져 보고, 주변을 배회하다가 전용 해변으로 내려갔다. 해변에는 보트가 없었다. 그 후 황혼 녘에 주랑 아래에서 반시간 정도 앉아 생각에 잠겼다. 나는 그들에 대해서만큼이나 나 자신에 대해서도 화가 났으며, 이용당하고 있는 동시에 배척되고 있다고 느꼈다. 또한 그 모든 일에 연루된 데 화가 났고, 그것이 계속되기를 바라면서도 계속되는 것에 대해 두려워하고 있다는 것에 더욱 화가 났다. 나는 그 며칠 사이에 다시 한 번 마음을 바꿨었다. 갈수록 나는 정신 분열증에 대해 어떻게 생각해야 할지 더 이상 알 수 없었다. 어렴풋이 그럴지도 모른다고 생각한

---

[85] 저승을 지키는 개로 머리가 셋에 꼬리는 뱀 모양이다.

것이 정말로 그런 것처럼 여겨지기 시작했다. 나는 콘키스가 그토록 갑자기 가면극을 중단한 이유를 달리 상상할 수 없었다. 만일 그것이 그저 유흥일 뿐이었다면……

부러움이라는 요소도 크게 작용하는 것 같았다. 방치된 집에 모딜리아니와 보나르의 그림들을 그렇게 놓아두는 콘키스의 어리석음 또는 오만함에 대해 생각하다가…… 내 마음은 보나르에서 앨리슨에게로 건너뛰었다. 그날 자정에 학기 중의 휴가를 아테네에서 보낼 학생들과 교사들을 싣고 가는 특별선이 있었다. 지저분한 일등실 살롱의 안락의자에 밤새 졸며 앉아 있어야 했지만 금요일을 아테네에서 보낼 수 있었다. 그 배를 타게 만든 것이 무엇인지 — 분노, 심술, 복수심? — 는 분명치 않다. 얘기할 누군가가 필요해서가 아닌 것은 말할 것도 없고, 앨리슨 생각이 나서도 분명 아니었다. 어쩌면 그것은 변덕 위에 자유를 세우는, 실존주의자연하는 내 낡은 자아의 마지막 과시였는지도 모른다.

잠시 후 나는 걸음을 서둘러 출입구로 갔다. 그 마지막 순간에도 나는 누군가가 돌아오라며 나를 불러 주기를 바라는 아주 희박한 희망에 뒤를 돌아보았다.

하지만 아무도 나를 부르지 않았다. 그래서 나는 더 나은 수가 없었기에 배를 탔다.

38

아테네는 먼지와 가뭄으로 황토색에 칙칙한 빛깔을 띠었다. 종려나무조차 지친 것처럼 보였다. 사람들의 인간성은 모두 검은 피부와 그보다 더 검은 선글라스 뒤로 후퇴해 버렸고, 오후 2시가 되자 거리는 텅 비어 나른함과 열기만이 거리를 차지하고 있었다. 나는 피레우스의 한 호텔 침대에 누워 덧문 새로 스미는 황혼 빛 속에서 졸다 말다 하고 있었다. 아테네는 나로서는 이중으로 감당하기가 어려웠다. 부라니 곶에서의 경험 후 현대와 기계와 스트레스 속으로 다시 빠져드는 것은 완전히 혼란스러운 일이었다.

오후의 나른한 시간이 느릿느릿 흘러갔다. 앨리슨과 만나는 시간이 가까워질수록 나의 동기는 더욱 모호해졌다. 내가 아테네에 온 것은 콘키스와 이중 게임을 벌이고자 하는 욕망에서라는 것을 나는 알고 있었다. 24시간 전 주랑 아래에서 생각할 때는 앨리슨은 담보물로 — 최소한 나의 대응책 중 한 가지로 — 보였다. 하지만 만나기 두 시간 전인 이제는⋯⋯ 그녀와의 섹스는 생각할 수도 없었다. 부라니 곶에서 일어나고 있는 일을 그녀에게 말하는 것도 마찬가지였다. 나는 더 이상 내가 온 이유를 알 수 없었고, 섬으로 다시 돌아가고 싶은 욕망을 강하게 느꼈다. 나는 앨리슨을 속이고 싶지도, 그렇다고 진실을 말하고 싶지도 않았다.

그럼에도 뭔가가 나를 그곳에 누워 있게 했다. 그것은 그녀가 어떻게 되었는지 듣고 싶은, 호기심의 찌꺼기이거나 동정심, 또는 과거의 애정에 대한 얼마간의 기억일 수도 있었다. 또한 나는 그것을 줄리에 대한 나 자신의 감정의 깊이와 의혹, 둘 모두에 대한 일종의 시험으로 보았다. 앨리슨은 바깥 세계의 과거와 현재의 현실을 의미했고, 나는 그녀를 나의 내적 모험이 벌어지는 경기장 안에 몰래 두려 했다. 또한 나는 밤에 배에서 긴 시간을 보내며 우리의 만남을 안전하게 소독 처리된 것으로 만들 방법 — 그녀로 하여금 나에게 미안함을 느끼게 하고, 그녀와 어느 정도 거리를 둘 수 있게 해 주는 — 을 생각해 냈다.

5시에 나는 자리에서 일어나 샤워를 한 뒤, 택시를 타고 공항으로 향했다. 나는 기다란 접수대 카운터 맞은편에 있는 벤치에 앉아 있다가 딴 데로 옮겼다. 짜증스럽게도 점차 초조해졌다. 스튜어디스 몇 명이 빠른 걸음으로 지나갔다. 다들 탄탄한 몸매에, 말쑥하고, 전문직 종사자답게 예뻤으며, 공상 과학 소설에서 나오는 인물들처럼 약간 비현실적으로 보였다.

6시가 되고, 6시 15분이 되었다. 나는 마지못해 카운터 쪽으로 걸어갔다. 단정한 제복 차림의 그리스 여자 하나가 하얀 치아와, 화려한 화장에 어울리는 진한 갈색 눈을 반짝이고 있었다.

「스튜어디스 한 명을 만나기로 되어 있어요. 앨리슨 켈리요.」

「앨리요? 비행기가 들어왔어요. 옷을 갈아입고 있을 거예요.」 그녀는 전화기를 들고 다이얼을 돌리면서, 하얀 이빨을 드러내며 웃었다. 그녀의 발음은 흠잡을 데가 없었는데 미국식 억양이었다. 「앨리? 데이트 상대가 와 있어. 당장 오지 않으면, 나를 대신 데리고 갈 거야.」 그녀가 수화기를 내밀었다. 「당신과 얘기를 하고 싶어 해요.」

「기다리겠다고 해줘요. 서두를 것 없다고.」

「수줍어하고 있어.」 앨리슨이 무슨 말을 했는지, 그녀가 미소를 지었다. 그러고는 수화기를 내려놓았다.

「바로 올 거예요.」

「그런데 그녀가 뭐라고 했죠?」

「수줍어하는 게 아니라, 그게 당신 수법이라는데요.」

「아.」

그녀는 긴 속눈썹 밑 까만 눈으로 대담하게 나를 바라보다가, 다행히도 카운터 반대편에 나타난 두 명의 여자를 상대하러 갔다. 나는 도망치듯 그 자리를 떠 입구 근처에 섰다. 섬에서 처음 살기 시작했을 무렵에는 아테네와 같은 도시에서의 생활이 사람을 정상적으로 만드는 효력을 지닌 것처럼 생각되고, 친숙한 만큼 매력이 있는 것으로 여겨졌다. 한데 이제 나는 그것이 나를 겁에 질리게 하기 시작했고, 내가 그것을 혐오한다는 것을 깨달았다. 책상에 앉아서 나누는 능수능란한 대화, 그것이 노골적으로 암시하는, 피임 상태에서 하는 섹스의 흥분, 그에 이어지는 정형화된 전율. 나는 다른 행성에서 온 것 같았다.

1~2분 후 앨리슨이 문 사이로 모습을 나타냈다. 머리는 지나치게 짧았고, 하얀 드레스를 입고 있었다. 그 모습을 본 순간 나는 허를 찔린 것 같았다. 그녀가 우리가 처음 만났을 때를 상기시키려고 그 옷을 입었다는 것을 알아챘기 때문이다. 그녀의 피부는 내가 기억하는 것보다 더 창백했다. 나를 본 그녀는 선글라스를 벗었고, 나는 그녀가 지친 것을 알 수 있었다. 심하게 상처받은 모습이었다. 충분히 예쁜 몸과 충분히 예쁜 옷, 멋진 걸음걸이, 예의 그 상처받은 듯한 얼굴과 진실을 찾는 눈. 앨리슨은 열 척의 배를 내 안에 띄울 수도 있었다. 하지만 줄리는 1천 척의 배를 띄웠다. 그녀가 다가와 걸음을 멈췄고, 우리는 서로에게 살짝 미소를 지었다.

「안녕.」

「안녕, 앨리슨.」

「미안해. 여느 때처럼 늦었어.」

그녀는 마치 우리가 그 전주에 마지막으로 만난 것처럼 말했다. 하지만 그것은 아무 소용 없었다. 9개월이라는 시간이 우리 사이에 체처럼 가로놓여 있어, 그 사이로 말이 나오긴 했지만 감정은 모두 걸러져 있었다.

「갈까?」

나는 그녀가 들고 있는 항공사 가방을 받아 들고, 택시 있는 데로 데리고 갔다. 택시 안에서 우리는 맞은편 구석에 앉아 서로를 다시 쳐다보았다. 그녀는 미소를 지었다.

「당신이 오지 않을 거라 생각했어.」

「못 나가겠다는 편지를 어디로 보내야 할지 몰랐어.」

「내가 머리를 썼지.」

그녀는 창밖을 내다보며 제복을 입은 한 남자에게 손을 흔들었다. 그녀는 여행으로 인해 지나치게 많은 경험을 해서인지 부쩍 나이가 들어 보였다. 새 직업 때문에 다시 교육을 받아야 했을 것인데 내게는 그럴 기력이 없었다.

「항구가 굽어보이는 방을 잡아 놓았어.」

「좋아.」

「그리스 호텔들은 정말 숨이 막혀. 알겠지만.」

「늘 관습에 따른 일을 얘기하는군.」 그녀는 회색 눈에 약간의 아이러니를 담아 나를 힐끔 본 후 마음속에 떠오른 말을 덮어 두었다. 「재미있어. 관습에 따른 일들 만세.」 나는 마음속으로 준비한 말을 할 뻔했지만, 내가 변하지 않았고 여전히 영국적 관습의 노예라고 생각할 것 같아 짜증이 났다. 그녀가 마음속에 떠오른 말을 덮어 두어야 한다고 느낀 것도 짜증이 났다. 그녀는 손을 내밀었고, 나는 그 손을 잡았다. 우리는 손가락에 힘을 주었다. 그러자 그녀는 다른 손을 뻗어 내 선글라스를 벗겼다.

「지금 아주 잘생겨 보여. 알고는 있어? 완전히 갈색이야. 햇빛에 메말라 피부가 상하기 시작한 것 같아. 맙소사, 마흔 살이 되면.」

나는 미소를 지었지만, 시선을 떨어뜨리며 그녀의 손을 놓고 담배를 한 대 꺼냈다. 그녀의 아첨이 무엇을 의미하는지 알고 있었다. 그것은 그녀의 초대가 앞으로도 유효하다는 것을 의미했다.

「앨리슨, 나는 약간 이상한 상황에 처해 있어.」

그 말에 짐짓 쾌활한 척하던 그녀의 태도가 일시에 무너졌다. 그녀는 똑바로 앞을 쳐다보았다.

「다른 여자가 있어?」

「아니.」 그녀는 슬쩍 나를 보았다. 「나는 변했어. 어떻게 설명하기 시작해야 할지 모르겠어.」

「하지만 당신은 내가 멀리 떨어져 있기를 하느님께 빌고 있어.」

「아니, 나는…… 당신이 와서 기뻐.」 그녀는 다시 의심에 찬 눈으로 나를 보았다. 「정말이야.」 잠시 그녀는 아무 말도 하지 않았다. 우리는 해안 도로로 들어섰다.

「피트하고는 끝났어.」

「당신이 말했어.」

「잊었어.」 하지만 나는 그녀가 잊지 않았다는 것을 알 수 있었다.

「그리고 피트하고 끝난 후 만난 다른 남자들하고도 다 끝났어.」 그녀는 계속해서 창밖을 바라보고 있었다. 「미안해. 사소한 얘기부터 했어야 했는데.」

「아냐. 내 말은…… 알잖아.」

그녀는 다시 한 번 나를 슬쩍 쳐다보았다. 상처를 입었지만, 상처받지 않으려 하는 것 같은 표정이었다. 그녀는 애를 썼다. 「앤하고 다시 살고 있어. 지난주부터. 옛날 아파트로 돌아갔어. 매기는 고향으로 돌아갔어.」

「나는 앤을 좋아했어.」

「그래, 괜찮은 여자지.」

팔레론을 지나가는 동안 긴 침묵이 이어졌다. 그녀는 창밖을 내다보았고, 1분 후 하얀 핸드백에서 선글라스를 꺼냈다. 나는 이유를 알 수 있었다. 그녀의 눈 주위로 희미한 눈물 줄기들이 보였다. 나는 그녀를 만지지도 손을 잡지도 않았지만, 피레우스와 아테네의 차이점을 이야기하고, 전자가 더 그림 같고 더 그리스적이며, 그녀가 피레우스를 더 좋아할 것 같다는 말을 했다. 사실 내가 피레우스를 선택한 것은 콘키스와 줄리를 마주칠지도 모른다는, 희박하지만 끔찍한 가능성 때문이었다. 그런 일이 일어날 경우 줄리가 지을 차가우면서도 즐기는 듯하며, 아마도 경멸이 담겨 있을 시선을 생각하자 등골이 오싹했다. 앨리슨의 태도와 외양에는 뭔가가 있었는데, 그것은 그녀와 함께 있는 남자라면 잠자리를 같이할 거라는 것이었다. 그리고 얘기를 하면서, 나는 우리가 앞으로 사흘을 어떻게 견뎌 낼 수 있을지 궁금했다.

내가 팁을 주자 보이는 방에서 나갔다. 그녀는 창가로 가 흰색의 넓은 부두와, 천천히 저녁 산책을 하는 사람들, 그리고 분주히 움직이는 항구를 내려다보았다. 나는 그녀 뒤에 가 섰다. 한순간 재빨리 계산을 한 뒤 그녀에게 팔을 둘렀다. 그녀는 곧바로 내게 몸을 기댔다.

「나는 도시가 싫어. 비행기도 싫고. 아일랜드에서 오두막에 살고 싶어.」

「왜 아일랜드야?」

「한 번도 못 가본 어딘가에 가보고 싶으니까.」

나는 그녀 몸의 온기와 기꺼이 자신을 내주고자 하는 마음을 느낄 수 있었다. 그녀가 얼굴을 돌리자마자 그녀에게 입을 맞추리라 생각했다.

「앨리슨, 어떻게 얘기를 시작해야 할지 잘 모르겠어.」 나는 팔을 풀고, 그녀가 내 얼굴을 보지 못하도록 창가로 바짝 다가섰다. 「두세 달 전 병에 걸린 적이 있어. 그러니까…… 매독이야.」 나는 몸을 돌렸고, 그녀는 걱정스러우면서도 충격을 받은 듯, 그리고 믿을 수 없다는 듯 나를 바라보았다. 「지금은 괜찮아, 하지만…… 알겠지만, 나는……」

「그곳에 갔던……」 나는 고개를 끄덕였다. 이제 그녀는 믿는 것 같았다. 그녀는 눈을 내리깔았다.

「당신의 복수가 이루어진 거야.」

그녀는 내게로 다가와 두 팔로 나를 껴안았다. 「오, 니코, 니코.」

나는 그녀의 머리 위로 말했다. 「적어도 한 달은 더 입이나 그 이상의 접촉을 할 수 없어. 어떻게 해야 할지 몰랐어. 당신에게 편지를 쓰지 말았어야 했어. 정말이지 이건 옳지 않았어.」

그녀는 내게서 팔을 풀고, 침대로 가 앉았다. 나는 나 자신을 새로운 국면으로 몰고 간 것을 알 수 있었다. 이제 그녀는 그것이 그때까지 우리 사이에 흐르던 어색함을 만족스럽게 설명해 준다고 생각하고 있었다. 그녀는 친절하고 부드러운 미소를 지었다.

「다 얘기해 줘.」

나는 방 안을 서성이면서, 파타레스쿠와 진료소, 시(詩), 그리고 심지어 자살을 하려 했던 일 등, 부라니 곳에 관한 것만 빼고 모든 것을 말했다. 잠시 후 그녀는 침대에 등을 기대고 누워 담배를 피웠고, 나는 나의 이중성에 예기치 않은 쾌감을 느꼈다. 콘키스가 나와 함께 있었을 때 그런 쾌감을 느꼈을 거라는 생각이 들었다. 결국 나는 침대 끝에 앉았다. 그녀는 누운 채 천장을 응시하고 있었다.

「이제 피트에 대한 얘기를 해도 돼?」

「물론.」

내 역할을 하며 그녀의 말에 건성으로 귀를 기울이고 있는데, 갑자기 다시 그녀와 함께 있는 것이 즐거워지기 시작했다. 딱히 앨리슨과 함께 있어서가 아니라, 그 호텔 방에 있으면서 저녁때 나는 사람들이 밑에서 웅성거리는 소리와 사이렌 소리를 듣고, 피로에 지친 에게해의 냄새를 맡는 것이 즐거웠다. 그녀에게는 매력도 연민도 느끼지 못했다. 그녀가 오스트레일리아 출신의 시골뜨기 파일럿과 오랜 관계를 끝낸 것 따위에는 아무런 관심도 없었다. 다만 어두워지고 있는 그 방의 복잡하고 모호한 슬픔이 좋았다. 마지막 햇살이 하늘에서 사라지면서 순식간에 황혼이 되었다. 현대적 사랑의 모든 배신 행위가 아름답게 보였고, 나는 나의 커다란 비밀을 안전하게 감출 수 있었다. 그곳은 다시 그리스, 그것도 카바피[86]의 알렉산드리아풍의 그리스였다. 미학적 쾌감과 퇴폐 속의 아름다움이 있을 뿐이었다. 도덕성이란 북유럽인의 거짓말이었다.

긴 침묵이 흘렀다.

그녀가 입을 열었다. 「니코, 우린 지금 어디 있는 거지?」

「무슨 얘기야?」

그녀는 한쪽 팔에 몸을 기대며 나를 바라보았지만 나는 그녀를 쳐다보지 않았다.

「이제 알겠어. 물론······.」 그녀는 어깨를 으쓱했다. 「하지만 나는 당신의 옛 친구나 되려고 여기 온 건 아냐.」

나는 머리를 두 손으로 감쌌다.

「앨리슨, 나는 여자, 사랑, 섹스, 그리고 모든 것이 역겨워. 내가 뭘 원하는지 나도 모르겠어. 당신에게 와달라고 하지 말았어야 했어.」 그녀는 시선을 내리깔았다. 내 말에 무언의 동의를 하는 것 같았다. 「실은······ 지금 내게는 누이에 대한 일종의 향수 같은 것이 있는 모양이야. 그따위 얘기는

---

86 Constantine Cavafy(1863~1933). 알렉산드리아에 거주한 그리스 시인으로 개인적이며 회화체적인 스타일의 시를 그리스에 도입했다.

집어치우라고 해도 이해해. 이해하지 못할 권리는 내게 없으니까.」

「알았어.」 그녀는 다시 고개를 들었다. 「누이. 하지만 언젠가는 치유될 거야.」

「모르겠어. 그냥 모르겠어.」 내 말은 적당하게 혼란스러운 것처럼 들렸다. 「이봐, 제발 그냥 가버려. 욕을 퍼붓든지 뭘 해도 좋아. 하지만 지금의 나는 죽은 사람이야.」 나는 창가로 갔다. 「모두 내 잘못이야. 죽은 사람과 사흘을 보내라고 당신에게 부탁할 수는 없어.」

「죽긴 했지만, 한때 내가 사랑한 사람이야.」

긴 침묵이 우리 사이에 흘렀다. 하지만 그때 그녀가 활기차게 일어나 침대에서 내려왔다. 그런 다음 전등을 켜고, 머리를 빗었다. 그녀는 런던에서 마지막 날 내가 놓고 온 흑옥 귀고리를 꺼내 귀에 건 다음 입술에 립스틱을 칠했다. 나는 줄리와, 립스틱을 바르지 않은 그녀의 입술과, 그 차가움과 신비와 우아함을 생각했다. 욕망을 느끼지 않고 그럴 수 있는 것이, 살면서 마침내 처음으로 한 사람에게 그토록 충실할 수 있는 것이 거의 기적처럼 여겨졌다.

씁쓸한 아이러니지만, 레스토랑으로 가면서 내가 잡은 길은 피레우스의 홍등가를 지나고 있었다. 술집, 여러 나라 말로 쓰인 네온사인, 스트립 걸과 배꼽춤 무희들의 사진, 어슬렁거리는 무리 속의 선원들, 구슬 장식 커튼 사이로 보이는, 로트레크의 그림에나 나올 것 같은 실내, 쿠션이 달린 벤치에 길게 줄지어 앉은 여자들. 거리는 뚜쟁이와 매춘부, 피스타치오와 해바라기 씨를 파는 행상인, 밤 장수에 파이 장수, 복권 판매인들로 북적였다. 도어맨들이 안으로 들어오라며 우리를 불러 댔고, 손목시계, 럭키 스트라이크와 캐멀 담배,

싸구려 기념품 등이 담긴 상자를 든 사람들이 다가왔다. 그리고 10미터마다 누군가가 앨리슨을 향해 휘파람을 불었다.

우리는 아무 말 없이 걸었다. 나는 모든 것을 조용하게 만들고 모든 것을 정화하며 그 거리를 걷는 〈릴리〉의 모습을 떠올렸다. 그녀는 뭔가를 도발하지도, 그 천박함에 뭔가를 더하지도 않았다. 앨리슨은 얼굴이 굳어 있었다. 우리는 그곳을 벗어나기 위해 걸음을 빨리했다. 하지만 나는 그녀의 걸음에서 그녀 자신도 어쩔 수 없이 발산하는, 그리고 다른 남자들이 알아차릴 수밖에 없는, 도덕과는 무관한 예전의 성적 요소를 볼 수 있었다.

스피로의 식당에 도착하자, 그녀가 지나치게 밝게 〈자, 니컬러스 오빠, 나와 뭘 할 거야?〉 하고 말했다.

「취소하고 싶어?」

그녀는 우조 잔을 만지작거렸다.

「당신은?」

「내가 먼저 물었어.」

「아니. 이제 당신 차례야.」

「우리가 할 수 있는 게 있어. 당신이 보지 못한 어딘가를 가는 거야.」 다행히도 그녀는 그해 여름 일찍 아테네에서 하루를 보내며 관광을 한 적이 있다고 이미 말했었다.

「관광 따위는 하고 싶지 않아. 다른 누구도 하지 않는 걸 생각해봐. 우리 둘만 있을 수 있는 어딘가를.」 그러고는 재빨리 덧붙였다. 「내 직업 때문이야. 나는 사람들이 싫어.」

「걷는 건 어때?」

「좋아. 어디?」

「응, 파르나소스라는 데가 있어. 아주 쉽게 올라갈 수 있는 것 같아. 하지만 오래 걸어야 해. 차를 한 대 빌릴 수도 있어. 그 후 델포이까지 가는 거야.」

「파르나소스?」 어디에 있는 곳인지 모르겠다는 듯 그녀는 얼굴을 찌푸렸다.

「뮤즈들이 달려가는 곳. 산이야.」

「오, 니컬러스!」 그녀의 예전 모습이 언뜻 비쳤다. 그녀는 무턱대고 가고 싶어 했다.

주문한 숭어 요리가 나와, 우리는 식사를 시작했다. 갑자기 그녀는 파르나소스를 오른다는 생각에 지나치게 흥분해 활기가 넘쳤고, 나와 함께 레치나 포도주를 여러 잔 마셨다. 그녀는 줄리라면 결코 하지 않을 모든 일을 했다. 그런 다음 그녀 나름의 독특한 방식으로 허세를 부렸다.

「나는 내가 지나치게 열심히 노력하고 있다는 것을 알아. 하지만 당신이 나를 그렇게 만들고 있어.」

「만약……」

「니코.」

「앨리슨, 만약 당신이……」

「니코, 내 말을 들어 봐. 지난주 나는 그 아파트에 있는 내 옛날 방에 있었어. 첫날 밤이었어. 발소리가 들렸어. 위층에서 나는. 그리고 울었어. 오늘 택시 안에서 운 것처럼. 지금도 울 수 있지만 그렇게 하지 않을 거야.」 그녀는 약간 뒤틀린 미소를 지었다. 「우리가 계속해서 서로의 이름을 부르고 있는 것 때문에도 울 수 있어.」

「그러면 안 되는 거야?」

「전엔 한 번도 이런 적이 없었어. 우리는 너무도 가까워 그럴 필요가 없었어. 하지만 내가 말하고 싶은 건…… 됐어. 하지만 내게 친절히 대해 줘. 내가 하는 말, 내가 하는 모든 것을 늘 그토록 판단하려고만 들지 마.」 그녀는 나를 똑바로 쳐다보며 자신의 눈을 들여다보게 했다. 「나는 나일 수밖에 없어.」 나는 미안한 표정을 지으며 고개를 끄덕였다. 그리고 그녀를 달래려고 손을 잡았다. 내가 하고 싶지 않은 것 중 하나가 싸움이었다. 나는 감정적이 되고 과거에 끝없이 집착하는 것이 싫었다.

잠시 뒤 그녀는 입술을 깨물었고, 우리는 서로 살짝 미소를 지었다. 그리고 우리가 만난 이후 처음으로 솔직한 모습을 보였다.

나는 그녀의 방 바깥에서 잘 자라는 말을 했다. 그녀가 내 뺨에 입을 맞추었고, 나는 내가 하는 일이 여자가 쉽게 상상할 수 있는 것보다 훨씬, 훨씬 더 나은 것이라는 듯 그녀의 어깨에 얹은 손에 힘을 주었다.

39

8시 반에 우리는 길 위에 있었다. 우리는 넓은 산악 지대를 지나 테베로 갔고, 앨리슨은 그곳에서 좀 더 튼튼한 신발과 청바지를 샀다. 태양이 빛나고 있었고, 바람이 불었다. 도로에는 차들이 없었고, 간밤에 빌린 낡은 폰티악은 엔진만큼은 튼튼했다. 그녀는 모든 것 — 사람들, 시골, 그리고 나의 1909년판 베데커 여행 안내서에 나오는, 우리가 지나친 장소들에 관한 이야기 — 에 관심을 보였다. 내가 런던 시절부터 너무도 잘 기억하고 있는, 열정과 무지가 뒤섞인 그녀의 모습에 나는 더 이상 짜증이 나지 않았다. 그것은 그녀의 에너지와 솔직함의 한 부분처럼 보였고, 그녀는 동행할 만한 상대는 되었다. 하지만 나는, 말하자면 짜증이 나야만 했고, 그래서 그녀의 낙천적인 성격과 아무리 실망해도 금방 일어설 수 있는 능력을 못마땅하게 생각했다. 나는 그녀가 보다 가라앉아 있고 더 슬퍼해야 마땅하다고 생각했다.

어느 순간 그녀는 내게 대합실에 대해 더 알아낸 것이 있는지 물었다. 나는 도로에서 눈을 떼지 않은 채, 아니라고, 그건 그냥 별장이라고 말했다. 미트퍼드가 의미한 것이 무엇인지는 수수께끼라는 말도 했다. 그런 다음 다른 것으로 화제를 돌렸다.

우리는 테베와 리바디아 사이의, 옥수수 밭과 멜론 밭으로 이루어진 넓은 초록색 계곡을 빠른 속도로 지나갔다. 하지만 리바디아 근처에 이르렀을 때 커다란 무리의 양 떼가 길을 가로막고 있어, 나는 속도를 늦춰 차를 멈추어야만 했다. 우리는 차에서 내려 양 떼를 구경했다. 누더기 같은 옷에 기이하게 큰 군화를 신은, 열네 살 정도 되어 보이는 사내아이가 있었다. 그 옆에는 예닐곱 살 된, 눈이 까만 어린 여자아이가 있었다. 앨리슨은 비행기 안에서 주는 보리엿 사탕을 꺼냈다. 하지만 여자아이는 부끄러워하며 오빠 뒤로 몸을 숨겼다. 소매가 없는 초록색 원피스를 입은 앨리슨은 3미터쯤 떨어진 곳에 쪼그리고 앉아 사탕을 내밀며 아이를 꾀었다. 양 떼의 방울 소리가 사방에서 울렸고, 여자아이는 앨리슨을 바라보았다. 나는 점점 초조해졌다.

「이리 와 이걸 받으라고 어떻게 말하면 되지?」

나는 그리스어로 여자아이에게 말했다. 아이는 이해하지 못했지만, 아이의 오빠는 우리가 믿을 만하다고 판단한 듯 앞으로 가라고 동생을 재촉했다.

「왜 이렇게 무서워하지?」

「그냥 뭘 몰라서 그래.」

「너무 귀여워.」

앨리슨은 사탕 하나를 자신의 입에 넣은 다음, 아이에게 다른 하나를 내밀었다. 오빠에게 떠밀려 여자아이는 천천히 앞쪽으로 나왔다. 아이가 소심하게 사탕을 향해 손을 내미는 순간 앨리슨은 아이의 손을 잡아 자신의 옆에 앉히고는 사탕을 까주었다. 아이의 오빠가 그들 곁으로 다가와 쪼그리고 앉아, 동생에게 고맙다는 인사를 하라고 했다. 하지만 여자아이는 심각한 표정으로 사탕을 빨며 앉아 있었다. 앨리슨은 아이의 몸에 팔을 두르고, 뺨을 어루만졌다.

「나라면 그렇게 하지 않겠어. 몸에 이가 있을 거야.」

「이가 있을 수도 있다는 거 알아.」

그녀는 나를 쳐다보지도 않으며 계속해서 아이를 쓰다듬었다. 그런데 잠시 후 아이가 얼굴을 찡그렸다. 앨리슨은 몸을 젖혔다.「이걸 봐, 오, 이걸 봐.」아이의 어깨에 작은 종기가 나 있었는데, 긁어서 염증이 생겨 있었다.「내 가방을 갖다 줘.」나는 차로 가 가방을 갖고 온 후 그녀가 아이의 옷을 젖히고, 종기가 난 부위에 크림을 발라 준 다음 느닷없이 아이의 코에 크림을 조금 바르는 것을 지켜보았다. 아이는 더러운 손가락으로 하얀 크림을 문지르더니, 갑자기 겨울에 언 땅을 뚫고 솟아난 크로커스[87]처럼 앨리슨을 올려다보며 미소를 지었다.

「돈을 좀 줘도 될까?」

「안 돼.」

「왜?」

「이 아이들은 거지가 아냐. 어쨌든 안 받으려 들 거야.」

앨리슨은 가방을 뒤져 소액 지폐를 꺼내, 소년에게 내밀며 그와 여자아이를 가리켰다. 둘이 나누어 가지라는 의미였다. 소년은 잠시 머뭇거리다가 돈을 받았다.

「사진 한 장 찍어 줘.」

---

87 영국에서 봄에 맨 먼저 피는 꽃.

나는 초조한 마음으로 차로 가 그녀의 카메라를 가지고 와 사진을 한 장 찍었다. 사내아이는 우리에게 자신의 주소를 주겠다고 고집을 피웠다. 추억을 위해 사진 한 장을 갖고 싶다는 것이었다.

우리는 여자아이와 나란히 차가 있는 곳으로 갔다. 아이 얼굴에서는 이제 미소가 끊이지 않았다. 그것은 그리스의 소작인 아이들이 근엄하고 수줍어하는 모습 뒤에 감추고 있는 빛나는 미소였다. 앨리슨은 몸을 숙여 아이에게 키스를 했고, 출발할 때는 몸을 돌려 연거푸 손을 흔들었다. 나는 곁눈질로 그녀가 밝은 얼굴로 나를 쳐다보다가 내 표정을 읽는 것을 보았다. 그녀는 다시 차분해졌다.

「미안해. 우리가 갈 길이 급한 줄 몰랐어.」

나는 어깨를 으쓱했을 뿐 따지지 않았다.

나는 앨리슨이 무슨 말을 하려 했는지 정확히 알고 있었다. 어쩌면 그 모든 것이 나를 향한 것은 아니었을 수도 있었지만 일부는 나를 향한 것이었다. 우리는 2~3킬로미터 정도를 아무 말 없이 갔다. 그녀는 리바디아까지 가는 동안 아무 말도 하지 않았다. 리바디아에서는 말을 할 수밖에 없었는데, 먹을 것을 사야 했기 때문이다.

그것은 그날 하루에 먹구름을 드리웠어야 했다. 하지만 그렇지 않았던 것은 그날이 아름다운 날이었고, 우리가 들어서게 된 곳이 세상 최고의 풍경을 지니고 있었기 때문이다. 우리가 하고 있는 것이 파르나소스의 가파른 푸른 그림자 자체처럼 우리의 존재 위로 드리워지기 시작했다.

우리는 높은 언덕과 계곡을 올라가, 클로버와 양골담초, 그리고 야생 벌들로 가득한 목초지에서 점심을 먹었다. 그 후에는 오이디푸스가 부친을 살해한 곳으로 알려진 십자로를 지나갔다. 우리는 차를 세우고, 모르타르 없이 돌을 쌓아 만든 벽 옆의 시든 엉겅퀴들 사이에 서 있었다. 그곳은 고독함에 의해 정화된 익명의 고지대였다. 차를 타고 아라호바까지 가는 내내 나는 앨리슨의 재촉에 내 아버지에 관한 이야기를 했는데, 어쩌면 처음으로 쓰라린 마음이나 원망 없이, 콘키스가 자신의 삶에 대해 얘기할 때처럼, 얘기를 했을 것이다. 그런 다음 나는 비스듬히 그녀를 쳐다보았다. 그녀는 몸을 문에 기댄 채 반쯤 내게로 몸을 돌리고 있었다. 그때 그녀가 이 세상에서 내가 그런 식으로 얘기할 수 있는 유일한 사람이라는 생각이 들었다. 그리고 나도 모르는 사이에 우리의 예전 관계…… 〈너무 가까워 서로 이름을 부를 필요도 없는 사이〉로 돌아간 것만 같았다. 나는 다시 도로를 쳐다보았지만, 그녀의 눈은 내게 고정되어 있었고, 뭔가 말을 해야 했다.

「뭘 그렇게 생각하는 거야?」

「당신은 정말 멋져 보여.」

「내 말을 안 듣고 있었군.」

「아니. 듣고 있었어.」

「그렇게 나를 쳐다보니까 초조해.」

「여동생이 오빠도 못 쳐다봐?」

「근친상간의 느낌이 들게 쳐다봐서는 안 되지.」

그녀는 고분고분히 의자에 몸을 기대어 앉아 목을 빼고 아래쪽으로 펼쳐진 거대한 회색 절벽을 내려다보았다.

「꽤 걸어야 할 거야.」

「알아. 가야 하나 말아야 하나 다시 생각 중이야.」

「나 때문에, 아니면 당신 때문에?」

「주로 당신 때문이지.」

「누가 먼저 나가떨어지는지 보자고.」

아라호바는 델포이 계곡 위에 높게 자리한, 분홍색과 적갈색의 집들로 이루어진 아름다운 산촌 마을이었다. 나는 누군가에게 뭔가를 물었고, 그 사람은 교회 근처에 있는 오두막으로 가라고 했다. 노파가 문 앞으로 왔다. 그녀 뒤쪽 어두운 곳에는 카펫을 짜는 베틀이 있었는데, 반쯤 완성된 진한 붉은색 카펫이 그 위에 놓여 있었다. 노파와 몇 분간 얘기를 나누고 나자 그 산이 어떤 산인지를 분명하게 알게 되었다.

앨리슨이 나를 쳐다보았다.「뭐라고 해?」

「걸어서 여섯 시간 정도 걸린다는군. 걷는 게 아주 힘들대.」

「하지만 그 정도면 괜찮아. 베데커 여행 안내서에도 그렇게 나와 있어. 해 질 녘까지는 그곳에 도착할 거야.」나는 거대한 회색 산봉우리를 올려다보았다. 노파가 문 뒤에서 어떤 열쇠 하나를 고리에서 꺼냈다.「뭐라고 해?」

「저 위에 오두막 같은 게 하나 있대.」

「그럼 뭘 걱정해야 하지?」

「무척 추울 거래.」하지만 뜨거운 한낮의 열기 속에서는 그 말을 믿기 어려웠다. 앨리슨은 두 손을 엉덩이에 댔다.

「모험을 약속한 건 당신이야. 나는 모험을 원해.」

나는 노파를 바라보다가 다시 앨리슨을 바라보았다. 앨리슨은 선글라스를 벗고, 거친 여자처럼 단호한 눈초리로 나를 흘겨보았다. 반쯤은 장난 같은 기분으로 하는 행동이었지만, 나는 그녀의 눈에 의혹의 기색이 떠오르는 것을 볼 수 있었다. 내가 한방에서 그녀와 함께 밤을 보내지 않으려고 안달복달하고 있다는 것을 눈치채기 시작한다면, 그녀는 나의 후광 또한 회반죽으로 만들어진 것이라는 사실을 짐작하기 시작할 터였다.

그 순간 어떤 남자가 노새를 끌고 우리 앞을 지나갔고, 노파가 그를 불렀다. 그는 대피소 근처에서 나무를 가져오러 가는 길이었다. 앨리슨은 짐 싣는 안장에 탈 수 있었다.

「안에 들어가 청바지로 갈아입어도 되는지 물어봐.」

그것은 운명 지어진 것이었다.

40

절벽 면을 따라 긴 길이 지그재그로 이어져 있었다. 우리는 아래쪽 세계를 뒤로하고, 정상을 넘어 파르나소스의 고지대로 갔다. 3~4킬로미터 정도 펼쳐진 너른 목초지 위로 시원한 봄바람이 불었다. 뒤쪽으로는 거무스름한 전나무와 잿빛 바위 부벽들이 위로 위로 솟아오르다가 아치 모양을 이룬 후 마침내는 양털 같은 하얀 구름 속으로 사라졌다. 앨리슨이 노새에서 내려, 우리는 노새 몰이꾼과 함께 풀밭을 나란히 걸어갔다. 그는 마흔 살 정도 되어 보였는데, 깨진 코 밑에 사나운 콧수염을 기르고 있었고, 어디에도 구애받지 않는 사람 같은 분위기를 풍겼다. 그는 우리에게 양치기의 삶에 대해 얘기해 주었다. 해가 뜨고 지는 것에 맞추어 하는 생활, 양들의 숫자를 세고 젖을 짜는 일, 깨질 것 같은 별과 차가운 바람, 방울 소리에 의해서만 깨지는 끝없는 고요, 늑대나 독수리가 올 때를 대비한 경보. 그 삶은 지난 6천 년 동안 변하지 않은 것이었다. 나는 앨리슨을 위해 통역을 해주었다. 그녀는 그 즉시 그에게 호의적으로 되었고, 언어의 장벽을 뛰어넘어 반은 성적이며 반은 동포애적인 관계를 구축했다.

그는 아테네에서 한동안 일을 했지만, 〈덴 히파르키 에시키아*then hyparchi esychia*〉, 즉 그곳에는 고요한 평화가 전혀 없었다고 말했다. 앨리슨은 그 단어가 마음에 드는 듯, 〈에시키아, 에시키아*esychìa, esychìa*〉 하고 반복했다. 그는 웃음을 터뜨리며, 마치 그녀가 오케스트라인 것처럼 마디마디 끊어 가면서 지휘를 하듯 발음을 고쳐 주었다. 그녀는 자신이 내 눈에 적절하게 행동하고 있는 것으로 비치는지 보기 위해 도전적인 눈길로 살짝 나를 쳐다보았다. 나는 중립적인 표정을 유지했지만, 그 남자가 마음에 들었다. 그는 전혀 비굴하지 않고 무척 호감이 가는 유럽의 소농 계급을 구성하는 그리스의 훌륭한 시골 사람들 가운데 하나였다. 그리고 나는 마찬가지로 그를 좋아하는 앨리슨을 좋아하지 않을 수 없었다.

목초지 반대편에서 우리는 샘 옆에 있는, 거친 돌로 지은 두 채의 오두막, 즉 칼리비아에 이르렀다. 노새 몰이꾼은 거기서부터 다른 길로 가야 했다. 앨리슨은 충동적으로 빨간 그리스제 숄더백을 뒤지더니, 기내에서 파는 담배 두 갑을 꺼내 그에게 건네주었다. 〈에시키아〉 하고 노새 몰이꾼이 말했다. 그와 앨리슨은 계속해서 악수를 했고, 그사이 나는 그들의 사진을 찍었다.

「에시키아, 에시키아. 그가 무슨 말을 하려 하는지 안다고 말해 줘.」

「당신이 안다는 것을 알고 있어. 당신을 좋아하는 것도 그 때문이고.」

우리는 마침내 전나무들 사이를 걸어가기 시작했다.

「내가 그저 감상적이라고 생각하지.」

「아니, 안 그래. 하지만 한 갑으로 충분했을 거야.」

「아니, 그렇지 않아. 나는 두 갑을 주고 싶을 정도로 그가 좋았어.」

조금 후 그녀가 〈그 아름다운 단어〉 하고 말했다.

「불길해.」

우리는 조금 더 올라갔다. 「들어 봐.」

우리는 돌로 된 길에서 걸음을 멈추고 귀를 기울였다. 침묵과 평화, 그리고 전나무 가지를 스치고 지나가는 미풍 말고는 아무것도 없었다. 그녀가 내 손을 잡았고, 우리는 계속 걸었다.

길은 나무들을 지나 나비들이 날아다니는 공터 사이로, 바위 지대 위로 끝없이 이어져 있었고, 우리는 그곳에서 몇 번이나 길을 잃었다. 높이 올라갈수록 더 시원해졌고, 습기를 머금고 극지 풍경처럼 회색빛을 띤 우리 앞의 산은 구름 속으로 완전히 모습을 감췄다. 우리는 숨이 너무 가빠 거의 대화를 나누지 않았다. 하지만 고독과 힘겨운 등반, 그리고 길이 길이라기보다는 가파른 계단처럼 될 때면 ― 자주 그랬다 ― 계속해서 그녀의 손을 잡아 도와주어야 하는 것 등이 우리 사이의 육체적 유보 상태를 어느 정도 깨뜨리고 일종의 무성적인 우애를 구축했으며, 우리는 그것을 한 형식으로 받아들였다.

우리가 대피소에 도착한 것은 6시 무렵이었다. 대피소는 수목 한계선 위쪽에 있었는데, 반원통형 둥근 천장 지붕과 굴뚝이 있고 창문은 없는 작은 오두막이었다. 녹이 슨 철문에는 내전 동안 공산당 저항군들과의 싸움에서 생긴 총탄 구멍이 들쭉날쭉 나 있었다. 안에는 침상 네 개와 낡은 붉은색 담요 더미, 난로 하나, 램프 하나, 톱과 도끼 한 자루, 그리고 심지어는 스키 한 벌까지 있었다. 하지만 여러 해 동안 누구도 그곳에서 지내지 않은 것처럼 보였다.

나는 〈오늘은 여기서 그만할 용의가 있어〉 하고 말했다. 하지만 그녀는 대답조차 하지 않고 점퍼를 입었다.

구름이 머리 위로 뒤덮이면서, 이슬비가 내리기 시작했다. 산정에 올랐을 때에는 영국의 1월처럼 차가운 바람이 불었다. 그리고 돌연 우리 주위로 사방에 구름이 몰려들어 있었다. 휘몰아치는 안개로 인해 시계는 30미터도 채 안 되었다.

나는 몸을 돌려 앨리슨을 보았다. 그녀는 코가 새빨갰고, 몹시 추운 듯 보였다. 하지만 그녀는 바위들이 널려 있는 다음 비탈을 가리켰다.

그 꼭대기에서 우리는 산의 능선이 말안장 모양으로 움푹 들어간 부분에 이르렀고, 마치 안개와 추위는 작은 시험이었던 것처럼 하늘이 맑아지기 시작했다. 구름이 엷어지면서 햇살이 비스듬히 비치더니 갑자기 고요하고 파란 하늘이 나타났다. 곧 우리는 햇빛 속을 다시 걷고 있었다. 우리 앞에는 산봉우리들로 둘러싸여 있고 좀 더 가파른 비탈의 돌 더미와 움푹 팬 곳에 아직도 쌓여 있는 눈 덕분에 줄무늬 장식을 한 것처럼 보이는, 초록색 풀밭으로 이루어진 넓은 분지가 펼쳐져 있었다. 도처에 꽃들 — 실잔대, 용담, 진한 붉은 자줏빛 제라늄, 샛노란 국화, 범의귀 — 이 피어 있었다. 꽃들은 바위 틈새마다 피어, 초지 전체를 뒤덮고 있었다. 마치 한 계절을 뒤로 간 것 같았다. 앨리슨은 사납게 앞으로 달려가, 미소를 지으며 몸을 돌려 막 비상하려는 새처럼 두 팔을 펼치더니 다시 달리기 시작했다. 진한 파란색 상의와 청바지 차림의 그녀는 어이없게도 어린아이처럼 팔짝팔짝 뛰었다.

제일 높은 봉우리 리케리는 너무 가팔라 빨리 오를 수 없었다. 우리는 자주 휴식을 취하며 거의 손발로 기다시피 해야 했다. 정상 부근에서 우리는 섬세한 향기를 풍기는, 커다란 자줏빛 제비꽃들이 피어 있는 곳에 이르렀다. 그런 다음 손을 잡고 마지막 몇 미터를 더 올라가 돌무더기로 만든 기념비가 있는 작은 평지 위에 섰다.

앨리슨은 〈오 맙소사, 오 맙소사〉 하고 감탄사를 연발했다.

산정 맞은편으로는 거대한 계곡 사이로 6백 미터에 이르는 흐릿한 대기가 펼쳐져 있었다. 서녘으로 기우는 해는 아직도 지평선 바로 위에 있었지만, 구름은 사라진 상태였다.

하늘은 먼지 한 점 없었고, 더할 수 없이 순수한 연푸른 빛을 띠고 있었다. 근처에는 시야를 가로막는 산이 없어 멀리까지 보였다. 우리는 높이를 잴 수 없을 정도로 높은 곳에, 땅과 물질이 좁은 천정(天頂)으로 이어지는 곳에, 모든 도시와 사회와 결핍과 결함으로부터 멀리 떨어진 곳에, 정화된 장소에 서 있는 것 같았다.

아래로는 사방 1백 킬로미터에 걸쳐 다른 산들과 계곡, 평원, 섬과 바다가 펼쳐져 있었다. 아티카, 보이오티아, 아르골리스, 아카이아, 로크리스, 아이톨리아 등 모두가 그리스의 오랜 심장이었다. 저물어 가는 해는 모든 색채를 풍부하게 하고, 부드럽게 했으며, 세련되게 했다. 동쪽으로는 짙푸른 그림자가 드리워져 있었고, 서쪽 경사면은 라일락으로 뒤덮여 있었다. 연한 구릿빛이 도는 초록색 계곡과 타나그라[88] 같은 빛깔을 띤 땅, 저 멀리 보이는, 오래된 푸른색 유리처럼 조용하고 아스라한 우윳빛을 띤, 꿈꾸는 듯한 바다. 누군가 기념비 바로 뒤쪽에 작은 돌들로 $\Phi\Omega\Sigma$, 즉 〈빛〉이라는 단어를 고전적이면서도 단순하고 멋지게 만들어 둔 것이 보였다. 그것은 정확했다. 그 봉우리는 말 그대로, 그리고 은유적으로 빛의 세계에 닿아 있었다. 그것은 너무도 광대하고 비인간적이고 고요해, 감정을 건드리지 않았다. 그리고 그것은 일종의 충격으로, 결혼하여 합일할 때의 감미로운 지적 기쁨으로 내게 찾아왔으며, 그곳의 실재는 많은 시인들이 늘 꿈꿔 왔던 것만큼이나 아름답고 고요하고 이상적이었다.

우리는 서로와 주변 풍경의 사진을 찍은 다음 바람이 불어오는 쪽으로 하여 기념비 앞에 앉아, 추위 때문에 서로를 부둥켜안은 채 담배를 피웠다. 위쪽에서는 높은 산에 사는 까

---

88 고대 그리스 말엽에 점토를 구워서 만든 작은 풍속 인형.

마귀들이 바람에 휘청거리며 울었다. 바람은 얼음처럼 차가웠고, 산(酸)처럼 맹렬했다. 콘키스가 최면 상태에서 유도한 마음의 여행에 대한 기억이 되살아났다. 이번의 경험에 직접성과 자발성, 그리고 현재성이 갖는 아름다움이 있다는 것을 제외하면 그 둘은 거의 유사한 경험처럼 여겨졌다.

나는 앨리슨을 몰래 보았다. 그녀의 코끝이 발그레한 빛을 띠고 있었다. 어쨌든 그녀에게는 배짱이 있다는 생각이 들었다. 만일 그녀가 아니었더라면 우리는 그곳에 있지 않았을 것이다. 그랬다면 발아래로 세계를 두고, 그 승리감을 맛보며, 그리스에 대해 내가 느끼는 모든 것이 초월적으로 결정화(結晶化)된 감정을 맛보는 경험은 결코 할 수 없었을 것이다.

「이런 걸 매일 보겠군.」

「이런 건 한 번도 본 적이 없어. 이 비슷한 것도.」 2~3분 뒤 그녀가 말했다. 「이건 지난 몇 개월 동안 내게 처음으로 일어난 괜찮은 일이야. 오늘. 그리고 이것.」 잠시 후 그녀는 덧붙였다. 「그리고 당신.」

「그런 말은 하지 마. 나는 그냥 엉망일 뿐이야. 오점투성이고.」

「그렇지만 다른 누군가와 이곳에 있고 싶지는 않아.」 그녀는 에보이아 섬 쪽을 바라보았다. 상처 입은 듯한 얼굴은 이번만은 냉정해 보였다. 그녀는 고개를 돌려 나를 쳐다보았다. 「당신은?」

「지금껏 알았던 여자들 가운데 이곳까지 걸어올 수 있는 여자는 없는 것 같아.」

그녀는 곰곰이 생각하더니 나를 다시 쳐다보았다. 「정말 솔직하지 못한 대답이군.」

「우리가 이곳에 와 기뻐. 당신은 믿음직한 친구야, 켈리.」

「그리고 당신은 나쁜 자식이고, 어프.」

하지만 나는 그녀가 마음이 상하지 않았다는 것을 알 수 있었다.

41

돌아가는 길에 들어서자마자 곧바로 피곤이 우리를 엄습했다. 앨리슨은 새로 산 신발 때문에 왼쪽 발뒤꿈치에 물집이 난 것을 발견했다. 우리는 급격히 사그라지는 햇빛 속에서 물집에 임시로 밴드를 붙이느라 10분을 소비했다. 그런 다음 마치 커튼이 내려진 것처럼 거의 불쑥 밤이 되었다. 그리고 바람이 불었다. 하늘은 맑았고 별은 미친 듯이 반짝였지만, 어딘가에서 우리는 엉뚱한 바위 비탈을 내려가, 내가 대피소가 있을 거라고 생각한 곳에는 아무것도 없었다. 발을 어디다 내디뎌야 할지 보이지 않았고, 지각 있게 생각하는 것이 점차 힘들어졌다. 우리는 아무 생각 없이 계속 걷다가, 황량한 달 풍경 같은 거대한 화산 분지에 들어섰다. 그곳은 눈으로 덮인 절벽들에 둘러싸여 있었고, 사방에서 사나운 바람이 불었다. 늑대는 이제 대수롭지 않은 대화 속의 재미있는 얘기가 아니라 현실적인 것이 되었다.

앨리슨은 나보다 훨씬 더 겁이 나고 추웠을 것이다. 분지 중앙에 이르자 돌아가지 않는 한 그곳을 빠져나가는 것이 불가능하다는 것이 분명해졌다. 우리는 거대한 바위를 바람막이 삼아 앉아 몇 분 동안 휴식을 취했다. 나는 서로의 몸을 따뜻하게 하기 위해 그녀를 끌어안았다. 그녀는 내 스웨터에 머리를 파묻은 채, 전혀 성적인 느낌 없이 내 품에 안겨 누워 있었다. 나는 푹푹 찌는 아테네의 밤으로부터 시간적으로도, 거리상으로도 아주 먼 그곳의 경이로운 풍경 속에서 그녀를 껴안은 채 추위에 떨며, 이건…… 아무런 의미도 없다고, 아무것도 의미해서는 안 된다고 느꼈다. 나는 누구와 함께 있어도 똑같이 느꼈을 거라고 나 자신에게 말했다. 하지만 나는 음울한 풍경 너머로 정확하기 이를 데 없는 내 삶의 직유를 보았고, 노새 몰이꾼이 해준 어떤 말이 머릿속에 떠올랐다. 그는 늑대는 결코 혼자가 아니라 늘 무리 지어 사냥을 하며, 외로운 늑대란 신화에 지나지 않는다고 했다.

나는 앨리슨을 일으켜 세우고는 우리가 온 길을 되짚어갔다. 능선을 따라 서쪽으로 가자 말안장 모양으로 움푹 들어간 부분이 다시 나왔고, 비탈은 멀리 검은 나무숲으로 이어졌다. 결국 우리가 올라갈 때 보았던, 하늘을 배경으로 서 있는 바위산 형태의 언덕의 윤곽이 눈에 들어왔다. 대피소는 바로 그 반대편에 있었다. 앨리슨은 이미 자포자기한 것처럼 보였다. 나는 그녀의 손을 잡아 그녀를 끌고 갔다. 윽박지르기도 하고 간청하기도 하며, 그녀를 계속 움직이게 하는 일이면 무엇이든 다 했다. 20분 후에는 작은 골짜기에 있는, 대피소의 납작하고 검은 육각형 모습이 보였다.

나는 내 시계를 보았다. 정상까지 가는 데 한 시간 반이 걸렸고, 내려오는 데 세 시간이 넘게 걸렸다.

나는 더듬거리며 안으로 들어가 앨리슨을 침상에 앉혔다. 그런 다음 성냥을 켜고, 램프를 찾아 불을 붙이려고 했다. 하지만 심지도 기름도 없었다. 나는 난로가 있는 곳으로 갔다. 천만다행으로 마른 나무가 있었다. 나는 앨리슨의 펭귄 판 소설과 우리가 산 음식 포장지 등 찾을 수 있는 종이란 종이는 다 찾아 찢었다. 그러고는 불을 붙이고 기도를 드렸다. 종이가 타고, 수지 냄새가 나는 연기가 피어오르더니 불꽃이 일었다. 몇 분 후 오두막은 깜박거리는 빨간색 불빛과 암갈색 그림자와 한결 기분 좋은 열기로 가득해졌다. 나는 물통을 들었다. 그녀가 고개를 들었다.

「물을 좀 길어 올게.」

「그래.」 앨리슨은 희미하게 미소를 지었다.

「담요를 덮고 누워.」 그녀는 고개를 끄덕였다.

하지만 5분 뒤 내가 개울에서 돌아왔을 때 그녀는 난로 윗문을 열고 조심스럽게 장작을 넣고 있었다. 그녀는 빨간 담요를 침대와 난로 사이에 깔고 그 위에 맨발로 서 있었다. 2단 침대의 아랫단에는 빵, 초콜릿, 정어리, 과자의 일종인 팍시마디아, 오렌지 등 우리가 먹을 것을 늘어놓은 상태였다. 그리고 그녀는 낡은 냄비까지 찾아냈다.

「켈리, 누워 있으라고 했잖아.」

「갑자기 내가 스튜어디스 일을 해야 한다는 생각이 들었어. 비행기 충돌 사고가 났을 때 승객의 생명을 구하는 게 스튜어디스의 일이야.」 그녀는 양동이를 받아 들고 냄비를 씻기 시작했다. 그녀는 몸을 구부리고 냄비를 씻고 있었는데 발뒤꿈치에 벌겋게 물집이 잡힌 게 보였다. 「오늘 한 일이 후회돼?」

「아니.」

그녀가 고개를 돌려 나를 보았다. 「그냥 아닌 거야?」

「우리가 오늘 그렇게 한 게 기뻐.」

내 대답에 만족한 그녀는 냄비에 물을 붓고 초콜릿을 으깨기 시작했다. 나는 침대 가장자리에 걸터앉아 신발과 양말을 벗었다. 자연스럽고 싶었지만 그럴 수가 없었다. 그녀도 마찬가지였다. 그 춥고 황량한 곳에서 난로의 열기를 느끼며 작은 방에 단둘이 있어서였다.

「내가 너무 여자 같아져서 미안해.」

그녀의 목소리에는 빈정대는 기미가 희미하게 어려 있었

지만, 얼굴을 볼 수 없었다. 그녀는 초콜릿을 난로 위에 얹고 휘젓기 시작했다.

「멍청한 소리 하지 마.」

돌풍이 양철 지붕을 때렸고, 문이 신음 소리를 내며 반쯤 열렸다.

그녀가 〈폭풍을 피했어〉 하고 말했다.

나는 스키 한 짝으로 문을 받치고 난 다음 문 앞에서 그녀를 바라보았다. 그녀는 열기를 피하기 위해 비스듬히 서서 나뭇가지로 초콜릿을 녹이면서 나를 쳐다보고 있었다. 그리고 열기로 달아오른 얼굴을 돌려 지저분한 벽을 둘러보았다. 「낭만적이지 않아?」

「바람만 들어오지 않는다면.」 그녀는 비밀스러운 미소를 짓고 냄비를 내려다보았다. 「왜 미소를 짓는 거야?」

「낭만적이어서.」

나는 다시 침대에 앉았다. 그녀는 점퍼를 벗고 머리를 풀었다. 나는 줄리의 이미지를 떠올렸다. 하지만 아무래도 그 상황은 줄리와는 전혀 어울리지 않았다. 나는 내 목소리가 편안하게 들리도록 애를 썼다.

「당신 좋아 보여. 당신에게 어울리는 상황에 있는 것 같아.」

「당연히 그렇겠지. 나는 내 인생의 대부분을 120×60센티미터의 비행기 주방에서 노예처럼 일을 하며 지내니까.」 그녀는 한 손을 엉덩이에 대고 서 있었다. 1분 정도 침묵이 흘렀다. 러셀 광장 근처에 있는 집에 살 때의 옛 추억이 생각났다. 「우리가 본 사르트르의 연극이 뭐였지?」

「〈닫힌 문.〉」

「이것이 훨씬 더 닫힌 문이군.」

「왜?」

그녀는 계속해서 등을 돌리고 있었다. 「나는 피곤하면 더 성적으로 흥분해.」 나는 숨을 들이쉬었다. 그녀는 부드럽게 말했다.「또 하나의 위험 요소지.」

「첫 번째 테스트가 음성이라고 해서 반드시……」

그녀는 냄비에서 검은 갈색의 거품을 건져 냈다.「맛있는 〈여왕의 수프〉가 준비된 것 같아.」

그녀는 내게로 와 아래를 내려다보는 그녀만의 독특한 표정으로 내 옆에 허리를 구부리고 서서 스튜어디스 특유의 기계적인 미소를 지었다.

「저녁 식사 전에 마실 것을 드릴까요, 선생님?」

자기 자신과 나의 심각함을 조롱하듯 그녀는 냄비를 내 코 밑에 바짝 들이밀었고, 나는 빙그레 웃었다. 하지만 그녀는 그렇게 웃지 않고, 한없이 부드러운 미소를 지었다. 나는 냄비를 받아 들었다. 그녀는 오두막의 맞은편에 있는 침대로 갔다. 그리고 셔츠 단추를 풀기 시작했다.

「뭐 하는 거야?」

「옷을 벗는 거야.」

나는 눈을 딴 데로 돌렸다. 몇 초 뒤 그녀는 모포 한 장을 인도 여자들이 사리를 두르듯 몸에 두르고 내 옆에 서 있었다. 그런 다음 조심스럽게 내게서 60센티미터 정도 떨어져, 바닥에 접어 놓은 다른 담요 위에 조용히 앉았다. 그녀가 뒤에 있는 음식을 집으려고 몸을 뒤로 돌리자 담요가 다리 위로 흘러내렸다. 다시 몸을 돌린 그녀는 담요를 바로 했지만, 내 마음속 깊은 곳 어딘가에서 그 작은 프리아포스가 두 손과 또 하나의 신체 기관을 치켜들고 사납게 추파를 던지고 있었다.

우리는 식사를 했다. 팍시마디아와 올리브기름으로 튀긴 러스크빵은 늘 그렇듯이 별 맛이 없었고, 핫초콜릿도 묽었으며, 정어리도 어울리지 않았지만 우리는 너무 배가 고파 그런 것을 따질 겨를이 없었다. 마침내 배가 찬 우리는 침대 모서리에 등을 기대고 앉아 — 나도 침대에서 내려와 바닥에 앉았다 — 난로 연기에 담배 연기를 더했다. 우리는 둘 다 아무 말도 하지 않고 기다렸다. 나는 첫 여자 친구와 데이트를 하면서, 여기서 그만두어야 하는지 아니면 끝까지 가야 하는지 선택의 순간에 놓인 소년처럼 느껴졌다. 뭔가를 하는 것이 겁이 났다. 그녀의 맨어깨는 작고 동그스름하고 섬세했다. 그녀가 겨드랑이 아래로 낀 담요 끝자락이 느슨해져 있었다. 그녀의 젖가슴 위쪽이 눈에 들어왔다.

침묵은 부쩍 민망스러워졌다. 최소한 내게는 그랬다. 그것은 일종의 인내력 시험으로 둘 중에 누가 먼저 침묵을 깨는지 내기를 하는 것 같았다. 그녀의 손은 우리 사이의 담요 위에 놓인 채 내가 손을 뻗어 잡아 주기를 기다리고 있었다. 나는 그녀가 그 모든 상황을 이용했으며, 나를 그러한 곤경에 빠뜨리기 위해 모든 것을 조작했다는 느낌이 들기 시작했다. 그 침묵 속에서 주도권을 쥔 것은 그녀이지, 결코 내가 아닌 것이 너무도 분명했다. 또 내가 그녀를 원한다는 사실 — 딱히 그녀가 아니더라도 그녀라는 여자, 혹은 누구라도 그 순간 내 옆에 있게 된 여자 — 도 너무나 분명했다. 마침내 나는 담배를 난로에 던지고 침대에 등을 기대고 누워, 너무 피곤해 잠을 자고 싶을 뿐인 사람처럼 눈을 감았다. 앨리슨과 상관없이 실제로 그랬다. 그때 갑자기 그녀가 움직였다. 나는 눈을 떴다. 그녀는 담요를 벗어 던지고, 내 옆에 알몸으로 있었다.

「앨리슨. 안 돼.」 하지만 그녀는 무릎을 꿇고 내 옷을 벗기기 시작했다.

「우리 딱한 아이.」

그녀는 내 다리 위에 올라타고는 내 셔츠 단추를 풀어 옷을 벗겼다. 나는 눈을 감은 채 그녀가 내 가슴이 드러나게 하는 것을 내버려 두었다.

「정말 이러면 안 돼.」

「살이 정말 갈색이야.」

그녀는 손으로 내 옆구리와 어깨, 목, 입술을 더듬었다. 아이가 새 장난감을 갖고 놀듯 나를 갖고 놀며 이리저리 살폈다. 그녀는 무릎을 꿇고 내 목덜미에 키스를 했다. 그녀의 젖가슴 끝이 내 살갗을 스쳤다.

내가 말했다. 「나 자신을 용서할 수 없을 거야, 만일……」

「말하지 마. 그냥 가만히 누워 있어.」

그녀는 내 옷을 완전히 벗긴 다음, 내 손을 잡아 자기 몸을 만지게 했다. 그리하여 부드러운 살결, 작은 곡선, 호리호리한 몸매, 언제나 자연스러워 보이는 그녀의 나체 상태를 다시 한 번 알게 해주었다. 그리고 그녀의 손. 그녀가 나를 애무하는 사이 나는 창녀와 함께 있는 것 같다는 생각을 했다. 창녀처럼 능숙한 손과 중요한 것은 오로지 쾌락뿐인…… 그리고 나는 그녀가 제공하는 쾌락에 나를 내맡겼다. 잠시 후 그녀는 내 위로 올라와 머리를 내 가슴에 파묻었다. 긴 침묵이 흘렀다. 난롯불이 타닥타닥 소리를 냈고, 우리는 다리를 약간 데었다. 나는 그녀의 등과 머리카락과 작은 목을 쓰다듬으며 내 육체 속의 말초 신경에 모든 것을 맡겼다. 나는 같은 자세로 줄리와 함께 누워 있는 것을 상상했다. 그녀와 함께라면 무한히 더 혼란스러우면서도 무한히 더 열정적일 것이다. 친숙하지 않으며, 피로로 고통스럽지도 않고, 덥지도 약간 땀을 흘리지도 않을 것이며……〈음탕한〉같은 싸구려 단어는 어울리지 않을 것이다. 다만 백열의, 신비로우면서도 사람을 압도하는 열정이 있을 것이다.

앨리슨은 중얼거리며 자세를 바꾸면서, 나를 깨물고, 내 위에서 몸을 움직이며 자신이 파샤[89]의 애무라 부르는 애무를 했다. 그녀는 나뿐만 아니라 모든 남자가 그것을 좋아한다는 것을 알고 있었다. 그녀는 나의 정부이자 노예였다.

나는 우리가 침대 위로 쓰러진 것과, 거친 밀짚 매트리스와, 꺼칠꺼칠한 담요, 그녀가 한순간 나를 안고서 내가 몸을 빼기 전에 내 입에 한 번 키스를 하고는 내게 등을 돌린 것을 기억한다. 내 손은 그녀의 젖은 젖가슴 위에 있었고, 그녀의 손이 그것을 잡고 있었다. 또한 그녀의 작고 부드러운 배와, 감은 후 비에 씻긴 머리칼의 희미한 냄새, 그리고 몇 초가 안 지나 뭔가를 분석할 사이도 없이 잠이 든 것도 기억한다.

밤 어느 시각에 나는 잠에서 깨어 양동이에 있는 물을 마시러 갔다. 오래된 총알구멍 사이로 늦게 뜬 달의 빛이 작은 연필 모양으로 안으로 흘러 들어왔다. 나는 침대로 돌아가 앨리슨 위로 몸을 기울였다. 그녀는 담요를 약간 밀친 채 자고 있었고, 깜부기 불빛을 받아 살갗은 깊게 그늘진 붉은색을 띠었다. 드러난 한쪽 젖가슴은 약간 처져 있었으며, 입을 반쯤 벌리고 살며시 코를 골았다. 젊으면서도 늙었으며, 순수하면서도 타락한, 모든 여자 속에 있는 모든 여자.

잠에 취한 채 깨어나 행동 절차에 대해 생각할 때 가끔씩 겪게 되는 그런 계시적인 충격을 느끼며, 나는 가슴속에 파도처럼 밀려오는 애정과 다정함에 사무쳐 내일 그녀에게 진실을 말해 주어야 한다는 결정을 내렸다. 그것은 고백으로서가 아니라, 그녀가 진실을 알게 하는 한 방법으로서였다. 그리고 그 진실은 내가 앓고 있는 진짜 병은 매독처럼 치료 가능한 게 아니라, 훨씬 더 진부하면서도 훨씬 더 끔찍한 것, 즉

---

[89] 오스만 제국에서 장군, 총독, 사령관 따위의 신분이 높은 사람에게 수여하던 영예의 칭호.

타고난 난잡함이라는 것이었다. 그녀를 내려다보는 동안 나는 그녀를 만지고, 담요를 벗겨 내고, 그녀 위에 올라타서는, 그녀의 몸속으로 들어가, 그녀가 원하는 대로 사랑을 나누고 싶은 마음이 굴뚝같았지만 그렇게 하지 않았다. 나는 드러난 가슴을 살며시 덮어 준 뒤, 다른 담요를 집어 들고 옆 침대로 갔다.

42

우리는 누군가가 노크를 하며 문을 반쯤 여는 바람에 잠에서 깼다. 문 사이로 햇빛이 새어 들어왔다. 우리가 아직도 침대에 있는 것을 보고 그는 뒤로 물러났다. 나는 손목시계를 보았다. 10시였다. 나는 옷을 입고 밖으로 나갔다. 양치기였다. 멀리 어디선가 양 떼의 방울 소리가 들려왔다. 양치기는 내게 이빨을 드러내며 으르렁거리는 커다란 개 두 마리를 지팡이로 때리고는, 외투 호주머니에서 괭이밥 잎사귀에 싼, 우리 아침 식사로 가져온 치즈를 꺼냈다. 몇 분 뒤 앨리슨이 청바지에 셔츠를 구겨 넣으면서 햇빛에 부신 눈을 찌푸리며 밖으로 나왔다. 우리는 러스크빵 남은 것과 오렌지를 양치기와 함께 나누어 먹고, 남은 필름을 모두 썼다. 나는 그가 그곳에 있어 기뻤다. 앨리슨이 우리가 예전의 관계로 돌아갔다고 생각하는 것을, 나는 그녀의 눈에서 인쇄된 단어처럼 분명히 읽을 수 있었다. 얼음을 깬 것은 그녀였지만, 물속으로 뛰어드는 것은 내가 할 일이었다.

양치기는 자리에서 일어나 악수를 한 뒤 사나운 개 두 마리를 데리고 딴 데로 갔고, 우리는 다시 단둘이 남게 되었다. 그녀는 햇살을 받으며, 우리가 식탁으로 쓴 커다랗고 평평한 바위 위에 길게 누웠다. 바람이 한결 잦아든, 4월의 따뜻한 날이었다. 하늘은 눈부시게 푸르렀다. 멀리서 양 떼의 방울 소리가 들렸고, 종달새 비슷한 새 한 마리가 우리 위쪽 비탈 높은 곳에서 노래를 부르고 있었다.

「우리가 여기서 영원히 머물 수 있으면 좋겠어.」

「차를 돌려줘야 해.」

「그냥 희망 사항이야.」 그녀가 나를 쳐다보았다. 「여기 와서 앉아.」 그녀는 자기 옆 바위를 두드렸다. 그녀의 회색 눈동자는 가장 솔직한 표정으로 나를 올려다보고 있었다. 「나를 용서하는 거야?」

나는 몸을 숙여 그녀의 뺨에 입을 맞추었다. 그녀는 두 팔로 나를 안아 내가 그녀의 몸 위에 반쯤 걸쳐 엎드리게 했다. 우리는 서로의 왼쪽 귀에 입을 대고 귓속말을 하듯 말했다.

「나랑 자고 싶었다고 말해 봐.」

「자고 싶었어.」

「나를 아직도 조금은 사랑한다고 말해 봐.」

「당신을 아직도 조금은 사랑해.」 그녀가 내 등을 꼬집었다. 「여전히 아주 많이 사랑해.」

「그리고 병도 나을 거야.」

「음.」

「그리고 다시는 불결한 여자와 자지 않겠다고 해.」

「다시는 안 그럴 거야.」

「공짜로 여자랑 잘 수 있는데 그런 짓을 하는 것은 어리석어. 사랑이 있어야 해.」

「알아.」

나는 내 눈에서 4~5센티미터 떨어진 바위 위에 있는 그녀의 머리칼 끝을 보면서, 고백을 하려 했다. 하지만 그것은 옆으로 가기 귀찮아 꽃을 밟고 지나가는 것과 같은 짓인 것처럼 보였다. 나는 몸을 일으키려고 했지만, 그녀가 내 어깨를 붙드는 바람에 그녀를 내려다보는 수밖에 없었다. 나는 그녀의 표정과 그 표정에 담긴 솔직함을 잠시 견디다가, 몸을 돌려 그녀에게 등을 돌리고 앉았다.

「뭐가 잘못됐어?」

「아무것도 아냐. 다만 당신처럼 착한 여자가 나 같은 엉망인 남자를 그런대로 괜찮게 생각하게 한 건 도대체 어떤 사악한 신의 짓인지 궁금했어.」

「그러니까 생각이 나. 낱말 맞히기 놀이. 몇 개월 전에 보았어. 준비됐어?」 나는 고개를 끄덕였다. 「〈그녀는 온통 뒤죽박죽이지만, 니컬러스Nicholas의 보다 나은 부분은〉…… 여섯 글자야.」

나는 해답[90]을 알아냈고 미소를 지었다. 「그 힌트는 마침표로 끝나는 거야, 아니면 물음표로 끝나는 거야?」

「내가 우는 것으로 끝나. 여느 때처럼.」

그리고 침묵 속에서 우리 머리 위로 새의 노랫소리가 들려왔다.

우리는 내려가기 시작했다. 아래로 내려갈수록 점점 따뜻해졌다. 여름이 우리를 맞이하고 있었다.

그녀는 앞장서서 가고 있었기 때문에 내 얼굴을 거의 볼 수 없었다. 나는 그녀에 대한 감정을 정리하고자 했다. 그녀가 육체적인 것과, 함께 나누는 오르가슴에 그토록 많이 의존하고 있는 것에 여전히 짜증이 났다. 그녀는 그것을 사랑이라고 착각하고 있었고, 사랑이란 그것과는 다른 어떤 것…… 즉 물러남과 유보의 신비, 숲 사이로 걸어 들어가 사라지는 것, 마

---

[90] Alison.

지막 순간에 입술을 돌리는 것이라는 사실을 알지 못했다. 다른 어떤 산도 아닌 파르나소스 산에서 그녀가 보인 투박함과 은유 뒤로 숨을 수 있는 능력의 결여는 내 마음을 상하게 하고, 단순하기 짝이 없는 시처럼 나를 지루하게 할 수밖에 없다는 생각이 들었다. 그럼에도 어떤 점에서 그녀는 내가 우리 둘 사이에 쳐놓은 모든 장벽을 통과하는 비밀스러운 기술을 갖고 있었다. 그녀는 늘 그랬다. 마치 진짜로 내 누이인 것처럼 그녀는 부당한 압력을 행사할 수 있었고, 늘 둘 사이의 깊은 유사성을 환기시켜 취향이나 감정의 차이를 무효화하거나 상관없는 것으로 보이게 만들었다.

그녀는 스튜어디스 일과 자신에 관해 이야기하기 시작했다.
「오, 맙소사, 흥분? 그건 처음 두어 번 비행길 탈 때나 그랬지. 새로운 얼굴들, 새로운 도시들, 그리고 잘생긴 조종사들과의 새로운 로맨스? 조종사들 대부분은 우리를 기내에서 제공하는 편의 용품의 일부라고 생각해. 자기들의 그 비참하고 늙은 자지의 축복을 받으려고 줄을 서 있다고 말이야.」

나는 웃음을 터뜨렸다.

「니코, 이건 웃을 일이 아니야. 그것이 우리를 망치고 있어. 그 망할 놈의 양철 깡통이. 그리고 공중에서의 그 모든 자유가. 어떤 때는 그냥 안전장치의 손잡이를 당겨 밖으로 빨려 나가고 싶기도 해. 승객 없이 그냥 1분간 멋지게 떨어지는 거야.」

「진심은 아니겠지.」

「당신이 생각하는 이상으로 진심이야. 이른바 매력적인 우울이라는 거지. 너무도 매력적일 경우 더 이상 인간적이지 않아. 그건 이를테면…… 때로 우리는 이륙한 뒤에 너무 바빠서 비행기가 얼마나 높이 날아올랐는지 모르고 있다가, 창밖을 내다보고는 충격을 느끼는데…… 그런 것 같은 거야. 진짜 자신으로부터 혹은 과거의 자신으로부터 얼마나 멀어졌는가를 돌연 깨닫지. 잘 설명을 못 하겠어.」

「아니, 아주 잘하고 있어.」

「더 이상 어디에도 속해 있지 않다고 느끼기 시작하는 거야. 마치 이미 내가 그런 식의 문제를 겪은 것으로는 모자란 것처럼 말이야. 영국은 참을 수 없는 곳인데, 매일같이 더욱 창피하고, 냄새 나는 속옷같이 되지. 영국은 묘지야. 그리고 오스트레일리아…… 오스트레일리아. 맙소사, 내가 내 나라를 얼마나 증오하는지. 가장 비열하고, 가장 멍청하고, 가장 맹목적인……」 그녀는 말을 잇지 못했다.

잠시 함께 걷다가, 그녀가 다시 말을 이었다. 「나는 더 이상 어디에도 뿌리가 없어. 나는 아무 데도 속하지 않아. 모든 곳은 내가 갔다가 떠나는 곳 혹은 그 위를 날아가는 곳일 뿐이야. 내게는 내가 좋아하는, 혹은 사랑하는 사람들이 있을 뿐이야. 그런 사람들이 내게 남겨진 유일한 조국이야.」

그녀는 자신에 대한, 그리고 조국과 뿌리 없음에 대한 그 진실을 그동안 고이 간직하고 있었던 것처럼 부끄러운 얼굴로 나를 돌아보았다. 그녀는 나 역시 그렇다는 것을 알고 있었다.

「적어도 우리는 수많은 쓸데없는 환상 역시 없앴어.」

「똑똑하기도 하지.」

그녀가 입을 다물었고 나는 그녀의 책망을 받아들였다. 겉으로는 독립적으로 보였지만, 그녀는 근본적으로 무언가에 매달려야 했다. 그녀의 인생은 그것을 부인하려는 시도로 점철되어 있었지만, 결과적으로는 그 사실을 증명할 뿐이었다. 그녀는 말미잘 같아서, 누군가가 자기를 건드려 주기만 하면 거기에 달라붙었다.

그녀가 걸음을 멈췄다. 우리 둘 다 동시에 그것을 알아차렸다. 우리 오른쪽 아래에서 물소리가, 세차게 물이 흐르는 소리가 들려왔다.

「발을 씻고 싶어. 내려가도 되지?」

나무들 사이를 뚫고 들어가자 잠시 후 희미한 길이 하나 나타났다. 그 길은 아래로 이어졌고, 마침내는 공터로 연결되었다. 그 끝에 높이가 3미터 정도 되는 폭포가 있었고, 그 아래쪽에는 투명한 물웅덩이가 있었다. 공터에는 꽃들이 무성하고 나비들이 난무했다. 그곳은 우리가 어두컴컴한 숲을 걸어온 후 마주하게 된, 화려한 녹색과 황금색의 작은 잔치터 같았다. 공터 위쪽 끝에는 작은 절벽이 솟아 있었고 그 절벽에는 얕은 동굴이 하나 있었는데, 그 바깥쪽으로 양치기들이 전나무 가지로 엮어 만든 쉼터가 하나 있었다. 바닥에는 양들의 똥이 있었지만 오래된 것이었다. 여름이 시작된 이후로 아무도 찾아온 사람이 없는 게 분명했다.

「수영하자.」

「물이 얼음처럼 차가울 거야.」

「야호!」 앨리슨은 머리 위로 셔츠를 벗고 브래지어 고리를 푼 다음, 쉼터의 작은 그늘 속에 있는 나를 향해 히죽 웃었다.

「여긴 뱀들이 있을 수도 있어.」

「에덴동산처럼.」

그녀는 청바지와 하얀 팬티를 벗어 던졌다. 그러고는 손을 뻗어 쉼터의 가지에서 마른 솔방울 하나를 꺾어 내게 내밀었다. 나는 벌거벗은 그녀가 높이 자란 풀 사이를 헤치고 웅덩이로 달려가, 물을 만지며 신음하는 것을 지켜보았다. 잠시 후 그녀는 물속으로 들어가, 비명을 지르며 헤엄을 쳤다. 눈이 녹아 생긴 물은 비취 빛이 도는 초록색이었으며, 그녀 옆으로 뛰어든 나는 충격으로 심장이 두근거렸다. 그럼에도 나무 그림자, 숲 속 빈터에 쏟아지는 햇살, 작은 폭포의 하얀 포말, 얼음 같은 차가움, 고독, 웃음, 알몸, 그 모든 것이 아름다웠다. 죽음만이 지울 수 있으리라는 것을 알 수 있는, 그런 순간들이었다.

우리는 쉼터 옆 풀밭에 앉아 햇볕과 미풍에 몸을 말리며 마지막 남은 초콜릿을 먹었다. 잠시 후 앨리슨은 팔을 늘어뜨리고, 다리를 약간 벌린 채 — 나는 그것이 나를 향한 것임을 알았다 — 누워 태양에 자신을 맡겼다. 잠시 나는 눈을 감은 채 그녀처럼 누워 있었다.

잠시 후 그녀가 말했다. 「난 5월의 여왕이야.」

그녀는 한쪽 팔에 몸을 기대고 앉아 내 쪽을 향해 몸을 돌렸다. 그녀는 우리 주위 풀밭에서 자라는 데이지와 분홍색 들꽃을 대충 엮어 왕관을 만들어 놓았다. 왕관은 그녀의 빗지 않은 머리 위에 비스듬히 얹혀 있었고, 그녀는 감동적일 정도로 순진무구한 미소를 짓고 있었다. 그녀는 몰랐지만, 그것은 내게 강렬하게 문학적인 순간이었다. 정확히 출처까지도 알 수 있었다. 그것은 『영국의 헬리콘』[91]이었다. 나는 수많은 은유들이 있으며, 가장 위대한 서정시가 직접적이고 비형이상학적인 것이 아닌 경우는 아주 드물다는 사실을 잊고 있었다. 갑자기 그녀는 그러한 시 같았고, 나는 그녀를 향한 정열적인 욕망의 파도를 느꼈다. 그것은 단순히 정욕 때문만은 아니었다. 그리고 그녀가 가끔 그런 것처럼 마음이 어지러울 정도로 예뻤기 — 가슴이 작고 허리가 가는 그녀는 한 손에 몸을 기대고 있었고, 보조개를 지으며 웃다 이내 진지해졌는데, 스물네 살의 처녀라기보다는 열여섯 살 된 아이 같았다 — 때문만은 아니었다. 그것은 현대의 삶의 추하고 시적이지 않은 모든 증식 사이로 벌거벗은 그녀의 진정한

---

91 엘리자베스 시대의 서정시 모음집. 1600년에 초판이, 1614년에 증보판이 출간되었다.

자아를, 육체에서처럼 그렇게 벌거벗은 그녀의 모습을 보았기 때문이다. 1만 세대를 지나 다시 이브가 자취를 드러낸 것이었다.

이것은 아주 단순한 것이며, 나는 그녀를 사랑하고 있고 그녀를 옆에 두고 싶으며, 동시에 줄리도 내 옆에 두고 ― 혹은 찾아내고 ― 싶다는 생각이 밀려왔다. 나는 어느 한쪽을 더 원하는 게 아니라, 둘 다를 원했고, 둘 다를 가져야 했다. 거기에는 감정상의 거짓이 없었다. 단 하나의 거짓이 있다면 그것은 내가 솔직하지 못하며 사실을 은폐하고 있다는 느낌 속에 있었다……. 나로 하여금 결국 고백하도록 한 것은 잔인함이나, 자유로워지고 싶고 무감각해지고 분명해지고 싶은 욕구가 아니라 그냥 사랑이었다. 나는 그 긴 몇몇 순간에 앨리슨도 그것을 알아차렸다는 생각이 든다. 그녀는 내 얼굴에서 일그러지고 슬픈 뭔가를 본 것이 분명했다. 그녀가 아주 부드럽게 〈뭐가 잘못됐어?〉 하고 물었기 때문이다.

「나는 매독에 걸린 게 아냐. 모두 거짓말이었어.」

그녀는 뚫어지게 나를 쳐다본 후 쓰러지듯 풀밭에 드러누웠다.

「오, 니컬러스.」

「말하고 싶은게 있는데…….」

「지금은 안 돼. 제발! 무슨 일이 있었는지 모르지만 이리 와서 나랑 사랑을 나눠.」

그렇게 해서 우리는 사랑을 나누었다. 그것은 섹스가 아니라 사랑이었다. 물론 섹스가 훨씬 더 현명했을 테지만.

나는 그녀 옆에 나란히 누워 부라니 곳에서 일어난 일을 이야기하기 시작했다. 파르나소스 산에서 하룻밤을 잔 사람은 영감을 얻거나 미치게 된다는 고대 그리스인들의 말이 있는

데, 그것은 내게도 해당되는 것이 틀림없었다. 그녀에게 말을 하는 동안에도 차라리 아무 말 않거나 뭔가를 꾸며 냈으면 더 나았을 거라는 것을 알았지만…… 그러나 사랑, 그것은 발가벗겨질 필요가 있었다. 나는 최악의 순간에도 솔직해지려고 노력했고, 성인이 된 후로 삶의 대부분을 정서적으로 솔직하지 못한 채 보낸 사람들이 대개 그렇듯 솔직함이 결국에는 상대의 연민을 이끌어 낼 거라고 지레짐작을 했는데…… 하지만 사랑, 그것은 이해될 필요가 있었다. 그리고 파르나소스 역시 너무도 그리스적인 것에 대해 비난을 받아야 마땅했다. 그곳은 진실 이외의 모든 것을 마음의 상처로 만들어 버리는 장소였으므로.

물론 앨리슨은 우선 내가 왜 그런 기묘한 핑계를 댔는지 그 이유를 알고 싶어 했지만 나는 부라니 곶의 가장 깊은 매력에 대해 말하기 전에 그곳의 이상한 점을 이해시키고 싶었다. 콘키스에 대해서는 고의로 다른 뭔가를 숨기지는 않았지만, 커다란 공백은 여전히 남아 있었다.

「이 일들을 그가 바라는 대로 내가 다 믿는 건 아냐. 하지만 그가 최면을 건 후로는 확실하게 알 수가 없어. 그와 함께 있으면 그가 어떤 종류의 힘에 접근하는 것같이 느껴져. 초자연적인 현상은 아냐. 설명을 못 하겠어.」

「하지만 그 모두가 속임수인 게 분명해.」

「그럴 수도 있지. 하지만 왜 나지? 내가 그곳에 갈 거라는 사실을 어떻게 알았지? 나는 그에게 아무것도 아냐. 그는 나를 별로 대단하게 생각지 않는 것 같아. 한 사람으로서. 그는 늘 나를 비웃어.」

「아직도 이해가 안 가…….」 하지만 그 순간 그녀는 이해를 했다. 그녀는 나를 쳐다보았다. 「다른 누군가가 있구나.」

「앨리슨, 제발 이해하려고 노력해 봐. 내 말을 들어 봐.」

「듣고 있어.」하지만 그녀의 얼굴은 딴 곳을 향하고 있었다.

그래서 결국 나는 이야기를 했다. 나는 그것을 성적인 것과는 관계없는 것으로, 정신의 매혹으로 얘기했다.

「하지만 그 여자는 다른 방식으로 당신을 매혹하고 있어.」

「앨리, 내가 이번 주말에 나 자신을 얼마나 증오했는지는 차마 말로 다 할 수가 없어. 당신한테 모든 걸 다 털어놓으려고 열 번도 넘게 노력했어. 나는 그 여자에게 이끌리기를 바라지 않아. 어떤 방식으로도. 한 달 전, 아니 3주 전만 해도 그걸 믿을 수 없었을 거야. 지금도 그녀에 대해서는 모르겠어. 솔직히. 내가 아는 건 그곳에 있는 모든 것에 홀리고 씌었다는 것뿐이야. 그녀만이 아냐. 뭔가 아주 이상한 일이 벌어지고 있어. 그리고 나는…… 거기에 연루되었어.」앨리슨은 별로 깊은 인상을 받은 것 같지 않았다.「나는 섬으로 돌아가야 해. 일 때문에. 여러 점에서 나는 자유롭지 못해.」

「하지만 그 여자가 있잖아.」그녀는 땅바닥을 바라보며 풀씨를 뜯었다.

「그 여자는 관계없어. 정말이야. 극히 사소한 일부에 지나지 않아.」

「그럼 그 연극은 다 뭐야?」

「이해가 안 되겠지만, 나는 갈등하고 있어.」

「예뻐?」

「당신을 지금도 마음 깊이 좋아하지 않는다면 모든 것이 훨씬 쉬웠을 거야.」

「예뻐?」

「그래.」

「무척 예쁘군.」

나는 아무 말도 하지 않았다. 그녀는 얼굴을 팔로 감쌌다.

나는 그녀의 따뜻한 어깨를 어루만졌다.

「그녀는 당신하고는 전혀 달라. 현대의 어떤 여자와도 달라. 설명할 수가 없어.」 앨리슨은 고개를 딴 데로 돌렸다. 「앨리슨.」

「당신이 보기에 나는 그냥……」 그녀는 말을 맺지 않았다.

「그런 터무니없는 말이 어딨어?」

「과연 그럴까?」

긴장된 침묵이 이어졌다.

「내 말을 들어 봐. 내 비참한 인생에서 처음으로 솔직해지려고 무진 노력하고 있어. 변명이 아냐. 만일 그 여자를 내일 만나게 된다면, 좋아, 나는 앨리슨을 사랑하고, 앨리슨도 나를 사랑한다고 말할 수 있어. 하지만 내가 그녀를 만난 건 2주 전이야. 그리고 다시 그녀를 만나야 해.」

「그리고 당신은 앨리슨을 사랑하지 않아.」 그녀는 딴 곳을 쳐다보았다. 「아니면 좀 더 나은 섹스 상대가 나타날 때까지 나를 사랑하겠지.」

「천박하게 굴지 마.」

「나는 천박해. 천박하게 생각하고, 천박하게 말하지. 나는 천박해.」 그녀는 무릎을 꿇고 숨을 들이쉬었다. 「그래서 이제 어떻게 할까? 정중하게 절을 하고 물러갈까?」

「내가 이렇게 복잡한 인간이 아니었으면 좋았을 텐데……」

「복잡하다고!」 그녀는 코웃음을 쳤다.

「이기적이고 말이야.」

「그건 좀 낫군.」

우리는 아무 말도 하지 않았다. 짝을 지은 노란 나비 두 마리가 축 처져서 무겁게 날아갔다.

「내가 원한 건 단지 내가 어떤 인간인지 알아주었으면 하는 거였어.」

「당신이 어떤 인간인지는 나도 알아.」

「그랬다면 애초에 나와 절교했을 거야.」

「나는 지금도 당신이 어떤 인간인지 알아.」

앨리슨은 차가운 회색 눈으로 나를 노려보았고, 결국 나는 시선을 내려야 했다. 그녀는 자리에서 일어나 몸을 씻으러 갔다. 절망적이었다. 나는 어떻게 할 수도, 설명할 수도 없었다. 그리고 그녀는 결코 나를 이해할 수 없었다. 나는 옷을 입고, 그녀가 조용히 옷을 입는 동안 등을 돌리고 있었다.

준비를 마친 그녀가 말했다. 「제발 더 이상 아무 말도 하지 마. 참을 수 없으니까.」

우리는 5시경 아라호바에 도착해, 아테네로 출발했다. 나는 모든 것을 다시 논의하려고 두 번이나 시도해 보았지만, 그녀는 허락하지 않았다. 피차 할 말은 다 했다는 것이었다. 그녀는 시종 말없이 생각에 잠겨 앉아 있었다.

다프니를 지나간 것은 8시 반경이었다. 분홍색과 호박색의 도시 위로 마지막 햇살이 비치고 있었고, 신타그마와 오모니아 광장 주위로 이제 막 네온사인이 켜진 상태였다. 나는 어젯밤 그 시각에 우리가 어디에 있었는지를 생각하며, 앨리슨을 흘낏 쳐다보았다. 앨리슨은 립스틱을 바르고 있었다. 아마도 결국에는 해결책이 있을 것이었다. 호텔로 돌아가 사랑을 나눠 사타구니를 통해 그녀를 사랑한다는 것을 입증해 보이면 돼…… 그리고 지난날에도 그랬고 앞으로도 늘 그렇겠지만 내가 참을 만한 가치가 있다는 것을 알게 해주는 거야. 나는 대수롭지 않게 아테네에 관해 조금씩 얘기를 하기 시작했다. 하지만 그녀의 대답이 너무 무뚝뚝하고 관심이 없는 듯해 내 말은 더없이 우스꽝스럽게 들렸다. 나는 입을 다물었다. 분홍색이 보라색으로 바뀌었고, 곧 밤이 되었다.

우리는 피레우스에 있는 호텔에 도착했다. 나는 같은 방들을 예약해 둔 상태였다. 앨리슨이 올라가는 사이 나는 차를 차고로 가져갔다. 돌아오는 길에 꽃장수가 보여, 카네이션 한 다발을 샀다. 그리고 바로 앨리슨의 방으로 가 문을 두드렸다. 세 번 노크했을 때 그녀가 문을 열었다. 그녀는 울고 있었다.

「당신을 위해 꽃을 가져왔어.」

「당신이 주는 꽃은 필요 없어.」

「앨리슨, 세상이 끝난 건 아냐.」

「그래, 연애가 끝났을 뿐이지.」

내가 침묵을 깼다. 「들어오라고 안 할 거야?」

「왜 그래야 하지?」

그녀는 어두운 방을 등지고 반쯤 닫힌 문을 잡고 서 있었다. 그녀의 얼굴은 끔찍했다. 퉁퉁 부은 데다 앙심을 품은 빛이 어려 있었고 심하게 상처 입은 기색이 고스란히 드러나 있었다.

「들어가서 얘기를 나누고 싶어.」

「안 돼.」

「제발.」

「가.」

나는 문을 밀치고 안으로 들어가 문을 닫았다. 앨리슨은 벽에 기대어 서서 나를 노려보았다. 거리의 불빛이 방 안에 스며들어, 그녀의 눈이 보였다. 나는 꽃을 내밀었다. 그녀는 꽃을 내 손에서 낚아채, 창가로 가 밖으로 던졌다. 분홍색 꽃송이와 녹색 줄기가 밤의 어둠 속으로 사라졌다. 그녀는 내게 등을 돌린 채 그대로 서 있었다.

「그 경험은, 책을 반쯤 읽은 것과 같아. 그걸 그냥 쓰레기통에 던져 버릴 수는 없어.」

「그래서 대신 나를 버리는 거잖아.」

나는 그녀의 뒤로 다가가 어깨에 손을 올리려 했지만 그녀는 화를 내며 옆으로 비켜섰다.

「꺼져. 그냥 꺼져 버려.」

나는 침대에 앉아 담배에 불을 붙였다. 아래 거리에서는 단조로운 마케도니아의 민속 음악이 카페의 스피커를 통해 울려 나왔다. 하지만 우리는 가장 가까이 있는 바깥의 사물로부터도 멀리 떨어진 이상한 고치 속에 앉아 있고 서 있었다.

「당신을 만나서는 안 된다는 것을 알면서 아테네에 왔어. 첫날밤과 어제, 이제 당신에게 더 이상 특별한 감정은 없다는 것을 나 자신에게 증명하려 했어. 하지만 소용없었어. 그래서 얘기를 한 거야. 너무도 서툴게, 너무도 잘못된 시간에 말이야.」 그녀는 내 말을 듣는 기미가 전혀 보이지 않았다. 나는 비장의 카드를 꺼냈다. 「말을 하지 않을 수도 있었는데 한 거야. 계속 당신을 속일 수도 있었는데도.」

「속은 건 내가 아냐.」

「이봐…….」

「그리고 그〈특별한 감정〉이라는 건 도대체 뭘 의미하지?」 나는 아무 말도 하지 않았다. 「맙소사, 당신은 사랑이라는 것을 두려워하는 것만이 아냐. 이젠 그 단어를 사용하는 것도 두려워하고 있어.」

「나는 사랑이 뭔지 몰라.」

그녀는 몸을 돌렸다. 「내가 말해 주지. 사랑이란 내가 그 편지에서 말한 것만이 아냐. 뒤를 돌아보기 위해 몸을 돌리는 것이 아냐. 사랑이란 일하러 가는 척하면서 빅토리아 역으로 가는 거야. 마지막으로 상대를 놀래 해주기 위해, 마지막으로 키스를 하기 위해, 그리고 마지막으로…… 상관없어. 나는 당신이 잡지를 사는 것을 봤어. 그날 아침 나는 세상의 누구와도 함께 웃을 수 없었을 거야. 그런데 당신은 웃더군. 짐꾼과 잘도 서서 무슨 말인가를 나누며 웃었어. 그때 나는 사랑이 뭔지 알았어. 행복하게 함께 살고 싶은 사람이 나한테서 도망치는 것을 보며.」

「그런데 왜…….」

「내가 뭘 했는지 알아? 그곳에서 몰래 빠져나갔어. 그리고 하루 종일 〈우리〉 침대에 웅크리고 있었어. 당신을 사랑했기 때문이 아니야. 내가 당신을 사랑했다는 사실이 너무나 분하고 부끄러워 미칠 것만 같았던 거야.」

「나는 몰랐어.」

그녀는 얼굴을 딴 데로 돌렸다. 「나는 몰랐어라니. 하느님 맙소사!」 험악한 기운이 정전기처럼 공중에 떠돌고 있었다. 「또 하나 더. 당신은 사랑을 섹스라고 생각해. 한 가지 말해 주지. 만일 단지 그 때문에 당신을 원했다면, 첫날밤 이후에 바로 당신을 떠났을 거야.」

「미안해.」

그녀는 나를 쳐다보며, 숨을 들이쉰 후 쓴웃음을 지었다. 「오, 이제야 상처받으셨나 봐. 나는 당신 자체를 사랑했다는 말을 하려는 거야. 그 말라비틀어진 물건 때문이 아니라.」 그녀는 다시 창밖을 바라보았다. 「물론 침대에서 당신은 괜찮았어. 하지만 당신은…….」

침묵.

「당신이 경험한 남자들 중에서 최고는 아니었겠지.」

「그게 중요하다면.」 그녀는 침대 끝으로 와 기대서서 나를 내려다보았다. 「나는 당신이 너무도 눈이 먼 나머지 자신이 나를 사랑하지 않는다는 걸 모를 수도 있다고 생각해. 또 당신은 자기가 얼마나 치사한 이기주의자인지도 모르고 있어. 못해 발기 부전인 것처럼 못해, 자기 외에 다른 무언가를 생각하는 거. 그 어떤 것에도 상처받지 못하니까, 니코. 마음 깊이는. 당신은 아무것도 자신에게 이르지 못하게 당신의 인생을 만들어 버렸어. 그러니 당신이 무슨 말을 하든 나는 어떻게 할 수가 없어. 당신은 질 수가 없어. 늘 또다시 모험을 할 수 있어. 다시 망할 놈의 연애를 할 수 있지.」

「당신은 늘 왜곡을……」

「왜곡한다고! 오, 맙소사. 왜곡의 왜 자도 꺼내지 마. 당신이야 말로 단순한 사실조차 그대로 말하지 못하는 주제에.」

나는 몸을 돌려 그녀를 보았다. 「무슨 말이야?」

「그 모든 수수께끼 같은 것들 말이야. 내가 그것에 속으리라 생각해? 그 섬에 어떤 여자가 있고, 당신은 그 여자와 자고 싶어 해. 그게 다야. 하지만 물론 그것은 지저분하고 천해. 그래서 치장하고 있지. 늘 그러듯. 자신은 순진해 경험을 쌓아야 하는 위대한 지식인인 것처럼 치장하는 거야. 늘 케이크가 있고, 그것을 먹지. 늘……」

「맹세하건대……」 하지만 그녀가 참지를 못하고 몸을 움직이는 바람에 나는 말을 이을 수 없었다. 그녀는 방을 왔다 갔다 했다. 나는 다른 변명을 시도했다. 「당신과 결혼하고 싶지 않다고 해서 — 다른 여자하고도 마찬가지지만 — 내가 당신을 사랑하지 않는다는 얘기는 아냐.」

「그 말을 들으니 생각나는 게 있어. 그 아이. 당신은 내가 알아차리지 못한 줄 알았겠지. 종기가 난 여자아이 말이야. 당신은 화가 났어. 앨리슨이 아이들을 얼마나 잘 다루는지 보여 주는 것에. 엄마처럼 구는 것에. 그리고 또 다른 얘기도 해줄까? 나는 엄마처럼 굴었어. 짧은 순간, 아이가 미소를 지을 때 그 생각을 했어. 당신 아이들을 낳아…… 팔에 안고, 당신을 내 곁에 둘 수 있다면 얼마나 좋을까 생각했어. 끔찍하지? 나는 이 더럽고, 역겹고, 냄새 나는 것을 사랑이라고 불러 왔어…… 맙소사! 사랑에 비하면 매독은 〈좋은〉 거야……

나는 너무도 타락하고, 식민지 사람 같고, 저열해서 당신에게 감히……」

「앨리슨.」

그녀는 떨며 숨을 들이쉬었고, 거의 울먹이다시피 했다.

「금요일에 우리가 만나자마자 깨달았어. 당신에게 나는 늘 같이 자는 앨리슨이 될 거라는 걸. 낙태를 한 번 한 적이 있는 오스트레일리아 여자일 뿐이라는 걸. 게다가 인간 부메랑이지. 쫓아 버려도 그다음 주말이면 여지없이 나타나 방문을 두드리니까.」

「말도 안 되는 소리 하지 마.」

앨리슨은 담배에 불을 붙였다. 나는 창가로 가 창문 옆에 섰다. 그녀는 문 쪽에서 침대와 방을 가로질러 내 등 뒤에 대고 말을 했다. 「그 모든 시간, 작년 가을…… 그 당시에는 나는 깨닫지 못했어. 나는 당신이 좀 더 부드러워질 수 있다는 것을 깨닫지 못했어. 더 차가워질 거라고만 생각했어. 그런데 이유는 알 수 없지만 다른 어떤 남자보다 당신에게 더 끌리는 걸 느꼈어. 정말 왜 그랬는지 모르겠어. 그 모든 똑똑한 척하는, 영국인 특유의 태도에도 불구하고. 계급 의식이 뼛속 깊이 박혀 있음에도 불구하고. 그래서 나는 당신이 떠난 것에서 정말로 헤어나지 못했어. 피트하고 사귀어도 보고, 다른 남자하고도 사귀어 봤어. 하지만 소용이 없었어. 늘 멍청하고 병적인 작은 꿈을 품고 있었어. 어느 날 당신이 내게 편지를 쓰리라는……. 그래서 나는 미친 사람처럼 이 사흘을 계획했어. 이 사흘에 모든 것을 걸려고 했어. 그런데 당신은 그냥 지루해하고 있었어.」

「그건 사실이 아냐. 지루하지 않았어.」

「프락소스 섬의 그 여자를 생각했겠지.」

「나도 당신이 보고 싶었어. 미칠 듯이, 처음 몇 달 동안은.」

갑자기 그녀가 전등을 켰다.

「돌아서서 나를 봐.」

나는 그렇게 했다. 그녀는 여전히 청바지에 감청색 셔츠 차림으로 문가에 서 있었다. 그녀의 얼굴은 회색과 하얀색이 뒤섞인 가면 같았다.

「나는 돈을 조금 모았어. 당신도 무일푼은 아니겠지. 당신이 말만 하면 내일 당장이라도 일을 때려치우겠어. 당신이 사는 섬에 가서 함께 살겠어. 아일랜드의 오두막 얘길 했지. 하지만 프락소스 섬에 오두막을 얻을 거야. 당신은 선택할 수 있어. 당신을 사랑하는 사람과 함께 살아야 하는 끔찍한 책임을 떠맡겠다고 하든가.」

비열한 일이었지만, 그녀가 〈프락소스 섬에 오두막을〉이라고 말했을 때 콘키스의 제안에 대해 얘기하지 않은 것에 깊은 안도감을 느꼈다.

「아니면?」

「싫다고 하든가.」

「최후통첩이군.」

「말을 돌리지 마. 좋은지 싫은지만 말해.」

「앨리슨, 만약······.」

「좋아, 싫어?」

「그런 일을 이런 식으로 결정하는 건······.」

그녀의 목소리가 한층 날카로워졌다.「좋아, 싫어?」

나는 그녀를 노려보았다. 그녀는 웃음기 없이 입술을 살짝 비틀며 나를 대신해 대답했다.

「싫어.」

「그건 단지······.」

그녀는 곧장 문으로 달려가 문을 활짝 열었다. 나는 이것 아니면 저것을 선택해야 하는 이런 우스꽝스러운 상황에 빠진 것에, 완전한 헌신에 대한 잔인한 요구에 화가 났다. 나는 침대를 돌아 그녀 쪽으로 가, 그녀가 잡고 있는 문을 쾅 소리가 나게 닫았다. 그런 다음 그녀를 잡아 키스를 하려고 하면서 불을 껐다. 방 안은 다시 칠흑같이 어두워졌다. 하지만 그녀는 머리를 세차게 흔들며 거칠게 맞섰다. 나는 그녀를 침대로 끌고 가 함께 침대 위로 쓰러졌다. 그 바람에 침대가 밀리며 침대맡 테이블 위의 램프와 재떨이가 떨어졌다. 나는 그녀가 양보를 할 거라고, 양보해야만 한다고 생각했다. 그때 그녀가 갑자기 비명을 질렀다. 그 소리는 너무도 커 호텔 전체에 울려 퍼지고, 항구 반대편까지 메아리 쳤을 것이다.

「나를 놓아줘!」

내가 약간 뒤로 물러앉자 그녀가 주먹 쥔 손으로 나를 때렸다. 나는 그녀의 손목을 붙잡았다.

「제발!」

「당신을 증오해!」

「조용히 해!」

나는 그녀를 옆으로 눕혔다. 옆방의 누군가가 벽을 두드렸다. 앨리슨이 다시 한 번 신경을 긁는 비명을 질렀다.

「당신을 증오해!」

나는 그녀의 뺨을 때렸다. 그녀는 비스듬히 몸을 꼬며 사납게 울기 시작했고, 울면서 내게 이런저런 말을 내뱉었다.

「날 혼자 내버려 둬…… 혼자 있게 해줘…… 나를 때렸어…… 망할 놈의 이기주의자…….」 그녀는 어깨를 들썩이며 마구 흐느꼈다. 나는 자리에서 일어나 창가로 갔다.

그녀는 말도 할 수 없는 것처럼 침대의 가로널을 주먹으로 치기 시작했다. 그 순간 나는 자제력을 잃고 히스테리를 부리는 그녀가 증오스러웠다. 아래층 내 방에 스카치가 한 병 있는 것이 기억났다. 첫날 그녀가 선물로 내게 준 것이었다.

「마실 걸 갖다 줄게. 이제 그만 울부짖도록 해.」

나는 그녀를 내려다보았다. 그녀는 내 말을 못 들은 것처럼 계속해서 침대의 가로널을 치고 있었다. 나는 문으로 가 잠시 머뭇거리며 뒤를 돌아다보고는 방을 나섰다. 한 남자와 한 여자, 그리고 노인 한 명 이렇게 그리스인 세 사람이 열려 있는 두 개의 문 앞에 서서 내가 마치 살인자라도 되는 듯 나를 바라보았다. 나는 아래층으로 내려가 술병을 열어 한 모금 마신 다음 앨리슨의 방으로 갔다.

문은 잠겨 있었다. 구경꾼 세 사람은 손잡이를 돌리고, 노크를 하고, 다시 손잡이를 돌리고, 노크를 하고, 그녀의 이름을 부르는 나를 계속해서 쳐다보았다.

노인이 내게 다가왔다.

무슨 문제가 있는지 물었다.

나는 얼굴을 찌푸리며 중얼거렸다. 열기 때문이라고 했다.

그는 불필요하게 그 말을 다른 두 사람에게 반복했다. 그 말이 모든 걸 설명해 주는 것처럼. 아, 열기, 하고 여자가 말했다. 그들은 꼼짝도 하지 않았다.

나는 다시 한 번 손잡이를 돌리고, 문틈으로 그녀의 이름을 불러 보았다. 아무 소리도 들을 수 없었다. 나는 그리스인들에게 어깨를 으쓱하고는 아래층으로 내려갔다. 10분 뒤 나는 다시 올라왔다. 그 뒤로 한 시간 동안 네댓 차례 다시 올라갔지만 방문은 역시 잠겨 있었다. 나는 속으로 안도감을 느꼈다.

프런트에 모닝콜을 부탁해 나는 아침 8시에 잠에서 깼다. 곧바로 옷을 입고 그녀의 방으로 갔다. 문을 두드렸지만, 아무 대답이 없었다. 손잡이를 돌리자 문이 열렸다. 침대에는 사람이 잔 흔적이 있었지만, 앨리슨과 그녀의 소지품은 사라지고 없었다. 나는 프런트로 뛰어 내려갔다. 호텔 주인의 부친 되는, 안경을 걸친, 토끼처럼 생긴 노인이 프런트 뒤에 앉아 있었다. 그는 미국에서 산 적이 있어 영어를 상당히 잘했다.

「어젯밤 나와 함께 있던 여자 있죠, 오늘 아침에 떠났습니까?」

「아 그래요. 떠났어요.」

「언제요?」

노인은 시계를 올려다보았다. 「약 한 시간 전에요. 이걸 남겼어요. 당신이 내려오면 주라더군.」

봉투였다. 내 이름이 휘갈긴 글씨로 쓰여 있었다. 〈N. 어프.〉

「어디로 가는지는 얘기하지 않았나요?」

「그냥 숙박비를 계산하고 갔어요.」 나를 쳐다보는 그 시선에서 나는 노인이 어젯밤 비명 소리를 직접 들었거나, 아니면 다른 사람한테 그 얘기를 들었다는 것을 알 수 있었다.

「숙박비는 내가 낸다고 했는데요?」

「그 여자 분한테 그렇게 말했다오.」

「제기랄!」

내가 가려 하자 그가 말했다. 「이봐요, 미국에선 뭐라고들 하는 줄 아오? 바다에는 늘 더 많은 물고기가 있다고 하지요. 들어 본 적 없어요? 바다에는 늘 더 많은 물고기가 있다.」

나는 내 방으로 돌아가 편지를 꺼냈다. 마지막 순간에 말없이 가지는 않기로 결정하고서 휘갈겨 쓴 것이었다.

당신의 섬으로 돌아갔을 때 노인도 여자도 더 이상 없다면 어떨지 생각해 봐. 수수께끼 같은 장난도, 게임도 없고, 그곳이 영원히 잠겨 있다면 어떨지.
완전히, 완전히, 〈완전히〉 끝이야.

10시경 나는 공항에 전화를 했다. 앨리슨은 아직까지 돌아오지 않았고, 오후 5시 런던행 비행기가 출발할 때까지는 돌아오지 않아도 되는 상태였다. 나는 배가 떠나기 직전인 11시 반에 다시 전화를 했다. 같은 대답이었다. 섬으로 돌아가는 학생들로 꽉 찬 배가 부두에서 멀어질 때, 나는 부두에 서 있는 학부모들과 친척과 구경꾼들을 훑어보았다. 앨리슨이 그들 속에서 나를 지켜보고 있을지 모른다는 생각이 들었다. 하지만 그랬다 하더라도 그녀는 보이지 않았다.

피레우스의 추한, 산업화된 임해 지구가 뒤로 물러나면서, 배는 아이기나 섬의 미끈하고 푸른 봉우리를 향해 남쪽으로 갔다. 나는 바로 가 우조를 커다란 술잔으로 한 잔 시켰다. 그곳은 학생들의 출입이 금지된 유일한 장소였다. 나는 스트레이트로 입안 가득 술을 털어넣으며 마음속으로 쓰라린 건배를 했다. 나는 나 자신의 길을 선택한 것이었다. 그것은 어렵고 위험하지만 시적인 길이었다. 하지만 그 순간에도 나는 앨리슨이 한 마지막 말이 귀에 들리는 것 같았다.

누군가가 내 옆자리에 앉았다. 데메트리아데스였다. 그는 손뼉을 쳐 바텐더를 불렀다.

「내게 술 한잔 사, 이 변태 같은 영국인아. 그러면 내가 얼마나 유쾌한 주말을 보냈는지 들려줄게.」

43

〈당신의 섬으로 돌아갔을 때 노인도 여자도 더 이상 없다면 어떨지 생각해 봐.〉 화요일 내내 그 말에 대해서만 생각했는데, 그것은 앨리슨의 시각으로 나 자신을 바라보기 위해서였다. 그날 저녁 나는 그녀에게 긴 편지 한 장과 다른 편지 몇 장을 썼지만 그 어느 것에도 내가 원하는 것은 쓰지 않았다.

단지 내가 그녀에게 한 짓이 싫지만 달리 어쩔 수가 없었다고 했다. 나는 돼지로 변한 오디세우스의 선원 중 한 명 같았다. 이제 나는 새로운 나의 자아로서만 살 수 있었다. 나는 편지를 찢었다. 내가 정말로 말하고 싶었던 것은 내가 매혹되었으며, 터무니없긴 하지만, 매혹되기 위해 자유로워져야 했다는 것이었다.

처음으로 양심적으로, 열심히 가르친 것이 긴장감으로 조마조마한 나날을 보내는 데 도움이 되었다. 수요일 저녁, 마지막 수업을 마치고 방으로 돌아왔을 때 책상 위에 메모가 놓여 있는 것이 보였다. 심장이 뛰었다. 나는 그 필체를 즉시 알아보았다. 메모에는 〈우리는 토요일에 당신을 보기를 기대하고 있소. 다른 얘기가 없으면 오는 것으로 알고 있겠소. 모리스 콘키스〉라고 되어 있었다. 날짜는 〈수요일 아침〉으로 되어 있었다. 나는 커다란 안도감과 새로운 흥분이 몰려오는 것을 느꼈다. 갑자기 지난 주말에 있었던 모든 일이, 정당화되지는 않더라도, 필요했던 것으로 여겨졌다.

채점을 해야 할 것이 있었지만 방 안에 있을 수가 없었다. 나는 중앙 산등성이에 있는 나의 천연 전망대로 갔다. 부라니 곶에 있는 집의 지붕과 섬의 남쪽, 바다, 산들, 그리고 그 모든 비현실적인 것들의 현실성을 보지 않으면 안 되었다. 그 전주처럼 아래로 내려가 몰래 엿보고 싶은 불같은 욕망은 전혀 느끼지 못했으며 적절히 균형을 이룬 기대와 안도가, 공생 관계의 건재함에 대한 확신이 있을 뿐이었다. 나는 여전히 그곳에 속해 있었고, 그곳 역시 내게 속해 있었다.

색다른 어떤 이유로, 학교로 돌아오는 길에 나는 행복감에 겨워 앨리슨을 다시 떠올렸다. 나는 그녀가 자신의 진짜 경쟁 상대에 대해 무지한 데 대해 거의 동정심을 느꼈다. 나는 채점을 시작하기 전, 충동적으로 그녀에게 보내는 메모를 썼다.

앨리, 내 사랑, 누군가에게 〈당신을 사랑해야 한다고 결정했어〉라고 말할 수는 없는 일이야. 당신을 사랑해야 하는 수많은 〈이유들〉을 알 수 있어. 왜냐하면 (내가 애써 설명하려 했듯이) 완벽하게 망나니 같은 방식이긴 하지만 내 나름의 방식으로 나는 당신을 사랑하기 때문이야. 파르나소스는 아름다웠고, 그것이 내게 아무것도 아니었다고, 단지 육체적 행위에 지나지 않았다고 생각하지는 말았으면 해. 그것은 내게는 영원히 잊을 수 없는 것이야. 그 기억은 간직했으면 좋겠어. 끝났다는 걸 알고 있어. 하지만 물웅덩이에서 보낸 한두 순간은, 우리 두 사람이 제아무리 다른 많은 연인을 갖게 되더라도 결코 잊히지 않을 거야.

메모를 쓰고 나자 양심의 가책이 조금 덜렸다. 나는 그것을 이튿날 아침에 부쳤다. 유일하게 의식적으로 과장한 것은 마지막 문장뿐이었다.

토요일 4시 10분 전 나는 부라니 곶 별장의 정문에 도착했다. 콘키스가 내 쪽으로 걸어오는 것이 보였다. 그는 검은색 셔츠와 카키색의 긴 반바지에 짙은 갈색 신발과 빛이 바랜 초록색 스타킹 차림이었다. 그는 내가 도착하기 전 그곳에서 빠져나가고 싶었던 것처럼, 거의 서두르다시피 하며 볼일이 있는 사람처럼 걸어오고 있었다. 하지만 나를 보자마자 팔을 들었다. 우리는 길 중간에서 2미터쯤을 사이에 두고 걸음을 멈췄다.
「니컬러스.」
「잘 지내셨습니까?」
그는 살짝 고개를 끄덕였다.
「휴가는 재밌게 보냈소?」

「그다지요.」

「아테네에 갔었소?」

나는 아테네에서 무슨 얘기를 할지 이미 결심을 한 상태였다. 그는 헤르메스나 파타레스쿠를 통해 내가 어딘가에 갔었다는 것을 알고 있을 터였다.

「친구는 오지 못했습니다. 비행기가 다른 길로 가서요.」

「아. 안됐구려. 안타깝소.」

나는 어깨를 으쓱하며 그를 살폈다. 「대부분의 시간을 이곳에 다시 와야 하는지 고민하며 보냈죠. 최면에 걸려 본 적이 한 번도 없었거든요.」

그는 미소를 지었다. 그는 내가 정말로 무엇을 묻고 있는지 알고 있었다.

「그것은 제시된 것을 당신이 거부하거나 수용하게 하기 위해서요.」

나는 엷은 미소를 지으며, 내가 다중적인 의미를 지닌 세계에 다시 돌아왔다는 것을 떠올렸다. 「그 부분에 대해서는 고마워하고 있습니다.」

「다른 부분은 없소.」 그는 나의 회의적인 표정에 차가운 반응을 보이며, 약간 무뚝뚝하게 말을 이었다. 「나는 의사고, 따라서 히포크라테스 선서를 한 몸이오. 최면 상태에서 당신에게 질문을 하고자 했다면 먼저 허락을 받았을 게 분명하오. 다른 무엇보다 그것은 아주 만족스럽지 못한 방법이오. 환자들이 최면 상태에서 얼마든지 거짓말을 할 수 있다는 것이 여러 번 입증되었소.」

「악의적인 최면술사들에 관한 그 모든 이야기가······.」

「최면술사는 사람을 멍청하고 일관성 없는 짓을 하게 만들 수도 있소. 하지만 초자아 앞에서는 무력하오. 그것은 장담할 수 있소.」

나는 잠시 아무 말도 하지 않았다.

「외출하시는 길입니까?」

「오늘 하루 종일 글을 썼소. 산책을 할 필요가 있소. 하지만 당신을 먼저 만나고 싶었소. 당신에게 차를 내주려고 기다리는 사람이 있소.」

「제가 어떻게 하면 좋을까요?」

그는 보이지 않는 집 쪽을 쳐다본 다음 내 팔을 잡아 정문 쪽으로 데리고 갔다.

「우리 환자는 정신이 혼란스러운 상태에 있소. 그 아이는 당신이 돌아온 것에 대한 흥분을 좀처럼 감추지 못할 거요. 당신들 두 사람 사이의 약간의 비밀을 내가 알고 있는 것에 대한 실망감도.」

「그 약간의 비밀은 뭐죠?」

그는 눈을 치켜뜨고 나를 흘끗 쳐다보았다. 「검사를 위한 최면은 그 아이에 대한 나의 치료의 정상적인 부분이오, 니컬러스.」

「그녀의 허락하에서요?」

「이 경우에는 그 아이 부모의 허락하에서요.」

「그렇군요.」

「나는 그 아이가 이제 여배우인 척하고 있다는 것을 알고 있소. 그리고 그 이유도 아오. 그 아이는 당신을 기쁘게 해주고 싶어 하는 거요.」

「저를 기쁘게 해준다고요?」

「당신은 그 아이가 연기를 하고 있다고 비난했소. 하여간 나는 그 비슷하게 이해를 했소. 그리고 그 아이는 고마워하며 그 비난을 받아들였소.」 그는 내 팔꿈치를 꽉 쥐었다. 「하지만 나는 그 아이에게 한 가지 문제를 야기했소. 그 아이의 새로운 위장을 알고 있다고 한 거요. 최면을 통해서가 아니

라. 당신이 내게 얘기를 해줘서 알았다고 말이오.」

「그렇다면 이제 그녀는 저를 신뢰하지 않겠군요.」

「그 아이는 당신을 한 번도 신뢰한 적이 없소. 또한 그 아이는 최면 상태에서 처음부터 당신을 의사로 의심했다고 털어놓았소. 나와 함께 일하는 누군가라고 말이오.」

나는 그녀가 까막잡기에서 술래가 제자리 맴돌기를 하는 것에 대해 한 이야기를 기억했다.

「하지만 의심하는 것도 당연하다, 선생님이 제게…… 진실을 말해주었으니까, 그런 건가요?」

그는 즐거운 듯 손가락 하나를 치켜들었다.「정확하오.」마치 특별히 총명한 제자를 칭찬하는 것 같았다. 그리고 앨리스 앞에 있는 루이스 캐럴의 여왕들 중 하나처럼 말이 안 될 정도로 맹목적이어서, 나는 무척 당혹스러웠다.「따라서 당신의 과제는 이제 그 아이의 신임을 얻는 거요. 어떻게 해서든, 그 아이가 나의 동기에 대해 보이는 의심에 장단을 맞추도록 하시오. 그것들을 믿는 것처럼 해요. 하지만 조심하시오. 그 아이가 덫을 놓을 수도 있으니까. 그 아이가 지나치게 나오면 이의를 제기해야 하오. 그 아이의 분열된 정신의 한 면은 지극히 이성적인 판단을 할 수 있으며, 그 아이가 상대의 불합리한 논리에 맞장구를 치는 기술을 가진 의사들을 바보로 만드는 데 많은 경험이 있다는 것을 늘 명심하시오. 박해에 대한 이야기가 나올 게 틀림없소. 그 아이는 당신을 자기 편으로 만들려고 할 거요. 나에 대항해.」

실제로는 아니었지만 비유적으로 나는 입술을 깨물었다.

「하지만 우리 모두가 그녀가 릴리일 수 없다는 것을 알고 있다면 틀림없이……?」

「그 가능성은 없어졌소. 나는 괴팍한 백만장자가 되었소. 그 아이와 그 아이의 자매는 내가 이곳에 데려온 젊은 여배우 한 쌍이오 — 그 아이는 틀림없이 어떤 터무니없는 이유를 만들어 낼 거요 — 그녀가 당신으로 하여금 믿게 할 수도 있는 것은 무척 사악한 목적을 가진 것이오. 성적인 것으로 의심되는 것도 있을 수 있소. 당신은 증거를 요구하게 될 거요……」이 모든 것에서 나의 역할은 이제 너무나 분명해 자세히 말할 필요도 없다는 듯 그는 손을 저었다.

「그녀가 작년의 일을 되풀이하면 — 자신이 도망치는 것을 내가 돕게 하려 하면 — 어떻게 되는 거죠?」

그는 경고하는 듯한 표정을 지었다. 「그 즉시 내게 얘기를 해야 하오. 하지만 그런 일이 있을 것 같지는 않소. 그 아이는 미트퍼드와의 그 일로 교훈을 얻었소. 그리고 그 아이가 당신을 아주 많이 믿는 것처럼 보인다 하더라도 그렇지 않다는 것을 명심하시오. 물론 당신은 계속해서 지난번 방문 때 무슨 일이 있었는지에 대해 내게 한마디도 하지 않은 척하도록 해야 하오.」

나는 미소를 지었다. 「물론이죠.」

「내가 어디로 나아가려 하는지 알 수 있을 거요. 나는 그 불쌍한 아이로 하여금 우리가 이곳에서 함께 만들고 있는 인위적인 상황의 본질을 인식하도록 해 자신의 진짜 문제를 깨닫게 하고 싶소. 어느 날 그 아이가, 이건 진짜 세상이 아냐, 하고 말할 때 정상을 향해 확실한 한 걸음을 내딛게 될 거요. 이건 진짜 관계들이 아니오.」

「그녀가 그렇게 될 가능성은 얼마나 되죠?」

「작소. 하지만 존재하긴 하오. 특히 당신이 자신의 역할을 잘해 내면. 그 아이는 당신을 믿지 않을 수도 있지만 당신에게 끌리고 있소.」

「최선을 다하겠습니다.」

「고맙소. 틀림없이 잘해 주리라 믿소, 니컬러스.」 그는 손을 내밀었다. 「당신이 돌아와 기쁘오.」

우리는 헤어졌지만, 나는 몇 걸음을 뗀 후 그가 어느 길로 가는지 보기 위해 뒤를 돌아보았다. 무차를 향하는 것 같았다. 산책하러 간다는 말은 믿을 수 없었다. 그는 다른 만날 사람이 있는 것처럼, 해결할 일이 있는 것처럼 걸어갔다. 다시 한 번 나는 마음이 동요되었다. 그토록 많은 시간을 아무 소득 없이 추측만 하다 그와 줄리 모두에 대해 똑같이 의심을 하기로 마음먹고 부라니에 온 터였다. 하지만 이제 그녀를 매처럼 감시해야 한다는 것을 알았다. 노인은 정신 의학 분야에서 일했고, 최면을 걸 수 있었다. 그것은 증명된 사실이었다. 그리고 그녀가 자신에 대해 얘기한 그 어느 것도 확실한 증거에 의해 뒷받침되지 못했다. 그들이 나를 속이기 위해 서로 짜고 연기를 하고 있을 가능성 또한 더욱 커지고 있었다. 그 경우 줄리 홈스는 릴리 몽고메리와 마찬가지로 그녀의 진짜 정체가 아니었다.

자갈길을 가로질러 집으로 다가가는 동안 누구도 보이지 않았다. 나는 계단을 뛰어올라 조용히 모퉁이를 돌아 주랑 앞쪽 아래 넓은 타일 바닥으로 갔다.

그녀는 바다를 마주한 아치 중 하나 안에, 반은 햇빛 속에, 반은 그림자 속에 서 있었다. 그리고 짐작 못한 것은 아니지만 사뭇 충격적이게도, 요즘 옷을 입고 있었다. 짙은 남색의 반소매 셔츠와, 붉은색 벨트를 한 하얀 해변용 바지를 입고 맨발 차림에 긴 머리를 내리고 있는 그녀의 모습은 지중해의 어느 멋진 호텔 테라스에 데려다 놓아도 눈부시게 어울릴 만했다. 한 가지만은 분명했다. 그녀는 다른 시대의 의상을 입었을 때만큼이나 요즘 옷을 입었을 때에도 매혹적일 정도로 아름다운 젊은 여자였고, 덜 인위적인 차림을 한 지금도 전혀 덜 매력적이지 않았다.

내가 나타나자 그녀는 몸을 돌렸다. 우리 사이의 공간을 가로지르는 우리 두 사람의 시선에는 의혹과 이상한 침묵이 어려 있었다. 그녀는 내가 오지 않을 거라고 반은 결론을 내렸던 듯 약간 놀라는 것처럼 보였다. 안도의 빛이 보이는가 싶었지만 거의 동시에 그녀는 나에게서 거리를 두었다. 그녀에게는 다른 시대의 의상을 입지 않은 것을 들킨 것에 대해 약간 어색해하는 기색이 있었고, 그 새로운 모습에 내가 어떤 반응을 보일지 확신이 서지 않아 하는 것 같았다. 마치 옷값을 지불해야 하는 남자에게 처음으로 새로 산 옷을 보이는 여자 같았다. 그녀는 시선을 떨어뜨렸다. 나는 나대로 앨리슨과, 파르나소스에서 있었던 일을 떠올렸고, 잠시 바람을 피운 것에 죄책감을 느꼈다. 우리는 그런 식으로 몇 초 동안 있었다. 그녀는 6미터 정도 떨어진 곳에서 손에 배낭을 들고 서 있는 나를 다시 쳐다보았다. 나는 그녀에게서 다른 새로운 뭔가를 보았다. 살을 태우기 시작해 이제 피부가 벌꿀 색이었던 것이다. 나는 그녀를 심리학적으로, 정신 의학적으로 파악해 보려고 하다가 포기하고 말았다.

내가 말했다. 「잘 어울리네요. 요즘 옷 말이에요.」

그사이 며칠간 수많은 숙고를 한 것처럼 여전히 그녀는 당혹스러워 보였다.

「그를 만났나요?」

「누구요?」 하지만 그것은 실수였다. 그녀의 시선은 어딘지 참을성이 없어 보였다. 「영감님 말인가요? 그래요. 산책을 나가고 있었어요.」

그녀의 의심은 줄어들지 않았고, 그녀는 잠시 더 나를 쳐다보았다. 그런 다음 눈에 띄게 무관심하게 말했다. 「차를 들래요?」

「좋아요.」

그녀는 맨발로 아무 말 없이 타일 바닥을 가로질러 테이블로 갔다. 음악실 문 옆에 에스파드리유[92]가 한 켤레 놓여 있는 것이 보였다. 나는 그녀가 성냥을 켜 알코올램프에 불을 붙인 다음 스탠드 위에 주전자를 올리는 것을 지켜보았다. 그녀는 음식을 덮은 모슬린 보자기를 만지작거리며 내 시선을 피했다. 그녀의 손목에 난 흉터가 눈에 들어왔다. 그녀는 거의 부루퉁한 표정이었다. 나는 벽 옆에 가방을 내려놓고 가까이 갔다.

「뭐가 잘못됐나요?」

「잘못된 건 없어요.」

「나는 어떤 식으로도 당신을 배신하지 않았어요. 그가 무슨 말을 했건.」 그녀는 나를 흘깃 쳐다본 후 다시 테이블을 내려다보았다. 나는 사소한 얘기를 건네 보았다. 「그동안 어디 있었죠?」

「요트에요.」

「어딜 갔나요?」

「항해를 했어요. 시클라데스에서요.」

「보고 싶었어요.」

그녀는 아무 말도 하지 않았다. 그녀는 나를 쳐다보려 하지 않았다. 나는 여러 종류의 응대를 예상했지만 내가 아예 오지 않았기를 바라는 지금의 반응만큼은 전혀 예상치 못했다. 그녀가 멍하니 고민에 빠져 정신이 딴 데 가 있는 것을 보자, 두려워지며 약간 오싹한 기분이 들었다. 그녀처럼 예쁜 여자에게 지금껏 다른 남자가 없었다는 것은 바로 이런 이유로밖에 설명할 수 없었는데, 나는 그 사실을 믿고 싶지 않았다.

---

92 끈을 발목에 감고 신는 캔버스화.

「릴리는 죽은 것 같아요.」

그녀는 테이블을 바라보며 말했다. 「별로 놀라는 것 같지 않군요.」

「나는 이곳의 어떤 것에도 놀라지 않아요. 더 이상은.」 그녀는 숨을 들이쉬었다. 나는 다시 한 번 잘못된 대답을 했던 것이다. 「그래, 이제 공식적으로 무슨 연기를 하고 있죠?」

그녀는 자리에 앉았다. 이미 끓여 두었던 물인 듯 주전자에서 이내 김이 나며 쉬 소리가 나기 시작했다. 그녀가 갑자기 나를 쳐다보았다. 그 질문은 비난이 분명했다.

「아테네에서는 즐거웠나요?」

「아뇨. 그리고 친구도 만나지 않았어요.」

「모리스는 당신이 친구를 만났다고 하던데요.」

나는 속으로 그를 저주했고, 거짓말을 한 데 대한 약간의 공포를 느꼈다. 「이상하군요. 5분 전만 해도 그는 몰랐어요. 그녀를 만났느냐고 그가 직접 물었으니까요.」

그녀는 눈을 내리깔았다. 「왜 만나지 않았죠?」

「당신에게 얘기한 이유로요. 우리 사이는 끝났어요.」

그녀는 뜨거운 물을 찻주전자에 조금 부은 다음 주랑을 가로질러 가 주랑 가장자리에 쏟아 버렸다. 그녀가 다시 왔을 때 나는 말했다. 「그리고 당신을 다시 만날 거라는 것을 알고 있었기 때문에요.」

그녀는 자리에 앉아 용기에서 차를 숟가락으로 떠 찻주전자에 담았다. 「먼저 드세요. 배가 고프시면요.」

「왜 우리가 완전히 낯선 사람들처럼 행동하는지가 훨씬 더 알고 파요.」

「정확히 우리는 그런 사이니까요.」

「당신의 새로운 역할에 대한 내 질문에 왜 대답을 하지 않죠?」

「당신이 그 대답을 이미 알고 있으니까요.」

히아신스 색이 도는 그녀의 회색 눈은 내게 고정되어 있었고, 회피하는 기색이 전혀 없었다. 주전자가 끓자, 그녀는 그 안에 담긴 끓는 물을 찻주전자에 부었다. 주전자를 다시 스탠드 위에 올려놓고 그 아래에 있는 불을 끈 다음 그녀가 말했다. 「당신이 내가 미쳤다고 생각하는 것을 탓하고 싶지는 않아요. 갈수록 나도 내가 미친 건 아닌지 의심되기 시작하고 있으니까요.」 그녀의 목소리는 더욱더 건조해졌다. 「내가 준비된 장면을 망쳤다면 미안해요.」 그런 다음 그녀는 메마른 미소를 지었다. 「냄새 나는 염소젖으로 할래요 아니면 레몬으로 할래요?」

「레몬.」

그 순간 나는 커다란 안도감을 느꼈다. 노인이 내게 진실을 말하고 있었다면 — 그녀가 그의 게임에서 그를 이길 정도로 제정신이 아니게 교활하거나 교활하게 제정신이 아닌 게 아니라면 — 그녀는 그녀가 결코 하지 않을 한 가지 일을 막 한 것이었다. 나는 늘 여러 설명 중 가장 단순한 것을 믿으라는 오컴의 면도날을 떠올렸다. 하지만 나는 안전한 길을 택했다.

「왜 내가 당신이 미쳤다고 생각해야 할까요?」

「왜 내가 당신이 당신 자신이 말하는 그런 사람이 아니라고 생각해야 하죠?」

「정말 왜죠?」

「당신이 방금 한 질문은 당신이 당신 자신이 말하는 그런 사람이 아니라는 것을 증명하기 때문이에요.」 그녀는 잔을 내게로 밀었다. 「당신 차예요.」

나는 차를 보다가 그녀를 쳐다보았다. 「좋아요. 나는 당신이 정신 분열증의 유명한 사례라는 것을 믿지 않아요.」

그녀는 여전히 기분이 풀리지 않은 표정으로 나를 쳐다보았다.「샌드위치 같이 드실래요…… 어프 씨?」

나는 미소를 짓지 않았으며, 잠시 아무 말도 하지 않았다.

「줄리, 이건 터무니없어요. 우리는 그가 놓은 모든 덫에 걸려들고 있어요. 지난번에 합의를 한 걸로 아는데요. 그가 듣지 못하는 곳에서는 서로에게 거짓말할 필요가 없다고 말이에요.」

그녀는 갑자기 자리에서 일어나, 주랑 끝, 서쪽으로 채소밭과 연결되는 계단이 있는 곳으로 천천히 걸어갔다. 그런 다음 내게 등을 돌린 채 집의 벽에 기대어 멀리 펠로폰네소스의 산들을 쳐다보았다. 잠시 후 나는 자리에서 일어나 그녀 뒤쪽으로 갔다. 그녀는 몸을 돌려 나를 쳐다보지 않았다.

「나는 당신을 비난하는 게 아니에요. 만약 그가 내게 당신에 대한 그 많은 거짓말을 늘어놓았듯 당신에게도 나에 대해 거짓말을 했다면…….」 나는 손을 뻗어 그녀의 어깨 위에 올려놓았다. 「이러지 마요. 지난번에 어느 정도 서로에 대한 신뢰를 쌓았잖아요.」 그녀가 어깨 위에 올린 내 손에 아무 반응을 보이지 않아, 나는 손을 떨어뜨리고 말했다.

「당신은 다시 내게 키스를 하고 싶어 할 것 같아요.」

그 순진하고 느닷없는 말에 나는 깜짝 놀랐다.

「그게 죄가 되나요?」

갑자기 그녀가 팔짱을 끼면서 등을 벽 쪽으로 하고 나를 마주하며 강렬한 시선으로 나를 쳐다보았다.

「그리고 나와 잠자리에 들고 싶겠죠?」

「당신이 원하기만 한다면요.」

그녀는 내 눈을 살피다가 시선을 떨어뜨렸다.

「그런데 내가 원하지 않는다면요?」

「그럼 더 이상 할 말이 없는 거죠.」

「계속 시도해 볼 가치도 없나 보군요.」

「정말 모욕적인 말이네요.」

나는 그녀의 반응을 살필 수 있도록 충분히 힘을 실어 말했다. 그녀는 여전히 팔짱을 낀 채 머리를 숙였다.

나는 좀 더 부드러운 목소리로 말했다.「이봐요, 그가 도대체 당신에게 무슨 말을 하고 있는 거죠?」

긴 침묵 후 그녀가 말했다.「무엇을 믿어야 할지 알 수만 있다면 좋겠어요.」

「본능을 믿어 봐요.」

「이곳에 온 이후로 그것을 잊어버린 것 같아요.」다시 침묵에 잠긴 그녀는 숙인 머리를 살짝 비스듬히 움직였다. 그녀의 목소리는 이제 덜 비난 조로 들렸다.「지난번 이후로 그는 좋지 않은 어떤 얘기를 했어요. 당신이 사창가에 갔으며, 그리스의 사창가는 안전하지 않으니, 당신이 내게 다시 키스를 하게 해서는 안 된다고요.」

「내가 그곳에 갔다고 생각해요?」

「당신이 방금 전 어디에 있었는지도 나는 몰라요.」

「그렇다면 그의 말을 믿는 건가요?」그녀는 아무 말도 하지 않았다. 나는 콘키스에게 화가 났다. 그러면서 뻔뻔스럽게도 히포크라테스 선서 운운하다니. 나는 그녀의 숙인 머리를 쳐다보며 말했다.「정말 진절머리가 나는군요. 난 그만 빠지겠어요.」

진심은 아니었지만 나는 마치 진심인 것처럼 테이블을 향해 몸을 돌렸다. 그녀가 재빨리 말했다.「제발요.」그리고 잠시 후 말을 이었다.「그의 말을 믿는다고는 하지 않았어요.」

나는 걸음을 멈추고 그녀를 쳐다보았다. 마침내 그녀의 눈에 덜 적대적인 뭔가가 나타났다.

「하지만 당신은 그런 것처럼 행동하고 있어요.」

「나는 내 나름대로 행동하고 있어요. 내가 믿지 않는다는 것을 알면서도 그가 계속해서 어떤 얘기들을 하는 이유를 이해할 수 없어서요.」

「내가 사창가에 간 게 사실이라면 그는 처음부터 당신에게 얘기를 했어야 해요.」

「우리도 그 생각을 했었죠.」

「그에게 왜 그러지 않았는지 물어보지 않았나요?」

「그는 이제 막 알게 되었다고 했어요.」 이어 그녀는 아주 부드러운 목소리로 말했다. 「가지 마세요.」

결국 그녀는 눈을 내리깔았지만 한참을 나를 쳐다본 것을 보면 그 부탁은 진심인 것 같았다. 나는 그녀 앞으로 다시 갔다.

「우리는 그가 본질적으로는 선하다고 여전히 확신하고 있는 건가요?」

「어떤 점에서는 그래요.」 그러고는 바로 덧붙였다. 「모든 것에도 불구하고.」

「나는 우주적인 텔레파시 경험을 했어요.」

「그래요, 그가 말했어요.」

「당신에게도 최면을 건 적이 있나요?」

「그래요, 여러 번.」

「그는 그렇게 해서 당신의 마음속에서 일어나는 모든 것을 알고 있다고 주장하고 있어요.」

그 말에 잠시 충격을 받은 듯 그녀는 고개를 들었지만 곧 약간 따지고 들었다. 「그건 말도 안 돼요. 나는 그가 그렇게 하게 내버려 두지 않았어요. 게다가 준이 늘 옆에 있었어요. 그 사람이 그래야 한다고 고집했어요. 그것은 누군가로 하여금 역할을 하게 하는 데 도움이 되는 어떤 기법, 그저 다소 놀라운 기법에 지나지 않아요. 준은 그가 그냥 계속해서 얘기를 한다고 했어요…… 그리고 어찌어찌해서 나는 그 모든 것을 받아들이죠.」

「줄리는 단지 또 다른 역할일 뿐인가요?」

「내 여권을 보여 줄게요. 지금 갖고 있지는 않지만…… 다음번에. 약속할게요.」

「지난번에…… 당신은 정신 분열증과 관련된 일이 일어날 거라고 경고를 해줄 수도 있었어요.」

「뭔가가 찾아오고 있다고 경고를 했어요. 내가 할 수 있는 한에서는.」

나는 다시 한 번 우리의 의심과 의혹이 쌓여 가는 것을 느꼈고, 그녀가 나름으로 경고를 했다고 양보할 수밖에 없었다. 이제 그녀는 방어적인 태도를 취하며 어딘지 훨씬 더 순종적인 모습을 보였다.

「좋아요…… 하지만 그가 어떤 사람이 아닌지는 알 수 없다 쳐도 정신과 의사인 것은 맞나요?」

「한동안 그렇게 알아 왔어요.」

「그렇다면 이곳의 모든 것은 그것에 맞춘 건가요?」

다시 한 번 나는 평가를 받았다. 그런 다음 그녀는 비스듬히 타일 바닥을 내려다보았다. 「그는 실험적 상황에 대해 많은 이야기를 해요. 자신들이 이해하지 못하는 상황에 직면한 사람들의 행동 양식에 대해서요. 그리고 정신 분열증에 대해서도 많이 이야기하고요.」 그녀는 어깨를 으쓱했다. 「사람들이 알 수 없는 것 앞에서 어떻게…… 윤리적으로, 또는 모든 면에서 분열되는지에 대해서요. 어느 날 그는 알 수 없는 것이 모든 인간 존재의 커다란 동기 요소라는 얘기를 했어요. 그는 우리가 이곳에 왜 있는지 모르고 있다는 얘기를 하고자 했죠. 우리가 왜 존재하는지. 죽음과 사후의 삶. 그 모든 것.」

「한데 그는 우리가 자신을 위해 뭘 증명하기를 바라는 거죠?」

그녀는 여전히 바닥을 쳐다보고 있었다. 잠시 후 그녀가 고개를 저었다.

「솔직히 우리는 여러 번 그에게 자세한 설명을 요구했어요. 하지만 그는…… 늘 같은 주장을 했죠. 우리가 최종적인 목적, 그러니까 그가 기대하는 것이 무엇인지 알게 될 경우 그것이 우리가 행동하는 방식에 영향을 미칠 것이라고요.」 그녀는 마지못한 듯 숨을 내쉬었다.「그건 나름대로 논리가 있죠.」

「그 이야기는 들었어요. 당신의 사례사(事例史)를 알고 싶다고 했을 때요.」

그녀의 눈이 내 눈과 마주쳤다.「그건 존재해요. 나는 그것을 암기해야 했죠. 그가 만든 것을요.」

「한 가지는 분명해요. 어떤 이유로 그는 우리에게 거짓말이라는 거짓말은 죄다 하고 있어요. 하지만 우리는 그가 우리가 상상하기를 바라는 그런 존재일 필요는 없어요. 당신이 정신분열증 환자가 아닌 것처럼 나는 매독 환자가 아니에요.」

그녀는 고개를 숙였다.「나는 그건 정말로 믿지 않았어요.」

「내 말은, 그것이 그의 게임이든 실험이든 그 무엇이든 간에 그 뭔가의 일부라면 나는 그가 나에 대해 당신에게 얼마나 많은 거짓말을 하든 상관하지 않는다는 거예요. 하지만 당신이 그 거짓말들을 믿기 시작하는 것은 내게 문제가 돼요.」

잠시 침묵이 흘렀다. 거의 자신의 의지에 반하는 듯한 모습으로 그녀는 시선을 들어 나를 다시 쳐다보았다. 그 눈은 현재의 상황을 넘어서서, 말보다 훨씬 더 오래된 언어로 뭔가를 말했다. 그 눈 속에서는 의혹이 가라앉으며 솔직함이 다시 나타났다. 그리고 말없이 내 판단을 받아들이고 있었다. 잠깐 동안 마치 양보의 표시처럼 그녀의 입언저리가 아주 살짝 말려 올라갔다. 그녀는 다시 시선을 떨어뜨린 후 두 손을 등 뒤로 가져갔다. 침묵, 어린 소녀가 회개하는 듯한 기색, 소심하게 용서를 기다리는 태도.

이번에는 그것이 두 사람 모두가 함께하는 것이었다. 그녀의 입술은 따뜻했고, 그것이 내 입술 밑에서 움직였다. 그녀는 내가 자신의 몸을 꼭 껴안는 것을 허락했다. 나는 그 몸의 곡선과 날씬한 몸매를…… 그리고 모든 것이 보기보다 훨씬 덜 복잡하다는 것을 기분 좋게, 확실하게 알 수 있었다. 그녀는 키스받고 싶어 했다. 우리의 혀끝이 닿았고, 잠시 포옹은 단단하고 열정적으로 되었다. 하지만 그 순간 그녀가 불쑥 입술을 거두며 머리를 내 어깨에 댔다. 그럼에도 여전히 내게서 떨어지지 않았다. 나는 그녀의 머리칼에 입을 맞췄다.

「당신 생각에 거의 미치는 줄 알았어요.」

그녀가 말했다. 「오늘 당신이 오지 않았다면 나는 죽어 버렸을 거예요.」

「이게 현실이에요. 다른 모든 것은 비현실이고요.」

「내가 두려워하는 게 바로 그거예요.」

「왜죠?」

「확실해지고 싶은데 확실하지 않으니까요.」

나는 그녀를 안은 팔에 좀 더 힘을 실었다. 「오늘 밤 만날 수 있을까요? 어딘가에서 단둘이서?」 그녀는 아무 말이 없었고, 그래서 나는 재빨리 이렇게 말했다. 「제발 나를 믿어요. 당신에게 상처를 주는 일은 없을 거예요.」

그녀는 계속해서 시선을 내리깐 채 살며시 몸을 빼내며 내 손을 잡았다. 「그런 게 아니에요. 당신이 상상하는 것보다 더 많은 사람이 있어서예요.」

「이곳 어디에서 자죠?」

「일종의 은신처 같은 데가 있어요.」 그녀는 재빨리 덧붙였다. 「보여 줄게요. 약속해요.」

「오늘 밤 뭔가 계획된 것이 있나요?」

「그는 우리에게 자기 인생의 또 다른 일화를 얘기해 줄 거예요. 저녁 식사 후 나도 그 자리에 있을 거예요.」 그녀는 미소를 지었다. 「그런데 솔직히 나는 그게 뭔지 몰라요.」

「그렇다면 그 후에 만날 수 있을까요?」

「노력해 볼게요. 하지만……」

「자정에는 어때요? 입상 옆에서?」

「가능하면요.」 그녀는 테이블 쪽을 쳐다보며 내 손을 꼭 쥐었다. 「차가 식었을 거예요.」

우리는 테이블로 돌아가 앉았다. 그녀가 새로 차를 끓이려는 것을 내가 말려, 우리는 미지근한 차를 마셨다. 나는 샌드위치 한두 개를 먹었고, 그녀는 담배를 피웠으며, 우리는 얘기를 했다. 나와 마찬가지로 그녀도 그녀의 자매도, 그가 우리를 자신의 게임에 끌어들이려고 하면서도 언제든지 포기할 준비가 되어 있는 듯 보이는 것을 이해할 수 없었다.

「우리가 불안의 기미를 보일 때마다 그는 영국으로 곧장 돌아가라고 하죠. 크루즈 여행을 할 때 어느 날 저녁 우리는 그가 무엇을 하고 있는지, 이유를 말해 줄 수는 없는지 등을 따졌죠. 결국 그는 거의 화를 내다시피 했어요. 우리는 이튿날 아침 그에게 사정을 해야 했죠. 그토록 꼬치꼬치 캐물은 것을 용서해 달라고요.」

「우리 모두에게 같은 술책을 쓰고 있는 게 틀림없군요.」

「그는 계속해서 내가 당신과 거리를 유지해야 한다고 말하고 있어요. 당신을 안달나게 해야 한다고요.」 그녀는 타일 바닥 위의 재를 가볍게 털어 내며 미소를 지었다. 「그는 언젠가 당신이 그토록 이해력이 느린 것에 대해 사과를 하기까지 했어요. 나는 그것이 다소 터무니없다고 생각했어요. 당신이 처음 5초 만에 릴리에 관한 것을 간파해 낸 것을 고려

하면요.」

「내가 일종의 조수, 그러니까 젊은 정신과 의사라는 생각을 하게 하지는 않던가요?」

나는 그녀가 그 말에 놀라는 동시에 불안해하는 것을 볼 수 있었다. 그녀는 머뭇거렸다. 「아뇨. 하지만 그 생각을 해본 적은 있어요.」 그런 다음 그녀는 한마디 덧붙였다. 「당신은요?」

나는 히죽 웃음을 지었다. 「그는 당신에게 최면을 건 상태에서 그런 사실을 알아냈다는 얘기를 방금 전에 했어요. 당신이 그런 생각을 하고 있다고요. 우리는 조심해야 해요, 줄리. 그는 우리가 한시도 마음을 못 놓기를 바라고 있어요.」

그녀는 담배를 꺼냈다. 「그리고 우리가 그렇다는 것을 깨닫기를?」

「그가 우리를 떼어 놓으려고 하지 않는 것만은 분명해요.」

「그래요. 그건 우리 둘 다 느끼고 있어요.」

「그렇다면 알 수 없는 것은 그 이유인가요?」 그녀는 살짝 고개를 까닥했다. 「그리고 왜 당신이 나에 대해 아직 의혹을 갖고 있는가 하는 것도요.」

「당신이 나에 대해서 느끼는 것만큼은 아니에요.」

「하지만 지난번에 그렇게 말했죠. 우리는 지금부터는 자연스럽게 만난 것처럼 행동해야 한다고요. 우리가 서로에 대해 더 많이 알수록 더 안전해질 거예요. 더 확실해지고요.」 나는 살짝 미소를 지었다. 「나로서는 당신과 관련해 가장 믿을 수 없는 것은 당신이 결혼을 하지 않고 케임브리지를 떠났다는 거예요.」

그녀는 고개를 떨어뜨렸다. 「거의 결혼을 할 뻔했죠.」

「하지만 그건 과거의 일인가요?」

「그래요. 한참 과거의 일이죠.」

「진짜 당신에 대해 알고 싶은 게 너무도 많아요.」
「진짜 나는 가공의 나에 비해 훨씬 덜 흥미로워요.」
「영국에서는 어디에 살죠?」
「진짜 집은 도싯에 있어요. 어머니가 그곳에 살죠. 아버지는 돌아가셨고요.」
「아버지께선 무슨 일을 하셨죠?」

하지만 그 대답은 듣지 못했다. 그녀는 무척 놀란 표정으로 내 뒤쪽을 쳐다보았다. 나는 몸을 돌렸다. 콘키스였다. 그는 몰래 우리에게 온 것이 틀림없었다. 나는 아무 소리도 듣지 못했다. 그는 1미터 길이의 도끼를 손에 들고 있었는데, 그것을 들어 내 두개골을 찍을지 말지 고민하는 것 같았다. 나는 줄리의 날카로운 목소리를 들었다.

「모리스, 이건 하나도 재미없어요!」

그는 그녀의 말은 무시하고 나를 노려보았다.

「차를 마셨소?」

「네.」

「죽은 소나무 한 그루를 봤소. 그것을 베어 버리고 싶구려.」

그의 목소리는 우스꽝스러울 정도로 무뚝뚝하고 위압적이었다. 나는 다시 줄리를 쳐다보았다. 그녀는 자리에서 일어나 노인을 사납게 쳐다보고 있었다. 나는 그 즉시 뭔가가 아주 잘못되었다는 것을 알았다. 마치 내가 더 이상 그 자리에 없기라도 한 것 같았다. 콘키스가 이상할 정도로 음울한 표정으로 말했다. 「마리아가 난로에 넣을 땔감을 기다리고 있소.」

줄리의 목소리는 거의 히스테리컬할 정도로 날카로웠다.

「이렇게 날 놀라게 하다니! 어떻게 그럴 수 있죠!」

나는 재빨리 다시 그녀를 쳐다보았다. 그녀의 눈은 콘키스가 최면을 걸기라도 한 듯 풀려 있었다. 그녀는 다음 말을 마치 그에게 침을 뱉듯 내뱉었다.

「당신을 〈증오〉해요!」

「애야, 지나치게 흥분했구나. 가서 쉬도록 하렴.」

「아뇨!」

「그렇게 해.」

「당신을 〈증오〉해요!」

그녀는 원한과 절망이 섞인 듯한 목소리로 그 말을 했고, 그에 따라 그녀에 대해 새롭게 갖게 된 나의 모든 신뢰는 바닥에 떨어졌다. 나는 두려움에 사로잡혀 그들의 얼굴을 번갈아 보면서 공모의 흔적을 찾으려 했다. 콘키스가 도끼를 내렸다.

「그렇게 해, 줄리.」

어떻게 해야 할지 잠시 고민이 되었다. 그런데 그 순간 그녀가 불쑥 몸을 돌려 음악실 문 옆으로 가 그곳에 놓여 있던 에스파드리유를 신었다. 그녀는 테이블을 지나 돌아와 — 그사이 그녀는 나를 단 한 번도 쳐다보지 않았다 — 그 집을 떠나려는 것처럼 보였지만, 갑자기 내 앞에 있는 찻잔을 집어 들어 남아 있던 차를 내 얼굴에 끼얹었다. 차는 바닥에 깔릴 정도만 남아 있었고 거의 다 식었지만, 그 동작에는 유아적인 원망감이 담겨 있었다. 나는 놀라 어안이 벙벙해졌다. 그녀는 바로 그 자리를 떠났다. 콘키스가 날카롭게 말했다.

「줄리!」

그녀는 주랑의 동쪽 끝에서 멈춰 섰지만 계속해서 우리에게서 등을 돌리고 있었다.

「버르장머리 없는 아이처럼 굴고 있구나. 그건 용서할 수 없어.」 그녀는 움직이지 않았다. 그는 그녀 쪽으로 몇 걸음 가 좀 더 작은 목소리로 말했지만 무슨 말을 하는지 들을 수 있었다. 「여배우는 성질을 부릴 수도 있어. 하지만 무고한 방관자에게 그럴 수는 없다. 이제 가서 우리의 손님에게 사과해.」

그녀는 비틀거리더니 몸을 돌려 그를 지나쳐서는 내가 앉아 있는 곳으로 왔다. 그녀는 뺨이 약간 발개져 있었고, 여전히 눈을 마주치려고 하지 않았다. 그녀는 내 앞에서 걸음을 멈췄지만 반항적인 태도로 땅을 쳐다보았다. 나는 그녀의 얼굴과 아래를 향한 눈을 살피다가 절망적인 심정으로 그녀 너머에 있는 콘키스를 쳐다보았다.

「정말 우리를 놀라게 하셨습니다.」

그녀가 보지 못하는 상태에서 그는 나를 달래려는 듯 손을 들어 올리더니 이어서 그녀의 등을 어루만졌다.

「어서 사과하렴, 줄리.」

갑자기 그녀가 나를 쳐다보았다.

「〈당신〉 역시 증오해!」

그녀는 꼭 버릇없는 아이처럼 앵돌아진 목소리로 말했다. 하지만 내 눈에만 그렇게 보인 것인지 몰라도, 기적처럼 그녀가 오른쪽 눈을 찡긋했다. 이 사소한 소동에서 얘기되는 것을 하나도 믿어서는 안 된다는 뜻인 것 같았다. 나는 아무렇지 않은 듯 표정을 관리하느라 안간힘을 썼다. 그사이 그녀는 몸을 돌려 다시 노인을 지나쳐 걸어가고 있었다. 그는 그녀를 잡으려고 손을 내밀었지만 그녀는 화를 내며 그 손을 뿌리친 후 계단을 달려 내려가 자갈길을 가로질러 갔다. 20미터쯤 간 그녀는 뛰기를 멈췄고, 스스로에게 실망한 듯 손으로 얼굴을 감싼 채 계속해서 빠른 걸음으로 걸었다. 콘키스는 내게로 몸을 돌려 걱정스러운 얼굴을 하고 있는 내게 미소를 지었다.

「그 아이의 짜증을 너무 심각하게 받아들여서는 안 되오. 그 아이의 일부는 늘 심각하게 퇴행적인 행동을 보일 가능성을 갖고 있다오. 그 아이는 약간 연극을 하고 있소.」

「그녀는 저를 속일 수도 있었어요.」

「그게 그 아이의 희망이었소. 내가 얼마나 전제적인 폭군인지 보여 주는 것 말이오.」

「그리고 얼마나 남의 얘기 하기 좋아하는 분인지도요. 아무튼 그렇게 보이는군요.」 그는 나를 쳐다보았다. 「얼굴에 차한 방울 묻은 건 상관없습니다. 하지만 매독에 걸렸다는 얘기는 선을 분명히 하고 싶군요. 특히 선생님이 그것과 관련된 사실을 알고 있는 마당에는요.」

그는 미소를 지었다. 「하지만 당신은 그 이유를 틀림없이 추측했겠지요?」

「아직은요.」

「나는 당신이 지난주에 당신 친구를 만났다는 얘기도 했소. 어쩌면 그것이 단서가 되는 것 같지 않소?」 그는 그렇지 않다는 것을 내 얼굴을 통해 보았을 것이다. 그는 잠시 머뭇거리다가 도끼를 들라고 했다. 「갑시다. 설명을 해드리리다.」

나는 자리에서 일어나 도끼를 들었고, 우리는 정문 쪽으로 걸어갔다.

「이번 여름에 이 모든 것이 끝날 때가 올 거요. 따라서 나는 줄리에게 너무 많이 고통을 야기하지 않을, 뭐랄까, 출구를 제공해야 하오. 당신에 관해 내가 그 아이에게 들려준 이 잘못된 정보는 두 개의 출구를 만들어 주고 있소. 그 아이는 당신의 인생에 다른 누군가가 있다는 것을 알고 있소. 그리고 당신이 처음 보았을 때만큼 그렇게 바람직한 젊은이가 아니라는 것도. 게다가 당신도 방금 보았듯이 정신 분열증 환자는 정서적으로 불안정하오. 나는 당신이 깊은 병을 앓는 여자를 성적으로 이용하지 않을 거라고 믿소. 하지만 그 아이의 마음에 추가의 장애물이 심겨 있으면 당신으로서도 상황이 보다 수월해질 거요.」

나는 내심 흐뭇했다. 그 한 번의 희미한 윙크가 그의 모든 기만을 공허하고 참을 만한 것으로 만들었으며, 나 역시 맞받아 기만을 펼칠 수 있게 해주었다.

「그런 차원에서라면…… 물론이죠. 이해합니다.」

「내가 당신들 둘 사이에 끼어든 이유도 거기에 있소. 그 아이는 극복할 문제가 있는 만큼 약간 뒤로 돌아가야 하오. 사지가 부러진 사람이 운동을 해야 하는 것처럼 말이오.」 이어 그는 내게 물었다. 「당신은 그 아이를 어떻게 보았소, 니컬러스?」

「저에 대해 무척 의심스러워하더군요. 선생님이 말한 것처럼요.」

「하지만 당신은……?」

「제 역할을 시작하고 있었습니다.」

「좋소. 내일 나는 모습을 감출 거요. 최소한 그 아이가 그렇게 믿게 할 거요. 당신은 하루 종일 그 아이와 단둘이 있게 될 서요. 그 아이가 그 상황을 어떻게 하는지 봅시다.」

「저를 그토록 믿어 주신다니 기쁩니다.」

그는 내 팔을 잡았다. 「또한 나는 그 아이에게서 다소 과도한 반응을 야기하려고 했다는 얘기를 해야 할 것 같소. 당신을 위해서. 그 아이의 비정상성에 대해 의혹이 남아 있을 경우를 위해.」

「이제는 아무런 의혹도 없습니다. 아무것도요.」

그는 머리를 숙였고, 나는 속으로 씩 웃었다. 우리는 나무가 있는 곳에 이르렀는데, 나무는 이미 옆으로 넘어져 있었다. 그는 그것을 옮길 수 있는 길이로 자르고자 했다. 나무를 집으로 가져가는 것은 헤르메스의 일이었고, 나는 그것을 자르기만 하면 되었다. 내가 도끼질을 하기 시작하자마자 그는 딴 데로 가버렸다. 나는 이전보다 그 일을 훨씬 더 즐겼다. 좀 더 작은 가지는 말라 부서지기 쉬웠고, 도끼질 한 번에 부러졌다. 한 번 한 번의 도끼질이 상징적인 것으로 느껴졌다. 나무 이상의 뭔가가 다룰 수 있는 길이로 잘리고 있었다. 가지를 가지런히 쌓으면서 부라니와 콘키스의 수수께끼를 가지런히 쌓기 시작하고 있다는 느낌도 들었다. 나는 줄리에 관한 모든 것을 알아낼 것이고, 이미 그녀가 내 편이라는 중요한 사실을 알아냈다. 어떤 의미에서 그는 우리를 자신의 아이러니를 의인화하는 존재로, 모호함을 탐구하는 데 파트너로 이용하고 있었다. 그의 세계의 모든 진실은 일종의 거짓이었으며, 모든 거짓은 일종의 진실이었다. 덫과 술책과 그것들의 표면적인 사악함에도 불구하고, 줄리와 마찬가지로 나는 그가 근본적으로는 선하다고 받아들이기 시작했다. 나는 그가 내게 보여 준, 미소 짓고 있는 석제 두상을 떠올렸다. 그것이 그의 궁극적인 진실이었다.

어쨌든 그는 자신의 가면극의 표면적인 측면을 우리가 꿰뚫어 보리라는 것을 알 만큼 영리했다. 그는 우리가 가까워지기를 남몰래 바라고 있는 것이 분명했고…… 그 가면극의 보다 깊은 목적이나 그것이 지니는 의미에 대해서는 지금으로서는 기다리는 것으로 만족할 수밖에 없었다.

오후의 햇살 아래에서 도끼를 휘두르며 나는 육체적인 운동을 즐겼다. 그리고 다시 주도권을 쥐게 되었다고 느끼며 자정과 내일, 줄리, 우리가 나눈 키스, 잊고 있던 앨리슨을 생각했다. 그가 원한다면 여름 내내 기다릴 수도 있었고, 그 여름 자체를 언제까지라도 기다려 줄 수 있었다.

44

 그녀는 램프 불빛 속에서 우리를 향해, 위층 테라스의 남동쪽 모퉁이에 있는 테이블을 향해 왔다. 그것은 내가 릴리인 그녀를 공식적으로 만난 날 밤 처음 그곳에 입장할 때의 모습과 대구를 이루는 듯한 모습이었다. 그날 오후 그녀는 거의 같은 옷을 입고 있었다……. 같은 하얀색 바지 차림이었었지만, 만찬의 격식성에 얼마간 양보를 한 듯 이번에는 소매가 약간 느슨한 하얀색 셔츠를 입고 있었다. 그리고 산호로 만든 목걸이와 붉은색 벨트를 하고, 에스파드리유를 신고, 약간의 아이섀도와 립스틱을 바른 상태였다. 콘키스와 나는 그녀를 맞이하며 자리에서 일어섰다. 그녀는 내 앞에서 머뭇거리면서 약간 절망적인 표정으로 나를 책망하듯 쳐다보았다.

 「오늘 오후의 일에 대해서는 마음이 몹시 좋지 않아요. 나를 용서해 주겠어요?」

 「잊어버려요. 아무것도 아니었어요.」

 그녀는 콘키스를 쳐다보았다. 마치 그가 동의를 하는지 하지 않는지 보려는 것 같았다. 그는 미소를 지으며 우리 사이에 있는 의자를 가리켰다. 하지만 그녀는 하얀 셔츠의 단추가 잠긴 곳으로 손을 뻗어 재스민 가지 하나를 내밀었다.

 「평화를 위해 바치는 거예요.」

 나는 재스민의 향기를 맡았다. 「고마워요.」

 그녀는 자리에 앉았다. 콘키스가 그녀에게 커피 한 잔을 따라 주었다. 나는 그녀에게 담배를 건넨 다음 불을 붙여 주었다. 그녀는 마음이 누그러진 듯했고, 그 최초의 시선 이후로 내 눈을 조심스럽게 피했다.

 콘키스가 말했다. 「니컬러스와 종교에 관해 토론을 하고 있었지.」

 그건 사실이었다. 그는 두 개의 참조문이 끼워져 있는 성경책 한 권을 들고 왔고, 우리는 신과 신이 아닌 존재에 관한 이야기를 하고 있었다.

「오.」 그녀는 커피를 내려다보다가 잔을 들어 한 모금 마셨다. 그 순간 나는 긴 테이블보 아래로 내 발에 살짝 압력이 가해지는 것을 느꼈다.

「니컬러스는 자신은 불가지론자이지만, 아무래도 상관없다고 했어.」

 그녀는 나를 향해 정중하게 시선을 들었다. 「아무래도 상관없다고요?」

「더 중요한 것들이 있죠.」

 그녀는 자신의 잔 옆에 있는 접시 위의 작은 스푼을 잡았다. 「나는 그보다 더 중요한 것은 없다고 생각했는데요.」

「우리가 결코 알 수 없는 것에 대한 태도보다 더 중요한 게 없다고요? 그건 시간 낭비인 것 같아요.」 나는 그녀의 발을 더듬으려 했지만 발은 어느새 사라지고 없었다. 그녀는 몸을 앞쪽으로 기울여 내가 테이블 가운데에 놓아 둔 성냥갑을 집어 들더니 성냥개비를 열 개 넘게 하얀 식탁보 위에 쏟았다.

「어쩌면 당신은 하느님에 대해 생각하기를 두려워하는 건 아닌가요?」

 그녀의 태도는 자연스럽지가 않아, 나는 그것이 사전에 준비된 장면이라는 것을 깨달았다. 그녀는 콘키스가 원하는 것을 말하고 있었다.

「알 수 없는 것에 대해서는 〈생각〉할 수 없죠.」

「당신은 내일이나 내년에 대해서는 결코 〈생각〉지 않나요?」

「물론 생각을 하죠. 그것들에 대해서는 이성적인 예언을 할 수 있죠.」

그녀는 손가락으로 성냥개비를 만지작거리며, 한가롭게 여러 가지 모양을 만들었다. 나는 그녀의 입을 바라보며 이런 냉랭한 대화를 끝낼 수 있기를 바랐다.

「하느님에 대한 이성적인 예언을 할 수도 있어요.」

「예를 들면요?」

「그분은 무척 지적이죠.」

「그걸 어떻게 알죠?」

「하느님을 내가 이해할 수 없기 때문이죠. 그분이 왜 있는지, 누구인지, 어떻게 존재하는지 모르니까요. 모리스는 내가 무척 지적이라고 해요. 나는 하느님이 나보다 훨씬 더 똑똑할 정도로 아주 지적이라고 생각해요. 내게 아무런 실마리도 주지 않으니 말이죠. 확실한 것도 없고, 볼 수도 없고, 이유도, 동기도 없죠.」 그녀는 성냥개비에서 눈을 들어 나를 잠깐 바라보았다. 그녀의 눈에는 내가 콘키스의 눈에서 본 메마른 의혹의 시선이 담겨 있었다.

「아주 지적이라고요? 아주 불친절한 건 아닌가요?」

「아주 현명하죠. 만약 하느님께 기도를 한다면 결코 내게 자신을 드러내지 말라고 부탁을 하겠어요, 만일 모습을 드러낸다면 하느님이 아니라는 걸 알게 될 테니까요. 그는 거짓말쟁이겠죠.」

그녀는 콘키스를 쳐다보았다. 그는 바다를 바라보고 있었다. 마치 그녀가 맡은 역할을 끝내기를 기다리는 것 같았다. 한데 그 순간 그녀가 집게손가락으로 테이블을 두 번 조용히 두드렸다. 그녀는 재빨리 콘키스를 곁눈질해 본 후 다시 나를 보았다. 나는 아래를 쳐다보았다. 그녀는 성냥개비 두 개를 대각선으로 교차시키고 그 옆에 두 개를 나란히 놓았다. XII. 그녀는 불현듯 무슨 뜻인지 이해한 내 눈을 피하며 성냥개비를 약간 쌓은 다음 램프 불빛을 피해 몸을 뒤로 젖히고 콘키스에게로 고개를 돌렸다. 「아무 말씀도 안 하시네요, 모리스. 내 말이 맞나요?」

「나도 당신과 같은 생각이오, 니컬러스.」 그는 내게 미소를 지었다. 「당신보다 나이를 더 먹고 경험이 더 풍부했을 때도 지금의 당신과 생각이 아주 비슷했소. 우리는 여자들만이 지니는 직관적인 자애심이 없고, 따라서 누구도 우리를 비난할 수 없소.」 그는 여자를 전혀 존중하지 않는 투로, 단순히 진술을 하듯 말했다. 줄리는 나와 눈을 마주치려 하지 않았다. 그녀의 얼굴은 어둠에 묻혀 있었다. 「하지만 그 후 어떤 경험을 하고 나서부터는 방금 줄리가 당신에게 한 말을 이해하게 되었소. 줄리는 하느님을 남성으로 만들어 우리에게 경의를 표했소. 하지만 하느님에 대한 모든 심오한 정의는 기본적으로 어머니에 대한 정의라는 것을, 모든 진정한 여성들이 그러하듯 이 아이도 아는 것 같소. 뭔가를 주는 것에 대한 정의라는 것을 말이오. 때로는 이상하기 짝이 없는 선물을 주기도 하오. 그건 종교적 본능이란 사실상 각각의 상황이 제공하는 것을 정의하려는 본능이기 때문이오.」

그는 의자 깊숙이 몸을 파묻었다.

「1922년 현대의 역사가 — 그 운전사는 민주주의와 평등, 그리고 진보를 상징했으니 말이오 — 되캉을 쓰러뜨렸을 때 나는 외국에 있었다는 얘기를 했을 거요. 실제로 나는 새를 찾아 — 더 정확하게는 새소리를 찾아 — 노르웨이의 외진 북쪽에 있었소. 알지 모르겠지만, 무수히 많은 희귀한 새들이 북극의 툰드라 지대에서 번식하고 있소. 나는 다행히 절대 음감을 지니고 있소. 당시 나는 새들의 울음소리나 노랫소리를 정확하게 기록하는 문제에 대해 논문을 한두 편 발표한 상태였소.

그리고 레이덴[93]의 판 오르트 박사와 미국의 A. A. 손더스 부부와 영국의 알렉산더 부부 같은 인물들과 과학적 문제를 논의하는 서신 교환도 시작한 상태였소. 그래서 1922년 여름 나는 북극에서 3개월간 머물기 위해 파리를 떠났소.」

줄리가 살짝 몸을 움직였고, 나는 내 발에 다시 살며시 압력이 가해지는 것을 느꼈다. 맨발의 아주 부드러운 압력이었다. 나는 샌들을 신고 있었는데, 콘키스가 알아차리지 못하도록 왼쪽 신발의 굽을 바닥에 끌어 샌들을 벗었다. 맨발바닥이 나의 맨발 옆쪽으로 살며시 미끄러지는 것이 느껴졌다. 그녀는 발가락을 구부려 내 발 위쪽을 스쳤다. 그것은 순수했지만 에로틱했다. 나는 내 발을 그녀의 발 위에 올려놓으려 했지만 이번에는 그녀의 발이 나를 나무라는 듯했다. 우리는 발이 닿게 할 수는 있었지만 그 이상은 안 되었다. 그사이 콘키스는 이야기를 계속하고 있었다.

「북쪽으로 가는 길에 오슬로 대학의 한 교수가 노르웨이와 핀란드에서 러시아까지 이어지는 광활한 전나무 숲 한복판에 사는, 교육을 받은 한 농부에 대한 이야기를 해주었소. 새에 대해 어느 정도 지식이 있는 사람 같았소. 그는 새들의 이동 기록을 그 교수한테 보냈는데, 교수는 그를 만난 적이 없었소. 그 전나무 숲에는 내가 울음소리를 듣고 싶어 하던 몇 가지 희귀종이 있었기에 나는 그 농부를 방문하기로 결심했소. 북극 툰드라 지대의 새들을 샅샅이 조사하고 난 다음 나는 바로 바랑게르피오르를 건너 시르세네스라는 작은 읍으로 갔소. 그리고 거기서 소개장을 갖고 세이데바레를 향해 출발했소.

140킬로미터를 가는 데 나흘이 걸렸소. 처음 30킬로미터

---

93 네덜란드에서 가장 오래된 도시이며, 문화 중심지의 하나이다.

까지는 숲 속으로 길이 나 있었지만, 그다음부터는 파스비크 강을 따라 외따로 떨어져 있는 농장에서 농장으로 노를 젓는 보트를 타고 가야 했소. 끝없는 숲이 펼쳐져 있었소. 가고 또 가도 시커먼 전나무 숲이 이어졌소. 강은 동화 속에 나오는 호수처럼 넓고 고요했소. 태초 이래로 사람이 한 번도 들여다본 적이 없는 거울 같았소.

나흘째 되는 날에는 두 남자가 하루 종일 나를 위해 노를 저었지만, 농장 하나 나오지 않았고, 사람 그림자도 보이지 않았소. 오직 은빛이 도는 청색의 강과, 나무들만이 끝없이 펼쳐져 있었소. 저녁 무렵 우리는 집 한 채와 공터를 보았소. 미나리아재비로 뒤덮인 작은 초지 두 개가 어두운 숲 속에서 황금빛으로 빛나고 있었소. 마침내 세이데바레에 도착한 거요.

건물 세 채가 서로 마주 보며 서 있었소. 강가에는 은빛 자작나무 숲에 반쯤 가려진 작은 목조 농가가 한 채 있었소. 그리고 잔디로 지붕을 인 긴 헛간과 쥐들을 쫓기 위해 경사면에 세워진 창고가 있었소. 보트 한 척이 집 옆 말뚝에 묶여 있었고, 햇볕에 말리기 위해 펼쳐 놓은 어망 하나가 있었소.

농부는 예리한 갈색 눈을 가진, 다소 키가 작은 남자로, 나이는 쉰 정도 되어 보였소. 나는 배에서 뛰어내려 그에게 소개장을 보여 주었소. 그보다 다섯 살 정도 젊은 여자가 나타나 그의 옆에 섰소. 그녀는 엄격하고 인상적인 얼굴을 하고 있었고, 나는 그 두 사람이 무슨 얘기를 하는지 이해할 수는 없었지만, 여자 쪽에서 내가 머무는 것을 원치 않는다는 것을 알 수 있었소. 나는 그녀가 배를 몰고 온 두 사람을 무시하는 것을 보았소. 그들도 나 못지않게 그녀가 낯선 듯 호기심이 가득 찬 눈으로 그녀를 쳐다보았소. 그 여자는 곧 집 안으로 들어갔소.

하지만 농부는 나를 환영했소. 들은 대로, 그는 더듬거리기는 했지만 아주 훌륭한 영어를 구사했소. 나는 어디서 영어를 배웠는지 물어보았소. 그는 젊었을 때 수의사가 되기 위해 공부를 한 적이 있는데, 그때 런던에서 1년간 공부를 했다고 했소. 그 말에 나는 그를 다시 보게 되었소. 그런 사람이 유럽에서도 가장 외딴 곳에 어떻게 오게 되었는지 상상이 안 되었소.

내가 예상했던 대로 그 여자는 그의 아내가 아니라 형수였소. 그녀에게는 10대 후반의 아이들 둘이 있었소. 그녀와 아이들은 영어는 한마디도 못 했소. 그녀는 무례하지 않게, 내가 그곳에 있는 것은 자신의 의사에 반한다는 것을 조용히 분명하게 표현했소. 하지만 구스타브 뉘고르와 나는 곧 서로에게 끌리게 되었소. 그도 나도 열성적인 사람이었소.

물론 나는 일찍감치 그의 형에 관한 질문을 했소. 뉘고르는 당황해하는 것 같았으며, 형이 멀리 가고 없다고 했소. 그런 다음 더 이상의 질문을 막으려는 듯 〈오래전에요〉라고 했소.

농가는 아주 작았고, 내 잠자리는 헛간 위에 있는 건초 더미 사이에 만들었소. 식사는 식구들과 함께했소. 뉘고르는 나하고만 대화를 했고, 그의 형수는 조용히 있었소. 백색 반점이 있는 그녀의 딸도 마찬가지였소. 대화에 끼어드는 것이 금지된 사내아이는 우리 대화에 끼어들려 했지만, 그의 삼촌은 우리가 말하는 것을 거의 통역해 주지 않았소. 처음 며칠 간은 그 노르웨이인 가족의 사정 같은 것은 전혀 눈에 들어오지 않았소. 그곳의 아름다움과, 놀라울 정도로 풍부한 조류의 생태가 나를 압도했기 때문이었소. 나는 매일같이 강가를 따라 나 있는 후미와 석호에 넘치는 희귀한 오리와 거위, 아비, 야생 백조 등을 보고 울음소리를 들었소. 그곳은 자연이 인간에게 승리를 거둔 곳이었소. 열대 지방에서처럼 야만적으로 이긴 것이 아니라, 조용하면서도 고상하게 이긴 것이었소. 풍경이 영혼을 갖고 있다고 하는 것은 감상적인 소리일 수도 있지만, 그곳의 풍경은 내가 그 이전이나 그 이후 본 다른 어떤 것들보다 더 강한 개성을 지니고 있었소. 그것은 인간을 무시했고, 그 안에서 인간은 아무것도 아니었소. 인간이 그 안에서 살 수 없을 정도로 황량하지는 않았지만 — 강은 연어와 다른 물고기들로 가득했고, 여름은 감자와 풀이 자랄 수 있을 만큼 길고 따뜻했으니 말이오 — 너무도 광활해 맞서거나 길들일 수가 없었소. 이렇게 말하면 그곳이 꼭 인간의 접근을 허락하지 않는 곳처럼 들릴지도 모르겠소. 하지만 처음 농장에 도착했을 때 그 적막함에 다소 겁을 먹은 건 사실이지만, 2~3일이 지나면서 나는 그곳과 사랑에 빠졌다는 것을 깨달았소. 무엇보다 그곳의 고요에. 그리고 밤과 완전한 평화에. 오리가 물 위에 내려앉을 때 나는 소리와 물수리의 울음소리가 몇 킬로미터 밖에서 너무도 또렷이 들려왔을 때, 처음에는 믿을 수가 없었고, 그다음에는 신비롭게 느껴졌소. 그것은 마치 빈집에 울려 퍼진 비명처럼 그곳의 고요와 평화를 더욱 강렬한 것으로 만드는 것처럼 보였기 때문이오. 거의, 소리가 고요를 더욱 분명히 하기 위해 그곳에 있는 것 같았소. 그 반대가 아니라.

그들의 비밀을 알게 된 것은 사흘째 되는 날이었을 거요. 첫날 아침 뉘고르는 농장의 남쪽으로 1킬로미터 정도쯤 떨어진 곳에 있는 강으로 이어지는, 나무들로 뒤덮인 긴 갑을 가리키며 그곳에는 가지 말라고 내게 당부를 했소. 그곳에 둥지 상자를 여러 개 걸어 놓아 흰비오리와 흰뺨오리들이 군생하게 했으며, 그 새들을 방해하지 않고 싶다는 거였소. 물론 나는 그러겠다고 했소. 그처럼 위도가 높은 지방에서 오리들이 알을 품기에는 다소 늦은 시기인 것처럼 보이기는 했지만 말이오.

그러다가 저녁 식사 시간에 가족 모두가 다 참석하는 일이 없다는 것을 알아챘소. 첫날 저녁에는 여자아이가 없었고, 둘째 날 저녁에는 사내아이가 안 보이다가 우리가 저녁 식사를 끝낸 후에야 나타났소. 뉘고르가 내게 와서 저녁을 먹으라고 하기 몇 분 전에 그 아이가 강가에 우울한 모습으로 앉아 있는 걸 보았는데 말이오. 셋째 날에 나는 어떻게 하다가 늦게 농장으로 돌아오게 되었소. 가던 도중에 나는 전나무 숲을 지나 내륙으로 얼마간 들어간 곳에서 멈춰 서서 새를 한 마리 지켜보았소. 숨을 의도는 아니었지만, 결과적으로 그렇게 된 것이오.」

콘키스는 잠시 말을 멈추었다. 나는 2주 전 내가 줄리와 헤어질 때 그가 어떻게 서 있었는지를 떠올렸다. 그 장면은 이 이야기를 사전에 보여 준 것 같았다.

「그런데 갑자기 180미터 정도 떨어진 강가의 나무들 사이로 여자아이가 걸어가는 게 보였소. 한 손에는 천으로 덮은 양동이를, 다른 손에는 우유 통을 들고 있었소. 나는 나무 뒤에서 그 아이가 걸어가는 것을 보았소. 그런데 놀랍게도 그 아이는 강가를 따라 금지된 갑으로 가고 있었소. 나는 그 아이가 사라질 때까지 망원경으로 아이의 모습을 지켜보았소.

뉘고르는 자신의 친척이 나와 함께 한방에 앉아 있는 것을 좋아하지 않았소. 그들의 뚱한 침묵은 그를 지루하게 했소. 그래서 그는 내가 헛간에 있는 〈침실〉로 갈 때면 나를 따라와 파이프 담배를 피우며 얘기를 나눴소. 그날 저녁 나는 그에게 그의 조카가 먹을 것과 마실 것을 들고 그 장소로 가는 것을 보았다고 했소. 그러고는 거기 누가 살고 있는지 물었소. 그는 진실을 숨기려 하지 않았소. 진상은 이랬소. 거기에 살고 있는 사람은 그의 형이었고, 그는 정신이 이상했던 거요.」

나는 줄리를 쳐다본 후 다시 콘키스를 바라보았다. 하지만 두 사람 모두 과거와 현재를 뒤섞은 그 이야기의 이상함을 알아차린 내색을 전혀 하지 않았다. 나는 그녀의 발을 슬며시 눌렀다. 그녀 역시 발에 힘을 주었지만 곧 발을 뗐다. 그녀는 그 이야기에 사로잡혔으며, 방해받지 않고 싶다는 표시였다.

「나는 그 즉시 의사가 그를 본 적이 있는지 물었소. 뉘고르는 적어도 이 경우에는 의사를 별로 믿지 못하겠다는 듯 고개를 저었소. 나는 내가 의사라는 것을 그에게 상기시켜 주었소. 그는 한동안 아무 말이 없다가, 〈여기 있는 우리 모두가 미친 것 같습니다〉 하고 말했소. 그러고는 자리에서 일어나 나가 버렸소. 하지만 몇 분 후에 돌아왔소. 작은 자루를 하나 가져왔더구려. 그는 내 침대 위에 내용물을 쏟았소. 둥근 돌과 부싯돌, 장식 띠가 새겨져 있는 원시적 도자기 파편 등이었소. 나는 내가 석기 시대의 유물들을 보고 있다는 것을 알 수 있었소. 어디서 발견했는지 물어보았소. 그는 세이데바레에서, 라고 했소. 그런 다음 그 농장의 이름은 그곳의 이름에서 딴 거라고 설명했소. 세이데바레는 라프족 말로 〈성스러운 돌, 즉 고인돌의 언덕〉을 의미했소. 한때 그 갑은 고기잡이 문화를 순록을 키우는 문화와 결합한 폴마크 라프족의 성지였소. 하지만 그들 역시 훨씬 이전의 문화를 대체했을 뿐이오.

원래 그 농가는 그의 부친이 지은 여름 별장으로, 사냥이나 낚시를 할 때 사용한 오두막에 지나지 않았소. 그의 부친은 괴팍한 사제였는데, 결혼을 잘한 덕분에 많은 돈을 물려받아 여러 가지 관심사에 빠질 수 있었소. 어떤 측면에서는 열렬한 루터파 사제였지만, 다른 측면에서는 노르웨이의 전통적인 농촌 생활의 지지자이기도 했소. 그리고 그 지역에서는 얼마간 이름을 날린 박물학 연구자이자 학자였고, 사냥과 낚시를 광적으로 좋아해 늘 야생으로 돌아갔소. 두 아들은, 최소한 젊었을 때에는 그의 종교적인 측면에 반기를 들었소. 형 헨리크는 선박 엔지니어가 되어 바다로 떠나고, 동생 구스타브는 수의학을 공부했소. 그 후 부친이 죽었는데 그는 자신의 돈 거의 전부를 교회에 기증했소. 당시 트론헤임[94]에서 개업을 한 구스타브와 함께 지내던 헨리크는 라그나를 만나 결혼을 했소. 그는 그 뒤 잠깐 동안 배를 탔지만, 결혼한 직후부터 신경 쇠약에 걸려 선원 일을 포기하고 세이데바레로 돌아갔던 것 같소.

 처음 1~2년은 모든 것이 괜찮았지만 헨리크의 행동은 점점 이상해졌소. 마침내 라그나가 구스타브에게 편지를 보내왔소. 그 편지를 읽자마자 구스타브는 북쪽으로 떠나는 배를 탔소. 그는 거의 9개월 동안 그녀가 혼자서 농장을 돌보았으며, 게다가 아기 둘까지 키웠다는 걸 알게 되었소. 구스타브는 곧 트론헤임으로 돌아가 일을 모두 정리했고, 그때부터 농장과 형의 가족을 책임지기 시작했소.

 그는 〈다른 선택의 여지가 없었습니다〉 하고 말했소. 나는 그들 사이에 감도는 긴장감에서 이미 그것을 의심했소. 그는 라그나를 사랑하고 있거나 아니면 한때 사랑했던 것 같소. 이제 두 사람은 사랑 이상의 무엇을 통해 단단히 결합되어 있었소. 그의 쪽에서는 완전한 짝사랑을 통해, 그녀 쪽에서는 완전한 정절을 통해 말이오.

 나는 그의 형의 광기가 어떤 형태로 나타났는지 알고 싶었소. 그러자 구스타브는 그 돌들을 향해 고개를 까닥하며, 세

---

94 노르웨이 제3의 도시.

이데바레에 관한 얘기를 다시 하기 시작했소. 처음에 그의 형은 〈명상〉을 하기 위해 잠깐씩 그곳에 가곤 했소. 그러다 어느 날 하느님이 자신 — 또는 어쨌든 그 장소 — 을 방문할 것이 틀림없다는 확신을 갖게 되었소. 그는 12년간 하느님의 방문을 기다리며 은둔자로 살았소.

그는 농장에는 결코 돌아가지 않았소. 지난 2년 동안 형제들 사이에 오간 말은 백 단어도 되지 않았소. 라그나는 남편 근처에 한 번도 가지 않았소. 물론 그는 모든 것을 그들에게 의존했소. 특히 엎친 데 덮친 격으로 그가 거의 맹인이 된 후로는 더욱 그랬소. 구스타브는 자신들이 그를 위해 무엇을 하고 있는지 그가 더 이상 온전히 깨닫지 못하고 있다고 믿고 있었소. 그는 그들의 도움을 하늘에서 떨어지는 만나처럼 받아들였고, 질문을 하거나 인간적인 감사를 표현하거나 하는 일을 하지 않았소. 나는 마지막으로 형과 얘기를 한 게 언제냐고 구스타브에게 물어보았소. 내 기억에 그때가 아마 8월 초순이었을 거요. 그는 부끄러우면서도 어쩔 수 없다는 듯 어깨를 으쓱하며 〈5월〉이라고 했소.

나는 이제 새보다 농장에 있는 네 사람에게 더 많은 관심을 갖게 되었소. 나는 라그나를 다시 보았고, 그녀에게서 어떤 비극적인 요소를 본 것 같았소. 그녀의 눈은 멋졌소. 에우리피데스의 여주인공을 연상케 하는, 흑요석처럼 단단하면서도 까만 눈이었소. 나는 아이들도 안되어 보였소. 그 아이들은 시험관 속의 간균처럼, 너무도 순수한 스트린드베리[95] 적 우수를 지닌 문화 속에서 길러졌소. 그 상황에서 탈출하는 것은 불가능했소. 사방 30킬로미터 안에 이웃 하나 없었고, 80킬로미터 안에 마을 하나 없었소. 나는 구스타브가 나

---

95 Johan August Strindberg(1849~1912). 스웨덴의 극작가 겸 소설가로 신비주의자.

의 방문을 왜 환영했는지 깨달았소. 그는 나름대로 정신적인 건강과 분별력을 유지하고 있었던 거요. 물론 그의 광기는 형수에 대한 운명적인 사랑에 있었소.

모든 젊은이들과 마찬가지로 나는 나 자신을 그 상황을 해결하는 사람으로, 일종의 촉매로 보았소. 그리고 의학 교육을 받았고, 당시로서는 어느 곳에나 잘 알려져 있는 것은 아니었던 빈 출신의 그 신사에 대해서도 어느 정도 지식이 있었소. 나는 헨리크의 증후군이 무엇인지 즉시 알 수 있었소. 그건 항문기의 과도한 교육의 교과서적 사례였소. 거기다 아버지와 동일시하고자 하는 강박증이 있었소. 그 모든 것이 그들을 둘러싼 고독으로 인해 더 악화되었소. 그것은 내가 매일 관찰하는 새들의 행동만큼이나 분명하게 보였소. 비밀이 밝혀지자 구스타브는 기꺼이 얘기를 했소. 이튿날 저녁 그는 좀 더 많은 얘기를 했는데 그것들은 내가 내린 진단이 맞다는 것을 확인시켜 주었소.

헨리크는 늘 바다를 사랑했던 것 같았소. 그가 엔지니어링 공부를 한 것도 바로 그 때문이었소. 하지만 그는 점점 자신이 기계를 싫어한다는 것과, 다른 사람들도 싫어한다는 것을 깨닫게 되었소. 그것은 우선 기계 혐오증으로 시작되었소. 인간 혐오증으로 발전하는 데는 더 많은 시간이 걸렸소. 그의 결혼은 최소한 부분적으로는 인간 혐오증이 심해지는 것을 막기 위한 시도였을 수도 있소. 그는 늘 넓은 공간과 고독을 좋아했소. 그 때문에 바다를 사랑했지만, 소음으로 가득한 비좁은 기름투성이 기관실에 있는 것이 싫어진 거요. 혼자서 세상을 항해할 수 있었다면……. 그 대신 그는 바다 같은 땅 세이데바레에서 살게 된 거요. 그의 아이들이 태어났소. 그때부터 그의 시력이 떨어지기 시작했소. 그는 식탁에 있는 잔을 떨어뜨렸고, 숲에서 나무뿌리에 발이 걸려 넘어졌소. 그의 광기가 시작되었소.

　헨리크는 얀선파 신자로, 신의 잔혹성을 믿었소. 그런 그의 생각에 자신은 선택된 인간이었는데, 벌을 받고 고통을 겪기 위해 특별히 선택된 것이었소. 청년 시절을 불쾌한 기후와 열악한 환경의 배에서 보낸 것은 자신이 그것을 즐기게 되었을 때 그에 대한 보상과 자신이 누릴 천국을 자신의 손에서 빼앗기 위한 것이라고 그는 생각했소. 그는 운명은 곧 우연이라는 객관적 진리를 모르고 있었소. 그리고 많은 것들이 각자에게 공정치 못할 수는 있지만, 모두에게 공정치 못한 것은 아무것도 없다는 것을 몰랐소. 하느님은 불공정하다는 이러한 인식이 그의 내면에서 사무쳤소. 그는 병원에 가 눈을 진찰받기를 거부했소. 객관성이라는 기름이 결여되어 있었기 때문에 그는 점점 극단적으로 되었고, 그래서 그의 영혼은 그의 안에서 불타며 그를 태워 버렸소. 그가 세이데바레에 간 것은 명상하기 위해서가 아니라 증오하기 위해서였소.

　말할 필요도 없이 나는 그 종교적 광신자를 간절하게 보고 싶었소. 전적으로 의학적 호기심 때문만은 아니었는데, 그건 내가 구스타브를 무척 좋아하게 되었기 때문이오. 나는 정신의학이 무엇인지 설명을 해보려고 했지만 구스타브는 관심이 없는 듯했소. 그냥 놔두는 게 최선이라는 게 그가 한 말의 전부였소. 나는 앞으로도 갑으로는 가지 않겠다고 약속을 했소. 그리고 그 문제는 그렇게 남겨졌소.

　그 직후 바람이 부는 어느 날 강을 따라 남쪽으로 5~6킬로미터 정도 가고 있는데 누군가가 내 이름을 부르는 소리가 들렸소. 구스타브가 보트에 타고 있었소. 나는 숲에서 나왔고, 그는 내 쪽으로 노를 저어 왔소. 나는 그가 그물로 사루기를 잡고 있다고 생각했지만 실은 나를 찾아온 거였소. 결국 그는 내가 자기 형을 보기를 바랐소. 우리는 새를 관찰할 때처럼 숨어서 헨리크의 뒤를 밟으며 그를 관찰해야 했소. 구스타브는 그날이 절호의 기회라고 설명했소. 시력을 거의 잃은 사람들이 흔히 그렇듯 그의 형은 청각이 아주 예민했는데, 마침 바람이 우리에게 유리하게 불고 있었소.

나는 보트에 올라탔고, 우리는 노를 저어 갑의 끝 근처에 있는 작은 강변에 이르렀소. 구스타브가 어디론가 사라졌다가 다시 돌아왔소. 헨리크는 세이데, 즉 라프족의 고인돌 근처에 있다고 했소. 우리는 그의 오두막을 안전하게 방문할 수 있었소. 우리는 나무들을 헤치고 작은 비탈을 올라가 남쪽 편으로 갔소. 나무들이 아주 무성하고 땅이 움푹 파인 곳에 이상하게 생긴 오두막 한 채가 있었소. 오두막은 땅속으로 가라앉아 있어, 잔디로 만든 지붕은 삼면만 보였소. 땅이 푹 꺼진 네 번째 면에는 문과 작은 창문이 하나씩 있었소. 오두막 옆에는 장작 더미가 쌓여 있었소. 하지만 사람이 산다는 다른 흔적은 전혀 없었소.

구스타브는 나더러 안에 들어가 보라고 하고 자신은 밖에서 망을 보았소. 집 안은 몹시 어두웠소. 수도원의 독방처럼 휑했소. 바퀴 달린 침대, 거친 식탁, 양초들이 담긴 양철통 등이 하나씩 있었소. 유일한 편의 시설은 낡은 난로뿐이었소. 카펫도, 커튼도 없었소. 사람이 사는 부분은 무척 깨끗했지만, 구석에는 쓰레기가 가득했소. 낙엽과 먼지와 거미줄투성이었소. 빨지 않은 옷에서 나는 냄새가 코를 찔렀소. 하나뿐인 작은 창문 옆에 있는 테이블에 책 한 권이 놓여 있었소. 큰 활자로 인쇄된 커다란 검은색 성경책이었소. 그 옆에는 돋보기가 있었고, 촛농이 흘러내려 넓게 퍼져 굳어 있었소.

나는 촛불을 켜 천장을 살펴보았소. 지붕을 지지하고 있는 대여섯 개의 기둥은 허연 면이 드러나게 문질러져 있었고 거기에는 성경에서 인용한 긴 문장 두 개가 갈색 글자로 새겨져 있었소. 물론 노르웨이어였지만 나는 그 문장을 받아 적었소. 그리고 문 쪽을 향한 십자형 기둥에 노르웨이어로 된 또 다른 문장이 있었소.

햇빛 속으로 나온 나는 구스타브에게 노르웨이어로 된 그 문장이 무슨 의미인지 물어보았소. 그는 〈하느님에게 저주받은 자, 헨리크 뉘고르는 1912년 자신의 피로 우리에게 썼다〉라고 뜻을 풀어 주었소. 1912년이라면 10년 전이었소. 헨리크가 기둥에 새긴 뒤 자신의 피로 칠한 다른 두 문장을 읽어 주겠소.」

콘키스는 옆에 있는 책을 펼쳤다.

「하나는 〈출애굽기〉에서 인용한 것이오. 〈그들은 숙곳을 떠나 광야 끝에 있는 에담에 장막을 쳤다. 주께서는, 그들이 밤낮으로 행군할 수 있게, 낮에는 구름기둥으로 앞서 가시며 길을 인도하시고, 밤에는 불기둥으로 앞 길을 비추어 주셨다.〉 다른 하나는 외경에 있는 같은 대목이었소. 〈에스드라서〉에서 인용한 것이오. 〈나는 너희에게 불기둥으로 빛을 주었건만, 너희는 나를 잊었느냐, 하고 주께서 말씀하셨다.〉

이 문장들은 몽테뉴를 떠올리게 했소. 몽테뉴는 자신의 서재 지붕의 기둥에 마흔두 개의 잠언과 인용문을 칠해 놓았소. 하지만 몽테뉴의 정신적 건강이 헨리크에게는 전혀 없었소. 그보다는 파스칼의 유명한 『회상록』의 강렬함에 더 비슷할 거요. 파스칼이 나중에 〈불 *feu*〉이라는 한 단어로 묘사할 수 있었던, 그의 생애의 그 핵심적인 두 시간 말이오.[96] 방이란 때로 그 안에 사는 사람의 정신을 흡수하는 것처럼 보이오. 피렌

---

96 파스칼은 1654년 11월 23일 하느님에 대한 심오하고 경이로운 체험을 했다. 그는 그날의 신비적 직감을 〈불에 휩싸인 은총의 밤 *la Nuit de feu*〉이라고 기록했다.

체의 사보나롤라[97]의 독방을 생각해 보시오. 헨리크의 방이 그런 곳이었소. 거기 사는 사람의 과거를 알 필요가 없었소. 고통과 고뇌, 정신적 질환이 마치 종양처럼 구체적으로 만져질 것 같았으니 말이오.

나는 오두막을 나왔고, 우리는 조심스럽게 고인돌 있는 데로 갔소. 잠시 후 나무들 사이로 그것이 보였소. 그것은 진짜 고인돌이 아니라 바람과 서리에 씻겨 특정한 형상을 띠게 된 높은 바위였소. 구스타브가 손가락으로 어딘가를 가리켰소. 50미터쯤 떨어진 곳에, 자작나무 숲 한쪽 편으로 고인돌에 몸을 숨긴 사내 하나가 서 있었소. 나는 망원경의 초점을 그에게 맞추었소. 그는 구스타브보다 키가 더 컸고, 진한 회색 머리를 대충 자르고 수염을 기르고 있었으며, 매부리코에 몸은 바짝 야위어 있었소. 어떻게 하다가 그가 얼굴을 돌려 우리 쪽을 향한 덕분에 나는 그의 수척한 얼굴을 온전히 볼 수 있었소. 나를 놀라게 한 것은 그 얼굴의 사나움이었소. 거의 야만에 가까울 정도로 엄격했소. 결코 타협하거나 빗나가지 않는, 그토록 사나운 결의를 드러내는 얼굴을 나는 본 적이 없었소. 그리고 결코 웃을 것 같지 않은 얼굴이었소. 그리고 그 눈! 약간 안구가 돌출된 그 눈은 깜짝 놀랄 정도로 차가운 파란색이었소. 그건 의심할 여지 없이 광인의 눈이었소. 50미터 떨어진 거리였는데도 나는 그 눈을 볼 수 있었소. 옷은 남색의 라프족 작업복을 입고 있었고 옷의 가장자리에는 색이 바랜 붉은 끈이 달려 있었소. 그리고 검은 바지에 끝이 뭉툭한 라프족 부츠 차림이었소. 손에는 지팡이를 들고 있었소.

한동안 나는 이 진귀한 인간을 관찰했소. 나는 나무들 사이를 기어다니며 혼잣말로 중얼거리는 어떤 내밀한 인간을

---

97 이탈리아의 도미니쿠스회의 수도사이자 종교 개혁가.

볼 거라고 생각했었소. 눈이 먼, 사나운 매 같은 인간이 아니라 말이오. 구스타브가 내 팔을 다시 찔렀소. 사내 조카아이가 양동이와 우유통을 들고 고인돌 옆에 나타났소. 아이는 그것들을 내려놓은 다음, 헨리크가 갖다놓은 것 같은 빈 양동이를 집어 들고, 주위를 둘러보더니 노르웨이어로 무슨 말인가를 소리쳤소. 그다지 큰 소리는 아니었소. 그는 자신의 아버지가 어디 있는지 알고 있는 것 같았소. 그는 자작나무 숲을 향하고 있었소. 그러고 나서는 숲 속으로 사라졌소. 5분 후 헨리크는 고인돌 쪽으로 걸어가기 시작했소. 성큼성큼, 하지만 지팡이 끝으로 길을 더듬으며 말이오. 그는 우유통과 양동이를 집어 들고, 지팡이를 팔 밑에 끼고 익숙한 길을 따라 오두막으로 가기 시작했소. 그는 우리가 서 있는 자작나무 관목에서 20미터 정도 떨어진 곳을 지나갔죠. 그가 우리 앞을 지나가는데, 강물 소리 위로, 머리 위쪽 높은 곳에서 투탕카멘의 나팔 소리처럼 무척 아름다운 소리가 들려왔소. 목이 검은 아비가 날아오르면서 내는 울음소리였소. 헨리크에게는 숲 속의 바람 소리처럼 진부한 소리였겠지만, 그는 걸음을 멈추고 서서 하늘을 올려다보았소. 아무런 감정도, 절망도 담겨 있지 않은 얼굴이었소. 하지만 그는 마치 그 새소리가 위대한 방문이 멀지 않았다는 것을 알리는 전령 천사의 첫 나팔 소리라도 되는 듯 귀를 기울이면서 기다렸소.

결국 그는 시야에서 사라졌고, 구스타브와 나는 농장으로 돌아갔소. 무슨 말을 해야 할지 알 수 없었소. 패배를 인정하고 구스타브를 실망시키는 것이 싫었소. 내게는 멍청한 자존심이 남아 있었던 거요. 어쨌든 나는 〈이성의 협회〉의 창립회원이었소. 결국 나는 한 가지 계획을 세웠소. 헨리크를 혼자 방문해, 나는 의사인데 그의 눈을 진찰하고 싶다고 하려고 했소. 그리고 눈을 진찰하면서 그의 정신 상태를 살펴보고자 했소.

 이튿날 한낮에 나는 헨리크의 오두막 바깥에 도착했소. 비가 조금 내리는 우중충한 날이었소. 문을 두드리고 몇 발짝 뒤로 물러서서 기다렸소. 한참 동안 아무 소리도 들리지 않았소. 이윽고 그가 나타났는데 전날 저녁에 입었던 옷을 그대로 입고 있었소. 가까운 거리에서 얼굴을 마주하자 그의 사나움에 무척 놀랐소. 그의 연한 푸른 눈은 사람을 노려보는 듯했고, 그래서 그가 거의 눈이 멀었다는 것을 좀처럼 믿기 힘들었소. 하지만 나는 그와 가까이 있어서, 시선에 초점이 거의 없다는 것을 알 수 있었소. 그리고 두 눈이 백내장 환자처럼 불투명한 것을 볼 수 있었소. 그는 무척 충격을 받았을 테지만, 그런 기색은 전혀 보이지 않았소. 나는 그에게 영어를 할 줄 아는지 물어보았소. 그가 영어를 할 줄 안다는 것을 구스타브에게 들어서 알고 있었지만, 본인의 입으로 직접 확인하고 싶었소. 그가 취한 행동이라곤 나를 가까이 오지 못하게 하려는 듯 지팡이를 든 게 전부였소. 그것은 위협적인 몸짓이라기보다는 경고 같았소. 그래서 나는 거리만 유지하면 말을 계속해도 좋다는 신호로 받아들였소.

 나는 내가 의사이고, 새에 관심이 있어 연구차 세이데바레에 왔다는 등의 설명을 했소. 그가 15년 이상 영어를 들어 보지 않았으리라는 것을 염두에 두고 나는 아주 천천히 말을 했소. 그는 아무 표정 없이 내 말을 들었소. 나는 현대적인 백내장 치료법에 관해 얘기를 하기 시작했소. 나는 병원에서 그를 위해 뭔가를 해줄 수 있으리라고 확신했소. 그는 내내 한마디도 하지 않았소. 그래서 결국 나도 입을 다물 수밖에 없었소.

 그가 돌아서서 오두막으로 들어갔소. 문을 열어 놓은 채였고, 그래서 나는 기다렸소. 갑자기 그가 다시 나타났소. 그는 손에 오늘 오후에 내가 당신에게 갔을 때 들고 있던 것을 들고 있었소, 니컬러스. 긴 도끼를 말이오. 그 즉시 나는 그가 나무를 베려는 게 아니라 미친 듯이 전투를 하려 한다는 것을 알 수 있었소. 그는 잠시 주춤하더니 도끼를 휘두르면서 나를 향해 달려왔소. 만일 그가 거의 맹인이 아니었다면 틀림없이 나는 목숨을 잃었을 거요. 나는 간발의 차이로 뒤로 풀쩍 물러났소. 도끼날이 땅에 깊이 박혔소. 그가 도끼를 빼내는 틈을 타 나는 도망을 칠 수 있었소.

그는 비틀거리며 오두막 앞의 작은 공터를 가로질러 나를 쫓아왔소. 나는 나무들 사이로 30미터 정도 달려 들어갔지만 그는 첫 번째 나무 옆에 멈추어 섰소. 6미터밖에 안 떨어져 있는데도 나와 나무를 구별하지 못하는 것 같았소. 그는 두 손으로 도끼를 꽉 쥐고서 눈을 부라리며 귀를 기울이고 서 있었소. 내가 자신을 지켜보고 있다는 걸 아는 게 분명했소. 갑자기 그는 몸을 돌리더니 있는 힘을 다해 도끼를 휘둘러 자기 앞에 있는 은색 자작나무를 찍었소. 그 나무는 꽤 컸지만 그 일격에 꼭대기에서부터 밑둥까지 흔들렸소. 그리고 그것이 그의 대답이었던 거요. 나는 그의 폭력성에 너무도 겁에 질려 움직일 수도 없었소. 헨리크는 내가 서 있는 나무들 사이를 잠시 노려보더니 몸을 돌려 오두막집으로 다시 들어갔소. 도끼는 그대로 둔 채 말이오.

나는 좀 더 현명한 젊은이가 되어 농장으로 돌아갔소. 인간이 그토록 사납게 의학과 이성과 과학을 거부한다는 것이 믿기지 않았소. 하지만 그 사람은 나에 관한 다른 모든 것 — 쾌락과 음악과 이성과 의학에 대한 추구 — 에 대해 알았다 해도 그 역시 거부했을 거라고 느껴졌소. 그 도끼는 우리의 모든 쾌락 지향적인 문명의 두개골을 관통했을 수도 있소. 우리의 과학과, 우리의 정신 분석학도. 그에게는 신과의 위대한 만남을 제외한 모든 것이 불교도들이 릴라lila라고 일컫는 것, 즉 사소한 것을 헛되이 추구하는 것이었소. 그리고 물론 눈이 먼 것에 신경을 쓰는 것도 그에게는 더욱 헛된 것이었을 거요. 그는 눈이 멀기를 바랐고, 그것은 언젠가 자신이 원하는 것을 볼 수 있는 가능성을 높였을 거요.

그 며칠 후 나는 떠나야 했소. 마지막 밤에 구스타브는 아주 늦게까지 내게 이야기를 시켰소. 나는 그의 형을 찾아간 일에 대해서는 한마디도 하지 않았소. 바람이 없는 밤이었지만 그곳의 8월은 벌써 추워지기 시작하고 있었소. 구스타브가 떠나자 나는 소변을 보기 위해 헛간에서 나왔소. 하늘에는 환한 달이 떠 있었지만, 북극 가까운 곳의 늦여름답게 어둠 속에도 낮이 머물고 있었고 하늘에는 이상한 깊이가 있었소. 새로운 세상이 시작되려는 것 같은 밤이었소. 그때 세이데바레 쪽에서 물을 가로질러 외침 소리가 들려왔소. 잠시 나는 어떤 새가 내는 소리라고 생각했지만 곧 헨리크가 내는 소리일 수밖에 없다는 것을 알아차렸소. 나는 농장 쪽을 바라보았소. 구스타브가 걸음을 멈추고 서서 귀를 기울이는 게 보였소. 외침 소리가 다시 들려왔소. 아주 먼 데서 소리치는 누군가의 그 외침 소리는 길게 끌리듯 이어졌소. 나는 풀밭을 가로질러 구스타브에게로 가서 〈그에게 무슨 문제가 있는 건가요?〉 하고 물어보았소. 그는 고개를 저으며, 달빛에 회색으로 물든 강 건너 어두컴컴한 세이데바레 쪽을 바라보고 있었소. 그가 뭐라고 소리치고 있는지 물었소. 구스타브는 〈제 말이 들립니까? 저는 여기 있습니다〉라는 뜻이라고 했소. 그리고 다시 간격을 두고 외치는 소리가 두 차례 더 들렸고, 나는 그 노르웨이 말을 알아들을 수 있었소. 〈*Hører du mig? Jeg er her.*〉 헨리크는 하느님에게 소리치고 있었소.

세이데바레에서 소리가 어떻게 전달되는지에 대해서는 이

미 얘기를 했소. 그가 소리를 지를 때마다 그 소리는 숲을 지나 강을 건너 하늘의 별까지 무한히 퍼져 나가는 것 같았소. 그런 다음 메아리가 되어 사라졌소. 멀리서 소리에 놀란 새가 한두 번 날카롭게 울었소. 우리 뒤쪽 농가에서 어떤 소음이 들렸고, 나는 위쪽을 쳐다보았소. 위쪽 창문 하나에 하얀 형체가 있는 것이 보였소. 라그나인지 그녀의 딸인지는 확실치 않았소. 우리 모두가 주문에 걸린 것 같았소.

그 주문을 깨기 위해 나는 구스타프에게 질문을 던지기 시작했소. 먼저 헨리크가 자주 그렇게 소리를 지르는지 물었소. 그는 자주는 아니지만, 1년에 서너 번, 바람이 안 불고 보름달이 뜰 때 그렇게 한다고 했소. 다른 문장을 소리치기도 하냐고 물었소. 구스타브는 생각을 해보더니, 그렇다고 했소. 〈저는 기다리고 있습니다〉가 그중 하나였고, 〈저는 정화되었습니다〉가 다른 하나였소. 〈저는 준비가 되었습니다〉라고 소리칠 때도 있었소. 하지만 가장 많이 소리치는 말은 우리가 들은 것들이었소.

나는 구스타브에게로 고개를 돌려, 다시 가서 헨리크가 무엇을 하고 있는지 볼 수 있냐고 물었소. 구스타브는 아무 말 없이 고개를 끄덕였고, 우리는 걷기 시작했소. 갑의 아래까지 가는 데 10분에서 15분가량 걸렸소. 가는 도중에도 몇 차례 부르짖는 소리를 들었소. 마침내 고인돌까지 갔는데, 외침 소리는 여전히 먼 데서 들리는 것 같았소. 구스타브가 〈형은 저쪽 끝에 있습니다〉 하고 말했소. 우리는 최대한 조용히 오두막을 지나 그 끝으로 갔소. 마침내 우리는 숲을 모두 지났소.

그 뒤에는 강변이 있었소. 30~40미터 정도 길이의 자갈밭이었소. 강폭이 조금 좁아져 그 지점에서는 물살이 다소 세졌소. 그처럼 고요한 밤인데도 얕은 돌들 위로 중얼거리는 소리가 들렸소. 헨리크는 그 자갈밭 끝에, 30센티미터쯤 되는 물속에 서 있었소. 그는 강폭이 넓어지는 북동쪽 방향을 바라보고 서 있었소. 달빛이 회색 광택이 나는 새틴 천처럼 물을 덮고 있었소. 강의 중간에는 안개가 길고 낮게 깔려 있었소. 우리가 지켜보는 가운데 헨리크가 〈*Hører du mig*(제 말이 들립니까)?〉 하고 소리쳤소. 엄청난 힘으로. 수킬로미터 떨어진 강둑의 보이지 않는 누군가를 향해서인 듯. 한참 후 그는 다시 〈*Jeg er her*(저는 여기 있습니다)〉 하고 소리쳤소. 나는 망원경의 초점을 그에게 맞추었소. 그는 두 발을 벌린 채, 성서에 나오는 인물처럼 손에 지팡이를 들고 서 있었소. 침묵이 흘렀소. 그는 반짝이는 물살 속에 검은 실루엣처럼 서 있었소.

잠시 후 헨리크가 한 단어를 말하는 게 들렸소. 훨씬 더 나지막한 목소리로. 〈타크*Takk*〉라는 말이었소. 노르웨이어로 〈감사합니다〉라는 뜻이오. 나는 그를 지켜보았소. 그는 물에서 한두 발짝 뒤로 물러나와 자갈밭에 무릎을 꿇고 앉았소. 그가 움직이면서 돌들이 부딪히는 소리가 들렸소. 그는 여전히 같은 방향을 향한 채, 옆구리에 손을 얹고 있었소. 그건 기도하는 자세가 아니라 무릎을 꿇고 뭔가를 지켜보는 자세였소. 뭔가가 아주 가까이 있어서, 구스타브의 검은 머리와 나무들, 우리 주위의 나뭇잎에 비치는 달빛 등이 내 눈에 보이듯 그에게는 그것이 보이는 것처럼 말이오. 그가 북쪽에서 무엇을 보는지 알아낼 수만 있다면 내 인생의 10년은 바칠 수도 있을 것 같았소. 그가 무엇을 보는지는 알 수 없었지만 그 모든 것을 설명해 주는 어떤 신비로운 것, 그리고 엄청난 힘을 지닌 것이라는 것은 알 수 있었소. 그리고 헨리크의 비밀이 거의 그의 위로 비치는 빛의 산란처럼 환하게 보이기 시작했소. 그는 하느님을 기다리는 게 아니라 하느님과 만나고 있는 것이었소. 그리고 오랫동안 하느님을 만나 온 것 같았소. 그는 어떤 확실성을 기다리는 게 아니라, 그 확실성 속에서 살고 있었소.

그때까지 나의 모든 접근법은 과학적이고 의학적이며, 분류하는 것이었소. 그건 당신도 깨달았을 거요. 나는 인간에 대해 조류학적으로 접근하도록 훈련되어 있었소. 나는 종과 행동, 그리고 관찰이라는 기준 아래 사고해 왔소. 그런데 그 순간 내 생애 처음으로 나는 나 자신의 기준과 신념, 편견에 대해 확신을 할 수가 없었소. 거기 갑 위에 있는 그 남자는 나의 모든 과학과 모든 이성의 범주를 뛰어넘는 경험을 하고 있다는 것을 알 수 있었소. 그리고 헨리크의 마음속에서 일어나는 일을 이해하지 못하는 한 나의 과학과 이성은 늘 결함이 있는 것일 수밖에 없다는 것을 알 수 있었소. 헨리크가 그곳 물 위에서 불기둥을 보고 있다는 것을, 그곳에 불기둥은 없지만 유일한 불기둥이 헨리크의 마음속에는 있다는 것이 증명될 수 있다는 것을 알 수 있었소.

하지만 마치 번갯불이 번쩍인 것처럼 우리의 모든 설명과 모든 분류와 도출, 원인론 등이 한순간 얇은 그물처럼 보였소. 현실이라는 거대한 수동적인 괴물은 이제 더 이상 죽어 있거나 다루기 쉬운 것이 아니었소. 그것은 신비한 활력과 새로운 형식, 새로운 가능성으로 가득 차 있었소. 그물은 아무것도 아니었소. 현실이 그것을 뚫고 폭발한 거요. 어쩌면 헨리크와 나 사이에 텔레파시 같은 게 지나갔을 수도 있소. 나는 모르겠소.

그 단순한 말, 〈나는 모른다〉라는 말이 나 자신의 불기둥이었소. 또한 내게 그것은 내가 살고 있는 세계 너머의 세계를 드러내 주었소. 또한 내게 그것은 맹렬할 정도의 새로운 겸허함과 심오한 신비와, 우리 시대 사람들이 중요하게 생각하는 그 많은 것들의 허황됨에 대한 감각을 가져다 주었소. 하루 사이에 그러한 통찰력에 이르렀다는 얘기는 아니오. 하지만 그날 밤 나는 10년을 건너뛰었소. 다른 건 몰라도 그것만큼은 알 수 있소.

잠시 뒤 헨리크가 다시 숲 속으로 들어가는 게 보였소. 그의 얼굴은 보이지 않았소. 하지만 나는 낮에 그가 보인 사나움이 불기둥과 접촉한 데서 나왔던 것이라고 생각하오. 어쩌면 그에게는 불기둥은 더 이상 충분치 않았고, 그래서 아직도 하느님과 만나기를 기다리는 것인지도 몰랐소. 더없이 천한 장사꾼에게나 더없이 숭고한 신비주의자에게나 삶이란 끝없이 더 많은 걸 원하는 과정이오. 하지만 한 가지만은 확신할 수 있소. 그에게 여전히 하느님이 임하지 않았다 하더라도, 그가 성령을 지니고 있었다는 것만큼은.

이튿날 나는 떠났소. 라그나에게 작별 인사를 했소. 그녀의 적의는 줄어들지 않은 상태였소. 구스타브와는 달리 그녀는 어떤 것이든 그를 치료하려는 시도는 그를 죽일 거라는 그의 비밀을 깨달은 것 같았소. 구스타브와 그의 조카가 북쪽으로 배를 저어 30킬로미터 떨어져 있는 다음 농장까지 나를 데려다 주었소. 우리는 악수를 했고, 서로 편지를 쓰겠다고 약속했소. 나는 위로의 말은 할 수 없었고, 그도 그런 것을 원했다고는 생각지 않소. 때로는 위로가 시간이 만들어 놓은 균형을 위협하기도 하는 법이오. 그렇게 해서 나는 프랑스로 돌아갔소.」

45

줄리가 그것이 우리가 궁극적으로 안전한 손 안에 있음에 틀림없다는 것을 증명하는 것은 아니지 않느냐고 말없이 묻는 것처럼 나를 쳐다보았다. 나는 따지고 들지 않았는데, 그녀가 그것을 원치 않음을 알 수 있었기 때문만은 아니었다. 나는 무차 해변에서 노르웨이 말로 소리치는 목소리가 들려오기를, 또는 나무들 사이에서 인공적인 불기둥이 밝게 치솟는 것을 볼 수 있기를 은근히 기대했다. 하지만 긴 침묵이 이어졌고, 오직 귀뚜라미들이 우는 소리만 들렸다.

「다시 그곳에 가지는 않은 건가요?」

「때로 돌아가는 것은 속된 일이오.」

「하지만 그 모든 것이 결국 어떻게 되었는지 궁금하셨을 것 아닙니까?」

「전혀. 언젠가 당신도 자신에게 커다란 의미가 있는 경험을 할 수도 있을 거요, 니컬러스.」 빈정거리는 투는 아니었지만 빈정거림이 함축되어 있었다. 「그때가 되면, 어떤 경험들은 너무도 강렬히 사람을 사로잡아 그 경험들이 어떤 식으로든 영원하지 않다는 것이 참을 수 없게 된다는 내 말이 무슨 뜻인지를 깨닫게 될 거요. 세이데바레는 영원했으면 하는 장소요. 그래서 나는 지금 그곳이 또는 거기 사는 사람들이 어떤지에 관심이 없소. 아직도 그들이 있다면 말이지만.」

줄리가 물었다. 「하지만 구스타브에게 편지를 쓰겠다고 했잖아요?」

「물론 편지를 썼지. 구스타브도 답장을 보내왔고. 그는 2년간 정기적으로, 최소한 한 계절에 한 번은 편지를 보내왔소. 하지만 당신이 흥미로워할 만한 얘기는 없었소. 상황이 달라지지 않았다는 말뿐. 그의 편지는 조류학에 관한 메모로 가득했소. 하지만 그것들은 무척 지루한 글이 되었는데, 그것은 내가 박물학의 분류학적 측면에 대한 흥미를 대부분 잃었기 때문이었소. 우리의 편지는 갈수록 뜸해졌소. 1926년인가 1927년에 그에게서 크리스마스카드가 한 장 왔소. 그 뒤로는 어떤 소식도 듣지 못했소. 구스타브는 이제 죽었고, 헨리크도, 라그나도 죽었소.」

「프랑스로 돌아왔을 때에는 무슨 일이 일어났죠?」

「1922년 8월 17일 자정 무렵 나는 헨리크가 불기둥과 만나는 것을 보았소. 그런데 같은 날 같은 시각에 지브레르뒤크에서 불이 났소.」

줄리는 나보다 더 노골적으로 믿을 수 없다는 표정을 지었다. 그는 딴 곳을 보며 앉아 있었고, 줄리와 나의 눈이 마주쳤다. 그녀는 실망한 사람처럼 약간 얼굴을 찌푸리며 시선을 내렸다.

내가 말했다. 「그러니까 선생님께서 암시하는 것은……」

「나는 아무것도 암시하지 않소. 두 개의 사건 사이에는 어떤 연관도 없소. 어떤 연관도 가능하지 않소. 아니 어떻게 보면, 내가 연결 고리요. 내가 무엇이든 간에 그 우연의 일치가 지닌 의미요.」

그의 목소리에는 평소와 다른 허풍의 기색이 있었는데, 마치 어떤 식으로 자신이 두 사건을 촉발하고, 그것들이 동시에 일어나게 했다고 믿는 것 같았다. 나는 그 우연의 일치가 있는 그대로의 사실이 아니라 그가 만들어 낸 어떤 것이고, 거기에는 또 다른 은유적 의미가 있으며, 두 에피소드는 의미상으로 연결되어 있고, 우리가 콘키스를 해석하기 위해서는 그 두 가지 모두를 이용해야만 한다는 것을 감지했다. 되캉의 이야기가 콘키스 자신에 대한 힌트를 던져 주었듯이 오늘 밤의 이야기는 최면술에 관해 힌트를 던져 주었다. 그가 사용한 이미지, 〈과학의 얇은 그물을 뚫고 나오는 현실〉……그 말을 들을 때 나는 우연의 일치라기에는 너무도 비슷한, 최면 상태 도중에 있었던 뭔가를 떠올렸었다. 가면극 속의 모든 곳에 이런 내적 연관들과, 상황들 사이의 연결이 있었다.

콘키스가 아버지같이 줄리를 돌아보았다. 「이제 잠자리에 들 시간이야.」 나는 손목시계를 보았다. 11시가 막 지난 상태였다. 줄리는 취침 시각 같은 문제는 중요하지 않다는 듯 어깨를 으쓱했다.

그녀가 물었다. 「왜 그 이야기를 우리에게 한 거죠, 모리스?」

「과거의 모든 것이 우리의 현재를 사로잡고 있지. 세이데바레는 부라니 곶을 사로잡고 있고. 지금 이곳에서 일어나는 모든 것과, 여기서 일어나는 것을 지배하는 모든 것이 부분적으로, 아니 본질적으로 30년 전 그 노르웨이의 숲에서 일어난 것이지.」

그는 내게 종종 말하는 식으로 줄리에게 말했다. 줄리가 기본적으로 다르며 지금 일어나고 있는 일에 대해 더 많은 것을 이해하고 있는 것처럼 꾸며 오던 것이 바닥을 드러내고 있었다. 나는 그가 우리의 관계, 또는 그들을 지배하고 있는 협정에 또 다른 변화를 일으키고 있다는 것을 알아차렸다. 어떤 점에서 우리 두 사람은 그의 학생이자 제자 역할을 맡게 된 것이었다. 엘리자베스 시대의 수염 난 선원이 바다를 가리키며 퉁방울눈의 어린 소년들에게 이야기를 들려주는, 내가 가장 좋아하는 빅토리아 시대의 그림이 떠올랐다. 줄리와 나 사이에 다시 한 번 비밀스러운 시선이 오갔다. 우리 둘 다 우리가 새로운 영토로 들어가고 있다는 것을 분명히 깨닫고 있었다. 그리고 그 순간 나는 그녀의 발을 느꼈다. 불쑥 하는 키스처럼 발이 살짝 맞닿았다.

「그럼. 이제 가봐야겠어요.」 그녀는 공식적인 가면을 다시 썼다. 우리는 모두 일어섰다. 「모리스, 오늘 밤 이야기는 너무도 멋지고 재미있었어요.」

그녀는 그의 뺨에 살짝 키스를 했다. 그런 다음 내게 손을 내밀었다. 그녀는 눈에 공모의 표정을 담고 있었고, 내 손을 잡으며 살짝 힘을 더 실었다. 그녀가 몸을 돌려 가다가 멈춰섰다.

「미안해요. 당신 성냥개비를 성냥갑에 담는 것을 잊었군요.」

「괜찮아요.」

콘키스와 나는 말없이 다시 자리에 앉았다. 몇 초 후 자갈길을 가로질러 바다 쪽으로 향하는 가벼운 발소리가 들렸다. 나는 아무것도 드러내지 않는 콘키스의 얼굴을 향해 테이블 너머로 미소를 지었다. 그의 동공은 선명한 흰자위 속에서 까맣게 보였다. 어떤 가면이 계속해서 나를 지켜보고 있는 것 같았다.

「오늘 밤에는 텍스트 속의 삽화가 없습니까?」

「그런 게 필요하오?」

「아뇨. 이야기를…… 워낙 잘해 주셔서요.」

그는 대수롭지 않다는 듯 어깨를 으쓱한 후 잠깐 주위의, 집과 나무들과 바다를 향해 팔을 흔들었다.

「이게 삽화요. 있는 그대로의 사물들. 내 작은 영토 속의.」

그날 이전의 어느 때였다면 나는 그에게 따지고 들었을 것이다. 그리 작지 않은 그의 영토에는 진정한 신비주의보다는 인위적인 신비화가 훨씬 더 많았고, 그곳에 있는 〈사물들〉의 한 가지 확실한 특징은 그것들이 보이는 것과는 다르다는 것이었다. 그는 심오한 측면을 지니고 있을지도 모르지만 교활한 늙은 허풍선이의 측면도 지니고 있었다.

나는 가벼운 목소리로 말했다. 「당신의 환자는 오늘 밤 훨씬 더 정상적으로 보였습니다.」

「내일은 더 정상적으로 보일 수도 있소. 그것에 속아서는 안 되오.」

「그럴 가능성은 없습니다.」

「말했다시피 내일 나는 눈에 띄지 않을 거요. 하지만 우리가 서로 다시 못 보게 되면…… 다음 주말에 볼 수 있겠지요?」

「네, 오겠습니다.」

「좋소. 그렇다면……」 그는 단지 얼마간의 시간 — 내 생각에는 줄리가 〈사라지는〉 데 필요한 시간 — 이 지나기를 기다렸던 것뿐인 것처럼 자리에서 일어났다.

나 역시 자리에서 일어나며 말했다. 「다시 한 번 감사드립니다. 저를 사로잡으신 것에 대해.」

그는 첫날 밤 공연에 대한 찬사에 너무도 익숙해 찬사를 별로 심각하게 받아들이지 않는 연출자처럼 고개를 숙였다. 우리는 집 안으로 들어갔다. 그의 침실 벽에 걸린 보나르의 그림 두 점이 은은히 빛나고 있었다. 바깥 층계참에서 나는 결심을 했다.

「콘키스 씨, 저는 산책을 할까 합니다. 별로 졸립지 않아서요. 무차 해변까지 내려갔다 오겠습니다.」

나는 그가 함께 가겠다고 해 내가 자정에 입상이 있는 곳에 가는 것을 불가능하게 할 수도 있다는 것을 알고 있었다. 하지만 그것은 그에게 역으로 덫을 놓는 것이었고, 내게는 하나의 보험이었다. 우리가 발각될 경우 나는 그 밀회가 우연이라고 주장할 수 있었다. 최소한 나는 내가 밖에 나간다는 사실을 감추지는 않은 것이다.

「좋으실 대로.」

그는 손을 내밀어 나와 악수를 한 다음 계단을 내려가는 나를 잠시 지켜보았다. 하지만 아래층에 다 내려가기도 전에 그의 방문이 닫히는 소리가 들렸다. 그는 테라스에 나가 귀를 기울이고 있을 수도 있었다. 그래서 나는 시끄럽게 자갈을 밟으며 부라니 밖으로 난 길을 향해 북쪽으로 걸어갔다.

하지만 정문에 도착하자, 무작정 해변으로 내려가는 대신 40~50미터 정도 언덕을 올라가, 나무에 기대어 앉았다. 그곳에서는 입구와 길을 볼 수 있었다. 달이 안 뜬 어두운 밤이었지만, 별들이 지상의 모든 것에 아주 희미한 빛을 흩뿌리고 있었다. 부드럽기 그지없는 소리 같은, 흑단 위에 놓인 모피의 감촉 같은 빛을.

심장이 필요 이상으로 빠르게 뛰었다. 그것은 한편으로는 줄리를 만난다는 생각 때문이기도 했지만, 한편으로는 훨씬 더 신비로운 어떤 것, 즉 내가 지금 유럽의 가장 이상한 미궁 깊숙한 곳에 있다는 느낌 때문이기도 했다. 이제 나는 정말로 테세우스였다. 그 어둠 속 어딘가에서는 아리아드네가 기다리고 있었다. 그리고 미노타우로스가 있는지도 몰랐다.

나는 담배의 빨간 불빛이 보이지 않게 하면서 담배를 피우며, 눈과 귀를 집중한 채 15분 동안 그곳에 앉아 있었다. 오는 이도 없었고, 가는 이 또한 없었다.

12시 5분 전 나는 정문을 다시 나가 나무들 사이를 지나 동쪽 협곡 쪽으로 갔다. 나는 중간중간 자주 멈춰 서며 천천히 움직였다. 협곡에 이르러서는 잠깐 기다렸다가 그곳을 건너 입상이 있는 공터까지 최대한 조용히 올라갔다. 입상이 장엄한 그림자의 모습으로 나타났다. 아몬드나무 아래 벤치에는 아무도 없었다. 나는 별빛을 받으며 공터 가장자리에 서서, 무슨 일인가가 일어날 거라고 확신하며 칠흑처럼 어두운 뒤쪽에 누군가가 있지 않나 보려고 신경을 곤두세웠다. 만일 누군가가 있다면, 그건 도끼를 손에 든 푸른 눈의 남자일지도 모른다는 생각이 들었다.

그때 웬 요란한 소리가 났다. 누군가가 돌을 던져 입상에 맞힌 것이다. 나는 옆에 있는 어두운 소나무들 사이로 들어

갔다. 그 순간 뭔가가 움직이는 게 보였고, 잠시 후 조약돌 하나가 내 앞 땅바닥 위로 굴러갔다. 그 움직이는 물체는 하얀 빛을 발하면서 공터 옆쪽의, 약간 올라간 곳에 있는 나무 뒤에서 나왔다. 나는 그것이 줄리라는 것을 알아챘다.

나는 가파른 비탈을 달려 올라갔고, 한 번 비틀거리다가 멈춰 섰다. 그녀는 나무 뒤 아주 어두운 그림자 속에 서 있었다. 하얀 셔츠와 바지, 금발이 보였다. 갑자기 그녀가 두 손을 내밀며 앞쪽으로 다가왔다. 나는 네 걸음을 성큼성큼 걸어 그녀에게로 갔다. 그녀의 팔이 나를 안았고, 우리는 키스를 했다. 격렬한 입맞춤이 길게 이어졌다. 도중에 한두 번 숨을 쉰 것, 그리고 격렬한 포옹의 자세를 한 번 바꾼 것 말고는 입맞춤이 계속되었고…… 그사이 나는 마침내 그녀를 알게 된 것 같다는 생각이 들었다. 그녀는 모든 허식을 벗어던졌고, 열정적이었으며, 거의 굶주리다시피 해 있었다. 그녀는 내 격정적인 포옹에 자신을 맡기며 내 몸을 맞아 들였다. 나는 한두 번 절망적인 사랑의 말을 속삭였지만 그녀가 내 입을 막았다. 나는 그녀의 손에 입맞추기 위해 고개를 돌리고는 내 입술로 그녀의 손 옆쪽과 손목 주위를 훑으며 손목의 흉터를 찾았다.

그러나 다음 순간 나는 그녀의 손을 놓고 호주머니에서 성냥을 꺼냈다. 성냥개비를 켜고 그녀의 왼손을 들어 올렸다. 흉터가 없었다. 나는 성냥불을 치켜들었다. 눈, 입, 턱의 형태 등 모든 것이 줄리와 비슷했다. 하지만 그녀는 줄리가 아니었다. 그녀의 입언저리에는 작은 주름들이 있었고, 표정은 약간 과도하게 긴장되어 보이면서도 어딘지 계산된 뻔뻔스러움을 지니고 있었다. 무엇보다 살이 햇빛에 심하게 그을려 있었다. 그녀는 내 시선을 견디다가 아래를 내려다보더니 다시 흘끔 나를 쳐다보았다.

「제기랄.」 나는 성냥개비를 던지고, 새로 하나를 켰다. 그녀가 재빨리 그것을 불어 껐다.

「니컬러스.」 꾸짖는 듯한 낯선 목소리였다.

「무슨 오해가 있었나 봅니다. 니컬러스는 내 쌍둥이 형이에요.」

「자정이 영원히 오지 않을 것 같았어요.」

「그녀는 어디 있죠?」

나는 화난 목소리로 말했는데 실제로 화가 나기는 했지만, 들리는 목소리만큼 화가 나 있지는 않았다. 그것은 보마르셰[98]나 복고 희극[99]의 교묘한 변형이었다. 나는 그런 연극에서 한 사람이 얼마나 속았는지는 그가 얼마나 분노하는가에 따라 측정된다는 것을 알고 있었다.

「그녀라뇨?」

「흉터를 잊으셨더군요.」

「화장으로 그린 흉터라는 걸 눈치채다니 정말 똑똑하시네요.」

「목소리도 그렇고.」

「밤공기 때문이에요.」 그녀는 기침을 했다.

나는 그녀의 손을 잡아 아몬드나무 아래에 있는 벤치로 끌고 갔다.

「자, 그녀는 어디 있죠?」

「그 애는 올 수 없었어요. 그리고 그렇게 거칠게 굴지 마세요.」

「좋아요. 그녀는 어디 있죠?」 그녀는 아무 말도 하지 않았다. 나는 말했다. 「이건 하나도 재미 없습니다.」

「나는 꽤 신날 거라고 생각했어요.」 그녀는 자리에 앉아 나

---

98 Pierre-Augustin Caron de Beaumarchais(1732~1799). 프랑스의 극작가. 재치가 넘치는 풍자로 귀족 제도를 공격했다.
99 영국의 왕정 복고(1660) 이후에 만들어진 희극.

를 올려다보았다.

「당신 생각도 그랬잖아요.」

「맙소사. 나는 당신이……」 하지만 나는 말을 굳이 끝맺지 않았다. 「당신이 준이죠?」

「그래요. 당신이 니컬러스라면요.」

나는 그녀 옆에 앉아 파파스트라토스를 꺼냈다. 그녀는 한 대를 받았고, 나는 성냥불 빛으로 그녀를 한참 동안 찬찬히 뜯어 보았다. 그녀도 나를 살펴보았는데 눈은 그때까지의 목소리에 비해 눈에 띄게 덜 장난스러웠다.

그녀가 자매와 얼굴이 놀라울 정도로 비슷한 것이 어떤 예기치 않은 방식으로 나를 화나게 했다. 그것은 나로서는 없어도 상관없는, 지금껏 실현되지 않은 줄리의 어떤 측면, 즉 일종의 사족처럼 보였다. 이 다른 여자의 햇빛에 그을린 피부와 바깥에서 좀 더 몸을 많이 움직이는 생활, 그리고 약간 더 둥그스름한 뺨에서 보이는 좀 더 건강한 삶의 전반적인 분위기, 좀 더 둥근 뺨…… 정말이지 그것은 어쩌면 줄리 자신이 보통의 상황에서 보여 줄 것임에 틀림없는 모습일 수도 있었다. 나는 팔꿈치를 무릎에 대고 몸을 앞으로 기울였다.

「왜 그녀가 직접 오지 않은 거죠?」

「모리스가 이유를 말한 줄 알았는데요.」

겉으로 드러내지는 않았지만, 나는 난공불락처럼 여겨지던 퀸이 한 수 후면 죽게 되리라는 것을 갑자기 알게 된, 자신감이 지나친 체스 경기자가 된 듯한 기분이었다. 다시 한 번 나는 있었던 일들을 미친듯이 돌이켜 생각해 보았다. 어쩌면 어떤 정신병 환자들은 높은 지능을 갖고 있다는 노인의 말은 옳았는지도 모른다. 줄리가 교활한 미치광이라면 차를 내 얼굴에 끼얹은 장면은 그녀의 성격과 너무 동떨어진 듯 보였다. 하지만 더 교활한 미치광이라면 그저 끝에 가서 윙크를 하기 위해 그런 짓을 했을 수도 있었다. 그렇다면 테이블 아래로 서로 맨발을 맞닿게 한 것과 성냥개비로 메시지를 전한 것은…… 어쩌면 모리스는 주변에서 벌어지는 일에 보기만큼 그렇게 무신경한 것은 아닌지도 모른다.

「우리는 당신을 탓하지 않아요. 줄리는 당신보다 훨씬 더 전문적인 사람도 오해하게 했어요.」

「내가 오해를 했다고 왜 그렇게 확신하죠?」

「당신은 정말로 그처럼 정신적으로 균형을 잃은 사람이라고 생각하는 누군가와는 키스를 하지 않았을 테니까요.」 이어 그녀는 덧붙였다. 「최소한 나는 당신이 그러지 않았으면 해요.」 나는 아무 말도 하지 않았다. 「솔직히, 우리는 당신을 탓하지 않아요. 줄리가 자기 주위에 있는 사람들이 모두 미쳐 있다고 암시하는 데 얼마나 능수능란한지 난 알아요. 절망에 빠진 처녀에 관한 대사로 말이에요.」

하지만 그 마지막 구절을 말하는 그녀의 목소리에는 희미하게나마 어딘지 미심쩍어하는 기색이 어려 있었다. 마치 내가 어떤 반응을 보일지, 그리고 어디까지 나를 납득시킬 수 있는지에 대해 그다지 확신이 없는 것 같았다.

「확실히 그녀가 당신보다는 훨씬 더 영리하게 대사를 처리하는 건 분명하군요.」

그녀는 한참 동안 말이 없었다. 「나를 믿지 않나요?」

「안 믿는다는 거 당신도 잘 알 텐데요. 그리고 여전히 나를 의심하다니 당신 자매 분도 너무한 것 같군요.」

그녀는 좀 더 오랫동안 말이 없었다.

「우리가 함께 벗어날 수는 없었어요.」 그녀는 좀 더 낮은 목소리로 덧붙였다. 「또 나는 확실히 하고 싶었어요」

「무엇에 대해서요?」

「당신이 자신이 주장하는 그런 사람인지 아닌지.」

「나는 그녀에게 진실을 말했습니다.」

「그 애도 계속해서 그렇게 주장하고 있어요. 하지만 약간 지나치게 열정적으로 그렇게 말하고 있고, 그래서 나는 그 애가 제대로 판단을 할 수 있는 상태에 있지 않다고 느껴져요.」 이어 그녀는 이렇게 덧붙였다. 「하지만 이제 그 이유를 이해하겠어요. 최소한 물리적으로는요.」

「이 섬의 반대쪽에 있는 학교에서 내가 일을 하고 있다는 건 쉽게 확인할 수 있습니다.」

「우리는 학교가 있다는 건 알고 있어요. 하지만 당신의 신원을 증명할 방법은 있나요?」

「이건 우스꽝스럽기 짝이 없군요.」

「현재 상황에서는 내가 묻지 않는 게 더 우스꽝스럽죠.」

나는 그 말이 어느 정도 타당하다는 것을 인정해야 했다. 「여권은 없어요. 그리스 체류 허가증은 있죠. 그게 도움이 될지는 모르겠지만.」

「실례지만 좀 볼 수 있을까요?」

나는 뒷주머니에서 지갑을 꺼낸 다음 그녀가 체류 허가증을 살펴보는 동안 성냥불 서너 개를 켰다. 허가증에는 내 이름과 주소, 직업 따위가 적혀 있었다. 그녀는 그것을 다시 내게 건네주었다.

「만족합니까?」

그녀의 목소리는 심각했다. 「그를 위해 일하고 있는 게 아니라는 것을 맹세할 수 있어요?」

「당신이 아는 의미에서는요. 나는 줄리가 정신병 환자를 위한 일종의 실험적인 치료를 받고 있다는 얘기를 들었습니다. 하지만 나는 그 얘기를 믿은 적이 없습니다. 최소한 그녀와 얼굴을 마주 대하고 있을 때에는.」

「한 달 전 여기 오기 전에는 한 번도 그를 만난 적이 없는 거예요?」

「절대로.」

「아니면 그와 어떤 종류건 계약을 체결한 일은요?」

나는 그녀를 쳐다보았다.「당신은 그랬다는 의미인가요?」

「그래요. 하지만 지금 일어나는 일에 대한 건 아니에요.」그녀는 머뭇거렸다.「줄리가 내일 말해 줄 거예요.」

「무슨 서류상의 증거 같은 것도 보면 좋겠는데요.」

「좋아요. 그래야 공평하죠.」그녀는 담배를 땅바닥에 던져 비벼 껐다. 그녀가 불쑥 다음 질문을 했다.「섬에 경찰이 있나요?」

「경사 하나와 부하 둘이 있죠. 왜 묻는 거죠?」

「그냥 궁금했어요.」

나는 숨을 들이쉬었다.「단도직입적으로 말해 봅시다. 처음에 당신들은 유령이었습니다. 그런 다음에는 정신병 환자였고 말입니다. 이제는 다음 주면 후궁으로 간택되어 들어갈 사람이군요.」

「때로는 우리가 그런 존재였으면 싶기도 해요. 그렇게 되면 문제는 더 간단할 테니까요.」그녀는 재빨리 말을 이었다.「니컬러스, 나는 그 무엇도 그다지 심각하게 받아들이지 않는 것으로 유명해요. 그리고 우리가 여기 있는 것도 부분적으로는 그 때문이에요. 지금도 어떤 점에서는 재미있어요. 하지만 우리는 지난 두 달 사이 아주 깊은 물속에 발을 들여놓게 된 두 명의 영국인일 뿐이에요……」그녀는 말꼬리를 흐렸고, 우리 둘 사이에는 침묵이 흘렀다.

「당신도 줄리와 마찬가지로 모리스에게 매혹되었나요?」

그녀는 잠시 대답을 하지 않았고, 나는 그녀를 쳐다보았다. 그녀는 쓴웃음을 지었다.

「당신하고는 서로 말이 통할 것 같아요.」

「당신도 매혹되었나요?」

그녀는 시선을 떨어뜨렸다.「그 애는 나보다 훨씬 많은 교육을 받았죠. 하지만…… 내게는 그 애에게 없는 기본적인 상식이 있어요. 무슨 일이 일어나고 있는지 이해하지 못하면 나는 일단 의심을 품죠. 그런데 줄리는 그런 데 넋을 잃는 경향이 있어요.」

「경찰 얘기는 왜 꺼냈죠?」

「이곳에서 우리는 죄수들이니까요. 오, 아주 미묘한 죄수들이죠. 마음껏 돈을 쓰고 있고, 창살도 없어요. 원하면 언제라도 집에 갈 수 있다는 얘기를 늘 듣고 있다는 건 그 애가 말씀드렸을 거예요. 하지만 우리는 늘 감시를 받고 있죠.」

「지금은 안전한가요?」

「그랬으면 해요. 하지만 나는 곧 가야 해요.」

「언제라도 경찰을 부를 수 있습니다. 원한다면.」

「그건 안심이 되네요.」

「그런데 당신 생각에는 지금 무슨 일이 일어나고 있는 것 같습니까?」

그녀는 쓴웃음을 지었다.「나는 당신에게 그걸 물어볼 생각이었어요.」

「모리스가 정신 의학과 관련이 있는 건 사실인 것 같습니다.」

「그는 당신이 이곳에 오고 난 후면 몇 시간 동안 줄리에게 질문을 해요. 당신이 무엇을 말하고, 어떻게 행동하고, 그 애가 어떤 거짓말을 했는지…… 그 밖의 모든 것에 대해서요. 그는 모든 세부적인 것들을 아는 데서 일종의 짜릿한 대리 만족을 느끼는 것 같아요.」

「그리고 그는 그녀에게 최면을 걸죠?」

「우리 둘 모두에게요. 내게는 단 한 번 그랬지만요. 그 놀라운 경험을…… 당신도 했나요?」

「그래요.」

「줄리에게는 몇 번 했죠. 그 애가 자기 역할에 대해 파악할 수 있도록요. 릴리와 관계된 모든 사실들. 그런 다음 정신병 환자가 어떻게 행동하는지에 대한 얘기가 이어지죠.」

「그녀가 최면에 걸린 상태에서 그가 그녀에게 질문을 하나요?」

「솔직히 얘기하면 아니에요. 우리 중 최면 상태에 있지 않은 사람이 그 자리에 있도록 한다는 점에서는 그는 늘 양심적이죠. 나는 늘 옆에서 귀를 기울였어요.」

「하지만 의혹은 있는 거죠?」

그녀는 다시 머뭇거렸다. 「우리를 걱정스럽게 하는 것이 있어요. 일종의 관음증 같은 거요. 우리는 당신들 두 사람이 서로에게 빠지는 것을 그가 지켜보고 있다는 느낌이 들어요.」 그녀는 나를 쳐다보았다. 「줄리가 세 개의 심장에 대해 얘기한 적이 있나요?」 그녀는 내 얼굴에서 아니라는 대답을 읽어 낸 것이 분명했다. 「그 애가 얘기를 하지 않은 게 아쉽군요. 아마 내일이면 얘기할 거예요.」

「무슨 세 개의 심장 말이죠?」

「본래의 의도는 내가 늘 배경 속에 머무는 게 아니었어요.」

「그런데요?」

「그 애가 얘기를 하지 않은 게 아쉬워요.」

나는 추측을 했다. 「당신과 내가?」

그녀는 머뭇거렸다. 「이제 그 계획은 취소되었어요. 그사이 일어난 일 때문에요. 하지만 우리는 그 계획이 애초부터 취소되게 되어 있었던 건 아닌가 하고 있어요. 그렇다면 나는 왜 도대체 여기 있는지 궁금해하고 있는 중이에요.」

「하지만 그건 사악한 짓입니다. 우리는 체스판 위의 말들이 아니란 말입니다.」

「그 역시 잘 알고 있어요, 니컬러스. 그건 그가 우리에게 수수께끼 같은 존재가 되고자 해서만은 아니에요. 그는 우리가 그에게 수수께끼 같은 존재이기를 원하고 있어요.」 그녀는 미소를 지으며 말했다. 「어쨌든 나로 말하자면, 그 계획이 취소되지 않았기를 바라는지 어떤지는 분명치 않아요.」

「그 얘기를 당신 자매 분에게 해도 될까요?」

그녀는 히죽 웃으며 아래를 쳐다보았다. 「당신은 나를 너무 심각하게 받아들여서는 안 돼요.」

「그건 벌써 깨닫기 시작한 사실입니다.」

그녀는 잠시 아무 말도 하지 않았다. 「줄리는 유난히 엉망진창이었던 연애에서 얼마 전에야 겨우 극복됐어요, 니컬러스. 그것이 그 애가 영국을 벗어나고자 한 한 가지 이유예요.」

「마음이 아프군요.」

「그러실 줄 알았어요. 내가 말하고 싶은 건 그 애가 다시 상처받는 것을 보고 싶지 않다는 거예요.」

「나 때문에 상처받는 일은 없을 겁니다.」

그녀는 몸을 앞쪽으로 숙였다. 「그 애는 나쁜 남자를 고르는 데는 거의 천재적이에요. 나는 당신을 모르고, 따라서 전혀 개인적인 유감이 있어서는 아니에요. 그저 그 애의 과거 전적을 보면 별로 믿음이 가지 않아서 그럴 뿐이죠.」 이어 그녀는 말했다. 「나는 그 애를 과보호하고 있어요.」

「나한테서는 그녀를 보호할 필요가 없습니다.」

「그냥 그 애가 늘 시와 열정과 감수성, 즉 낭만주의의 부엌에 있는 모든 것을 추구한다는 의미예요. 반면 나는 보다 단순한 식단으로 살아가고 있죠.」

「산문과 푸딩으로?」

「나는 매력적인 남자가 반드시 매력적인 영혼을 갖고 있어야 한다고는 생각지 않아요.」

그녀는 무덤덤하게 그렇게 말했지만 거기에는 동경이 배어 있었고, 나는 그것이 마음에 들었다. 나는 그녀의 옆얼굴을 몰래 보았고, 그들이 같은 역할을 연기하는, 그리고 내가 창백한 피부와 그을린 피부의 두 여인 모두를 가진 그 세계를 엿보았다. 그리고 밤이면 잠자리를 바꾸는 여자들에 관한 르네상스의 상스러운 이야기를 떠올렸다. 나는 내가 미래에 줄리와 결혼하는 것을, 똑같이 매력적이면서도 분명히 어딘가 다른 처형이 단지 미학적인 이유로라도 그 결혼에 동행하는 것을 보았다. 쌍둥이의 경우에는 늘 뉘앙스와 암시, 신원의 혼합, 구분할 수 없으며 늘 서로를 따라다니게 되는 영혼과 육체가 있어야 한다.

「나는 이제 가야 해요.」 그녀가 중얼거렸다.

「내가 당신에게 확신을 주었나요?」

「당신이 할 수 있는 한에서는요.」

「어디 숨어 계시는지 모르지만 당신과 같이 가도 될까요?」

「당신은 들어올 수 없어요.」

「좋아요. 하지만 나 역시 확신이 필요합니다.」

그녀는 머뭇거렸다. 「내가 지시할 때 몸을 돌리겠다고 약속을 하면요.」

「그렇게 하죠.」

우리는 자리에서 일어나 별빛 속에서 포세이돈상을 향해 내려갔다. 하지만 그곳에 이르기도 전에 우리는 우리만 있었던 게 아니라는 것을 알게 되었다. 둘 다 몸이 얼어붙었다. 20미터쯤 떨어진 곳의, 입상 주위 공터의 바닷가 쪽 덤불 사이에서 하얀 형체가 나타났다. 워낙 나지막한 소리로 이야기를 나눠 누군가가 우리 얘기를 엿들었을 리는 없었지만 그럼에도 그것은 충격이었다.

준이 〈오 맙소사. 제기랄〉 하고 속삭였다.
「누구죠?」
그녀는 내 손을 잡고 나를 돌아서게 했다.
「우리의 사랑스러운 감시견이에요. 아무것도 하지 마세요. 당신을 이곳에 두고 가야겠어요.」
나는 어깨 너머로 시선을 돌려, 그를 좀 더 자세히 살펴보았다. 의료진이 입는 흰 가운을 입은 남자였다. 남자 간호사처럼 보이는 그는 일종의 검은 가면을 쓰고 있어서 얼굴을 알아볼 수 없었다. 준이 내 손을 꽉 쥐며 자신의 자매만큼이나 단도직입적인 눈으로 내 눈을 찾았다.
「당신을 믿어요. 당신도 우리를 믿어 줘요.」
「이제 무슨 일이 일어나는 거죠?」
「모르겠어요. 하지만 따지고 들지 마세요. 그냥 집으로 돌아가요.」
그녀는 재빨리 몸을 앞쪽으로 숙여 나를 자신에게로 조금 끌어당기더니 내 뺨에 키스를 했다. 그런 다음 흰 가운을 입은 사람을 향해 걸어갔다. 그녀가 그 남자 가까이 갔을 때 나는 그녀를 따라갔다. 그는 조용히 옆쪽에 서서 그녀가 나무들 사이의 좀 더 짙은 어둠 속으로 들어가게 했지만 그녀가 들어가자 덤불 사이로 난 출입구를 다시 막았다. 그에게 다가가던 중, 나는 문득 그가 가면을 쓰고 있지 않다는 것을 깨닫고는 처음 그를 보았을 때보다 거의 더 큰 충격을 받았다. 그는 키가 큰 거구의 흑인으로 나보다 다섯 살은 더 나이가 많은 것 같았다. 그는 아무런 표정 없이 나를 쳐다보았다. 나는 그에게서 3미터 정도 떨어진 곳까지 갔다. 그는 길을 막아서며 경고를 하듯 팔을 뻗었다. 나는 그가 여느 흑인들보다 피부색이 밝고, 얼굴이 매끈한 것을 보았다. 어딘지 동물적이며 투명한 눈은 내가 취할 다음 동작에 온통 집중하며 강렬한 빛을 발하고 있었다. 그는 침착하게, 하지만 무슨 운동선수나 권투 선수처럼 몸을 긴장시킨 채 서 있었다.

나는 걸음을 멈추고 말했다. 「당신은 자칼 가면을 쓰는 게 더 예뻐 보이는군요.」

그는 움직이지 않았다. 하지만 그의 뒤로 준의 얼굴이 다시 나타났다. 그 얼굴은 걱정스러운 빛이 가득했고, 사정을 하고 있었다.

「니컬러스. 집으로 돌아가요. 제발.」 나는 그녀의 걱정 어린 눈을 본 후 다시 그의 눈을 보았다. 그녀가 말했다. 「이 사람은 말을 못 해요. 벙어리예요.」

「나는 흑인 환관이 오스만 제국의 황제와 함께 외출을 나온 거라고 생각했습니다.」

그의 표정은 조금도 변함이 없어, 나는 그가 내가 한 말을 이해하지도 못한 것 같다는 인상을 받았다. 하지만 잠시 후 그가 팔짱을 끼며 발을 벌렸다. 가운 안쪽으로 검은색 터틀넥 점퍼가 보였다. 나는 그가 내가 공격해 오기를 바란다는 것을 알았고, 그러고 싶은 유혹을 느꼈다.

나는 준에게 판단을 맡겼다. 나는 그의 뒤에 있는 그녀를 바라보았다. 「당신은 괜찮겠어요?」

「그래요. 제발 가도록 해요.」

「입상 옆에서 기다리겠습니다.」

그녀는 고개를 끄덕인 후 몸을 돌렸다. 나는 바다의 신이 있는 곳으로 돌아가 그가 서 있는 바위 위에 앉았다. 왜 그랬는지는 모르지만 나는 손을 내밀어 그의 청동 발목을 잡았다. 흑인은 팔짱을 낀 채, 지루해하는 박물관 수위처럼 ― 또는 정말로 황제의 하렘 문 앞에서 언월도를 들고 있는 투르크 병사처럼 ― 서 있었다. 나는 발목을 놓고 분비된 아드레날린을 진정시키기 위해 담배를 한 대 붙였다. 1분이 지나고

2분이 지났다. 은신처에 대한 두 여자의 얘기에도 불구하고 나는 보트 엔진 소리가 나나 귀를 기울였다. 하지만 아무 소리도 들리지 않았다. 매력적인 여자 앞에서 남자 체면이 구겨진 것에 더해 나는 불편함과 죄책감을 느꼈다. 밀회에 대한 소식은 이제 콘키스에게로 곧장 전달될 것이 분명했다. 어쩌면 그가 나타날 수도 있었다. 정신 분열증 어쩌고 하는 헛소리에 대해 나의 패를 모두 드러낸 것이 두렵기보다는, 그의 규칙을 그토록 노골적으로 어겨 영원히 그곳에서 추방될 수도 있다는 사실이 두려웠다. 나는 어떻게든 그 흑인을 매수하고, 그와 얘기를 나누고, 사정을 하는 방법을 생각해 내려 했다. 하지만 그는 그림자 속에서, 인종적으로도 개인적으로도 익명의 얼굴을 한 채 그저 잠자코 서 있을 뿐이었다.

아래쪽 바닷가 어딘가에서 휘파람 소리가 들렸다. 그 순간 일은 아주 빠르게 벌어졌다.

하얀 형체가 재빨리 나를 향해 올라왔다. 나는 자리에서 일어나 〈잠깐만요〉 하고 말했다. 하지만 그는 표범처럼 강하고 재빨랐으며, 나보다 5센티미터는 더 컸다. 유머라고는 전혀 없는, 화가 난 얼굴이었다. 좋지 않은 상황에 — 나는 겁에 질려 있었다 — 그의 눈에는 뭔가 제정신이 아닌 난폭한 빛이 어려 있었는데, 문득 그가 헨리크 뉘고르의 흑인 대체 인물이라는 생각이 머릿속을 스쳤다. 느닷없이 그가 내 얼굴에 침을 한가득 뱉더니 손바닥으로 나를 입상의 바위 받침대 위로 세게 밀었다. 나는 그 가장자리에 무릎 뒤쪽이 걸려 풀썩 주저앉고 말았다. 코와 뺨에서 침을 닦으며 나는 이미 비탈을 내려가고 있는 그의 모습을 바라보았다. 뭔가 그에게 소리를 지르려고 입을 열었다가 그냥 삼켰다. 나는 손수건을 꺼내 얼굴을 닦고 또 닦았다. 더럽고 굴욕스러웠다. 그 순간 내 앞에 콘키스가 서 있었다면 그를 죽여 버렸을 것이다.

하지만 실제로는 정문으로 다시 가 무차 해변으로 내려갔다. 나는 그의 영역 밖에 있어야 했다. 그곳에서 나는 옷을 벗고 바닷속으로 뛰어들어, 소금물에 얼굴을 문지른 다음 90미터 정도 헤엄쳐 나갔다. 바다는 내 손에서 발로 길게 꼬리를 물며 소용돌이치는 형광성의 규조류로 활기가 넘쳤다. 나는 물속으로 잠수했다가 바다표범처럼 물 위에 등을 대고 누워 별들의 흐릿해진 하얀 점들을 올려다보았다. 바닷물은 시원하고 잔잔했으며 부드럽게 내 생식기 주위를 감쌌다. 그곳에서 나는 안전하고, 제정신을 되찾은 것 같았고, 그들의 손에서 벗어난 것처럼, 완전히 벗어난 것처럼 느껴졌다.

나는 되캉과 그의 자동인형 갤러리에 대한 이야기 속에 어떤 숨은 의미가 있을 거라고 오랫동안 생각해 왔다. 콘키스가 한 것, 또는 하고자 하는 것은 부라니 곶을 그러한 갤러리로 바꾸고, 진짜 인간들을 〈자신의〉 꼭두각시로 만들려는 것이고…… 나는 그것을 더 이상은 참지 못할 것 같았다. 상황에 대한 준의 상식적인 판단은 내게 인상적이었다. 나는 분명 주변의 남자들 중 그들이 믿을 수 있는, 유일한 사람이었으며, 다른 무엇보다 그들은 나의 도움과 힘을 필요로 하고 있었다. 나는 집 안으로 쳐들어가 노인과 맞서 봐야 아무 소용이 없다는 것을 알고 있었다. 그는 또 다른 거짓말을 할 터였다. 그는 굴 속에 있는 어떤 동물과 비슷했고, 그를 덫으로 잡아 죽이려면 좀 더 밖으로 나오게 유인할 필요가 있었다.

나는 고요한 물을 가로질러 동쪽으로 부라니 곶의 검은 경사면을 보며 천천히 헤엄을 쳤다. 그러자 점차 마음이 가라앉았다. 그저 침을 뱉는 것 이상의 일이 일어날 수도 있었다. 나는 그 남자를 모욕했던 것이다. 내게는 많은 결함이 있었지만 인종 차별주의는 그중 하나가 아니었다……. 혹은 인종 차별주의가 그중 하나는 아니라고 최소한 내 나름대로는 생각하고 있었다. 게다가 이제 공은 확실히 노인의 코트에 있었다. 그가 어떻게 반응하건 나는 그에 관한 뭔가를 발견할 것이다. 나는 이것이 내일의 〈대본〉에 어떤 변화를 야기할지 지켜보아야 했다. 예의 흥분이 다시 찾아왔다. 검은 미노타우로스까지 모든 것이 올 테면 와도 좋았다. 내가 그 중심에 이르러 갖고 싶은 그 마지막 보상을 가질 수만 있다면.

나는 해변으로 돌아와 셔츠로 몸을 닦았다. 그리고 나머지 옷을 입고 집으로 걸어갔다. 집은 고요했다. 나는 콘키스의 침실 문 밖에서 귀를 기울였는데, 마찬가지로 귀를 기울이고 있을지도 모르는 누군가에게 내 기척을 굳이 숨기려 하지 않았다. 아무 소리도 들리지 않았다.

〈하권에 계속〉

열린책들 세계문학 112 마법사 상

옮긴이 정영문 1963년 경남 함양에서 태어나 서울대학교 심리학과를 졸업하고, 1996년 『작가세계』 겨울호에 장편 「겨우 존재하는 인간」을 발표하면서 작품 활동을 시작했다. 1999년 『검은 이야기 사슬』로 제12회 동서문학상을 수상했으며, 현재 번역가로도 활동하고 있다. 지은 책으로는 『나를 두둔하는 악마에 대한 불온한 이야기』, 『더없이 어렴풋한 일요일』, 『꿈』, 『핏기 없는 독백』, 『하품』, 『달에 홀린 광대』, 『중얼거리다』가 있고, 옮긴 책으로는 존 파울즈의 『에보니 타워』, 아모스 오즈의 『물결을 스치며 바람을 스치며』, 어윈 쇼의 『젊은 사자들』, 레이먼드 카버의 『사랑을 말할 때 우리가 이야기하는 것』, 존 베런트의 『추락하는 천사들의 도시』· 『선악의 정원』, 얀 아르튀스-베르트랑의 『발견: 하늘에서 본 지구 366』, 저메인 그리어의 『보이: 아름다운 소년』 등이 있다.

지은이 존 파울즈 **옮긴이** 정영문 **발행인** 홍예빈 · 홍유진
발행처 주식회사 열린책들 **주소** 경기도 파주시 문발로 253 파주출판도시
전화 031-955-4000 **팩스** 031-955-4004 **홈페이지** www.openbooks.co.kr
Copyright (C) 주식회사 열린책들, 2010, *Printed in Korea.*
ISBN 978-89-329-1112-0 04840 **ISBN** 978-89-329-1499-2 (세트)
발행일 2010년 4월 30일 세계문학판 1쇄 2022년 5월 10일 세계문학판 3쇄

이 도서의 국립중앙도서관 출판시도서목록(CIP)은 e-CIP 홈페이지(http://www.nl.go.kr/ecip)와 국가자료공동목록시스템(http://www.nl.go.kr/kolisnet)에서 이용하실 수 있습니다.(CIP제어번호: CIP2010001310)